未來からの八紘一宇《はっこういちう》

檀D 九郎

未來からの八紘一宇　目次

（序）「最終戦争論」……8
第1章　兵《つわもの》の夢……14
「化身」14
「再会」48
「百年の計」65
「生命線」81
「心ある者」119
「行く末」142
第2章　タイムトラベル……158
「出会い」158
「マルガリータ」182
「旅立ち」219
「凌雲」251
「夢の矛盾」268
「ミッション」281
第3章　犬と鼠……297
「シンクロ」297
「予知」309
「騙し絵」341
「捕獲」368
「遷移」390
「Confrontation《コンフロンテイション》」403

第4章　交錯

第4章　交錯……421
「未来予想図」421
「一六二二号室」452
「ホールアウト」492
「別人」529
「起動」554
「収まるべき場所」576
（結）「境地」……583
「粛親王善耆《しゅくしんのうぜんき》」587

未來からの八紘一宇

（序）「最終戦争論」

正義凛たる旗の下♪　明朗アジアうち建てん♪

力と意気を示せ今♪　紀元は二千六百年♪

あゝ弥栄《いやさか》の日は〜　のぼる〜♫

黒いレコードが、蓄音機の上を波打ちながら、チリリチリリと廻っている。流れるような抑揚とリズム溢れる流行り歌。聴けば満々自信漲《みなぎ》るその祝歌。「皇紀二六〇〇年」

天気晴朗、初夏というには幾分早い。ここは京都市内、ある道場の演舞場。急ごしらえの演壇を前に壮気溢れる大勢の男たちが参集し、何かを待っている。婦人の姿もちらほらと見える。

そして今、彼らの視線の先に一人の学者風の男が立った。聴衆の喝さいを浴びると、自信ありげに演壇へと登る。薫風香る五月晴れの午後である。開ききった窓からは不如帰《ほととぎす》の無邪気な囀《さえず》りが聞こえてくる。

この男、立命館大学講師の肩書をもつ。大きな日の丸を背に一つ咳払いをすると、結んだ右手を口に当て、いざ居住まいを正す。一度聴衆を見回した。そして大きな澄んだ声で淡々と語り始めた。

演題は「来るべき世界最終決戦に備える」である。要は、次の戦争の話だ。なんとも仰々しい。しかし、これが時代の要請である…。会場は水を打ったように静まり返っている。

傍題　『人類の前史おわらんとす』

我々は第一次欧州大戦以後、戦術から言えば戦闘群の戦術、戦争から言えば持久戦争の時代に呼吸していています。第二次欧州戦争では所々に決戦戦争が行なわれておりますが、時代の本質はまだ持久戦争の時代であります。が、やがて決戦戦争の時代に移行するであろうということは、これまでの歴史的観察によって疑いのないところなのです。

では、その決戦戦争とは一体どんな戦争であるのでしょうか。これを今までのことから推測して考えましょう。まず兵数を見ますと今日では男という男は全部戦争に参加するのでありますが、この次の戦争では男ばかりではなく女も、更に徹底すれば老若男女全てが、戦争に参加することになります。

戦術の変化を見ますと、密集隊形の方陣から横隊になり散兵になり戦闘群になったのであります。これを幾何学的に観察すれば、方陣は点であり横隊は実線であり散兵は点線であり、戦闘群の戦法は面の戦術であります。点線から面に来たのです。よって、この次の戦争は「体」の戦法であると想像されるのです。

次に、戦闘の指揮単位はどういうふうに変化したかという話になります。これは必ずしも公式の通りではなかったのですが、理屈としては密集隊形の指揮単位は大隊です。今のように拡声器が発達すれば「前へ進め」と三千名の連隊を一斉に動かし得るかも知れませんが、肉声では声のよい人でも大隊が限界です。われわれの若いときには盛んにこの大隊密集教練をやったものであります。横隊になると大隊ではどんなに声のよい人でも号令が通りません。指揮単位は中隊です。次の散兵となると中隊長ではとても号令は通らないので、小隊長が号令を掛けねばなりません。それで指揮単位は小隊になったのであります。戦闘群の戦術では明らかに分隊―軽機一挺と鉄砲十何挺を有する―が単位であります。大隊、中隊、小隊、分隊と逐次小さくなって来た指揮単位は、この次は個人になると考えるのが至当であろうと思います。

即ち、単位は個人で量は全国民ということは、国民の持っている戦争力を全部最大限に使うということに他なりません。そうして、その戦争のやり方は体の戦法、即ち空中戦を中心としたものでありましょう。われわれは体以上のもの、即ち四次元の世界は分からないのです。そういうものがあるならば、それは恐らく霊界とか、幽霊などの世界でしょう。われわれ普通の人間には分からないことです。要するに、この次の決戦戦争の形態は戦争発達の極限に達するのであります。

ですから、戦争発達の極限に達するこの次の決戦戦争で、そのあと戦争が無くなるのです。しかし人間の闘争心は無くなりません。では闘争心が無くならなくて戦争が無くなるとは、どういうことでしょうか。国家の対立が無くなる、即ち世界がこの次の決戦戦争で一つになるのであります。これが私の結論です。

これまでの私の説明は突飛だと思う方があるかも知れませんが、私は理論的に正しいものであることを確信いたします。戦争発達の極限が戦争を不可能にする。兵器の発達が世の中を泰平にするのです。この次の、すごい決戦戦争で、人類はもうとても戦争をやることはできないということになる。そこで初めて世界の人類が長くあこがれていた本当の平和に到着するのであります。

要するに世界の一地方を根拠とする武力が、全世界の至るところに対し迅速にその威力を発揮し、抵抗するものを屈伏し得るようになれば、世界は自然に統一することとなります。

しからばその決戦戦争とはどういう形を取るのかを想像してみます。戦争には老若男女全部が参加する。老若男女だけではない。山川草木全部、戦争の渦中に入るのです。しかし女や子供まで全部が満洲国やシベリア、または南洋に行って戦争をやるのではありません。戦争をやるには二つのことが大事です。

一つは敵を撃つこと—損害を与えること。もう一つは損害に対して我慢をすることです。即ち敵に最大の損害を与え、自分の損害に堪え忍ぶことであります。この見地からすると、次の決戦戦争では敵を撃つものは少数の優れた軍隊でありますが、我慢しなければならないものは全国民となるのです。

今日の欧州大戦をみても、空軍による決戦戦争の自信力がありませんから、無防禦《むぼうぎょ》の都市は爆撃しない。軍事施設を爆撃したとか言っておりますけれども、愈々《いよいよ》真の決戦戦争の場合には、忠君愛国の精神で死を決心している軍隊などは有利な目標でありません。最も弱い人々、最も大事な国家の施設が攻撃目標となります。工業都市や政治の中心を徹底的にやるのです。でありますから老若男女、山川草木、豚も鶏も同じにやられるのです。

かくて空軍による真に徹底した殲滅戦争となります。国民はこの惨状に堪え得る鉄石の意志を鍛錬しなければなりません。また今日の建築は危険極まりないことは周知の事実であります。国民の徹底した自覚により国家は遅くも二十年を目途とし、主要都市の根本的防空対策を断行すべきことを強く提案する次第です。官憲の大整理、都市に於ける中等学校以上の全廃（教育制度の根本革新）、工業の地方分散等により都市人口の大整理を行ない、必要な部分は市街の大改築を強行せねばなりません。

今日のように陸海軍などが存在しているあいだは、最後の決戦戦争にはならないのです。それ動員だ、輸送だなどと生温いことを叫んでいてはダメであります。軍艦が太平洋を渡るのにのろのろと十日も二十日も掛かっていては問題になりません。それかと言って今の空軍ではとてもダメです。また仮に飛行機の発達により、ドイツがロンドンを大空襲して空中戦で戦争の決をつけ得るとしても、恐らくドイツとロシアの間では困難であります。ロシアと日本の間もまた困難。更に太平洋を隔てたところの日本とアメリカが飛行機で決戦するのはまだまだ遠い先のことであります。

一番遠い太平洋を挟んで空軍による決戦の行なわれる時が、人類最後の一大決勝戦の時であります。即ち無着陸で世界をぐるぐる廻れるような飛行機ができる時代であります。それから破壊の兵器も今度の欧州大戦で使っているようなものでは、まだ問題になりません。もっと徹底的な、一発あたると何万人もがペチャンコにやられるところの、私どもには想像もされないような大威力のものができねばなりません。

飛行機は無着陸で世界をぐるぐる廻る。しかも破壊兵器は最も新鋭なもの、例えば今日戦争になって次の朝、夜が明けて見ると敵国の首府や主要都市は徹底的に破壊されている。その代り大阪も、東京も、北京も、上海も、廃墟になっておりましょう。すべてが吹き飛んでしまう…。それぐらいの破壊力のものであろうと思います。

そうなると戦争は短期間に終る。それ精神総動員だ、総力戦だなどと騒いでいる間には最終戦争は来ないのであります。そんな生温いのは持久戦争時代のことで、決戦戦争では問題にならない。この次の決戦戦争では「降ると見て笠取る暇もなく」敵をやっつけてしまうのです。このような決戦兵器を創造して、この惨状にどこまでも堪え得る者が最後の優者であります。

延々と続く最終決戦戦争の熱弁に聴衆もあれやこれや空想し興奮した。すると、男は最後にこう断言したのである。

「この次の戦争が最後であります。人類は多大の犠牲を払った後、やがて世界がひとつとなり、憧れの、本当の平和、すなわち八紘一宇の時代がやってくるのです。兵器の圧倒的進歩によって、これ以上は戦争を始めることができなくなるからです。それでもその先に戦争があるとすれば、それは四次元の戦争、或いは人間には分からない霊界とか幽霊の世界で起こる、そういう戦争となるでありましょう」

前年、欧州ではナチスドイツが突如ポーランドに侵攻し、第二次欧州大戦が始まっていた。そして東アジアでは、盧溝橋《ろこうきょう》事件が導火線となって勃発した日中戦争が既に泥沼化の様相を呈している。間違いなく時代は閉塞感の中にある。

やれツブリ　干上がる前に　退避せよ

第1章　兵《つわもの》の夢

「化身」

古来朝鮮半島には夥《おびただ》しい数の虎や豹が生息している。山村に住む人々は日が暮れて暗くなると、彼らを恐れて決して一人で戸外には出ない。自然は豊かで、山には熊やカモシカ、狐にイノシシ、さらにはアナグマ、ビーバーもいる。夏の数ヶ月以外は湿気も少なく、大気は安定し晴天の日が多い。

今、とある村はずれの小山を整然と掛け登ろうとする二十人ばかりの集団がある。よくよくみると丸腰の兵士たちだ。一人の将校が先頭を勢いよく走っている。

やがて、彼らは山の一番高いところにやってきた。そして将校が兵を整列させたかと思うと、彼らに向かってなにやら説教を始めた。右に行ったり左に歩いたりしながら、口から泡が飛ぶ。号令が掛かった。皆が日の沈む方角に向き直る。すると突然に万歳三唱が始まった。一瞬の沈黙の後、二度、三度と同じことをした。将校がまたなにかを言っている。兵隊たちは黙ったままだ。冗長に見えた話がようやく終わると、彼らは来た道を今度はゆっくりと下って行った。

山に静寂が戻ると、岩陰から一匹の白いテンが現れた。一陣の冷たい北風が小さい渦を地面に作りながら通り過ぎてゆく。

石原莞爾《いしわらかんじ》は大日本帝国陸軍少尉である。朝鮮半島に駐留する第二師団若松歩兵第六十五連隊所属の連隊旗手として、本部のある龍山という村に赴任していた。一九一〇年の日韓併合以来、この連隊は京城《けいじょう》の北東に位置する交通の要地において、くすぶり続ける反日義兵闘争を鎮圧し治安を維持するという任にあたっている。

そんな時、支那大陸で大きな事件が起こった。一九一一年十月、孫文率いる革命同盟会が湖北《こほく》省で武装蜂起したことをきっかけに、十四の省が次々と清朝からの独立を宣言したのである。後に言う辛亥革命だ。

この革命の急報に接した石原は、興奮のあまり、急いで若い兵隊らを集めると号令した。

「只今より、山へ登る」

そして兵舎の裏山の方を指差すと、彼らを引き連れ、その山の頂上まで駆け足行軍をおこなった。てっぺんまで来て小隊を整列させると、講釈が始まった。兵に向かって孫文革命の経緯やら日中連携の重要性、アジアの復興の必要性などをくどくど説いた。が、若い農村の次男坊らに難しいことはわかるはずもない。

それでも石原はお構いなしだった。

「西向け西！　では、支那革命万歳を三唱する！」

若い石原は自らの言葉に酔い、軽い興奮状態にある。

「支那革命万歳、万歳、万歳！」

次男坊らは待ったなしだった。支那だけでは済まないので「天皇陛下、万歳！」と続いた。

彼方に見える朝鮮半島の山並みは青く、空気はすがすがしかった。石原は、部下の気勢を背に少し冷静になると「どこまでわかったくれたことやら」と愚痴りながらも、また駆け足行軍で宿営まで引き返したのであった。

夜になった。漆黒の空に星が美しい。星雲の赤い輝きが見て取れるほど天は果てしなく澄んでいる。

「石原少尉殿、いったいこれから支那はいかがなことになるのでしょうか」

昼間に革命万歳を一緒に唱和した伍長が、食堂を通りかかった石原に敬礼すると改めて訊いた。石原は嬉しそうに答える。

「いいか、これからの時代は東亜の日本、支那、そして朝鮮、蒙古などが協力して、新しい世の中を切り開かなければならない。孫文の革命は、支那をそれに足りうる強い国にする。革命はその道を拓くことのできる唯一の方法だよ。これを梃子に西欧帝国主義に対抗して、東亜の新しい繁栄を築くことが大事だ。たいへん結構なことだ。わが日本にとっても幸先がよい」

石原は、伍長にもわかるように簡潔に話してやったつもりだ。が、伍長や偶々周りにいた兵隊たちは、鳩が豆鉄砲を食らったようにきょとんとして、只々聞き入るのみだった。東北人にしてみれば、ついこの間まで、いやいや今でも十分に、仇敵の長州人や薩摩人ですら外国人なのだ。皆わかったふりをする以外にない。


一人満足した石原は外に出た。底冷えがする。酒もタバコもやらない。理由は健康上のことがあってのことかもしれない。数日前に降った雨で兵営内の道はだいぶぬかるんでいる。朝には凍るだろう。白い息を吐きながら、本部を出て外の道を少し歩いた。頭の中は東亜の繁栄の未来のことでいっぱいだ。しかし、そこで不意打ちを食らった。

「石原さん、ですね」

気配のない背後から、突然誰かの声がした。

「んっ！」

鼻から声を出し、石原は思わず後ろを振り向いた。が、暗くてよく見えない。

「誰だい？」

石原は闇にむかって手をかざしながら鷹揚に言葉を返した。なにか違和感がある。

「石原さんですね」

同じことを言った。違和感の正体はすぐに判った。なんだ、子供じゃないか。

「おやおや、坊主かい、早く父ちゃん母ちゃんのところへ帰らないと、トラやヒョウに食われてしまうぞ」

石原は軽く脅したつもりだった。が、声の主は黙っている。

「母ちゃんはどうした。寒いだろう。とっとと家へ帰りなさい」

暗闇を覗き込みながら、もう一度同じようなことを言った。龍山の連隊本部は朝鮮人部落に隣接している。子供のひとりやふたりに行きあっても不思議ではない。若い兵隊たちとの交流もあるから、片言の日本語も喋る。誰だろう。影を闇に透かして見ると背丈がけっこうありそうだ。顔は見えない。石原が動かずにいるとその影が言った。

「石原さん、あなたに大切なお話があってやってきました」

柔らかい声の持ち主だ。石原はもう一度考える。こんな子供のような声で喋る奴は、部隊にはいない。そうか、小僧じゃない、女か。しかし何故だ。ありえないことに石原はすこし混乱する。しかし、女子供相手に先手を取られてたまるかと大人気ないことを思い身構えた。星灯りの下のシルエットの主は依然動かない。

「いったい、どなたですか？」

意に反して素っ頓狂な裏返った声が出てしまった。

「お話があります」

影はまたもや言った。度胸が据わっている。しかも声には知性が感じられる。待て待て、流暢な日本語じゃないか。石原は気がついた。これは朝鮮人ではない。

「私は石原です。あなたは誰です？ このあたりは夜間の一般人の徘徊は禁止です」

反応はない。妙に落ち着いている。

「あなたのお考えを伺いたくて参りました」

えっ、何を言っているのか。影は石原が予想すらしない、あまりに突飛なことを言った。

「なんですか、そんな、やぶから棒に…」

そもそも、なんで俺の名前を知っているのだ、この野郎。一瞬息が止まる。お考えって？ なんの？ 本来なら「そんなことより、まずは名を名乗ったらどうだ」と返すべきところだ。ところが、迎合するように「何についての考えか？」とやってしまった。すると、影は即答した。

「人類の将来についてです」

予想外のこの返答に、石原の思考が止まった。さすがに、そりゃこっちが知りたいとは反応しない。が、気を取り直して、

「人類の将来か。それは立派な心持ちである。人類の将来は重要なことである。でも娘さん、オナゴはそんなことを難しく考えなくてもいいでしょう。明日の自分のことも…」

と、そこまで言いかけたところで、石原は「はっ、そういうことか」と何かに気づいた。そして、その先を言うのを止めた。

影は、石原の次の言葉を待っている。が、石原は石原で唸《うな》った。そうか、こいつは…、狐だ。なんだそうか、この「物の怪」め、なんと小癪《こしゃく》な。

断定すると石原は得意になった。攻守逆転だ。それにしても朝鮮の狐に出くわすのは初めてである。そう思うと、山中で望外の獲物を捕捉した猟師のように、思わずウキウキしてきた。しかもメスだ。馬鹿な奴、選りによって俺を騙そうというのか。こやつのその化けの皮は剥いでやらねばなるまい。だが、殺気を気取られてはまずい。石原はじりっと間を詰めた。が、狐がまた言った。

「色々ご研究をされている由。ご協力させていただきたいと思います」

うん？　何だと、ご研究？　俺を化かすにも一々言うことが生意気だ。だいたいこの狐、何を喋っているのかわかっているのか。俺の考えを聞きたいといっておきながら、今度は協力するとは。まあいい。狐の浅はかな知恵だ。もう少し付き合ってやろう。獲物を袋小路に追い詰めた狩人の気分になった。

「んー？　で、その研究って、そりゃぁ一体なんのことだい？」

急に小馬鹿にした口調になった。山の獣にそう問われるような研究はしていない。まさか狐の分際で俺の学問のことを言っているわけでもあるまい。石原は士官学校時代から戦史戦術研究に没頭してきた。語らせれば右にも左にも出る者はいない。が、狐がそんなこと訊くわけがなかろう。

そうやって惑わされているうちに、いつ何が背後から飛び出してくるかもわからない。油断は禁物だ。狙いはなんだ。しかしターゲットは俺でなくてもよさそうなものだ。石原の思考は頭の中でクルクル回った。が、回るだけで出口は見えない。それを見透かしたように狐は続ける。

「この先、世界は大変なことになります。人類が生き延びるために、あなたのお力をお借りしたいのです」

「何ですと？」

石原はまたもや突拍子もないことを狐が言うものだから咄嗟《とっさ》に聞き返した。すると狐は同じことをもう一度言った。「あなたの力をお借りしたい」と。

「ふうん」

石原は鼻で笑ったのか相槌を打ったのか、自分でも分からない。が、口から出た反応とは別に、こいつが「日本が」とか「東亜が」とか言わなかったことに引っ掛かった。

「宜しかったら、お時間のあるときにこちらまでお越しください。ここから遠くはありません。これは日本の行く末をも左右する重要なことです」

狐はそう言って石原の足元を指差したようだった。黒い地面に視線を落とした。いつの間にか、足元の小石の上に、白い紙片のようなものがある。どうやら狐は俺とは間合いを詰めたくないようだ。帝国陸軍士官に向かっていい度胸だ。石原は屈むと細心の注意を払いながら、それを拾い上げた。

「そちらに書いてある場所まで、お時間のある時、是非おいでください」

狐はしゃぁしゃぁと言った。いったいどこへ来いというのだ。用があるなら次もそっちが来い、そう言ってやるしかない。はっきり姿も見せず、失礼なやつだと思いながら紙切れに一度視線を落とした。そして顔を上げた。

なんと、狐の気配はもうなかった。野郎、消えやがったな。石原は悪態をついた。そして、もう一度紙片を調べた。中々の上質な紙である。目を凝らすとなにか書いてあるようだ。が、暗がりではわからない。上等だ、選りによって俺をからかうとは。紙きれを胸ポケットに仕舞い込んだ。次に取り出したときには間違いなく、木の葉になっているはずだ。折角の妄想のひと時にとんだ邪魔が入ったもんだと文句を言い、その拍子でくるりと回れ右すると、歩いて来た道をわざとらしくスタスタと大股で戻った。

兵舎の自室に戻ると、石原はすぐさま軍刀を取り出した。そしてもう一度外に出た。静かに刀を抜いて暗闇に一太刀、一閃を浴びせた。呼吸を整えながら、もう一度。力が入った。そうして邪気を祓った。やがて石原の顔に笑みが浮かんできた。中々面白い朝鮮土産話がこれでできた。尾ひれをつけて脚色して、愉快な話にでっち上げてやろう。いいじゃないか。

朝鮮でもやはり狐は出るか。だが本物は初めてである。女狐に抓まれた石原莞爾は弱冠二十二歳、まだ青い。仕方あるまい。自分も上官を常々コケにする。なにかを思い出すようにまた笑みがこぼれた。

秋の終りを惜しむ虫の声が闇の中から微かに聞こえている。

女真族の李氏朝鮮（李朝）による半島支配は、十四世紀末の李成桂《りせいけい》による高麗王権簒奪《さんだつ》に始まる。そしてその歴史は五世紀の長きに亘った。その間、仏教を迫害・禁止し、儒教思想を大いに発展させた。十六世紀から十七世紀にかけては日本や後金による侵略を受け、国土は荒廃する。更に、十九世紀になると王室の外戚が政治の実権を握り専横を極め、王権は弱体化した。その後、西欧帝国主義の脅威に晒されると、やがて列強の要求に屈し、それまで採り続けていた鎖国・攘夷政策を放棄し、国を開いた。

一八七六年、日本に強要され締結した江華島条約を皮切りに、相次いで西欧各国と通商条約を締結すると、怒涛の如く列強が朝鮮半島に進出してきたのである。特権を与えられた外国人らは居留地をつくり、商業活動を盛んにした。そして、さらなる改革開放を要求しては、我先にと利権を争った。その後、宗主国たる清が日本との戦争に敗れたことを契機に、李朝は大韓帝国として独立した。

この国には、紙と茣蓙《ござ》、簾《すだれ》などの手工業以外、産業と呼ばれるようなものはなかった。十四、十五世紀の中世から突如近代へとタイムスリップしてきたかのような国である。さながら、永い眠りから無理やり叩き起こされ、目脂《めやに》の眼をこすりながら呆然としている乞食の子のような様であった。

大韓帝国は立憲君主制を謳っているが、実際は李朝の体制を引き継ぐ絶対王政であった。日露戦争に勝利した日本が朝鮮の支配を強めると、一九一〇年にこれを併合し、日本の一部となった。それと同時に五世紀続いた李朝は完全消滅したのだった。以来、朝鮮総督府が京畿道京城府に置かれている。

一九一一年晩秋、ここは依然朝鮮半島の中央部、龍山である。石原のポケットに入っていた狐の紙切れは紙切れのままだった。そこには「清平寺まで」とあった。

清平寺？　石原は首を傾げた。

朝鮮では十六世紀に仏教が禁教とされて以来、道徳・宗教といえば儒教か民間の鬼神信仰しかなかった。キリスト教は十八世紀末に伝わり、今でこそアメリカなどの布教団体が学校や病院を造っては活動を盛んにしているが、仏教は影が薄い。仏教寺院といえば、金剛山の仏刹などの例外を除けば、大概は遺跡か廃墟である。

まだなにか書いてあった。


「掩八紘而爲宇」


「あめのしたをおおひていえとなさむ」と読む。日本書紀の神武天皇の条にある一節だ。石原は小賢しいと思いつつも、これを見ると猛然と興味が湧いた。いったいこれが狐の仕業か。そうであろうがなかろうが、こいつが何者かははっきりさせねばならない。石原はそう思った。

隊の任務は警備行動が主である。とはいっても、大概は浮浪者や泥棒の取締りか公務出張者や旅行者の安全確保といった類だ。日韓併合以前より抗日義兵闘争は朝鮮各地で起きていたが、どれも小規模で、そもそも頻繁には起こらない。大隊・中隊単位の出動などはまずないといっていい。さらに連隊旗手とは連隊長の補佐役のようなもので、隊付きと違って案外時間がある。狐との化かし合いは石原の暇つぶしにはもってこいなのである。

二日後の朝、石原は春川村の北を流れる北漢江の上流に複数の死体が漂着したというデマを自ら流し、無理やり偵察訓練と称して兵二名を引き連れ、狐がおいでくださいという寺へと向かった。駐屯地は北漢江の南岸にある。寺に行くには河を渡る必要があった。しかし北漢江には橋が掛かっていない。石原らは、時折ジャンク船が行き交う大河を渡し舟で越えた。そこから寺までは、河に沿って続く街道を徒歩で遡上すること二時間の行程である。

兵二人は、石原さんがやることだから、何やら面白そうなことがあるのではないかと、これも暇つぶし気分で黙って後に続いた。道は轍《わだち》が深く、時にぬかるんでいて単調な歩行も楽ではなかった。しかもいつまで歩いても死体があがったらしき事件現場の河の瀬は見えてこない。水辺は次第に遠くなった。

さらに暫く行くと、やがて廃寺の前にやってきた。清平寺である。高麗時代の古刹だ。朽ちかけた外壁が歴史を語り掛ける。雑草に覆われた門から続く土塀には、色々な形の石が綺麗に並んで埋め込まれている。朝鮮では李朝の遠い昔から仏教は禁教。仏僧が都へ入れば死罪が待っていた。仏寺の栄えようなどはない。

数段ある石段を登り、門の奥を覗くと、木造で瓦葺き屋根の、御堂のような黒ずんで朽ちた小さな建物が見えた。なるほどこりゃぁ狐の住処にはもってこいだ。石原はすぐに合点した。すでに狐に抓まれたような顔をした兵が二人、石原の後ろで息を上げている。

ふと振り返ると、いつからそこにいたのか、土塀の先にこちらに向かって手招きをする男が立っていた。咄嗟に出たか！と石原は思ったが、まあ落ち着け〱と自分に言い聞かせ、男を観察した。白いパジチョゴリを着ている。朝鮮人だろう。が、所詮は狐の仲間、ならばテンかなにかだ。石原と目が合った。付いて来いとまた手招きしている。こっちが思案しているうちに、テンはくるりと踵《きびす》を返すと、あらぬ方へと歩きはじめた。

おい、と思いながらも、二人に「ここで暫く待っていろ」とだけ言い、石原は黙ってテンを追いかけた。背景には五峰山が林の間から垣間見える。付いてゆくと、崩れ落ちた外郭をぐるりと回ったところで、寺の背後へと出た。木立の中に藁葺《わらぶ》き小屋がみえた。そしてその小屋の土間の入り口までやってくると、テンは石原に向き直った。

「どうぞ中へお入りください」

テンが初めて言葉を発した。なんだ喋るのか、このテンも。が、すぐに気づいた。そうだ、物の怪はおそらく念で語っている。こいつも人間のようには口が開かずに喋った。石原は、相手をじっくり観察することを怠らない。

さぁ中へといっても、あと数歩進めば外へ出てしまうような狭くて粗末なつくりの土間だ。集落は少し離れている。猟師か木こり小屋かもしれない。

すると反対側の奥の方からふわっと女狐が現れた。うわっ！　石原は、内心驚いて跳びあがった。

「石原さん、よくいらして下さいました」

狐がしゃあしゃあと言い放った。明るいところで初めて見る。こいつか。石原は確信した。が、耳も尻尾も出していない。石原はさらに注意深く辺りを窺《うかが》いながら思う。ここがアジトなのか。

　事情を知らぬ者が見れば、まったくもって不釣合いな女と場所だ。それだけで十分な状況証拠となる。故に物の怪である。色白で、計算されたように目鼻立ちが整っている。表情は言葉ほどには読み取りにくい。笑ったら美形だろうと石原は想像する。が、その時は牙を剝き出しにするに違いない。さらに奇妙な身なりをしている。このあたりのチマチョゴリを着ている朝鮮人女とは全然違う。黒っぽいズボンを穿《は》き、詰襟《つめえり》のような上着を身につけ、体の線を幾分強調している。これも計らいか。短い髪は汚くない。むしろ清潔だ。狐は妙な感じに化けるものだ。

「私が今日ここに来ることがよくわかりましたね」

　石原は腹の底を読まれないように、狐の真似をして平坦な喋り方をした。ケモノは嗅覚が鋭い。

「はい、紙片に仕掛けをしておきましたので、まもなく見えるだろうと思い、お待ちしておりました」

「…」

　何をたわけたことを。言うに事欠いてとはこのことか。

「部下の方はしばらく向こうでお待ちいただいてよろしいですか。これから少し込み入ったお話をさせていただきます。どうぞこちらへお入りください」

　そう言って狐は土間続きの奥の一室に石原を招いた。

「いいでしょう」

　応えた言葉の語尾が上がった。それに東北訛《なま》りのアクセントがどうしても出る。二人は粗末な椅子に腰を下ろした。

「遅れましたが、私はロクゴウナオミと申します。ナオミと呼んでください」

「石原です」

狐にも名前があるのかと、鼻で笑う。

「存じ上げています」

受け答えは、人のようである。

「ではナオミさん、あなたはユダヤ人ですか」

石原は突飛な質問を真顔で狐にぶつけた。狐の知恵を試している。ユダヤにナオミという名前がある。が、女狐は「いいえ」というと俯いた。そして、丁度手の平に入るくらいの見たこともないピカピカとした綺麗な緑色の缶を足下の箱の中から取り出した。それを石原に差し出す。石原は固まる。

「緑茶です。どうぞ」

なんだこれは？　これが茶のわけがないだろう。

「これはメリケンのコーラとかいうヤツかなにかですか」

面喰った石原は、思わずそう訊いてしまった。くそっ、俺を試しているな。ふざけるな、試すのは俺の方だ。石原は股間のあたりに力を込めた。狐はコーラなんてハイカラなものは知らんはずだ。ざまぁみろ。狐に舐められるわけにはいかない。偶々雑誌「太陽」にアメリカのコーラという新しい飲み物の記事が載っていたのを見たことがあった。それで咄嗟に知ったかぶりをした。

「樺太産の緑茶です」

「ほうほう、ならば、いただきましょうか」

樺太で茶は産しない。ぷっ、ばかな狐だ。石原は吹き出しそうになるのを我慢して堪えた。すると狐は缶を手に取るなり、その上方にある妙な円形のツマミを指先でカチャと引き上げた。石原は反射的に上体を反らした。チャだとは言っているが、本当にそうか。見たことのない小銃擲弾《てきだん》か爆弾のように見えなくもない。くそっ、猪口才な。動揺を悟られてはいかん。そんなはずはない。水筒だ。いちいち変わったものを出してきやがる。

「どうぞ」

ナオミは茶なるものを石原に差し出す。缶の上部に少しだけ穴があいている。ここからこれを飲むのか。

「……」

食らわば毒までか、ええい。開いた缶の口から少しだけ啜《すす》って、すぐ止める。なんだ、これは。冷え切っているじゃないか。茶は適度に熱いに限る。こんな冷えた茶を勧められても、迷惑千万。それに狐の味がする。これ以上はやめておこう。手に持った缶をテーブルではなく、足元の地面に置いた。すると狐の目に動揺が走った。よし、今度はこっちの番だ。

「それで、話というのは何ですか。古書かなにかの一節が書いてありましたが、どんな意味でしょうか」

茶の後味に舌舐めずりしながら、石原はとぼけて訊いた。

「日本やアジアの将来に係わる最も重要な言葉です。しかも石原さんにとって特にご興味があると存じましてあのように書きました」

「なるほど、それは聞きました」

だまって頷いたつもりだが、自然と言葉が出た。結構ケモノの割には知っている。いや、読心術をつかうのか。

「ただ、その高潔な精神とは裏腹に、その理念は捻じ曲げられ、その言葉は日本を破滅の底へ突き落とすことになります」

「あらあら、ずいぶん、その、わかったような、なにかを見てきたようなことを言うんですねぇ」

石原はわざと言葉を町人風に崩した。だが、どうもただの狐ではない。そんな気がしてくる。するとまたその心の隙を突いて狐が反撃に出た。

「世界の平和・アジアの繁栄とは、そもそも、石原さんにとってはどういうことなのでしょうか。あなたはここで何をなさっているのですか」

何をなさっているって、治安維持だよ。心の中で主張するが、石原は少し先走ってしまった。

「大韓帝国と大日本帝国がひとつになったのはその高邁な理想の為の第一歩です。尤も、朝鮮半島の現状は十五世紀くらいから何も変わっていませんがね。そもそも田中智学先生の…」ここまで言って「あっ」と思い、石原は止めた。狐に講釈するまでもない。

田中智学とは宗教家で「日本国はまさしく宇内を霊的に統一すべき天職を有す」と言い、後に八紘一宇という言葉でその思想を表現したまさにその人である。が、ナオミは違った視点から切り込んでくる。

「朝鮮併合は結構ですが、後々取り返しのつかない事態を惹起します」

ここでナオミは併合と言った。が、石原は併合とは捉えていない。まずはそこのところに反応した。

「併合？　いやいや、というよりすでにひとつの国と考えてもらってよろしいでしょう。会津も薩摩も今は日本という一つの国です。それを併合とは言わない。台湾だって朝鮮だって同じことでしょう、未来永劫に。それに、そもそもこれは朝鮮が望んだことだ…」

急に論争口調になりはじめる。落ち着け、何も狐相手にムキになる必要はない。

「近い将来日本は支那北東部に大々的に進出することになります」

狐はまたも突拍子もないことを言い出した。満洲についていえば、この時すでにポーツマス条約でロシアの利権を日本が引き継いでいたし、その後の清国との条約でさらに地歩を固めている。これ以上のことがあるというのか。が、本格的な満洲進出はロシアの脅威を考えればなんらかの手を打たねばならないと石原もみていた。成程、この狐、五百年は生きている…かもしれない。妙な見直し方である。

「ロシアの再南下政策は依然最大の脅威です。吾方が朝鮮半島を安定化して押さえるだけでは十分とはいえない。露助は必ず、またやってきます。確かに、そのような選択肢もあるでしょう」

と、そこまで言って石原は、支那北東部への積極的な進出というアイディアはたしかに悪くはないと改めて思う。目の前の女の姿をした狐を見ながら、(このくらいのことは狐でもわかる、あっ、いやいや、獣にはそこまではわからんだろう…)などと考えを巡らすと、あらぬ方向をみた。そして「なんだか、つまらん話になってきたようです」と付け加えた。進出といっても、それが具体的に何を意味するのかは定かでない。

「お気に障ったらすみません。ところで、実は…」

ナオミは潮時と思ったのか話題を転じようとしている。そして、とんでもなく滑稽なことを言い放った。

「…私は、百年以上先の未来から、あなたにお会いする為に、ここにやってきました」

堂々としかも馬鹿にしたようなゆっくりとした口調だった。狐があまりにも唐突なことを言うので、石原はその意図を測りかねて、

「ふっ、なるほど…未来、ですか…なるほど…」

と調子を合わせた。こいつは千年モノかもしらん。どうやら一筋縄ではいきそうもない。これは場合によっては、しょっ引く。いや捕獲だ。売り飛ばせば見世物小屋のスタアになる。狐というケモノは、古来よりそういうものだ。が、石原の思惑とは別に、ナオミはふざける様子もなく言葉を継いだ。

「私たちが遠い未来からこの時代にやって来たということには重要な意味があります。百年先の世界では

科学の進歩があって、時間旅行はそれ程特別なことではなくなっています」

「ほほう、まあ悪くはない」

釣られて少々感心してしまった石原はなにかを思い出した。子供の頃、喧嘩して金槌で殴られた主人公がアーサー王の時代にタイムスリップするといったマーク・トゥエインの小説を読んだことがあった。時間旅行ほど妄想的好奇心を引き付ける面白い話はない。子供心にロマンを感じ興奮したものだった。狐は中々言うわい。今一度、まじまじ狐の顔を見た。

「これがどのような意味を持つか容易にお察しいただけると思います」

「いや…」待て〳〵、そんなばかげた誘導尋問には答えたくもない。そう思うとこの物の怪を相手するのが少しく面倒になってきたが、ここまで手間を掛けて来たんだ、もう少しの我慢だ。尻尾が見えはじめているのだ。石原は堪えた。するとナオミはさらに石原の神経を逆なでする。

「つまり、この先何が起こるかを私は知っている、ということになります」

「なるほど、そうか。そうなりますね。つまり全てを見通しているということだ。でも、この世にいるすべての人間が、実は百年後から今ここに来ているとしたら、どうなるのでしょうな。それでも構わんでしょう」

石原も負けじと小手捻りを狙う。つまらん話もただでは転べない。

「確かにおっしゃることは分かります。ただ、二十年位先になりますが、あなたが作戦参謀として主導し、満洲事変という事件を起こします」

「何だって？　事件って、何を言う。軍隊は、軍事行動は起こすが、事件は起こさないですよ」

石原はむっとした。

「日露戦争でロシアから引き継いだ南満洲鉄道の租借権は、あと十年もすれば清国政府に返還しなければなりません。その前に日本は満洲における権益を保持・増進する為に、強硬な動きにでることになるでしょう。そして最後は満洲をごっそりと押さえてしまおうとするのです」

そうなのか？　石原は感心する。小癪なことを抜かしやがる。いいだろう、もう少しだけ聞いてやろう。

「それで日本陸軍は、一度は廃帝となった清の皇帝を担ぎ出して傀儡《かいらい》政権を樹立させます。これを満洲帝国といいます」

「えっ、ほうほう、そんなこともありですか。参考になります。それでどうなりますか、その先は？」

かなりの飛躍だが、まぁ妄想としても実際の話としても悪くはない。その着眼点に面白味を感じた分、石原は狐の尻尾のことを忘れかけている。

「そのあと内地の疲弊した農村部から大量の殖民をしますが、日本は孫文の跡を継いだ蒋介石率いる国民党と支那大陸で泥沼の戦争を始めてしまいます。さらに軍部は資源確保の目的で南方に進出を企て、太平洋でアメリカに挑み、ついには一敗地にまみれるのです。その機に乗じて満洲に攻め込んできたロシア軍にも散々にやられてしまいます」

うーん、ずいぶん先のことまで決めつけたもの言いをするなぁ。物語としては、そんな展開もあるだろう。しかし、我大日本帝国がそんな奇想天外、がっかりな結末を迎える可能性は限りなく少ない。

「日本はそんなことにはなりませんでしょう。第一、世界を相手に暴れまわる国力がどこにありますか？まぁ、夜伽《よとぎ》話としてはワクワクしますが、千の仮定の上にしか成り立たない戯言《ざれごと》ですかねえ」

石原は、じっと黙って考えていたが、結局そう言い返した。

「三十年も先の話ですし、紆余曲折もありますが、残念ながら私の知る未来ではこれは史実となりました」

史実と言われてもと嗤《わら》ったが、石原はそれ以上言葉がなかった。もう一度気を取り直してみせたが、

「つまり、それがすべて私のせいというわけですか。なるほど、卓見を聞かせていただきました」

と皮肉を言うのが精いっぱいだった。石原にとって非常に興味深い話題だが、同時にショックでもある。どんなに想像力を逞しくしても、そこまで先々を見通したシナリオを描くことは容易でない。それは一つの才能でもある。第一、孫文万歳を叫んだ数日後に、その孫文率いる国民党を相手に日本が泥沼の戦争をやる話を聞かされるとは、しかも狐から。

しばし沈黙する。いや待て、こいつはどうもただの狐じゃない。相当霊性の高いやつかもしれん。いや、龍とかそういうものの化身かもしれん。いったいこの狐、何者なんだ。石原はそう考え直して、そういう目で女に化けている物の怪のかたちを見破ろうとした。が、やはり簡単には正体は顕さない。

「このまま行くとそういうことになってしまうのです」

ナオミは石原の態度を無視して、彼に最後通牒のような言葉をぶつけた。

「なるほど、あなたは占い師というわけですね。ようやく分かりました」

と、別の視点が頭をもたげてきたので石原は言い返した。百年後から来たというのは嘘にしても、こいつが何かとんでもない能力をもっていることは認めざるを得ない。ならば敵か味方か見極める必要がある。わかってはいることだが、石原莞爾といえどもこの時代の人間に短兵急にこの説明を理解し納得せよというのは無理な話だ。ナオミは同情している。

「いや、なかなか面白い話です。時空を越えるという話も面白い。日蓮大菩薩ですらそこまではなさらなかった」

少し茶化して話を続ける。後年熱烈な日蓮信者になる男である。すると、ナオミはまたおかしなことを

言った。

「…あなたも東条という人物にはこの先ご注意ください」

「ん、東条？　俺も？」

何のことかと戸惑う。いや考えてもわかろうはずもない。

十二世紀か十三世紀頃の話だ。日蓮が清澄《せいちょう》寺という寺で初めて説教をおこなったときのことである。上人はそこで各所から集まってきた信者の人々に、金や地位への執着、欲望に生きる人々、或いはそういった世相を、痛烈に批判した。するとこれを聞いていたその地の権力者である地頭が自分のことを言われたと思い、日蓮は彼の大いなる怒りを買ってしまう。日蓮はこれが為に、そののち幾多の法難に遭遇する。その時の地頭の名が東条であった。日蓮宗にとって、この東条こそは天敵である。石原が後年いちいち東条につっ掛かったのは、その名、故か。「軍曹殿」ではなく「地頭殿」とでも呼んで揶揄《やゆ》するのであろうか。石原の性癖として、嫌いなやつは徹底して嫌う。東条もその一人だ。しかし、今の石原にそんな先の東条との関係を知る術はない。

ナオミの話は続いている。

「先ほども言いましたが、このままいくと今から三十年後に日本はアメリカを中心とした連合国と全面戦争に突入します。そしてその四年後に完膚なき敗北を喫するのです」

石原は考える。

「なるほど。しかしそんな法螺《ほら》話を帝国軍人の私にして、はいそうですかでは済みませんよ。第一帝国が仮想敵とみているのは、ロシアですから。アメリカとの関係は良好です」

「私は、ひとつの歴史上で実際に起きたことを申し上げているのです。これは予言ではありません」

ナオミは「ひとつの歴史」という奇妙な言葉を使った。そしてそれは予言ではないと言いきる。確かに当然この先の戦争のあり方がどうなっていくかは石原にとっても興味のある研究課題である。見識のある同好の研究者がいるのであれば、意見交換はやぶさかではない。しかし、こいつは得体が知れない。それでも、話は聞きたい。石原は葛藤している。そして半分妥協した。

「では、最後まで聞いてからどうするか決めましょう」

「この歴史上の大敗北の原因は、あなたにあります」

一瞬石原の視線が宙に躍った。そして、くっくっ、言うに事欠いて何を言いやがると腹の中で嗤った。

「さっきも、同じようなことを言いましたね。そんなに私を買いかぶらないでください」

「いえ…」


そのとき、外に残しておいた兵の一人が息を切らして走り込んできた。敬礼もろくにせず「少尉殿大変です！　木村が野犬に咬まれて大変です」と血相を変えて報告した。「なんだと！」そう言うと、石原は狐のアジトを飛び出し、一目散で呼びに来た兵の後を走った。すると木村が左手を押さえながら、路上でうずくまっている。包帯が血に染まっている。低い崖の下に痩せこけた茶色の大きな犬の死骸が横たわっており、どこから現れたか同じように痩せこけたボロを着た乞食のような子供がそれを棒で突いていた。犬を銃剣で刺したようだ。

「どうした」石原が声をかける。

「申し訳ありません。野犬に、指を咬まれました」

「馬鹿野郎！」

怒鳴ってみたが始まらない。朝鮮の犬は、人をみると向ってきてはやたらと吠えまくるが、実は臆病なため実際人を襲うことはあまりない。それにただの犬に咬まれたくらいならどうということはない。問題は狂犬病だ。

「見せてみろ」

出血がひどい。中指の先端を食いちぎられて骨も露出している。よほどの勢いで噛みつかれたと見える。止血の応急処置は自分でしたようだ。

「すまん、屯所に戻るぞ」

新撰組気取りか。ならば犬は差し詰め長州だ。東北人にとって長州人は永遠にじい様ばあ様の仇である。

「ちょっとお待ちください」

様子を見に一緒についてきたナオミが声をかけた。

「なんですか」

「こちらで簡単な応急措置が出来ます」

石原は「えっ」と思いながらも、咄嗟に「すまないです」と応じてしまった。

処置は早いに越したことはない。水も確かかもしれない。こうなっては狐の手も借りたほうがいい。危険は承知だが瞬時にそう判断し、木村を連れて急いでナオミのアジトに戻った。裏からテンが、救急医療具らしき小箱を持って入ってきた。

ナオミは茶道の師範のように無駄のない動きで手際よく準備を始めた。やはり、人間の動きのようにしかみえない。物の怪ならもう少し肩の関節とか手首が不自然に動くはずだなどと思いながら、石原はナオミを横目で観察する。

「消毒して、止血したら、痛み止めの注射をします。狂犬病のワクチンも投与しておきます」

ナオミは衛生士の資格もあるのか、と石原は感心したが、おっとこいつは人間じゃないと思い直す。人間ではない物の怪に一兵士の命運を託すのはどうかとも思うのだが、不思議とその矛盾は感じなかった。注射をするまでは手際がよいと思ってみていたが、ナオミの持っている技術が、飛びぬけていた。

ナオミはおもむろにカッターを取り出すと、傷口からさらに一センチくらい、第二関節まで指を一気に切除した。血はすでに出ない。こやつ、何をする！

「ぎゃっ」と木村が驚いて声をあげたが、痛みはなかった。さらにゴム状のキャップのようなものを傷口にかぶせるようにして嵌めながら言った。

「このほうが治癒は早いのです。三週間くらいで元に戻ると思います。熱が出ると思いますが、麻酔が切れて痛くなったら、この薬を飲んでください。解熱鎮痛剤です」

薬といっても、小豆より小さい。それにまあ大した傷でもない。兵隊としてはもうおしまいだが、測量警備や所有者不明の土地の軍用接収以外、通常任務は主に乞食と不審者の取り締まりだ。下手をすれば住民と呪術師の間の喧嘩の仲裁もする。やむをえまい。

それより、偵察行動中に道草食って、その間に部下が野良犬と格闘して、指を一本食われたというぶざまな戦闘結果の方が問題だ。上官への報告をどうするかが石原の思案のしどころである。いつものあれしかない。

「どうもありがとう。木村も感謝しています」石原は向き直ってナオミに礼を述べた。

「いいえ、私に出来ることをしたまでです。問題はないでしょう。二日後にもう一度ワクチンを打つ必要はありますが、指は元通りに復元します」

ちぎれた指は元には戻らんだろうがとは思ったが、それにしても手際がよかった。医療の備えも充実している。一体全体、ナオミとは何者なのか。もしかしたら上層部しか知らない秘匿の精鋭部隊の作戦が近傍にて展開中で、この者たちは高度に訓練を受けた素破《すっぱ》なのかもしれないと石原は妄想した。素破とは忍びのことだ。作戦の意図が露呈しないように、こうして暗号めいたことを言いながら、情報収集している。ひょっとしたら、俺は試されているのかもしれない。それ以外説明のしようがないじゃないか。帝国にそこまでの余裕や今ナオミがみせたような技術があると考えたら、石原はなんだか嬉しくなってきた。樺太の茶もまんざら嘘ではないかもしれないぞ。いつもの石原なら、今日の科学技術では、いわんや今の日本ではそんな芸当は逆立ちしてもできやしないと一笑に付すところだが、少しく冷静さを欠いていた。その現実を目の当たりにしたのだから、石原を責めることはできない。

一方の木村はずっと措置を受けている間、痛いのも忘れて妙な手当てだと見入っていた。重曹を傷口に塗られたときはさすがビビッたが、味噌を塗られるよりはましだと諦めた。これでどこかの最前線へ引っ張り出されて弾に当たってイチコロということもないだろうという打算が働いているのかもしれない。しかも責任は石原にある。自分ではない。

「今日は、この辺で失礼します」

「では、また明後日においでいただけますか」

ナオミはまた妙なことを言う。何故明後日なのだ。

「そんな先のことは分かりません」

こちらの意図は易々読まれるわけにはいかない。

「ですが、兵隊さんの二度目のワクチンがあります」

しまった、うっかりした。さっきもそう言っていたな。借りも作ったし、やむを得まい。納得して、石原は小さく頷いて狐に向かって敬礼した。木村上等兵も、もう一人の兵隊と一緒になって何度も頭を下げた。怪我はしたものの、思いもかけず日本の女性に介護されたことが嬉しかったのだろうか。地獄に弁天様とでも思ったか。甘いぞ、木村。

「それから一日二回、消毒後この粉末を傷口に塗布してください。指は元に戻ります」

ナオミが最後に木村に言った。三人はキョトンとしている。慰めの言葉にしては、気が利いているとでも言おうか。

宿営への帰路、暫く三人は黙ったまま歩いた。渡し船に乗って対岸へ渡ると、木村がボソッと石原に訊いた。

「少尉殿、あの人たちは一体何者なんですか？　何故あんな場所にいるのですか？」

「あれはな、朝鮮半島に千年は生きていると言われる、狐神だよ。まあお稲荷さんだ。川向こうには、色々な魔物が住んでいる。いいか決して一人で行くんじゃないぞ」

相当な出鱈目を言って、石原は木村をはぐらかした。

翌日、石原はひとりでやって来た。もう一日も待てなかった。どうせ、向こうはいつ俺が来るかは分かっているのだ。いつ行っても文句はないだろう。果たして、あの男が待ち構えていた。案内を必要とするまでもなく、石原はスタスタとアジトへと押し入った。ナオミは部屋の隅で背を向けてなにかを覗き込んでいるふうであったが、向き直るとお茶はいかがですかと訊いた。

「いいえ、今日は人参チャを水筒に入れて持参しましたので、結構です」

ただの井戸水だ。昨日のチャだけは飲みたくない。

「それより、昨日の続きをお話しましょうか」

あたりを見回しながら石原は言った。ナオミは「では、お座りください」と言い、昨日と同じ椅子を石原に勧めると、正確に昨日の続きから話し始めた。

「あなたは後年『最終戦争論』なるものを唱えます。東洋文明と西洋文明との対決の末に来るべき世界平和について説いたのですが、この論は時期尚早でした。しかも一部に大きな誤りがあった。ですからこれに修正を加える必要があるのです」

石原には、ナオミが何を言っているのかわからない。そこでナオミが同じことをもう一度言った。二度聞いて、（ふうん、そうか、俺だってそのうち戦争と文明についての論文の一つも書くだろうよ）と内心嘯《うそぶ》いた。今没頭している戦史・戦術研究がなんらかの形で結実するのは、当たり前のことだ。が、なんでそんなことがこの女の口から飛び出るのか。しかも百発百中の自信のもとに。そのことに、素直に不思議を感じる。相手が何者であるか突き止めるといった初志とは違うところに興味が飛びはじめた。そして決めた。こういう論題なら、この際相手は誰でもいい、まともに話せる奴ならば。何時間だって語ってやり合える。いや待て、しかし「誤り」があるとは、すこし失敬な奴だ。が、今は問わねばならん。「誤り」とはなんなのか。そしてこの女のその自信の根拠を。

ナオミは石原の心の中をすべて見透かしたように続けた。

「あなたの説いた理念を軍が戦争遂行の道具にしたからです。歴史上あなたの評価は二分されています。侵略戦争の総権化のように言われることもあります」

「私のような若輩者には、想像を超えていますね」

それが俺の誤りだったと言うのは、少しおかしいだろうと思う。と同時に、そのせいで侵略者と言われるのは全く面白くない。

「ところが二十一世紀になって、世界が混乱すると、あなたの理念を再構築して具現化しようとする者が現れます」

ここから話がもう一歩飛躍する。なるほど、また百年後の話か。

「それで何をしろというのですか」

「あなたにその者の協力者になっていただきたいのです」

「は？　百年後ですか。無茶です。そんなに長生きは出来ない。酒もやらんし」

長生きと下戸の関連性は分からない。すると石原はなにかに気がついた。

「そうか、ちょっと待て、未来がわかるということは、自分はいつ死ぬんだ？」

ナオミにわざと聞こえるように地面に向かって独り言を言った。どうやら明日明後日に死ぬことはなさそうだ。つまりはそういうことだ。

「二十一世紀の医療技術は今より進んでいます。あなたの持病も治療が可能です」

「そうですか。悪くない」

俺の持病もお見通しというわけか。知らず知らずのうちに、ナオミの話のペースに嵌っている。が、最後に笑うのは俺だという根拠のない自信が石原にもある。

「それで、何をすればいいのでしょう」もう一度問うた。

「ご理解いただけましたら、あとはそのときがきたらお話します」

「今伺っても差し支えありません」

　ここまで言っておきながら、残りは後で話すだと？　なんとふざけた奴だ。が、あからさまに物ほしそうな態度はみせたくない。

「あなたがやったこと、やらなかったことに少しずつ、修正を加えていただければいいのです。やるべきことはその時がきたらお話します。今はどうすることも出来ませんし、今これ以上知ってしまったら、不測の事態が生じます」

「そういうことですか。じゃぁ何故今こんなお話を私にするのですか。それに協力する側としたら、誰を助ければいいのか位は伺いたい」

「今この時点でお話したことを十分に認識しておいていただきたいということです。そして協働するのは葛城龍一という人です」

「わかりました。じゃあ、その人物は陸軍ですか海軍ですか、政治家ですか、華族ですか？」

「あなたの支援によって、百年後にアジア連邦の総裁になる人です。百年後に彼が主導する第二の辛亥革命を支援していただきたいのです。辛亥革命の意義はあなたの考えるとおりです」

「カツラギリュウイチですか。なるほど第二の辛亥革命ですか。ということは、一番目のやつは失敗ですか。しかし、私はそんな先まで生きてはいないでしょう」

「今のままでは、そのようなこと自体が起こりません。それに革命とは言いましたが、二十一世紀の革命は、今日のように、武力によるものではありません。もっと静かに進行するのです。そこで、あなたには歴史を変える働きをお願いしたいのです。来月、あなたと葛城氏を繋ぐ人物が日本で生まれます。その人物を仮にRと呼ぶことにします。Rは後に軍人となり、陸軍の参謀にもなる人ですが、その後実業界で活躍し、政財界を動かすフィクサーになる予定の人物です」

「なかなか遠大な計画です。でもなんだか回りくどい。そもそも私は必要ないでしょう」

「歴史を変えるといっても、生まれてくる人の親や順番を変えることまでは出来ません。あなたには新しい土台を作っていただきたいのです。しかも極めて重要な土台。歴史の重要な部分は、政治の表舞台や戦争によってではなく、日常の何気ない巡り合わせ、偶然にも似た些細な個人の意思決定によって大きく変わるものなのです。目に見えないところで歴史は確定してゆくのです」

「なるほど、そうですか。歴史はそのようにして回る。それはわからなくもない。私が何をできるかは別にしても、そこは同感です。ところで、百年後のアジア連邦とは、いかなる連邦国家でしょうか。アジアの国々がメリケンさんのように連邦国家を築くに至るのですか。アジアの諸国は言葉も文化も歴史も違う。日本が西欧列強を相手に十二分に持てる力を発揮して、まずはロシアの脅威を除く必要があることだけは明白ですがね」

「世界情勢はもっと複雑化します。アジアでは支那と日本が中心ですが、東南アジアの諸国が加わります。そして最も重要なのが満洲です」

「なるほど、ではこの朝鮮も今よりましになりますか。満洲は北の守りを固めるには戦略的な要地です」

「しかし、それも日米戦争を回避し、アジアの繁栄を正しく具現化する後継者が将来現れての話なのです。そこがうまくいかないと、人類の未来には破滅が待っている」

「…」

驚くべき発想である、未来の人類の破滅まではわからなかったが、石原は「これだ」と思った。これぞまさしく「アジア主義」を具現する道標ではないのか。しかし百年後では、先が長すぎる。自分はそのときもういない。それでも、その実現に自分の行動・理念がかかわることができるのであれば、それはそれで男子の本懐ともいうべきものか。石原は心の底でなにか奮い立つものを感じた。

「分かりました、出来ることなら、ご協力しましょう」

思わず口には出たが、(とは言ってみたところで)と考え込む。なんかいい具合に乗せられてきたな。狐をすべて信用したわけでもない。そう自らに言いきかすもう一人の莞爾が頭の中にいる。取りあえず、軍の秘密機関の線はないだろう。

「ありがとうございます。そのような事情なのであなた以外の人は、いないのです。今日のお話は、口外せぬようにお願いします」

これはお願いではなく、実は命令に近いものなのだが、ナオミは敢えてお願いした。

「石原は気が狂ったかと思われたくないので、誰にも話しませんよ」

石原は表面では興味半分で聞くよという風情で返事をした。はしゃぎすぎて狐の法螺話に踊って大恥を掻く無様な己の姿を想像している。そして、少しだけ突っかかってみた。

「ところで、あなたはどこから来たのでしょうか。本当のことをお聞かせください。朝鮮人でも支那人でもないのはわかります。百年後からとおっしゃっても石原の頭ではちょっと理解できかねます。なにか重要な軍の機密情報もお持ちのようだが。もしやあなたは龍神の化身ではないでしょうか」

「…」ナオミは思わず噴き出しそうになった。が、堪えた。これが石原節か。

「私は、普通の人間です。二十一世紀からきたということも本当です」

透明な声で言った。但し「普通」かどうかはかなり怪しい。

「それから、石原さんにお会いするのは今回が初めてではありません」

「へぇ」

「二十年くらい前、あなたが古池で溺れかかったことがありました」

おう、そういえばガキの頃近くの八幡様の池に嵌ったことがある。石原はすぐに思い出した。

「よくご存じで。危うく死ぬところだったとあとで何度も母さまから言われました」

「本当にそうでしたね」

「それにしてもよくそんなことまで調べていますねぇ」

「私もそこにいましたから」

「まさか、そりゃないでしょう」

そう言ったきりその話は終わった。


一週間ほど経ったある日、木村が首をかしげながら石原のもとにやってきた。

「少尉殿…」小声でそう言った木村は、怪訝《けげん》な顔をしている。

「どうした」それを見た石原は、面白そうに返事した。

「あれであります」

「あれかぁ」石原はニタニタしているが、何を言いたいのかは分かっていない。

「生えてきているみたいです」

「何？　しかしそれは当たり前というものだ。お前はいくつになる」

「はい、二十一です」

「ならば、陰毛も生えるのが当たり前だ。むしろ遅きに失してはいないか？」

「いえ、あれであります」

「普通はあれには生えない。周りに生えるもんだ。ばかもの」

「ですから、こっちなんです」

木村は恐る〱左手の中指を石原の目の前に突き出し、包帯を取ってみせた。

「ん？　どうなったんだ？」

石原は覗き込むように木村の指先をマジマジと眺めた。

「なんだか、いい具合に直ってきました。でも、おかしくないですか？」

確かに十日ほど前に犬に食いちぎられた傷口と比べると、だいぶ落ち着いている。しかも依然としてジュクジュクしている。

「指が生えきているようなんです」

切断した指というのは、縫合部分で収束するのが普通だ。ところが、木村の指は、まさに指が伸びはじめているという形容でも不思議ではないありさまだ。

「あまり指の切れた痕をまじまじと見たことはないが、不思議だなあ。少なくともこうはならんはずだ」

石原も呑気に言葉を返した。普通は無理やり傷口を縫うか、消毒し止血だけしてほったらかしにするのでその痕はもっと醜くなる。が、そういえばナオミは切断面を縫合すらしなかった。縫合せず重曹を掛けると、こうなるのか。だとすれば、これは医学的大発見だ。

「誰かに言ったか？」

「いえ、まだです」

木村は文字通り狐に抓まれたと考えている。もしかしたら犬に咬まれたところからして騙されているのだ。石原の頭の中でナオミ＝未来人論と女狐論が行ったり来たりする。

「もしこれ以上指が生えてくるような気配だったら、このことはしばらく誰にも言うな。もし元通りにでもなってしまったら、それで誰かに問い詰められたら、最初から狂言だったというんだ、わかったかい」

「ですが…」

「ですが、じゃない。命令だよ。鹿沼にも言っておけ」

指は最初から付いていたと言えというのだ。鹿沼とは一緒に廃寺まで行ったもう一人の兵隊である。

「はい」

木村は気のない返事をした。どうやってごまかせと言うのか。二人とも顔は笑っている。狐は、否、ナオミはいったいどんな術を使ったというのだ。


十日前の帰隊時、木村の怪我を上官に問われた石原は「偵察行動中、木村がどうしても腹が減ったというので、丁度路傍におった犬の団子屋で団子を買って食わせた。犬がまさか金をくれというとは思わなかったので、代金を踏み倒そうとしたところ、犬が怒って木村の中指を質とせり。後日支払いとともに指は回収予定である」と報告した。それにしても、もう少し言い方がありそうなものだ。上官から危うく鉄拳制裁をもらうところだったが、上官をコケにした石原の狂言に半ば呆れ「ならば、早く金を持って支払いを済ませ、木村の指を持って帰れ。朝鮮人との不要の悶着《もんちゃく》ならば許さん」と叱責されていた。

団子の代金は、犬にではなくナオミに支払われるべきだろう。あの女はやはり只者ではない。ひょっとするとひょっとする。翌日、そんなことを思い出しながら、礼を言うために石原は木村とナオミのところへ向った。勿論、礼だけでなく、木村の指の治癒方法はどのような技術なのか確かめる為だ。これは軍にとっても画期的な医療技術となる。放っておく手はない。

しかし、寺に着いて落胆した。もうそこにはナオミの痕跡は何ひとつ残っていなかったのだ。消えうせたのである。空を見上げると朽ち果てた廃屋の屋根の上を冷たい風が渡ってゆく。

「やっぱり、下等な毛唐の覇道ではなく、東洋の王道だな」

一片の雲を見上げると、石原はそう独り言ちた。

それから二ヶ月後、予想通り木村の指は元通りになった。叱責の上司は、転勤でもうこの時部隊にはいなかった。木村の指の回収の報告をしそびれたことを石原は残念がった。

どこかの誰かが言った。

「時間」という概念は人類にとって文明史上最高にして最悪の発明である。

時計の秒針が刻んでいるのは「時」ではない。カチ、カチと動く針の音は時間の存在を証明するものではない。日沈み月出でて、春が来て夏が去り、秋が色づき冬に巡る。そのことをもって時が流れるといった人の感覚はいつから芽生えたのだろうか。流れる時間、そんなものは最初からない。

それが有ると思い始めたときから、人は生と死を怖れ、その呪縛から逃れられなくなった。動物ではなくなり人間になったその時から、己の恐怖と欲望の為の殺し合いが始まった。

過去が生まれ、現在があり、未来が来る。だが本当にそんな順番で万物が存在しているのだろうか。それは「時」という魔物に囚われた人間の錯覚に過ぎない。

「再会」

東京青山にある陸軍大学校（陸大）は、一八八二年創設で、参謀本部直属の参謀養成機関である。受験有資格者は陸軍士官学校卒業者で、三十歳未満の隊付き少尉・中尉に限られる。そして、筆記に口頭試問にとやたらに多い試験に合格しなければならない。

陸軍大学校条例の第一条に謳《うた》う。

「陸軍大学校は、歩騎砲工兵科士官の入学志願者を選抜し学生となし、その学術を進達せしめ、将来よく参謀の職務に堪ゆべき者を養成する所なり」

校長以下教官は皆右肩に参謀肩章を付けている。主要な講義科目は、戦術・戦略、戦史に馬術、それに語学である。これらが学生たちに徹底的に叩きこまれる。

前年朝鮮から戻って会津の原隊へ復帰していた石原は、メンツを理由とする連隊長命令で陸軍大学校を受験した。行く気もやる気もなかったが、難関をなんなく突破してしまうと陸大第三十期生となった。

そこで石原は学校へ通う為に渋谷駅近くの青雲館というアパートに下宿した。しかし入学以来、学業はそっちのけでもっぱら宗教や思想の勉強をしたり、同期仲間の下宿を行ったり来たりしている。あるいは暇をみつけては会津まで出かけていって連隊の兵たちと交流するのが石原の楽しみだった。つまり、好き放題やりたい放題の学生生活を送っている。それでも成績はよく、教官との研究討論では度々教官をやり込めてしまう、所謂、始末に悪い学生であった。

龍山でのあの出来事以来、不思議なことは何一つ起こらず、あの時は物の怪にまんまと誑《たぶら》かされてしまったわいと、悔しさ半分で得心し、その記憶も夢の一部へと同化していた。

しかし、その日は突然訪れた。陸大二年の秋である。授業が早めに終ったので、下宿への帰り道、いつもの四谷の古本屋に長いこと居座ると、宗教書の物色に夢中になっていた。すると、あの時と同じように、突然、背後から声が掛かった。

「石原さん」

一冊の古本に目を落としていた石原が、肩越しに振り向くとそれは若い女だった。そこを退いてくれとでも言うのかと思った。石原は首をかしげてしばらく考える。そして女の顔を覗き込むように額を下げた。何故、俺の名前を知っているんだ。

「あっ」

声を出すなり、表情が型に流し込んだセメントの塊ように固まった。それを見て女が微笑んだ。

「お元気そうですね。なによりです。今日はお約束したお願いがあってやってきました」

さらに続けて女はなにかを言った。

「明日は、間違っても馬に近づかないでください」

「えっ、なんだって？」

訊き返した。表情は固まったままだ。石原は朝鮮の廃寺で見たナオミの顔を思い出した。あの時のこと全てが、一気に甦ってくる。樺太産の茶、米国との戦争で一敗地にまみれる話、不思議な医療技術、百年後の人物の話、そして必要な時に再び現れると言ったナオミという女狐のこと…。今、覚醒した。あれは夢幻ではなかったのか。どうしたらいい？　どうする？　トンカチで思いっきり頭を殴られて、異次元の世界にすっ飛ばされたような気がした。

そんな石原の心中などお構いなしに、女狐は石原に「明日は決して馬に近づいてはならない」と再び言った。それだけである。

そうか、こいつは本当に本当なのか。これが唯一無二の本物の現実なのか。そんな自問自答が頭の中で堂々巡りする。下手をするとこのまま気が狂いそうだった。一瞬の沈黙のあと、石原は気分を持ち直した。落ち着け。そうだ、落ち着くんだ。また突然現れたこの女に石原は訊きたいことが山ほどあった。そして口を開こうとしたが、旨く言葉が出ない。

ナオミは石原が手にしている古本をちらりと覗き込み再び笑みを浮かべると、じゃぁとだけ言い、石原の横を通り抜けると本屋を出て行った。石原は立ちすくみ、追いかけることさえもできない。狐の後ろ姿を改めて見送る以外になかった。再会というにはあっけなさすぎる。石原も、夢想だにしない展開だった。自ら喝を入れ我に返った石原は、手に持った本を棚に返すと、すごすごと店を出た。

そして夢遊病者のように心そこにあらずの体で下宿に戻った石原は、持病のリウマチが悪化したといって寝込んでしまった。翌日は授業をさぼった。

その翌朝登校してみると、前日の模擬訓練中に同期の佐伯庄次郎が落馬して大怪我をしたことを知った。打ちどころが悪く内臓破裂の重体らしい。命は取り留めても、おそらく退校になるだろうと皆が囁《ささや》き合っていた。ナオミは馬に近づくなと言った。佐伯は俺の身代わりになったのだろうか。不思議な感じがした。

下宿に帰ると、ナオミから手紙が届いていた。封を開けてみると、妙に形の整った文字がきれいに並んでいる。読んだ。するとまた奇態なことが書いてあった。

（来春、川島芳子という女性に出会うのでしっかり心に留めておくように。後年あなたを助けてくれる人です。では三年後にお会いしましょう）

石原は考え込んだ。川島芳子？　聞いたことのない知らない名前だ。

負けの込んだギャンブル好きは必ず言う。

もしタイムマシンで過去に戻ることができたら大金持ちになれるんだがなぁ。なにしろ万馬券全部当てて さぁ、一年で億万長者だ。そのあとは、どこか南の島を買って、残りの人生パラダイスだ。

しかし、別の誰かが言い返す。

馬鹿だなぁ、おまえ、そんなことがうまくいくわけがないだろ。仮に過去に戻れたとしても、時空への影響力を行使したその瞬間から、世界は全く新しい枝に分岐する。その時点で、決して君が知っている未来はやっては来ない。

＊　＊　＊　＊　＊　＊　＊　＊　＊　＊　＊　＊　＊

一九一九年春、陸大を卒業した石原は、大尉に進級すると教育総監部に配属となった。通常陸大卒業生の成績優秀者は参謀本部か陸軍省に配属される。が、石原の場合は違った。次席卒業の石原が、窓際的な教育総監部へ配属されたのには訳がある。その性質粗野にして無頓着。その所以である。かなり不名誉な訳だった。そして与えられた仕事は文書の校正という極めて退屈なものである。すぐに飽きが来て、仕事を放り投げた。八月、知人の勧めで旧藤堂藩家臣の家系をもつ国府《こくふ》家の二女、銻《てい》と結婚した。実は経歴上ではバツイチの石原だったが、この時は旨く事が運んだ。これが三十歳のときであった。人生は人並みに順調である。

石原が日蓮研究に没頭し始めたのはこの頃であった。ある時、既に八紘一宇の理念を高らかに提唱していた田中智学の日蓮主義講習会に参加した。そこで「安土法難史論」の講釈を聴いてたちまち感激すると、田中が主宰する国柱会に入会し「信行員」となった。信行員とは、国柱会の主義・主張を絶対的に捧持することを誓う、いわばプレミアム会員である。石原は、日蓮がその生涯においてあらゆる迫害に耐え、身命を賭して信念を貫いたところに共感し、自分もそうありたいと心に願ったのである。このとき、ナオミの言葉を思い出し、東条なんぞの迫害に負けてたまるかと思ったかどうかは定かでない。

漢口の中支那派遣隊司令部付への転出命令を受けていた石原は、一九二〇年五月、漢口に赴任した。漢口には、居留民の安全と邦人の商業活動の保護を名目に軍が駐留している。軍事情報の収集が石原の主任務である。時間はたっぷりあった。

漢口は南京、重慶とならんで「支那の三大竈《かまど》」とよばれる熱暑の地だ。夕方長江の岸を散歩し、夜には日蓮の遺文を読むのが石原の日課である。日蓮の勉強を欠かさず、さらに日蓮主義へと傾倒してゆくには十分すぎる環境だった。同時に本務である中国研究も熱心におこなった。

そんな中、石原は愛用のライカ製カメラを片手に、中国各地への視察旅行を敢行した。二ヶ月間の旅程で、南昌、南京、蘇州、上海、開封、鄭州と見て回ったのだが、この小旅行を強力に提案し、半ば強要したのが梁史明と名乗る支那人だった。上海から来た自称予言師というこの男を当初は訝《いぶか》しんだ石原だったが、梁が実はナオミの依頼でやってきたと言ったものだから、そういうことなら早く言え、ついでに「一緒について来い」となったのだった。男は通訳として石原に同行した。石原はこの旅行中、男から二十世紀から二十一世紀に至る体系的なアジアの歴史―石原から見たら未来なのだが―を事細かに聞かされた。

石原は後になってこの時のことを振り返ると、梁は実はナオミ本人ではなかったのかと思うほど、男の言うことはナオミのそれと符合していた。そしてこのことが契機となり石原の中には最終戦争論の骨子が生まれることになる。即ち、中国の問題は行きつくところアメリカ問題であり、アメリカとの調和なくして中国の問題の解決はないということ。さらにそのあとに続く厄介な問題、共産主義者との闘いであった。これに勝つにはアメリカをうまく利用する以外、一気に東亜の問題を処理し、繁栄を築くことは不可能であるとの認識を深くしたのだった。また、日蓮の教えによれば、仏滅後二五〇〇年前後に統一世界が実現する。そのタイミングがナオミのいう葛城龍一という人物によるアジア連邦構想のそれにうまく合致するのだ。どうやら最終決戦戦争は四次元の世界、霊界で起きるのである。

翌年七月、石原は陸大教官に転補となり、日本に戻った。

帰国後二ヶ月が経過した九月某日の深夜、石原は自室である陸大教官室にいた。椅子に深々と腰掛けている。その視線の先には冷たい灰色の壁に映るもう一つの影がある。石原は腕時計に目を落とした。もう五時間は経っている。その影がおもむろに石原のほうへ近づくと言った。

「では、イヌを手に入れていただきたい」

「…」

石原は万年筆の尻でモールス信号を打つように机をトントンと叩いている。言葉の主はナオミだった。

夕方、男の様な身なりで教官室にふっと突然姿を現したのである。石原が、中国で着想した新世界秩序構想のことや、湧き出る疑問の数々をここぞとばかりにナオミに質しているうちに、夜も更けてしまっていたのだ。そして唐突にナオミの口から出たのがこれである。自分の話題と関連などあったものではない。

「また随分、珍妙な話だ。イヌですか？」

しばらく考えたふりをしていた石原が訊き返した。

「そう、イヌです」

「土佐ですかな、それとも…秋田犬…」

石原はわかっている。いや、ムッとしている自分の腹の中のことだ。

「いいえ、イヌは清朝の遺物です。北京郊外の円明園という庭園からアロー号事件の時に英国軍が略奪したとされるもの。十二の干支からなる動物像のうちのひとつですが、その後日本の手に渡っています」

ナオミは石原の軽いジョークを無視して端的にイヌを説明した。

「遺物ですかぁ。像ねぇ」

「ブロンズの頭部像です」

のらりくらりしながら「そんなことより、もっと重要なことがあるだろう」とは言わず、石原は言葉を繋いだ。

「ほう、ブロンズの像ですか。なんでまたそれが必要なのですか」

石原の問いにナオミは淡々と答える。からかうつもりはない。

「これからの世界の運命が、そのイヌの手の内にある、と言ってもいいでしょう。どうしても必要です」

「随分大仰なイヌなこってすな。で、日本に渡っているということなら、具体的な手掛りはあるわけですね。だったらそんな難しい話のようにも聞こえないが」

どうしてもこの話の持って行き方が気に入らない。

「今は行方不明です。もう二十年ほど前になりますが、英国の外交筋から当時駐英公使だった林董《ただす》伯爵の手に渡っています。そこまでは裏が取れています。林公使は、その後すぐ、シベリア経由で日本に帰国していますが、この時イヌも一緒に持ち出しました」

「随分漠然としていますな。その任務、私でなければ駄目ですか。キミが持っている科学技術でちょちょいとちょちょっとやっつけてしまうわけにはいかないのですかね」

「未来を変えられるのは、私ではないのです。今を生きているあなたがやらなければならない。私はあなたの思考の中にだけに存在する、そう考えてください」

君だって今を生きているんじゃないのか。うまいことはぐらかされている気がした。石原には全くピンとこない。しかし、そうとは言わずに、別なことを言ってやった。

「その、突っかかるようで申し訳ないが、もしキミが時空を飛び越えることができるのなら、まぁ、俺は信じていますけど、ひょいと時代を遡って、林伯爵に直接会ってだね、そのおイヌ様を頂戴するという訳にはいかないのだろうか」

なるほど、それもそうだ。だが、ナオミは的確だが妙な論法で言い返す。

「それはできません。林さんにはお会いしたことがありますが、アジア連邦の理念を理解いただくには生きている時代が怪異すぎる方です。拡散による不測の事態はそれ以上に避けねばなりません。しかもこれは起きてしまった過去の出来事なのです」

時代が怪異？　やはりナオミの説明は奇妙だ。そもそもが起きてしまった過去を変えるって言う話じゃなかったのか。何を言おうとしているのか、さっぱりわからない。が、ここは話を合わせるしかない。

「…そうか、そういうことですか。うん、そういうことにしておくか。では、一体そのイヌですか、どんな意味をもったイヌなんですか。世界の運命を左右するとか、どういうことです」

ここまで入手にこだわるイヌだ、石原が当然の質問をした。

「百年先の世界を支配する力を持ったイヌです。いや、変える或いは修復する力を持ったと言ったほうが適切でしょう」

「ほう、それは大変だ。まさにそんなイヌなら興味は深い。ではでは、お犬様と言ったところですな。で、もしですよ、運よく探しあてたらどうするんですか。それを使って世界を征服しますか？」

「いえ、安全なところに確保してほしいのです。この世界から一時的に抹消してください。ただ、将来、これが必要になる時が来ます」

「へえ、折角隠れているものを見つけ出して、また隠す。おイヌ様を必要とするのが百年先の話なら、百年後の誰かが探し出せばいいのと違うのか」

「手がかりは、この先の未来にはありません。今探し出さなければ、もう探しても半永久的に見つからないでしょう。少なくとも今、その痕跡を後世に残す必要があるのです」

「ややこしい話だ。まあ、筋は通る。仕方ない、わかりました。で、そいつはどこをどう探したらいいのかな？　何かもう少し具体的な手掛かりがあるのでしょう？」

「手掛かりはドイツにあると思われます。林公使は帰朝の折、ベルリンに数日滞在しています。まずはそこを当たるのが適当でしょう」

「ドイツですか、そりゃ遠いな。しかも手掛りと言う割には、なんと不確かな」

「来年には、あなたはドイツ留学することになりますから、そのときがチャンスです」

「チャンスねえ」

石原にはなんのチャンスなのかがわからない。ドイツは欧州大戦で敗れ、敗戦国として疲弊困窮している。石原もドイツ留学の希望は前から上にはあげている。行けと言われれば喜んで行こう。で、これがイヌを探す好機だというのか。なんと人迷惑なことを。しかも、何処をどう探してこいというんだ。

「もし、ベルリンになければ？」

「行動することで道は開けます」

「そういうことですな」

苦笑するしかない。どこまで本気で、どこからが冗談やら…。石原はため息をついたが、ナオミは構わず続ける。

「イヌを確保したら、ハルビンまで運んで、そこでお仲間に託してください」

「まだ見つかるとは決まった訳でもないが、ハルビンとはまた遠回りだな。それにお仲間って誰だい？」

「シベリア経由で帰国することになるので、満洲は通り道です。お仲間は国柱会。大丈夫、見つかります」

石原は一年前に国柱会信行員になっている。その点は問題ないだろう。しかしだ。

「国柱会か、じゃあそれはいい。でも、露助とは国交がない。ハルピンは通り道ではないと思うが」

ロシア革命以来、日本も含め西欧列強はソヴィエトを承認していない。国交がない。だからシベリア経由で帰れと言われても土台無理な話だ。が、ナオミは「それはいずれ解決される」と言った。またひとつため息がはいる。仕方ない、やるしかないか。しかし手がかりがドイツというだけでは、あまりにも心もとない。出たとこ勝負でいくしかないか。

「犬も歩けば棒にあたるといいます」

ナオミは茶目っ気をだしてそう言った。

「ああ、俺は犬か。そして探し出すのもイヌだ」

石原は心の中で念仏を唱えると、黙ったまま窓際に歩み寄った。そして背伸びをしながら「あーあ」と声を出した。すると頭の中の緊張がすっと消えた。窓の外を見遣ると、西に傾きかけた宵待ちの月が白い顔でこちらを見返している。

「もうじき満月だなぁ」

どうでもいいことをひとり呟いてみる。訳もわからぬままイヌもどきを探す心の準備がどうやらできた。話はここまでかと思いきや、ナオミからもう一つ注文がついた。

「次の日曜日、築地御坊までおいでください。そこでもうひとつやっていただきたいことがあります」

「えっ、築地？　浄土真宗のお寺さんか？　そこで一体何をしますか？」

一瞬日蓮主義の講釈を浄土真宗の宗徒相手にぶちかます構想が頭にひらめいた。が、ナオミは違うことを言った。

「そこで百年後のパートナーに言葉を送っていただきます」

「ほう、それもまた、思いもよらない仕事ですな。いいでしょう」

そこに行けば、百年後のパートナーがいるというのか？　何を馬鹿な、と思った。

一週間後、齢三十三、石原莞爾大尉は、戦史研究の任でドイツ留学の正式命令を受けた。

＊　＊　＊　＊　＊　＊　＊　＊　＊　＊　＊

一九二三年一月、石原を乗せた香取丸は神戸を出港した。船旅は香港、シンガポール、セイロン島などを経由してスエズ運河を通る南洋航路だった。石原は停泊する先々で異国情緒を楽しんだ。エジプトではナポレオン所縁《ゆかり》のピラミッドを観光したあと、やがてマルセイユに着いた。そこからは鉄路パリに向かう。パリには十日間ほど滞在し、オペラを見たりヴェルサイユ宮殿へ見物にでかけたりした。が、石原は花の都パリにはそれほど深い感銘を受けなかった。初めて接する西洋文明にどこか退廃的な臭いを感じ、むしろ嫌悪し、そこに生きる人々を見て毛唐と蔑むのである。フランスは、欧州大戦の戦勝国でありながら、その戦争の傷跡をあちこちに残していた。石原はそんな戦跡もあちこち訪ねた。成程、近代消耗戦においては勝者も敗者もないということか、そんな感想をもった。

数日後にはベルリンへ発とうかというある夜のこと―その日は陸軍記念日だったが―パリ駐在の将校らが、市内の日本料理屋で外国の武官らも招いてパーティを開いた。石原も招かれた。酒もたばこもやらない。やれるのは日蓮主義の講釈だけだ。なんと石原はそこに和服を着て出掛けた。石原を見た他の武官らは大いに戸惑った。或いは面白がった。場の雰囲気にはそぐわないからそんな恰好は止めたらどうかなどと指摘する人もある。が、実は、これはナオミの指示によるものであった。大勢の人が集まる場所に出るときは、なるべく目立つようにしなさい、そうすれば、欲っするものが引き寄せられてくると。そこで石原が選んだのが和服だった。

　宴もそろそろお開きになろうかというころ、フランス陸軍の将校が、石原と目が合うと軽い会釈をして近づいてきた。階級章は石原と同じ大尉だ。その将校は石原の身なりに大変興味を覚えて声を掛けたと言った。そして和服は頗る美しいとか、機会があったら日本のことを色々教えてほしいとか、妙に馴れ馴れしく纏《まと》わりついた。石原は「なんだ、このフレンチ野郎は」と胡散《うさん》臭く思った。が、その男が別れ際に石原に耳打ちした。

「ドイツでお探しのものは、シュリーフェン元帥所縁の人物を尋ねればよろしかろう」

　酒が入って多少なりともご機嫌よろしいフランス人将校が、急に真顔でそう言ったのだ。石原には何のことかわからなかった。

「シュリーフェン元帥？」

　石原は驚いた様子で大尉の顔を見返しながら訊き返した。勿論、石原も知らない名前ではない。いや有名すぎる名前だ。

「そうです。それを和服姿の貴兄にお伝えしたかったのです。貴方にお目に掛る日を待っていた」

　意味深なことを言って、はにかんだような笑みとともに会釈をすると、男は石原から遠ざかっていった。

　こいつ、一体何を言ったのか。石原は考え込んだ。ドイツでのお探し物とは、ライカのニューモデルのことか。いや、そんな趣味の話題はしていない。カメラと元帥はそもそも結びつかない。とすれば、やはりあれしかないのだろうか。しかし何故フランスの将校がそんなことを言うのだろう。日本贔屓《びいき》の日本かぶれの男のようではあった。それともナオミのメッセンジャーか。いや、それはない。考えてもわかるはずはなかった。

シュリーフェンとは十九世紀末から二十世紀初頭までドイツ軍の参謀総長を務め、露仏同盟に対抗して、ドイツが将来フランス、ロシアと事を構えるにあたっての軍事作戦計画を立案した人物である。軍人なら知らない者はない。

シュリーフェンプランと呼ばれたその作戦とは、まず東のロシアに対しては防御に徹し、その間に西の正面では大きく迂回しフランスの後背を突く。そしてフランスを下した後、ロシアに正対するという二正面作戦であった。実際の欧州大戦勃発時はモルトケが参謀総長を務めたが、この戦略は中途半端に終わった。そして戦争に敗れ、今のドイツ、フランス、そしてソヴィエトがある。

石原は思った。いずれにせよ、これは一つの手がかりだ。なるほど、犬は歩いてナンボか。石原は妙な納得をして腹の中で笑った。とにかくシュリーフェンに所縁のある人物を探してみようと石原は決めた。取っ掛かりとしては上々だ。留学の目的からも外れない。まさしく一石二鳥。


三月、石原は最終目的地のベルリンに入った。欧州大戦は五年ほど前に終わっていたが、そこで石原が見たドイツは想像以上に疲弊していた。しかも、ヴェルサイユ条約で定められた戦後賠償の債務履行がはかばかしくなく、二ヶ月ほど前からフランスが制裁措置と称してルール地方を占領していた。言うまでもなく、ルールはドイツの工業中心地であり、国内鉄鋼生産高の八十パーセントを産出している。ドイツ政府はこの占領に反発して「消極的抵抗」という名のもとに、官吏や労働者のサボタージュを主導することで抵抗した。が、これが原因でドイツはハイパーインフレに見舞われることになる。

石原がベルリンに到着したのはまさにそんな時勢であった。到着後しばらくはベルリン市内の安ホテルに滞在していたが、数週間もすると殺伐とした都市部に嫌気がさし、ベルリンから三十キロほど離れた田舎町のポツダムに移った。そして現地人との接触を密にするべく、とあるドイツ人の家に下宿することになった。

ベルリンの大使館付武官補に坂西という男がいた。石原はこの補佐官に、さっそくシュリーフェン所縁の人物についての調査を依頼した。坂西は、石原の研究熱心さに心を打たれ、方々を当たり色々調べてくれたが、あまり有力な手がかりを得ることはできなかった。シュリーフェン本人は十年前に亡くなっている。ヴァイマル共和国軍陸軍兵務局(旧ドイツ参謀本部)にも問い合わせてみたが、退役軍人の親類縁者の消息まではわからないとのことであった。

石原のポツダムでの下宿先は、ごく普通のどこにでもありそうな一般家庭だった。フォン・ディフルトという名の上品な老婦人が女中一人と住んでいた。石原の希望は三食賄い付きだった。交渉の末、朝と晩に食事が付き、晩飯は女中もいれた三人で一緒に食うという決まりになった。

ディフルト夫人は大戦で夫を亡くしていた戦争未亡人である。その彼女が東洋の果てからやってきた遠慮会釈ない態度の石原を何故か気に入った。石原もこの家主を親愛の情をこめて「おせっかい婆さん」と呼んだ。石原が用足しに外出する時、ちょこちょこと一緒に付いてくるのである。そして、紳士がレディと歩く時の立ち位置まであれこれ指図をする。東洋人は童顔だ。婆さんは石原のことを孫くらいに思っている。石原は、自分ではドイツ語はろくにできないと言ってはいるが、そんなことは全くない。

ある晩、三人で食卓を囲んでいるとき、石原がおせっかい婆さんに訊いた。

「なぁ婆さん、いつも一人暮らしじゃ寂しいと愚痴ばかり言っているが、何故せっかく近くにいる娘と一緒に住まないんだ？　簡単なことじゃないか」

すると婆さんは、石原の質問の半分も終わらないうちに、首を横に振りながら言い返した。

「馬鹿を言ってるんじゃないよ。以前三ヶ月くらい一緒に住んでみたんだが、ありゃ人生で最悪の三ヶ月だったね。もうこりごりさ」

婆さん自身未亡人だが、やはり戦争未亡人の娘がベルリンに住んでいる。孫も三人いた。石原からすると、親子が別々に暮らしているということが不思議でならない。しかも婆さんは、いつも寂しい寂しいと愚痴をこぼしている。そしてふた言目には「おお神よ」とか「イエス・キリストよ」とか呟くと、決まって愚痴り始めるのだ。神も仏もないとはこのことだ。思わず日蓮の教えの素晴らしさを講釈したくなる。が、言ってもせんないことだ。ドイツ語でこれをやるのも難しい。代わりにこう言ってやった。

「あのなぁ、親子が一緒に住むことが辛いなんていうのは、どういうことか。いったい何を考えているのかね。親子愛、人類愛ってものがないのかね、なぁ婆さん」

これだから、毛唐は下等なんだと言わんばかりに見下した視線を婆さんに投げかける。

「そんなのは無理さ」と、婆さんも引かない。

「あのね、日本じゃ、そりゃ親兄弟で時には喧嘩もするが、親子楽しく生活するって言うのが、上品な人間の道徳ってものでしょうが」

「おー、そうだわ、まったく石原閣下のいうとおり！」

黙って隣で聞いていた本来はお喋りな女中が石原に味方した。この女にも思い当たる節があるらしい。ところで、この家では石原は一応閣下と呼ばれている。偉いのだ。ここぞとばかりに、石原は日本人の素晴らしさを講釈してやろうと腕まくりをした。が、婆さんはさえぎるように言う。

「ほれ、またフォークの持ち方が、違う。何遍言ったらわかるんじゃこの唐変朴！」

「何！　閣下に向かって唐変朴だと！」

くそっ…。が、言いかけて石原はやめた。話題を転ずるにはいいタイミングだ。

「わかった、わかった。今日のところは勘弁してやろうじゃないか。ところで、婆さん、訊きたいことがある。ある人物を探しているんだが、アンタも軍人の家族のはしくれだ、なにかうまい伝手はないか。新しい政府筋に問い合わせても、面倒くさがって、相手にしてもらえんのだ」

「誰や？」

「シュリーフェン元帥だが、知っているか」

「ふっ、ドイツ人捕まえて、シュリーフェン元帥を知っているかはないだろうさ。閣下の割に、そんなこともわからんとは、情けない。あー、情けない。でも、元帥さんはもう何年も前に死んでいるさ」

婆さんは首を横に振りながら、即座に言い返した。横の女中が目を輝かせながらウンウンと頷く。

「いや、それは知っているさ。だからその元帥の親類縁者だ。探している」

「そうか、そういうことなら…まあ、知らんでもない…かもしれない」

婆さんは勿体ぶる。

「なんだ！　知っているのか。でかした、婆さん」

「確か甥っ子にあたる夫婦がベルリンの近くに住んでいる。私の娘が詳しく知っていると思う」

「お、そうなんか、じゃぁ一度訊いてみてくれんか」

「娘とは話したくないが、まぁ閣下の頼みじゃしかたがない。いいとも、その代わり、頼みがある」

「あー、いいだろ。だが、もう一度言っておくが、日本では、夫婦愛というのも大切だが、それ以上に大切なものがある。いいか、父母、国家そして人類に対する愛というものだ。どうだい、わかったか」

「おう、それには私も大いに賛成だよ。なんだ、閣下とはやっぱり気が合うじゃないか」

「そうだよ、それでいい。じゃぁ何が問題なんだ」

石原と女中は顔を見合わせる。婆さんは、急にしんみりしたかと思うと「あの娘の親不孝なことといったら…、なんであんな娘に育ったのか…」そう言うと首を垂れて下を向いた。

婆さんのいつもの愚痴が始まろうとしている。なんだ堂々巡りか。石原もまずいと思ったか「ちっ」と舌を鳴らしてテーブルに片肘をついた。そもそも、話をそっちに持っていったのは石原だ。

「…私のことなど、どうでもいいって態度だから…」

始まった。興味のない他人の愚痴を延々と聞かされるのは、石原の日蓮主義を聞かされるに等しく苦痛である。話題の方向を変えたほうがいい。が、夜は長い。


「百年の計」

昭和の世となって早三年が過ぎている。一年半のドイツ留学から帰任した石原少佐は、再び陸大の教鞭を執っていた。古戦史を担当し、フリードリッヒ大王やナポレオンの戦争指導についてまるで見てきたかのような調子で講義をする。学生には人気があった。時には青年将校らが結成した政策研究会に出かけて行って、ロシアの南下政策に対抗するには中国への進出が必要だと力説しては喝采を浴びている。いわゆる大陸進出論である。

正月も早や半ばの週末、石原はナポレオンの対英戦争の論稿を仕上げる為、南青山の陸大教官室で朝から原稿用紙と格闘していた。顔を上げ気がつくと、冬の太陽はずっと西に傾いていた。流石に腹が減ったと思ったのか、学生たちに評判の近くの蕎麦屋に出かけることにした。正門を抜けて人通りまばらな路を渡った。店の前までやってきてみると何やら慌ただしい。人が店の外まで溢れ出している。入るのか入らないのか、外から暖簾《のれん》越しに中を覗き込むだけの者もいる。どこか高揚した空気が店の外まで漏れている。

松の内を明けてもいないこの時節、世間では一体何事が起っているのかと訝しみながら、興味津々、石原は、外の客の肩をかわすと暖簾を潜ぐった。すると、あるものが石原の目にぱっと飛び込んできた。成程、そういうことか。黒いダイヤルが二、三付いた四角い木箱の上に黒光りした真鍮のラッパが載っている。ラヂオだ。しかも新品と見える。合点した石原は、彼の軍服をみた若い客がひょいと一人分の席を空けてくれたので、失敬、といった仕草さとともにそこに滑り込んだ。

ラヂオはニュースを流していた。外套を着込んだ勤め人らしき客らが皆耳をそばだて聴いている。一週間前に起こった英国のテムズ川の氾濫のその後の始末やら、一ヶ月後にサンモリッツで開かれる冬季オリンピックへ派遣される日本選手団の話題についてアナウンサーが淡々と原稿を読み上げている。

やがて短い音楽がかかったかと思うと、ラヂオからは、雑踏のようなざわつきに交じって拍子木のカチカチという音が聴こえてきた。それを合図に拡声機の向こうもこっちも俄かに空気が変わった。客の誰かが「待ってましたぁ」と声を掛ける。蕎麦そっちのけで店の客らはラヂオに集中している。大相撲の実況中継が始まったのだ。一呼吸おいて、蕎麦の注文の声やら誰かの嬌声が交じる。今日の客はこの中継が目当てで店に押し寄せたのだ。そこは店主の思惑どおりだ。が、蕎麦を食い終わっても出て行こうとしない客とあとからやってくる客とのせめぎ合いが起きた。今日は蕎麦よりラヂオだ。それはその隣の黒々とした神棚に鎮座する古来の神々より、明らかに多くの新しい信仰を集めている。この日は本邦初の大相撲ラヂオ中継の初日であった。後からやってきては、注文は相撲の後だと言いだす立ち聴きの客もいる。座る場所もない。客数ほど蕎麦が出ていない。店主は背中で泣いているのか。蕎麦屋の経営は長い目でみるしかあるまい。

店の娘が石原と目が合うと慌てて注文を取りに来た。「とろろ蕎麦をもらおうか」そう注文しながら、石原は考えている。この男も相撲は取る。が、それほど大相撲に興味があるわけではない。それでもまわりの客らを眺めているうちに、成程ラヂオがどうやってあの短時間で勝負が決まる相撲をうまく順序立てて聴き手に解るように説明するのか、そこのところに断然と興味が湧いてきた。日本でラヂオ放送が始まったのは三年前だ。普及もまだ百万台程度という。このラヂオが戦場で使えれば、まちがいなく戦術の革新が可能になる。そういう予感がある。部隊展開での命令伝達方法が画期的に変わるのだ。そう考え出したらワクワクする。実際軍内部でも、そのような研究に既に着手している。

さて、運よく注文のどんぶりが石原の目の前にやってきた。アナウンサーが慣れない実況というものに興奮している。石原は聴きながら、前かがみにどんぶりに顔を寄せた。すると突然、目の前の一つだけあいている小さな椅子に場違いな身なりの若い女が座った。石原はどんぶりの端から上目づかいにその客を見た。他の客らはその席で石原と目が合うのを恐れ、その席を空けていたのかもしれない。

石原は女の顔をまじまじ見ると一息ついて、自嘲気味に「やぁ」と声を掛けた。

「欧州はいかがでしたか」

女も軽く言葉を返した。しかしなんと唐突な。まさか、ドイツ語の上達具合を確認しにきたわけでもないだろう。戦闘態勢を整えると、サア掛かって来いとばかりに石原の目の奥が光った。

傍から見たら異様な取り合わせだ。二人の短いやりとりを隣で聞いていた商家風の客が驚いたような仕草をみせた。

石原は思う。(ナオミは何時まで経ってもやって来ないなぁ)としばらく心配していたのだが、やって来るときはいつもこうだ。こっちから会いに行くということはない。そもそも普段何処にいるのか、いやいや本当に実在するのか、それさえよくはわからない。石原の心を映し出している幻想を見ているだけなのかもしれない。今でも時々そんなふうに思えるのだ。

「もう二年も経ってしまいましたが、いや、中々、敗戦国の悲哀を十分に感得しました」

石原は質問の答えをこう表現した。言外に、キミ現れるのが遅すぎやしませんかといった気分を込めている。そして続けた。

「むこうに滞在中はインフレがひどくて、それに一番苦労しました。タクシーに乗った時と降りた時ではもう物価が倍にはね上がっているんですからな。それに、総じて毛唐の文化が如何に劣っているかということもよくわかりました」

石原にとって、鰻や汁粉を食えない西欧人は毛唐で十分である。

「我ら日本人が立ちあがるべきときも、近いものかと…。おっと、それで、例の件ですが…」

一度持ち上げた蕎麦をどんぶりにもどしながら、両肘をテーブルにつくと石原は身を乗り出した。そして聞かなくても実は既にご存じでしょうが、というような厭味な視線をナオミに投げかけながら「一応ね、細工は上々ですな」と言い、今度は姿勢を正しながら坊主頭を掻いた。

一九二四年の初夏の頃だった。ドイツの夏は日が長い。そこはベルリン郊外の、くすんだレンガの古い家並みが続く小さな町の、そのまたはずれだった。石原は、おせっかい婆さんに紹介されたある人物の家の前に立っていた。白いペンキが塗りたての狭い玄関。裏の方には少しばかりの芝生の庭と物干し竿のような棒が何本か垣間見え、その奥にはさらにまた別の白い家の壁があった。表札はない。玄関のステップを数段上ると、石原はかたい木のドアをコツコツと叩いた。

やがてドアが開き、女中らしき女が顔を出した。石原は来意を告げる。まもなく家の主人と思しき四十過ぎの茶色い口髭を蓄えた痩せた男が出てきた。石原は婆さんがしたためてくれたメモのような手紙を渡して、訪問の目的を伝えた。男は、それを一瞥するとお待ちしていましたと言い、石原を家の中に招き入れた。

「はじめまして、私は日本陸軍大尉の石原莞爾と申します」

帽子を取りながら挨拶した。すると男はなにかが閃いたような表情を一瞬見せた。何に反応したのかはわからない。

「クリスティアン・シュリーフェンです。今日はようこそおいでくださいました」

男は手を差し出すと石原と堅く握手を交わした。日本人は握手の時やんわりと手を差し出すのが普通だが、西欧人はしっかりと相手の手を握る。石原も同じように握り返した。

「こちらにシュリーフェン元帥のお身内の方が住んでいらっしゃると伺って参った次第ですが、あなたは失礼ですが…」石原が言いかけると、男は頷きながら、

「私はアルフレート・シュリーフェンの孫になります。元ドイツ陸軍大佐ですが、今はご覧の通りの退役軍人です」

と、一度失った威厳を取り戻そうとするかのように、自信ある澄んだ声で答えた。さもなくば少し裾のよれたカーディガンをまとった何処にでもいる田舎の中年男にしかみえない。シュリーフェンの孫で元大佐。甥ではなかった。石原は、坂西も兵務局も手を抜きやがったなと思った。

石原の表向きの訪問理由は、シュリーフェン元帥の人となりや軍人としてのエピソードを聞かせていただければ大変ありがたい、というものだった。が、男は申し訳なさそうに言った。

「私は孫といっても同じ家で暮らしていたわけではないので、あまり祖父のことは詳しくないのです。貴殿のご期待に添えるかどうか、ただ…」

そりゃそうだろうな、石原は予想通りの返答に変な関心をする。アルフレート・シュリーフェンは死期の近い病床にあって「小さな原因が大きな結果を招く」という言葉を残してこの世を去った。彼の孫は石原の落胆したような顔を見ながら言いかけた言葉を継いだ。

「ただ、祖父が残した軍事蔵書など私が引き取ったものが多少は残っているので、自由に閲覧していただいて結構です」

「おお、それはそれは、ありがたい。それで十分です。是非お願いします」

期待以上の申し出である。次の言葉を待っていると、大佐は、では蔵書室へご案内しましょうと言い、奥のダイニングルームへと石原を導いた。何処に蔵書室があるのかと石原が訝りながらいると、大佐はぴかぴかに磨かれた半畳ほどの床板をひょいと持ち上げた。すると下へと降りる急な階段が現れた。どうやら下のその先が蔵書室らしい。地下の電灯が点いた。覗き込むと床と壁際の棚の裾がはっきり見えた。大佐の後について下りてゆくと、そこは書棚に囲まれた広さ十畳ほどはあろうかという大きな地下室だった。壁じゅうが書籍やら骨董品のような筆記道具やらがぎっしり詰まった本棚が並んでいる。本の虫が騒いだ。

大佐は祖父に関連する書物や資料は大体このあたりにありますと言いながら、石原の興味を引きそうないくつかの軍事関連の書物を取り出して石原に見せた。「ははぁ、成程、立派な蔵書ですなあ」と言ったきり、興味深そうに書棚の隅から隅まで舐めまわすように見ている日本人に気づいた大佐は「ではあとはご自由にどうぞ」とだけ言うと、大きな体を窄《すぼ》めてすうっと上にあがっていった。

石原は、そこで二時間ほど過ごした。そして価値ある書籍や資料をいくつか発見した。シュリーフェンの私信を書き写しもした。が、残念なことに、例の「探し物」の手がかりは皆目つかむことはできなかった。石原は「どういうことだ」と考えた。問うてみても誰も答えない。何れにしても精査が必要だった。

「お役に立てましたか？」

中々上がって来ない石原を気遣ってか、大佐がティーポットを片手に地下へと下りてきた。そろそろ引き際だろう。何度か来る必要があるかもしれない。

「ありがとうございます、中々貴重な資料や書籍を拝見することができました」

大佐は必要があればまたおいで下さればいいと言った。

「そろそろお暇することにします」

とは言え、ケツをまくってそそくさ退散と言うわけにもいかない。どんなものが見つかりどこに興味が惹かれたかくらいの成果の報告とそのお礼は礼儀だろう。大佐のティーを飲みながら石原は蔵書の希少性をほめちぎった。しばらくドイツの行く末や日本の近代化がどのようになされたのかといった話題で意見交換もした。大佐は石原に好感を持った。

「大尉、今日はわざわざ来てくれてありがとう。色々な興味深い話ができてよかった。お礼にこれを差し上げます。少しでもお役に立てば幸いだ」

帰りがけに大佐は本棚の隅から二冊の軍事専門書を引っ張り出してくると石原に渡した。

「それはどうも、ではしばらくお借りいたしましょう」

「いや、返却は不要です」

「それはどうもかたじけない。それから、お願いなのですが、もし御身内で、元帥のことをお話しいただける方がいらしたら、是非ご紹介いただきたい。とくに日本との関わりでなにかあれば、そこに興味があります」

「成程、ごもっともな研究課題だ」

大佐は、祖父の功績が近代日本の発展にどのような影響を与えたのかという観点から石原が軍事史を研究していると合点している。そして少しばかり考えてから言った。

「わかりました、心当たりを当たってみましょう。大尉の研究熱心さは称賛ものです」

「ありがたい、宜しくお願いします」

石原はそう言いながら手を差し伸べて大佐の骨太の掌を再び握った。


その夜、石原はくたびれ果てて下宿に帰投した。イヌを探しているとは迂闊《うかつ》には言えない。盗品であるということが分かっていれば、隠ぺいと言うこともあり得る。そうなったら、元も子もない。石原は、困惑した。

それからも石原はシュリーフェンに関することを片っ端から調べた。関連著書、知人、交友関係などなどだ。手掛かりはそれしかない。あるいはドイツ軍参謀(厳密にはヴァイマル共和国軍の参謀)を家庭教師に招いては、シェリーフェンについての理解を深めようとした。彼の事績の中になにかヒントがあるのかもしれないと考えたからだ。が、どれもいい塩梅《あんばい》にはことは進まなかった。それとも全くの見当違いなのだろうか。そう考えなくもない。

「あと、どこを当たれと言うのか」

もう一度、一縷の望みを大佐にかけるしかない。やはり本当のことを話そう。そう決心すると、石原は大佐に手紙を書いた。訪問時の礼を丁寧に述べると共に、この間は初見で言えなかったが実は政府の密命であるものを探している、シュリーフェン閣下が何らかの形で関与したと考えられており、その手がかりを求めている、何か心当たりはないだろうか、或いはもう一度書庫を拝見したいと。

まもなく石原は、ポツダムの婆さんと別れて、ベルリンに近いシュラハテンゼーという池や沼が多く点在する小さな町に下宿先を移した。別に婆さんと喧嘩したわけではない。ベルリンの後輩にその環境を譲ったのだ。そんなある日。婆さん経由で、シュリーフェン大佐から手紙が届いた。

かなり興奮した様子のペンさばきで、こう書いてあった。

（石原大尉、正直な手紙をありがとう。何か訳ありだとは考えていた。大尉の手紙のおかげでそれまでずっと気になっていた書庫を一念発起、大整理した。すると興味深いものが出てきた。一通の手紙だ。祖父が使用人に宛てたメモのようでもある。いや念書かもしれない。使用人との間で取り交わした物品の貸借契約書のような形式を取っていて、使用人の署名がされている。さらに面白いことには—驚かないでくれたまえ—日本人がやってくるまでそれは厳重に保管管理しておくこと、という但し書きがあった。その日本人とはもしかしたら君のことではないのか。その使用人の家族がベルリンの西に住んでいる。丁度そちらの方へワンデルンする計画があるので、よかったら一緒に行ってみないか…）

手紙を読んだ石原は飛び上がった。こんなことがあるのか。そうかあの時もう少し念入りに調べていればここまで手間は取らなかったのに。先に立たない後悔をした。それにしても、これはかなり有力な手掛かりである。大佐！　どうもありがとう。早速、返信を書いた。ワンデルンに是非参加したい。ワンデルンとは即ちワンダーフォーゲルだ。歩兵の気持ちになって山野を歩きまわるのも全然悪くはない。

石原の蕎麦が伸びはじめている。

「それでワンダーフォーゲルっていうヤツに出かけたんです。老若男女が何日もかけて街道を行軍し野営を繰り返すんです。実際やってみると中々いいもので、皆がズタ袋を背負って、元気のでる歌を大声で歌いながら、広い野っ原や森の中や農村地帯の青くなった小麦畑のあぜ道を練りあるってゆくんです」

ナオミは黙って聞いている。

「それで、四日目の夜、ハインツとか言う小さな村にやってきました。向こうの農家って言うヤツに初めて泊まったのですが、これが臭いのなんの、支那より汚い。やっぱり毛唐には衛生観念というものがない」

その臭さを思い出しながら、一人で納得している。

「それで、やっと夜になって大佐がちょっと出かけようってことで、その村の別の農家を訪ねたわけです。手紙の使用人の家ですな。小さな橋を一つ越えたかな」

石原は、ディテールを思い出しながら、話が冗長になりつつあることを感じた。要点だけを話せばいい。

「それから、そこの家人に会いました。老夫婦が住んでいまして、爺さんの方がシェリーフェンと手紙をやりとりしたその本人だと、あとでわかったんですが、大佐と抱擁を交わすとなにやらしばらく話し込んでいましたが、突然私に向かってお前は一体何を探しにきたんだと訊かれました。この期に及んで隠しだてする理由もないので、本当のことを話したんだが…」

要点だけと思いつつも、どうしても詳細に説明せざるをえない。記憶がその順番でしか甦ってこないような気がした。

「だから、イヌだとやったんです。そうしたらどうだ、驚いた様子で『わかった、こっちへ来い』というわけで、納屋へと案内されたのです…」

「さあさあ、どうですか」

年寄が子供に冒険物語を聞かせるかのように勿体ぶって一拍置いた。ここは山場だ。大げさに驚いて見せる必要がある。

「さて、納屋へ行ってみると、馬桶やら農具やらの傍らに汚い木箱が一つありました。厳重に保管と言うには程遠い有様だったが、早速これを開けてみると、それがそこに鎮座しているではありませんか。『あこれだこれだ』と思わず大きな声で叫んでしまいました。さっそく大佐と家人に礼をいい、後日大使館の人間に取りに来させることにしたという次第です。不思議なことがあるものだと言った大佐の顔が印象的でした」

言いながらその時の光景が石原の脳裏にさらに鮮明に甦ってきた…。

爺さんに案内されて入った納屋は中国式に近い石造りの二十畳ほどはあろうかという土間であった。ランプの灯りが客人をあざけるように光陰をつくって揺れている。家畜の糞尿やら飼料の匂いが入り混じった上に、人の汗の臭いがその悪臭を際立たせている。大佐も同じことを感じているに違いないが、そんなそぶりも見せず石原の前に立っている。爺さんが指をさしながら言った。

「こっちだ」

鋤《すき》やら鍬《くわ》が並んだ奥に、ネズミの住処になっていそうな麦藁の山があり、その山に押しのけられたかのように壁の隅に土色の木箱の頭が見えた。

大佐が藁の山をかき分けるのを手伝った。石原も大佐が掻きだした藁を一緒になってまた別の方に掻きだす。皆黙っている。三人の男の息遣いだけが臭気の立ちこめる空気を揺らした。さて、そうして木箱が現れた。想像していたものより小さかった。爺さんが蓋を素手で持ち上げた。既に何度か開けたことのある様子だ。それもそうだろう。金目になるものなら、とうに売り払っていたかもしれない。いや、売り払えたはずだ。しかし、これはシェリーフェンとの約束だ、律儀にもゲルマン魂を発揮して大事に保管していたのだろう。石原はそんなことを考えながら、作業を見守っている。

するとようやく「さぁ、どうだね」と大佐が口を開いた。四日も野山を一緒に行軍しているうちに大佐と石原はすっかり打ち解けている。石原はすました態度で木箱を覗き込んだ。そしてランプの灯りに黒光りするモノをみて息をとめる。

「これか…」

さらに箱の中に顔を突っ込む。

「何かわかるかね」

石原の後ろから大佐が首をのばしながら訊いた。

「おそらくこれだと思います」

ランプを手にしたまま、石原は興奮を隠して向き直ると自信ありげに言った。

「これはいったい何です?」大佐が訊いた。

「二十年ほど前に、英国のさる政治家から日本の天皇家に送られたものだと私は聞いています…」

日本のエンペラーへの贈り物と聞いて、爺さんも仰天した。大佐も半信半疑ながら、それが本当ならとんでもないことだと興奮を隠さず、あれこれ想像しては顔を赤くした。

「しかし、何らかの理由で日本まで送ることができなかった。おそらくロシアとの戦の影響でしょう」

石原は、適当に話を脚色した。

「まさか本当に日本人が現れるとは思わなんだけど、なんという神の思し召しか」

爺さんは、大佐と目を合わせながらしきりに感心している。元帥が亡くなった時点で、お荷物になっていたのだ。処分せずによかったと思った。

「まったくそのとおりです」大佐も同調する。

「いやいや、イエス・キリスト様はたいしたものです」

埃をかぶったイヌの頭像をマジマジ眺めながら、自分の苦労を茶化してみせた。そしてエンペラーへの贈り物かもしれないということがわかると、イヌの待遇は一変した。臭い納屋の片隅から、母屋の暖炉の前という特等席へと移された。そして神様を拝むようにして、老人がボロ雑巾でイヌを磨きはじめた。ブロンズの黒光りがイヌの威厳を取り戻した。石原はもう一度よく調べた。木箱の裏を見ると何か朱書きがあった。「一九〇一年十月吉日英フィッツモーリス侯爵贈与」とかろうじて読めた。これだ、間違いない。

その夜、千年の友の絆でも得たような気がして、石原はこっそり持ってきていた日本茶を大佐と爺さんに振舞った。二人のドイツ人も、その茶が日本のエンペラーからの賜物かのようにありがたく飲んだ。石原がエンペラーの使いに見えたのかもしれない。

石原はふうっとため息をついた。相撲の取り組みはまだ続いていた。大関登場で、店内は一層賑やかになった。石原は話を続ける。

「それで後日大使館付きの友人に手伝ってもらい、その村までイヌを引き取りに行き、どうにか大使館まで運んで…。それから半年後の帰朝の段になって、大方の嵩張《かさば》る荷物は船便で送ったのですが、これだけは相当我慢して、シベリア経由でハルビンまで持ち込んでね、国柱会支部にしばらくの保管を委託した次第です」

番頭が大店の若女将《おかみ》に仕入れの苦労話を自慢しているように聞こえた。実は石原はハルビンでナオミ登場かと思っていた。が、帰朝してからさえ何時になっても現れない。もしかしたら担がれたかと思いはじめると無性に腹立たしくもなって、この一年くらいは十分に投げやりになっていた。そんなわけで今日がやっとのナオミお目見えなのだった。

「ご苦労様でした。でもこうやってお話を聞いてみると、思ったより容易に見つかったようですね」

知ってか知らずか、石原の表情を察することもなく、若女将は番頭の苦労話を軽く受け流した。

「えっ、そうかね？　結構骨折れたのだけどなぁ」

容易とはなんと猪口才なことを言う。全然容易ではない。

「それにしても、本当にロシア経由の帰路が開けるとは思いませんでした」

そう言いながら、石原はあることを思い出した。

「そうだ、そういえば気になっていることがあります。パリに数日いたとき駐在員仲間の宴会があって、そこで見ず知らずのフランスの将校に出会ったのですが、そいつがシュリーフェン元帥所縁の者を訪ねなさい、そうすれば探しているモノが見つかるだろう、なんてぬかしやがったんです。その時は君の手のものかとも思ったのですが、違いますか？」

ナオミは、首を横に振り、珍しく石原の瞳の奥を見つめた。

「なんと、そうなんですか。じゃあちょっと訊きますが、元々ドイツに行って見つけてこいっていう話の根拠はなんだったのですかね？」

「前史においては、実はイヌとネズミとウサギが二十一世紀の初めに世に現れています。その現れた場所がドイツ。そしてフランスで消えている」

「成程、そういうことか。でもそうだとしたら、その、そこで登場したイヌをちょいと失敬してくれればよかったのではないか」

指先を見詰めながら石原は独り言ちる。尤もな発想だ。

「そうは行きません。それとこれとは別物なのですから」ナオミはすぐに反応した。

「そういうものか」

「そういうものです。それにしても、シュリーフェンが日本人から預かったというのはまだしも、日本人がずっと後になってそれを引き取りに来ることが分かっていたという話は気になります」

石原も首をかしげると同時にナオミにも想定できないことがあるのかと驚いて、彼女の顔をマジマジと見つめ返した。ナオミはしばらく考えた末、白黒の写真のようなものを石原に見せた。

「そのフランス人将校とは、このような感じの人物でしょうか」

「うーん、毛唐は皆同じように見えるから、それに四年も前の一瞬の出来事なので、どうかなぁ。そうと言えばそうだし、違うと言えば違う」

「そうでしょうね。それ以外には変ったことはありませんでしたか？」

「いえ、特には気づきませんでしたな」

「いずれにしても、ご苦労様でした。イヌはハルビンにある限りは問題ないでしょう。必要なのは八十年も先の話ですから、今はそれで結構です」

本当に結構なのか、石原には定かでない。そもそも八十年も先に必要なものを何故今俺が探さなくちゃならなかったのか。不満に似た疑問は後を絶たない。が、今は半分でも納得するしかない。

「で、今日はそれ、だけですか」

「いえ、もう一つあります」

「やっぱりまだあるのか」

「前史に従えば、今年の夏に満洲で日本軍による重大な事件が発生する可能性があります…」

石原の眉が反応する。

「それを阻止していただきたいのです」

「なにぃ、阻止とな」

一テンポ遅れて声が出た。聴き違いでなければイヌとは明らかに次元の違う話だ。昔、時期が来たら話すと言っていた核心は、これのことか。腰を据えると少し気を取り直した。

「ほう、それはまた難しい注文のようですが、一体満洲でどのような事件が起こるのでしょう?」

「六月に、関東軍が暴走し張作霖を殺害するという暴挙を企てます」

「なんと」

絶句しかけてしばらく考える。確かにありうることだが…。

「しかし、張は北京でしょう。いくら関東軍でも、そこまでは手が出せないと思うが」

「数ヶ月後、蒋介石が北伐を再開します。これに圧迫された張作霖が、奉天へと逃れることになるのです。

その時です」

「ふーん、そうか」

またしばらく考え込む。イヌの話は奥がなくちっとも面白くないが、こういう話は専門分野だ。石原の頭はくるくる回転しはじめた。


「生命線」


依然、ここは蕎麦屋である。ナオミが言う。

四月には蒋介石による北伐が再開する。山東に出兵した日本軍と衝突するが、その後北京の張作霖へと矛先を変えた蒋介石軍によって、張は押し出されるように北京を脱出し奉天へ引き上げることになる。ここで関東軍が罠を仕掛ける。満洲で独自に新政権の樹立を画策する関東軍にとって利用価値がなくなりつつあった張は、彼らにとっては只の邪魔者でしかない。しかも反日行動を画策する張が奉天に居座るとなると、満洲域内の反日・排日運動に利用され、馬賊や共産分子の撹乱テロ行動も活発になる恐れが大きい。居留民や日本企業の安全も脅かされる。そこで関東軍内に独断専行の張作霖爆殺計画が持ち上がる。

さて、どうしたものか…。

張作霖は、遼東半島は海城県の貧しい家の生まれである。若くして馬賊に身を投じ、日露戦争中にはロシアのスパイとして活動したが、日本軍に捕えられると児玉源太郎によって助命された。そしてその後、日本のスパイに転じた人物である。満洲にあって袁世凱率いる北洋軍閥と緊密になると、清朝滅亡後も東三省において軍閥としての地歩を固めた。一九一六年に袁が死去すると、満洲全域を手中に収めその支配者となった。さらに北京に進出し幾多の政争・紛争を凌ぎ切る。すると一九二六年末、自らを大元帥と称し、中華民国の主権者であることを宣言した。日本政府も、ロシアから継承した満洲での権益を保持・拡大するために、当初この張作霖を利用し支援するという親和政策を取っていた。ところが欧米は中国統一を目指す蒋介石の国民党政府支持に動いた。しかしその蒋介石に満洲への侵攻意図がないことが判明するに及んで、日本にとって張作霖の利用価値が著しく低下した。張は今そのような不安定な立場に身を置いている。

成程、かなり乱暴な筋書きだが今の満洲の状況ならありえなくはない。石原は聞きながら一々納得した。ナオミはさらに言う。

「満洲国の将来にとって、この爆殺計画実行は致命傷になります。満洲の軍閥は排除するのでもなく、野放しにするのでもなく、取り込むことを前提に考えてください。そして、あなたが決してこの片棒を担ぐようなことはしないこと」

「片棒か…わかった。そのようにしましょう」

頷きながら、石原は了解した。誰が片棒なんか担ぐものか！と心の中で啖呵を切る。同じ担ぐなら心棒だ。アジア主義の石原には漢口駐在時代の経験が生きている。日本人ではどうにもならない中国人の情報ネットワークが大陸の隅々に張り巡らされ行き渡っている。実は蒋も張もないのだ。軍閥はうまく活用する以外にない。

　が、わかったとは言ってみたものの、石原には関東軍の暴走をどうやって阻止するのか妙案はない。そもそも前史においては暴走する筆頭前頭なのである。そこで訊いてみた。

「それで、その張殺害の実行犯ともいうべき関東軍の首謀者は誰になるのですか」

「河本大作大佐が実行します。当然ですが、関東軍司令官による指示です。いずれにしてもこれを阻止してください。いえ、歪曲でも結構です」

「成程、承知した。しかしだなぁ、日本に居ながらにして一体どのようにこれに細工したらいいのか、もう少し情報が欲しい。なにか取っ掛かりはないものなのかい」

　普段は講義・講釈する立場の石原も、ここはナオミにどうすればいいのか訊くしかないのだろう。あてずっぽうにやっても駄目、強権的にやっても駄目。するとナオミは石原に顔を近づけると、声を落とした。石原も一々頷きながら話を聞いている。ナオミが、話はここまでですと言うのを聞いて、ようやく意を決した。

「わかりました、やってみましょう」

　ナオミが近づいていた顔を離すと、石原は正対し軽く一礼した。

「それで、あとはなにか？」

　今日はもう十分だという意味を込めて言った。

「今流行性の感冒が流行っているので、予防ワクチンを打って差し上げます」

「おやおや。蕎麦食ってしまいますから、すこし待っていてください」

すっかりのびた蕎麦を見ながら石原も応ずるほかない。残りを食い終わると、石原はその場で上着を脱いで腕まくりした。ナオミは細く短い注射器を取りだすと、手際良く石原の左腕にワクチンを打ち込んだ。周りにいたほかの客らは、なんとも目のも止まらぬ二人の連携作業を不思議そうに横目で窺っている。陸軍さんのやることは、さすがだと感心しているようでもある。第一蕎麦屋で注射はだれも見たことがない。

「それにしても、あんたのする注射というのは、全く痛みを伴わない。麻酔が効いているのかな」

適当なことを言って石原が感心してみせた。

「これは針ではなく、マイクロバブルで試薬を細胞に打ち込んでいるのです」

気泡を高速で打ち込む。だから痛くないのだという。そんなことができるのだろうか。そんな注射器をどこかにしまい込むと、ナオミが話題を転じた。

「それから、この先私に代わって色々あなたに助言をする人物を紹介しておきます」

えっと石原が反応する隙もなく「こちら、宮崎さんです」と言って、ナオミはそれまで隣で蕎麦を啜っていた男を指差した。石原が慌てて視線を横にずらすと、男は急に箸の手を休め「宮崎と申します。はじめまして」と言い、丁寧にお辞儀をした。

「石原です」

この男、何時からそこにいたのだろうか。石原も軽く会釈をした。

「宮崎さんはマクロ経済政策の専門家です。この先あなたの相談役として助言をしてくれるでしょう。私の友人です」

「…」

石原は男の顔を見ながら考えている。どこかで会ったことがある。石原より少し若い。黒ぶちの丸メガネを掛けている。が、思い出せない。いや間違いない。仕方なくもう一度軽く頭を下げた。

するとナオミは小娘のように小首をかしげ「では桜の季節になったらまたお話しましょう」と言った。そして、するっと立ち上がった。

「えっ」

石原は不意を突かれた。宮崎もペコリと頭を下げ、席を立つ。蕎麦屋は混んでいる。石原がなにか声を掛けた。ラヂオから「八卦よい」と軍配の声が聞こえる。ナオミは振り返ることもなく、もう暖簾をくぐろうとしている。丁稚が女将に従うかのように宮崎が黙って後に従う。

「残ったぁ、残ったあ」行司の声と店の客の歓声が入り混じった。

石原は一人になった。相撲中継が佳境に入ろうとしていた。結びの一番である。拡声機からは呼び出しに交じって、取り組みの解説をするアナウンサーの高揚した声が聞こえている。今夜は皆、初めて聴く大相撲中継に夢中なのだ。

ラヂオの研究はまたあとだ。気を取り直した石原は蕎麦の勘定を済ませるとそろりと一人店を出た。


誰かが言った。

夢の中では何でもアリなことは分かっている。でも何故夢の中では不可解なことを不可解と認識できないのか。しかもそれを不思議にも思わず、無意識に何でも受け入れてしまう。そこには時間も空間の概念もない。因果もなければ始まりと終わりのけじめもない。夢が夢であることに気づくのは稀だ。実はそれこそが本来の魂の姿なのだと言う者もいる。

いやまて、真実はこうだ。現実と思っているこの物質世界こそが誰かが見ている夢なのである。そうかもしれない。この現実こそが夢。だから過去と現在に途方もない断絶があったとしても、それすら誰も気づくことなく、人々はこの世界の虚ろな時の流れに身を任せている。

＊＊＊＊＊＊＊＊＊＊

四月になった。ナオミは石原少佐を茶席に招いた。今年の桜は少し遅い。帝都東京でもようやく蕾が赤くなってきたところだ。石原が向かった先は赤坂にある料亭秋葉である。先月開業したばかりの数寄屋造りのしゃれた店だ。どこからともなく花の甘い香りが漂ってくる。石原は店の入り口で案内を請うた。寄り付きに案内されたあと、自ら庭へ出て茶室へと続く小さな門をくぐった。飛び石にはしっかり水が打たれている。おやおや、随分洒落たところにナオミは俺を呼んだなあと石原は感心している。しばらく待合で腰かけていると、ナオミの声がした。

「どうぞ、中へお入りください」

石原はつくばいで手を洗うとにじり口から身をかがめて茶室に入った。

ひさかたの　ひかりのどけきはるのひに　しずごころなく　はなのちるらん

紀友則の歌が床の間に掛かっている。竹の花入れには八重山桜と山吹。墨蹟窓《ぼくせきまど》からの明かりに照らされてその花がいかにも瑞々しい。石原は、客として床前へ座った。

まもなくナオミが能役者のような足運びで、衣擦れの音を立てながら勝手口より茶室に入った。茶道具を運び入れるために何度か往復する。それを見ていた石原は思わず「うん」と声を漏らした。彼の目を奪ったのは、ナオミの着物姿だった。蒼地の着物で見ごろに薄桃色の桜吹雪の模様があしらってある。袋帯は赤地に毬《まり》の柄だ。なかなかいいじゃないかと感心すると若い父親が娘でも見るような眼ざしになった。ナオミはいつ会っても若い。石原と同年代だとすれば、もうとっくに四十路のはずなのだが、明らかにそうは見えない。朝鮮で初めて会った時から全く変わらない。

国柱会の誰かが話していたことを思い出す。

「なにか面白いことに熱中していると時の経つのがはやい。楽しすぎて、二時間が三十分ほどにしか感じられなかったという経験は誰にでもあるでしょう。実はそういうとき、その人は本当に三十分しか生きていないのです。だからそういう時は歳も四分の一しか取らないわけです。時間は誰にでも平等っていう話は嘘です。人間は楽しいと思うことをすれば長生きするのです」

不思議なことが不思議ではない。そういうナオミに石原は好感を抱いている。

「今日はよくいらしてくださいました」

ナオミは風炉の前に座ると丁寧に挨拶し、作法通りに茶席が始まった。この娘はこんなこともできるのかなどと感心しながら石原も慣れない作法に集中することにした。あまりにもいいタイミングで鹿威しがコンと築山に響く。

抹茶はどうやら樺太産ではなかったようだ。ナオミが口を開く。

「この間お話した件ですが、如何ですか？　二週間後には、蒋介石軍の北伐が再開されます。来月には山東省に出兵する日本軍と衝突し、転じた蒋介石が張作霖を北京から押し出すことになるでしょう」

「うん、心配ない。総長とはずいぶん話はしています。鈴木さんも事の重大性は十分認識しているし、あとひと押しすれば間違いないでしょう」
石原は自信ありげに言った。

話は少し遡る。蒋介石の国民革命軍による北伐は、一九二六年七月革命拠点であった広州から起こった。最終目的は北京政府を打倒し中国全土を統一することである。これが満洲や山東省に権益をもつ日本を刺激した。翌年、立憲政友会の田中義一内閣が誕生すると、迫りくる国民党軍に対抗して山東出兵(第一次)に踏み切った。さらに張作霖を擁護し満洲の権益を死守すべしとの方針を打ち出し、武力介入も辞さずの決意を明らかにした。が、この時は国民党政府内の内紛により北伐は頓挫し、事態はひとまず収束したのだった。

しかし今、態勢を立て直した蒋介石が北伐を再開しようとしている…。

今から三ヶ月くらい前のことだ。石原は、陸大校長の林銑十郎をくどき落とすと、その林の口添えで、鈴木壮六参謀総長のところへ押しかけて行った。陸大教官で一介の少佐がそうやすやすと参謀総長と差しで話ができる訳はない。細工が必要だった。考えあぐねた末、石原は林に駄々をこねて鈴木に会えるように取り計らってもらったのだった。林も「面白いことを考える奴がいるから一度指南してやってほしい」と鈴木に手紙を書いた。
鈴木の方も、石原という変わった奴が陸大の教官にいることは噂で知っていた。そこで休日家に遊びに来てみなさいということになった。会ってみると、本当に面白いことを言う奴だということで鈴木はたちまち石原のことを気に入ってしまった。ドイツ滞在中にシュリーフェン元帥の孫と懇意になった話が特に鈴木の興味を引き付けた。なんといっても、シュリーフェンはドイツ陸軍参謀総長である。その話で鈴木はとても愉快になり石原に気を許すようになった。また鈴木は越後の蒲原郡の出身であり、言わずもがな陸大教官の経験がある。同じ雪国出身の石原とは自然とウマが合ったのかもしれない。

石原は、その後何度か鈴木を家に訪ねて行っては、熱っぽく時局を語った。二月の衆議院選挙の結果（政友会も民政会も過半数を取れないこと）を言い当てたり、そのあとに続く田中内閣による日本共産党弾圧を予言したりして、鈴木を驚かせている。そして、数日前も、蒋介石の北伐の動き、アメリカの日本の政策遂行に対する干渉、張作霖の反応などの行動分析を披露しては、日本が採るべき方策を説いた。鈴木も不思議な奴だと思いながらも、他にも色々なことを言いに来る輩は多いが、見当はずれな意見が多く、石原の時勢を見る慧眼には一目置くようになっていた。

「前史のように進んでいけば、満洲事変まであと三年です」姿勢を崩さずナオミは言った。

「ちょっと待ってくださいよ。仮に張作霖暗殺を回避しえた場合、その先の状況が君の言うシナリオ通りに進む保証はないんじゃないのか」

石原の尤もな意見にナオミは頷いた。しかし、石原の顔を見据えると言い切った。

「問題はそこで終わりなのではなく、その先の満洲の運営なのです。奉天軍閥との致命的な対立は避けるべきです。彼らは満洲国成立後に解体し国軍に組み入れるのが上策です。張作霖の爆殺計画阻止に成功したとしても、彼が奉天に戻れば日本の権益との衝突があり、この先反日色を増してゆくことが考えられます。短兵急にはいかないでしょう。それでも諦めずに可能性を追求してください。いつかチャンスがあります」

石原はやれやれと思う。が、ナオミは何かを隠していると感じた。その部分に彼女の確信があるのだ。気を取り直して、話を先に進めることにした。

「この間、宮崎さんが世田谷に来てくれて、話を散々聞きました。で、やはり八紘一宇では駄目なのか」

世田谷とは石原の自宅だ。畠の中の借家である。

「いえ、そうではなく、アヘンです。これがいけない。アヘン取引による財政運営は、国を滅ぼすもととなります。これで実際に一度滅んでいます。ですから、これは是非とも修正しなければないところです」

確かに宮崎も言っていた。国民全般の教育を平等に充実させ、産業を興し、明治の日本がおこなったように、満洲でも富国強兵策を実行するのですと。

「なるほど、露助に対抗する方法としては、富国強兵ですな。そう、そして農業」

石原はナオミが言い出す前にそのことを言った。石原は農業こそが国の基盤と考えている。ナオミも異論はないはずだ。しかし、ナオミは別のことを言った。

「それから、ラストエンペラーとの密約、これも変更が必要です」

「密約？」

「そう、五族協和の理念を実現しなければ、満洲帝国の命運はやはり尽きてしまいます」

まだあるのか、相変わらず注文が多い。そんなに何でもかんでも俺ができるわけがないじゃないか、と腹の中で思う。顔にも出してこう言い返した。

「あんたのその言葉だけでは、何がなんだか見当がつかないよ。その密約とはそもそも何なんですか？」

「前史では一九三二年の春先に満洲帝国の運営に関連して、関東軍が溥儀と密約を取り交わします。五族協和はいいのですが、その内容に欠陥があった。そもそも、それは日本政府相手でなく関東軍司令官との密約なのですが、そこに関東軍司令官が満洲国皇帝の上に立つという条項があったのです。それが破滅の誘因となりました。あなたがその首謀者だった。ですから、そこを修正してください」

ナオミは、彼女の世界が辿った歴史を「前史」という言い方をする。関東軍と皇帝の関係性が後々問題を惹起するということか。時には譲歩も必要である。今の石原はそこのところは即座に理解した。

「うーん、確かに。で、そこんところをそんなふうにならんよう段取りしろと言うことだな」

しばらく考えて石原は苦し紛れ半分に言った。

「石原さん、あなたには志を同じくする仲間がすでにいるはずです。特に満洲で上司になる板垣さんをうまく誘導して、協力者にする必要があります。抵抗を受ける可能性はありますが、密約文書は、石原さん、関東軍司令官が皇帝の上とならないよう起草して、なんとしても通してください。でないと、日本と満洲は滅びます」

ナオミの言葉にはいつもより力があった。

「重大だな、これは。その匙《さじ》加減で日本が滅ぶとは。で、うまくいかなかったら？」

そう言い返しながらも、これはなかなか面白くなってきたじゃないか。ならばやってやる。そういう闘志が石原の顔に出た。

「協力者への根回しを十分にしてください。必要なら、色仕掛けもありです」

ナオミは洗脳という代りに根回しという言い方をした。そして色仕掛け。石原の眉がむむっと動いた。

「俺に色仕掛けはできんよ。それに下戸だ」

酒席でのテイノウな酔っ払いを大勢見てきて、いつもヘドが出るような嫌悪感を露わにしている石原だ。酒飲みは好かん。それに本当に下戸なのだ。

それにしてもナオミの口から色仕掛けなどという言葉が飛び出すとは思わなかった。あんたならそれができるだろうとは言えず「確かに関東軍司令官が、皇帝の上というのは、まずいかもしれんなぁ」と嘯いてみせた。

「勿論、目的は清朝の復活ではありません。満洲国は近代国家として、独立国家としての道を歩ませなければなりません」ナオミはそう念を押した。

「ふうぅ」

石原にはナオミの言っていることに納得はできるが、十分には消化しきれない部分もある。それがため息になって時々出る。それに話はまだ先のこと。満洲帝国のまの字すら今はこの世に存在しない。が、ドイツで見てきたような敗戦国の悲哀は避けなくてはならない。アメリカは嫌いだが、無謀な戦争は避けた方がいい。ナオミは百年後に備えよと言っている。今から俺がその片棒を担ぐのだ。

ナオミは今、石原の脳みその回転具合を無視して、満洲という国ができてしまったその先の話をしている。ナオミ以外の誰かが同じことを言ったとしたら、それこそ臍が茶を沸かす。彼女の予言どおり世界がその未来の終着点に向かって収束しようとしている。石原の心の中でも、その確信は揺らぎない信奉へとなろうとしていた。今から種まきをしろというのもわかる。大事とはそういうもの。誰もわからない誰も気づかないところに決定打があるのだ。シュリーフェンの言葉を思い出した。

「以上ですか?」

「いいえ、まだあります」

「やっぱり、まだありますか」

石原はがくっときた。しかしナオミは容赦ない。

「満洲国にアメリカの資本を入れるのです」

「なんと」

「技術者を招へいし、農業機械を大量導入して大規模農業経営を展開します」

「日本の農村から大量移民するんじゃないのか」

政治、経済産業の話は埒外《らちがい》だ、とはこの天才は言わない。しかし疲弊した日本の農村の活路は大陸にあるとみている。これは確信だ。いや信念である。だがナオミは言う。

「入植はけっこうですが、日本の零細農家による農業スタイルは満洲ではうまくいきません。産業としても未成熟に終わってしまいます。それに満洲でのアメリカの存在がロシアへのけん制になります。もともと陸軍はロシアを仮想敵国としてやってきているのですから、違和感はないと思います」

石原は黙ってしまう。アジア主義の看板は掲げてはいるものの、まずは日本の農村を何とかしたいと思っている男としては、はいそうですねとすぐには言えない。それにナオミが言えばいちいち尤もらしく聞こえるが、それをすべて自分ひとりでやれるとは毛頭考えていない。

「でも、ナオミさん、私一人でそれを全部やれと言うんかいな?」掛け軸を見上げながら言った。

「一人でできる人があなたなのです」

「一人でできる人」と言われると、それはそうだと胸を張りたくはなる。石原が小便をし終わった犬のようにぶるっと身震いすると、ナオミが付け加えた。

「シュリーフェンの言葉、忘れましたか?『小さな原因が大きな結果を招く』」

いや、忘れちゃいない。何でもお見通しだな。石原は目の前の茶碗を取り上げると、底に残った抹茶を啜りなおした。

そして茶席の午後の部が始まる。

二十世紀、大東亜共栄圏―八紘一宇の理想は関東軍をはじめ軍部の暴走で大失敗に終わった。ナオミの前史レクチャーではそうなっている。結果、満洲に大量の棄民を発生させ、しかも残った軍人らはソヴィエトによってシベリアに連れ去られたという。ナオミはそのソヴィエトを諸悪の大元締めのように言った。石原の国家発展計画の基本スタンスは、社会主義または統制主義だ。その大本はソヴィエトの五カ年経済計画にある。一方で、いずれはアメリカと雌雄の決着をつけなければならないと考えていた。

しかしナオミはそれではうまくいかないと言った。遅ればせながらも二十一世紀に大東亜の平安と繁栄という理想を実現するには、歴史を遡り、これを改変し、未来とリンクさせる以外に方法はない。情報を一部の人間が占有する二十世紀の技術ではこれは不可能なのである。これがナオミの構想であり計画である。この若い女いったい何者なのか。一人で動いているとは考えられない。改めて石原は背筋に冷たいものを感じた。

三日後、大陸より南京の蔣介石軍が動いたという急報が石原の元に入った。予定通りじゃないか。石原は翌朝、鈴木参謀総長の自宅へと向かった。日本が取るべき方策をもう一度念押しするためだ。朝食前にもかかわらず、鈴木は玄関口で石原の顔を見ると「来たか」とだけ言い、ひょいと手招きをして石原を家の中に呼び入れた。

洋風調度品に囲まれた畳敷きの応接室である。開け放たれた縁側の外には幾つもの青い実をつけた梅の木が見える。そこにメジロがやってきては、花の蜜を漁るかのように首をかしげては家の中を覗き込む。

今、二人は真剣な顔で相対している。参謀総長がピースの煙を吐き出すとそのはずみで髭元の口から言葉が出る。

「しかし君の言うことは全くことごとく当たるなあ。その情報収集能力と分析力は認めるよ」

メジロが飛び立った。

「私は時局をあらゆる角度から精査し、大局に立って日本の行く末を案じているのです」

石原は煙をよけながら、適当な返事をした。勢い余って危うく日蓮大上人のお導きでしょうと言いそうになるが、堪えた。

「それで君はこの先どうなると思うか」

鈴木はこの重大な局面にあってもう一度石原を試しているようでもある。

「まず蒋介石が北伐を再宣言するのは明らかです。国民党軍が動き出したのはその兆候にほかありません。こちらも山東への出兵は既定路線ですから、南から圧迫を受けた張作霖は耐えきれずに奉天へと脱出を図るでしょう。今日、関東軍と奉天軍は疎遠になりつつありますが、これを今排除するのは上策とは言えません。蒋介石軍が満洲へ進出するのを力ずくで阻止することがまずは肝要かと思います」

「そんな芸当が、簡単にできると思うかい？」

「国民党軍は欧米、特にアメリカの支援を受けています。その筋から釘を刺すことが、一番でしょう」

鈴木が何かを言えば石原はそれによどみなく答える。

「アメリカはそんな簡単には動かなんだろう。そう思わんか？」

「アメリカは我が国の満洲に対する思い入れを十分承知しています。ですから日本が中国本土において邪な領土的野心がないと言う意図を正確に伝え、共通の敵はソヴィエトの援助を受けている中国共産党であることをしっかり認識させておくことが重要です。いずれ奴らはなにかしらチャチャを入れてきますので、逆手に取ってやったらいいでしょう」

鈴木は石原の真剣に話す姿に一種の感動を覚えた。こいつは将来国を背負って立つ宰相の器かもしれんと、前に座っている男の額のあたりをまじまじと眺めながら、遠い目をした。鈴木はあと二年もすれば退役だ。後々のことは、いずれはこういう若い連中に任せるほかない。

「それで、満洲ですが、この機を逃さず全域に軍を展開したらよろしいでしょう」

石原は本題に突入した。

「おいおい、君。急転直下だな」

参謀総長は石原の性急な話の持って行き方に少し驚いた顔を見せた。

「その為には言わずもがな奉勅命令が必要となります」

「わかっているよ。そうだな」

「はい。参謀総長はいかがお考えになりますか」

石原は畳みかけた。

奉勅命令とは陸海軍の最高統率者である天皇の作戦命令である。閣議決定後に参謀総長が天皇に伝宣し、お上がこれに承認を与えるという形式をとることからこう呼ばれる。命令はこの場合関東軍司令官に発令されるもので、満鉄とその付属地以外の日本の管轄権の及ばない地域に関東軍を展開する場合に必要とされる手続きとなる(大陸令)。

満鉄とは南満洲鉄道株式会社のことをいう。一九〇六年に設立された日本政府が出資するいわゆる特殊法人である。ポーツマス条約によってロシアから引き継いだ東清鉄道南満洲支線（大連―長春）と、日露戦争中に物資輸送を目的として設置された軽便鉄道安奉線（安東―奉天）にそれらの付属地とを併せて経営することを業務としている。が、これが只の鉄道会社ではない。鉄道経営に加えて、炭鉱開発、製鉄、港湾、電力開発、さらには農林牧畜、ホテル、病院、教育・娯楽、航空、果ては都市開発の事業運営をおこなう一大コンツェルンなのである。鉄道付属地の行政権を有することから、満鉄自体が一独立国のような体をなしているのだ。後世の人間から見ても、ロマン溢れる夢のような会社と言えた。

さて、日本がロシアから引き継いだもう一つの権益に関東州の管轄がある。遼東半島突端の地、大連だ。元々はロシアが清朝から受けた租借地であったが、日本に引き継がれると、中華民国政府との間で租借期限を一九九七年までとする合意が成立した。ここには行政機関として関東都督府がおかれたが、後に関東庁となり、一方軍部は独立し関東軍となった。満洲国が誕生すれば、満鉄も関東庁も関東軍も全て移譲され満洲国の一部となることが想定される。しかし今は違う。満鉄の管轄地域および関東州以外での軍事活動は、他国への軍事進攻と同義となるのだ。

鈴木はしばらく考え反問した。

「だったら、結局奉天軍閥はどうするんだ」

「蒋介石が北京を押さえ北伐が一段落した後、奉天軍は一旦武装解除するのが適当でしょう。これは表向きだけでも良いのです。そのあと関東軍に組み入れるのです。田中さんは張とは気脈を通じているし、説得工作を試みてはいかがでしょうか。それに奉天閥は遠からず息子の張学良に代替わりします。親父の張作霖にとっても今は強硬な策に出るよりも、いずれ満洲の治安維持の為に相応の地位となにがしかの役割を与えれば、およそ丸く収まると考えられます」

「君にかかると大日本帝国の首相も将棋の駒の一つのようだな」

参謀総長は笑いながらそう言った。

「是非とも」

石原は鈴木の目尻の皺を数える。

「うん、そうか、確かに君の言う通りだ。まあいいだろう」

鈴木はタバコの煙を燻《くゆ》らせながら鴫居に掛った書を眺めている。どうやら観念した。その表情を見てとった石原は喫緊の対応策として次の四点を具体的に献策した。

一、蒋介石の北伐が再開され満洲への侵攻があった場合、関東軍に命令し蒋介石軍の武装解除措置をとる方針を田中首相と相談して即座に閣議決定すること
二、同方針を蒋介石並びに張作霖に通告し、日本軍の山海関への出動の準備を決然且つ粛々と整えること
三、田中首相はアメリカの干渉に影響を受けやすいから、これを十分懐柔すること　但しアメリカと正面より敵対することは避け、条件が整えば満洲問題について個別に協議する用意があることをケロッグ国務長官に伝えること
四、関東軍の暴走を抑えるため、時宜よろしく奉勅命令を上奏すること　その際は参謀総長自ら出馬し、必ず首相と直談判すること

「ようく分かった。すまんが今君が言ったことは全て文書化して上申してくれんか。ああ、それから直接俺のところに持ってくるんだ」

静かに聞き終わった鈴木は石原に命じた。

数日後、蒋介石軍は北伐を再開した。これに呼応して関東軍は山東省に出兵、朝鮮軍がその隙を埋めるため満洲へと進駐した。ここまでナオミの予言通りの展開である。事態の進展を注視していた鈴木は、一々奴の言うようにことが進みやがるという驚きを抑えながら、石原の献策通りに行動を起こした。蒋介石軍が満洲へ進出した場合には北伐軍並びに奉天軍を武装解除(軍事介入)することが閣議決定され、日本政府はこれを蒋、張両軍へ通達したのだった。これにより、蒋介石軍の張作霖軍への攻勢に制限を与えることに成功した。続いて鈴木は田中首相とも気脈を通じ、奉勅命令を天皇に伝宣し裁可を受けた。軍令をうけた関東軍が歓喜したのは言うまでもない。満洲全域での日本軍による軍事行動の利己的な自由が担保されたが、より重要なことはこれが後々彼らの暴走を食い止める抑止力となったことである。

一方、満洲における日本軍の動きに大いなる嫌疑を抱いていたアメリカは、日本政府の方針、中国北東部での軍事行動計画などについて日本に説明を求めてきた。政府は蒋介石軍の動きを封じる目的でその企図をアメリカ政府に伝えた。報告を受けたケロッグ国務長官は、思った以上に日本がアメリカの対日対中政策を熟知していることに警戒感を顕にし、極東アジア政策は迂闊には処理できないとの思いを強くした。同時に、日本のスパイが政府内に深く入り込んでいるのではないかという疑念を抱いた。

北伐軍は山東で日本軍と軍事衝突を引き起こしたが、その後北京へと進路を転じ張作霖を圧迫すると、日本政府の勧告もあり、愈々張は北京を脱し奉天へ帰還することを決意した。

この機に乗じ張を殺害する計画を画策したのが関東軍高級参謀の河本大佐である。「前史」の通りの進行だ。鉄路奉天へと帰着する直前に張を列車ごと爆殺する。河本は奉天守備隊の東宮鉄男大尉を巻き込み計画実行予定地の皇姑屯という地点に守備兵を送りこむと、朝鮮軍の工兵を用いて満鉄陸橋の橋げた部分に爆薬を仕掛けさせた。列車を吹き飛ばすには十分な量である。張の列車はその下を走る京奉線を通る。三百キロの黄色火薬が頭上で炸裂するのだ。ひとたまりもないだろう。それでも念には念を入れた河本は、爆殺に失敗した場合には、列車ごと脱線転覆させ、そこを襲撃、張作霖を殺害するというバックアップランを用意した。計画は無茶であっても粗漏はない。

さて六月四日の未明、張の乗った特別列車が奉天に到着することが主要駅に配置してあった関東軍参謀からの報告で明らかになった。早速東宮が動いた。国民党軍の便衣隊の仕業と見せかけるため、中国人の浮浪者を殺害し、現場周辺にその死体を遺棄した。

同日午前五時二十分。空はすでに白み満洲の大地は光を帯び始めていた。張の乗った特別列車が京奉線と満鉄線がクロスする地点をまもなく通過する。編成は二十両、張が乗る車両は西太后のお召列車である。爆破予定地点の数百メートル手前、監視小屋に潜む兵の顔がはっきり見て取れた。列車が静かにやって来る。全ては計画通りである。今だ！　合図を受けた東宮が爆破スイッチを一気に引き下げた。その瞬間、轟音とともに大爆発が起きた。お召列車の頭上で三百キロ爆弾が炸裂したのだ。ひとたまりもなかった。瞬く間に黒煙が昇り、併せて鉄片やら彩りあざやかな木片やらが斟酌なしに飛び散った。誰かの絶叫も聞こえた。爆弾が仕掛けられていた鉄橋は崩落し、下を通過しようとしていた張を乗せた列車を押しつぶした。

爆音は周囲に鳴り響いた。が、いったい何が起きたのか、すぐには誰もわからなかった。いや、そのように見えた。が、すわ一大事とばかりに将校に率いられた守備兵が計ったように飛び出す。これを見た東宮鉄男大尉は「為《し》て遣《や》ったり」と得意の笑みを浮かべた。

爆破計画は見事成功した。それっ！とばかりに兵らは散開し、床と壁の一部だけかろうじて残っているお召列車の内や外で張を探した。

ところが、だ。どこをどう探しても張どころか飛び散ったはずの人間の肉片ひとつすらも見つからない。事態の思わぬ展開に、さっきまで得意満面の東宮の顔が朝日に照らされて蒼白となった。無事だった他の車両も虱潰しに探した。そこに誰もいないことが確認されるたびに怒声が聞こえる。が、すべては空しかった。どうやら列車はもぬけの殻で、誰も乗っていなかったのである。

現場に駆け付けた河本はようやく事態を把握し、計画が空振りに終わったことを悟った。そしてセミの抜け殻のように呆然と立ち尽くした。張と彼の側近は一体どこへ消えたのか。関東軍は懸命に張の行方を捜した。が、皆目見当がつかなかった。我に返った河本は地団太《じだんだ》を踏んだ。

鉄路爆破事件は国民党軍便衣兵らの破壊工作として処理する以外にない。それだけが計画通りとなった。


三日後、張作霖が、軍事顧問の儀我誠也《ぎがせいや》少佐と奉天軍東三省辺防司令の呉俊陞《ごしゅんしょう》らを伴い、奉天に到着した。急報が関東軍参謀本部に飛んだ。これぞ晴天の霹靂《へきれき》、張にまんまと裏をかかれたことを思い知り、河本らは切歯扼腕《せっしゃくやくわん》した。そして内通者がいると確信した彼らは、時を経ずして裏切り者探しを始めた。裏切り者が絶対にいるはずだ。が、それも徒労に終わるだろう。そんな者はどこにもいないのだから。

さて、張作霖はどのようにして虎口を脱したのか。実は一行は天津から商人に変装して商船に分乗すると海路営口に至り、その先大石橋から遼陽までを鉄路で北上してきたのだった。さらにそこからは満鉄が手配した乗用車に乗り、今朝奉天に到着したのである。

そのあと張作霖が取った行動が、敵味方なく人々を驚かせた。奉天城に入城するや否や、張は、息子の張学良に軍閥の実権を譲り、自らは第一線を退き隠居生活に入ることを宣言したのである。

こうして兎にも角にも、張作霖爆殺計画は失敗に終わり、関東軍の理不尽な野望は潰えた。


一九二八年八月、石原は中佐に進級すると、十月関東軍作戦主任参謀として満洲に赴任した。

神戸を発し旅順に到着した石原を港で出迎えたのは儀我少佐であった。奉天軍軍事顧問であるこの男は石原とは陸士(二十一期)・陸大(三十期)の同期である。船のタラップを降りてくる石原の姿に気がついた儀我がにこにこと笑っている。その姿に石原も気が付いた。そして二人は歩み寄り、立ち止ると正対し固い握手を交わした。

「莞爾、貴様のおかげで命拾いした。ようこそ満洲へ」

儀我が最初に口を開いた。

「いやいや、君は運がいいから、それは俺のおかげじゃないだろう」

石原も言い返してやった。

「しかし、貴様の忠告がなければ、どうなっていたことやら。爺さんが船に乗るのを相当嫌がって説得するのに苦労したがね。露助の工作員が命を狙っているぞと、散々脅してやったさ」

「自分が殺されかかっていたんだ、否やはないだろう」

「俺も爆破事件の詳細を後から知って本当に肝を冷やした。関東軍の連中は、同じ釜の飯を食った仲間の命にも斟酌しないということがよくわかった。関東庁外事部に手をまわしてくれたのも貴様だ。おかげで任務を果たすことができた。本当に礼を言う。ありがとう」

「何々、そういうな。それに関東庁を差配する力なんか俺にあるわけがないよ。君の任務の完遂、それが何よりだ」

「ああ。それで俺はまもなく内地に帰るが、あとのことは宜しく頼む」

「うん、任せてくれ。俺は最後のご奉公のつもりで満洲に来たんだ。何、満洲をごっそり頂戴するさ」

儀我は石原の「満洲をごっそり」という言葉に一瞬ギョッとした。が、すぐに切り替えるともう一度感謝の念を込めて言った。

「そうだろうな。そのように頼む。さてと、じゃぁまずは腹ごしらえだ。船の上ではろくなものも食ってないだろう。今日は俺の奢りだ。なんでも食いたいものがあったら言ってくれ。鰻と汁粉か？」

儀我はそう言って石原の肩を軽く二度ほど叩くと、再び歯を見せて笑った。

＊　＊　＊　＊　＊　＊　＊　＊　＊　＊

張作霖の長男学良は一九〇一年の生まれである。幼少期から英才教育を受け、学業の成績も優秀だった。軍幹部養成学校である東三省講武学堂を一九歳で卒業すると陸軍少将となった。二十歳の時に訪日した。日本では同い年の天皇と瓜二つの容姿であったことから、人々をたいそう驚かせたというエピソードの持ち主である。学良は生まれながらにして軍人としての人生を歩むことになったが、実は人殺しの軍人ではなく本当は医者になりたかったのだとよく周囲には漏らした。

そんな学良だが、一九二二年と二四年の二度にわたる奉直戦争（奉天派と直隷派の主導権争い）において目覚ましい活躍をみせ、奉天軍閥内での確固たる地位を築くに至るのである。また、奉直戦争に勝利した父の張作霖は、孫文が病没した後に北京政府の実権を握るが、それも盤石ではなく、蒋介石の北伐再開によって奉天へと逃れたのは件のとおりである。そして時を経ずして学良が奉天軍閥首領の地位を継承した。

奉天を新たな拠点とした張親子は、国民党革命軍の満洲への武力侵攻の企図を、取り除くべき第一の脅威と認識していた。そこで蒋介石と裏取引をした。即ち、表向きには国民党政府に恭順の意を示すことで、その見返りに満洲における政治的・軍事的独立を承認させるというものだった。これが奏功した。

一九二八年十二月、張学良は支配地域である東三省(奉天、吉林、黒龍江)において中華民国国旗の青天白日旗を掲揚し、国民党政府に迎合する意志を公にしたのである(これを易幟《えきし》という)。実はその頃、蒋介石は、支援を受けているアメリカから満洲侵攻は支持しないとの通達を受けていた。そう言われた蒋にとって選択肢は他にない。それでも東三省を形の上では支配下に置くことができたのである。一方、張にその裏事情を知るすべはない。が、兎にも角にも両者は均衡したのである。

張作霖は、東三省における支配権が息子に無事継承されたことを見届けるかのように、西洋歴の大晦日の朝、心臓発作を起こしあっけなく他界した。息子の学良は年明けの一月五日、父の葬儀を主宰すると、二月九日まで喪に服することを宣言し、これを東三省に下達した。

その後、国民党政府の満洲への不干渉で自信を持った学良は、軍の実権を握っていた親日派の楊宇霆らを懐柔し政治・軍事にわたる全権を掌握した。こうして権力基盤を固めた彼は、日本の明治維新に倣って富国強兵、近代化を推し進め、満鉄に対抗する鉄道の建設や大連に匹敵する貿易港の建設などの強国政策を次々と打ち出したのである。

さて、関東軍作戦主任参謀・石原莞爾は、既に「ごっそり計画」を実行するべく活発に動いていた。荒木貞夫、小磯国昭、永田鉄山らと満洲問題について談合する為に東京へ出張していたかと思うと、対ソ作戦計画の研究を目的に北満参謀研修旅行を企画し戦闘・戦術の妥当性を検証したり、或いは、各地の特務機関長を招集し、奉天軍閥と不測の衝突が起こった場合の対応について研究会を開いたりしていた。前任の河本に代わって板垣大佐が関東軍高級参謀として着任したのは丁度この頃である。

板垣征四郎は、一八八五年、南部藩の名門の家に生まれている。盛岡中学の三級上には米内光正、一つ上には金田一京助、下級生には石川啄木がいる。一九〇四年、陸士を卒業すると日露戦争に出征、その後陸大を卒業し参謀本部付きとなると、昆明駐在を経て、一九一九年、中支派遣隊司令部のある漢口に赴いた。石原が同地に着任したのはその翌年である。板垣は「思いやり」の人で、人の話をよく聞くいかにも東北人らしい我慢強い性格の持ち主だった。寡黙で鈍重なところもあり、饒舌で発想も言行も暴走しがちな石原とは性質が真逆だが、東北人同士ということでどうにも相性がいい。

そんな板垣の着任後、満洲での石原の行動はさらに活発になった。板垣と新たに満洲問題研究会を立ち上げると、北満への参謀演習旅行計画を実行に移した。この目的は、関東軍の満洲占領計画の発案と参謀らの洗脳にある。石原は熱弁をふるいその帝国主義的満洲占有計画の信念を謳いあげた。

一、満洲は日本の生命線であるばかりか、ソヴィエト共産主義の南下政策をけん制、阻止するは大いなる目標であり、その為の軍備増強が不可避なり

二、満洲においてこれをなし得るはわが日本民族しかなし。ゆえに満洲領有は必然性を有し、しかもそれは在満洲蒙古の中国・朝鮮その他民族の幸福を保護増進する為の正義であり使命なり

三、奉天軍閥は、武装解除をおこなったのち、再編成し関東軍傘下に編入することを第一とし、しかるのち、関東軍は満洲軍として再編成するは道義なり。これこそ満洲の平和実現の近道なり

四、ソヴィエトとの軍事衝突やむなきの場合、共産主義を徹底的にせん滅する覚悟は五族協和の礎なり。この大目的を達するに、適宜南京国民党政府と連携し、共産党を駆逐するは我が戦略なり

五、満洲領有後において南京政府を支援する米国とはこれと協調路線をとり、人的・経済的要素を活用し、満洲の経済的、政治的安定を図ること、百年の計なり

そして石原は大東亜の繁栄の基礎こそはこの満洲にありと結論するのであった。

石原の満洲領有計画を聞いた参謀らは、これぞ我らが進むべき道と興奮する者あり、いや、そんなにことは簡単ではないと日本政府の弱腰や国民党との争いの拡大を懸念する者あり。当初議論は百出したが、石原の主張は参謀らの頭の中に次第に浸透し、やがて確固たる集団的意志へと変わっていった。そして関東軍参謀本部内では、占領計画は段階的に実施されるべきもので、即ち「第一段階　平定」「第二段階統治」「第三段階　国防」とすることが既定路線化した。

その後、石原らは第一段階の「平定」を実現する為、大連から長春までの作戦展開計画、奉天城攻撃戦術、ハルピン攻略などの検討をおこない、第三段階の「国防」を確かにする為、チチハル、ハイラル、満洲里などのソヴィエト国境方面を精力的に視察し攻防戦戦術を再検証した。残った一番の課題は第二段階

の「統治」であり、それは奉天軍閥をどう料理するかに大きくかかわっていた。

＊　＊　＊　＊　＊　＊　＊　＊　＊　＊　＊　＊

一九二〇年代のアメリカ経済史は正に激動の十年であった。欧州大戦が終結すると、二十年代前半はその復興需要によって輸出が急伸し、重工業への投資が拡大した。さらにモータリゼーションの波が押し寄せ、生産財・消費財ともに需給が拡大、やがて未曾有の好景気が現出した。人々は「わが世の春」を謳歌し、それは永遠に続く繁栄と誰もが信じた。

ところが、欧州の復興がひと段落し、さらにソヴィエトが市場経済から離脱すると、農業の機械化と相まって次第に農産物の供給が過剰になり始めた。これが二〇年代半ばの農業不況へと繋がった。

それでも投機熱による信用拡大とともに大量の資金が株式市場に流入し続け、まもなくバブル経済が現出した。この間、株価は五年で五倍と暴騰する。そして一九二九年九月、史上最高値を更新したダウ平均株価はまもなく四〇〇ドルに届こうという勢いとなった。

しかし、その日は前触れもなく、唐突にやってきた。大いなる宴の渦中にいる者たちにとってそれは将に寝耳に水の出来事だった。一九二九年十月二十四日の木曜日である。後に言う「暗黒の木曜日」だ。朝、十時。突如、主要銘柄であるゼネラルモータースの株価が下落しはじめた。その異常さを敏感に察知した市場は、それから三十分の間に一千三百万株の売り注文を浴びせかけた。初動で出遅れた個人投資家らもすぐさまこれに追随した。堅牢強固と思えた無敵のダムがあっけなく決壊したのだった。見る見るうちに全銘柄の株価が連鎖的に暴落したのである。やがて自殺者が続出し、ウォール街に警官隊が出動する騒ぎにまで発展した。更にシカゴとバッファローの市場が相次いで取引を閉鎖するという事態になった。

その翌週も株価は暴落し続けると、なんと連邦予算の十年分相当の時価総額が吹き飛んだ。これが世界恐慌の始まり「わが世の春」の終わりの始まりであった。

ウォール街に端を発した経済恐慌はまたたく間に世界を駆け巡った。欧州大戦後の反動的な不況と関東大震災の影響で経済が弱体化していた日本の貿易も急激に落ち込んだ。これに金解禁の政策発動が重なるという不運が追い打ちをかけ、物価はさらに急落し、失業者が東京の街に溢れだした。未曾有の大不況時代の到来である。

こうした経済恐慌は日本の満洲経営にも大打撃を与えた。特に満鉄が甚大な損害を被るのである。世界市場が縮小したことから、大豆・石炭の輸出が激減し、事業の大きな柱であった運賃収入が低迷した。これに張学良の産業振興策が追いうちを掛けた。満鉄の独占的事業に反発した中国系資本が満鉄に並行する鉄道路線を開業したからだ。これで満鉄は一気に競争力を失う。更に運賃設定が金の市場価格に連動していたことが災いとなる。さらに、遼東湾の葫《こ》蘆《ろ》島(大連の対岸)にオランダ資本によって完成した港湾施設が稼働しはじめると、大連を迂回して満洲産の農鉱業産品の直接輸出が可能になった。これで大連の物資取扱量も激減した。こうして満鉄は創業以来初の赤字経営に転落したのだった。

満洲情勢が不安定化する要因は、経済だけではなかった。西欧列強、そして後から来た日本と時の中国政府との間で結ばれた不平等条約の存在である。

第一次アヘン戦争後の一八四二年から翌年にかけて、清国政府は英国との間に南京条約、続いて虎門寨《こもんさい》追加条約(虎門寨は珠江河口の要塞名)を結んでいた。特にこの二番目の追加条約が所謂不平等条約を具体化した諸悪の根源であった。この条約には、上海・広州等の開港、租借地での英国人居住権の承認、関税自主権の放棄、英国官憲の領事裁判権の許諾、そして片務的最恵国待遇の容認などが明記された。これに便乗したのがフランスや米国で、清国は同様の不平等条約（望厦《ぼうか》条約・黄埔《こうほ》条約）を強要されたのだった。西欧列強の支那大陸の半植民地化が進んだのである。

清国滅亡後、後を引き継いだ中華民国にとって、これら不平等条約の是正・撤廃は最大の外交課題となった。特に一九二五年以降、中国国内でナショナリズムの運動が高揚すると、不平等条約撤廃は国民党政府の対外基本要求となった。蒋介石が北伐を完遂し中国統一を宣言すると、欧米列強は事実上この政権を中国の正統政府として承認した。そしてこれを機に関税自主権が認められ、国権の一部が回復した。

一方日本は欧州大戦の折、ドイツが有する山東省の権益の継承と、満洲における権利の拡大を画策し、一九一四年、袁世凱政府に対し対華二十一カ条の要求を突きつけた。その結果、翌年条約等の形で一定の合意を袁と取り交わすことに成功した。ここで満蒙問題に関する重要な取り決めが確定し、その後の満洲善後条約や満洲協約、北京議定書・日清追加通商航海条約などの締結によって、日本の中国における特殊権益が固定化された。しかし日本と中華民国間のこれら条約をめぐる争いが、排日・抗日の民族運動の高まりへと繋がってゆくのである。その後、紆余曲折を経て蒋介石政府との交渉が進むと、一九三〇年五月に日華関税協定が締結され、中華民国の対日関税自主権が回復した。

しかし、それでも列強による中国大陸の植民地化政策に大きな変更は見えず、租借地の返還要求などの国権回復運動は衰えるどころか、さらに激しくなる様相を呈していた。

こうして世界恐慌に端を発した経済の大停滞と反日・排日運動の高まりが、多数の満洲在留邦人の危機感に火を点けた。人々は「こうなったら畳と桶を背負って夜逃げでもする以外にない」と囁きあっては、不安を募らせていた。

この局面を打開する為の過大な期待が実は今、関東軍に集中している。それは自然の成り行きでもあった。石原は関東軍内にあって「満洲問題処理計画」を策定し、満洲は国防上の最重要拠点であり、その領有は朝鮮統治を安定化させるとともに、日本国内の経済問題を一気に解決するものであるとした。さらに言う。農業の近代化、工業の育成・発展を目指し、北東アジア繁栄の一大根拠地としてその地位を確たるものとする以外に、その将来を拓く道はないのだ。

この頃から「満蒙は日本の生命線」というスローガンが内外で流行した。

時は一九三一年九月一八日、夜半。奉天郊外、正確には奉天駅北八キロメートルの地点、高粱畑《こうりゃん》が果てしなく続く柳条湖《りゅうじょうこ》という農村地帯の一角である。外気は零下二度。弓張の月はその高粱畑に沈み、満天の星空が慈愛に満ちた仄かな光で黒い大地を照らしている。

今その静寂の中、満鉄線の線路上を走り去る二、三の人影があった。張学良軍が駐屯する北大営の兵舎からも遠くない。影の塊は線路上の一点で立ち止まり、動かなくなった。保線作業ではない。黒っぽい塊がしばらく地面にうごめいた。そして闇に溶けて消えた。

突然花火のような閃光とバンという大きな爆発音が霜天を縦横に切り裂いた。レールと枕木が黒々と宙に飛び散った。そして一時の静寂が戻る。

間もなく、何者かによって満鉄線の線路が爆破されたとの急報が関東軍司令部に入った。沿線を管轄する関東軍は、報告に基づいて即座に状況を分析した。そして奉天軍の破壊工作と結論付け、即応態勢を取るよう守備隊に命令した。すべて茶番である。が、ことは予定通りに進んだ。

偶々近傍で夜間演習中であった歩兵大隊が即応した。そして北大営に駐屯する奉天軍に対し反撃を開始したのである。張の駐留部隊は一万の兵からなる。しかし一皮剥くと馬賊やならず者の寄せ集め集団であった。しかも統率は緩く、パニック時における戦闘能力は低い。さらに張学良は日本との無用な軋轢《あつれき》は避けるようにと通達していた。日本側の動きは速かった。間髪を入れずに後方から増援部隊が駆け付け、守備隊に加勢すると、彼らが発砲する榴弾砲の威力の前に元々戦闘意欲の薄い奉天軍は沈黙した。

関東軍の猿芝居は淡々と進んだ。日が改まった十九日の午前一時、大本営参謀総長宛てに至急電を発する。「十八日夜十時半頃、奉天北方北大営西側ニ於テ、暴虐ナル支那軍隊ハ満鉄線ヲ破壊シ我カ守備兵ヲ襲ヒ、馳駆《ハセカケ》タル我カ守備隊ノ一部ト衝突セリ」

北大営を制圧した用意万端の関東軍は一気に奉天城を占領した。

これが世に言う柳条湖事件のあらましである。実はすべてが石原と板垣らに主導された関東軍の謀略だった。いや「実は」もへったくれもない。大本営が黙認した関東軍自作自演の満洲乗っ取り計画、その序の幕が開いたのである。

翌十九日、関東軍は無政府状態となった奉天のほかに長春、営口を占領、数日後には朝鮮軍の満洲進出を既成事実化した。さらに十月に入ると張学良が東北軍の兵力を集中しつつあった錦州を爆撃機によって空爆したのである…。

以上が、ナオミが石原に語った柳条湖事件、すなわち満洲事変（九一八事変）の端緒となる板垣と石原による謀略とその後の展開であった。

そして今、将にこの謀略が起ころうとしている。いや、石原が起こすのだ。しかし、それは「前史」とは異なる過程、結果でなければならない。結果を変えるには原因を変える必要がある。石原は予知夢をみるかのような奇妙な感覚に陥った。

彼は考えている。満洲で起こる事象に干渉してくる外部勢力としては、漬物石のように厳然と存在する北のソヴィエト、そして蒋介石を陰に陽に支援し日本の山東進出に異を唱えている米国、この二つである。前者は第一次五カ年計画の最中でシベリア方面まで手が回らない。後者は世界恐慌で経済が疲弊、極東方面への軍事介入の余力はない。さらにいえば、蒋介石だが、国民党政府は共産党との戦いを優先する「安外内攘」方針を採っている。満洲領有計画を実行するのは将に今、この時なのだ。タイミングだけをとってみれば、それは歴史の必然と言ってもよい。この部分はどのように評価しても変わらない。

そんな時、満洲である事件が起った。一九三一年六月、参謀本部所属の参謀中村震太郎が、兵要地誌調査を目的として東京から満洲にやってきた。関東軍の手が及ばない満洲奥地を隠密里に旅行する為である。これは参謀本部の若い参謀らに中国単独行という修養旅行を経験させるという、いわば慣例行事であった。ところがこの中村を含む一行四名が、こともあろうか旅先で行方不明となった。そしてすぐにそれが張学良の指示に基づく奉天正規軍の仕業であることが判明した。そして、時を経ずして外交問題にまで発展した。これも歴史のいたずらであろうか。

するとまた、別の厄介な事件が起きた。朝鮮併合後、日本政府の斡旋によって大勢の朝鮮人が満洲に入植していたが、そのうちの一団が長春近郊の万宝山に居住し農業に従事していた。土地は地主との正規の賃貸契約に基づくものであったが、朝鮮人が勝手に農業用水路を作りはじめた。これが事件の発端である。

反発した中国人農民らによる朝鮮人排斥の暴動が起きたのである。そして最悪だったのは、朝鮮日報長春支局がこの紛争で朝鮮人入植者八〇〇人が殺されたというねつ造報道を流したことだった。このデマがデマを呼び、デマが朝鮮半島まで達すると、今度は朝鮮国内の各地で暴動が起き、数百人の在朝鮮支那人が殺害された。こうして新たな憎悪が生まれ、後々まで尾を引くことになった。

　このように反日、抗日、排日の火種は連鎖し増幅し、やがて尽きることがなくなった。柳条湖事件前のおよそ半年以内の情勢である。

　そんな八方塞がりの時、参謀本部付きの今田新太郎大尉が張学良の軍事顧問として満洲にやってきた。今田は人格者であり純情熱血漢、そして交際範囲が広く信頼のおける男との評価が高い人物だった。

　石原はこの機会を逃さなかった。早速今田を仲介者として、張学良との直談判を画策し始めた。そしてとうとう、病気見舞いと称し、板垣と石原は関東軍司令官の名代として張と秘密裏に面会する機会を得た。張はこの頃、腸チフスを患い北京の協和病院で治療中だったが、対日情勢の緊迫化をうけ数週間前に奉天に戻ると、市内の病院で入院加療中だった。

　それは立秋も近い、蒼く晴れ上がった爽快な一日だった。石原らは今田を伴い張が入院する病院を訪れた。病院内の季節感のない寒々した貴賓室、顔をそろえたのは日本側が板垣、石原そして今田、奉天側が張、東北辺防軍司令長官公署参謀長の栄臻《えいしん》、側近で日本への留学経験を持つ趙欣泊《ちょうきんぱく》の六名であった。趙が通訳を務める。そして張の近衛隊副隊長の王軍がドアの前に立った。会談の目的は、こじれた両者の関係を修復するべくより建設的な方策を検討する為の初歩的協議という、わかったようなわからない議題が日本側の申し入れの裏面であった。

　これより先、張は国民党軍を支援し、中原戦争と言われる軍閥の反乱を鎮圧、その勝利に貢献したという戦功によって、国民党政府から陸海空軍副司令に任命されていた。今、奉天軍の兵力は二十五万とも言われ、東北三省だけでなく、北京・天津もその勢力下においている。特に直属軍は十万の兵員を擁し、兵備においても関東軍を圧倒している。どうみても、日本側が下手に出るべきところである。

　そんな中、張は蒋介石との申し合わせによって、機を見ては一々騒動を起こそうと企んでいる関東軍とは極力事を構えないという方針を再確認していた。会談の提案は張にとっても別に悪い話ではない。関東軍が軽挙妄動に走らないよう直接そうした要求を伝えるいい機会だ。心理的立場は五分と五分だろう。

　今小さな四角いテーブルを挟んで六人が正対している。今田は奉天軍軍事顧問という立場から、中立というよりやや奉天側についた。いや、そういう立ち位置を演出しているといったほうが正確だろう。そもそも今田は関東軍の将校ではない。張は病気のせいか顔が青白い。そして板垣と石原に目線をちらりと運ぶとあとは黙ったまま顎を引き、板垣の顔の先にある壁のシミを見つめている。

　板垣が、張の体調を気遣いながら外交辞令的な見舞いの言葉を二、三並べたのち、会談の趣旨を説明した。そしてその板垣が黙って一つ頷くと石原が待っていましたとばかりに小賢しい口調で戦舌《せんたん》を開いた。

「司令はドイツ語を話されますか」

　余計なセリフをドイツ語で吐いた。司令とは張のことである。張は「こいつは何を言っているのか」というふうに端正な顔の眉を動かした。通訳の趙が「日本語でお願いします」といって咳払いをする。

「では。まずは昨今の満蒙の状況を鑑みるに、司令のお考えをひとつお伺いしたい。現状、各種の問題が惹起し解決の糸口が見えないでいる。しかし、それはさておき、満蒙の地で共に暮らす人民の共通の目標は何であると思われるか」

石原は突飛な質問を遠慮会釈なしに繰り出した。通訳の趙が間髪入れずに中国語に訳す。張は黙っている。今度は石原がわざとらしい咳払いをする。

「ならば、私から申し上げましょう。我々の共通の目標、それはですね、五族協和、満蒙の経済的発展は言うまでもありませんが、その為にまずは必要な第一は共産主義の打倒です。即ち、ソヴィエトの南下に対する備えです。反日・排日に明け暮れている場合などではない」

趙がすかさず訳す。すると即座に張が抑揚のない口調で返した。

「石原先生、私にはそれほど、共産主義が危険だとは思えない。むしろ懸念は、日本政府の意向を無視するやり方を正当化しようとする一部の跳ね返り者たちではないのか。そもそも東三省は日本人のものではない」

趙が遠慮がちに日本語に訳す。が、最後の一文は意図的に省いた。

「いやいや、司令、形式論は今必要ではないんです。いいですか、社会主義国家というものは私も反対じゃない。むしろこれからの現代的国家建設には必要な理念です。が、問題は、その理念を曲解悪用して、国家の活力源である国民経済から搾取しようと画策する、その見え透いたアカ根性が問題なのです。ロシア帝国と同じ轍を踏んではならんのです」

確かにロシア革命によってロマノフ王朝は崩壊した。東三省でニコライ二世に最も近い存在が張学良であろう。少なくとも本人はそう考える。が、農民や炭鉱労働者、或いは泡沫の苦力らが自分の脅威になるとは到底考えられない。だから石原の能書きは方便にしか聞こえない。蒋介石は中国共産党を利用しながら合作と分裂を繰り返しているが、共産党は対抗勢力というには弱小すぎる。それが蒋と張の共通認識だ。

「中国共産党は脅威とはならない。小事件は起こせても、それ以上の知恵は彼らにはない」

栄臻が張の意を汲むように口を挟んだ。

「本当にそうですかな、参謀長殿。問題は、支那大陸にはびこる似非共産主義者を背後で支援する連中です。アジアを乗っ取ろうとしている。その悪辣さは英米資本主義国家の比ではない。騙されてはいけない。奴らはシロアリのように柱をボロボロと食い尽くす。気がついてからでは遅いのです」

「いやいや、彼らから言わせれば、騙されてはいけない相手はもっと身近にいると言うだろう」

栄がまた言い返した。日本のことだ。

「いいですか、我々は自由な資本、自由な労働力を用い、商売、貿易、生産・消費活動を営み、個々の生活を豊かにしている。それこそが経済の要であり、国の繁栄の礎じゃないですか。奴らは、これを真っ向から否定する。しかもそれを欺瞞《ぎまん》で満ちた糞のような理屈で底辺の不満分子をあおって詐欺商売している。満洲がソヴィエトのようになったら、司令の晩飯も明日から高粱とイモの葉っぱの味噌汁になるのです」

張は味噌汁を飲んだりはしないだろう。が、そうは突っ込まず、傍らの板垣も黙って聞いている。

東三省の統治はうまくいっている。欧米の資本も導入し産業基盤も整いつつある。問題が起きるのは、日本人が絡んでくるからだ。やはり石原の言葉は張らには盗人が盗人の理屈をこねているようにしか聞こえない。それは石原にもわかった。が、ここは引き下がるところではない。

「もう一度言いますが、高粱畑からやってきた農民やら山の中の穴の奥から這い出てきた炭鉱労働者らがソヴィエトの手先に扇動されて革命を起こそうとしている。一年先ではなくても、放っておけば、いつか必ずその日が来る。だから我々は一致協力が必要なのです」

「言いたいことはそれだけですか」

暫く石原の顔をまじまじと見ていた張が会談の幕を引くように言った。話は平行線のままである。

「私の言葉は、真実なのです。言いたいことは以上ですが、もう一度よく考えていただきたい。何度でもこうしてお見舞いに伺いたいと思っています」

張らは黙っている。すると石原が付け加えた。

「そうだ、大事なことを忘れていました。最近日本で開発された司令のご病気の特効薬があります。近いうちに誰かに届けさせますので、是非お試しいただきたい。薬効は関東軍が、いやこの石原莞爾が保証します。ご快癒の節には盛大に祝いの宴を催しましょう」

板垣と今田が一瞬視線を合わせた。どこまでも法螺を吹く奴だなあと、二人の目が言っている。

＊＊＊＊＊＊＊＊＊＊＊＊＊

板垣、石原が張学良と会見したその数日後、奉天市内の瀋陽館という日本旅館に関東軍高級参謀らが参集した。その中心に石原の姿がある。

「ソヴィエトの南進の脅威は日増しに高まっています。今ここ満洲に、奉天軍閥を超える親日政権を樹立させ、近代国家満洲国を成立させることが喫緊の課題です。当初は原則日本の支配下に置き、同盟諸国の資本を導入しつつ、殖産興業によって富める国を築き上げる。これが目標であります。また五族協和の旗印として清朝最後の皇帝溥儀を招聘する案に同意します」

石原は、関東軍参謀の面々、そして参謀本部から出張中の作戦部長に対して、こう言い放ったのである。同意もへったくれもない、元々石原の計画なのだ。しかも、すでに十分陸軍省内で揉まれていた構想である。いわばこれは実行部隊のキックオフミーティング。そしてこの日のこの一言で満洲の行く末が確定したのである。

これまでの三年間、板垣を含めた参謀連中を洗脳してきたのだ。今更文句を言う者はいない。石原にはそういう自信があった。


それからしばらくして、山が動いた。張学良が、関東軍参謀本部宛に「特別相互援助並びに日本管理地以外における諸規定に関する合意」なる書簡を送ってきたのである。これは、約束した薬と一緒に石原が張に送り届けた文書であった。封を開けるとその文書に張の署名があった。いくつか朱書きの訂正が入っていたが、それを吟味して確認を取ると石原は飛び上がるほどに喜んだ。薬が効いたらしい。

「どうやら近いうちに張司令の快癒祝いを盛大にやらなくてはいかんなあ」

報告を受けた板垣がそう言って同じように喜んだ。

「板垣さん、これからが正念場です。これで今まで以上に忙しくなります。近いうちに張司令に会いに行きましょう。正式な調印文書の手交が必要です」

そう言うと石原は早速参謀会議を招集した。


こうして前史とは異なる形で、異なる結果の九一八事変が起こるのである。

「心ある者」

偉大な事業の完遂にはしっかりとした計画と地道な作業の積み重ねが大切である。どれだけ複雑・怪奇な目標に見えても、その道筋は極めて単純な行動単位にブレイクダウンすることができる。例えば、歩く、走る、話す、聞く、書く、計る、上げる、下げる…。そういうレベルのエレメントだ。何故なら、人間にはそれしかできないからである。ひらひらと宙を舞うことも、他人の心を読むこともできない。

結局大事を成し遂げる者は、その理想を具体化し、為すべきことを準次そうした作業レベルに落とし込む能力を持っている。そうして単純化したその一つ一つのタスクを着実に実行する熱意と誠意が、事を成功へと導く。振り返ってみたとき、初めてその辿った道のりの偉大さを傍の人々が評価するのである。

愛新覚羅《あいしんかくら》溥儀《ふぎ》は、光緒帝の皇弟醇親王《じゅんしんのう》載灃《さいほう》と、西太后の腹心栄禄の娘瓜爾佳《グワルギャ》氏の子として、一九〇六年北京に生まれた。そして二歳十ヶ月で清朝第十二代皇帝に即位すると、宣統帝となった。しかし、五年後の辛亥革命の時、これに乗じて政界に復帰した袁世凱によって、退位を余儀なくされる。溥儀六歳の時である。

それでも、清朝政府と中華民国との間で結ばれた「清帝退位優待条件」なる契約に基づいて、溥儀は引き続き「大清皇帝」という尊称を名乗り、紫禁城に居住することを許された。その後、政争の埒外にあった溥儀は、スコットランド人の家庭教師を招き、英国式の教育を受けると、欧風の生活様式やキリスト教的思想の影響を受けた。一九二二年、満洲族の郭布羅《ゴブロ》氏・婉容《えんよう》を皇后として迎え結婚する。人格穏やかで、常に民に心を寄せ、洪水や飢饉が起こると、多くの義捐金や支援金を被災地や生活困窮者に送ることを怠らなかった。関東大震災の時も、紫禁城の膨大な宝石・財宝を日本に寄贈し被災者を見舞った。

しかし、溥儀の日々の安寧は長くは続かなかった。中国の武力統一を図る軍閥同士の争いが激化した一九二四年十月、第二次奉直戦争に伴うクーデター(北京政変)が勃発すると、溥儀は紫禁城からの退去を命じられたのである。行き場を失った溥儀と側近らの庇護に名乗りを上げたのが、イギリスでもアメリカでもなく、震災時に彼の厚意を受けた日本であった。これこそは一等級の歴史のいたずらであろう。言うなれば、関東大震災がなければ、その後の満洲帝国はなかったのかもしれないのである。

一九二五年二月、日本の支那駐屯軍、ならびに駐天津日本国総領事館の仲介によって、溥儀一行は天津の日本租界にあった張園(旧清朝将軍の別荘)に移ることとなった。これが関東軍と溥儀が緊密な関係を持つきっかけとなった。

一方、中華民国内の政治的状況は混沌とした。一九二七年四月、蒋介石率いる国民党は、ソヴィエトの支援を受ける共産党の排除工作を開始し(清党)、南京において「南京国民政府」の樹立を宣言、党および中華民国政府の実権を掌握した。そして同年七月、国共合作を破棄、共産党との内戦に突入する。

このような情勢のなかで、国民党派の軍閥に属する兵隊らが河北省の清東陵(清朝歴代皇帝の陵墓)を冒すという事件が発生した(東陵事件)。なかでも乾隆帝の裕陵と西太后の定東陵は墓室を暴かれ徹底的な略奪を受けた。溥儀は国民党政府に対して強く抗議したが、党中央の統制の及ばない一地方軍閥がしでかしたこの事件の責任問題は結局うやむやにされた。溥儀にとってこれは紫禁城を退去させられた時以上の衝撃的な出来事であり、彼の清朝復辟《ふくへき》(帝位に再び就くこと)の念が以前にも増して強くなるのである。

その後溥儀は、張園から協昌里にある静園に居を移していたが、天津は外国租界が多く、長引く国共内戦の戦闘地域からは隔絶されており、比較的に安全な場所であった。そして日本領事館の保護の下に、婉容、そして鄭孝胥をはじめとする紫禁城時代からの側近らとともに静かに暮らしている。それでも溥儀の許へは国民党の密使が頻繁に訪れるなどして、これがいつ紛争の火種になるかもしれず、日本政府はその扱いに苦慮した。が、今更彼を租界から追い出すわけにもいかない。

さらに一九三一年九月、満洲で九一八事変が起ったのを機に、国民党以外の怪しげな者共が頻繁に静園に出入りするようになる。時代は溥儀をいつまでも歴史の舞台袖に置いておくことを許さなかった。

この日も朝からある男が溥儀を訪ねてきていた。生憎お目当ての人は側近らとゴルフに出かけていた。仕方なく、男は出された紅茶を何杯も飲んだり、持参したカメラで静園の庭をバックに庭木を手入れする庭師を無造作に写真に収めたりしては時間を潰した。ようやく午後になって黒くて丸いサングラスをかけた英国風紳士が帰宅する。玄関で出迎えた執事が主人に来客を告げた。急いでいるのか着替えもせず、溥儀は側近らを退け一人になると、そのまま客人の待つ応接の間に入った。待ちかねていた背広姿の男は溥儀を見ても恐縮するふうでもなく漫然と椅子から立ち上がった。

石原だった。笑みを浮かべながら土肥原の代わりに来たというようなことを言った。土肥原とは奉天特務機関長である。普段は溥儀と関東軍を結ぶ太いパイプ役となっている男だ。

二人は初対面であった。目の前の男が数週間前に事変を引き起こした張本人であることを溥儀はこのとき知る由もない。社交辞令の挨拶の後、二人はソファに腰を下ろした。これにお目付け役の吉岡安直中佐がやってきて加わる。すると石原が姿勢を引き気味にして唐突に本題を切り出した。

「閣下には、清朝祖先発祥の地である満洲で、元首として新しい国家を指導していただきたいと考えています」

溥儀は一瞬はっとしたような表情を眉間に浮かべ、両肩を微かに硬直させた。そして表情を悟られないようサングラス越しに石原を睨《にら》んだ。自分に対する「閣下」という呼称に反応したのである。今の自分の立場を言い表す言葉だった。そしてその言葉の意味が持つ冷酷さに身が震えた。石原も、意図してそのような呼称を用いた。本来なら「皇帝陛下」なのだ。退位したといっても、尊敬と畏怖の念から、そうへりくだるのが常識である。が、敢えて石原がそう言わないのにも訳があった。満洲に下向したあとの、そこでの待遇を暗示しているのだ。

それでも国家元首就任要請とも受け取れる話をいきなり石原が切り出したものだから、同席の吉岡のほうがあからさまに驚いた。演技ではない。そもそも、満蒙の地にそんな「国」は存在すらしない。というよりそこは形式的にも中華民国の一部なのだ。唐突な申し出である。吉岡は溥儀と石原の顔を遠慮もなく見比べた。

溥儀は、以前弟の溥傑から「日本は兄上を満洲の皇帝に祀り上げようと画策している」という意味のことを聞かされていた。だから「来たか」と思った。が、心の奥底の思いとは裏腹に、精一杯自尊心を立て直すと、いつも側近らに語っているような言葉を石原に返した。

「僕はいずれここを離れたら、婉容や王子らを連れて、海外に行こうと思っている。勿論日本はその第一候補地です」

いや、本気なのかもしれない。そのあと溥儀は黙った。実は日本総領事の吉田茂から、軍部の甘言にはくれぐれも乗らないようにとくぎを刺されている。その言葉を思い出しているのだろう。が、石原もなるほどそうですかと引き下がる様子ではない。

「陛下、一九一一年の革命以来、お国の情勢は混とんとしています。国民党政府は内輪もめばかりし、一向に定まる様子なく、或いは共産党との争いに明け暮れております。一方旧来の地方軍閥が跋扈《ばっこ》しては、国土を荒廃させ、民心休まるところを知りません。このような時こそ陛下の慈悲深い御心が人心を一つにするものと信じています。幸い、満蒙の地、いや東三省はわが関東軍の力をもって秩序は安定し、陛下が以前のように徳高き施政をおこなう環境は十分に整いつつあります」

今度は溥儀の心の中を見透かすかのように「陛下」になった。溥儀はカチンときた。「閣下」や「陛下」にではない。

「ちょっと待ちなさい。わが祖先の地においていたずらに軍を動かし、揚句張学良とことを構え、不法にその地を占拠しておいて、それはいかがな言いざまなのか。蒋介石も関東軍のやり方には反発している。そんな状況で何を私にしろというのですか」

石原は鼻の下でにやりとする。

「陛下、ことは外見から見るほど単純ではないのです。張司令とはある目的を共有しています。今日私がここへ参りましたことは、司令の意向でもあります。即ち、先ほど申し上げたことは奉天軍閥も承知の上のこと。巷間九一八事変といわれていますが、これは国内の共産主義者とソヴィエトを攪乱する為の計略なのです。満蒙の地はロシアにも近く、アカの犬どもが暗躍・跋扈しています。関東軍が兵を動かし、満蒙の地を制圧したのは、その犬どもを駆逐することが第一の目的です。奉天も最初は渋っていましたが、ソヴィエトと共産党の謀略を未然に防ぐ為に我々と協力関係を結ぶことにしたのです。奉天軍は、国民党政府から離脱したのち、満洲国皇帝陛下の直属軍となります。そして我々関東軍もいずれそのようになりますでしょう」

溥儀は内心驚愕した。実は数日前も張の軍事顧問を名乗る日本陸軍の将校が張の腹心だという王何某《なにがし》とともにやってきて同じようなことを言って帰ったのである。色んなことを言いにやってくる輩は多い。その時も何を馬鹿な戯言かと思い一笑に付した。そもそも、張学良は満洲で王になろうとしている男だ。いやもう王様気取りなのかもしれない。そんな男が、自分を満洲に招きたいと言い出すはずがないのだ。自分が行けばいずれ邪魔者になる。結果は見えている。

溥儀は石原の顔を凝視した。関東軍のなんらかの思惑が働いているに違いない。利用されるのは嫌だ。が、逆手にとって利用してやるのも手かもしれない。溥儀の頭の中で相反する思惑がぐるぐると渦巻いている。しかしこの話が本当であれば、清王朝再興の現実味が出てくる。いや、まだ遠心力が足りない。すると石原が溥儀の思考を遮って言った。

「陛下、我々は蒋介石から陛下のもとに頻繁に使いが来ていることも承知しています。国民党政権より、我々のほうが信用できます。どうか信じてください…。当初は執政という立場についていただきます。国体が整い時期が来ましたら、その上の位に上っていただきたく考えております」

さらに石原は満洲に日本の明治維新を再現させると言った。海外からの技術、資本を導入し、諸産業を興し、富国強兵を図るという青写真がすでに細密に描かれているのだとも言う。日本の傀儡ではなく、五族協和・王道楽土の旗印の下、元首として国の指導者になっていただきたい。もちろん、地位だけではなく、経済的な保証もするという話だと熱弁を奮って溥儀の決断を求めた。

一方蒋介石からは「満室優待条件」を復活し、北京に溥儀を迎え入れたいとの申し入れが何度も来ている。名ばかりの皇帝として。ここは天秤を持ち出すほかない。

「陛下、もう一つ、大事なことを申し上げるのを忘れていました」

帰り際、石原は一度立ち上がりかけた椅子に座りなおすと勿体ぶって言った。

「数年前、匪賊によって乾隆帝と西太后の陵墓が荒らされたという悲しい事件がありました。陛下のお気持ちを察すると、我々も心が痛みます」

ふん？　何を急に無関係なことを言い出すのか、溥儀はひんやりとした顔を同席の吉岡に向けた。確かに東稜事件ではつらい思いをした。国民党は犯罪者どもを処罰もせずにそのまま放置した。そのことが残念でならない。一瞬のうちにそんな感情が溥儀の心の中を通り抜ける。

溥儀の反応をみた石原は肘を膝に置くと前かがみになった。

「陛下、あの事件をしでかした連中の本当の狙いは、何だったのでしょうか」

墓荒らしに決まっている。東稜には価値のある副葬品が代々の皇帝らとともに眠っていたのだ。狙いもへったくれもない。金目のものはなんでも盗ってゆくのが墓荒らしだ。そうか、先祖代々の墓を荒らされたままにして、己だけが海外に逃避するという発想は墓荒らしと同様の犯罪に等しい。そんな考えではだめだ。石原はそう言っているのだろうか。

「イヌ、ですよ」無反応の溥儀の隙をつくように石原が言った。

「は？」声にならない。いかにも犬は唐突だろう。

「円明園の、といえばお分かりいただけるかと」

溥儀の表情がみるみる青ざめた。ゴルフで日焼けした顔の色の変化までは石原にはわからなかったが、その口元の動揺を見逃さなかった。

「ご安心ください…。そのことをお伝えしたかったのです」

それ以上、石原は何も言わなかった。溥儀も何も訊かなかった。

実は二ヶ月ほど前だったろうか。巷間でよく当たると噂されていた有名な西洋占星術師を晩餐に招いたことがあった。その占星術師が溥儀の行く末を占った。余興である。即ち「清朝復辟をお望みならば、円明園で破壊された噴水時計を修復するがよろしかろう。大切なのが十二支像、とりわけイヌが重要である。それが先祖を供養する一番の方法です」と言ったのである。周りの者は一笑に付したが、真顔で聞いていた溥儀はうんうんと頷いたという。今、そのことを思い出したのである。しかし、東稜事件と円明園、どうにも結びつく話ではなかった。溥儀は混乱した。

石原が帰った後、彼は満鉄総裁の内田と関東軍司令官の本庄のもとに側近を遣った。石原の話の信ぴょう性と、自らの処遇を確認する為である。さらには東京の南陸相にも親書を書いた。日本は何故関東軍の一参謀である石原と言う一介の陸軍中佐にこんな大事を託したのか、それも気になる点だ。

奉天郊外の陵墓には愛新覚羅家の代々の先祖が眠っている。安住の地、心のよりどころの地としてこれ以上の場所はない。最初からそれはわかりきっていた。溥儀が己の夢を石原のいう満洲国にかけてみようと決心するのにそれほど時間は掛からないのかも知れない。

＊　＊　＊　＊　＊　＊　＊　＊　＊　＊　＊　＊

二ヶ月後、溥儀と彼の側近は天津を脱した。夜陰に紛れ静園をこっそりと抜け出すと、国民党の警戒網を潜り抜け、塘沽《タンクー》から大連汽船の淡路丸に乗り込んだのだった。すべて関東軍の差配である。一行は一路満洲へと旅立った。溥儀の失踪はすぐに国民党や諸外国メディアの知るところとなり大騒ぎになるだろう。それは近くて遠い道のりだった。もう、帰る場所はない。天津を脱してから二日目の夜、溥儀らは営口に上陸すると、そこから湯崗子《とうこうし》へと向った。唐代からつづく古い温泉療養地であり、満鉄経営の高級旅館対翠閣があった。長春では、満洲国建国式典、そして溥儀の執政就任宣誓式を執り行なう準備が内々に進められているはずだ。が、まだ機は熟していない。九一八以降、世界の耳目は満洲の動静に注がれている。そして溥儀。今はどこかに身を隠す以外に取るべき策はない。

そんな折から、南陸相から本庄関東軍司令官宛に訓電が届いた。

「一支那人である溥儀の行動或いは溥儀に対する行為については、帝国の関知するところではないのは当然のことである。万が一溥儀が政権樹立を企てるような事態が起きたとしたら、それは日本の国策推進にとって極めて不利である。よって関東軍は軽挙妄動を慎み、溥儀をもって政権問題に関係させせしむ事態を惹起せぬよう周知徹底すべし」

徒に溥儀に関わって余計なことだけはするなと陸軍省から関東軍にくぎを刺してきたのである。軍中央は、これ以上の国際関係の悪化を恐れている。南は溥儀にも親書の返事を書いていた。しかし「日本政府が良きに取り計らうので、ご安心ください」というような曖昧な内容であった。これがことを難解にした。

暴走する関東軍の謀略は着々と進んでいる。進行中の悲劇のようでもあり喜劇のようでもある。溥儀は湯崗子に滞在中、関東軍によってある極秘文書の署名を迫られた。満洲国建国における日本の権益を確認するための関東軍との密約に関するものである。草案は板垣ら関東軍参謀本部がつくった。溥儀が署名したならば、その内容に関東軍司令官が同意するという形をとる。つまり発起人は溥儀である。さてどうするのか。

話はひと月ほど前に遡る。奉天の瀋陽館の一室において「日満議定書甲案」なる文書について関東軍参謀本部内で侃々諤々《かんかんがくがく》の議論が交わされていた。

「満日議定書甲案」

一　満洲の国防、治安維持は国軍編成までの間日本軍にこれを委ねるものとする
二　鉄道・港湾・航空路等の新設・管理は日本との協議によるものとする
三　関東軍の国軍化に便宜を図るものとする
四　満洲国参与、官僚に日本人専門家を率先して登用するものとする

此処までは、まあ、なんとか良かった。争点は、次に続く「五　参与、官僚の任免・罷免権は関東軍司令官がこれを持つ」というものだった。石原が、これに異論を唱えたのだ。引く様子はない。監修者の板垣に向かって主張した。

「板垣さん、これはまずいでしょう。満洲国の上に関東軍ありきでは、国際世論からの独立の承認を得られないばかりか、東京だって認めやしませんよ」

「いや、これは密約だから、表に出ることはないのではないか」誰かが言った。

溥儀サイドがバラせば、一貫の終わりじゃないか。そんなこともわからないのか！と石原はその発言をした参謀を睨んだ。すると板垣がまぁ待てと口を挟む。

「そうは言うが、満洲に関東軍なくして全てはうまくいかないと、お前が一番言っていたことじゃないか。それに溥儀や側近連中が勝手なことをやりだしたら、それこそ収拾がつかんだろう。何を今更言うんだ」

「いや、それにしても、官僚の任免権まで関東軍司令官が口を出すっていうのは、前代未聞ですよ。それに、関東軍の軍事的プレゼンスがあれば充分です。誰も勝手なことなんかできやしませんよ」

「お前にしては弱気なことを言うんだなぁ」

板垣は同情するような視線を石原に投げかけた。

「満洲国が末永く発展するための仕掛けとしては、これはまずいでしょうと申し上げているんです」

勿論、石原は引かない。これは百年の計なのだ。が、板垣も負ない。この二人が人前で真っ向から意見を対立させるのは珍しい。周りの参謀らは中々嘴《くちばし》を挟む余地がない。

「いや、やっぱりネコには鈴をつけておく必要があるだろうよ。お前は支那人をそこまで信用できるのか」

これは、痛いところを突いた。

「満洲国誕生の暁には、関東軍は、日本を捨てて満洲帝国国軍となることを厭わないといって賛成したのは、板垣さんですよ」

そのような二人の応酬に他の参謀連中も隙を見ては加わると、さらに騒々しくなって、それこそ収拾がつかなくなった。仕方なく石原は伝家の宝刀を抜いた。まがいものではある。が、言い放った。

「このままいくと統帥権干犯問題を惹起する危惧があります。これは溥儀との問題、満洲国の問題では済まされないものです」

何のことかとしばらく考えた挙句、板垣が珍しく声を荒げた。

「おまえ、何を馬鹿なことを言う！」

温厚な板垣でも、いたく神経を逆なでされた気がした。これに同調する者もいる。しかし、しばらくすると統帥権干犯という殺し文句に板垣やほかの参謀も黙ってしまった。意味がわかって黙ったというより、その言葉に生理的に反応したといってもいい。遅効性の下剤のようなものかもしれない。下腹部が重くなってきたのだ。「統帥権干犯」元来軍部の政敵に対してこそ使われるべき言葉だ。それは皆痛いほど学習している。が、それを逆手に使われたら、それは反乱軍のレッテルを貼られることと変わりがない。迂闊なことをやって錦の御旗を敵に渡すことはできない。いや、そんなことあろうはずがない。関東軍に刃向う敵などない…。

かつて世に言う統帥権干犯問題という政争事件があった。二年前の一九三〇年、ロンドン軍縮会議において時の政府、濱口内閣が軍の反対を無視する形で軍縮条約に調印した。これを犬養ら野党がここぞとばかりに騒ぎ立てたのがことの発端である。なんと犬養らは軍の意向に反して条約調印するとは憲法に謳われている天皇の統帥権の独立を犯すものだと政府を攻撃したのだ。この完璧な言いがかりは狡猾な誰かが発明したものであった。が、最後には、軍神東郷平八郎やら天皇の伯父の伏見宮まで担ぎ出して、とにかくこれは統帥権干犯である、ということにしてしまったのである。

このときは、これがまさかケチのつきはじめになろうとは誰も考えていなかった。軍縮条約調印まではなんとかこぎつけたものの、その先海軍は軍縮派すなわち条約派と、艦隊決戦派にわかれて不毛の抗争を続ける羽目になる。さらに濱口首相が暴漢に襲われ死去すると、内閣は総辞職の憂き目にあった。これを機に軍部は国軍編成権という強大な権力を手にしたのである。

今石原がいう統帥権干犯の可能性とは、国事行為、すなわち天皇の大権であり、国務大臣が輔弼《ほひつ》するところの外国との条約締結という行為について、一地方軍司令官がそれを執り行うのは、憲法違反だと言っているに等しい。板垣らは、そこのところはよくわかっていないのだが、一番頭の切れる石原がそういうのなら、それはそうなのだろうという程度の認識であった。冷静になって何故だとも中々訊けない。己の無知の証になるからだ。

しかも、最近の石原は、行く先々のことをうまく言い当てている。百発百中の予言者のような凄みすらある。柳条湖をやる前から、いずれ国際連盟の調査団が満洲にやってくるので何としても満洲国建国はそれまでに完了しなければならないとか、変わったところでは少し前だったが、トーマス・エジソンがまもなく死ぬとか言っている。今この（一九三一年十月の）時点で国連の調査団などというものは影も形もない。が、エジソンは数日前に死んでそのニュースは満洲にも届いていた。これまで石原が語る未来はすべて現実のものになっていた。石原の言うことには、理屈でない迫力が備わっている。この男の先を見る目、情報収集とその分析能力は超人的であった。板垣が納得すれば、もうそれで行くしかない。

「じゃぁ、こういうことでどうでしょう」

石原は切り札を切った。折衷案を提示したのだ。即ち「関東軍司令官、またはその代理のものは、高級官僚の任免を含めた満洲国皇帝またはその代理の者の国事行為を輔弼する」

これでどうだと迫った。任免についての同意が必要という文言より曖昧であるが、逆に「国事行為を輔弼する」で、その権限の範囲がなんとなく広がって影響力は大きくなったような気がしないでもない。いずれにしても、溥儀は傀儡なのだ。皆黙りこくって考えている。しばらくこの文言を反芻した後、ようやく板垣は妥協した。

「わかった、じゃぁ、それでいい。その代りに『優先的に』という文言を追加しよう」

つまり優先的に輔弼したい。石原は、わかりましたと言った。修飾語は、どうでもいい。しかし、一度署名されてしまったら、なかなか文言を覆すのは難しくなる。しかも一人歩きする。だから、今この時はっきりさせておく必要があった。何度も言うが、石原にとってここは譲れない。輔弼という言葉で、司令官の立場は、日本国内でいえば天皇を輔弼する国務大臣という位置づけになるのだ。あとは、財政的にも独立して、張とも協力していつか関東軍が満洲国軍になればいい。

一九三一年十一月、溥儀は湯崗子においてこの密約に署名した。そして翌年三月一日には溥儀を執政、張学良の腹心栄臻を国務総理とする満洲国が誕生する。

＊＊＊＊＊＊＊＊＊＊＊

年が改まった一九三二年一月、石原の予言通りジュネーブの国際連盟で満洲事変調査団が編成された。英国のリットン卿のほかに、フランス、イタリア、ドイツからそれぞれ軍人、外交官、国会議員らがメンバーに加わった。世に言うリットン調査団である。調査費用はすべて紛争当事国である日本と中華民国の負担となる。

溥儀がまだ湯崗子に足止めされていたころ、調査団はサンフランシスコを発し、そして溥儀の満洲国執政就任日、即ち満洲国建国日の前日にあたる二月二十九日に横浜に着いた。手始めに日本の国情、政府の立場を理解しようということだった。東京ではリットン調査団はまもなく五・一五事件で暗殺される犬養首相に面会した。リットン卿は、その犬養に中国の実態をよく見てきてくださいとの要請を受けた。そこでリットン卿は調査団の立場を説明し「日支両国の恒久的友好関係の基礎を築く手助けをしたい」と返答したのである。

調査団メンバーの中に、フランク・ロス・マッコイ、アメリカ陸軍少将がいた。米国は国連未加盟国であるが、中国には多大の権益を有している。国連としてはこれを無視するわけにはいかず、そこでマッコイがオブザーバーという立場でこれに加わっていたのである。

マッコイは、六十に近い初老の男である。卵型の頭部は生え際がだいぶ後退しているが、口元には常に強い決意の色を湛えた、思慮深く言葉を選びながら話すタイプのエリート軍人だった。元々アジア通であり、関東大震災の時にはアメリカの被災地救援隊の陣頭指揮を執っている。

調査団が明日は東京を離れて京都へ向かうという日の夜であった。政府主催のお座敷大宴会がお開きとなり、調査団メンバーの皆が機嫌よく宿所である帝国ホテルに帰ってきた時のことである。マッコイがフロントでルームキーを受け取ろうとすると、接客係が「お客様にメッセージが届いています」と言って、彼に一通の封書を手渡した。マッコイは訝しがりながらも、注意深く中のメッセージを取り出して開いた。そしてもう一度訝しむ。どうやら今から折り入って話をしたいという者がその辺りに来ているらしい。差出人の名前を見ると「大地満洲の心ある者より」となっている。フロントマネージャーが言うには、その人物は一時間も前から中庭テラスでマッコイを待っているという。他のメンバーは皆自室へと引き上げ、マッコイだけがロビーに残った。小賢しいが暴漢でもあるまい。根っからの軍人であるマッコイは考える。ほろ酔い気分も手伝って、ヤンキーの好奇心が頭をもたげた。

彼は、アメリカ政府から日本と満洲の行く末が合衆国にとってどのような国益に結びつくのか（或いは相反するのか）、その可能性を見極めるようにと命じられてきている。今夜は、珍しい芸者つき宴席で思わず酒量も増した。酔い覚ましには丁度いい。いやこれからもっと面白い余興があるのかもしれない。

　春とは名ばかりの東京の夜。マッコイは、ホールを抜けて暗い照明の中庭テラスへと出た。屋外のテーブル席のいくつかには蝋燭が燈り、ちらほら客の姿も見える。その先に目をやると、二つの影がこちらの様子を窺いながら隅のベンチに座っている。それを見たマッコイは、ズボンのポケットに片手を突っこむと、その男らに近づいた。一人が立ち上がった。座ったままの男の方に目がいった。黒のソフト帽に黒っぽいウールのオーバーを身に纏って、こくりと一度頭を下げると、あとはあらぬ方を凝視している。私服だが、姿勢が軍人のそれであることは、すぐにわかる。もう一人の立ち上がった方の男は、スーツにネクタイ、どこにでもいそうな日本のビジネスマンといった風情だが、常に周囲の気配を伺うような物腰である。マッコイは声を掛けた。

「失礼、フランク・マッコイですが、私になにかご用というのはあなた方ですか？」

「そうです。お待ちしていました。マッコイ少将」

マッコイの接近を視界の中で窺っていたビジネスマンが愛嬌のある声をあげた。男は手を差し伸べたが、マッコイは無視をする。暗くてはっきりはしないが、丸顔でメガネをかけた男である。すこしロシア訛りの英語だが、まあ聞き苦しくはない。

「大地満洲の心ある者とお名乗りのようだが、一体どなたですかな」

「はい、私たちは、つい数日前まで、満洲におった者です」

ビジネスマンは、言葉を選ぶようにゆっくりと言った。

「ということは、もちろん、日本人、ですな」

「満洲国建国に向けて数日前まで奮迅しておりました…」

マッコイの眉毛が額とともに吊りあがった。そして懐中から取り出した葉巻にゆっくり火を点けながらこう言った。

「ほう、それは興味深い。それで、私にはどのようなご用件でしょうか」

マッコイはもう一度同じことを訊きながら、なにか面白い情報があるかもしれないと直感した。只の勘である。するとビジネスマンが応えた。

「はい、では、失礼ながら、単刀直入に申し上げます。今から申し上げることはアメリカ政府に対する提案と考えていただきたいのですが…」

マッコイはもう一度眉を吊り上げずにはいられない。

「ほう、提案、ですか。それはあなたの個人的考えの一部としてお話しされるものですかな？　それとも、ふう、まぁ、いいでしょう。お聞きしましょう」

マッコイは距離を取って隣のベンチに腰掛けた。ソフト帽は、黙って何もいわない。目付役かそれとも言葉ができないのか。マッコイはそんなことを考えている。するとビジネスマンが向き直って言った。

「すでに御存じとは思いますが、満蒙の地では満洲国の建国が宣言されました。清朝ラストエンペラーの愛新覚羅溥儀閣下が執政に就任されます。九日には、長春でその執政就任式典が大々的に執り行われる運びです。新しい満洲の時代がやってきました」

「ふむ、なかなか手回しがいい。どうやらそのようですが、しかし、事を急ぎ過ぎると、後で後悔することになるかもしれませんな」

カウボーイの恫喝にも聞こえる。が、マッコイはカウボーイではない。

「いいえ、そのようなことはありません。これは満洲の人民諸子にとって避けて通れない必要なプロセスであると私たちは理解しています。やみくもに日本の国益だけを考えて行動しているわけではありません。そこをご賢察いただきたいのです。御承知のように、満洲の北方地域はソヴィエト共産主義の脅威に晒されています」

ビジネスマンは、何度も練習してきたかのような歯切れのいい勢いのある調子で言い切った。

「なるほど。共産主義の犬ども、いや熊ですかな、これはなんとも頭の痛い問題です。将来の脅威であることには変わりがない。いいでしょう」

マッコイも、資本主義の敵であるソヴィエト共産党の拡張主義はどこかで抑え込まなければならないと考えている。恐慌の誘因の一つでもあり、ファシズムより始末が悪い。これはアメリカ政府の方針でもある。満洲がこの防波堤になるのであれば、米国の国益にも適うだろう。検討に値する。たぶんそうなのだ。

ビジネスマンが続ける。

「そうなのです。しかし、現実を言ってしまえば満洲国にはこれに対抗する力が十分ではない。日本が維新で成し遂げたように、産業を興し、文化・教育を発展させ、人々が平等で平和に暮らせる豊かな国を作り上げたいと、我々はそう願っています。ソヴィエトの野望を挫くには、貴国のお力添えが必要なのです。また、アヘンで中国を食い物にする連中もいつまでも許してはおけません」

ビジネスマンはついでに英国を批判している。一歩間違えば満洲もアヘン商人の餌食となる。そうとも言っている。いや、アヘンは既に満洲の人々をもひどく蝕んでいる。だから何とかせねばならない。

「そうですか。その点は同意ですな。それで提案とは何なのでしょう」

はて、一体どの部分に同意なのだろうか。ビジネスマンは話の核心を突いた。

「満洲に貴国の資本、人材、技術を大々的に招聘・導入したいのです。御承知のように、日本にはそれらを全てやるだけの力がない」

「…」

マッコイはしばらく考えている。突飛なこの申し出に言葉が出ないようだ。こいつ、本当に日本人か。そもそもそんなことを言うほどの当事者能力があるのか。そんな疑念も生じる。まずはそこを確認しなければならない。

「それは、あなた達、いやお二人の個人的な考えですかな、それとも犬養さんや荒木さんも御承知なのでしょうか」

無言を通しているソフト帽をちらりと見やりながら、マッコイは当たり障りのない質問で返した。荒木とは陸相である。マッコイは二、三日前官邸で会っている。これは日本政府の内々の要請かと訊いているのだ。そんなわけはないだろうと思う。彼ら政府筋の人間の口からはそのような話は微塵も出ていない。いや待て、そんな話がたとえあったとしても、確かに内々にマッコイに話す機会はなかった。早合点は禁物だ。するとビジネスマンは予断に反したことをさらに言った。

「いいえ、これは日本の声ではなく、満洲の声と考えていただきたいのです。調査団はまずは中国へ渡られると聞きいていますが、長春で執政に会われる前までに、この提案をよく吟味いただきたいのです。満洲という地域は、貴国と同じように多民族国家です。貴国から援助をいただくことができれば、満洲の国家発展はゆるぎないものとなります」

ビジネスマンはゆっくりと話しているが、熱を込めてこれを説いていることはマッコイにも伝わりはじめている。が、その内容まではすんなりとは通じなかったようだ。

「しかし、日本軍が満洲に居座るというのはいかがなものでしょうな。国際世論は蒋介石に同情している」

マッコイはアメリカの懸念でこう切り返した。

「今、日本軍が撤退すれば、元の木阿弥です。馬賊や満洲軍閥だけならよいが、間違いなくソヴィエトに付け入る隙を与えるでしょう。引くに引けないのです。必要な時期までは国際連盟の委任を受けるかたちで、関東軍が治安維持に当たるというオプションも選択肢の一つでしょう」

「…」

マッコイは黙った。政治の専門家ではない。が、ビジネスマンがこの話を思い付きで言っているわけではないことは成程わかった。

「お話の趣旨はわかりました。それで、この話はリットン卿やその他のメンバーにも伝わっているのでしょうか？ それから、あなたの今のお話の信ぴょう性はどうやって判断すればよろしいのか」

ジョークで言っているわけではない。それはいいだろう。が、裏付けのない絵空事にも聞こえるし、何らかの思惑でアメリカを嵌めようとしているのかもしれない。なにしろ初めて聞く話なのだ。しかもこの胡散臭い連中から。

「この話は少将、あなたにするのが初めてです。それから二番目のご質問についてですが…、こちらの方を紹介させてください」

すると、それまで視線も合わせず一言もしゃべらなかったソフト帽が立ちあがって、マッコイに手を差し出した。

「石原です。どうぞよろしく」

「はっ？ とおっしゃると？」

「石原莞爾といいます」

マッコイは男が何を言っているのか、一瞬わからなかった。なにしろ、どんな意図からか、男がドイツ語で挨拶をしたからだ。しかも名前を名乗っただけだ。

「この顔と氏名は手形になりますでしょうか。こちらは石原莞爾陸軍中佐、関東軍参謀本部作戦課長です」

ビジネスマンが、意訳した。マッコイは一瞬戸惑ったが、イシワラカンジと口の中で反芻する、そして、はっと息をのんだ。まさか。オーマイゴッド！　板垣とともに満洲における軍事作戦を首謀した男ではないか。目の前のこの男は、本当にそのイシワラなのか？　動揺を気取られまいとして、マッコイは苦笑いを浮かべた。世間一般では、石原が満洲事変を画策し、実行した人物という認識はない。が、諜報活動の組織が発達し、その情報網を中国や満洲にも張り巡らしていたアメリカでは、すでにそのような分析がなされ、その名前が挙がっていた。

「まさかとは思いましたが、あなたがあの高名な石原中佐ですか！　これは、これは、お会いできて光栄です。今回の事件の…」

皮肉が交じりはじめたところでマッコイは次の言葉を一瞬見失う。ソフト帽が頷いたように見えた。

「…なるほど、しかし満洲にいらっしゃるはずの方がどうしてまた東京に…。そういうことなら、改めて色々お話を伺いたいものです」

マッコイは内心考えた。だとするとこの男、何故ここにいる。まぁいい、いずれはっきりさせてやろうじゃないか。問題は今の話だ。これはきわめて慎重に状況を分析する必要がある。彼は初めてみる恐竜の化石を発見した考古学者のように奮い立った。いやいや、ここはもう一度慎重に対処しなければならない。狂言ということもある。冷静になってそう思い直した。それにしても何故だ。するとソフト帽が、マッコイの思考を遮った。

「彼が今申し上げたことは、およそご理解いただけたとは思います。が、後々のことも考量しまして、一度会っていただきたい人物がおります」

またもやドイツ語で言った。ビジネスマンが、それを同時通訳する。だったらドイツ語で話す必要もなかろう。マッコイもなにか反応しなければならない。

「それは構いませんが、こんなところではなんですな、よろしければバーでウイスキーでもいかがかな、私の奢りで結構、ゆっくり話を…」

はにかんだ笑みを浮かべながらそう言ってホテルの中を指さした。男らの反応がない。仕方なくマッコイは似たようなことをもう一度言いかけたが、石原がそれをまた遮るようにして返答した。

「いや、酒のほうは全くダメなのです。それに今夜は遅いので、また後日、お目にかかる日もあろうかと思います。その時、詳しいことをお話いたしましょう。これは正真正銘、一念覚悟のまじめな提案なのです。今夜はご挨拶までということで、夜分遅くお疲れのところを失礼いたしました」

石原は帽子をかぶり直した。そして出口とは逆の方向へと歩き出した。えっ、そうなのか。

「ちょっと待ってほしい」

マッコイは追いすがるように言った。すると石原は立ち止まり、振り向いた。

「そうだ。もう一つ、お話しておきましょう。今、貴国の政府内には、かなりのアカのスパイが入り込んでいますが、そのことをどうお考えですか？」

あずかり知らぬ話の内容に、マッコイはひるんだ。

「一人、二人ではありません。数百人単位のソヴィエトのエージェントが政府内や関係機関に入り込んでいる。目的は、日米の衝突、そしてアジアの共産化です」

それだけ言うと石原は背を向けた。マッコイは驚いた。一日本人が知る術もないことを、何故そこまで自信満々に言い切るのか。思考が止まった。そして眉をひそめた。

ビジネスマンが「是非新京でもう一度お会いしたいと思います。では」と言うと、軽く会釈した。マッコイはベンチから立ち上がる。もう見送るしかないのか。二人の日本人は影となり、暗闇へと消えた。

マッコイは立ちつくすと、獲物を諦めた狼のような表情をその闇に向けた。

「思わせぶりなことを言いたいだけ言って、あとはさようならか、なんとも失敬な奴らだ」

そう独り言を言いながら「くそっ」と舌打ちをした。が、これが少しでもまともな話なら、大変なことになるかもしれない、そんな予感に身震いをすると、今度は無性に可笑しくなってきた。

世界は出口の見えない大恐慌の真っただ中である。世界恐慌の震源となったアメリカ国内では、共和党のフーバーの財政政策が後手に回ったこともあり、恐慌前に比べて株価は五分の一、工業生産高は三分の一にまで落ち込み、失業率は二〇％を超えている。民主党のルーズベルトが出てきてニューディール政策を実施するまで、否、どこかと戦争を始めるまでアメリカ経済はどうにもならない状況なのである。今、まさにどん底であり、自由の国アメリカですら社会主義革命勃発の危機に直面している。この話が実現可能なら、うまくすれば満洲を梃子にアメリカを立ち直らせることができるかもしれない。検討に値する。誰もがそう考えても不思議ではない。

しかし日本は本当にこんなことを考えているのだろうか。そこがわからない。情報がもっと必要だ。奮い立つような思いでそうマッコイは自分に言い聞かせた。今から満洲が楽しみだなんて、なにか新鮮じゃないか。いい音楽を聴きながら、誰かと美味いバーボンを飲み交わしたい気分だ。誰でもいい。

リットン調査団は、京都のあと海路上海に渡った。上海では蒋介石と会談し、その後満洲では執政溥儀らとも会い、ようやく六月に帰国した。報告書が纏められたのは九月である。条件付きで満洲国を承認するべきであるとの内容であった。英国としては、アヘンのしがらみで蒋介石に配慮する態度を採ったが、最終的にはオブザーバーとして参加したアメリカの意向を汲んだものとなった。これによって、満洲国が国家として承認を受ける素地が整ったのである。ナオミのいう「前史」とは異なる展開が歴史の表舞台で顕になりつつあった。

一九三二年六月、石原は大佐に昇進したが、関東軍参謀本部作戦課長の任を解かれ、陸軍省兵器本部付への転任が決まった。これは、十一月にジュネーブで開かれる国連総会臨時会議へ出席する日本政府代表団の随行員として、欧州に出張する為の布石だった。

あと数日で新京を離れるという八月のある日の朝、ヤマトホテルに宿泊していた石原のもとにナオミが現れた。グリーンルームという大宴会場の片隅で早めの朝食を一人で取っていると、いつかの蕎麦屋のときのように、突然やってきて石原の目の前に座った。

「やぁ、どうも」これには石原も慣れた。

「こんにちは、全ては順調のようですね」

「まったくもって」焼き魚を箸で抓みながら応える。

「二十一世紀のグループも準備が整いつつあります。ですが、問題が一つ起きました」

「そうですか。今度は何ですか」箸を置いて口元をぬぐった。

「イヌが行方不明になります」

「どういうことでしょう。二週間前に国柱会支部を訪問しましたが、厳重に管理されていたが。何が起こったのですか」

「十月初旬にホロンバイルで武装蜂起事件が起きます。これに呼応した何者かがハルビンで国柱会を襲撃し、その時にイヌが持ち去られてしまいました。その後、消息不明となる」

ナオミは相変わらず妙なことを言うなと石原は思う。

「なんだ、これから起こることなら、今から手を打っておけばよろしいでしょうに」

石原は言ってみてから、しまったと思った。

「いいえ、これはすでに起こってしまったことなのです。ですから、そのあとのところで対処しなければならない」

「なるほど、よくわかりませんが、わかりました」

「事件解決には川島芳子さんの助けが必要になります。ですから、彼女の行動に修正を加えるのが最良と考えています」

「ふーん、そうか。そこもすでに起こってしまったこと、というわけですな…。まぁいいでしょう。川島芳子ならよく知っている間柄だ。で、何をしたらいい」

「川島さんに手紙を書いてください。私がその使いをします」

「なんだ、まだ時間はあるし、そんなまだるっこいことをしなくても、私が直接会って話をしてもいい」

尤もな申し出ではある。が、ナオミは否定した。

「いいえ、それは危険すぎます。お互い面識はあるといっても、イヌに関わる部分での接触は避けた方がいいでしょう。この件には、別の力が働いている」

「別の力？」

「つまり、未来からの力です」

石原は黙った。君自身がその未来の力のくせに。しかし、そこは埒外だ。そして諦めて言った。

「わかりました、文をしたためましょう。何を書けばいいのかな」

ナオミは筆と紙を石原の目の前に出した。すると石原は言われるがまま、何やら頷きながらナオミの言葉を文字にした。

「あれ？」書き終えると、石原は何かを思い出すように声を出した。

「何か？」

「昔、渋谷に下宿していた頃に君から手紙をもらった。将来、川島の助けが必要になるとかいう話だったと思うが、ひょっとして、あれ、これなのか？」

「そうかもしれません」そう言いながら、ナオミは笑った。

「ということか。で、あとは？」また注射を打ってやるとか言うのではないかと期待している。

が、ナオミは違うことを言った。

「十月に満洲事変の後始末のために国連臨時会議に代表団が派遣されます。代表は元満鉄副総裁の松岡洋右でしょう。そしてあなたは随行員としてジュネーブへ出かけることになります」

「なるほど、どうやらそのようですな」

リットン調査団の報告書をもとに、国連総会が満洲問題の処理について決議をおこなうこととなった。

その前に日本と中国政府に意見陳述する機会が与えられるというのである。ナオミは続けた。

「その途上、モスクワに数日滞在しますので、ウォロシロフ国防相と面談してください」

石原はナオミを軽く睨む。

「ちょっと待ってくださいよ、随行はいいにしても、一介の大佐の身分で露助の国防大臣とちょっと会ってこいなんて、イヌを探すよりも難しい」笑いながら言った。

「大丈夫です。欧州ではあなたは行く先々で大歓迎を受けます。会談は向こうから申し入れてきます」

「そうなのか、そりゃ大した出世だ。やっぱりこの世は力がモノを言うというわけか」

自分から茶化して見せた。ちょっとした照れ隠しでもある。

「で、何を言ってくればいい？」

「思うがまま」

「なんだ、それでいいのですか」

「会う相手が重要なのです」

「そうか、じゃあ思うところを十分言って聞かせてやるか」

「結構です」

石原は腕組みをした。

「まずだな、北満鉄道の満洲への売却要請。日本との不可侵条約の締結。沿海州の開発への日本の関与・参画の容認。この三つだな。あー、それから共産主義もいいが、アメリカとばかり仲良くされたくなかったらもう少し日本のことを勉強しろと言ってやろう」

「それがいいでしょう」

「満洲では、五族協和、ロシア人も含めて皆仲良く暮らしているんだ、できるよ。満洲はこれからスクスク育つ」

石原はそう言いながら、自己満足の表情を浮かべた。

「それから、もうひとつ。これはジュネーブへ着いてからの話ですが、国連理事会での松岡さんの言動に注意してください。とくに、イエス・キリストの話題は控えるようにと…」

「なんだか具体的ですな」

「宗教は触らないほうがいい。あなたの努力が水の泡になります」

「ようし、わかった。よく言い含めることにする」

「忘れないでください」

ナオミは念を押したが、三ヶ月くらいはジュネーブに滞在することになるだろうから、あとは好きなことをすればいいと付け加えた。

誰かが言った。

「キミ、物事って言うのはすべて、見られているときと見られていないときは、それが異なる姿をしているってこと、知っているか」

「はい、知っています。俺なんか人に見られているときと、そうでないときは別人です。ウチのかぁちゃんの場合なんか、もっと酷いですし」

「馬鹿だな、そういう話じゃない。物質で一番小さい単位の電子の話だよ。これがだ、誰も見ていないときは、波の性質を顕す。どうなっているんだって言ってだよ、間近でこれを観察すると、これがいつの間にか粒子になってしまう。まぁ量子力学の世界の話だがな」

「はぁ、なんのことやらですが、そうですか。電子を間近で見るってどんな感じですかぁ？　レンジの中でバチバチやっているのは時々みますが、あんな感じですかねぇ」

「バカもん、いいか、つまりだ、キミに見えていることだけが真実で、それ以外はだな、全部ウソってことだ。夜空の星もキミが見ているときだけそこにある。見てないときには、そこには星はないってことだ。わかるだろ」

「ああ、それなら、俺ときどきそうじゃないかなって思います。ラーメン大盛り一緒に頼んでも、いつも俺のが少ない気がしますし」

「おめでたい奴だな。でも、少しでもわかっているならいい。お前は周りにある全てに騙されている」


　ここは黒竜江省の省都ハルピンである。長春から汽車で北に五時間ほどの距離にある。アジアの一角とは思えない洒落た洋風の雰囲気を持つ、活気に溢れた北の大都会だ。一八九六年、ロシアが東清鉄道を敷設する際、この地を中心に工事を進めたことでこの街の歴史が始まった。その生い立ち故に、純然たるロシア式の街であり、そのスケールの大きさは北満に比較するものがない。市の北部には松花江が流れ、水上交通の要所となり、また満洲鉄道によって大陸を縦断する陸上交通の要衝でもある。駅を中心にこの街の道路は大きなロータリーをいくつも持ち、区画整備の行き届いた街並みがことさらに美しい。市電に乗って繁華街を行けば、ドーム状の屋根を持つ瀟洒で巨大なソフィア大聖堂がその威容を現す。

　産業は小麦の栽培などの農業を中心に、製粉、砂糖、酒精、油、ビールなどの食品加工、さらには漁業と多様である。満洲国建国後は特に目覚ましい発展を遂げ、日本人も多く移り住んでいる。

今、ハルピンの銀座ともいわれるキタイスカヤ街のカフェテラスに二人の若い女の姿があった。街はいつも以上に華やいでいる。空は高く、日差しは乾いている。広いアカシアの並木道が松花江からの涼しげな川風を運んでくる。一人は和装、もう一人はチャイナドレス。石畳の大通りを行き交う人々は、銀幕のスタアのように颯爽《さっそう》とした二人の雰囲気に誰もが気付くが、次の瞬間、無関心を装い足早に通り過ぎてゆく。

チャイナドレスの女が和装に向かって言った。

「それで、僕に何をしろとおっしゃるの」

「近々煙匪による国柱会ハルピン支局の襲撃計画があります。石原さんがとてもこれを憂慮していて、何とかこれを阻止してほしいというお願いです」

煙匪とは、政治色のない職業的武装窃盗団である。要は金次第で誰とでも組む。

そもそも満洲の匪賊といわれるものにはいくつかのタイプがある。即ち、張作霖が隠居を決めたあと奉天軍閥と袂を分かって下野した連中が構成する反満反露のプロ武装集団、宗教的自立を求めて活動する自衛集団、中国共産党によって組織されている八路軍(共産ゲリラ組織)、古来の封建的武装集団である馬賊、そしてこの煙匪である。彼らの多くは松花江と牡丹江の流域を中心に暗躍している。

暫く和装の顔を見つめていたチャイナドレスが言った。

「あら、そんなことなら、警察かさもなければ関東軍のお仕事でしょ。そちらにお願いしたらどうかしら」

つまりこれは自分らの仕事ではないでしょうと言った。が、和装は言い返した。

「それは難しいことなのです。特に関東軍の関与は好ましくない、と申し上げたほうがいいでしょう」

「どういうこと?」

「盗賊が強奪したモノが問題なのです」

「した物？」

「計画がある」と言うのに既に過ぎたことのような言い方に違和感がある。只の言い間違いなのか。

「じゃあ、それで問題とおっしゃると？」

「清朝の復活を約束するある遺物と言ったらいいでしょうか」

チャイナドレスは、白い額に皺を寄せた。復活の約束？　一体、いつ、どのような形でそうなると言うのか。そもそも愛新覚羅家の復活などがこの先あるのだろうか、もう何も残っていないじゃないか。

「あらあら、そんな物がこの世の中にあるのなら、私のこれまでの苦労はいったい何だったのかしらね。一度その遺物とやらにお目にかかりたいものですわ。しかもそれが日本の仏教徒のアジトにあるだなんて。石原さんも隅におけませんわ」

チャイナドレスは話を茶化した。

「十九世紀に英国軍によって北京の円明園から略奪されたブロンズ像で、ドイツにあったものを石原さんが探し出してハルビンまで運んできたものです。そして信用できる国柱会の支部に保管を依頼した。今これが何者かに狙われている。煙匪はその手先です」

チャイナドレスの女はテーブルのレモンティーをスプーンでかき回しながら、思わず嘲笑ともいえる笑みを漏らした。やはりこれから起こることのようだ。

「ああ、それなら、子供の頃実父からそんな話、聞いたことがあるわ。でもあなた、そんなブロンズ像の一つや二つで清朝が復活するなんて、どんな魔法を使うのかしら。僕には理解できない。それに宣統帝はこの地でいずれ復辟を果たされるでしょう。じゃあ、復活って、どういうこと？」

チャイナドレスはお姫様のような話し方をするかと思うと、自分のことを「僕」と言ったりする。

「今の満洲は、只の借り物です。そのことはあなたもご承知のはずです。その像には、重大な秘密が隠されています。それが後々満洲に限らず支那大陸全体の役に立つと言われているのです」

チャイナドレスがより皮肉の混じった薄ら笑いをしたように見えた。

「へえ、そう。そんなことが本当にあるの。石原さんはそのご説を支持していらっしゃるのかしら?」

「勿論、そうです。このことは石原さんがよくご存知。しかし、関東軍の直接的関与は避けるべきなのです。警察は言わずもがな」

ここで和装が石原の手紙を出して見せた。チャイナドレスがその手紙に素早く目を走らせるとしばらく黙った。

「あなた、随分彼に信頼されているのね。まぁいいわ。それで、一度盗まれるから、そのあと横取りしないと言うお話ね」

「そのようなものです」

「あら、でも、まだ盗まれたわけじゃないんでしょ。何故盗まれる前に手を打たないの?」

「それには事情があります」

「おかしな事情。随分仕組むのね。さっきもおかしな言い方なさったし。僕にできるかしら」

チャイナドレスの女は、執政溥儀の直属部隊として組織された自警団安国軍の総司令、金璧輝《きんへきき》である。ハルピン以北からロシア国境付近までの治安維持を任務としている。とはいっても、この安国軍は義勇軍で、しかも兵員は百名に満たない。官制匪賊といってもあながち間違いではない内実であった。

「それで、あなたのお名前はロクゴウナオミさんとおっしゃるのね」

「はい、この件については石原さんより総司令がお引き受けいただけたら、全力で補佐するようにと仰せつかっています」和装は随分脚色した。

「そう、それでその依頼主さんは今ごろどこで何をなさっているのかしら」

「来月には外務省に出向されて、国際連盟の会議に出席する為にジュネーブへ向かわれます」

「そうか、そうなのね。満洲国の正当性を明らかにされてくるのですね。そういうことなら、僕も一肌脱がないといけませんかしら。それにしてもロクゴウさん、若いのにりっぱね。僕の右腕にならないかしら」

その申し出に和装が首を傾げながら微笑みを返すと、それが気に入ったのか「僕」もその仕草を真似して見せた。

＊＊＊＊＊＊＊＊＊＊＊

黒竜江省の大地は緩やかな起伏が果てしなく続き、小規模な村落が原野に点在する。農地となっているところは小麦畑とトウモロコシ畑が多い。蒙古人らしき家族が放牧するヤギの群れが南の稜線に見える。中秋も過ぎたこの季節になると朝晩はめっきり冷え込む。内地から初めて大陸にやってきた開拓民が最初に乗り越えなければならない試練がここの気候だった。

この日ハルピンの西北、市街地からは百キロほど離れたチチハルへと向かう間道を、ゆっくりと進む小規模な馬列があった。荷馬車が先頭におり、驢馬の歩みに合わせて隊列ははやる気持ちを抑えながら道を急いでいる。時折リーダーらしき男の馬が前に出て、行く先々に不安がないかを確認する。本隊の後方二キロほどのところには殿が三騎いた。皆、なりは役人風だが小銃を隠し持っている。総勢八人。前日の未明、無人だった国柱会の保安倉庫を襲った連中である。煙匪だ。今朝早く、隠れ家にしていた農家を出発した。ハルビンとチチハルの丁度中間地点、安達という小さな町を目指している。依頼人と取引をする為である。

煙匪は、やがて肇東という集落に差し掛かった。あたりは牧草地帯のように広々として、見晴らしもいい。遥か北の小高い丘陵の連なりが地平線をなしている。ここは安全な場所だ。周囲からは死角となる窪地を見つけると、そろそろ昼飯にしようと立ち止まった。そして、皆が馬を下りて小休止となった。太陽は真南の位置にある。

暫く後続を待った。ところが殿の三騎がいつまでたっても追いついてこない。リーダーが配下に様子を見てくるようにと命令した。一騎が今やってきたばかりの東の道を面倒くさそうに引き返して行った。

残った四人が思い思いにタバコを吹かし一休みしていると、西の方角の丘の上に白っぽい人影が現れた。周囲を警戒していた一人がそれに気づいた。「誰か来るぞ」という言葉に、皆慌てて馬に跳び乗った。が、影が近づくとどうやらそれは旅芸人の一行であった。女二人に苦力一人の三人組だ。大したことはなさそうだ。馬を引きながらのんびりと歩を進めてくる。煙匪は「なんだ女か」と言って、警戒心を解いた。見れば珍妙な格好をしているではないか。一人は華奢な女で将校気取りの軍装姿、滑稽ですらある。別の一人はハルビンの繁華街にでもいそうなきらびやかな刺繍で彩られた和服の女。どちらも若くていい女の風情だ。場違いにもほどがある。最後は不釣り合いに汚らしい苦力だ。やがて目の前にやってきた。

一行は馬上の男らを見ると「こんにちは、ご機嫌いかが」と挨拶をしながら軽く会釈をした。ゆっくりと歩を進めて、男どもの前を通り過ぎようとした。その時煙匪の一人が声を掛けた。

「おー、女二人の旅芸人か。中々いいみなりしているなぁ」

旅芸人と思うのは勝手だ。リーダーが「よせ」と怒鳴ったが、それよりも早く、別の男がさらに意地悪くからかった。

「よお、姐さんたち、一体どんな面白い芸ができるんだ？」

「俺らはちょっと退屈してるんだ。ここで何か見せてくれ」

最初の男が言った。軍装が、その品のない男に目線を走らすと、にこっと笑い応える。

「あら、お兄さん方、宜しゅうお見知りおきを。勿論、色々できますわ。ハルピンのキャバレー風の西欧ダンスから、日本舞踊まで。それとも高脚踊りはいかが」

軍装が言いながら苦力に目で合図を送る。すると苦力が高下駄を二脚取り出した。何か見せるという。商売ですから。

「ほう、そのなりで高脚をやるのか。そりゃあ面白いぞ、じゃぁ観てやる。金は払うぞ」

調子に乗ったバカな男がいやらしい視線を女二人に投げかけると、いい加減なことを言った。

高脚踊りとは、春節(支那大陸の正月)や季節毎の村の祭りに、男たちが鮮やかな京劇役者のような衣装を着て大道に繰り出すと、一枚歯の高下駄を履いて足取り面白く踊り狂う民芸舞踊をいう。囃し方が踊りに合わせて愉快な旋律を奏で、人々は濃厚な彩の絵旗を翻すと、太鼓をたたいてトントン、トコトンと集まった見物人らを扇動する。踊り手と一体となり、やがては誰もが囃子に合わせ踊り出すと、まるで催眠術にかかったかのように大衆が熱狂・乱舞する。満洲に限らず大陸ではよく見られる祭りの余興なのである。それをここでやるというのか。

「よろしゅうございますとも。でもお代は結構」軍装は気前がいい。

「ほう、金は要らないというのか。いいだろう、じゃあやってみせろ」

リーダーが止めておけと再度たしなめたが、言い出した男が「にっ」とヤニで不潔な真っ黒の前歯を見せた。するとまた軍装が言う。

「その代りに、といってはなんではございますが、そちらのお荷物を頂戴いたしましょう」

華奢な女が驢馬の後ろにある荷車のほうを指さしながら予想外のことを言ったので、男らはぽかんとして顔を見合わせた。そのあと何かに気がつくと、一斉に「わーはっはっ」と声をだして腹から笑った。女二人に役立たずの苦力一人。舐めるなというほうが無理だ。

「あら、僕は本気なのよ」軍装の目が変わった。

明らかに油断があった。女がそう言った瞬間、後にいた苦力が馬上のリーダーらしき男にスルスルっと走り寄ると、ひょいと飛び掛かった。素早い動きで跳躍したものだから、リーダーは為すすべもなく馬から転げ落ちた。これを見た残りの三人の顔が無表情となった。そして慌てたヤニの男が馬上で脇差を抜こうとする。馬が興奮して前足を上げた。安定する間もなく、軍装が竹馬で男の脛を思い切り叩いた。これをみた残りの二人は小銃を構えようとしたが、それより速く苦力が懐から出したピストルを空に向けて一発撃った。原野に「パアーン」という銃声が響いた。二人は即座に状況不利と判断し、申し合わせたように馬の脇腹を蹴ると、一目散に逃げ去った。後方にいる四人に援軍を求めに向かったのだろう。銃声を聞いた仲間がすぐにやってくるに違いない。金で動く連中だ。ここで命のやり取りをしたいわけではない。家族だってある。道も一本だ。態勢を立て直してから反撃しても遅くはない。利口な奴らだ。

やがて煙匪が逃げ去った方角から一台の軍用トラックがやってきた。そして軍装の目の前で停止すると、四人の武装警官らしき男らが降りてきた。そして打倒されて地面でもんどりを打っていた煙匪の二人が彼らに捕縛された。観念した男らは、荷台に物のように放り込まれた。主のいなくなった馬が手際よく後部に繋がれると、トラックはゆっくりと動き出した。女二人と苦力は彼らを名残惜し気に見送る。日差しはまだ高く、草の匂いが充満している。静かになると軍装が大きくため息をついた。

「ロクゴウさん、これでよろしいかしら」

「結構です。総司令のお手並み、お見事でした」

「うん、でもあなたは何もしないで見ているだけだったのね。ま、いいわ。肝っ玉は据わっているようだし。この間の話、考えておいて下さる？」

「はい、石原さんと相談します」

和服が適当な返事をしてはぐらかすと、軍装は「あらそうなの」といった表情を見せ、改めて荷駄に近寄ると中身を想像しながら言った。

「で、これが例の、あれなのね」興味がそれほどあるとは思えないトーンである。

「はい、清朝復活・未来の繁栄を約束するそれです。石原さんの使いの者が将来受け取りに参りますので、その時まで安全な場所に保管いただけたらと思います」

「そう、わかったわ。後々のことはお任せしましょう。また何かあったら声を掛けて頂戴ね。でもこれ、本当に僕でないとダメだったのかしら」

「勿論です」和服が頷いた。

＊　＊　＊　＊　＊　＊　＊　＊　＊　＊　＊　＊　＊

翌年三月、シベリア・満洲経由でジュネーブから戻った石原は、その夏仙台の第二師団歩兵第四連隊長に就いていた。が、心の半ばは依然満洲にあり、満洲国の経済力を高める為にはどうするべきか考え抜いていた。そして仙台にありながら、宮崎をブレーンとする満洲政経研究会を組織すると「満洲帝国国防並経済発展計画」なる計画書を策定し、満洲国軍政部最高顧問の職にあった板垣に送った。これは統制経済のもとで合理性を追求した産業の発展を企図したものだったが、アメリカ資本の積極的な導入を前提としたものであった。同計画書は、その後若干の修正を経たのち満洲帝国参議府において承認を受けた。国策として同計画が採用されたのは一九三四年三月、溥儀の満洲帝国皇帝即位と時を同じくしたものであった。

一九三五年満洲帝国はアメリカと満米産業通商条約を締結すると、石炭の採掘権を担保に日本銀行から巨額の資金借り入れを行い、農業と自動車産業分野を中心とした産業振興政策を実行に移した。これを呼び水として、アメリカ資本による満洲進出が始まった。資本と同時にアメリカは農業と自動車関連の技術者を大量に派遣すると、二束三文の中古の農業機械やトラックの組み立てラインなどを大量に持ち込んだ。さらに、アメリカの大規模農業経営の手法を取り入れ土地の大改良をおこなった結果、近代的な農業経営が満洲のあちこちでみられるようになった。

一方、日本からは有力自動車メーカーの日本産業がフォードと提携し、社運をかけて満洲に進出した。これが将来、満洲国自動車産業の礎を築くにいたる。このようにして近代的大規模農業と機械産業が、満洲の産業の基盤となってゆく。特に、一九四五年までには新京の東に位置する吉林市はそうした自動車産業の集積地となり、さながら小デトロイトのにぎわいを見せるようになった。日本産業はその後も投資を継続し、殖産興業に努め、大量の人材を投入し、あげくの果て本社機能までも神奈川から吉林に移転した。

これより先の一九三八年、石原は陸軍を辞すと、再び満洲へと渡っていた。関東軍を国軍化するというミッション完成の為である。それが彼の満洲ごっそり計画の仕上げとなるからだ。

＊　＊　＊　＊　＊　＊　＊　＊　＊　＊　＊　＊　＊

二〇〇〇年現在の満洲共和国（一九六八年に共和制に移行）は、人口一億一千八百万人、ＧＤＰ世界第八位の経済大国へと成長を遂げている。日本と中華民国との貿易額がそれぞれ四分の一を占める。北は黒竜江すなわちアムール川でロシアと国境を接している。国交こそあるもののロシアは依然潜在的な脅威となっている。

二〇〇五年には、アジア高速鉄道が開通した。日本から対馬海底トンネルを通って朝鮮半島、満洲南部、中華民国を縦断し、さらにはヴェトナム、ラオス、タイ、ミャンマーと横断すると、インドのニューデリーに至る。二十五年後にはさらにイスタンブールまでの残り二千八百キロが完成の予定である。アジア一体化という視点からいえば、鉄道網は間違いなく一歩先を行っている。

第１章　兵の夢　完

第2章　タイムトラベル

「出会い」

山本佳奈は、それまで勤務していた都内のインテリアデザイン事務所を辞めると、K's《ケイズ》プランニングを立ち上げた。四年ほど前のことである。デザイナーとしての独立は、傍から見れば向こう見ずな行動とも受け取られた。が、彼女には理由のない自信があった。三十を少し越えたばかりで、グレーのスーツが似合う「できる女」系の女子だ。あるいは、軟弱な男子に「お姉さんにイジメられたり、優しくされたりして甘えたい」とでも言われそうな女王様キャラである。何かにイライラしているときは、怒った牝鶏のように嘴を突き出し、ぐいぐいと前へ向かって歩く。当然部下にも厳しい。

今では三人のデザイナーと二名の総務・営業スタッフを使い、新しいクライアントからの信頼も得てそれなりに社長業をこなしている。毎日が忙しい。が、最近思うことがある。一々、人に指図をして業務を切り盛りするのはどうやら自分の性には合っていない。あれこれ面倒な指示を繰り返し出しては、あらぬ心配をするよりも、只々何かを命令されて「はいはい、わかりました」と言いなりになって、毎日退屈な仕事を無難にこなしているほうが余程楽にちがいない。

そうは言っても社員の前でそんな自分の弱い胸の内を曝け出す勇気は全くない。彼らが動揺するし、そもそも自己否定になる。故に我慢することが多くなり、ちょっとしたことでも追いつめられると、精神的にアンバランスになってしまう。が、そんな時でも、結局は一人でじっと耐えるしかないのである。

が、救いもあった。気の置けない仲間がいる。結衣は佳奈が起業した時に前の会社から一緒についてきてくれた後輩だ。今はチーフデザイナー格で佳奈の右腕に成長している。

佳奈は南信州出身である。父親がとても厳格な人で、子供の頃はとにかく厳しく育てられた。時に、子供の佳奈には理解できない理不尽なことも言った。だからそんな父親にいつも内心反発していた。こんなお父さんなら要らないといつも憎んでは、よく母と泣いた。そんな父だったが、佳奈が小学五年生のとき不慮の事故で他界した。ある意味、佳奈の望んだとおりのことが起こった。

しかし、ある時父の机の引き出しの中の遺品を整理していると、日記が出てきた。娘の日々の成長を記したものだった。その中に、将来娘が嫁ぐであろうときに伝えようと考えていた佳奈宛ての言葉があった。それを読んだ佳奈は子供ながらに母とともに号泣した。

今でもその時のことを忘れないでいる。大人になってこうやってがんばっている私の姿をみて欲しい、いつもそんな気持ちを心の内に隠している。だから頑張れる。母親は、その後姉の勧めで再婚した。今の父は、その再婚相手である。

二〇〇九年七月、ある暑い日の午後、Ｋｓプランニングのオフィス。佳奈はパソコンに向かっていた結衣に言った。どこか弾んだ嬉しそうな声だった。

「今日はこれからちょっと外出するから、あとは頼んでいいかな。明日の午後には戻るよ」

「えっ、そうなんですか…」と結衣は言いかけたが、ぐっと息を飲み込むと「社長は最近、根を詰めすぎなんだし、偶には息抜きしてくださいね」と返した。佳奈も普通なら「そんなんじゃないよ」と反発するところだが、珍しく「うん、サンキュー」と頷いてみせた。スケジュール管理には厳格な社長が、数週間前からこの日だけは何かと予定を入れたがらなかった理由を今知った。仕事に支障が出るからと言って、私用ではめったに都内からも出ようともしない佳奈が、そういえば朝から、意味もなくイスから立ったり座ったり、そわそわしていたかもしれない。スタッフはその度に「びくっ」と反応するのだが、後から思えば滑稽だった。

「じゃあ、ちょっと出掛けてくる」

午後四時過ぎ、佳奈はそう結衣に伝えると西麻布のオフィスを抜けだした。地階駐車場の青いプジョーの運転席に微塵の隙も見せずに乗り込む。軽快なエンジン音が響き渡った。女性的な優しいハンドルさばきでクルマはゆっくりと滑り出す。やがて、渋滞しはじめた首都高を抜けると、佳奈は中央道を西へと向う。クルマまでもがどこか足取りは軽い。

前年の米国発の金融危機に端を発した世界同時不況で、佳奈の会社も一般企業向けの仕事の入りは以前に比べて落ち着いている。それでも、アパレル系の新店舗や結婚式場のリニューアルのインテリアコーディネートの仕事などを程よいペースで受注できていた。再来週も大口のプレゼンが軽井沢のホテルで予定されている。社長が出て行った後、結衣は佳奈の分もがんばろうと、残ったあとの四人と気合を入れなおした。

競馬場を通り過ぎ、八王子を超えると次第に上り坂になる。少し雨模様を予感させる西の空は大きな南国風の雲を漂わせている。佳奈のクルマは相模湖インターを下りると、道志川沿いを縫うようにして走る国道四三〇号線を迷いなく進んだ。道志温泉郷を抜けてゆくルートは、ほとんど信号がなく、適度なワインディングが彼女のお気に入りのドライブコースだった。一人で運転していても眠くなることがないし、脳細胞が刺激されて空想に浸るには丁度いい。涼しそうな風が谷を通り抜けている。轢《ひ》かれた生々しい狸か猫の死骸だけからは視線をそらしたが、それ以外の夕暮れ前の山間の景色は申し分ない。
いつの間にか雨が降りはじめた。山中湖畔のゲストハウス、サントマリに滑り込んだ時には七時を回っていた。あたりの景色は木立に当たる雨音と黒い空の闇に沈みかけている。林の合間から見える数少ない灯りは雨滴で滲んで時折湖面にきらきらと反射してみえた。ここの部屋の窓から望む朝焼けの富士は格別。明日の朝をどんな気持ちで迎えるのか佳奈には想像できない。それでも、一歩前に踏み出したことは確かだった。

車を降りると、すぐに顔見知りのオーナーが走り出てきて、佳奈の頭上に傘をかざしながら「ようこそいらっしゃいました」と言って出迎えてくれた。ロビーに入るとオーナー夫人が、同様に「いらっしゃいませ」と微笑みかけ、部屋のキーを佳奈に手渡した。

「お疲れでしょう、ご夕食はお連れ様がご到着されてから準備させていただいてよろしいでしょうか」

言わずもがなの質問だ。

「そうですね、すぐ着くと思うので、そうしてください。春に友達と来た時にいただいたフィレのステーキがとってもおいしくて、ワインとビネガーのソースの味が忘れられないっていつも話しているんです。今日も楽しみにしてきました」

佳奈は以前も泊まったことのあるお気に入りの二階の角部屋に入ると、窓のカーテンを思いっきり開いた。黒い窓ガラスに自分のシルエットが映る。それを確認すると、ベッドに倒れるように沈み込んだ。うーんといって腕をいっぱいに伸ばしてストレッチをした。そして、誰に盗み見られてもいい、演じるような動作で起き上がると、バスタブにお湯を注ぎ、入浴の準備にとりかかった。まもなく、二週間ぶりに彼と会う。それもいままでとは違った気持ちで。今夜彼のプロポーズを受け入れる。それが最高のシナリオ。

しばらくバスタブに浸かりながら、初めて箱根にドライブしたときのことを思い出していた。大涌谷で温泉卵を一緒に食べたこと、忍野で日が西に傾きかけて赤黒くなりはじめた富士を二人で眺めたこと。今でもはっきり目に浮かぶ。ただ、その日はお互い何を話していいのかも知らずに、助手席に座る佳奈はハンドルを握る彼の手をその距離の数倍も遠くに感じていた。手を伸ばせば必ず届くはずの距離なのに、絶対に届かないと思われた。それが今は手を伸ばせばいつでもそこには彼がいて私がいる。

こうしてなにかに期待するときに限って、お決まりのルーティンでこの思い出を辿った。すこし強くなった雨が部屋の窓を音もなく打ちつけている。

誰かが言った。

あなたが見ている黄色と私が見ている黄色とは果たして同じ黄色なのだろうか。知覚器官、神経経路、脳細胞すべてが個々人で違うのだからまったく同じに見えていたらそれもおかしい。私が見ている向日葵の黄色は、あなたには私が言うところの水色に見えているのかもしれない。向日葵が水色に見えていれば、太陽も水色に光っている。ゆえにあなたにとって水色は暖かい色の代名詞になる。これはたぶん永久にわからないことだ。視覚に限らず、五感、六感のすべてにいえる。すなわちこの世界はすべてが主観的にしか捉えることのできない幻のようなものなのです。

＊　＊　＊　＊　＊　＊　＊　＊　＊　＊　＊　＊

葛城龍一は、元プロサッカー選手である。引退後事業家へと転身し、沖縄とホノルルでスポーツショップを経営している。そして今度三号店を東京青山に開く。場所柄、マリン系ではなくサイクルショップだ。近年脱自動車社会の波に乗って、都内でも自転車通勤を始める人が多い。悪くない選択だ。積極的な人生に意味を見出す、常に行動的な男である。

半年後の三号店開店にあわせて、インテリアのデザイン・施工を業者に依頼したのは二週間前だった。今日はデザイン会社の人間と、白金台で最初の打ち合わせをすることになっている。待ち合わせのホテルに着くと既にデザイナーと営業担当者がロビーラウンジの入り口で並んで待っていた。一人が男、もう一人が女。女の方が葛城に気づくなり軽く会釈をした。そして、どうぞこちらですという仕草をみせると、ラウンジのソファへと葛城を先導した。どうやら客のことは前もってチェック済みらしい。ホテルは結婚式の客で少し混み合っている。さて着席する前、まずはビジネスライクに名刺の交換である。

「私、山本と申します、どうぞ、よ、よろしくお願いいたします」

営業らしき女のほうが名刺を差し出しながら挨拶した。先に着いているのに、息を切らせながら今走ってきましたというふうに上気した声だ。

「葛城です。こちらこそよろしくお願いします」

名刺を受け取った。見ると、Ｋｓプランニング代表取締役・山本佳奈とある。社長か。背筋のしっかり伸びた意志が強そうな、だが社長にしては若い女性だなというのが第一印象だ。するともう一方がデザイナーか。男の方は、小柴と名乗った。

佳奈は全く知らなかったが、小柴がＪリーガーだった頃の葛城のことを知っていて、多少の予備知識があった。最初はそんな昔のサッカー談議で、場は自然に打ち解けた。実は今回の案件は佳奈が独立して以来三番目の仕事だった。前二つは以前勤めていた事務所の下請けだったから、これが最初の、社長としてない。ただ社長らしい威厳はそう簡単には醸し出てはこない。の佳奈の試金石とも言える仕事といってよかった。ただ社長らしい威厳はそう簡単には醸し出てはこない。そもそも零細企業である。だから失敗は出来ない。佳奈は顧客の満足度を常に最大にしなければならないといった強迫観念をみずから作り出していた。その為、緊張の度合いも尋常ではなかった。

「早速ですが、まずは弊社のサービスの内容をご説明させていただきましたら、葛城様のご希望を色々ヒアリングさせていただければと思います。どうぞ、よろしくお願いします」

佳奈はソファに座るなりそう言った。そこまではよかった。が、テーブルに運ばれてきたグラスを取りそこなって水を零してしまった。

「きゃっ」と声をあげた。

葛城には彼女のおっちょこちょいなところがなんとも羨ましく映った。これが、葛城龍一と山本佳奈の最初の出会いであった。

一ヶ月後、佳奈と小柴は再び白銀台のホテルで葛城と待ち合わせた。彼のリクエストと店舗物件の下見調査を元に作成したインテリアプランのプレゼンをおこなう為である。

「思わず友達や家族とサイクリングに飛び出したくなるような高原のコテージのイメージで、緑と青と太陽の黄色を基調としたデザインを考えてまいりました。地平線や稜線の広がりを見せるために横の線を多用します」そう言いながら、佳奈は三、四枚のデザイン案を提示した。

葛城も佳奈のセンスが気に入り「いいですね、プランAを元に黄色をもうすこし深みのある色に変更して、高原の匂いを感じられるような造形をエントランスに取り入れてもらえれば、それでいいんじゃないかな」と言った。佳奈はなるほどと思いながら「では、入り口の扉は靡く風をイメージした波のデザインをあしらうことでいかがでしょうか？」と応えた。

「結構です、そうしてください」

「では、そのプランＡダッシュでやらせていただきます」

そう言うと佳奈は「ほうっ」と息を吐き出した。うまくいった。グラスの水も今度は無事である。なんとなく、二人の息はこのときから合っていた。プランＡダッシュはのちに二人の秘密の合言葉になる。


二ヶ月後、開店を三日後に控えた休日、佳奈は施工の出来栄え、商品が並んだ跡のインテリアのバランスなどを最終チェックするために葛城の店を訪れた。引渡し後、二度目になる。「ちゃらん」と入り口の開き扉の鈴が鳴った。

「こんにちは」

佳奈が声を掛けると、葛城が振り返った。

「あ、どうも。いらっしゃいませ」

「すみません、おじゃまします」

葛城は、店の隅の白くて丸いテーブル―それもＫｓプランニングのデザインの一部―に腰掛け、店を任せることになっている年配の店長と、商品の入荷計画かなにかについて打ち合わせをしていた。不意に佳奈が現れたことに、葛城は喜びを感じた。

「今日はなんか、いつもと雰囲気が違いますね」

彼女がそれまでのスーツ姿ではなく、白いワンピースにグレーのブーツという服装で現れたことに葛城は軽い衝撃を受けた。一方の佳奈も、彼らがまさに自分がデザインしたインテリアの一部として機能していることに満足した。

「ええ、今日父が長野から出てくるんですけど、結構女らしい格好してないと、うるさいんです」

あなたにいつもと違う自分を見てほしかったから、とは口が裂けても言えない。

「へぇ、今時ですね」葛城は真に受けた。

「ええ、今時なんです。それよりずいぶん、かっこいい自転車がたくさん並んで、いつでも開店オーケーって感じになりましたね。一週間前に伺ったときは、まだ照明の高さを調整したりしていたので、やっぱり店舗は人が入って、商品が入って何ぼですね」佳奈は実感を込めてそう言った。

「山本さんのお陰です。自転車を本格的に扱うのはここが初めてなんで、ちょっと不安でしたがなんとかなりそうです。ありがとうございました」これも実感。

「そんな、それより何度もお客様が足を運んでくれるお店になったら、お手伝いできた私もうれしいです」

葛城を佳奈のお客に例えてのことだったかもしれない。彼が何度も佳奈のところに足を運ぶ、恥ずかしくて口に出せないそんな秘密の願い。それを言葉に込めている。

「ですね」葛城はもう一度真に受けた。

「開店は明々後日《しあさって》ですね、なんだか私も楽しみです」

「近いので是非見に来てください。コーヒーくらいは入れますから」

「お仕事の邪魔してしまいそう」

可愛いことを言うなあと葛城は思った。

三日後、自転車屋にしては多くの開店祝いの花が届いたが、その中に山本佳奈の名前もあった。彼女のイメージらしくピンクと青の花で彩られていた。開店記念といっても、自転車の大安売りで朝から行列が出来るというわけではない。通りを行くサラリーマンやＯＬが物珍しそうに眺めながら通り過ぎてゆく。店自体が街のインテリアの一部なのである。

初日の今日も昼過ぎに近所の老人が近くに自転車屋ができてよかったと言いに来たのと、夕方帰宅途中のサラリーマンがスペアのチューブを三個買っていったくらいで特段の新規開店効果はない。あとは時々自転車乗りのような客が、無言で入ってきては、めぼしいイタリア製の自転車の値段をチェックし、そして黙って出てゆく。この辺りのお客は来店の目的がはっきりしているから、あまり店員が不用意に声を掛けると面倒がられる。だからある程度距離を置く。訊かれたときだけ問い合わせに素早く且つ的確に応える。出てゆくときには必ず「ありがとうございます」とだけ声をかける。葛城の目的はただ売り上げを上げることではない。店長の給料と家賃が出ればいいのだ。五十万円くらいのバイクが売れ筋で、月五台も出れば、あとは修理工賃と付属品やら消耗品の売れ上げでなんとかやっていける。実際には最初の十日で八十万円以上のバイクが二台売れた。それはそれでいい。

葛城はケータイの短縮キーを押した。

「はい、お電話ありがとうございます。Ｋｓプランニングです」

「葛城と申します。お世話になっています。山本社長さんはいらっしゃいますか」

「お世話になります。少々お待ちください」

アシスタントが受話器越しに佳奈を呼んでいる。

「山本です、どうもお世話になります」なんとなく、声は弾んでいる。

「どうも、先日は素敵なお花をいただきまして、ありがとう。無事に開店の運びになりました」

「よかったです。私も一からお仕事させていただいて、色々勉強になりました。近いうちにまた伺います」

「是非、また寄ってください」

「私も自転車で通勤してみようかなあ、なんて空想しちゃっています」

それがお世辞にしても、つぼを突いている。が、葛城は自転車はやらない。が、まさかそうとも言えない。だから代わりに、

「ですよ、バイクはこれからの季節気持ちいいし。是非一台どうぞ。じゃ今度あなたに似合う自転車を選んでおきます」

と、軽口をたたいた。

「青山のお店のほうにはいつまでいらっしゃるのですか？」

「今週いっぱいはいますけど」

「じゃぁ、明後日に伺っても、まだいらっしゃいますね」

「ですね。でもその後でもまたすぐ戻ってきますけど」

「そうですよね」

佳奈がクスっと笑ったように聞こえた。

「そうそう、それから御用の時は、私の個人ケータイに電話してくださいますか。そのほうが早いので」

そう言うと佳奈は番号を教えた。なにか秘密を共有したような気分になったのは佳奈だけではない。いまさらクライアントと頻繁にやり取りすることはないはずだ。葛城は、顔を赤らめながら話す佳奈の姿を想像した。

「ここで奇跡が起きないかなぁ…」とは誰もが一度や二度、ため息をつきながら言ったことがあるはずだ。九回裏ツーアウトランナーなしから、三連続ホームランで逆転サヨナラ勝利とか、そんな類の話でもいい。

だが、誰かが言った。

ちょっと待ってほしい。よく考えてみろ。ある日あるところの男と女の気まぐれの性交によって、やがて射出された何千万何億個の精子の中から、よりによって勝ち抜き選ばれし最後の一匹の精子が、やっとの思いで卵子に辿りつき、その卵子が受精しやがて胎児になった。どうだ、ここまで来るのは並大抵ではないだろう。さらにその事実を知らない女の無茶によって流れる危険の数々月を乗り越えて、やがて人間のような形に変形成長し、それから何ヶ月もかかって、ほらお前がこの時この場所、この世に生まれた。祝福されようがされまいが関係ない。

つまりだ。お前がこの時代、この場所、そして今そうやって生きている。そのことがそもそも度重なる奇跡の連続なのだよ。だからもう一度言おう。不平不満を並べる前に、お前が今そうして存在していることこそが、奇跡のオンパレードなのだ。そのことに早く気づけ。ほかになんの不足があるというのだ。

すべての出会いもそして別れも同じように奇跡の一部である。


佳奈は夜の八時を回った頃、葛城龍一の店を訪ねた。彼と店長がこの間と同じように丸テーブルに腰掛けて書類に向かってなにか話をしている。ドアを開けると「ちゃらん」と電子的な鈴の音がした。葛城と店長は同時に入口に顔を向ける。そして佳奈を見た葛城がにこっと笑いかけた。

「こんばんわぁ、まだお忙しそうですね」

佳奈の言葉はその黒髪のようにつやつやしている。

「こんばんは。あ、いや、もう終わりです」

葛城は速攻で応じる。

「小腹がすいたかなぁなんて思って、そこでチーズケーキ買ってきました」

そう佳奈が言った。

「いいですね、丁度腹減ったなぁなんて話していたところです。じゃあコーヒー入れましょうか」

葛城が返した。

「あっ、じゃぁ私やります。店長さんもいかがですか。人数分買ってきましたから」

お愛想だろうか。佳奈は初老の店長にも声をかけた。

「ありがとうございます、折角ですが、今から税理士さんのところへ行きますので、また今度で」

店長のお二人のお邪魔はしませんよとの合図だろう。

「そうですか、大変ですね。お邪魔してすみません。じゃぁ冷蔵庫に入れておきましょうか」

「あ、ごめん、冷蔵庫ないんだ…。店長、今度小さいの買っときましょう」

咄嗟に店長をみながら葛城は言った。

「了解です。じゃぁ私はちょっと行ってきます。オーナー、後の戸締りをお願いします」

「分かりました。じゃ、お願いします」

葛城が応えると、店長は、ジャケットを抱え、無造作に出て行った。ドアがまた「ちゃらん」と鳴る。

「葛城さんって、あちこちにお店もっていて、すごいんですね」

佳奈が今更のように店内を見回して言う。

「いや、たいしたことはやってないです」

ありきたりの返事だ。

「私なんか会社ひとつで何から何まであっぷあっぷで、資金繰りだけでもう大変です」

佳奈の愚痴である。資金繰りには思った以上に気を使う。キャッシュフローマネジメントがどうとか、そんな高級な話ではない。売掛金の回収ってやつが面倒なのだ。期日通り入金がなかったときなんか、かなり焦る。

「僕の場合は道楽みたいなもので。あっ、すいません」

佳奈のそんな事情を察してか、道楽でやっているなんてお気楽なこと間違っても言っちゃいけない、そうすぐに気づいて舌を出した。

「あっ、そういう意味じゃないですけど。でも、やっぱり会社経営は大変ですよね」

佳奈も大人だ。自分で選んだ道に、後悔はないし、誰かを逆恨みすることもない。

「まぁ、いろいろサポートしてくれる人がいて、結構その辺は甘えちゃっているんです。それに、モノを売ることが最終目的じゃないし」

葛城は意味深なことを言った。が、佳奈には何のことやら、返答のしようがない。

「あっ、すみません。あれ、さっきからすみませんばかりだな。ケーキいただきます」

葛城は話題を転じた。

「どうぞ、召し上がってください」

佳奈は嬉しそうに言う。

「うまい！　このチーズケーキ。結構甘いもの好きなんですか？」

ふぅ、話題には気をつけねば。

「甘いものでも、辛いものでも、何でもいけるほうかな」

「辛いほうもね。いいですね。僕も両方いけますよ」

「！」

佳奈の眼がハートマークになる。分かり易い女《ひと》だ。

「山本さんは、これからまだ仕事ですか？」

葛城は思い切って訊いてみた。

「うーん、どうしようかと思って、ちょっと面倒くさい仕事が残っているんで、戻らなくちゃとは思っているんですけどぉ」

佳奈は語尾を伸ばして少し甘えた声を出した。

「そりゃ、戻りたくないでしょ」

「結構、迷いどころですかね」今度はちょっと引いてみた。

「僕、これからご飯食べに行こうと思っているんですけど、よかったら一緒にどうですか。中華一人で食べるのも寂しいし」

葛城も引かれれば、押すしかない。一人で食べるのなら中華である必要はない。小学生でもわかる。

「えっ、でも金曜日の夜だし、お約束があるんじゃないですか」

成程と妥協して、じゃぁといった感じで、ちょっと脇を緩めてみる。小学生以下である。

「そんなのないです、なみだ…」

葛城も甘えて母性本能に訴える。

「あら、だって葛城さん彼女とかいらっしゃるでしょ。彼女さんに悪いです」

ちょっとくどいかなぁとは佳奈の後悔。

「彼女はいないんで、問題なし、ですけど」

千歳一遇のチャンスだ、プライベートなことを隠しておく必要はない。そう思っているのは葛城だけか。

「えー、そうは見えませんけど。私、だまされやすいから」

そう言いながら、イケるかもと思ったとたんに佳奈の顔が火照ってくる。

「そういう山本さんはどうなんですか」

また思い切って訊くしかない。

「わたしなんか全然。仕事ばっかりだし、デートの暇もないくらい。あ、お相手が居ればの話ですけど」

男いらないって言う意味？　違うだろ。心の中で佳奈は駆け引きしながら自問自答した。

「じゃ、大丈夫ですかね」よし、決まりだと葛城はキメに掛かる。

「え、何がですか？」

なーんて、とぼけちゃって。（なんかこの会話凄く楽しい）と佳奈は感じる。

「ご飯ですけど、付き合ってくださいね。クライアントとの食事ってことで。あっ、でも接待は僕がしますから」

ここは任せなさいといった男の態度でそう葛城が言ったところで、佳奈は斜めに頷きながらほかのことを想像して内心赤面した。

こうして葛城龍一と山本佳奈はこの日から二人だけの時間を持つようになった。その日が来るまでは…。

＊　＊　＊　＊　＊　＊　＊　＊　＊　＊　＊　＊　＊　＊

ある夏の日の夕暮れ、葛城龍一は中央道を山中湖に向かって愛車を走らせていた。大きな入道雲が行く手を阻むように西の空から湧き上がっている。八王子を過ぎた辺りから、低い雲から雨が落ちはじめた。高速で走るクルマのフロントシールドに雨滴が強く打ちつけてくる。等間隔で走る何台もの大型トラックの水しぶきがさらに前方の視界を狭くする。ゆっくり行けばいい。そう心の中で呟いた。雨が激しくなってきた。あたりは急に暗くなり、山並みも闇に溶けはじめる。時折商用バンが無駄な車線変更と無理な追越しをかけながら、嘲《あざけ》るように葛城を追い抜いて行く。彼も登坂車線に差し掛かると前方を行くトラックを追い抜く。それでもコンテナトレーラーや大型トラックが何台も連なり、赤いテールランプだけが間隔を保って蛇行し、葛城の行く手を遮った。ゆっくり行けばいい。また同じことを呟いた。そんな何の危険の臭いもないその時だった。

中央車線をブロックしていた何台目かのトラックを一気に抜きにかかろうとした刹那だった。一台のトラックの前に出た。水しぶきが行く手を遮る。するとそれまで視界にはなかった赤茶けた色のダンプが、巨体を葛城のクルマに浴びせるような動きで急ハンドルを切ってきた。一二〇キロ超で瞬間的に加速したM3の進路をそのダンプはあっという間に塞ぎ、鼻っ面に接触しそうになった。思わず「うりゃあ」と葛城は声ともならない奇声を発しながら回避行動を取ってハンドルを右に切り、ブレーキを思い切り踏んだ。車体のどこかに衝撃が走った。エアバッグが作動しない。急制動の為に、前のめりになりながらも必死で体勢を立て直そうとする。が、チャレンジも虚しくクルマは中央分離帯の縁石を軽く突破し、その先のガードレールに軽く接触すると、反対側のレーンまで腰を振るようなスピンをしながら飛び込んでいった。このクルマはそんなにやわじゃないと次の瞬間には冷静に対処していた葛城の目に、急接近する後続車の眩しいヘッドライトが映った。

夕食の分厚いラムステーキはすっかり冷めてしまっていた。空のワイングラスが二つ。佳奈の沈んだ顔を映していた。

待ち合わせのゲストハウスにとうとう龍一は来なかった。一人待つ佳奈は眠れぬ夜を過ごした。何度ケータイに電話しても留守電に切り替わってしまう。忙しい彼のことだ、急な用件が入ればそれに対応しなければならない。それは自分も同じ。堂々巡りの思考が佳奈の心を締め付けた。既に東の空が白みかけていた。

それにしても、何も連絡がないのは余りにも異常であった。ゲストハウスのオーナー夫婦も、どのように客人と接するべきか、朝になっても視線すら合わせることが出来ず、掛ける言葉が見つからない。佳奈は一人、何の味もしない朝食を済ませると、早々にチェックアウトした。そして昨日来た道を戻るしかなかった。増すばかりの不安と闘いながら、平静を装い渋滞の中央道を東京方面へと走った。

運よく昼前には会社に戻ることができた。龍一からは未だに連絡がない。何かあったに違いない。でもどんな？　私に何か落ち度があったのだろうか。見当違いの不安が佳奈の心の中を駆け巡った。後から顧客のところを回ってから出勤してきた結衣が佳奈を見つけて「あれっ」という顔をしたが、普通に「おはようございます」と声をかけた。佳奈の青ざめた表情に気づいて、何も訊くことはできなかった。

佳奈が龍一の消息を知ったのは、昼過ぎだった。見慣れない電話番号から佳奈のケータイに着信があった。

「お電話ありがとうございます。Ｋｓプランニングの山本です」いつもの元気な声ではなかった。

「もしもし、こちら高尾警察署ですが、山本佳奈さんでよろしいですか？」唐突な電話だった。

「はっ？　ええ、そうですが、何か？」不安が頭をもたげた。

「葛城龍一さんとはお知合いですか」

「はいそうです、それが何か?」嫌な予感。

「昨日の夕方ですが、中央道で車の事故がありまして」

「はあ」それ以上、この話、聞きたくない。佳奈の心臓が急に大きく鼓動し始めた。

「葛城さんがその事故に巻き込まれまして…」

「はっ?」

「お亡くなりになりました」

「えっ」と言ったきり、佳奈の頭の中が真っ白になった。「なくなる」という言葉の意味を考える。「なくなる」だ。が、そこに別の意味はない。相手が何を言っているのか、聞こえなくなった。まだ何か言っている。が、何を言われても、只「はい?」としか声が出なかった。佳奈が彼のケータイに残しておいたメッセージを聞いて、連絡してきたらしい。何故か思わず笑みがこぼれた。

「何の話をしているの? だれか友達の悪いジョークですか?」

友達って誰? そんな愚問を律儀にかわすと、警察の担当者は抑揚もなく、淡々と時系列を追って何が起きたのかを事務的に説明するだけだった。それを聞いているうちに、得体のしれない恐怖の入り混じった怒りが佳奈の全身を襲った。そして言った。

「そんなこと、あり得ません!」

そう言われた相手は、佳奈の心中を察し「ご親族が明日ご遺体を引き取りに来られるそうなので連絡してみてください」と丁寧に応えた。そして、電話は申し訳なさそうに切れた。

「あのね、私は彼のフィアンセなの! だって、そうでしょ。あり得ない!」

佳奈は叫んだ。部下らは一斉に反応して、こっちを見た。いったい誰に向かって発した言葉なのか、本人すらもわからない。しかしそれ以外の言葉も見つからない。佳奈は、その突然の報せの中身を受け入れることができなかった。

なにかの間違いに決まっている。一番確からしいストーリーは、そうだ、趣味の悪い誰か、いや未知の恋敵が仕組んだ悪戯にちがいない。電話をしてきた警察がそもそも怪しい、絶対グルだ。

いや、龍一本人の悪戯だとすればもっと話は簡単だ。だよね。でも何故？「ごめん、ジョーク、きつかったかな」という龍一からの電話を待つべきである。それが、今するべきこと。そう、待つしかない。

しかし、そうして積み重なる時を刻む時計の音が、佳奈の心を容赦なく圧し潰してゆく。

「これってホント？　これってホントなの？」

「いいえ、ウソでしょ、ウソ。そりゃそうだ、ウソに決まっているよ」

声ともならない声を出し、何度もそう繰り返した。

「誰か早く舞台の裏から出てきて『うそだよーん、全部』ってどうして言えないの？　簡単なことでしょ」

しかし、舞台に裏はなく、誰もそれが嘘だとは言い出さなかった。

この日の夕刊各紙の社会面に、小さく葛城龍一の死亡事故に関する記事が略歴と共に載った。

『雨の中スピードの出し過ぎでハンドル操作を誤り、中央分離帯に接触、停止したところを後続のトラックと正面衝突した。さらにその後ろを走っていた乗用車も事故に巻き込まれた。救急隊員がその場で葛城龍一氏の心肺停止を確認。トラックの運転手と乗用車の乗員二人も腰の骨などを折って、八王子康生会病院に救急搬送された。この事故により中央道は深夜まで交通規制となり渋滞となった。葛城龍一氏略歴—会社経営者、元Jリーガーでサッカー選手としてドイツでも活躍。享年三四歳、独身。愛知県出身』

佳奈は動転した。事の次第が現実として補強され、具体的且つ事務的になるに従い、全身が押し潰されそうなやり場のない悲しみがこみ上げてきては増幅した。息すら容易にできない。苦しい。佳奈の心は深い絶望の海の底に沈んでゆくようだった。

これからずっと、未来永劫、龍一のいない悲しみの毎日が続いてゆくのだろうか。その現実に一縷《いちる》の妥協もないこの非情。この気持ちが癒えることがあるのだろうか。それとも…自分も死んでみようか。心に質してみる。それ以外、自分が生きる道はない。でも、この世の中への責任もある。家族、会社の仲間、友人、取引先…。そんな簡単なことじゃない。いつもは小うるさいだけと思っている継父の顔も浮かんだ。縋《すが》りたい。でもどうやって…。

二日近くも病院の霊安室に安置されていた龍一はすでに家族に引き取られ、通夜と葬式の日取りが決められていた。佳奈は名古屋に向かった。まだ彼の親や家族に一度も会ったことがなかった。名古屋の名家の、長男ではなく次男ということも初めて知った。父親は既に他界しているらしい。逆に言えばそんなことも知らなかったのだ。一体どうしちゃっていたんだろう。悔やんでも仕方のないことだ。私は何だったの？　本当に彼のフィアンセ？　そう自問自答しては自分を責めた。龍一の家族は佳奈を一切認めなかった。止めようもない残酷な儀式が淡々と進んでゆく。それを黙って受け入れる外になかった。事故の三日後、親族と近しい友人だけで通夜が、同様にその翌日にささやかな告別式が、彼の故郷の刈谷市郊外の自宅で執り行われた。

「これは現実じゃない、でなければ時間を五日前に戻して！　私が彼を助けるからっ！」

「私に会うために彼が死んだ？　そんなことがあってたまるか！」

佳奈は心の中で叫んだ。龍一の告別式は一切が佳奈を埒外に置いたまま通り過ぎていった。龍一の家族親戚に佳奈を知る者もなく、佳奈は誰とも交流がないまま、ただの知人の一人として彼を見送った。彼の身内も突然襲った悲しみに対し、黙ってその運命を受け入れるしかなかったのだろう。今改めて考えれば、龍一のことは何も知らなかったのだ。それが情けなく、そして悔しい。佳奈は唇をかんだ。結衣が名古屋まで迎えに来て東京に戻った。涙を浮かべ手を握りながら、結衣には起こったことの全てを話した。

心ここにあらずの日が続く。朝、目が覚めるとそれが唯一無二の厳然たる事実であることを改めて思い知り、また絶望の深淵に落ちる。涙が枯れることはないのだろうか。「今は何もできない」という佳奈は、結衣の勧めでしばらく休養をとることにした。会社のほうは佳奈が戻るまでほかの社員が切り盛りする。普通ならあれやこれやと一々指示をするところだが、そんな気力は今の佳奈の体の中にはない。社員らは、社長がそのまま尼さんにでもなってしまったらどうしようか、などと心配したが、今はどうすることもできない。普段は溌剌としているだけに、掛ける言葉もみつからなかった。

一週間後の週末、結衣が東品川の佳奈のマンションにやってきた。業務報告が目的だったが、それ以上に佳奈のことを心配していた。部屋はそれほど散らかっていない。目についたのはテーブルの上に整然とおいてあるワインのボトルとグラスだった。結衣はこの一週間の仕事の進捗と業者の部材の値上げ要求の話と、銀行の融資担当が来てこの先六ヶ月の予定資金繰り表を出して欲しいと言われたことを報告した。佳奈は黙って聞いている。たぶん何も頭に入っていないだろうなと思った結衣は言った。

「みんなも心配しています。早く元気になってくださいよ」

「そんなわかりきったこと言わないで」

言ってからはっとした佳奈は言い直した。

「ごめん、そうだよね、みんなに心配かけちゃってごめん。一昨日から実家に帰ってたんだ。来週からは普通に出るから」

「それから社長、ちゃんと食事してますか？　お酒も飲み過ぎないようにしないと。お肌に悪いですよ」

「うん、大丈夫、コンビニでおにぎり買って食べてるよ。でも夜眠れないから」

お酒は止められない。

「じゃ、飲みすぎには注意してくださいね、それに、もうすこし元気の出るものも食べないと駄目ですよ」

「わかった」

「社長になにかあったりしたら、私たち路頭に迷っちゃいますから」

「うん、わかってるよ。でもみんな私が居なくなったって、うまく仕事はまわしていける力はあるよ」

「あるわけないですよ。それに居なくなるなんて、そんなこと言わないでください」

「代表印と銀行口座の管理、よろしくね」

「はい、でもあと二、三日だけですからね」


結衣は翌日も夕方になって佳奈のマンションへやってきた。彼女は開口一番、佳奈を食事に誘った。外の空気に触れて、気分を変えたほうがいい。世界はまだほかにもあるんだってこと、早く思い出してほしい。そういう思いからだ。

「近くにいいインド料理のお店見つけたんですけど、今から行ってみませんか。オーナーも面白いし、そこのバスー何とかって言う揚げパンがいけるんですよ。マトンカレーもおいしかったし。それと私ラッシが好きなんです。インド料理ってヘルシーでいいですよね」

「あらあら、私の知らないうちに、この辺り荒らしているのね」

キッチンに立ってコーヒーを入れている佳奈も結衣の気遣いに感謝した。

「いやー、まだまだ」

察した結衣も少し元気の出てきた佳奈にほっとする。

「じゃぁ、支度しようか。シャワー浴びるからちょっと待ってちょうだい」

言ってはみたものの、いざ意志を持って何かをしようとすると関節に力が入らない。操り手のいない操り人形のように、だらしなく全身が弛緩する。不思議なことに、まだ龍一が死んだことを百パーセント認めているわけではない。でも、このままでは認めたことになる。佳奈はそう考えた。

一方の結衣はなんとか佳奈を夕食に誘い出すことに成功し、思わず「やったぁ」と心の中で叫んだ。そしてこっそり、会社の仲間にガッツポーズのメールを送った。そして二人は仲のいい姉妹のようにして部屋を出た。


「ご馳走様でした！　ありがとうございます」店を出るなり、結衣は佳奈に礼を言った。

「とんでもない、私の方こそありがとう。羊のカバーブがおいしかったね」

「また、みんなで来ましょうよ」

「そうだね、心配かけてごめんなさい。もう大丈夫だから。結衣は一人で帰れるかな」

「いやいや、それより佳奈先輩一人で大丈夫ですか？」

社長ではなく、わざと先輩と言った。気分をリセットしてほしいのだ。佳奈にも伝わった。

「うん、子供じゃないからね。結衣こそ大丈夫？」

待つまでもなく、狭い通りに空車マークのタクシーが入ってきた。

「丁度タクシー来たよ」そう言って佳奈が手を上げてタクシーを停めた。

「結衣はこれに乗って。私はすぐそこだから、歩いてくよ」

一緒に乗っていきませんかという結衣を佳奈は笑顔で見送る。じゃ、来週ね。佳奈がそう言ったように見えた。タクシーが遠ざかるのを確認した後、佳奈は歩きはじめた。そしてマンションとは反対方向の広い通りに出ると、別のタクシーを拾った。


「マルガリータ」

立秋を幾日か過ぎたある日の昼下がり。そこは渋谷のとあるゲームセンターである。入り口には獲物を待つイソギンチャクのようにプリクラマシンが並ぶ。通り抜けて奥へ進むと、一見無造作に配置された何台ものＵＦＯキャッチャーが更に別の獲物を待ち構えている。雑踏の喧騒とは対照的にその奥から聞こえるのは異質なシュンシュンという電子音、なにかが炸裂する音。或いは格闘の打撃音、エアホッケーが衝突する連続音、バスケットボールがリングに跳ね返る音。それらが時折あがる若者の歓声とともに間断なく続いている。以前ほどの賑わいはない。暇そうな格闘プレイのゲーム機が三台並び、同じキャラクターがそれぞれの画面のなかで敵との果てしない戦いを繰り広げている。殺されても、リセットして最初からやり直せばいい。コインを持っている限りいくらでも繰り返せる。隣のヒーローは新たな敵と戦うために、次なるステージへと向かってゆく。そうして毎日同じゲーム機の中で無限のパターンの戦闘が繰り返されている。

一番隅のゲーム機に座っているレッドという若者もここの常連のひとりだ。夜はボネットというバーでバーテンダーの見習いをやっている。出勤前の時間つぶしだ。長野の高校を二年の夏休みを最後に中退し、東京に出てきた。自分のやることはなにか他にあるはずだという漠然とした衝動から、後先なく家を飛び出した。母親はレッドが生まれてまもなく失踪した。顔すら見たことがない。今、父親が真剣に自分を探しているとも思わない。いや、レッドが出てゆくのを待っていた。そんな気が今ではする。優しい物静かな親父だったが、もともとそりが合わなかったし、いつもどこか他人のような気がしていた。家を出て、もう三年が経っている。

レッドは時々考える。毎日自分の分身となり、スクリーンの中で戦闘を繰り返すヒーローには意思もなければ、人格もない。当たり前だ。が、ちょっと待て。果たして本当にそうなのだろうか。こいつら、ひょっとしたら自分と同じように、考え、悩み、痛みも悦びも感じながら、その二次元世界で人間のように生きているんじゃないのだろうか。時に意のままに動かない奴らにそう感じることがある。得体の知れぬなにかに操られているのは自分だって同じだ。そうだ、彼らは平面の中だが生きている。どうして俺はこうして毎日ゲーム機に向かって、有りもしない仮想の世界にはまり込んでいるのだろう。明日もそうだし、明後日もそうだ。ゲームのキャラと何も変わらないじゃないか。そう考えると、気が狂いそうになるほど、自分の存在そのものがばかばかしく思えてくる。

店の客の誰かが酒を飲みながら言ったことがある。

「人は今の瞬間にしか生きることができない。確かに生きていれば明日も明後日も来年も来るさ。だが、それら未来がやって来た瞬間に、それはすでに『今』なのだ。だから今お前がしていることだけが未来と連なり、次の瞬間それは過去になる」

ゲームにそれほど熱中しているわけではない。三度まで復活を許されたヒーローは、やがてすべてがヤられた。ジ・エンドだ。

ゲームの世界と同じようにレッドは今日もまた同じ場所にいる。だがこの日はなにかがいつもと違った。いつの間にか、何人かのゲーマーがレッドの後ろからスクリーンの中をのぞき込んでいる。そうだ、いつもより調子がいい。そうだ、いいぞ、そこだ！

すると突然、後ろにいた誰かがそうっと彼の肩に手をおいた。

（えっ？ 何？ 邪魔すんなよ、誰だよ？ 今一番いいところだ、まったくもう、やめろって）ゲームに集中しながら、頭の中で文句を並べた。

肩にある手に力が入った。レッドの肩だけが「ぴくっ」と反応する。振り返ることもできない。何だって言うんだ。感触からして細くて弱い女か子供の手だ。レッドはタイミングを見てようやく後ろに視線を遣った。手を動かしたまま一瞬、次にどうするか迷った。そして、もう一度「えっ」と声をだすと今度はしっかり振り向いた。瞬時にゲームはどうでもよくなった。

「こんにちわ」

「…」

レッドの肩に手を置いたのは若い女だった。レッドは混乱した。マジか…逆ナンじゃねえよな？　そんなわけはない。見ればたぶん女子高生か、いっても大学一、二年。どうやら婦警ではない。そもそもお巡りに文句を言われる筋合いもない。ビビるなって。にしても、いきなり人の肩に手を置くかぁ？　もしかしてニューハーフか。気取られないふりをしては色々考えをめぐらす。女の手はまだそこにあった。そしてヒーローはヤられた。

「今、お一人ですよね」

結構無表情に訊いてきた。ま、カマでもいいか。スレンダーで清楚で可愛い、そんなインプレッション。これで男だったらそれはそれで感心する。最近は派手な化粧のテクニックで誰でも可愛くなれるが、こいつはエクステンションもつけてなければ、そもそも化粧っけがない。それにつけても「お一人ですか」っつー言い方はキモい。だいたい話し方が一般人じゃないかよ。レッドがようやく言葉を発した。

「うん、まぁ」

見れば分かるだろう。ここは冷静に。気を取り直してもう一つ言い返す。

「なにか用ですか？」

「ボネットのレッドさんですよね。私、ロクゴウナオミといいます。一度お店でお見かけしました」

「…」

今度はなんと返すべきか迷っている。

「あっ、どうも。ロクゴウさん、ですね。ボネットのお客さんですか」

それで俺の名前知っているわけね。でも、こんな若い子、店に来ないだろ。まー、でも昼と夜は見た目変わるからな。まあ、ありか。しかし、店ではレッドではない。

「ちょっと、お時間あったら、お話できませんか？」

「えっ、まあ、いいスけど」

それなら何もゲームやってる最中でなくてもイーんじゃね。口には出ない。

「あっちに座っていいですか？」

ロクゴウが後ろの自販機の横のベンチを指差した。そっちで話そうというのかい。上等だ。カップルっぽく見えるから、まぁいいか。見た目悪くないし、何だったら彼女にしてやろうかね。ただ、リードされるのが少し気に食わない。しゃあない、ゲームはおわりだ。グダグダ考えながら、いとも簡単にロクゴウと名乗る女の後にノコノコと従った。

ナオミはベンチに腰掛けると、レモネードの缶を出して、ぼさっと立って見ているレッドにどうぞと勧めた。

「あっ、いいスよ」

なんか慣れてるな。びびるんじゃねーぞ。そう身構えるレッドは訊いた。

「それで、どんな、用スか？　お店関係だったら、店のほうに言ってもらったほうがいいかもなんだけど」

意識するなと言い聞かせても、なんかキンチョーするぞ。何を切り出されるのか、気が気でない。

「ちょっと、お願いがあります」

「はぁ？」

ほら見ろ。しかしなぁ、唐突すぎるだろ。背中の一部が硬直する。しかし随分と、ストレートだなぁ。

「なんか、面倒なことはちょっとだけど…」

レッドはそう言いながらロクゴウの横に座った。

「もしかしたら、ちょっとは」

なんだよ、面倒な話かい。ふーん。

「実は、お店に来るお客さんのことでお願いなんです」

続けざまに女は言った。

「はぁ、お店に来る人っていっても…ねぇ」

「山本さんって人なんですけど」

「誰っスか？」

山本じゃわからない。ちぇ、つまんねえ方向だ。投げやりな態度がビミョーに顔に出た。

「山本佳奈さんっていう、インテリアデザイナーの人」

「あんまし、お客さんのことは…」

職業名のバッジを首からぶら下げて飲んでいる人はいないから。そりゃ分からないでしょ。第一偶に来る客のプライベートはわかりようもない。

「そうじゃなくて、これから来る人。お店には以前三度行ったことがある」

「ええっ、なんスかぁ？」

「明日の晩、来る。十二時過ぎに。それにひどく落ち込んで」

「じゃぁ君が、一緒に連れて来るってわけっスね。そうは見えないけどなぁ」

未成年じゃないのかい？と訊きたい。

「ひとりで行きます」

「負け負かんねー」

「え？」

「わけわかんねー、に似た言葉。俺が編み出したギャグ。結構だろ。おべっか幾ら使っても、勘定は負けねえっていう意味。よくね？」

ロクゴウが瞳の奥でクスっと笑う。面白いひと。少しは打ち解けたのだろうか。

「その人、オタクの知り合いってことでしょ」

キミはオタクという呼び方に変わり、レッドは少し調子に乗りはじめる。だが無関心を決めるタイミングでもある。が、ロクゴウは続ける。

「そうでもないんだけど、最近フィアンセを亡くしてしまって、めちゃくちゃ落ち込んでいるから、彼女」

「そんなん、白根ぇ山。ツーか、簡単じゃなくねーか。年増キョーミねえし」

その女の歳がわかっているわけではない。だいぶ普段の砕けたレッドになってきた。

「でも、フィアンセ死んだって思っているけど、確かにそれは事実なんだけど、実は死んでないの」

「なんだかなー。もっとマケマカンネーな」

死んだけど死んでない？　何だよそれ？

「そんなん、男は死んでないとか言って、フツーに教えてやりゃいいじゃん。本人に会わせりゃいいし。俺にカンケーなさそーってか」

たしかにそのとおりだ。

「レッドさん、長野の出身だったですよね。須坂。白根山も遠くないのかな」

急に話題がレッド自身のことに飛んだ。

「はぁ？」語尾が上がった。

何でそんなことまで知ってるんだ？

「ある意味、その人レッドさんの親戚なんです」

「ぷっ、そんなんより、近所の他人っていうんだ。違ったっけ？」

ふざける余裕はあった。頭の回転は悪くない。

「難しいこと知っていますね。でもレッドさんがいいの」

甘えたように言うが、目線は冷たい。

「俺がいいとか急に言われても、そりゃまぁ…あんまりうれしくないス」

レッドはそっぽを向いた。

「その人、ちゃんと誰かが見てあげないと、ちょっと危ないの。あなたの未来にかかわることだし」

「はぁ？」

レッドは何言ってんのという強い目線をふざけたことばかり言う女に飛ばした。

「真面目な話なんです」

「なんか大げさじゃない？　それとも噛みつくんか、そのオバサン？」

俺なんか、チゲーよ。こいつサギ師じゃないのかとふと考える。俺、金振りこまねーし。もってねーし。

「じゃなくて、もうどうにでもなっちゃえっていう感じになっているから。元々気のしっかりした人だけに、何が起こるかわからないの」

「なんで、俺なわけっつーの」

「親戚だから」

「急に知らん人が、俺の親戚といわれても。無理っス。でしょ？」

やっぱり振り込めサギだ。でなければ新興宗教の勧誘に違いない。俺は迷ってないぞ、そう自分に言い聞かせる。

「レッドさんのお母さん筋」

「親捨ててきたし」そこは間髪入れず反応できる。

「一度捨てたなら、また拾えばいいし」ロクゴウも口調を合わせる。

「それに、お母さんはあなたのこと捨ててないと思う」

「とっくに捨ててんでしょ。母親なんてものは見たことねーつぅの」

余計な母親の話になったのでレッドはなにかを思い出してムカついてくる。第一、おまえにかんけーねーだろ。

「…そうとも限らないよ。とにかく他にいないの、その人を助けられる人」

レッドの胸中を全く無視して女が畳みかける。

「うぇっ、なんでえ？ それに、なんか、俺のことよく知ってるよね。やばくね。もしかして警察の人？」

警察も新興宗教も詐欺師もレッドにとっては同類だ。

「私、警察に見える？ あなたがそこに居合わせる人だからっていえばいいですか？」

「うーん、でもなんか、そう決めつけんなって」

「レッドさん、そもそもなぜ高校を中退して、東京に出てきたの？ 何かやるべきことがあるんじゃないの、ここで。これがそのきっかけ。いえ、もっと深いこと」

「ははぁ、うまいとこ突くなぁ。何でそんなことまでわかるの？　気持ちわるー。オタク、俺の腹違いの妹とかじゃないよね」

ふざけてみるが、確かに何かしなければならない。ただ何をしていいのか未だに分からないでいる。バーテンダーの仕事だって、正直言ってなんでやっているのか、明確な理由はない。「これがそのきっかけよ」と見ず知らずの女に言われると、そんなはず、あるわけねーと思いながらも、それが自然の成り行きと思えなくもない。何故だろう。しかも、頼まれていることがそれほど大げさではないことも確かだ。

「とにかく、明日の夜中の十二時に、その人が来るから、お願いします」

女は頭をぺこりと下げた。

「ちょっちょっとぉ、来るっていったって、会ったことないし、わかんないでしょ」

「あなたの目の前に一人でカウンターに座るから、その人」

「明日、俺十二時上がりなんスけど、第一、俺、フロアだし。給料前の土曜日って、常連以外にはあんまり客は入らないし。うちはそんな安酒場じゃないし。その後は海行くし…」

次の日は前からダチ四人とサーフィンに行くことになっている。有体にいえば、ナンパだ。三日は仕事を休む。

「大丈夫、その日は欠員で早退できなくなるから」

「そんなことあるはずないっしょ」

これから先に起こることをいちいち自信に満ちて言う女の話を聞いているうちに、バカみたいだけど面白いこと言う奴だなぁと思いはじめている。

「お礼はするので」

「えっ？」

良く聞こえないふりをした。しかし「お礼」の言葉でレッドは一気に釣られた。

「えっ、お礼あるの？　なんだ、そー言ってよ、最初に。意味分かんないでしょ。へへ、だったら期待しようかな。で、何するんだっけ」

山育ちのレッドは実はサーフィンは気乗りしていなかった。断る口実があるならあったでなんとかなる。

「ありがとう。ただお話すればいいの、でもその人が一度帰るといったら、あなたの奢りでもう一杯カクテルを勧めてほしい。少しだけ引き止めて。それだけをお願いします。その後のことはまた連絡するから。このケータイ預けておきます」

ナオミは赤いケータイをレッドに手渡しながら、立ち上がったレッドの後ろへ回った。

「でも、オレ、あんまりやばいことにはキョーミないからね」

レッドが半分は聞こえないように呟いた。得体のしれない不安が気持ちに混じりはじめている。何こいつと思う。まぁ難しい頼みでもないし、ケータイ渡すくらいだ、俺を只からかっているとばかりもいえない。そう思いながら、はぁーっとレッドはため息をついた。で、そのあともあるのかよ。まぁ礼があるならそれに期待してもいい。

そして「もう少し訊きたいことがある」と言おうとして振り向いた。

「えっ」

気が付くと女はいなかった。あれ、何処行った？　あたりを見回したが、女はもうどこにもいなかった。目を擦りながら仕方なく時計を見た。おっ、そろそろ出勤の時間じゃねえか。レッドはゆっくりとゲームセンターの外に出た。外はまだ明るい。今のマジ？　うーん、それとも夢だったのかぁ？　手にした赤いケータイをマジマジと見つめた。


翌日の夕方、レッドは出勤するなりチーフに呼ばれた。肩を叩かれながら、チーフが囁く。

「聡史君が熱出しちまってさ、今晩出勤できないって、今連絡があったんだ。悪いんだけど、今晩は残業やってくれないか？　どうせ帰ったって大した用はないんだろ」

普通なら、レッドは「いやー、今夜に限って用があるんで」とかなんとか、でたらめを言って丁重にお断りするところだ。が、昨日ロクゴウという女に聞いたばかりの展開に「うえー、まじっスか？」と叫んでしまった。こんなのマジでありかよと頭を抱えた途端、二の腕あたりに鳥肌が立った。

「なんだ、だめかい、じゃぁ斉藤に出てもらうよう電話するしかないか、それとも…」

「あー、いえっ、予想通りだったんで、ちょっと驚いただけです」

「おー、いい心がけしてるじゃない」

「あっ、はい、なんとか、大丈夫です、のつもりです」

支離滅裂になりながら「マジかよ～」と今度は三回心の中で叫んだ。

「そか、じゃぁわるいけど、頼むよ」

「あっ、はい、わかりました」

「どうせ聡史はデートかなにかだろ、知ってんか？　あいつが急に熱出すなんて、ザけんなだろ。今日は十一時過ぎたら中に入って、カウンターに着くお客だけ粗相なくカバーしてくれればいいからさ」

「了解っス。だいたいそんな予定でしたから」

後半はチーフには聞こえないように呟きながら、心の中で雄叫びをあげた。カウンターに入れるってのは、毎度あることじゃないし、バーテンダーとしてある程度認められたということだ。いや、そうじゃないな。というか、周りがそういう目で見てくれるということが第一格好いい。でも、ホントにそうなんか？　少し考えて、ぶるっと首を横に振って、妙な考えを振り払った。

「面白いねー。友達思いはいいな。今度あいつには昼飯くらいおごらせないとな」

チーフは言いながら、欠員の問題が片付いたので軽く胸をなでおろした。レッドは「聡史さんと昼に飯食いに行くことなんかないっスよ」と言いかけて止めた。それより、ほんとにあの妙な女のいうとおりのことが起こったな。すげーほらこのとおり鳥肌が立っている。じゃ、オバサンも来るってことか。来たら、ホントにちびるぜ、俺。あいつ何者だよ。レッドの頭の中はそっちのほうに飛んでいる。

十時過ぎから店は少々混みはじめてきた。

一次会が終わったサラリーマン仲間やら睦まじいカップルが次はどこに行こうかと相談を始める時間帯だ。大体今時のサラリーマンのグループは、立ちテーブルに着く。肘付きながら、お互いの距離を縮めて、愚痴を言いあったり、年配者は週末の趣味の話に花を咲かせたりする。大人のカップルはカウンターを好む。正対するより、横向きになったほうが内緒話するときに都合よく、お互いの眼差しが重なりやすい。ひとりで来る中年の男客は大概風俗帰りか、さもなければ馬券が当たって気が大きくなっている連中だ。最近女子会も増えてきたが、女がひとりで来ることはまずない。有るとすれば、この上の階のパブのお姉さんたちが、店が開いた一時過ぎあたりにちょっとした待ち合わせで立ち寄るくらいだ。ふらっと来て飲みたい酒だけさっと飲み、さっと帰るスマートな客は稀だ。この街の色だろう。この晩もそんな典型的なお客らで店は賑わっている。週末、店は夕方六時に開き、朝の四時半に閉じる。給料日前といっても、やはりここは渋谷だ。

結衣と別れた後、タクシーを拾った佳奈は渋谷でクルマを降りた。そして、あてどなく、弱々しい足取りで歩き出した。龍一との思い出の街だ。もしかしたら、彼に会えるかもしれない。いや、きっと会える。また、堂々巡りの苦悩の思考が始まっていた。

なにか事情があって、一時的に私の前から姿を消しただけ。すぐに戻ってくる。道行く人の後姿に龍一の面影を追いかけた。いるはずもない。そんなことは分かっている。でも我慢ならない。

さもなければすべてが嘘。日本中の人間がグルになって、彼女をドッキリに引っ掛けている可能性が高い。彼は今でも、隠しカメラか物陰から私を見て、番組スタッフと一緒になってクスクス笑っているんだ。なんて意地悪。だから、こっちも不意に後ろを振り返る。むこうが油断したところで彼のトリックを見破ってやる。軟派のお兄さんが時々後ろから声をかけては、女の形相を確認して去ってゆく。もういい加減にして、出てきて！　お願いだから！　結衣との食事で少し紛れかけていた気持ちがまた奈落のそこへと転がりはじめた。

その時。「あっ、龍一！」人ごみの中、横断歩道を渡る龍一がいる！　どこ向いて歩いているのよ！　私はここ！　どかんと誰かにぶつかる。あっと言ってヒールの片方が脱げた。しかし誰も佳奈に気を留めるものはいない。彼さえも駆け寄ってこない。とめどもない人の波はやはり絶望の未来へと続いている。

同じところをどのくらい歩きまわっただろうか。ふと気がつくと、以前龍一と何度か来たことのある思い出のバーの前に立っていた。雑居ビルの二階の階段を上がったところだ。何故最初にここを選んだのかわからない。紫色の看板にボネットとある。ゆっくりと階段を上り、入り口の扉を開けた。龍一がいるとしたらここかもしれない。外とは違う濃密な喧騒がある。タバコの煙で藍色の店内の奥がすこし霞んでいる。タバコは好きじゃない。「いらっしゃいませ、何名さまですか」と愛想笑いを浮かべた従業員の表情が佳奈の心を揺るがす。何人でもいいじゃない。

一人ですと伝えて、入り口近くのカウンター席に人を待つような仕草でゆっくりと座った。乾いたグラスがいくつもカウンターの上に釣り下がっている。ふと目をやると、以前龍一と座った奥のテーブルには何の悩みもないサラリーマンが三人暢気にウイスキーを飲んでいる。イギリス人かオーストラリア人のデブの標本のようなグループがこっちを窺っている。時計の針はいつの間にか十二時を指していた。みんな今夜はどこに帰るのだろうか…。

「なんか今日は気分がいいです」

佳奈はほんのり紅くなった頬を隣の龍一に向けた。グラスに沈んだサクランボが佳奈を見て笑う。

「大丈夫、ちゃんと送りますから」

龍一が微笑む。ポスターのダリの髭がピンと動いた。そして冷やかすように目を剥いて二人を一瞥する。

「そういう意味じゃないんですけど、最近ずっと仕事が忙しくって、今夜みたいな楽しい時間が世の中にあるってこと、ずっと忘れていました」

よそのテーブルの客のグラスが合わさる音が心地よい。龍一はここが決め所とアタックした。

「みたいだね、よかったらいつでもお付き合いしますから、声をかけてください」

ウェイターが龍一のペーサーを交換した。その作業を見つめていた佳奈が応酬する。

「本気にしちゃいますよ」

「あなたのなんていうか、普段は強そうに見えるけど、ふと見せる弱気なところが、なんていうか惹かれるんですよねぇ」

殺し文句じゃないか。龍一はどうだと言ったような眼差しを佳奈に向けた。

「私は葛城さんのいつも堂々として、自信に満ちているところが、すごく羨ましい」

佳奈も負けじと、身も心も龍一の前に投げ出しますみたいなことを言う。考えすぎか、いやそれでも二人はやはり相性がいい。

「僕たちはなんか仲良くなれそうですかね」

「仲良くしてください」

ちょっとした沈黙は同じことを考えていたからに違いない。勝負の行方は確認できたから、もう全力疾走はしなくてもいい。二人は流しにかかる。

「ほんとに仲良くしましょう。でもそれって、酔った勢いで言ってるんじゃないですよね。今度会ったとき、それって何かしらみたいな態度、止めてくださいよ」

「うーん、そうかも。今度確かめてください」

「だよな。えー、でもどうやって確かめるんだろう。来月こっちに戻ってきたとき、一度ドライブにでも誘ってもいいかな？」

わーぉ！　後ろで歓声が上がった。二人して振り返る。関係ないことで後ろの客らが盛り上がっていた。あっ、私たちのことじゃないよね。佳奈は勿体ぶって応える。

「都合が合えば」

「なんかはぐらかされている感じだなぁ」

それってＯＫっていう意味でしょという顔をしている龍一。すると二人の距離が縮まったのを祝福するかのように、さっきまで暗いお店だなぁと思っていた周りの雰囲気が急に華やいだ。今度はダリも笑っている。

あの時はそんな会話をして遊んだっけか。すでにお互いの気持ちは決まっていたような気がする。でも、もうあれは幻でしかない。佳奈はまたぐるぐると天井が回るようなめまいを感じながら、絶望の断崖から深い闇の底へと突き落とされてゆく自分を感じた。

「いらっしゃいませ、お飲み物は何になさいますか」

それまで、他の客のオーダーを取りながら、じっと佳奈の様子を横目で追いかけていたバーテンダーが声をかけた。女性の一人客は珍しい。チーフも何気なく客の様子を伺っている。酒乱女は始末に困るぞ。

「何でもいいです。ああ、でもさっぱりしたものください」

「カクテルでよろしいですか」

「そうね、じゃぁタイムマシンっていうカクテルありますか？」

「ちょっとカクテルブックを調べてみます」

バーテンダーは言ってみたが、そんなカクテル出てくるはずもない。あったとしても手には負えないだろう。

「ないみたいですね。今度調べておきます。代わりにマルガリータはいかがですか」

「じゃぁ、それでいいわ」声を出した分、佳奈は少し落ち着いた。

「かしこまりました」バーテンダーもほっとして、見えないところで一息吐き出す。

「今日はお待ち合わせですか？」

シェイカーからグラスにマルガリータを注ぎながらバーテンダーが訊いた。

「そんなんじゃ…」ないとまでは言わなかった。もうこの世にはそんな人いないし。肉体から魂だけ抜け出て、何処かに飛んでいってしまいたい。壁に掛かった斜め前のポスターを見たまま黙り込んだ。

唇をかんで髪を掻き上げながら見せる苦痛にゆがんだ女の表情がバーテンダーの視界に入る。店の中はまだ大勢の客がいて、笑い声やグラスのぶつかる音でざわついている。悲劇のヒロインが注目を浴びる隙はない。

「失礼しました。どうぞ」

バーテンダーは女が何を言ったかうまく聞き取れないまま、グラスを佳奈の前においた。

ひんやりしたレモン色のカクテルを手にすると、佳奈は二口でそれを飲み干してしまった。塩気とともに、一気にテキーラが佳奈の体の中を満たすように広がっていった。バーテンダーは唖然としながら「なにかおつまみはいかがですか」と訊いた。すると「もう一杯ください」と佳奈は応える。

あまり話しかけられたくないといった態度だが、バーテンダーは女がロクゴウの言っていた山本佳奈であることをまずは確認しなければならない。偶然の偶然ということだってある。何を話したらいい？

「ここのところ、ジャイアンツは強いですね」

何言ってんだ俺。やっべぇ。

「…」

女は視線も上げずす聞き流した。

「あの、ナオミさんという若いお客さんがよく来るんですけど、お知り合いですか？」

だいぶこっちがましか。佳奈はどうでもいいバーテンダーのどうでもいい質問にどう答えるか考えた。

「ナオミさん？　誰だろう、知らないと思う。知り合いでここに来る人はもういないから」

一瞬沈黙の表情を見せた女は、半ばふてくされたような言葉を返した。いちいち龍一に関連付けた表現になってしまう。が、相手にはわからないこと。

「そうですか、いつもお仕事は遅いんですか？」

こういうときプライベートな質問はあまり直接仕掛けないほうがいい。接客マナーだ。少しずついこう。俺もわかってきたな。

「遅いっていえば、遅いけど」

いちいち訊いてくれなくってもいいわよ。空のグラスを持つ仕草がそう言っている。

「テレビ局関係の方ですか？　時々お一人でこられる方はそちらの関係が多いんですけどね」

でたらめだ。どうでもいいことだろ。が、女は反応した。

「へー、そうなんだ。私は、インテリア関係」

バーテンダーはゴクリと唾をのんだ。なんてこったぁ、こりゃリーチだ。

二杯目のマルガリータをそっと佳奈の前に出しながら、

「マルガリータの由来をご存知ですか？」

と危険な質問をぶつけた。

「えっ、別に」と首を振る女に「実は死んでしまった愛しい恋人を慕う為につくられたお酒といわれているんです」と言った。

死んだのは女のマルガリータの方だが本当である。あまりないカクテルの知識をひけらかした。もしかしたらビンゴだ。

「それって…」

今まさに龍一を失い、そして彼を偲んでいる。いや違う、偲んではいない。私は只待っているだけ。

「すみません、お客さんには合いませんでしたね」

「…」

「他のなにか如何ですか？」

少し話し方がくだけた。

「フィアンセ、死んだの」

「あっ、はい、マルガリータですね」

「ちがうよ」

「えっ、すみません、なにか余計なこと言ってしまいました」

バーテンダーは絶句する。が、すぐに気を取り直した。

「まぁいいの、誰かと話しているほうが、気分が紛れるかもだから。それに、いずれ現実は受け止めなくちゃならない」

「そうですか、お客さん、お強いんですね」

酒のことだろうか？　思いもしない言葉が口をついた。だが、これ以上何も話せない。佳奈は二杯目のマルガリータもまたもあっという間に飲み干してしまった。

「ありがとう。少し気分が晴れたから、お勘定、お願いします」

「えっ、あっ、ちょっと待ってください。お詫びに、僕のおごりでもう一杯ご馳走させてください」

佳奈はバーテンダーの顔を初めて見上げた。

「えっ、お詫びって、何も、そんな大丈夫です」

「いや、そんなこと言わずに、僕、友達からはレッドって呼ばれていますけど、本名は桂木っていいます」

佳奈の息が止まった。確かに名札をよく見ると「桂木」とある。

「いつからここで働いているんですか？」

「一年程前からです」

「…私のフィアンセもカツラギっていうの。死んじゃった人。でもこれもなんか縁があるのかな」

「お客さんのお名前訊いてもいいですか？」

「私は山本」

「えっ、もしかしてカナさんですか？　山本佳奈さん？」

「えっ、なんで？」

「僕、霊感あるんです」

「嘘？」

「はは、嘘です」

「だよね」

「実はついこの間、カツラギさんという人が結構遅い時間に来て、僕と同じ名前だったんで、いろいろ話していたら、その人の恋人の話になって、その人の名前がカナだったんで、覚えていたんです」

嘘だ。しかし、不思議の世界の入り口に立ったような気がして、レッドは興奮しはじめている。こんなことが、あるんかよ。

「記憶力がいいんですね」

なんだ、霊感なんて嘘よね。でも、龍一が来たっていつの話？　そんなことを考えながら佳奈は話に釣り込まれた。とにかく龍一にかかわる話ならなんでも聞いて確かめたい。

「実はお袋の名前が同じカナなんです」

この際こじつけは何でもありだ。が、母の名前は本当だった。

「なんだかおもしろい。そんな偶然って重なるときは重なるね。じゃああなたのお母さんはカツラギカナっていうんだ。カツラギカナさんに乾杯しなくちゃ。じゃぁ、一杯ご馳走になろうかな。こういうの、シンクロニシティっていうんだよね」

「えっ？　シンクロ？　あ、いえ、是非、どうぞ。お願いします」

そう言いながら、レッドは、よしミッション達成だと小さくガッツポーズした。なんのミッションなのだろうか。それはこの際、どうでもよかった。

その時、チーフが「ちょっと」とレッドに手招きした。一人の客ばかり相手してないで、もっと周りをみろという小言だった。フロアからのつまみのオーダーを出していなかったのだ。

「あっちゃ、まじーな」

慌てて注文を処理したレッドが振り返ると、佳奈の姿は既にそこになかった。あれ、なんてこった、まだ俺の奢りの三杯目出してないぞと思いながら、頭を掻いた。仕方なくコップの水を口に含みながらあたりを見回した。するとなんと、いつの間にかカウンターの反対側に、ロクゴウが座っているではないか。思わず、口に入れた水をそのままゲボっと吐き出してしまった。女は、じゃぁこれ、と言って封筒をレッドの前に差し出した。謝礼だ、きっと。レッドは周りに気づかれることなく、そっと封筒をズボンのポケットに押し込もうとする。こんな簡単なことでいいんかい。世の中ちょろいもんだとレッドは悪びれて見せた。が、ナオミはしまう前にその中を見ろと合図した。レッドは恐る〳〵封筒の中をチェックする。何だ、金一封ではないじゃないか。代わりに入っていたのは何かが書いてある紙片。次なるミッションである。

それを読んだレッドは呻《うな》った。

「えーマジか。そんなのできねーよ」

若い女を見返した。ロクゴウは、君なら出来る、といった視線をレッドの瞳の奥深くに送り続けている。そしてレッドの前に別の封筒を差し出した。

すでに夜中の二時を回っている。佳奈は自宅マンションの前でタクシーを降りた。少しお酒が入ったせいもあって、今なら龍一のそばに行けるかもしれないと考えていた。数日前、行きつけの内科で睡眠薬を処方してもらった。心の準備は出来ている。何故か佳奈は漠然とそう思った。傍から見たら、何を早まったことを、何を無意味なことを、と言われるかもしれない。そんなことはわかっている。選択肢の一つとして念頭に置いている。それだけのこと。そういえば聞こえはいいのだろうか。

カードキーを翳して エントランスのドアを解錠した。不安定な足取りで、ホールを通り抜けようとすると、いきなりどこから飛び出してきたのか一人の男が行く手を塞いだ。

えっ、龍一？ やっと迎えに来てくれたのかな。いや違う。じゃあ、誰？ ちょっと待って、そこに人、いたかしら。邪魔しないで。一瞬のうちに色々な感情が走り抜けた。

「さっきはどうも」男の声がした。

「はい？」

さっきはどうもって、佳奈は充血した目を少しむき出すように相手をみた。誰だっけ？ 考えた。

「すこし話したいことがあるんスけど、いいスか」

あっ、何であなたがここにいるの？

「はぁ？」強烈な警戒心が頭をもたげた。

「ちょっと話できますか？」

「ごめんなさい、こんな時間だし、急いでいるので、今度にしてください」

「あっ、そういうのじゃなくて、龍一さんのことでなんスけど」

佳奈は男の顔を不潔なものでも見るかのように睨みつけた。

「私の後つけてきたの？ どうしてあなたがこんなところにいるの？」

佳奈の目の前にいるのはさっきの店のバーテンダーだった。

「お客さんが忘れ物したので、届けてくるっていって出てきました。店ももうお開きだし」

「…だって、そうじゃなくて、あなた、私がどうしてここに住んでいるって知っているわけ？ それに龍一のことだとか言ったって、彼とは数回お店に行っただけ。全然関係ないでしょ」

「確かに俺も事情、そんなに知っているわけじゃないんです。ちょっと座ってもらってもいいですか」

お店で少し飲んだだけなのに、そこのバーテンダーが何故ここまで追いかけてくるわけ。私が心の弱みを見せたから？ ふざけないで！ ここはセキュリティもあるんだから。勝手は許さない。とにかく座る必要はないでしょ。佳奈は心の中で静かにまくし立てた。

「このままでいい。さっきはご馳走様でした。それで、あとは何の御用ですか」

完全な女の防御体勢をとる。

「実は、人に頼まれたことがあるんです」

「はあ？　…でも意味が分かません」

「龍一さんの仲間があなたのこと探しているっていうか、助けを必要としているっていうか…、俺も頼まれたんです」

「えっ、もっと意味が分かりません。変な考えなら、警備の人呼びますけど、いいですか」

佳奈は一気にむかついてくる。言い回しが一々いやらしい。

「そんなんじゃないんです。もっと込み入った話なんスけど」

レッドは頭を掻き〳〵、よわったなぁと思いながらも続けるしかない。

「彼は死んじゃった。もう知ってますよね」

もう一回一から話さなければ分からないっていうの、このお馬鹿さんは。佳奈はさらに怒りがこみ上げてくる。そんな女を見ながら、なんで俺がこんなことまでしないといけないんだとレッドも思っている。

「さっき聞きましたけど、実は龍一さんは死んでないっていう人がいるんです」

レッドはまた頭を掻きながらおかしなことを言った。

「そうね、私もそう思う。さっきも街でみかけたし」

支離滅裂なのはわかっている。でも佳奈は自分以外の誰かにもそういって欲しかった。目に涙が浮かんでこぼれそうになる。

「会ってみるっていうのはどうですか？」

「何言ってるんですか。冗談はよしてください」

そう言わざるをえない自分が嫌いだ。

「マジです」

レッドはめんどーくせー、なんで俺がここまでとまた心の中で思いながら、ため息をついた。しかし説得しようとしている。成功報酬らしきものをさっきナオミから受け取ってしまっているのだ。うまくいけばさらに、と鼻っ先にニンジンをぶら下げられている。もう一押しでどうにかなるか。いや難しいだろう。自信は全くない。そこまでして目先の金が欲しいのか？　が、佳奈は佳奈で暴走しはじめる。

「会えるものなら、あわせて頂戴」

レッドに食ってかかった。誰かが撮った過去のビデオの中に彼がいるのは分かっている。けど、つらくてそんなビデオすら観ることができない。そう、そんな残酷なこと、自分ではできっこない。

（いつかは天国で会えるよね）

無意識に何度もそう自分に言い聞かせているのだ。

「カナさんがその気になれば」

レッドは、おや、これはなんとかなるかも、と思いはじめた。

「まだ死なないわ、それに龍一でなくちゃ駄目」

さっきまで死のうと考えていた自分にはっとする。

「龍一だよ」

レッドの少し語気が強まった。駄目を押さねば。

「名前が同じでも、他の人じゃ駄目なの」

なんでこんな話をこの子にしなくちゃならないの。苗字が同じだって、あんたじゃないのよ。

「俺なら、てか、俺じゃないけど、会わせることが出来るっていう人知ってるんです」

「代わりじゃ駄目って言ってるでしょ。やめとくわ」

「本人でも？」

「私、そういうのダメなの」

当たり前だが佳奈にはそうだよねと信じる理由も根拠もない。こいつ、何が目的？としか見ていない。

冗談やめて早く戻ってきてと願っていたのに、どれだけ自分に嘘をついていたのかを思い知る。

「いやー、そういうんじゃないっス」

女の意図を感じ取ったのか、レッドも態度が後ずさりした。

「…」

やっぱり、これ以上関わるべきじゃない。そんな考えが露骨に佳奈の表情に出た。

「なんか信用されてないスね。また今度にしますか」

「そうね、私のほうからは次はないです。でも龍一に会いたくなったらお願いしに行くわ。お店にね」

こんな形で赤の他人のあんたが付きまとうのは止めて欲しいと言っているのだ。

「あー、でも、ほんとっス。いつでも龍一さんに会いにいく決心ができたら、ここに電話ください。あーってか、ある人からの伝言っス」

そう言うと、発信履歴を見せながらケータイを佳奈の目の前に差し出した。えっ！という佳奈の表情が目のふちに表れた。

「俺、レッドっス。あ、それから、これ証拠の写真です」

そう言いながらレッドはケータイの画面を佳奈に見せた。佳奈も思わず覗き込んだ。

「えっ？」

今度は声が出た。最初はよく分からなかったが、そこに確かに龍一らしき男が写っていた。でも服もヘアスタイルもいつもの彼じゃない。馬っ鹿じゃない、こんなトリックでは騙されない。知らない若い女が腕を組んで龍一らしき男性と仲良く写っている。龍一ってもしかしてホントは双子ってこと？　そんな妄想に似た疑念が湧いた。佳奈には理性的な判断力はもう残っていない。だから一瞬本気でそう思った。夢の中なら何でもありなのだ。夢に不思議はない。そうだ彼には双子の兄か弟がいる。でも、それは兄弟であって、やっぱり龍一じゃない。そうか、こんな代物見せられたぐらいで私が慌てる必要はない。

また、別の考えが頭をもたげる。それとも、やっぱり死亡事故って偽装ってこと？　それでも理屈はとおる。少なくとも佳奈には。じゃあ私を見捨てたってことか？　でも、ご両親も妹さんだって。あの人たちもグル？　いいえ、そんなこともっとありえない。なんてこと私は考えているの。目の前にいるレッドという若い男のほうが百倍怪しいっていうのに。

今、佳奈は夢と現実の狭間にいる。

「横に写っている人はフィアンセってことっス。あっちでは、の話ということっスけど」

そんな佳奈の神経を逆なでするように、レッドが追い討ちを掛けている。何言ってんのよ。「あっち」ってどこよ。フィリピンとかアルゼンチンとか言うんじゃないでしょうね。佳奈の目は泳いでいる。

「とにかくカナさんをお連れしろといわれているんス。お願いします」

一度はやめときますかと言ったレッドは頭を下げて再攻勢にでた。金の為とはいえ、年増相手に俺はなんでここまでするんだ、と思いながら、レッドはレッドでなにかと戦っているのだ。

「龍一さんをサポートできるのはカナさんだけだって言ってるんで。落ち着いたら、電話ください」

龍一をサポートするのは私に決まっている。何を馬鹿なことを言うの。佳奈はむっときた。

「もっと詳しいこと、ナオミという女の子が説明するって言ってるし。で、俺はただのパシリですから。じゃぁそろそろ行きます」

佳奈が黙っていると、ようやくレッドはすごすごと出て行った。

私の心の中を蹂躙するだけしておいてなんだって言うの！　取り残された佳奈は我に返ると考えた。しかしどうやってあいつマンションの中に侵入したんだろ。何が狙い？　写真の女の人は一体誰？　私以外に龍一に恋人がいたなんて考えられない。物理的に不可能だよ。「あっち」ってどこのこと？　写真は合成にしても、意図が分からない。龍一は誰かに軟禁されて意にそぐわないことを強要されているって言うの？　それで、私の助けが必要？　そうなの？　じゃぁ、この間の通夜とお葬式は、あれは何？　遺体は彼じゃないっていうこと？　佳奈は混乱した。すべてが夢で、現実には生きていてほしいという妄想に似た強烈な願いがあるからこそ、間違っても考えがひとつに収束することはない。一人になるとまた涙が溢れてきた。私の気持ちを弄《もてあそ》ぶのはやめてほしい。龍一は、葛城さんはもういないんだから、あんたらには関係ないでしょ！　誰か一ヶ月前に時間を戻して頂戴！

やっぱり、奇跡を望むべきじゃない。現実と向き合わなければ。潜在意識のどこかから、そんな声が聞こえる。そしてまた長い一日が終わろうとしている。いや、また新しい一日が既に始まろうとしている。でも、一度眠りについたらもう二度と目覚めなくてもいい、もしそうだったらどんなに幸せか。朝起きて再びこの現実を再確認するプロセスを繰り返すなんて残酷すぎる。佳奈は呆然とし、よろけては壁にもたれ、壁にもたれてはよろけながら、どうにかして暗い自分の部屋まで辿りついた。

夢を見た。

色彩の判別がつかない。そこは地獄だったかもしれない。暗闇の中に、巨大な蜘蛛のような眼だけが光るどす黒い化け物がおり、そいつが吐き出す粘膜で佳奈はみるみる簀巻きにされてゆく。そして有無もなく針の山に突き落とされた。針が刺さったと思った瞬間、手足にぐっと力が入り、気がつくとそこは下水道の中のような汚泥の沼だ。悪臭が鼻を突く気がした。そして頭から沈んでゆく。息ができない。見知らぬ誰かが同じように沈んでゆく。汚泥を飲んだ。苦しい。すると死んだ父が佳奈の両足を持って逆さまに引きずり上げた。頭に血が上る。が、次の瞬間気がつくと夕闇の空を飛んでいた。そんな、飛べるわけないと思った瞬間、みるみる失速して、真っさかさまに落ちてゆく。知らない男があざ笑ってこっちを見ている。硬いコンクリートの地面に衝突しそうになったその瞬間、両足を思い切り突っ張った。

その勢いで佳奈は目覚めた。

肩が冷たい。エアコンの風でカーテンがゆらゆら揺れている。だらしなく涎で口元が湿っている。空はすでに明るい。頭が痛い。恐怖の余韻が全身に残っている。手を伸ばして時間を確認することすら出来ない。いやな夢だった。あれ、龍一はどこ？ いるはずはない現実。しばらく瞬きもせず天井の一点を見つめていた。そして決心した。嘘でもいい。確かめたいこともある。龍一に会わせてくれると言ったあいつに電話してみよう。なにか私の知らない龍一のことがわかるかもしれない。それだけでもいい。何かにすがりたい。そうすると、少しだけ、生きている意味ができたような気がした。小さすぎる目標、でも今はそれ以外、この世界で彼に関わる術はない。

誰かが言った。

そもそも、三千世界とかパラレルワールドとか、そういうふうに宇宙の数が無限にあるのなら、そのうちの一つや二つどうなったって構いやしないじゃないか。そう、無数なら、そのうちの半分くらいはどうなったって、誰も困りはしない。

誰かが反論する。

えっ、ホントにそうなのか？　いや、そうはなかなかいかない。何故かって？　第一、その別世界にだってお前がいれば、お前の親もいる。子供もいれば友達もいる。彼らにとってそこだけが唯一自分の存在を実感できる世界じゃないか。それを、無限のうちの一つや二つといって、簡単に他人事と考えていいのか。切り捨てられる連中とは、実は今ここにいるお前たちのことだ。つまり消えるのはお前だ。

だから、そうなる前に、一度想像してみるといい、或る時人類が死滅して奇形の植物とゴキブリだけしか棲まなくなった地球を…。ゴキブリは夏の夕暮れの情熱も、冬の凍てつく朝の侘《わび》しさも感じることはない。月も星も存在しない、そんな世界の、無限に広がる宇宙に果たしてどんな意味があるのか。人類がこの世から消えていなくなったとき、宇宙が宇宙である意味はなくなる。ゴキブリが無限の宇宙を認識すると思うか。あってもなくても同じと言うことは、それはないに等しい。

広大な宇宙に知的生命体は人類しかいない。何故ならそれを創造しているのはお前たち自身なのだから。創造主は人間の心の中にこそ存在する。すべてはお前の頭の中で生起し、そして消滅している。お前がいなくなれば、宇宙も消える。

佳奈はレッドが置いていったケータイをバッグから取り出すと手に取った。躊躇《ちゅうちょ》なく一つしかない短縮キーを押す。呼び出し音が三回鳴った。

「もしもし」誰かが出た。

「あれ？」

女の声だ。もしかして写真の？　一瞬そんな思いがよぎる。いや、違う。そうか。レッドの言ったことを少しだけ思い出した。

「…佳奈さんですね」声はそう言った。

「そうです。あの、レッドさんは、いらっしゃいますか」

「いいえ、彼はいません。ですが用件は分かっています」

声は若い。そして清涼な感じがする。佳奈の警戒心が少しだけ解ける。

「失礼ですが？」

「ロクゴウといいます。電話ありがとうございます」

「…」

聞いたことのない名前だ。いや、レッドが言っていたかもしれない。女は続ける。

「レッドさんには、私からお願いして昨日はあなたのところへ行ってもらいました。あれでも怪しい男の子ではありませんので、安心ください」

「え？　ああ、そうなんですか」

「あれでも」という表現が佳奈のツボにはまり、クスッと笑った。

「葛城龍一のことを聞かせて貰えるって伺ったものですから、どういうことなのかなって、もう少し分かるように話を伺おうと思ってお電話したんですけど…」

「はい、わかっています。あなたにとって、少し衝撃的なことになるかもしれませんが、きっと知って後悔はないと思います。それから、お願いもあります。今から、またレッドさんに迎えに行ってもらいますから、少し待っていてくださいませんか。二時間後です。追って詳しくお話しします」

「そんな急ですか」

また少し不安が頭をもたげる。が、今の佳奈に失うものは何もない。

「そうです。大丈夫ですか。すでに、いろいろ進んでいますので、早いほうがいいのです」

すでに何かが仕組まれている。

「はぁ、おっしゃることの意味がちょっとわかりませんが、何が進んでいるのでしょう?」

「未来が、といったら分かりにくいでしょうか。レッドさんが伺いますので、出かける支度をしておいてください」

ロクゴウがそう言うと電話は切れた。


レッドは丁度二時間後に佳奈のマンションにやってきた。マンションの玄関のロックを解除してやると、やがて佳奈の部屋のベルが鳴った。何の迷いもなくやってきた。ドアを開けるとレッドがいる。一体この子は何なんだろうと、改めてマジマジと若い男の顔を見つめた。レッドは悪びれる様子もなく、決心ついたんですね、じゃあ行きましょうか、心配しないでなどと慣れないセリフを佳奈の前に並べた。佳奈は彼の後ろに従った。外に出ると路上に停めてあったクルマまで佳奈をエスコートする。ロクゴウにどう佳奈を扱うか言い含められてきたようだった。

エンジンが掛かるとクルマは急発進した。そして芝公園から首都高に乗った。右へ左へと車線変更しながら混みあう環状線を走り抜ける。どうやら北へと向うようだ。

「キミ、いいクルマ持っているんだ」

車窓に映る都会の景色をみながらしばらく黙っていた佳奈が最初に口を開いた。

「いえ、これは先輩ので、借りてきました」

新型のフェアレディＺ。確かに若い割にいいクルマに乗っている。が、とりあえず納得する。

「電話貰えて、よかったっス」

レッドが付け加えた。成り行き上、何故かほっとしている。佳奈にもそれは伝わった。

「電話に出たロクゴウっていう人、あなたとどういう関係なの？」

クルマが北池袋を過ぎた頃、佳奈は事態が勝手に動いていることの不安を隠すようにレッドに尋ねた。

「俺もつい最近知りあったんス。山本さんこそ知り合いじゃないんスか」

「知らないよ。さっき電話ではじめて話したんだから。キミの彼女とか、お姉さんとかじゃないの」

「いやいや、違うっス、でもちょっと変わってるんスよ。俺より若いし、たぶん」

「キミも変わってるよ。大体さっきのあれは何？　あり得ないでしょ」

「すみません、全部ナオミの言うとおりにしているんです。あっ、ナオミっていうんです。あいつ。で。山本さんが昨日うちの店に来ること、最初からわかってたんスよ」

「えっ、何それ。どういう意味なの？」

「いやぁ、わかりません。しかも、来る時間と、座る場所までっスよ。マジで、超能力ですよ」

「どうしてそうなるの。私のことつけ回してでもいるってこと？　それに、昨日あそこへ行ったのは偶々だから、それはありえない」

「けっこう、色々知ってるみたいスよ。俺のこともよく知ってるし」

「なんか不気味ね、やだなぁ」

「かなりぶきみっス」

「キミも相当不気味だよね…。で、なんでその人に拘わっているわけ？」

バイトかな？とはさすがに言いにくい。

「…俺、時々考えるんスけど、一番の、最初の人類って誰だったんスかね」

突然レッドは話題を変えた。ただ頭の中では繋がっているようだ。

「えっ何、急に。やっぱり変」

「あー、すいません」

「それ、アフリカの洞窟か何処かで骨が見つかった類人猿で、確かスージーとかルーシーとかいったんじゃないかな」

しばらく考えた後、佳奈がフォローした。

「やっぱ、さすがだね。知ってんだ。類人猿って人間なんスか？」

「いい質問だね。たぶん答えはノーだ」

「結構いい加減スね」

何がいい加減なのかはよくわからない。すると「ぷぅ」とわけの分からない吐息を吐きながら、佳奈がクスっと笑った。

「あっ、今笑ったでしょ」

「全然」と言いながら、また、クスっと笑った。

「おばっ、おっ山本さん、そうやって『にこっ』としてたほうがいいっスよ」

ああ、この人笑えるんだ、と思う。

「あー、今オバサンって言おうとしたでしょ。佳奈でいいわよ」

佳奈のことをそう呼ぶ龍一はもういない。

「ちっ、違うっス。おばけって言おうとしたんです」

「なにー、もっとひどいじゃない」

「お化け見たことありますかって訊こうとしたんです」

「な、わけねーだろ」

ばかばかしい会話は佳奈の心の底の動揺をあざ笑うように上っ面だけを滑ってゆく。

「俺、会社の社長さんっていうから、もっとなんかすげー人なのかと思ったけど、普通の女のひとですね。安心した」

「そりゃそうよ、四六時中社長やってたら、死んじゃうよ。普段はこうよ。気分は二十四歳ってとこだな。後学の為に覚えておきなさい」

「ほっ、わかりました。で、コウガクってなんスか？」

レッドのたわいもない話題で、佳奈の心の深い霧が少し晴れたかもしれない。もしかしたら龍一にかかわる何かをこれから知ることができるかもしれない。希望の欠片を求めて行動することが今はできる。少なくとも、あの悲しみのどん底に戻っちゃいけない、無意識にそう言い聞かせているのかもしれない。くだらないことでも、こうしてなにか喋っていたほうがいいに決まっている。

「で、類人猿の話はどうなったの、もうお化けの話になったわけ？」

「じゃないっス。それで、人類第一号ってやつは、やっぱり絶対いたわけですよね、一万年とか前に。でなきゃ、変だ。でぇ、そうしたら、俺は数えて人類第何号なのかって考えたんス」

「へえー、キミ面白いこと考えてるんだね。でも、一万年じゃ利かないと思うよ」

「だから、三百五十億六千百九十万七千八百十一番目とか、絶対生まれた順で数えたら、そういう順番ってあんでしょ」

「何その何百何十億とかっていう数字？」

「適当っス。でもそういう順番あんでしょ。そしたら、俺何番だろとかって気になって、夜寝る前なんか、真剣に大体でいいから何番目くらいかなーなんて考えちゃったりするんス」

「それじゃ、いつまでも眠れないでしょ、結局変な人。アダムとイヴじゃダメなわけ？」

たしかに面白いことを考える子だ。発想がいい。神様が人類番号制を最初から布いていたら、私はいったい何番目の人類だろう。そして龍一は？

「でも、ありじゃないスか？」

しばらく経って、まだ同じことを考えているレッド。

「なしよ。流産や早世しちゃった人はどうカウントするの？」

しかたなく話題につきやってやる。

「受精したらカウントっス。ソーセーってなんスか。とにかく、なんか、彼女その答えを知ってるんじゃないかって、思えるんス」

「無理でしょ」

さすがに無理だ。

「…」

レッドはまだなにかを言いたげだった。

「飯まだっスよね。腹、減ってきた」

「だね」

クルマは、いつの間にか信越道に入っていた。山間を縫うようにアップダウンする道で大型トラックを何台も抜きながら進むと妙義山が見えてきた。その先には浅間も見える。佳奈はため息をついた。やがて急坂を上りきると、横川サービスエリアへと車は引き込まれていった。青々とした深い緑が目にしみる。遠くの切り立った山々が紫色に霞んでいる。いったいどこまで行こうとしているの？　佳奈は敢えてそれを訊くことはしなかった。しばしのドライブを楽しむしかない。だって他に行くところはないのだから。

「旅立ち」

佳奈を乗せたフェアレディZは上田菅平インターを下りると、さらに国道一四四号線、通称上州街道を北へ向かって走り続けた。菅平口で道は草津方面へ向かう長野街道と、菅平高原を経由して須坂方面へ向かう大笹街道に分かれる。信号は青だ。レッドは躊躇なく大笹街道へとステアリングを切った。ここからは菅平まで急な登りのワインディングロード一本だ。ダムを右に見ながら、標高一四〇〇メートルまで一気に登ってゆく。

四方の山々の斜面に銀色のビニールハウスが点在しているのが見える。スキー場の芝生が青い。夏は学生で賑わうラグビーグランドにはもうこの時期人影はなかった。やがて、菅平高原を越えた。そして車は須坂方面へと下ってゆく。遠くに草津の山々が見える。気がつくと後ろに赤のロードスターがぴたりと付いていた。

「あれ、あの子、クルマ運転できるんだ」

バックミラーを見たレッドは、パッシングするロードスターを見ながら言った。

「えっ、誰?」

「ナオミッス。今、後ろに着いています」

思わず後ろを振り返った。視界は良くない。右へ左へと道が流れる中、わずかに髪を風に靡かせながらまっすぐ前を見て運転している女の姿がサイドミラーに消えてはまた現れる。サングラスをかけているが、確かに色白で見た目にも若い。不思議に落ち着いているというか、うらやましいほどに無表情だ。それ以上は、揺れて視点が定まらない。レッドは何故かターミネーターに追われているかのような恐怖を背中に感じた。道は林間を曲がりくねりながら下降し、やがてまっすぐで平坦になると、風景の中に人家が点在しはじめた。

「停まれって、言ってるみたいです」

ナオミのシグナルに気づいたレッドが言った。そして、見通しの開けた路肩にクルマを静かに停めた。

ロードスターはZの前に出たところで、停止した。

数秒後、ケータイが鳴った。レッドがとる。ナオミだ。

「ここからは付いて来いって」

「レッド君、どこに行くのか知らないの？」

「菅平経由で須坂まで行けってことだったんで。で、着いたら電話しろって、細かいことは俺も白根ぇ山」

「ん、何？」

「白根山っス。とりあえず、付いて行きます」

レッドにとってこのあたりはすでに地元になる。ただ生まれた家の近くにだけは行きたくない。どうしてナオミはこんなところまで態々《わざわざ》来たんだろうか。

レッドの大いなる疑問を無視してロードスターはウィンカーを出すと先に向かって走りはじめた。レッドもギアを入れ直すとゆっくりと後に続いた。

宇原川を渡ったあたりで、付かず離れずの二台のクルマは右手の山側に伸びる細い道に入った。人家と畑が交互に現れる。退屈な田舎道をさらに進んだ。しばらくして桜の大樹がある古めかしい神社の前までくると、ロードスターはウィンカーを出しながら静かに停止した。すぐ後ろに、レッドのクルマも停まる。

さあ、これからどうするんだ。しかし、何故かナオミはクルマを降りてこない。仕方なくレッドがクルマを降りて、ナオミのところへ向った。

「何、どうしたの？」

運転席に座ったまま、なかなか動こうとしないナオミを見下してレッドは言った。あれ。なにかが普通じゃない。なんだこの違和感は。何かが足りない。眉間にしわを寄せた。

「ごめんなさい、ちょっと事故があって、それで手間が掛かってしまった」

前を向いたまま言う。何気なくナオミの足元にレッドの目が行った。最初その意味が解らなかったが…。

「はぁ？　うわっ、げっぇ。うっそでしょ、でぇぇー、うえっ、うぉおぉぉぉ」

意味にならない言葉を口走ると、見る〳〵レッドの顔が青ざめた。覗き込んだ運転席、ナオミの左足の、膝から下がない。正座してる？ そんなはずない。よく見ると、なんと左足下半分が、助手席の足元に落ちて転がっているではないか。

「でゅぇ、ううぁあぁ…うっ、うっ」

そしてもっと痛々しいのが、千切れた後の上半分の白い大腿部だ。ミニスカートが痛々しい。それなのにナオミは平然としている。

佳奈からはレッドがいきなりカンフーかなにかを始めたように見えた。何やってんのあの子。佳奈もクルマを降りた。レッドは両手をドアに置いたまま、意味不明の、言葉にならない声を漏らし、見るのも初めてのありさまに顔が引き攣《つ》っている。近づいてきた佳奈はレッドがまた何かふざけているなと思いながら、視線の先のナオミの足元を覗き込んだ。そして、その光景を確認した佳奈も「えっ、嘘っ」と言ったまま、口に手を当てレッドの腕をつかむと後ずさりした。

ようやくナオミが顔を向けると、

「ごめんなさい。たいしたことはないから、大丈夫」

と、動転する二人をよく見もせず平然と言った。が、二人にはナオミが何を言ったかも聞こえていない。

「でっつ、でっつ、血は？」

レッドがやっと意味ある言葉を絞り出した。しかし、まだ何か別の違和感がある。そうだ、ちぎれた足が無造作に転がっているのに、出血が全くない。フロアマットが少し黒く濡れている程度で、血の出た跡すらない。いったい何時からこういうふうになっているんだ。

「少し歩きづらいから、ちょっと手を貸してください」

言いながら、ナオミはケータイを取り出しどこかにメールを打った。

「きゅっ、きゅっ、救急車呼ばなきゃでしょうがぁ」

レッドは目を背けながら大きな声を出す。気絶もせずに、こんな状態でクルマを転がしてきたって言うのか。

「大丈夫だから、それより手を貸して頂戴」

ナオミは膝を擦りむいた程度のように言った。大丈夫とか大丈夫じゃないとか、そういうレベルじゃないだろ。レッドと佳奈はナオミの足のことで頭の中が目一杯になっている。

「そんなこといったって、大怪我してるじゃない」

佳奈もやっと言葉が出た。血が出ていないことは、不思議に思ったが、人間の体ってこういうものなのかしらとも思う。

そこに一人の黒のスーツ姿の男が、彼らの視界から外れた背後から近づいた。

「お待ちしていました」

いきなり佳奈の後ろから声が掛かったので、佳奈は飛び上がって「きゃっ」と小さな悲鳴をあげ、またレッドの腕にしがみついた。弾みでレッドも思わず小さく飛び上がった。そして同時に振り向いた。

「ありがとう、美馬さん」

ナオミが応えた。なっ、なんだ、ビックリしたなあ。知り合いか、ならば早い。早く病院に連れていかなくていいのか。レッドと佳奈が同時にそう思ったとき「ちょっと手伝ってください」とナオミが男に言った。

「はいはい。じゃぁ、行きましょうか」

最初は少し驚いた表情を見せた男もそれ以上は平然としている。どうなっているんだ。

「お二人もどうぞ、一緒にいらしてください。彼女は大丈夫です、生身の人間とはちょっと違いますから」

男はそう言った。だよね、人間離れしているよ。私ならとっくにぎゃぁぎゃぁ大騒ぎしているか、そんな間もなく気を失っている。それが人間っていうもんだ。男は、ナオミに肩を貸すと、そのまま歩き出した。よく歩けるものだ。しかも片手にはナオミのちぎれた足を抱えている。気持ち悪い。切断面とか、怖すぎて見られない。あり得ない。どこへ行くっていうのか。そっちは山の中でしょ。

二人は恐る〳〵続いた。辺りに人気はない。随分離れたところで老人が自宅の囲いと思しき低いブロック塀に腰かけてたばこを吸っているのが見える。が、こちらには目を向けようともしない。農家の女が運転する軽が一台通り過ぎた。こちらの事情は分かるまい。路傍の青い薄のような雑草が風に揺れている。


四人は美馬とかいう男とナオミを先頭に、桜の木が作る青々とした木陰の下を通り過ぎた。短い石畳に沿って歩くと、そこは神社の境内だ。小ぶりな煤けた社殿を抜けると、前を行く二人はその裏手へと回ってゆく。その先は森の中だ。細かい羽蛾のような虫が飛び交っている。医者が待っているとは到底思えない草むらを下り、細い水の流れに掛かる丸木橋をどうにか渡りきる。ナオミと美馬の意志はしっかりしている。一方のレッドと佳奈の足元は風になびく雑草のように心許ない。

ここまで納得のいく説明もなしに、レッドに付いてきた。私は、龍一のことを知りたいだけ。想像とはかなり違う展開になっている。佳奈は自分がここまで来た本来の目的を反芻した。

さらに奥に分け入ると、獣道のような細い上り坂が続いた。草のにおいが濃くなってきた。山裾が近づいてくる。あまり人が来る様子もない。まもなく木々に覆われたところに、突然赤みがかったログハウスが見えた。一軒家くらいの大きさがある。その前で立ち止まると先導する二人は入口の三段あるステップをなんとか上りきり、鍵の掛かっていないドアを開けその中に入った。あとの二人も最初は躊躇していたが、誘われるがまま仕方なく彼らに続いた。

男が部屋の明かりをつけた。壁は無垢のログが木肌を晒している。ベッドがひとつ、テーブルとイスが二脚あった。こぎれいなキッチンも備わっている。奥に扉がある。その先にさらに部屋かバスルームがあるようだ。一体何をするところだろう。整然としており、猟師小屋ではない。

「どうぞ、座ってください」

椅子に腰かけたナオミが言うので、二人はベッドに腰を下ろした。ぎいっと軋《きし》んだ音がした。男は立ったままでいる。

「私はロクゴウナオミです。よくここまで来てくださいました」

そんな普通の挨拶より、怪我のほうはどうなっているの？　佳奈はそう思ったが「私は山本です。あなたにお会いするのは、初めてだと思うんですけど、そうですよね」と機械的に応じた。

「はい、山本佳奈さんご本人にこうしてお会いするのは初めてですが、貴女のことはよく知っています」

「なんか不思議。龍一に会わせてくれるっていうので、彼に案内されてきたのだけれど、こんな状況は予想外です。あなたの怪我だって、相当変でしょ。ていうか、ホントに大丈夫なの？」

「脚は大丈夫です。これからすべてをお話しします。そのあと、葛城さんのところへご案内します」

えっ？　ご案内っていったって、集団自殺でもするつもりなの？　佳奈には女がそう言っているように聞こえた。

「その前に、美馬さんを紹介します。私のパートナーです。色々お手伝いしていただいています」

「美馬幸生です、よろしく。心配しなくて大丈夫です。この人のいうことは、言葉通りですから。私はさっき通ってきた神社の宮司です。仮のといったほうがいいかもしれませんけど」

神社の宮司？　仮って何？　佳奈は黙っている。

「えーっと、ちょっと待って。俺がここにいる理由って何だったたっけか？　いつまでいればいいんだろ？　佳奈さん、もう連れてきたし。てか、マジで怪我は病院に行かなくってもいいんか？　そのままじゃ死んじゃうんじゃねーの？」

レッドが美馬の自己紹介を無視して割って入った。佳奈がレッドの顔を覗き込む。レッドはレッドでナオミのことも心配しているのだ。尋常な怪我ではないのだから、あたりまえだ。ナオミと美馬は顔を見合わせた。

「では、私のことから、お話します」

ナオミが言った。そうして欲しい。とにかく、なんでもいいから話を聞かないことには状況がキチガイじみている。

「わたしは見ての通り、普通の人間ではありません。ＨＢＲです」

ナオミは刺激の少ないところから話しはじめた。いや、すでに刺激は十分だ。聞きようによっては単に人をおちょくっているふうでもある。

「エッチビーなに？　不死身のサイボーグとか言うんじゃやね」

レッドが期待通りの反応で言い返した。

「そうです、私の世界ではＨＢＲと呼ばれていますが、生体サイボーグまたはロボティクスと考えてもらって結構です。或いはアンドロイドという言い方もある」

ナオミはけろっとそのまま肯定した。美馬は顔をくりっと横に傾げて微笑んでいる。

「自分で言うか。ＳＦだねえ。いったい誰が何処でそんなヤツを開発したんだか、今時。俺聞いてないし。御茶ノ水かい？」

鼻で呼吸しながらレッドが訳の分からないことを言う。そんなんじゃ何の説明にもなっていない。と佳奈も思う。しかし、事実は厳然として目の前にある。ナオミの怪我を説明することは簡単ではない。マジシャンのトリック？　それとも催眠術？　確かに最近のマジックはかなり手が込んでいる。観客四囲の状況で空中に浮いてみせたり、二次元の写真をいきなり本物のハンバーガーに変えたりする手品もある。どんな仕掛けか全く理解不能のものもあって、そう言うものにも見慣れてきているので、マジックだと言われれば成程そうかとも思うのだ。

だがナオミは何処からどう見ても生身の人間だ。足の件をさておけばクルマも運転すれば、トイレだって行きそうだ。飯だって食うだろう。そういえば飯を食うところはまだ見てない。レッドもレッドなりにそうナオミのことをみている。

「私がＨＢＲであることは、いずれわかりますから、その前提で話を続けます。まず、佳奈さんとレッドさんが何故ここにいるのかを理解するためには、二人の関係について知っていただかなければなりません」

「俺、まだ終わってないのか？　ちぇっ」

とは言ったものの、レッドはまだ自分にも出番がありそうなことに内心喜ぶ。このあたりは自分のホームグランドだ。土地勘もある。その分、気分が大きくなっているのかもしれない。が、佳奈は違う。

「二人の関係って言ったって、昨日偶然会ったばかりなのに、関係なんて別にないでしょ。とりあえずあなたが普通の人間じゃないとしたって」

佳奈は言いながら、レッドがナオミのことを普通じゃないと言ったことを思い出している。

「あなた方、実は親子です」

ＤＮＡ鑑定を終えた医師のようにナオミが宣告した。

「ぷっ、なんで？」

レッドは思わず吹き出した。ナオミはすべてが突拍子もない。確か前は「親戚」とか言ったはずだ。随分昇格したな。レッドと佳奈が同時に同じリアクションをとる。うーん、さすがに無理だ。ナオミの足よりあり得ない。どこからその発想が来るのか。レッドが、その言い分を覆そうと笑いながら反論した。

「年齢差、そこまでなくね？」

佳奈は黙っているが、何言ってんのこの女、とだけ思っている。

「だはは、つーの。俺のお袋はずっと昔に消えたっきりだし。俺生んだときが三十二って言ってたから、もう五十じゃね。佳奈さんは、子供産んだことあんの？」

レッドは大いなる嘘でも看破したかのように、佳奈を見ながら勝利宣言した。確かにレッドの母親はすでに五十を超えているはずだ。レッドにすれば三十代も十分オバサンだが、さすがに二十の差はわかる。

佳奈はレッドにも呆れて言葉が出ない。子供産んだことあるかなんて、失礼なガキだ。それにまだ三十一よ。ショッパイ視線をレッドに送った。

が、ナオミは真顔でいる。

「近い将来佳奈さんが子どもを生むっていったほうがいいですね」

高い透きとおったような声で美馬が妙な補足をした。

「意味わかんね」

レッドの言うとおりだ。いやそうじゃない、これはなにかのレトリック(喩え)で言っている。佳奈はそう直感した。

「父親は、葛城龍一」

ナオミがまた衝撃的な一言を繰り出した。これを聞いた佳奈が顎を引きながらぐっとなにかを詰まらせたかのように咽喉を鳴らした。

「俺のオヤジの名前は龍一じゃないしな」

レッドも即座に反発する。

「ふう、何が言いたいのかしら、もう少し普通にわかるように話していただけないですか。謎かけみたいな言い方は不要だから」

気を取り直した佳奈はこんな話を聞く為に来たんじゃありません、とまでは言わなかったが、代わりに、

「わざわざ時間をかけてこんな長野の山ん中まで連れてこられて、なんか気分悪くなりそう」

と続けた。彼らの意図はわからない。レッドは故郷を長野の山ん中呼ばわりされたことにムっときて佳奈をみた。が、佳奈も元を糺せば南信州の出身なのである。おそらく山ん中ではさほど負けていない。

「じゃぁ、レッドさんの苗字は、何？」ナオミがレッドに向かって敢えて訊いた。

「カツラギだよ」レッドは無造作に答える。

そういえばこの子カツラギっていった。佳奈もそこは確かに気にはしていた。ただしそれは、偶然のめぐり合わせの面白さという意味でのこと。

「龍一もカツラギ」ナオミもしつこい。

「じゃぁ、レッド君の苗字はどういう字を書くの？」佳奈がレッドに訊いた。

「木へんに土二つの桂木だよ」

「龍一はかずらにおしろの葛城よ」

「それみろ、違うじゃんか」

レッドにしてみれば、自分の生い立ちを馬鹿にされているようなもので、ここは引き下がれない。

「わけがあるの。パラレルワールドって、聞いたことありますよね」

「…そうきたか」

そうとはどうなのか、レッドにはわからない。言葉だけがついて出た。

「葛城龍一は確かにこの世界ではもう存在しません。でも、別のところでは、彼は生きているのです。その生きている彼があなた達を必要としている」

ナオミの言葉は諭すような言い方になった。

「違って…」

突然のジョークのように湧いたパラレルワールドに二人とも黙っている。するとナオミはもう一度同じことを繰り返して言った。

たしかにそんなSF話は聞いたことがある。佳奈とレッドは顔を見合わせた。こいつら何を言ってるんだ、二人の目はそう話しあっている。

「必要としているって言ってもなんでしょうね。パラレルもいいけど、そんな世界があるんだったら、一ヶ月くらい時間をもとに戻して欲しい」

佳奈が反応した。そっちのほうがてっとり早い。そりゃそうだとレッドも相槌を打った。

「俺もそんなの聞いたことあるけど、あっても行けねーし。だったら意味なくね？」

レッドの言うとおりだ。

「行けないことはない」

美馬がナオミに加勢した。一体この男は何者なのか。

「いや、行けないでしょ。行けたとしても、そっちにも俺がいる訳だろ。何が違うん？」

確かに、同じ世界が別のところに存在したとして、だからどうしたという発想はまともだ。

「それは認識の問題なのです。パラレルワールドといっても、すべてが同じと言うわけではない。同じ人間が向こうにも存在することもあればそうでないこともある。稀にループするキャラクターがいることもある。レッドさんはその稀の一人」

ナオミの説明は一層の混乱を呼ぶ。

「ループ？　意味わかんね。どーしてそんなことがわかるん？」

この説明にレッドはついていけない。佳奈は全く別の見方をしていた。

「…そうなの。大体話はわかった。ここに来た時、私はてっきりあなたが霊媒師かなにかで、龍一の魂と交霊するとか言い出すものとばかり思っていたけど、全然違ったね。ある意味期待はずれ」

佳奈は話を引き取るようにそういって腕を組むと部屋のなかを見回した。すると「それ、どういう意味っスか」とレッドが佳奈に訊いた。

「悪い意味よ。こんな山ん中まで連れてこられて」

佳奈には美馬という男も含めて、今更ながらなにか全く別な魂胆があるということを確信した。それがなにかはわからないが、こんな労を費やしてまでやらなければならないことって何？　人の弱みに付け込んで、お金？　いや、違う。いづれにしても、早くここから逃げ出さなければならない。でも迂闊には行動できない。下手に動けば、こいつらは豹変して暴力的になるかもしれない。レッドもおバカの甘ちゃんを装っているだけで、敵か味方かわからない。見極めなければ。ひたすらチャンスを窺うしかないだろう。意外にも冷静に状況判断が出来ている自分が不思議だ。自らに危険が迫っている以上、龍一のことは後回しにするしかない。死んでもいいけど、ここで殺されるのはダメ。佳奈は薄情な自分に嫌悪感を持った。

ナオミはそんな佳奈の思惑を見透かしている。

「人類がパラレルワールドの存在を実証するのは二〇三〇年代後半になってタイムトラベルマシンが発明されてからです。人類は滅亡の危機に瀕しましたが、タイムトラベルマシンの発明を機に、歴史を遡ってこれを修正するという計画が実行されました。より良い人類の未来の為に。ところが、修正を実行したタイムトラベラーが元の時代に戻ってみると、それは全く別の世界だった」

まだそんなこと言っているの？　腹が立つが声にならない佳奈。レッドは違う。

「あー、それなら、知っている。なんて言ったっけ。なんとかのパラドックスだろ」

「それなら『親殺し』でしょ」

佳奈が仕方なく、教えてやる。

「そう、でもその計画はそんな個人の問題ではない。分かったことがあったのです。それは人類滅亡の結末だけは変わらないということ。人類は必ず滅亡する。そういう絶望的な未来だけがある」

「滅亡するって。ノストラダムスはやっぱり正しいってことか」

レッドは実感のない話にも付き合いがいい。

「ところが後になってそうした滅亡の結末を変えるシナリオがあるかもしれないことに気づいたある人物がいた。私はその人の使者と言ってもいい」

ナオミの真顔のジョークに、佳奈は「ぷっ」と思わず噴き出した。この女、ぶっ飛んでる。佳奈は怒りを通り越して、呆れた。

ところがナオミはこれが二人をここまで連れてきた本当の目的であると言った。

「お二人を、異次元の世界にご案内します。葛城龍一のいる世界に。そして二人が親子であることを明らかにします」

とうとうナオミは核心を言った。が、佳奈もレッドもその意味を理解できていない。

「えっ、何だって？　俺も途中から解らなくなった。もう一回最初から、よろしくです」

まともに話を聞いていなかったレッドには難しすぎた。それはそうだ、一度や二度聞いてもわかるはずもない。

「ややこしすぎるでしょ。それに異次元の世界にご案内とか、何ですか。最初からお願い」

佳奈も口に入れた食べた物を吐き出すように同じことを言った。ナオミは、真面目にもう一度同じことを、レッドにも分かるように、ゆっくり説明した。佳奈にはその真剣さが、滑稽に感じられるのだった。

二度目の説明で二人ともようやく言葉としての意味は理解できたようだが、しばらくの沈黙が訪れた。一体どうフォローしろと言うのか。何かを考えていたレッドがうすら笑いを浮かべながら訊いた。

「うーん、そうか。てえことは、ナオミさんが自分は人間じゃないって言ったんは、未来から来た本物のサイボーグってことだよね？　だから足もそんなんで大丈夫なんだろ」

すると佳奈も「そーなんだー」と突っ込んだ。そう、いずれボロが出る。

「サイボーグ。じゃぁ仮にそうだとしたら、どうやって信じればいいっていうの。荒唐無稽にしては、それなりに話はよくできてはいる。そこまで言うのなら、なにか証拠がないとだめでしょ」

証拠なんかありっこないんだ。そう思いながら迫った。ところがだ。

「タイムトラベルマシンをお見せします」

ナオミは丁寧にしかし簡単に言った。

「おっ、マジでぇ？」

レッドが餌にすぐに喰いついた。

「どんなんでもいいから俺はそれ見たいなぁ、佳奈さんも、見たくない？」

佳奈の顔を覗き込むレッドは「タイムマシンを見せる」の一言でテンションが上がった。逆に佳奈は懐疑の念を広げる。そのタイムマシンを見せるっていう瞬間が勝負かもしれない。どうせそんなものないに決まってる。また同じようなことを考える。隙をついて思いっきり走るのだ。近くの民家に飛び込んで、助けを求める。でもそれ以上の考えが浮かばない。ただ、不用意に見ず知らずの人を事件に巻き込みたくはない。いや、そんなこと構っていられるか。しかし道に迷うと山中をさまよう羽目になる。まあ仕方ない、リスクは付き物だ。

「タイムトラベルって、どうやってやるのかしら。ドラえもんがいるのかしら」

バカを装って佳奈も調子を合わせた。心中の意図は読まれたくない。

「そうそう、ちょっと未来に行ってくらぁみたいに？」

レッドはテンションがもう一段上がっている。

「ワームホールを通って行くのです」

ナオミはまた簡単に言った。

「ミミズの通り穴かい」

レッドが知ってるぞといった感じで話を追いかける。

「のび太の勉強机の引き出しがワームホールの入り口ってことです」

しばらく黙って聞いていた美馬もわかりやすく説明しようと努力した。

「私もドラえもんは好き、かな」

小首をかしげる。だからなんだっていうのよ、とは佳奈は続けない。が、美馬は続ける。

「じゃぁ宇宙怪獣ブースカではどうでしょう？」

「ブースカぁ？」

「最後にブースカは少年との別れ際、一年後の再会を約束してロケットに乗って宇宙へ旅立つ。地球に残された少年にとってそれは一年後だけど、ロケットに乗ったブースカにとってそれは一日後のことだったんです。つまり明日には帰るよってことでした」

美馬は言ってみてから、あまりに話がそれたことに気づいた。だいたい古すぎて佳奈やレッドがブースカを知る由もない。が、言いだしてしまったから、最後まで言い切るしかない。

「つまりブースカが二十四時間高速で宇宙を旅して地球に戻ってくると、すでにそこは一年後の地球になっている。つまり未来にタイムスリップしたっていうことになるわけです」

やはり、二人の反応はない。

「時間の流れ方は静止しているほうから見ると移動しているものの方が遅いっていうのは聞いたことあるでしょう。Ａという地点から、光速を何十倍も越えた速さで一瞬のうちにビューンと移動して、その移動した先のＢからワームホールを通ってＡに瞬間的に戻ってくるとＡの時間は先に進んでいるわけです。実際の原理は少し違うけど、今の人類の知識ではそれが解りやすいと思います」

ナオミがやり取りに補足した。というより言い直した。

「わかんない。じゃ過去に行くにはどうするの」

佳奈は理屈には体が反応する。

「同じことです。伸ばした方向を縮める方向に超光速移動すればいいんです」

「わからん。縮めるって言うのは、地底にでも潜るんスか？」

レッドの質問は猫じゃらしにじゃれる子猫のようにナオミに飛び掛る。

「伸びるも縮むも無限なの。わからなくてもしかたない。ワームホールを通れば未来過去への旅ができる。でも、もうひとつあるんです」

「何々？」

さらにじゃれる。

「このワームホールを伝わって、多次元世界間のトラベルも可能です。今のこの宇宙をAとすれば、B、C、D、E、Fと無限に宇宙がある。そのひとつひとつを膜宇宙という呼び方をする場合もある。三千世界という表現でもいい」

「けったいな話だ。あれ、さっきも聞いた気がするぞ。で、そっちへ行くと、やっぱり俺がもう一人いたりする。やっぱし」

「いえ、いなかったりもする。膜宇宙はレッド君個人の都合では存在していないし、さっきも言ったようにキミは少し特殊」

これがナオミの説明だ。

「俺は特殊なんだ、でも誰の都合ってか？」

さらにレッドは喰いつきたい。

「話はどんどんわからなくなる」

佳奈はこれ以上話についてゆく気がしなくなった。

「肉体と精神の枷から脱却できない人間が理解するのは難しいかもしれないけど、たとえば深海魚は目も見えず海の底深くに棲んでいるから、海の外のことはまったく分からない。でも、外の世界は厳然として存在する。同じことです」

そう美馬がまた付け加えるように言った。なんとかわかって欲しいと思っている。

「じゃぁ私たちは、深海魚ってわけね。海の外を見ているあなたたちは差し詰めトビウオ。やっぱり人間じゃないみたいな言い方するのね。美馬さんもサイボーグなの？」

佳奈には騙されようとしている上に、馬鹿にもされている感じがして癪に障った。

「ナオミさんは人魚姫かもな。しかもサイボーグだぜ、かっけーぇ」

どんなストーリーか忘れたが、レッドは「僕の彼女はサイボーグ」という映画があったのを思い出して、ナオミを彼女にしたらかなりヤバイかも、などと妄想してまたニヤニヤしている。

「私のほうは一〇〇％生身です」

美馬は頭を掻きながら答えたので、レッドの連想は途切れた。何故か、佳奈もレッドもナオミの足がぎれていることが余り不思議ではなくなってきている。

「美馬さん、私は足をフィックスするので、その間にお二人にマシンを見せてあげてください。乗る前に、一度見ておいてもいいでしょう」

ナオミはそう言うとタイミングを見計らったように立ち上がろうとした。乗る？　佳奈は何言っているのと思ったが、黙った。

「ですね、わかりました」

美馬はナオミのない足を見遣りながらにっこり頷いた。

「えっ、すぐに見せてくれるんスか？」レッドが即応する。

「どうぞ、行きましょう。外です」

美馬は早速二人を屋外に案内した。レッドは外に飛び出した。佳奈も気配を伺いながら二人に続く。

「ふぃっくすするって何？」「バカ、直すってことよ」こんな会話をしながら、二人は美馬の後ろに付くと、ぐるりとキャビンの裏手へと回った。ナオミは、彼らを見送ると奥にある別の部屋に消えた。佳奈は今かもしれないと思ったが身体が動かなかった。そのあとのプランがないのである。しかたない、行くとこまで行くしかない、そう覚悟した瞬間だった。

背の高さまである雑草を掻きわけ裏手に出ると、そこには下草が丁寧に刈り込まれた平地があり、そして見えたのは、ベージュのナイロンシートに覆われた工事現場のプレハブ小屋くらいの大きさのなにかであった。周囲は広葉樹で囲まれている。キャンプをするにはもってこいの場所だ。

「これかい？」

言いながらレッドは美馬を横目でみた。美馬は、ペグで固定されたシートの四隅を緩めると、一気にめくり上げた。すると下に隠された正体の半分が現れた。

「なんじゃ、こりゃ！」

思わずレッドが悲鳴にも似た歓声を上げる。佳奈は組んだ腕を下ろした。

少し角が取れた楕円球状の日焼けマシンをサイズアップしたようなカプセルだった。二〇フィートコンテナ一個分かそれを一回り大きくして潰したというサイズ・形状か。表面は乳白色でツルツルしており、近未来のトイレか、或いはビタミン剤をでかくしたような代物である。

「日焼けサロンか、これわぁ？」

レッドは想像と違う形にやや拍子抜けしたが、冗談は忘れない。全体をよく見れば、それは鎮座しているとでも表現すべき神の乗り物と言えなくもない。これは一体何？　何故かドアも窓も吸排気口や排気管のような突起物もない、文字通りツルツル坊主なのだ。どこから中へ入るのか、それさえもわからない。それが中に入れるモノであればの話だが。

「なんか、想像していたのとずいぶんちがうなぁ。これ、ほんとにそうなの？」

レッドはおそらくデロリアン型を想像している。

「で、どうやって走るの？　それとも飛ぶの？」訊いたのは佳奈である。

「それにしても、どっから入るんだ？　それとも入らないのか？」レッドも気づいた。

「じゃぁ、中も見せてもらいましょうか」佳奈が美馬に迫った。

「この辺りにありますが、高気密高精密のドアで、四千ニュートンの反力でしまっているので、入り口はわかりにくいですね。搭乗するときは、専用のクリーンジャケットを着用します」

「なんだ、今入れないのかぁ」

レッドは悔しがった。

「それでこんな山ん中で、どうやって、これ動くの？　危険じゃない？」

どうしても動くものという先入観を持っている佳奈も訊いた。レッドは佳奈を見る。何度も佳奈が言う「山ん中」が面白くない。しかしここはれっきとした山ん中だ。

「核融合エネルギーでマシンの周囲を包囲して、ある一定のエネルギーレベルに到達すると、光の速度を越えて、トランスを開始します。飛んだり走ったりはしません。実際には重力場が形成されて、ワームホールが生成し、光の速度を越えますので、つまりは次元超越するので、肉眼ではなにもわかりません。それより近くにいたら肉体は消滅、それこそあの世に飛ばされます。量子レベルで異次元に遷移します」

美馬は冗談めかして原理を説明した。が、何度言われても分かろうはずもない。

「へぇ、そうなんだ。かなりヤバくね」

レッドは分かったフリをする。

「乗員は大丈夫なのかしら」

佳奈もこうして現物を見せられた以上は、説明は最後まで聞かないと、という気持ちもある。つまりそれが実際はなんなのか知りたい。可能性として最も高いのはうまくできた監禁部屋だ。いや、どうみてもそうだ。こんなものの中で何日も飲まず食わずの監禁、拷問を受けるのは嫌だ。しかも、ゲロすることは何もない。

「内部は安全です。それから、トラベルの瞬間、若干の紫色の光が空に立ち昇ります」

美馬が尤もらしいことを言う。

「見たことあるんだ」

レッドは美馬という名前を忘れてしまっている。もともと「ひと」にはあまり興味がない。

「通常は目立たないように、日中晴れたときにトラベルするんです。ただですね、次の瞬間戻ってくるので、実際には外から見たときには、なにも変わっていないんですね。ただこれが発光しただけに見える。見ていたらの話ですが」

「じゃぁ、実際にも旅はしていないんじゃないの」佳奈が突っ込む。

「ちゃんと中は旅してくるんです。それに、もうこの世界に戻って来ない場合に限って、消えてなくなります。最初からここに存在したものではありませんしね」

だから間違いないという。どうやら美馬もトラベルの経験はあるという前提で言っている。

「ナオミさんとお二人はこれで明日トラベルしていただきます」

「私、乗るとか、トラベルするとか、言ってませんが」

佳奈が釘を刺す。レッドが佳奈を見た。「何言ってんだよぉ」という顔だ。

「ナオミさんがご案内するので、心配しなくて大丈夫です。恋人に会ってきてください」

「恋人」の一言で、佳奈は観念するのだろうか。なるようになれと。

「…じゃあ、出発はいつなんスか？」レッドが訊いた。

「予定は明日の朝六時になっています」

「なんだ、そこまで決まっているのか。えっ、てことはだ、今日はこのあたりに泊まりかぁ。一瞬で帰ってくるんだよね。じゃぁ、休みを延ばすこともないってわけね」

「大丈夫。ただ申し訳ないけど、タイムトラベルは、年中好きな時にできるわけではないので、明日の朝は外せません」

えっ、そういうものなのといった顔の二人。いいように言いくるめられている気がしないでもない。

「そっかあ、わかった。泊まりじゃあ今夜は須坂あたりに宿を取るしかないか」

佳奈にとって逃げるチャンスだった。が、無情にも美馬が言った。

「キャビンに今夜は泊ります。設備は揃っていますし、タイムトラベルのレクチャーも必要です。それに問題ないと思いますが、サイコウェーブのチェックもします」

「？？？」

返す言葉もなく佳奈とレッドは顔を見合わせた。

誰かが言った。いや、その夜、ナオミがレッドに何気なく言ったことかもしれない。

世の中に、偶然というものはない。宇宙は全て因果、すなわちカルマの法則によって支配されている。すべては必然。

あるときキミは偶々街に出て、そこで私に出会う。偶然と思うでしょう。それはそうだね、だってキミがその時刻に家を出たのも、この道を通ったのもただの気まぐれ。前から決めていたことじゃない。だから出会いは必然的ではない、とね。でも、それはちがう。キミの無為に過ごしている毎日、昨日何気なくなにかを食べ、なにかを考え、なにかに笑ったことも、それらのすべてが偶然の仮面を装った必然なの。


美馬はその夜二人に夕食のサンドイッチとスポーツドリンクを差し入れた後、どこかへ消えた。そういえば宮司といっていた。ナオミの左足には、いつの間にかギブスが装着され、そのせいで少し引きずるような歩き方になっているが、それ以外は何事もなかったように足は元通りになっていた。危険が身に迫って、自分で咄嗟に切断したのだという。それを元に戻した、ただそれだけのことだと言った。夜は小屋の中で寝袋に包まり寝た。寝心地は最悪だったが、佳奈は久しぶりに熟睡した。スポーツドリンクになにか入っていたのかもしれない。

　翌朝、東の空にまだ朝焼けのオレンジ色の雲が残る頃、三人はクリーンジャケットに身を包み、ツルツル坊主の前に立っていた。

「おー、これ、一度着てみたかったんだ、やばくね」

　レッドは、こりゃ宇宙人スーツだ、と言ってはしゃいでいる。ナオミは腕時計を操作している。すると、プシューといって、ツルツル坊主の小さな入口が開いた。開いたというより、ドアに相当する四角い部分が、内側に後退して、内部への進入路が開けた、といったほうが正しい。ナオミは二人にこっちよと合図をすると、傾斜のある入口から身を屈め内部に入っていった。佳奈も小さくなってナオミに続いた。レッドも「わ・れ・わ・れ・は・宇・宙・人・だ」とふざけながら進んだ。もうこうなったら、なるようにしかならない。

　入り口は音もなく閉まった。後戻りはできない。佳奈は焼き場で焼かれる前の死体の気分とはこんなものかと思った。しかし、怖くはなかった。それにしても外界との隔絶感が半端ではない。生きて棺桶に閉じ込められたらきっとこんな感じだろうな、ともう一度同じようなことを考えている。そして龍一が入れられた棺桶の中を想像した。閉所恐怖症の人には絶対無理だろう。

　内部は、あっさりしていた。外側よりやや濃いクリーム色の室内。天井は低いが影がないせいか角は見当たらない。何もないから遠近感もない。

「あれ、なんにもないじゃん」

　レッドは、航空機のコックピットを想像していた。計器と呼べるようなものは一切見当たらない。三畳一間程度の空間に、カプセル状のシートが四基、所狭しと前後に並んでいるだけである。

「どのシートでもいいから、座ってください」

ナオミは事務的に言った。佳奈もレッドも、言われたとおりに、目の前のカプセルの中に身を沈めた。

「おっ、これって、ファーストクラス？」

レッドがまたもや一人テンションを上げている。佳奈は、何かの拍子で爆発でも起こしたらひとたまりもないなと、不安が募るが、口には出さない。シートに身を沈めると、どこから出てきたのか戦闘機のキャノピーのような透明カバーが上からかぶさった。正に棺桶の蓋が閉まった瞬間だ。レッドの驚いた顔が横に見えるが、声はすでに聞こえない。ウレタンのような柔らかい弾力性のあるシートがしっかりと全身を包みこんだ。それまでの不安や疑念がウソのように去り、何故か安堵感が全身を覆う。

ナオミはなにやら小型のヘッドギアを頭に装着すると「じゃぁ、出発します」と言った。どこからともなくその声は二人に届いた。ピーィンという音が遠くの方で聞こえはじめると、クリーム色の室内が、一瞬赤みを帯びたようにみえた。そして次第に灯りが落ちてゆき、やがて真っ暗になった。佳奈とレッドがその闇を見た瞬間、強烈な睡魔に襲われ、そしてそのまま眠りに落ちた。


心地よい眠りに浸りながら静寂の中で寝息を立てていた佳奈とレッドは、ナオミに起こされた。

「大丈夫ですか」

そう言いながらナオミは交互に二人の肩にかるく触れた。

突然の声に、反射的に「えっ」といって起き上がろうとしたのは佳奈だった。が、力が入らなかった。少し考えている。あれ、頭が痛い。暗黒の宇宙の底、あるいは地球の中心核のそのまた真ん中で目が覚めたかと思った。こんな感覚は初めてだ。依然力が入らない。

「うーん、なんか頭いてぇ」と言いながら、素早く起き上ったのはレッドのほうだった。そしてあたりを見回した。佳奈と目が合う。

「えっ、もう着いたってか？　…まさかね、失敗じゃやね」言葉とは裏腹にレッドは期待満々だ。

「いいえ、予定通りトラベルしました。今はすこし落ち着くまで休んでいてください」ナオミが言った。

「私たち、どうなったんですか？」佳奈が訊いた。

「トラベルしました」ナオミが繰り返した。

「マジでぇ？」レッドが反応する。

「マジで」ナオミがオウム返しに言った。佳奈は黙っている。

「外にクルマを待たせてあるので、落ち着いたらすぐ出かけます。寒いけど、我慢してください」

「寒かねっしょ、てか、腹減ったかも、でも、頭もイテぇ」

レッドは意外にも落ち着いている。それはそうだ。ちょっと眠っていただけだ。軽く頭痛がする以外異常は感じない。

ナオミが手元でなにかを操作すると、プシューっと扉が引く音がした。佳奈は一昨日の夜カクテルを飲んだことを思い出しながら、あり得ない二日酔いのような頭痛と闘っている。すこし居眠りしていただけで、状況が一変しているわけがない。実は何も起きていない。そうでしょ。しかし、佳奈のその思考は次の瞬間いっぺんに吹き飛んだ。

ドアが開くなり、外気が中に入りはじめた。

「おっ、開いた。どらどら、何がどうなったって？」

レッドは期待している。ナオミは立ち上がると「じゃあ、出かけましょう。クリーンジャケットはここで脱いでください」と言うと、ジャケットを手際よく脱ぎはじめた。二人も遅れまいと、見よう見まねで宇宙人コスプレを脱ぎ捨てた。

「さぶっ」レッドは二の腕を擦る。

山の朝の冷気だろうか。閉じ込められたらヤバイと滑稽なことを思った佳奈は、外に出ようとするナオミの後にぴたりと続いた。前のナオミが飛び出た。が、佳奈の足は出口で停まった。いや半歩あとずさった。声が出ない。いや、実際には「何これ」と小さく声を発していた。佳奈の肩がすぐ後ろにいたレッドの額に当たった。

「いてっ、何？」

痛くもない声がでた。レッドからは佳奈が邪魔になって外は見えない。佳奈はようやく諦めると恐る恐るナオミが待つ外へと足を踏み出した。レッドも無造作に続いた。


空気は重く冷たい。今、狐に抓まれた顔二つが呆然と周囲を見回している。寒いはずである。葉を落とした木々の枝に雪がうっすらと降り積もっていた。地面の湿気を吸って紅く映える落ち葉と雪のコントラストが美しい。透き通った空は赤みがかり、遥か彼方までが白い。夕方なのか、早朝なのか。目覚めたばかりでそれすらもわからない。間違いないのは、さっきまで青々とした夏の終わりの景色だった山々の眺めが、ミュージカルの舞台装置のようにあっというまに半回転したということだった。季節が真逆である。どのような仕掛けなのか。レッドの目が輝いている。やったぜ、と。

佳奈は昨日から起こったことを一から思い出そうとした。明らかに動揺している。文字通り、いや言葉通りにタイムトラベルをしたっていうのか。この辺りで夏に雪が降ることは万が一にもない。ナオミはどんなトリックを使ったのか。寝ている間にどこか北方の寒冷地へ移動した？　いや、そうか、南半球にきたんだ。ちょっと待って、そんなわけはあろうはずがない。このコンテナのようなサイズの建物が簡単に長距離を移動できるわけがない。今の閃きはすぐに取り消す。短時間と思っていた睡眠が実は数日で、その間にどこか別のところに連れてこられた。そうか、これだな。佳奈はどこまでも疑り深い現実主義者、いやご都合主義者なのかもしれない。レッドをみると、何を思っているのか、ニタニタしている。信じる者は救われている。

「本当に、やっちまったんだ。やっべぇ。よっしゃぁぁぁ！」

やはり無邪気に興奮している。予想通り、単純なやつ。

「佳奈さん、どうしたの？　これってぇ、マジっスよ」

「え、ええ、まあね」

投げやりというかうわの空で苦笑いする佳奈にはそれ以外の言葉は出てこない。寒さが身にしみて、指先や肩が冷えはじめた。三人とも夏の格好なのだ。それがいきなり冷凍倉庫に放り込まれたようなものだから、無理もない。寒さだけは厳然とした事実だ。でなければやはり催眠術にかかっているのか。まだあきらめない。佳奈は冷たくなった自分の肩を抱いた。

ナオミはあらぬ方を向いてケータイで誰かと連絡を取っているようだったが、振り向くと二人に言った。

「毛布が小屋にあるので、それを持っていきましょう。日が暮れはじめているから、風邪引かないように。服は後で調達します」

「それより、ここはどこ？」

佳奈はナオミに訊いた。ここぞとばかりにレッドが「どこって、ここは須坂でしょ、だって、ほら、白根山が見えるし」と言って遠くの東の空を指差した。しかし、その方角を見上げた佳奈の目に映るのは薄桃色の東の空に一筋の飛行機雲だけである。

三人は、細い雪道を下り、半分凍った小川を渡ると神社の脇を通り抜け、昨日Zとロードスターを停めた道へと出た。見慣れないジープ型のＳＵＶが、排気管から白い排煙を出し小刻みに振動しながらアイドリングをしている。だが、自分たちのクルマはどこを見渡してもない。ナオミはクルマに近づいてゆくと、振り向きざま二人に言った。

「じゃぁ、乗ってください。都内で葛城氏らと合流したら、その足で空港に向かいます」

龍一とこれから会うという言葉を聞いて緊張が佳奈の五感を走った。そして淡い期待を胸に、まさかという顔でレッドを見た。レッドも佳奈を見ている。二人の様子を確認したナオミが言った。

「都内を回った後、厚木空港から上海へ向います」

「えっ？」

「あつぎくうこう？」

再び、二人は顔を見合わせた。厚木といえば、たしか自衛隊か米軍の基地だ。それで、そのあと上海？パスポートを持ってないし、海外なんて無理。着替えもない。それになんで中国に行くわけ？　二人は程度の差こそあれそんなことを考えた。本当にタイムトラベルしたのだろうか。佳奈には土地勘がなかった。しかも夏と冬の景色は全く違う。一体自分は今どこにいるのか。考えようとすると、目眩《めまい》がした。このまま気を失うか、或いは気が狂うのではないか、そんな不安を感じた。

「さあ、クルマに乗ってください」

そう言うとナオミは二人を車内に押し込んだ。

三人を乗せたクルマは、須坂インターから長野道に乗ると、南へと走った。更埴ジャンクションで高崎方面へと進路を取ると、一路東京へ。季節の矛盾を除けば間違いなくここは日本だ。それは道路標識、町並みや広告看板を見てもすぐわかる。高速道も昨日通ってきた道にちがいない。更埴では東京まで二二〇キロの標識がでていた。そしてさっきまで雲間に隠れていた夕陽が北アルプス連峰の向こう側に沈みかけている。タイムマシンのような長いトンネルをいくつも通った。

軽井沢を過ぎると長野道は曲がりくねって一気に下る道になる。佳奈はおかしなことに気づいていた。追いこしてゆくクルマがすべて見慣れないかたちなのだ。それから、見覚えのないような古くて頑丈そうな工場やら倉庫のような建物がなんとなく目についた。日常とは違う可笑しな世界にいることを認めるには必要にして十分であった。やはり催眠術なのか。それとも夢。だが何度目を瞬いたり頬を叩いたりしても、この術からは逃れることはできなかった。

夜の高速道は、遠くに前橋辺りの美しい夜景を映し出していた。三人を乗せたＳＵＶは時間を調節しているのかのようにゆっくりと走行車線を走る。そして藤岡から関越道へと入ると急に交通量が増えた。やがて見慣れないクルマのテールランプもどこかが違う通り過ぎる建物の造形シルエットも気にならなくなった。

須坂を発して三時間ほどは経っているだろうか。関越道の終着に差し掛かった。ここでまた奇妙なことが起こった。練馬で終点の関越道、ここからは一般道に降りるか、外環道に乗り継がなければならない。が、ＳＵＶは大泉から直進すると、そのまま別の地下高速道へと潜って行ったのだ。オレンジ色の天井の照明が先に向かって一直線に延びている。催眠術だろうがなんだろうが、結局は人間にとって自分に見えたものが真実なのだ。レッドがいち早く気付いた。

「あれぇっ！　いつから関越道が練馬の先まで延びたんだぁ？　聞いてねえぞ。てか、昨日通ったばっかりじゃんか、ありえねぇっし」

目を何度も擦りながらレッドが狭い車内で興奮している。タイムトラベル、実は信じていなかったのか。

「……ここは、違う」

もう佳奈も認めるしかない。ここなら龍一がいても不思議ではない。そんな期待感が現実として佳奈の心の中で頭をもたげはじめていた。

「ここでは、関越は下落合の中央環状線までつながっています。それから、厚木空港は空軍の航空基地です。民間機の発着もあります」

ナオミがここではこれが現実といったふうに補足した。

「まじでぇ、これやっぱり違うんだぁ！　全然このほうがいいっしょ！」

レッドは流れるトンネルの照明を見てすっかり納得している。

「歴史の因果法則で、なにかが少し変われば、その結果として他のなにかも少しずつ変わる。その積み重ねで、やがて全く違う世界が現出する。そう言う世界が無数に存在している。宇宙は多次元の中にある。この世界では太平洋戦争を回避したので、その影響が大きいのです」

ナオミがいとも軽ろやかに難しいことを言った。

「凌雲」

二〇〇二年夏、サッカーワールドカップが日本で開かれた。初めてのアジア開催となったこの大会で、日本代表チームは強力なサポーターの声援と地の利を生かして善戦すると、史上初めて予選リーグを突破するという快挙を演じた。決勝はＰＫ戦を制したドイツがブラジルを破り優勝、二週間に及ぶ連日の熱戦のフィナーレを飾った。この間、世界中のサッカーファンが大挙日本にやってきた。各国入り乱れてのお祭り騒ぎは、日本各地で悲喜こもごものドラマを繰り広げ、この年の日本の夏はワールドカップ一色に染まった。

そんな興奮の余韻も冷めやらぬ、涼やかな九月のある夜。日付が変わろうとしている時刻だった。葛城龍一の自宅マンションの電話が鳴った。昼間なら取らない電話を何故かこの時は取った。そして取ってから後悔した。電話の主は昔彼のファンだったという瀬上と名乗る中年男である。折り入って話があるので会って欲しいと言った。唐突すぎる。見知らぬ人物からの勧誘と言うものは常にこのように始まる。龍一は経験からそのことをよく心得ていた。元Ｊリーガーで一時期海外でも活躍した。今でも熱狂的なファンからの追っかけをされることもある。今の彼の立ち位置は、芸能人ではないが、いわゆる有名文化人なのである。こんな電話にも、時として対処しなければならない。

龍一は二年前に現役を引退して以来、東京のテレビ局でスポーツキャスターとしてＪリーグの試合解説をしたり、時には男性雑誌のコラムを書いたりしている。或いは精力的に少年サッカーチームの指導をしながら、人生のステップアップの方法を模索していた。

この瀬上という男は龍一に奇妙なことを言った。是非とも君に日本と世界の平和の為の大切な仕事を任せたいというのである。しかも、それができるのは君だけだと強調する。怪しすぎるだろう。男の意図を計りかねた龍一は、咄嗟に今のこの国の政治には興味がないと答えた。が、瀬上はそういう次元のものではないから、まずは一度話を聞いてくれないかと言った。有名アスリートがその全国区の知名度を生かして、ある政党から国政選挙に出馬し議員になるという下劣なパターンがあるが、もしそういう類の話なら龍一は全く興味がない。これまでサッカー一筋だったので、これからはもっと世の中のことについて見聞を広めて自分の進むべき道を真剣に考えたい。今はそう考えていると答えた。男は、それこそ今の君にとって大切なことですと言って同調した。かなり漠然とした夢である。が、それ以上は言わずに、突然のお話なのですこし考えさせてほしいと伝えると、男は「じゃぁまた掛け直しましょう」と言い、すんなりと電話を切った。これは一種のスカウトコールだ。こういうアプローチは時たまある。

やがてこの電話のことは忘れた。

ところが、それから丁度一ヶ月後の夜、また同じ瀬上と名乗る男から電話があった。この間の話、考えてくれましたかと言う。考えるも何も、そこまで具体的な話ではなかったと思う。だから龍一にはまたこの人物が電話してきたことが意外に感じられた。そもそも忘れていたのだ。「少し考えさせてください」と言ったのは婉曲な申し入れ辞退の表現だ。そのくらいは相手だってわかったはずだ。が、今回は話に肉がついた。まずは龍一のこの先の活動を支援したいという。しかも何をするかは問わない。この男にとって、そんな話のどこにメリットがあるのだろうか。龍一は思案すると、とりあえず、会ってお話を聞いてもいいと返答してしまった。普段はこういう話には一切乗らない。ただ、今回も男が言及した世界平和の為という言葉が気になった。あなたの人生を豊かにする為にとか、あなたの利益機会を増やす為にとか、そういう話ではなさそうだった。それでも、そうやって金銭目的の詐欺、或いは龍一の名義を借りて事業をしたいという類の話ということもある。用心に越したことはないが、男曰く、世界をしばらく放浪するのなら、それもサポートすると言った。「えっ」と思った。世界放浪に近いアイディアは龍一の頭の中に常にあったが、それを誰かに話したことはない。見ず知らずの男がそんな龍一の心中を知る由はない。何故俺の心の中を見透かしたようなことを言うのか、瀬上と言う男に興味を抱いた。

十日後、龍一は築地にある本願寺別院へと出かけた。日比谷線の築地駅を降りると寺は目の前である。浄土真宗本願寺派のこの寺院の創建は江戸初期だが、関東大震災後に再建された現在の建物はインド様式の石造りで、知らない者が見たらその外観からヒンドゥーかイスラム系の寺院と勘違いをする。奇妙な待ち合わせ場所だった。官庁の入り口のような構えの門柱を通り抜けた。寺と言うよりは、あるいは博物館かと見まがう。入り口のはるか先に見える、中央にかまぼこ型の伽藍天井を備えた本殿はまさに異様と言っていい。アスファルトの小学校の校庭のような前庭を進み、建物中央の円形の階段を上ると、小さな牛の石像が龍一を欄干で出迎える。そぞろに本堂へと入った。内部の造りは外観からは想像できない桃山式と言われる荘厳な仏教寺院様式である。金色の内陣に安置されているご本尊は言わずもがな阿弥陀如来。すなわち他力本願を旨とする。宗祖は親鸞であることも言うまでもない。

閑散とした外陣で阿弥陀如来をじっと見つめて合掌している男がいた。龍一はその男の横へ進むと同じようにご本尊に向かい合い合掌した。

「初めまして、瀬上です。わざわざおいでいただき恐縮です」

男が合掌したまま龍一に声をかけた。

合掌の手を下した龍一が「どうも、葛城です」と応えた。男は龍一に向き直る。歳は五十代だろうか。濃紺のスーツに赤地に青のピンストライプのタイを締めている。白髪が混じり七三にきっちり分けたヘアスタイルは高級官僚か銀行の支店長とでもいった雰囲気だ。そんな隙のない容貌が、詐欺師臭いのである。龍一は自分の警戒心をあらためて確認した。

そんな龍一の心中を見透かしたのか無視したのか、瀬上は抑揚をつけて言った。

「ここでは込み入った話はできませんから、場所を変えましょう」

印象とは別に、ざっくばらんな話し方をする。龍一に対して腰は低い。それにしても妙な出会いだ。龍一が来ることを先刻から承知していたように瀬上はそこにいた。「どうぞこちらへ」と言われるがまま、瀬上の後をついてゆくと、本堂の外へと出る。階段を下り、瀬上は裏手方向へと迷いなく歩を進める。人影はまばらである。本堂とは分離した平屋の別棟があった。寺院の一部である。無人の小さな玄関を入ると、瀬上は貴賓室とドアに書かれた一室へと龍一を導いた。この間無言である。

ここですという瀬上の案内を受けて部屋の中に入ると、そこにはまた別の男が龍一を待っていた。和服姿の頭の禿げあがった老人だった。車いすに腰掛けている。柔和な表情だ。齢八十はとうに越えていそうなのだが、座っていても背筋はしっかり伸びている。そして強固な意志と威厳を備えていた。ついさっきまで煙草を吹かしていたのか、紫煙の名残が部屋に立ち込めている。窓には黄色くて分厚いベルベットのカーテンが掛っており、外は見えない。午前の太陽がその一部を照らしてカーテンの色を斜めに分断している。瀬上は、あとから部屋へ入り扉を閉めると龍一の肩越しに老人に言った。

「葛城氏がおいでになりました」

すると、老人は「ご苦労さん」と瀬上に言葉を返した。龍一は即座に二人の関係を理解した。

「はじめまして、瀬上です」

そう言うと、老人は腰をいたわるようにゆっくりと立ち上がると、にこやかに挨拶した。敵意はない。親しみをこめて龍一を眺めている風情だ。二人とも瀬上か。親子だろうか。

「あ、はい、葛城です」

龍一もまずは気のない挨拶を返した。

「今日はあいすまんです。事情もよくわからずに、よくおいでくださった。私は龍之介、で、そっちは私の甥っ子なんですが、智明です。一応区別しておいてもらいましょう。まぁ、こちらにお掛け下さい」

目の前のソファを指さしながら笑みを浮かべてそう言うと、老人は若い方の瀬上に視線をくれた。智明が若いといっても還暦も近いはずだ。少しボンボン臭いのは、この老人の前だからだろう。龍一が返答に窮していると「今日はじっくりお話したい」と、有無を言わせぬ表情を見せながら老人は言った。

「はぁ、どんなお話かまだ詳しくは伺ってはいませんけど、主旨は承知しています」

龍一は「今日は仕方ありません」といったニュアンスを含めたつもりだったが、次の瞬間「あっ」と小さく声を出した。瀬上龍之介…、あの瀬川龍之介か。雑誌のインタビュー記事かなにかで見たことがある。一線を退いているはずだが、今でもメディアに時々名前がでる財界の重鎮である。そうだとしたら、話の内容も中途半端ではないのかもしれない。が、待て、その前に本物かどうかが問題だ。年寄りの顔まではいちいち覚えていない。それに写真と実物は印象が異なることはよくある。詐欺師の線は消えない。油断をしてはならない。

龍一の心中を見抜いたかどうかはわからないが、老人の長い話が始まった。年配者が特に好みそうな間合いで、最初は龍一のサッカー人生における活躍やら、世情についてのよもやま話を小一時間も一方的に老人は話し続けた。これは消耗作戦か。内容がどうでも良すぎて反論の余地もない。「何時まで続くんだこのくだらない話」と龍一がいい加減ウンザリしてきた頃。そのタイミングを見計らったように突然、奇想天外なことを老人は言い出すのである。詐欺師の本題だ。

「というわけで、実は計画がある。いや、計画以上の大計画と言っていい。プログラム・イオという」

「…」龍一の反応に嫌悪感が表れる。が、老人は容赦ない。

「ご存じのように、今この世界は、存亡と破滅の危機に瀕している。見ての通りだ。特にこのアジア地域がいけない。人口の爆発的増加に加え、食糧問題に失業問題、疫病の蔓延、北からの圧力など、あらゆる危機に晒されている」

龍一は、どこか少し大げさ過ぎやしないかと、思う。が、まあそこはそこ、詐欺話だ。老人は続ける。

「しかし、これはずっと前からわかっていたことでもある。だからイオは計画された。新しいものではない。わしらもその歯車の一つだ…」

くどい無意味な言い回しに、さらに嫌悪感が増幅される。

「一体いつから、そのイオなんとかはあるんですか」

龍一が仕方なくそう訊いた。すると、老人は「我が意を得たり」と畳みかける。

「まさしく百年の計といえる。しかもその神髄は、時空を超越した次元でこれを実行することにある」

「時空?」龍一の口からため息が漏れる。

「そう、それがミソだ。二十世紀の歴史については既に修正に成功しつつある。ここからは二十一世紀の我々の仕事だ」

老人の言い分からすると、どうやら随分昔からある秘密結社かなにかが、この計画の主ということか。バカバカしい。しかも歴史の修正がなんとか、とか。

「相当遠大な計画のようですね」

正統な皮肉である。が、相手にそれは通じない。

「そして最終目標は、極東の地に連邦国家を打ち立てるということだ。極東アジア地域の統合、真の一体化を意味する。五族協和、八紘一宇の再構築だ…」

老人は気づいたかどうか、龍一は、ふっと薄笑いを浮かべた。

「連邦国家、ですか」

「そうだ、だから君に手を貸して欲しい」

そうら来たぞ。老人は、間を作るとそう言った。

「いや、言い直そう。その主役どころを君に演じて欲しいと思っている。それしかない」

こんな荒唐無稽な話をするエナジーが、この老人のどこにあるのだろうか。バカにしながらも、龍一は感心する。

「これは、世界平和の為である」

お次はそう来たか。話の成り行きに任せて、我慢強く法螺話を聞き続けるしかないのか…。そうだ、まだ話は終わらない。

さらに「時空を超えて」とか「世界の平和」とかいうフレーズが繰り返された。或いは二十世紀の歴史が間違っていた、修正は不可避だったというふうな意味不明なことにも言及した。そして最後に老人は言い放った。

「重要なのはここだ。計画の完遂には二十一世紀の歴史においても修正が必要である。しかも、それは君にしかできない」

「…」

君にしかできない…。そこまで言うか…。しかし、ここで何か言葉を返せば、敵の思う壺、詐欺の本丸へ誘導される恐れがある。まだまだ我慢しかない。

龍一が黙っていると、どうやら話が一段落したらしい空気が流れた。いや三段落くらいしたかもしれない。相手を幻惑して判断力を減衰する。これも連中の常とう手段なのだろう。

我慢の龍一が口を開いた。どこかで幕引きを図らねばならない。

「なるほど、壮大稀有なお話です。百年の計、とても興味深いです。でも、俄かには信じがたい内容ですし、その、時空を超えてとか、世界平和や連邦国家とかいうお話をいきなり伺って、はい鵜呑みせよとおっしゃられても…」

どうお応えしたらいいのか正直困りますね、と言葉を区切りながら言った。話を聞き終わってみて、詐欺かあるいは別の犯罪の片棒を担がされる線が濃厚になってきた。こいつらいい年こいて馬鹿じゃないのかと思った。それにしても、なんで俺なんだ。こんな酔狂に付き合わされる自分が無性に情けなくなる。

すると滑稽にも、俄かに信じられないというのは尤もな言い分だと、瀬上龍之介は年寄りらしく頷いたり、甥っ子に同意を求めたりしている。そして「まぁ慌てなくてもよい」としゃぁしゃぁと言った。言われるほどに、龍一には一時間前には真面目で賢そうに見えた二人がやがて、猿ほどの間抜け野郎に見えてきた。ところが、龍之介は龍一の心の内を見透かしたかのように「では、ひとつ証拠をお見せしよう、それでどうであろう」と言った。

「ついてはこれから君をサポートする人物を一人紹介する。実際はサポートというより、計画のディレクターだ。コーディネーターと言ってもいいかもしれん。わしらもその歯車に過ぎない。勿論、君の希望する世界周遊の活動は僕が支援するつもりだ」

　龍一は「ああ、そうですか」と、また気のない返事をした。今日ここまでノコノコと出てきたことを後悔し、そういう俺もバカみたいだと自嘲した。しかし、瀬上龍之介の名前を騙ってまで俺に何をさせようというのか、しかも何の為に？　そんなことに思いを巡らしているうちに、その龍之介が智明に言った。

「おい、じゃぁ彼女を呼んでくれないか」

　軽く頷いた智明が一度部屋の外に出ると、しばらくして一人の若い女を連れてきた。というより、若い女に連れられるように智明が戻ってきた。

「葛城君、こちら、ロクゴウナオミさん。僕とはもう六十年のお付き合いだ」

　龍之介はそう言って女性を龍一に紹介した。龍一は「何を言ってるんだか、バカだなあ、六十年とは」とまた心の中で嗤った。

「はじめまして、ロクゴウです」

「あ、はじめまして」

　龍一もありきたりの初対面の挨拶をした。

「あー、聞いて驚かないでほしいんだが、と言っても無理かもしれんが、ナオミさんは未来から来た人でね。つまり未来人でね、二十一世紀のストーリーを書き直そうとしている。僕らは、それに賛同し協力している。で、君がその計画のキーマン、という訳だ」

　思わず「未来から来た人」と「キーマン」という言葉に吹き出しそうになる。堪えたが顔がにやけた。

「はぁ、だいたいお聞きしたように思います」

言いながら何が飛び出てきてもいいように龍一は身構える。するとナオミが言った。

「まずは見ていただきたいある方からのメッセージがあります」

ナオミはいきなりそう言うと、部屋の隅にあったテレビのスイッチを入れ、メモリースティックを差し込んだ。くそっ、まだ何かあるのか。龍一は不満の色を顔に出した。

斟酌なしに、ビデオが再生を始める。


最初にどこかの寺院が映し出された。由緒ありそうな広い寺内の参道を誰かがこちらに向かって歩いてくる。おや、見ると軍人風の若い男である。青みがかった茶褐色の詰襟の軍服を着ている。近年の軍装とは明らかに違う。ただの右翼に見えなくもない。彼はカメラの前で一度立ち止まり、カメラマンに二言三言声を掛けた後、またニコニコと笑みを漏らして寺の本堂と思しき方向へと進んでゆく。カメラがそれを追う…。

画面が室内に切り替わった。広い部屋の片隅らしき場所だ。さっきの男が横から現れると正面にある椅子に腰かけ正対した。カメラに向かって、またなにか話しかけている。音声はまだない。そしてカメラに向かって話し始めた。音声がオンになった。

「私はイシワラカンジといいます。えー、職業は、陸軍大学校教官の任を拝しています。本日は大正十年九月二十五日、築地御坊さんに来ています。何故ここに来ているかと申しますと、本日がすなわち大正十年、えー、というよりこれは私も未経験なのですが、来る関東震災の前年ですか、いや失礼二年前であるということを、ご覧の方に理解いただくためです」

龍一は黙って画面を見詰めている。少し、いや、かなりあっけにとられている。イシワラカンジといえばあの石原であろう。イシハラではなくイシワラというのは今初めて知ったが、満洲帝国創建に深く関わった関東軍高級参謀ということぐらいは知っている。だが、おかしい。昔ながらのノイズの入った画質の悪い白黒映像ではなく、鮮やかなカラー映像で音声も明瞭である。昨日映画村で撮ってきましたというようなデジタル映像だ。これで龍一を騙そうというならあまりに拙い。子供でも分かる出来栄えだ。馬鹿じゃないのか。今はこの言葉以外龍一の頭の中には何も浮かんでこない。画面の中の男の話は続いている。

「私は、これを、本日、二十一世紀に生きている葛城龍一氏に向けてお話をさせていただきたい」

俺のことじゃないか。しかし、手が込んでいる割にはバカだ。それでもイシワラの話は進んでゆく。

「初めてロクゴウさんにお会いしたのは、えーっと、一九一〇年、中国辛亥革命の年でした。朝鮮のある部落に部隊が駐屯しておった時です。最初は、朝鮮半島のテンかと思いました。とにかく幾ら私が能天気とはいえ、聞く話が相当にバカバカしいわけです。人間離れしているわけです。いやぁ、ところが、この人が不可思議なことを言うだけでなく、やることもやってしまうものですから、次第にこりゃとんでもない化け物にでくわしたなと、おっと、これは失礼、そう思いましたが、この人が後から後から起こる世の中のことを殆ど言い当ててしまうわけです。こりゃぁ、日蓮上人の再来に違いないと考え直した次第…」

録画しているのはこのロクゴウという女なのだろうか。カメラマンの方向に向かって目線をあげて、これは失礼と言った。

「それで、そのうち、ロクゴウさんの言うその通りにやっていけば、これはいけるんじゃないかと思ったわけで、私も職業は戦をすることですが、日本の国防とか、アジアの平和繁栄ということには大変興味があるものですから、結局彼女の思想というかその姿勢ですね、これに大変共感したわけです。そのうち百年先の未来から今日の世界にやってきたというこの女性の、まぁ虜になってしまった。そんな塩梅なのです」

天才石原莞爾も脱帽という訳だ。おいおい、龍之介も嬉しそうにビデオをみて頷いているじゃないか。何とも滑稽である。

「それでもって、今から十年くらいしたら軍の計略で、と言うよりロクゴウさんのご指導のもと、中国東北地方に満洲国なる新興国を築くという見通しがあります。多分そのようになります。勿論その国は二十一世紀にも存続していることを切望していますが、重要なのは、その建国理念がアジアの繁栄、東アジアに暮らす万民に平和と幸福をもたらすものでなければならないということなのです」

なるほど、ビデオの真偽は別にしても龍一もその視点には大いに興味があると思う。今は漠然としているだけだ。しかし、石原には大いなる不安があるのだと言う。

「ところがロクゴウさんの言うところでは、一つ間違えると、今から二十年後に再び天地をひっくり返すような世界大戦が起き、あーいや、まだ世界大戦が終わったばかりで世界中は厭戦気分というか平和を熱望しているわけですが、それなのにまた世界中が戦争に巻き込まれることになるというのです。実は私の研究でも、ロシアまたはアメリカとの戦争は東洋の西洋に対する力関係を考えれば、不可避だろうと思っているのですが、ロクゴウさんの未来世界が辿った二〇世紀の歴史は将にそのようなものだったというのです。西太平洋全域を舞台に日本がアメリカと戦争したり、中国がソヴィエト化したり、朝鮮やヴェトナムが南北に分断したりするということです…」

歴史はそのようにはなっていない。その不安は杞憂《きゆう》だ。龍一は、この強引な誘導にイラッとする。が、石原はやめない。

「そして日本に原子爆弾が落とされ大勢の民間人が死に、皆さんが生きていらっしゃる二十一世紀にはとうとうその原子爆弾で第三次世界大戦が起きるというのです。せいてはことを仕損じる。確かにそうです。だから、こりゃいかんという話で、つまり、それが仮の話だとしても、実際にそうなってはいけないと思う。ですから、私も納得できる限りロクゴウさんのアドバイスを受け入れ、できる範囲でやるべきことをする。ただ、アジアの繁栄、平和といっても、そんな短期間でできあがるものじゃない。明治の御代も四十年、だから、まぁそれ以上掛る覚悟でやらねばなるまい、そう信じています。今日の人間が百年生き続けるわけではない。後世の人に託さなければならないものがある。未来人のロクゴウさん曰く、この理念を引き継いでなお且つこれを実現するには、葛城さん、あなたの真心と献身が必要とされているのです。理想の実現、私と共にその夢に命を掛けては下さいませんか」

ふーん、そういうことか、違和感はあるが龍一は石原の言わんとしていることは理解できた。が、落としどころはなんだ？　俺に何をしろと？　そこがわからない。石原の話はまだ続く。

「葛城さん、それから瀬上という男に会うと聞いていますが、この男が、私たちの時間的な齟齬《そご》を埋めてくれるということです。今はまだ富山の野山を走り回っているハナタレのガキ大将のようですが、ロクゴウさんと共にあなたを支えてくれる手筈になるとのことです」

そう言ったところで石原は、一度にっこりと笑うと少し頭を下げた。

このあとも石原の世界観やら、自分は法華経信者なので本来なら真言宗の寺なんぞへ来ることはないとか、龍一も同志として法華へ帰依したら如何かとか、戯言を織り交ぜながら法話のような話が続いた。もう終わりかと思った頃、石原はさらに人を幻惑するような不可思議なことを言った。

「あ、そうそう、大切なことを言いそびれていました。私は来年ドイツへ遊学することになるようですが、その時にあるモノを見つけ出してくるように命令を受けています。勿論、ロクゴウさんからです。そいつがどうも『おイヌ様』といった奴ばらで、これを探し出した暁には、いつかあなたの手元へお届けする算段ができればと考えています」

龍一にはあまりにも話に脈絡がなく（おイヌ様がどうしたって？）と反射的に思ったが、何を言っているのか皆目見当がつかなかった。

石原は依然頓着せずに話を続けている。おそらく自分もそれが重要なことのどれほどかもわかっていないのだろう。そしてもう一度、何もしなければ、悪いほうへと歴史がねじ曲がってゆく。それを良い方向に持っていくには時代を超えた共同作戦が必要だというようなことを言って、石原の話はやっと終わった。

画面が再度寺院の外に切り替った。「本願寺築地別院」と書かれている大きな額が映る。画面を引くとまた石原が登場した。本堂の階段を下りるところだ。またニコニコしている。そして来た道をやがて遠ざかってゆく。ビデオは石原の背が豆粒大になったところでやっと切れた。

龍一は真っ暗になった画面を黙って見詰めている。すると智明が龍一に向かって言った。

「大体お分かりいただけましたか？　太平洋戦争なんていう戦争はどこにも起きていないし、原子爆弾という恐ろしい爆弾が日本に投下されたという歴史もこの世界のものではありません。私等はナオミさんと石原さんのおかげだと考えています。だが、問題なのは、その代わりに生物兵器による世界戦争、人類滅亡のシナリオがこの二十一世紀の未来に用意されているという。これを是正し阻止するのが我々のそしてあなたの使命なのです」

龍一は鼻で笑うと「はぁ」と反応した。するとナオミが付け加える。

「葛城さん、あなたの力が必要です。私たちと共に行動してください」

行動って何を？　龍一は目の前の三人にもよくわかるような深いため息をついた。

「興味深いビデオでした。すこし考えさせてください」

龍一はまたもやそう答えた。しかしただ問題を先延ばしすることは意味がない。ビデオの真偽はこの際関係ない。そもそも何をしたらいいのか、わからない。自分をサポートしたいと言う話はどうなったんだ。そんなことを考えている。

それまで画面の中の懐かしい人をじっと見つめ、しかもいまだ余韻に浸っている龍之介が口を開いた。

「あれ、あのハナタレガキ大将っていうのは、僕のことだ。時間はまだあるそうだから、偶には世界中を色々見て回るといい。金銭的なサポートはする。ああ、その時はスポンサーを付けるって形だよ。おう、もうひとつ、極東ひとつの屋根評議会っていう受け皿の組織を発足させるから、いずれそこのメンバーに加わって欲しい。この辺は細かいことだから智明にきいてくれ給え。ナオミさん、それでいいよね」

龍之介は一方的にそんなことを言ってあとは沈黙した。この三人の序列は、どうやらロクゴウ、龍之介、智明ということのようだ。それにしても、考えさせてほしいと言ったはずなのに、龍一にその選択肢はもう残されてはいないかのような言い様だ。

「ちょっと待ってください。ひとつ重要なことといいですか。『ロクゴウさんは未来から来た人』ということの意味をわかるように説明してください。そんな突拍子もないこと、どう信じたらいいのでしょうか」

龍一が、勝手に進行する詐欺話に歯止めをかけようとした。鵜呑みにして信じろ、はない。

「タイムトラベルを経験してもらう予定です。見てほしいものもある。それでどうですか」

ナオミがいとも簡単なことのようにタイムトラベルを経験させると言った。龍一は「えっ」という表情とともに沈黙し、そして苦笑いした。

「はぁ、ちょっと怖いですが、できれば…そのくらいのことは…必要ですね」

意外な証拠の見せ方の提案に、龍一はビビった。言うことを聞かないからと言って、ドラム缶詰めにでもされたらたまったものじゃない。そうだビビらない方がおかしい。向こうは年寄りと中年おやじと若い女だ。いざとなればなんとかなるだろう。

「ああ、忘れていた。それから、東大の曽我教授が主導する未来外交経済政策研究会という長ったらしい名前のゼミがある。略して未外ゼミだ。葛城君にはそこの見習い研究員になってほしい。そこで君に英才教育をする。毎日行けとは言わないが、週に一回くらいは顔を出してやってくれ。極東連邦の政策ブレーンだ」

龍之介は泰然とそう龍一に言い渡すと、咳払いしてタバコに火をつけた。いや、私にもいろいろ都合があると龍一が言おうとすると、龍之介が「しまった、もう一つ重要なことを忘れていた」とタバコの煙を吐き出しながら、言葉も吐き出した。

「はぁ」紫煙を手で追いながら龍一は気のない反応をした。

「葛城君のパートナーとなる女性のことだ」

「はぁ?」語尾が上がる。

「といっても、君もよく知っているひとだ。勝山茉莉だよ」

「えっ、茉莉ちゃん?」高校時代の恩師の娘だ。知らないはずはない。

「彼女とは二人三脚で将来進んでもらいたい」

これには龍一も驚いた。知らないところで、大がかりに仕込まれているということなのか。

「昔から決まっていたことだ。君は私の息子ということになっている。まあ方便だがね」

「ははは、昔からですか。で、僕が瀬上さんの息子ですか。いくらなんでもそれは…」

何を言い出すかと思えば。何でもありだな。そうだ、これは笑うしかない。

「そういうことだ、君らの知らないところで、すべては進行している。知らぬうちに何かのレールに載っているっていうことはよくある。気にしなくていい。勝山茉莉については君も知らないことがある。それも智明から詳しく聞くといいだろう」

気にするなと言われてもそうはいかない。なんてことだ。滅茶苦茶気になるじゃないか。


その日、龍一はドラム缶詰めされることもなく解放され、夕刻自宅に戻った。それから「石原莞爾」という人物のことを色々と調べた。そして「満洲建国と発展　フィクサー・石原莞爾」というタイトルの伝記本をインターネットで注文した。

数日後、龍一は届いたその本の中に驚くべきものを見つけた。「築地御坊にて」という一枚の風変わりな写真があった。石原本人は、ビデオで見たままの男だった。あれは本当に本人だったのか。そして、軍服姿の石原の横に、並んで若い女が写っている。これは、あのロクゴウという女ではないか。龍一はその人物の姿かたちを何度も確認し、頭を抱えた。

夕闇が迫っていた。ロクゴウナオミのロードスターは助手席に葛城龍一を乗せ、首都圏中央連絡自動車道(圏央道)を八王子方面へと南下している。青梅を過ぎた頃から小雨が降りはじめた。あきる野を過ぎ、いくつかの長いトンネルを抜けると八王子ジャンクションだ。ナオミは中央道を甲府方面へと向かうレーンへとクルマをのせた。

山間部の雨が激しくなった。フロントガラスで雨粒が旋律を奏でるように音を立てている。心地よい睡魔が龍一を襲う。時折、対向の大型トラックの水しぶきが中央分離帯を越えてきて視界を遮った。洗車機の中のようなしぶきを正面に受ける時、それは熟練ドライバーにとっても危険な瞬間だ。雨が一層激しくなった。やがてロードスターは前方を走行する見慣れないＢＭＷの後ろに付いた。そこでナオミが言った。

「前のクルマ、わかるでしょ」

龍一は前かがみになって前を行くクルマのリアランプを凝視する。わかるはずはない。

「運転しているのはあなただから」

ナオミはこれ以上ないジョークを口にした。龍一はその言葉の意味を計りかねて黙っている。いや、これはジョークじゃない。前のクルマは俺が運転している。確かに自分が乗りそうなタイプのクルマだ。だがこのモデルは見たことがない。時折商用バンが無駄な車線変更をしながら追越してゆく。ＢＭＷも登坂車線では前方のトラックを追い抜く。そして走行車線へと戻る。ロードスターもそれに合わせて加速しハンドルを切って追従する。そんな動きを何度か繰り返した。するとまたＢＭＷが前方のトラックを追い抜いた。ナオミはまたそれに続いた。ＢＭＷは走行車線に戻る。が、ロードスターはそのＢＭＷをも抜いて今度はその前に出た。龍一は追い越しざまに運転手の姿を確認しようとした。が、何も見えなかった。するとナオミが言った。

「今からよ。後ろ、よく見ていて」

「ん、何を？」

「今追い抜いたあなたのクルマ」

ナオミが、バックミラーの角度を変える。龍一はそれを覗き込むと凝視した。が、何が見えるというわけでもなく、後続車の雨中のヘッドライトばかりが眩しい。ロードスターはスピードダウンした。

車線を走行車線に戻した後方のＢＭＷが追い越し車線をゆっくり走る何台目かのトラックを左から抜きにかかろうとしていた。その時だった。さらに前方を走行しているダンプが急に進路を変えＢＭＷの鼻先に接触した。そのように見えた。逃げ場がない。危険を察知したＢＭＷは急ブレーキを掛け、回避行動を取って右に逃げようとする。が、路面の状態が悪すぎる。ハイドロプレーニングだ。ホイールが水の上を横に滑る。ブレーキコントロールが効かない。次の瞬間、そのクルマは中央分離帯の縁石を軽く突破し、その先のガードレールに接触した。左ヘッドランプが吹き飛んだ。さらに反動で反対側のレーンまで腰を振るようなスピンをしながら飛び込んでゆく。半回転したところでようやくクルマはコントロールされたように見えた。追い越しを掛けた一台目のトラックがみるみる迫ると、ボワンという音を立ててＢＭＷに正面衝突した。

龍一は目を凝らしていた。いくつかのヘッドライトが不自然に交錯しているのがわかった。が、それ以上の詳細はわからない。何が起こったというのか。ナオミは急ブレーキを踏んで車を停めた。その横を接触したはずのダンプが追い越して行く。

「おい、あのトラック、逃げるぞ。何かしなくていいのか！」

訳も分からないくせに、龍一はナオミに向かって叫んだ。

「私たちは埒外。関与はできない。私たちは過去を見ているだけ。それより、行ってみましょう」

ナオミはそう言うと、クルマを下りて五十メートル以上後方の大破したクルマのところへ走っていった。龍一も続く。後続の車両が次々と現場に達すると停止した。事故渋滞が既に始まろうとしている。何台目かの乗用車の運転手の影が、ケータイを耳に当てている。クラッシュしたトラックの方はどうなっているのか。運転手が外へ出てこないところをみると、怪我をしたのだろう。さらにその後ろにもう一台、乗用車が事故に巻き込まれている。

傘もささずにＢＭＷに駆け寄った二人が見たものは、潰された運転席でうつ伏せのままぐったりしている男の姿だった。

「助けないと！　まだ生きている」

龍一はまた叫んだ。

「だから駄目！　関与したらあなたにもその因縁が及ぶ。これが次にあなたの運命になりかねない」

そういうと、ナオミは龍一の腕を引っ張った。その物凄い力に龍一は驚いた。二人はロードスターまで走った。龍一は何度も事故現場を振り返るが、一体なにがどうなっているのか、出口のない動揺が頭の中を駆け巡った。

「須坂に戻りましょう。もうひとつ見せたいものがある」

運転席に身を沈めたナオミは何もなかったかのような口調で隣の龍一にそう言った。そして濡れた肩もそのままに、エンジンのスイッチを入れた。龍一はナオミの横顔を睨んで何なんだこいつと思いながら、もう一度後ろを振り返った。反対車線を二台の緊急車両が血相を変えて走り過ぎて行った。

　こうして龍一は、悲惨な交通事故の現場に居合わせるという体験をした。いや、居合わせたというい方は語弊がある。これは事前にわかっていたことなのだ。そしてナオミは事故の被害者はあなただといった。それを見せるために俺をここまで連れてきた。いや、そんなはずはない。俺はこうして生きている。

　事故現場から遠ざかると、ナオミは平然とハンドルを握った。そういえばどれくらい走ったのだろう。

やがて甲府盆地のにじんだ街の灯りが連なる山の間に〳〵見えはじめた。

＊＊＊＊＊＊＊＊＊＊＊＊

　ここはどこだろう。薄明るい、そして何の装飾もない狭い部屋のようだ。壁は乳白色で、威圧するモノは何もない。龍一の前には小さいテーブルが置いてある。その上に更に小さな箱がある。夢の中だろうか。

…まずは、未来のことを話そう。

　どこからともなく、声が聞こえてきた。誰だ？　しかしすべてに違和感はなく、龍一の耳にその声だけが届いている。

…タイムトラベルマシンは二〇三九年八月、アメリカで完成した。北米はシカゴ近郊のフェルミラボでワームホール理論の大家である物理学者、ドクター泰司山井が率いるプロジェクトチームが開発に成功したものである。タイムトラベルはマイクロブラックホールを生成して異次元空間を移動することによって可能となった。人類滅亡を回避するために残された究極にして無二の発明といえる。

「人類滅亡？」龍一はその言葉に無意識に反応した。そうだ、瀬上龍之介も似たようなことを言っていた。

…しかしその開発は最初からうまくいったわけではない。プロトタイプが合計三基製造された。ネバダの実験場でおこなわれた無人テストでは初号機が数分間紫色の閃光を放つとやがて消滅した。実験は失敗だった。その後改良を加えた二号機で動物テストをおこなった。数秒間の発光現象が起こった後、乗員だった猿が変死した。それでもマシン内の時計が一時間進んでいたことがわかった。幾度か動物実験を繰り返した。猿は死なず時計だけが進み、タイムトラベルで経過した時間分の細胞レベルでの猿の老化が確認された。我々はこの結果に勇気づけられた。

龍一は腕を組んだまま聞いている。どこの誰ともわからない奴が何故こんな話を俺にするのか。

…最初の実験成功の時から二十八ヶ月の後、乗員の安全確保の設計改良を加えた三号機による有人テストがおこなわれた。テストパイロットにはヨハンソン・G・シュトッカーという男が選ばれた。スイス軍人で、宇宙飛行士だ。有人テストは成功した。その後、短時間のテストトラベルを重ねた結果、さらに出力アップや操作性の改良を加えたタイムトラベルマシンが完成する。それが二〇三九年の八月である。人類に残された時間は多くない。タイムトラベル実行の日は、二〇三九年十月十日。彼らの作戦目的は原子爆弾製造を目的としたマンハッタン計画を隠密裏に潰す、あるいは大幅に遅延させることである。

「マンハッタン計画？　なんだそれ、聞いたことないな」龍一は思わず声を出した。

…シュトッカーは計画通りタイムトラベルに成功した。が、任務を遂行し帰還した彼が最初に発した言葉が「自分自身に会った」だった。皆が最初は笑い、やがて仰天した。

「タイムトラベル先で、自分自身に会う。別に不思議じゃないだろう」タイムトラベルが可能なら、それくらいのことはありじゃないのか。

…当初すべての話がシュトッカーの狂言かとも考えられたが、彼は、その自分自身から受け取ったという膨大なレポートと特殊な技術情報を持ち帰っていた。精査してみると、それらがねつ造のレベルを超えた科学性、信憑性、合理性のあるものであることが判明した。

「ん、一体何をそんなに持ち帰ったと言うんだ？　そもそも過去の自分に会ったくらいで」

…第一が、そのシュトッカー本人と名乗る謎の男の正体に関わる情報である。我々はこれを消えたシュトッカーと呼ぶことにした。第二が、生体科学に関連した未知の技術であった。

「消えたシュトッカー？　意味不明だ」

…シュトッカーは作戦通り一九三九年、マンハッタン計画に参画する予定であった科学者二名の脳細胞の一部をある薬品を用いて破壊した。そしてドイツへ渡り、科学者一名に同様の処置を実行した。これは我々の当初の目論見でもある、核開発を三十年以上遅らせることを確実にする為の作戦であった。

「どういうことだ？　消えたシュトッカーというのは、タイムトラベルした本人のことなのか？」

龍一は、何が何だかわからなくなっている。が、声は続く。

…ターゲットの一人はフェルミラボの名前の由来となった人物である。この時間稼ぎによって人類の叡智の発現を期待するというアプローチだ。しかし、これが誤りであった。シュトッカーは期待通り任務を遂行した。そして歴史は塗り替った。が、思いもよらぬ結末が彼を待っていた。

「思いもよらぬ結末？」龍一が抑揚なく反芻する。

…シュトッカーは二ヶ月余りの任務を完遂すると、二〇三九年十月十日の元の世界に帰還した。ところが、戻ってみたその世界は、旅立つ前の世界とは全く異なる別物だったのである。彼はフェルミラボの仲間もいない、実験場も何もない荒涼としたネバダ砂漠に立ちすくんだ。全面核戦争を回避した代わりに、予期せぬ異世界がシュトッカーを待ち受けていたのだ。そして彼は計画が失敗に終わったことを悟った。

「それが消えたシュトッカーなのか…。でも、わからないぞ」

龍一は、子供の頃ＳＦ雑誌の挿絵入りのタイムトラベル物語を読んだことを思い出す。白亜紀にタイムトラベルしたハンターが恐竜を一頭射殺する。大きな蝶だったかもしれない。その後、ハンターが元の世界に戻ってみると、そこは巨大な爬虫類人が支配する世界に変貌していた。子供ながらに恐怖を感じたストーリーで、今でも鮮明にそのイラストを覚えている。

…シュトッカーがその世界で目の当たりにしたことは、別の人類滅亡のシナリオがそこには用意され、その結末に向かって確実に突き進んでいるという現実であった。そこではタイムマシンは開発されておらず、関連技術もない。シュトッカーは自分が時空の放浪者になったことを知った。

「ちょっと待ってくれ、やっぱり変じゃないか？　シュトッカーは元の世界に戻れなかったということなのか。だとしたら、どうやってそのことがわかったんだ？」

龍一が夢の矛盾を突いた。が、声はこの指摘を無視する。

…仮にこれを第二世界としておこう。シュトッカーのミッション遂行によって核兵器の開発は確かに三十年ほど遅れた。しかしその間、細菌兵器の開発に奔走した日本とドイツがソヴィエトとの戦争にむかって準備を整える。とくに日本は満洲と協力して、人体実験という非人道的な方法によって生化学兵器を研究した。そしてハルビンの石井細菌研究所が大量殺戮兵器の開発に成功する。アメリカとイギリスが対ソヴィエト戦を想定してこれを陰から後押しした。後年実験的な細菌兵器戦争が中東などで局地的におこなわれたが、帝国資本主義と拡張共産主義の二大陣営の冷戦状態が長い間続いた。

「ふう、どう転んでも、厭な未来が、結局はやって来た、ということなのか」

夢の矛盾は矛盾のままだが、人類とはやはり愚かな種なのかもしれないと思った。

…一九五五年にスペインのトレドで細菌兵器不使用の国際条約が結ばれたが、この条約が失効した一九八五年以降に状況が変化し始める。そして新たな生物兵器としてウィルスが注目されるようになった。特に二十一世紀に入ってからはハルビンの研究成果を取り込んだアジア連邦が特殊ウィルスの開発に成功した。

「アジア連邦…、一体何なんだ？」瀬上龍之介の顔と言葉が脳裏に浮かぶ。

…すると二〇二〇年以降、欧州とアメリカで後年Ｍ３‐ＫＹと呼ばれたパンデミックが発生し、国家体制存亡の危機ともいえる事態に陥る。発症すると、高熱を出し、消化器官からの出血を伴い死に至る、致死率六十％以上のウィルスだという。有効なワクチンはない。エボラ出血熱に似ていたが、それとは違って空気感染した。アジア連邦が何らかの方法で、ウィルス攻撃を仕掛けたと言われる。その理由は、アジア地域ではほとんど感染事例が報告されなかったからだ。そして欧米の衰退をしり目に東アジア地域は安定する。

「ちょっと、待て。順を追ってもう少し詳しくその歴史を説明してくれないか」

…第一世界の歴史においては、一九三九年のドイツの欧州侵略戦争を皮切りに第二次世界大戦が勃発した。二年後、日本がドイツ、イタリアと同盟し、米英と全面戦争に突入する。この世界大戦は六年続いたが、一九四四年ドイツが降伏すると、翌年にはアメリカによって原子爆弾が日本の広島と長崎に投下され、日本の全面降伏で大戦は終結する。その後、ソヴィエト共産主義陣営とアメリカを中心にした資本主義陣営が東西に分かれ、冷戦と呼ばれる戦争なき戦争を繰り広げた。または局地的な代理戦争を繰り返した。このような状況が一九八九年まで続いた。二〇二五年に食糧危機の深刻化とエネルギー問題をきっかけに、経済破たんしたロシアとアメリカ、さらには中国が加わって全面核戦争が勃発する。以降人類は滅亡の危機に瀕している。

「それはひどい歴史だったな。ちょっと待てよ…」

龍一は石原が言っていた日本とアメリカの戦争のことを思い出している。

…ところがシュトッカーの関与を受けた第二世界は異なる歴史を辿った。一九三九年のドイツによる侵略戦争が一年で終了する。当初ヒットラー率いるナチスドイツ軍はソヴィエトとの秘密協定に基づいてポーランドに侵攻し、ポーランド分割をおこなった。西部戦線ではドイツ軍により黄色作戦と呼ばれるベルギー・オランダ・ルクセンブルク三国を攻略する戦いが展開したが、フランスが構築したマジノ防衛ラインでドイツ軍の侵攻が止まり、戦線は膠着《こうちゃく》状態に入る。するとミュンヘンでヒットラーが爆殺され、それを機に反ナチス系のハルダー参謀総長が国防軍を掌握すると状況が一変した。英国も宣戦布告したものの、ドイツ軍との大規模な交戦には至らず、結局はドイツも英国を攻撃しなかった。一方、アメリカは参戦する機会も必要性も失う。

「何を言わんとしているのか」

龍一には飲み込めない。いや、それが誰もが知っている世界史の一部ではないのか。細部は分からないが、少なくとも酷似している。

…よって、アメリカの対日強硬姿勢は継続しなかった。欧州が膠着しているうちに、ソヴィエトが北欧や中央アジアで攻勢に出る。あわてた米英、フランス、ドイツは急いで停戦協定を結ぶと、比較的緩い反共防衛体制を構築した。一方アジアでは日本が委任統治領のサイパンを一大軍事要塞化し、日本海軍の前進基地としアメリカと対峙均衡していた。しかし、ソヴィエトの動きが北東アジアでも活発化した為、一九四一年、日米不可侵条約が締結されると、日本は中国本土からの撤退と引き換えに、南方からの石油調達ルートを確保した。

「要するに、ヨーロッパ戦線もアジア戦線も不完全燃焼となり、そうこうするうちに、ソヴィエトの共産主義が台頭し、自由主義世界と対立した…。いいんじゃないか」

やはり似ているといいながらも微妙に異なる。が、龍一はどこがどうと指摘できるほど、そこまで歴史に詳しいわけではない。

…スターリンに指導されたソヴィエトは、世界を共産化するために暴力的な拡張主義を採ったが、急ぎ停戦条約に合意したドイツと英国が共同して防衛線を張り、一方のアメリカは中国、日本と結んでアジアでのソヴィエト南下を阻止した。スターリンは世界の共産化に失敗し、やがて一九六一年、フルシチョフの時代に、内部分裂による政治抗争によってソヴィエトは瓦解する。このあとロシア共和国が成立するが、のちに帝政が復活した。

「まぁ、スターリンはダメだろう」

龍一は生理的にスターリンが嫌いらしい。そして帝政が復活というところで首を傾げた。

…一方中国大陸では一九四四年に汪兆銘の南京国民政府が国内統一を成し遂げ、日本と和平協定を結んだ。が、一九六〇年ロシアが満洲帝国のハルビンまで南下して勢力を伸ばすと、日本の傀儡政権だった満洲は黒竜江省を失う。ロシアの経済侵略によって黒竜江省が独立宣言した。

「うーん、やっぱりちょっと違うな」黒竜江省の下りは明らかにこの世界のものとは異なる。

…ところが、一九八〇年代後半になると、アジア各地の経済発展により人口が急増し、その為、環境が悪化、さらに天候不順な年が何年か続くと深刻な食糧問題が慢性化した。これによって大勢の中国人や日本人、一部の朝鮮人やヴェトナム人などが安定・安住の地を求めて欧米、アフリカ、南米、オーストラリアなどの非アジア大陸への移住を始めた。一説には三千万人以上が動いたという。このことが、欧米各国の国民、特にロシア、アメリカ、ドイツ・フランス・スペインで大きな反感を招いた。仕事を奪われ、あるいは土地を奪われ、資源を奪われたと主張する彼らは、各地で大規模なアジア人排斥運動を起こした。黄禍論の再来である。資本家や大規模農場経営者らは安いアジア人の労働力を利用し膨大な利益を上げた為、時として彼らも攻撃対象となった。こうして世界の争いの中心は白人種対有色人種へと変貌し始める。この人種間ともいえる対立は後々ウィルス兵器の開発を助長する。特殊なウィルスをアジアのどこかが開発したのは間違いない。M3-KYに何らかの関与があることも明白だった。

結局は人種間の争いに帰結するのだろうか？　いや、そうではない。龍一は紛争の種、憎悪の根源は宗教間の対立だと思っている。

…その後、二〇〇〇年にウィスコンシン大学の研究チームがウィルスを人工的に作ることに成功する。機械的に合成したDNAから生命体であるウィルスを再生したのだ。リバースジェネティックスという手法を用いた新種ウィルスのワクチン開発が研究目的だった。

ウィルスを人工的に造ることができるなんて、龍一は聞いたことがない。

…二〇一〇年以降、大規模な国家間のウィルス戦争は少なくとも四回起こる。戦争ということは当事者にしか認識されない。その意味で戦争であって戦争ではない。一方的な実験といってもよい。鳥や豚など家畜が媒体だ。一説には昆虫とも言われる。結果、大量の人間が訳も分からないうちに殺戮された。やがて世界は終末思想で満たされる。世界人口は二〇二五年には四十億にまで減ったが、正確なところは誰にもわからない。経済活動は停滞し、農業生産も大幅に落ち込んだ。そして穀物も食肉も野菜もバターもチーズも、さらには飲用水も一切流通しなくなる。大勢の人々が餓死した。二〇二八年頃からは世界各地が小規模単位でブロック化し、やがて無秩序な食料争奪の争いがコミュニティ間で始まった。

「これはいったいどういう意味なんだ」

龍一は気分が悪くなり、我慢できなくなった。しかし、それはあり得るといえばあり得るのだろう。またそれ以上に気になることがある。今龍一の生きている世界は、その第二世界に酷似している。第二次世界大戦もなければ、日本に原爆が投下されたという歴史もない。ソヴィエトはとっくに崩壊し、アジア諸国は今ロシアの南下政策を脅威に感じている。ウィルスも兵器かどうかは分からないが、人類存続の脅威として再認識されつつある。

龍一は「ふぅ」と息を吐きだしたが、言葉にはならなかった。これから起こることは誰にもわからない。いや、ちょっと待て。ここで別の疑問に注意が向いた。

「ところで、そのシュトッカーが二〇三九年に持ち帰った生体科学技術とはどんなものだったんだ?」

…生体科学はアンチエイジングから派生した技術で、人間の細胞・組織を再生し、これをロボットに移植する技術だ。これによって、人間のロボット化が可能になった。サイボーグの製造が可能になったのだ。問題は寿命であった。十年で更新が必要となる。この技術を山井は利用した。生身の人間のタイムトラベルには肉体的・思考的限界があった。それはシュトッカーのレポートにより明らかとなっている。

「人に人工臓器、骨などの移植は今でもできる。何が違う?」

…人工物に人間の器官、臓器、骨格を利用する。山井は、一九三九年で失敗したプロジェクトを再構築する必要があった。そして目標を一九〇〇年と二〇〇〇年の二つのポイントに設定し、その時代にサイボーグを送り込んだ。八紘一宇の理想を具現化することが目的である。君は選ばれし者である。この時代においてそのリーダーとならなければならない。

龍一はまた気分が悪くなった。「君は選ばれし者」…納得できない飛躍がある。龍之介の言ったこととダブって聴こえた。

龍一はまたため息をついた。酸欠なのか。目眩がして苦し紛れになにか言葉を発しようとしたその時、誰かが背後から龍一の肩をとんとんと叩いた。

振り向くとナオミだった。その唇が動いた。

「着いたよ」そう言った。こんな時に、なんと軽い言い方なんだ。

「えっ、どこ?」思わず子供のような言葉で反応した。

龍一は我に返った。ナオミの顔を見て安堵した。それから手のひらを広げて晒し、それが自分のものであることを確かめた。やはり夢であったか。それにしても気味の悪い夢だった。そうだ、俺はタイムトラベルマシンの中にいる。そうか、自分の世界に帰還したのだ。

ナオミがボソッと言った。

「今あなたが見ていたもの、それこそが真実、そして為すべきこと」

龍一は「真実」という言葉に引っかかったが、その意味はこれまで持っていたものとは大きく変わったような気がした。

「ミッション」

上海市黄浦江西岸、この界隈はかつてのフランス租界。今日でも上海の商業活動の中心地である。更にその中央、茂名南路と長楽路が交わるところに旧時代の雰囲気をそのままに残すガーデンホテルがある。十九世紀風の横に長い二階建て本館部分は、一九二〇年代に建てられた仏蘭西《フランス》倶楽部が前身である。新バロック調の重厚な窓からは、直下に噴水があり、さらにその向こうには一面の芝生が広がっている。かつてはテニスコートだったその緑の庭の先には白いドリームパビリオンの屋根が見え、それを守るように取り囲んでいる大きな木々が早春の強い風に揺らいでいる。上海の銀座通りともいえる淮海中路がその南側を東西に走る。

この日、ガーデンホテルの二階大会議室にはダークスーツに身を包んだ二十人ほどの男たちが集っていた。コの字型に並べられたテーブル。前方演壇の大きなプロジェクター。蝶ネクタイの係員やウェイトレスらが忙しく動き回る。ＦＥＯＲの第九回総会会場である。

その賢人会議の正式名称は「極東ひとつの屋根評議会」(Committee for the Far East under One Roof)、通称ＦＥＯＲという。二〇〇三年の春に満洲共和国(一九六八年に立憲君主制から共和制に移行している)の新京で東アジアサミットが開かれた際に、招かれていた各界の有識者の呼びかけで発足したものだ。極東地域の政治的・経済的統合(東アジア連邦の創設)がその究極の活動目標である。会長には満洲王室の溥《ふ》禳《じょう》親王が名誉職として就いている。年に二度、総会が開かれる。

議題は参加者の都合でどうしても総花的になる。近年顕著となっているロシアの強圧的な動きを踏まえつつ、今回のアジェンダは「極東における非伝統的安全保障についての域内協力の在り方」と「食糧危機とパンデミックに対する脅威」の二つに決められた。「非伝統的」云々とは、即ち「東アジア連邦」という新しい枠組みにおける安全保障という意味に他ならない。

出席メンバーの中に、葛城龍一の姿がある。ＦＥＯＲは、エイティワン・インスティチュート主任研究員の肩書を持つ葛城をゲスト・プレゼンターとして招いていた。エイティワン・インスティチュート（ＥＯＩ）とは、東大・未外研を公益法人化したもので、半年前に設立された。今では政産学の有識者が研究員という名目で参加している。龍一は人種問題、外交・経済政策の議論・研究を他のメンバーらと共に重ねていた。そんな彼に、白羽の矢が立ったのである。少なくとも表向きにはそういうことになっていた。

ところで、ＦＥＯＲの活動資金の出所は一様ではない。極東域内の民間向け経済開発援助の拠出金の二〇％以上が協賛する法人・団体会員によって賄われていることから、ＦＥＯＲで示される政策提言には各国政府も無視できない政治性が備わっている。すなわち政府筋に対しては強力なロビー活動団体ということになる。また二年前に起きた欧州経済ブロック化によって引き起こされた経済混乱のときも、ＦＥＯＲの適切な政策提言に基づいて、アジア各国が歩調を合わせ為替・金融政策を実施したことで、経済危機を回避することができた。今では政府の意向をここで表明するという逆のアプローチも可能であり、政策提言組織としても一目置かれた存在に成長している。龍一の参加は、そのＦＥＯＲにＥＯＩの血を注ぎ込むという意味もある。全てはシナリオ通りだった。

今回の総会出席者は龍一のほかに、副会長の瀬上智明（三宝ストラテジ代表取締役）、實澤智治（元日本国外務大臣）、議長の井村兼一（極東シベリアフォーラム理事長）、さらには袁濤《えんとう》中華民国国際商務中央研究所所長、王世平満洲・シベリア平和研究所（通称マシピン）理事長などの常任メンバーのほか、各国のシンクタンクの研究員や大学教授、協賛団体役員らが名を連ねている。またテクニカル・アドバイザーとして横井勝彦（日本国外務省極東沿海州局地域政策課外務事務官）の名前もあった。

会議は午前十時に始まる。そして予定ではバフェ形式の昼食をはさんで午後四時過ぎまで熱い議論が続く。メンバー間の意見を調整したり、新しいメンバーとの交流を深めたりすることも狙いである。いくつかの連絡事項や簡単な出席者の紹介、前回総会のペンディング項目の確認等々をおこなった後、本会議がスタートした。まずは議長の井村が進行の挨拶を切り出す。まだるっこい話し方をする男だが聞いてやってほしい。いつも自分でそのような自己紹介をする憎めない人物だ。

「それでは本日の一番目の議題に入らせていただきます。『極東における非伝統的安全保障についての域内協力の在り方』というテーマでございます。本日スペシャルゲストとしてお招きしましたエイティワン・インスティチュートの葛城先生から御研究の報告をいただき、その後に、メンバーの意見交換をしようということでございますが、まずは何故、今日こういう形でこういうアジェンダをオーガナイズしたのか、という本会としての狙いについて一言申し上げたいと思います」

井村のこんな調子は常連メンバーもよくわかっている。議長の趣旨はこうだ。

極東連邦制構想というものを何らかの形で具体化しようということで、評議会は七年前にスタートして活動を重ねてきたが、すでに数年前より重大な試練に直面している。満洲やモンゴル各地でロシア政府に支援されたと思われる地下組織が頻繁に治安かく乱活動を繰り返している。今のところそうした工作は小規模で現地の治安維持組織やサイバーテロ対策チームが協力して事なきを得ているが、朝鮮や中国中央部に飛び火することが今は懸念されている。一つの屋根構想を実現させようとしている我々にとっては、これが大きな障害として認識されはじめている。

さらに続く。

先年のサイゴンでおこなわれたＦＥＳＡ（極東・アジア）サミットでは、中国とヴェトナムの南沙諸島の領有権をめぐる対立が表面化した為、ヴェトナムを暗に支持する日本や満洲と中国のあいだで軋轢が起き、どうも一つの屋根の実現に向けたベクトルパワーが失速気味である。推進役の満洲と日本としては、つまり我々評議会としては、両国外務省・政府レベルでなんらかの実力行使を検討する段階に来ていると思われる。ついては、理念の空回りを補って余りあるような進歩をつくっていく為に、設立十周年を迎える二〇一三年までに域内で民論調査を実施し、準備を怠りなくして、二〇一八年から二〇二〇年を目標として各国代表からなる極東議会を設立、その後の連邦制度導入へ繋げていきたい。よってこれらの理念、計画を謳った共同宣言を次回のＦＥＳＡサミットで採択するよう各国首脳に働きかける必要がある。

メンバーはお互いの顔を見合せた。冗長だが井村の弁は熱かった。

「そもそもサミットにおける共同宣言ですが、サミットでの議論に基づき書かれるということですが、ではサミットでの議論はどうして導かれるのかというと、今年のプサン宣言の場合ですと、これに非常に大きな影響を与えておりますのが「極東・シンクタンク・ネットワーク（ＦＥＡＴ）」の提言であります。これは昨冬広州で開催されたわけでございますが、ではそのＦＥＡＴの提言というのはどのようにして書かれたのかというと、これは、ＦＥＡＴの中にあらかじめ設けられた幾つかのワーキング・グループがあって、彼らが明確なイニシアティブをとって、全体の提言をつくるということが確立しているわけでございます。そのように考えると、次のサミットに対するこのＦＥＡＴの影響力というものは非常に大きいということでございます。というわけで、日満の外務省・政府とも相談して、そこのワーキング・グループでご活躍の葛城先生を本日お招きしているわけです。スポーツに詳しい方はよくご存じだと思いますが、葛城先生は元プロサッカー選手でありまして、Ｊリーグやその後欧州のチームで活躍され、引退された後は世界中を旅されながら政策研究に熱心に取り組んでおられ、また世界情勢に大変詳しい経歴をお持ちの著名人です」

そんな略歴説明に、何人かが、そうかどこかで聞いたことのある名前だ、といったような顔で周囲を見回した。ただ、龍一がＦＥＡＴでご活躍というのは語弊があった。数回アドバイザリーディレクターという肩書で政策提言書の作成過程で意見表明したことがあるだけだ。しかしここは「ご活躍」で押し通すしかない雰囲気である。

「では、葛城先生お願いします」

井村の言がやっとことを先に進めた。紹介にあずかった龍一がすっと立ち上がった。そしてみなさんはじめましてと一礼すると、持参したプレゼンテーションをプロジェクターに映し出した。

「エイティワン・インスティチュートの葛城です。近年強まる西欧列強の排他的な保護主義の高まりと、とくにロシアの敵対的脅威に対処するという観点から、極東の繁栄と安全保障のありかたを研究しております。重要なアジェンダとして、極東の政治的統合のフィージビリティ、税制金融統合、そして投資・産業振興、食糧問題などをあげることができます。本日のテーマに則してこのうちの極東の政治的統合のフィージビリティについてご報告させていただきたいと思います」

そう切り出すと、明瞭な論旨と根拠を示しつつ、龍一はＥＯＩの研究内容を披露した。一時間のプレゼンのポイントは、連邦国家を成立させるための条件を明らかにすることであった。と同時にその条件をクリアするための方策を提示したことにある。即ち、

1. 域内の農業生産力の向上
2. 税制の統合
3. 外交政策の一元化
4. 連邦軍・警察・行政組織の創設
5. 教育改革と人材育成
6. 医療社会保障制度の再構築
7. 科学技術開発連盟の設立

以上の七項目であった。そして龍一は未来展望と題する結論でこんなことをつけ加えた。

「一九九〇年代後半から食糧事情が世界規模で悪化していますが、さらにこの先十年で危機的状況に陥るとみられています。欧米諸国はアジアに対し既に食糧輸出の制限を行っているのはご存知のとおりです。繰り返し言われていることですが、農業産品の生産力・食料の域内自給率向上の為の方策実行は喫緊の課題といえます。極東または周辺地域の各国が協働してこの困難に立ち向かう必要があります」

この提言を受け、ひとしきりメンバーの意見交換のセッションが続いたあと、龍一は、プレゼンテーションの締めとして、地域統合の今後に障害となる懸案事項に言及した。ロシアである。

「これは二号議案で話し合われるべき範囲ではありますが、ここ数年来定期的に大規模なウィルスによる疫病がアジア各地で発生し大勢の死者を出しています。これは人だけでなく家畜や野生動物へも広がってきているのは周知のとおりです。問題なのは、全てとは言いませんが、このうちのいくつかのケースは自然災害というより、人為的、計画的に仕掛けられたものであるとみられることです。あ、すみません議長、この部分は議事録からは外してください」

龍一は言葉を継ぎ足しながら、書記と議長のほうをみた。するとメンバーのひとり王世平が声を上げた。

「葛城先生、人為的計画的っておっしゃる意味はどういうことでしょうか？　それから、そういう根拠のようなものがあるのでしょうか？」

王も実は気になっていることがあった。当然の質問だが、龍一は想定内といわんばかりに続けた。

「近年ロシア国内で特殊なウィルスが開発されたことが確認されています。二年前にフィラートフというロシアの細菌研究者の一人がインドに亡命しましたが、その科学者がコマロフ理学研究所で研究をしていたのが特殊ウィルスです。フィラートフ氏が言うには、特定の遺伝子配列に働きかけて致死率の高い病気を発病させることのできるウィルスの開発に成功したということです」

王やその他のメンバーは黙って聞いている。

「ロシア国内で慢性化している失業と食糧問題がかなり深刻で、反政府的な社会情勢に対して軍部は過剰に反応し、最近中央アジア方面への南進政策が顕在化しています。これは、我々に対するウィルス攻撃です。覇権を目指す右よりの軍内部のグループによるものなのか、或いは産業資本によるテロリズムなのかは現在のところ不明ですが、動機は十分ではないでしょうか」

仮想敵国はロシアであることを明言した。歴史上、ロシアがアジアの諸国にとって友好国だったことがないという現実を考えれば、地政学的にも自然な常識の範囲内の論旨とも言える。それは状況証拠にしかならないとの声も聞こえたが、龍一の立ち位置に躊躇はない。さらに大胆不敵にも「人為的計画的に仕掛けられたもの」をロシアによる「ウィルス攻撃」という表現に置き換えた。これにはメンバー皆が驚いた。

「いづれにしても、対抗措置が必要です」龍一がダメを押した。

「ちょっと待ちなさい。対抗もいいが、もう少し、その、穏便に、平和裏に、事実関係をもう少し丁寧に積み上げてだね、外交努力によって解決するっていうのが、筋だと思うが。根拠薄弱でいきなり、ロシアに対抗すると言っても、いかがなものでしょうな」

政治家らしく傲慢そうな官僚上がりの元外務大臣の實澤がのけぞって反論した。若い時ロシアやウクライナの大使館に二等書記官として勤務したことがある御仁だ。以来ロシア通、ロシア贔屓で知られている。

「このままで行きますと、おそらく数年後にはさらに大規模なパンデミックが発生し、食糧事情、衛生状況などからして、域内で大量な死者が出ることになると予想しています」

「大量な死者って、数千人とか数万人とかの規模の話じゃないのか」

實澤が、その程度ならよくある疫病流行の範囲だろうと、高を括って言った。

「いいえ、数千万か数億人が死にいたるというシミュレーション結果がでています」

一同、予想外の桁にもう一度驚いた。が、實澤は政治家だ。その程度の脅しでは相手の言うことに耳は貸さない。

「計算上ですか、君ね」と言いかけて、實澤が恫喝めいた目で龍一を睨んだ。が、龍一は怯まない。

「何らかの対処をしなければ、おそらく、アジアの国々はどこも国家としての体をなさなくなるでしょう」

「しかし、ウィルスはもろ刃の剣ですよ。ロシアもそんな恐ろしいもの、世界にばら撒《ま》いたら、自分たちもただでは済まないんじゃないですか?」

黙っていた中国の袁涛が当たり前の疑問を口にした。

「そうですよ、一週間も経てば全世界に蔓延する。防げない。それは自殺行為だ。いくらロシアでもね、そこまでは出来ませんよ」

誰かが、覆いかぶさるように付け足した。

「アジア人、つまり黄色人種だけが高確率で罹病するウィルスです」

呼吸を整えた後放った龍一のこの言葉に、会議室の空気が一瞬凍りついた。「やれやれ、何をおっしゃるかと思えば…。そんなことはありえませんよ」といった嘲笑にも似た表情が何人かの顔に読み取れる。そんな話、誰も聞いたことはない。ため息をついて下を向く者や、眉間にしわを寄せる者もあったが、しばらくの沈黙が流れた。根拠曖昧なことを議論しても仕方ない。そんな雰囲気だ。

ようやく井村が話題を引き取るように言った。

「まぁ、ウィルスのお話は二号議案の『食糧危機とパンデミックに対する脅威』でも議論いただくこといたしまして、ここのところは、色々な角度からのあらゆる想定が必要と言うことで、東アジアの安全保障を考えるという意味からも、葛城先生にはそのへんのフィージビリティについて、ご意見を頂戴いたしました。今後の研究課題として継続的にウォッチするということにさせていただきたいと思います。つきましては、葛城先生にはすでにご相談の上ご了解をいただいておるのですが、この先本会の常任メンバーに加わっていただき、今後もお知恵を拝借していきたいと思っています。議長からの提案というかたちですが、みなさんのご意見はいかがでしょうか」

皆、頷いているのか、それとも首が疲れて上下に細かく振動しているだけなのか。實澤は嘲るような仕草を肩のあたりに漂わせたが、黙っている。他もはっきりしない。井村は、それまでじっと成行きを窺っていた副会長の瀬上のほうへ顔を向け「瀬上さん、いかがですか」と、水を向けた。

「情報や、考え方は色々あっていいんじゃないですか。未来を背負うのは若い人なのだから、葛城さんのような人がメンバーに加わってくれたら、私としては大歓迎ですよ。アジアの統一という方向性についても皆さんと同じ考えですし、ぜひお願いしたい」

そういうと瀬上は、ちらと龍一を見た。この瀬上の言葉に共鳴したかのように、大概の人がそりゃ確かにそうだと頷いて付和雷同した。

＊＊＊＊＊＊＊＊＊＊＊＊＊＊

数週間後、中国から帰国した龍一は横浜みなとみらいのサッカーグランドに隣接したイタリアンレストランにいた。春の風が磯のにおいを運んでくる清々しい朝だ。クラゲのような白い月が野毛山の上方にかろうじて浮かんでいる。月が地球に対していつも同じ顔を見せているのは、内部の偏心で重い側が地球に引っ張られているからである。

やがてダークブルーのスーツ姿の、紳士然とした中年の男が店に現れた。窓際のテーブルの龍一を目ざとく見つけると、さっと右手を挙げて近づいた。そして一言二言何かを言うと、龍一に向き合うように座った。瀬上智明である。龍之介が二年前老衰で他界して以来、智明はある時は龍一のマネージャー、ある時は後見人のような動きをしている。ＦＥＯＲ総会へ龍一を招いたのも智明である。

その智明はウェイターの顔を見上げながら迷った末、朝の定番メニューをオーダーした。しばらく二人は笑いを交えて四方山《よもやま》話をしている。上海の話題かもしれない。やがて朝食が運ばれてきた。ナプキンを膝に掛けながら智明が言った。

「最初は信じられなかっただろうけど、君は実際自分が死ぬ場面に立ち会ったわけだ」

もうずいぶん前の話だが、事あるごとに智明はそのことを言う。知らないものが聞けば脅迫しているようにも聞こえる。が、確かにあの日を境に、葛城龍一の進むべき道が大きく拓けたのだった。龍之介の後ろ盾を得た彼は、積極的に世界各地を旅してまわった。未外研（現ＥＯＩ）の研究員にもなった。目に見える国際関係や経済の問題ばかりではなく、宗教紛争や民族独立運動、人種問題、貧困や飢餓の現実を目の当たりにした。富が一部の闇の権力に集中するこの世界の不条理さに憤りを覚え、自ずと欧州・ロシアそしてアメリカの支配階級の動向にも注目するようになった。時にはメディアに登場し、人生観や世界平和についての発言や著述を残していた。自然、彼の活躍は世間の多くの人が知るところとなっている。そして今、晴れてＦＥＯＲの常任メンバーにもなったのである。

「…あの時は本当に訳がわからなくなりました。時空を超えて別世界があるということもそうですし、あれが僕の世界観というか人生が大転換するきっかけだったことは間違いありません」

笑いながら龍一もいつもと同じような返事をした。気が向けば何度でも同じ会話をする。そして少しだけ違う味付けをその会話に見出すのが楽しみでもあるのだ。

「誰にでもそういう変節点と言うものが人生に二度三度あるものさ。で、二〇〇九年まではまだ二年ある」

智明の口から二〇〇九年という言葉が出る。今日に限らず智明の顔は色つやが良く、現役バリバリのビジネスマンだ。今では二人はすっかり打ち解けた関係になっている。龍一も智明のことを気の置けない伯父貴くらいの気持ちで接している。その智明がなにやらややこしいことを言おうとしている。

「だからこの先が勝負だ。わかってはいると思うけどウィルス兵器による最終戦争は回避しないとならない。この先の未来のシナリオを書き換えるのは僕たちだが、過去のリンクも重要だ」

「やっぱり二〇一〇年代からアジアで猛威を振るう人型鳥インフルエンザの流行が節目ってことですか？」

「そうそこ。節目と言うより、軌道修正点ということだろうね。それが起こるってことは、過去の修正が上手くいっていないということだ。だから、石原さんの力が必要となる。そして僕たちがそれにシンクロしないといけない」

「ということですね」龍一も同調する。

「あれ、これはもう聞いていたかな。とにかく僕たちとしては、今やるべきことを為すだけなのだが、後年パンデミック666とか呼ばれるやつで、これが今年の夏あたりから出はじめる。これを未然に抹殺する必要がある。それが当面のミッションだ」

「わかりました。対症療法的にウィルスを相手にするのではなく、その出所を叩く。それに過去とのシンクロ、連動性が重要ということですね」

「ウィルスは確かにその通り。だがそもそもウィルスは誰が造り出したかってことだ」

「そういうことですね」

「過去とのシンクロナイゼーションというのは、目に見えない力が時間の流れに関係なくこの世界全体に作用している、その力、いや波のようなエネルギーなのかもしれないが、とにかくそれを偏向することで、これが可能になるということだ」

なにやらそんな奇想天外のマジックが本当にあるということなのだろうか。理屈で考えてもわからない。

「そこでだ、満洲のハルビン疫学中央研究所を知っているかい」

龍一はどこかで同じような名前を聞いた気がしたが首を振った。

「元々は日本軍が一九三〇年代に細菌研究を始めた研究所だ。今はロシアのスパイの巣窟らしい。なにか始まるとすればここからだ。ナオミによれば、一九三〇年頃に遡って、これをどうこうすると言う」

「そこに作用するということですね。石原さんの出番ということですか」

「僕にはわからない。多分そうだろう。いづれにしても、何かに少し修正を加えるという手法だろうが、人ひとりくらい殺ってしまうのかもしれない。が、もっと重大な問題がある。この修正行動を実行すると、やがては君をも抹殺しようとするグループが現れるはずだというんだ。君が別世界で殺られたようにね。だから気をつけてほしいというのがナオミの君へのメッセージだ」

抹殺という言葉を聞いた龍一は悪寒を背中に覚えた。また、殺されるのかよ、そう思ったのかもしれない。自分が死んだ世界を傍目《はため》で見るのは気持ち良くない。幽霊にでもなった気分だ。次は傍目ではないかもしれない。確かに以前も似たようなことをナオミは言ったことがある。しかし、気をつけろと言われても、何をどうしろと言うのか。

「その、グループというのは、やはり未来から来ると考えたほうがいいのでしょうか」

「うーん、現時点では何とも言えない。以前からある組織だとも思われる。ただナオミのような未来人ならそう思わせることはいとも簡単だろうから、早合点もできない。別の世界線からやってきているってことも念頭に置いておいた方がいい」

「つまり僕が経験したようなパラレルワールドですね」

「そう、パラレルワールド。まぁ四の五の言っても始まらない。僕らはこの世界に生きているんだから、ここでやるべきことをやろう」

「はい。僕も心の準備はできています」

「やっぱり、君の血筋だな。ただ、気をつけてほしい。ひとたびシンクロが起ったらそれまでの事実関係が破たんするらしい。しかも当事者はそれに気づくこともない。恐ろしい話だ」

「どういうことですか」

「つまりさっきまで記憶し認識していた過去、現在が全部パーになって、全く別の状況が生起するってことだ。それがナオミの説明だが、要は別の世界線に知らぬ間に移行するらしい。しかもこの数年はそのような現象が起こりやすい時空に突入するという話だ。わからないだろ?」

智明は半ば呆れながら言った。

「想像つきませんね」

「だな。とりあえず身の回りの危険には十分配慮してほしい。間違いない。満洲に潜在するロシア系のテロ組織かなにかを操ってくるか、もしかしたらもっと賢い方法をつかってくるかもしれない。仲間を装って近づいてくるかもしれない。だから誰も信用しちゃダメだ。結局はそういうことだ」

「肝に銘じます」が、見えない敵と戦うのは容易ではない。

「よし、この話はここまででいいだろう。それで実は、君にやってもらいたいことがある。例のイヌだよ。覚えているかな、石原さんが話していた奴。これを探しだす。今がその時だという」

「覚えています」

「そう、あれ。元来、ナオミの世界の未来を救う為のモノなんだが、我々のアジア連邦構想にとっても極めて重要なものだ」

「犬が、ですか?」

「そう。その入手を中国側がアジア連邦樹立の合意の条件にしている」

「妙な行きがかりですね」

龍一は、犬のように首を傾げた。しかし、根底で何かが繋がっているのかもしれない。

「中国の清朝の時代、皇帝の離宮に円明園という庭園があった。そこに干支をモチーフにした水時計があったらしいのだが、アロー号だか義和団の時にその干支の動物を象ったブロンズ像を英仏軍が根こそぎ略奪したという。その後行方不明になって散逸したものを今中国政府が探している。イヌはそのうちの一つだそうだ」

「それがそうなんですか。石原さんが言っていたイヌって」

「そう、これ。中国側も残りは殆ど目途がついているらしいが、イヌとネズミ、それからウシだったかヒツジだったかがどうしても何処にあるのかわからないそうだ」

「で、とにかくイヌを先に手に入れろと言うのですね」

「そういうこと、単なる文化財の回収事業ということではないらしい。なにやらそれ以外の秘密がある。ただ探すだけならまだしも、中国政府が絡んでくるとちょっとややこしい」

「確かに。でも何故でしょう。中国政府が探してもわからないモノを探せって」

「いずれはアジア連邦の総裁になるんだ。ここは力量の見せ所だろ。それに僕たちにはナオミが付いているじゃないか」

智明はそう言って笑いながらまた話を転じた。

「前にも言ったと思うが、極東ひとつの屋根協議会の活動をさらに活発化する。で、君にはもっと表に出てもらうことになると思う。マスコミへの露出もこれまでとは違うアプローチにしないとな。それから、東亜連合会の武内幹事長は知っているだろう。近いうちに紹介する。あと何年かすると彼らは政権与党になる。その時の為だ」

「そうですか。是非お願いします」

「世の中には二種類の人間がいる。ひとつは、とことん誰かに頼って、縋って生きてゆくタイプ。もうひとつは、誰にも頼らず自力で道を切り開き、最後まで生き抜こうとするタイプだ。僕は前者、君は後者だ」

何を急に言っているんだろうと思いながら「そんなことはないですよ」と龍一は言い返した。グランドに目を転じると、いつのまにか、川崎ボーダーズのジュニアユースチームの少年らがボールを追いかけ走り回っている。

円明園という皇帝の離宮は北京郊外にある。十八世紀、清の康熙《こうき》帝が皇子に下賜されたとされる庭園を起源とする。下って乾隆帝の時代に拡張整備がなされ、西洋楼庭園の海晏堂《かいあんどう》の前に十二生肖獣首銅像と呼ばれる噴水時計が造られた。十二支の動物を象った獣首人身座像が並ぶ機械仕掛けの噴水時計だ。鼠、虎、龍、馬、猿、犬が南側に、牛、兎、蛇、羊、鶏、豚が北側に配置され、それらがハの字の配列で並び、夫々の時刻になると前に広がる円形の池に向かって口から水を噴出したという。イエズス会宣教師であり、清朝宮廷お抱え画家でもあったイタリア人ジュゼッペ・カスティリオーネなる人物の設計である。

アロー号事件のとき、北京に侵入してきた英国軍が報復措置と称して、フランス軍の略奪行為に便乗してこの円明園を破壊し尽くした。一八六〇年のことである。この時、十二支像は何者かによって首を切られ持ち去られたという。異説としては像を持ち出したのは英国軍ではなく、後年の支那人窃盗団による仕業だとするものもある。その根拠は、一九三〇年代に北京の某所でこれら十二支像が確認されているというものだ。どちらにせよ真相は闇の中。十二支像の全てが元の場所に戻るのにはまだ時間が必要のようだ。中華民国政府は十年ほど前からこの噴水時計の復元を計画している。当然、成算あってのことであろう。

第2章　タイムトラベル　完

第３章　犬と鼠

「シンクロ」

一六〇〇年の東インド会社設立以来、インドは一貫して英国の支配下にある。そして二十一世紀の現代においても依然人民は虐げられている。しかもカーストのおかげで、貧富の差は激しい。十九世紀半ばのポセイの反乱―被支配者側からみれば独立を企図した闘争―を契機に、インドは帝国となった。英国王が皇帝である。東と西の利害と人種が混じりあい、ぶつかりあう文明の交差点といってもいい。

ＩＴ産業が集積する大都市、カルナータカ州の州都バンガロール市は、インド南部、標高千メートルの高原に位置し、北部のデリーなどに比べると通年過ごしやすい。二〇〇七年の、夏も終わりかけたある夜のこと、ここは市内の高級ホテルにあるペルシャ料理レストランである。今、東洋人二人が籐の椅子に座って向かい合い、ケバブをフォークで突き合いながら、お喋りに夢中になっているようだ。一人は森泰蔵という男、もう一人は葛城龍一である。周りにはワインと肉料理を楽しんでいる欧米人客がやたらと目立つ。

肉を十分な咀嚼《そしゃく》なしに飲み込んだ森が、いつになく真面目な顔で囁いた。テーブル上の赤いランタンの灯りが彼らの顔の上で揺らめいている。

「順序だっていこう。まずだ。一九〇二年の日英同盟締結の折だ…」

「そうか、やっぱりそこまで話は遡るのか」

「だな。で、外交交渉の当事者だったベティ＝フィッツモーリスっていう英国の外相が懇意にしていたってのがもう一方の当事者、林董駐英公使だ」

日英同盟とは、言うまでもなくロシアと戦争をしたい日本と、満洲からロシアを追い出したい英国の利害が一致したことで出来上がった軍事同盟である。龍一もそのくらいは知っている。実際その二年後に日露戦争は起きた。龍一は、一九〇〇年にサイボーグを送り込んだとかいった夢の中の話を思い出している。

「で、その外相が銅像一体を林に贈呈したってわけ。それが犬の像らしい」

「あぁ…、そうなのか」龍一は、パズルの欠片が繋がっていくことに冷めた興奮を覚える。

「でね、林は最初東洋的なものを貰ってたいそう喜んだそうだが、後になって、英国軍が中国の皇帝の離宮から略奪してきたものだと知って狼狽する…」

「そうそれだ、円明園だ。よくわかったな」

龍一は素直に泰蔵の努力を認めざるを得ない。

「当時の駐英公使館の書記官の日記からつかんだ情報だ」

泰蔵は自慢げに言う。かなりの情報通だ。どこにそんなコネを持っているのだろう。こいつは本当に不思議な奴だ。そんなことを考えながら目の前の男の顔をまじまじと見詰めた。

「すごいね、御苦労さん。というか、ホントにすごい情報だ」

「餅は餅屋っていうだろ」泰蔵が餅屋なのかまではわからない。

「ま、そういうことにしておくか。それにしても、確かに盗品を記念にもらってもなあ。泥棒の共犯にされるのがオチだ。それでその後どうした」

龍一はどうしても現代的な倫理観で物事を判断してしまう。そういう視点には無頓着な泰蔵が続ける。

「ここからは推測だ。林はとんでもないものを預かってしまったものだと思いながら、外相の小村に相談したんじゃないだろうか」本当に推測だ。

「小村って、ネズミの小村だよね。それで？」

小村のネズミ顔の評は歴史的なものだ。龍一も聞いたことがある。

「多分、表に出すなという話だったのではないだろうか。もっとも昔の帝国主義国家なんざ、国家の名前を騙った窃盗強奪団の大ペテン野郎どもだから。正義、礼節なんて糞くらえ、屁とも思わなかっただろうよ。ただ、日英同盟の証でもあるわけだ。侯爵に突っ返すわけにもいかなかっただろう」

泰蔵は、十九世紀的帝国主義を気分的には憎んでいた。インドなど、その犠牲者の筆頭だ。ただし、多数の国民が英語を話すという点は、正の遺産としてのちのインド経済発展の基礎となっている。だから一面だけを見てその歴史をすべて否定するのは大人げない。やはり長いスパンで歴史は俯瞰《ふかん》するべきものだと思っている。

「で、そのベティさんは公爵なわけだ。なんでそんな人が、そんな略奪品を持っていたんだ？」

龍一の疑問は数珠《じゅず》のように繋がりはじめる。

「ベティちゃんは一八七〇年代に陸軍次官をやっている。外相やる直前は陸軍大臣だ。で、一八六六年にランズダウン侯爵の爵位をうけた」泰蔵は茶化しながら調べたままを言った。

「詳しいなぁ」と龍一はまたまた感心する。

「てか、その辺は餅屋でなくともネットで調べりゃすぐわかる」

泰蔵にとっては屁でもないということか。たしかにそうだ。

「でもそんな大切なものを、東洋人に安易にプレゼントするかな？」

本当に大切だったかは龍一にもわからない。泰蔵の推理は続く。

「もしかしたら支那大陸の利権を一緒に食いつくそうという暗示だったかもな。大英帝国の生命線はインドとアヘンだ。日本だって満洲でなにかしでかすためにはアヘンで儲けるしかなかったと思うよ」

「成程、アヘン繋がりなのか。だったら少しは説明がつくか。それにしても盗品をプレゼントするか？」

龍一にはどうしても略奪品が国家間でやり取りされるとみることに違和感がある。が、泰蔵は反論する。

「だから、もう一度言うよ、いいか帝国主義時代の西欧の倫理道徳観なんてそんなものだよ。実際、大英博物館は、盗品略奪品陳列館だろ。ありがたがって観るもんじゃないと思うぜ」

「そうなのか。だったら、確かに節操無い。そうか、ルーブルもか。じゃぁ、これは支那から強奪してきたものですとは林に言うはずもないか、いや、失敬してきたものぐらいはしゃぁしゃぁと言ったかね？」

龍一もあまり現代的な価値観で判断しては見誤ることに納得せざるをえない。

「せいぜい清国皇帝か西太后より寄贈されたものだとか、多分そのくらいのことはね」

泰蔵も適当なことを言った。

「で、その一体がイヌなわけだ」

「そう、犬」

「どうしてイヌだったんだろう？」龍一の素朴にして最大の疑問だ。

「日英同盟は英国にとってロシア、つまり熊だな、これをけん制することが目的だ。日本に番犬の役割を期待したんじゃないか。なにかあったら後ろから吠えろってね。エグいユーモアだ。それか皮肉だね。それで英国は鼠をキープしたってところだろうね」

「ん？　あっ、そうか。うまいこと言うなあ、ネズミはウシの背中にちゃっかり乗っていいとこ取り。だったらウシはアメリカの役回りっていうわけか」

　干支由来の話だ。龍一も泰蔵のこじつけが気にいる。

「おう、君だってうまいこと言うね。でも、その牛のほうは何年か前に中国に戻っているよ。それで、犬は、その書記官日記によれば、大使館はそれを直接日本に送らず、何処かに隠した、みたいなんだよ」

「なんで？」

「まぁ、ネズミの指示だろうな」

　このネズミとは小村外相のことだ。泰蔵が問題はその先だというふうに付け足した。

「もっと調べられるかな？」

　泰蔵は頭を掻きながら言う。

「闇の中だ」

　そう言うと、泰蔵はお手上げといったふうに両手を広げて見せた。


　一瞬の沈黙が訪れた、その時だった。それはランタンの光源からだっただろうか、それとも脳内の電気的刺激によるものだったのか、物凄く眩しい閃光が二人の瞳の中を走りぬけた。いったい何だ、いやそれとも只の錯覚なのか…。普段と変わらず平穏に時は刻み、世界はいつも通り動いている。昨日と違う今日、この刹那。その矛盾に誰かが気づくことは永久にない。

「おっと、そういえば…」

　身震いをした泰蔵がなにか言葉を繋げようとした。と、それを遮るように、後ろのイギリス人観光客のグループがビールジョッキを高く掲げ大きな奇声を上げた。

チアーズ！

「チッ」龍一が小さく舌を打った。泰蔵も「ホント奴ら、うるさいね」と苦笑しながら呟いた。

＊＊＊＊＊＊＊＊＊＊＊＊＊

ギャンブル好きの誰かが言った。

もし過去に戻ることができるなら、いくらでも大金持ちになれるんだがなぁ。万馬券全部当ててさぁ、一年で億万長者だ。そのあとは、どこか南の島でも買ってだ、一生パラダイスで、いい女を何人も侍らせたら、面白おかしく生きてやるぜ…。

それを聞いた理屈っぽい別の誰かが言い返した。

馬鹿だなぁ、そんな妄想しても無駄だ。仮に君が過去に戻ることができたとしても、時空への影響力を行使したその瞬間から、歴史は全く新しい枝葉に分かれて行ってしまい、決して君が知っているとおりの未来になんかならない。それは結局、今から起こることを予測するのと同じくらいの困難に等しいってことさ。そもそも、南の島のパラダイスなんか、すぐに飽きる。

ランタンの灯りは依然二人の男の顔の上で揺らめいている。

「おっと、そういえば…」

一瞬の躊躇のあと、泰蔵はまたケバブを口に入れると、なにかを思い出したかのように言葉を継いだ。

「不確かな情報だが、犬はどうも満洲に戻ってきているらしい」

「なんだ、分かっているんじゃないか」

そう龍一が言うと、今度はチキンカレーをたっぷりつけたナンを口に放りこみながら泰蔵は頭を掻いた。

「ところでさ、清の時代の地方豪族の墓の発掘調査で、面白いものが発見されたの、知ってるか？」

泰蔵は急に話題を逸らした。知るわけない。が、なにか関連があるというニュアンスを含んでいる。

「知らない。で、それが何だ？」

「南の方で、江西省だったかな、清朝時代の墓からクォーツ腕時計がでてきた」

「ふっ」龍一は鼻で嗤う。が、もう一方の男は真顔で言う。

「しかもスイス製だ。二十世紀初めの中国の墓から、だぜ」

泰蔵はどうだい面白くないかといった得意の表情をつくった。龍一はもう一度鼻で嗤う。

「いや、中国人は商売が上手いからな。そんなの幾らでもあるだろ。それにしても、話が飛ぶなぁ」

雪男だのＵＦＯだの、そんなのと同じ類のネタだろう。龍一はなんでそんな話になるのといった視線を泰蔵に送る。普通に考えて、そうその通り、ネタだ。しかし、タイムトラベラーの仕業ならあり得なくもない。

「いや、ね、その腕時計に秘密が隠されているんじゃないかってわけだ」

泰蔵がまた無理やりこじつけたようなことを言った。

「何で？　そもそも時系列的におかしくないか？」

龍一は指摘する。が、その意味は泰蔵には伝わらない。そもそも時系列という言葉に何の意味があるのだろうか。

「じゃぁ、訊くけど、君は何故犬を追いかけているんだ？　中国だって欲しがっているんだろ？　まずはそこをはっきりさせるのが先決じゃないか。じゃない？」

泰蔵の言うことは尤もだ。ナオミの世界を救う為だとか、アジア連邦にとっても重要なことと言われ探してはいるが、それが具体的にどんな意味を持つのか、石原も智明も明らかにはしていない。龍一が黙っていると泰蔵が覗き込むようにして話を続けた。

「もし腕時計の持ち主が、シュトッカーだとしたら？」

タメを作って勝ち誇った顔の泰蔵が言った。龍一は、あっと驚いたような表情を見せると、その名前を聞いたからなのかムッとして黙りこんだ。シュトッカーはあの夢の中に出てきたタイムトラベラーだ。夢は確実に龍一の脳細胞に刻み込まれている。一々が鮮明で、説得力を持った。しかし、それとこれとがどう関係しているのかは分からない。が、どこかで繋がっている。そう思えて仕方ない。しかし、気づいた。

「ちょっと待て。キミ、なんでシュトッカーを知っているんだ？」

「は？ 何言ってんの。わけわかんないことは言わないでよね」

泰蔵は「大丈夫ですかー？」と龍一の目の前で掌を振ってから、ペロッと舌を出すと親指を立てた。

「ふぅ、俺も変だな。すまんすまん…」

いや違う、シュトッカーのことはこれまで全く話題にはしていない…はずだ。二人ともおかしい…。それとも泰蔵も同じ夢を見たことがあるのだろうか。

「だからさ、その腕時計、なんとか手に入れてみるから。まぁ、この話の続きはまた後だ」

泰蔵は話をまたもや転じた。何が言いたいの？ 龍一の表情である。でも、手に入れるって、そんな簡単なことなのか？ まぁいい、自分で言い出したのだから。

「それで、本題のイヌだけど、まぁ仮に満洲まではいいとして、それ以上はどこにあるのか場所は特定できないってことか？」

「そう、でも手掛かりらしきものはある」

もったいぶって泰蔵は言う。が、龍一は黙っている。

「川島芳子って人知っている？」

ここでまた新しい名前が泰蔵の口からでた。

「かわしま、よしこ？ 誰だい？ 今度は」

龍一は知らない。いや、そんなはずはない。

「清王朝の皇族の血を引くおひい様だ。満洲帝国で日本の派遣軍の国軍化に奔走したり、外交官として活躍したりした人だ。ただ子供の時に日本人に養女にやられて、その養父の情婦になったり軍人の愛人になったりと、ちょっと不孝というか数奇な、とても忙しい人生を送っている」

泰蔵は前から知っている人物のように補足したが、実はあまり知らない。

「なんだ、それ、昔の人か。知らないな、で、その人がどうしたって？」

とは言ったものの、なに故かその名前の響きに龍一は懐かしさを感じた。

「いつのことかわからないけど、その女かその関係者が犬を何者かから受け取って、それをどこかに隠した痕跡がある」

「えっ？ 何々、誰かがどこかでその人にイヌを渡したってこと？ それが確かならイヌは満洲にあるってことで間違いないだろ」

「だから、満洲にあるって。で、そのおひい様は一九七〇年頃に亡くなっているんだけど、彼女の遺骨箱の中から長文の手紙がでてきた。遺骨箱の中ってところも不思議だけど、多分姪に宛てたものと思われる遺書のようなもので、自分が死んだ後のことが色々書いてあったらしい。で、面白いのはここ。詩を残している」

泰蔵はノートを取り出すとページを捲ってメモを見せた。

遠い凍土をはるばると
汽車に曳かれて入ぬ守の
氷都の春に今は休まん　鹿の方かな

「ほらどうよ、これ見て。臭うでしょ。どういう意味だと思う？」

龍一はその詩を見つめている。

「ふーん、つまり、凍土シベリアを経由して運ばれた犬神は今、新京、いや氷の都ハルビンかな、そのあたりに眠っているっていう意味にもとれる、かな」

「だろ、ピンポーン。まぁ普通じゃなんのことかわからないけど、見る人が見ればそのように読める。間違いない。結構君、賢いね」

「なんとなくだよ」

「で、最後の『鹿の方』っていうのが、取って付けたようで、なんか在りかを暗示している気がしない？」

「なるほどね、そこ調べる価値はありそうだけど、イヌにシカまで加わったら、訳わからないぞ」

「銅像とは限らないさ」…尤もな視点であろう。

「鹿、鹿、鹿…。分かる訳ないか。それにしても、よく見つけ出したね」

「何年か前に、新京松竹が川島芳子の半生を描いたドキュメンタリー番組を作ったとき、取材クルーが信州松本にある埋葬先の寺までやってきて、偶々これを発見したんだってよ。な、いけそうだろ」

「ほう、俄然、手がかりとしてはいい感じだね。結構興味あるかも、その辺のところ」

　半信半疑とはいえ龍一も同意した。

「俺は、日本に戻ったらまず松本のその寺へ行ってみるよ」

「なんだ、まだなのか」

　龍一の言葉に泰蔵はズッコケる。

「まだかよって言ったって、つい最近だしこれ掴んだの。ここまで調べるの、苦労してんだぜ、俺なりに」

「そうだな、悪かった。イヌの本当の秘密を知っているものはいない。ないかもしれないってものを探し出そうと言う程のことでもない。これを探し求める者には必ずわかるような、なにか仕掛けがあるはずだ。だからさ、あきらめるなよ」

　龍一は泰蔵を励ましているつもりである。

「もちろんさ。とにかく松本でなにかもうすこし手掛かりがわかるだろう。その前に、どうよ、明日は近くのヒンドゥー寺院にでも大願成就のお参りにでも行ってくるか」

「だな」龍一も笑いながら同調した。

「で、君は、いつ帰国するの？」

「ああ、来週早々だね。早く帰りたいんだけど、その前に、ロシア人に会うんだ」

「やだね、インドに来てまで、ロシアだなんて」

「そもそもこっちに来たのもその為だ」

「そりゃそうか。あっ、あと金かかるからね」泰蔵がウィンクした。

「だろな、じゃぁ、ちょっと調査費も奮発するか。口座に二百万でいいか、とりあえず？」

「その倍は欲しいな。だろ。ちょっと時間も欲しい」

「しょうがない、わかった。ここはケチるところじゃないしな。時間は十分ある。あっ、でも飛行機はエコノミークラスで頼むよ」

泰蔵はそれでいいんじゃないと首を二度縦に振った。そこまで話し終わると、あっさりいつもの泰蔵に戻った。ウェイターにビールとケバブの追加を注文する。性格は草食系なのに、食うものは肉だ。それからいつものような雑談となった。そして追加オーダーがテーブルにくるなり、泰蔵は、またもやケバブを頬張りながらビールを喉に流し込んだ。そんな食い方するから君は腹が出るんだよといった目で龍一が見ている。「それから、この件はとにかく極秘で頼む。誰にも気取られてはならない」

龍一が最後に付け加えた。


森泰蔵という男は横浜在住の自称映像翻訳家である。実力の方は傍目にはわからない。が、もっと若い頃にはロイターの記者として世界を飛び回っていたこともあったらしい。よって少しブンヤのようなところがあって情報通である。今の翻訳の仕事は下請けの下請けでお鉢が回ってくるようだ。インドにはその関係で時々来る。本人曰く、仕事を選んでいるのだとか。

口髭を少し蓄え、クリっとした目はいつも愛嬌がある。本人も気にしているが、最近少しおつむが薄くなりはじめている。ユタの大学を出ているので、英語はめっぽうできる。ただし、卒業証書は誰も見たことがない。大概は、同人ものを手がけているが、砕けた今風の日本語と流行のギャグを駆使して観るものを笑わせるツボをわかっている。なので、仕事の出来栄えは中々いいらしい。社会背景や生活文化の違いから、ジョークを限られた枠内で意訳するのが一番難しいのだという。泰蔵はそこが得意なのだ。

ただ、それだけで食っていけるとも思えないので、収入は遊興費の足しにぐらいしかなっていないはずだ。龍一から見た彼はただの極楽トンボとしか映らない。福島に農家をやる実家があるので、食いっぱぐれたらいつでも戻ればいいと考えている奴だ。三十半ばを越えた今頃、農業にいそしむ気はさらさらないと言っているが、最近のグローバルな食糧問題とかに興味がないわけではない。

龍一がＪリーガーだった頃からの古い付き合いである。

「予知」

立夏とは名ばかり。雨の日曜日の遅い朝、ベッドに寝転んでいた茉莉はある人と初めて会った日のことを思い出していた。いつからこの生々しい記憶が茉莉の中にあるのか、それがどうしてもわからない。それなのにこうして一人でいるとその細部が必ず甦ってくる。

高校二年か三年の時だった。茉莉は「たまには気分転換に付き合いなさい」と言う父に誘われ、クラシックコンサートにでかけた。父と二人だけで名古屋芸術劇場まで。とても珍しいことだった。茉莉は父から学業か進路のことでお説教でもされるのではないかとびくびくした。しかも何故かそのときに限ってクラシック。後にも先にもなかった。茉莉の心配をよそに、約二時間の演奏会はなんの波乱もなく、バイオリン独奏の余韻だけを残して終了した。なんだか拍子抜けした。茉莉の口元から「ふうっ」とため息が漏れた。が、そこからが特別なエピソードの始まりだった。

帰り際、茉莉が化粧室から戻ってみると、父が見知らぬ若い男と言葉を交わしていた。知り合いだろうか？　時々うなずくような仕草から「やあ、元気かい」「まあまあです」などと言い合っているふうに見えた。或いは仲のよい親子のように。軽い嫉妬を感じながら近づくと、父は茉莉をその男性に紹介した。そして「こちらカツラギリュウイチ君だ」と律儀にもその男性を茉莉に紹介した。父は以前名古屋市内の私立高校の臨時講師をしていた。その時の教え子だと言った。

「初めまして、でもないんだけど、こんにちは、葛城龍一です」

「あ、はい、どうも。勝山茉莉です」

「先生のお嬢さん、随分大きくなられましたね」

葛城は父を見て言った。どうやら前から私のこと、知っているみたいだ。

「おかげさまで。でも勝手に大きくなったんだ」父は笑った。

茉莉はコクリと頭を下げながら、この人結構タイプかもなどと感じて赤面した。クールな感じでとっつきにくい雰囲気を持っていたが　精悍なスポーツマンタイプで内面から湧き出る輝きを感じさせる。時々日焼けした胸元からシルバーのネックレスが見えたりするところが少しキザ。これが第一印象だった。

すると父は何を考えたのか、これはいい機会だから今から一緒に食事にいこうと言い出した。そして何の摩擦もなく葛城も「いいですねえ」と同調した。彼のクルマは父と茉莉を乗せると、郊外のしゃれたファミレスへと向かった。茉莉はこんなことならもう少し真剣に服を選んでくればよかったと後悔し、気まぐれな父をちょっぴり恨んだ。

彼が、元プロのサッカー選手で欧州でもプレイしていたということはそのとき知った。斜め前に座った彼と時々目が合うと、やっぱりタイプだなと思う。父と葛城の話題は取り留めのない昔話ばかりだったが、茉莉は思いがけず楽しいひと時を過ごした。

食事が済むと、葛城のクルマで家の前まで送ってもらった。「ごちそうさまでした」「いや、こちらこそどうもありがとう」…そんな別れ際の、何気ない父の次の言葉に茉莉は驚いた。

「今日は葛城君に会えてよかった。近い将来、君には茉莉の面倒をみてもらわなければならない。そのときはよろしくお願いします」

えっ、今お父さん、なんて言ったの？　聞き違い？　いや、そんなことはない。確かに言った。葛城が「よくわかりました」と言うふうな返事をした。

(ちょっと、お父さん何を言ってるの。恥ずかしい。良く知らない人に向かって私の面倒をみてくれとか、意味不明だよ)

この人がうちの養子にでも来るって言うこと？　歳も離れているし。ありえないでしょ。多分なにか別の意味だよね。偶々にしてはどこか調子が良すぎた。最初から仕組まれていたような気がしてならない。でも、何の為に？　父に確かめるという一番手っ取り早い選択肢は何故か憚《はばか》られた。

別れ際の二人の言葉のやり取りが今でも茉莉の心の底に引っかかっている。

「茉莉、ご飯ですよ、茉莉！」

母の声が階下から聞こえた。魔法が解けるように「ふうっ」とため息をつくと、茉莉はベッドから起き上がり時計を見た。

＊＊＊＊＊＊＊＊＊＊＊＊

この日、葛城龍一は名古屋にやってきていた。高校時代の恩師の家を訪れる為である。恩師の名前は勝山幸次郎といった。名古屋駅から私鉄を乗り継いで、今、知立へと向かっている。龍一がこの電車に乗るのも久しぶりだった。相も変らぬ抑揚のない車内放送。車窓を流れる街の新しい風景。全てが懐かしく感じられた。どこかの駅から乗り込んできたユニフォーム姿の野球部員たち。彼らに優しい視線を送る龍一の心の中に、サッカーに明け暮れた若い日の思い出が次々と蘇ってくる…。


高校時代、龍一は勝山や進路指導の教諭から東大受験を強く勧められていた。が、龍一にとっては小学校の頃から非凡な才能を見せていた大好きなサッカーで、自分がその世界でどこまでやれるのかということが人生最大の関心事だった。チームは全国レベルではなかったが、龍一はやれると思った。どうしても試したい。そんな思いは強くなる一方だったが、高三の時、横浜ドルフィンズにスカウトされた。そして翌年、晴れてJリーガーとなったのである。一九九三年、日本初のプロリーグ発足の年だった。

文武両道で龍一の選択肢は他にもあった。周囲の目からすれば、エリート官僚になっても、いずれは一流企業の重役になっても、あるいは父親のように地元政治家の秘書になって将来国会議員を目指してもよかった。だがそのような世俗的な人生には龍一は最初から興味がなかった。

プロになると試練はほどなくやってきた。彼が所属したチームは三年後、龍一がJリーグでシーズンベストナインに選ばれたその年に経営破たんし、川崎ボーダーズに吸収された。何を考えたか彼はそのオフ、単身ドイツに渡りブンデスリーガのチームに移籍した。当然、待遇は落ちた。まだ日本人プレイヤーが海外で活躍しはじめる前の時代で、日本のスポーツマスコミこそは騒いだが、現地のメディアにもそれほど注目はされなかった。最初の二年はベンチに入ることすら容易ではなかったし、同じような境遇の一軍半の選手たちからは「わざわざ東洋の田舎猿が何しに来たんだ」といった敵意の視線を浴びもした。しかしその三年目のシーズン後半、レギュラーのミッドフィルダーが家庭の事情かなにかで戦列を離れたのをきっかけに次第に試合に出られるようになった。翌年にはパスの精度とゲームの大局観を読むセンスを買われレギュラーポジションを自らの力で勝ち取った。

ところが、そのような僥倖も長続きはしなかった。これからという二〇〇〇年の欧州チャンピョンズリーグの初戦で相手ディフェンダーの不必要なタックルを受け、古傷であった右膝の靭帯を負傷した。その後何年かはリハビリに専念しなければならなかった。当時日本代表候補の呼び声もあったが、実際に召集されることは結局一度もなかった。アジアで初めて開かれた日本ワールドカップの二年前のことである。

今日は大切な話がある。知立駅からタクシーで五分ほど走った。野鳥のさえずりが晩夏ののどかな田園風景に秋の気配を与えている。閑静な郊外の、川沿いに建つ住宅街に恩師勝山の家はあった。八十年代に地元のディベロッパーが開発した分譲住宅で、売り出し早々、勝山は多少の無理をして日当りのいい一戸建てを購入した。以来、妻の美智子と一人娘の茉莉の三人で暮らしている。茉莉は、日本人離れしたすらっとした肢体と、まつ毛の長い切れ長の目が特徴的な娘だった。龍一が高校を卒業してからも昔の仲間と何度か訪れたことのある家だ。約束の時間は決まっていなかったが、暗くなる前には伺いますとメールで伝えてあった。

タクシーを降りた龍一はやがて恩師の家の前に立った。この家のたたずまいさえも青春のスナップ写真の一枚のような気がする。玄関の呼び鈴を鳴らして暫く待った。が、何の応答もない。不在なのか。いや、今日自分が来ることはわかりすぎるほどわかっている。それとも、元Jリーガーの教え子が久しぶりに来るというので、奥様とあわてて買出しにでも出かけたのか。不在にしても、すぐ戻ってくるはずだ、そう思って、近くを散策しながら時間を潰すことにした。まだ三時を少し回ったところだ。来るのが少し早すぎた。確かに買い物の時間だ。勝山のケータイにメールを打ち、来着を知らせた。

幼稚園の子供を後ろに乗せた若い母親の自転車がゆるい上り勾配をゆっくり進んでゆくのが見える。暦の上では秋とはいうものの日差しはまだ強く、遠くの畦《あぜ》の片隅に若いがまの穂が風になびいている。一時間ほどして戻ると、もう一度玄関の呼び鈴を鳴らした。だが、誰もでない。お土産に買った高級チョコレートはもう溶けてしまっている。玄関先に座り込んだ。気がつくと住宅街の白壁は斜陽を受けて朱くなりはじめていた。名古屋の方角には巨大な入道雲がみえる。メールの返信は未だにない。

龍一は「はぁ」とため息をついて立ち上がった。仕方ない、また来るとするか。まさか一家で夜逃げでもなかろう。何度も振り返りながら、来た道を歩いて駅に向かった。大した距離ではない。どこかですれ違うかもしれない。多分、自分が日にちを言い違えたのだろう。あり得ないことだが、後々の行き違いの言い訳はそんなところだろう。

龍一が川崎の自宅に戻ったその晩、ケータイが鳴った。いつものワグナーが不吉な音色で響く。それは勝山幸次郎からではなかった。着信画面に「茉莉」と出る。嫌な予感がした。「元気かい、しばらく会ってなかったね」そんな挨拶からはじめようと思って受信ボタンを押した。

「はい、もしもし、葛城です」

茉莉が先手を取った。

「葛城さん、お久しぶりです。こんばんは、お元気ですか？　勝山です」

「あーこんばんは、茉莉ちゃん？　うん、勿論元気だよ。キミは？」

「はい、私も大丈夫です。すみません、突然。今日は、うちにおいでになるはずだったと思いますけど、父とはお会いになりましたでしょうか」

大丈夫と言いながら、茉莉の声は緊張感を帯びている。それは自分に対してだろうか、それとも…。

「あっ、いいや。実は夕方伺ったんだけど、どうやらどこかで行き違いがあったみたいだ…」

会えなかった。そう言いながら、何でそんな訊き方なのか、と龍一は不思議に思った。

「そうですよね」茉莉の落胆する声が届く。

「やっぱり今日で間違いなかったかぁ」

最初の目論見は外れて、よそよそしい会話の出しになってしまった。茉莉と話をするのが久しぶりといえば久しぶりだった。それに茉莉ももう子供じゃない。仕方なく「お留守で先生に会えずに残念でした」と付け足した。

「すみません、どうも父が今朝からどこかへ行ったきりで、戻っていないんです、家に。もしかして急に予定を変えて、そうしたら、どこかで会われたのかなと思いまして」

茉莉は動転しているようだ。だったら力にならなければならない。

「ケータイにはかけてみた？」

「いいえ、母にはすぐ戻るといって、ほんとにタバコか本を買いに行く感じだったみたいなんですけど、お昼過ぎても戻らないし。ケータイを持って出なかったくらいで、母もクルマに轢かれてでもいるんじゃないかって心配になって、探しに出てたんです」

話しているうちに、心細さが増したのか、茉莉の声は小さく震えている。

「今、母と警察なんです。病院とかあたってもらっていますが、それらしき身元不明で病院に運ばれた人とか、迷い大人はいないみたいなんです。迷い人なんかに、なるはずないんですけど。警察の人からも思い当たるところへは全部あたってみるように言われて、今当たっているんです」

「そんなことになっていたなんて、心配だ。でも変だな、先生が黙って家を飛び出すなんて…」

茉莉の父を心配する気持ちが龍一の心に伝染しはじめる。が、やはり肉親ではない。うっかり「何処かで酒飲んで酔っ払っているんじゃない」とジョークを言いそうになった。が、これは今の茉莉の心境を考えると、楽観的すぎる。バカなことを言ってふざける雰囲気ではない空気は電話の向こうから十分伝わってきている。

「ごめん、できれば一緒に先生を探せればと思うけど」

「あっ、そんなつもりで電話したわけじゃないですから、すみません。逆にご心配おかけして」

茉莉の龍一に対する話し方がよそよそしく聞こえた。

「きっと今頃は家に戻られて、みんなどこへいったんだ、飯の支度もしないで、なんて怒っているかもね」

気休めに過ぎない。

「それはないと思います。昨日の晩、龍一さんが今日来るのを楽しみにしていましたから」

茉莉は気持ちが落ち着いてくるのを感じた。葛城が龍一という呼び方になった。やっぱりこの人と話すと安心できる。ノスタルジックな感覚も入り混じる。それだけで、少ないやり取りなのになにか明るい希望が見えるのだ。

「そうなんだ。大丈夫、お父さんはすぐに元気に戻ってくるから」

こうとしか言いようがない。こんな状況で茉莉のほかの気持ちを探るような話をするわけにもいかず、

「また今度ご飯一緒に食べに行こう。きっと直ぐに先生は帰ってくるから大丈夫だ」

と似たようなことを繰り返すと龍一は電話を切った。慰めにもならなかったかもしれない。どうやら、なにかが進んでいるらしい。そんなことを考えながら、ふと茉莉をデートに初めて誘ったときのことを思い出した。五年も前のことだろうか。きっと茉莉も同じことを思い出しているに違いない。

＊　＊　＊　＊　＊　＊　＊　＊　＊　＊　＊　＊　＊

二〇〇三年の冬も終わりかけていた季節だったろうか。ある週末の午後、電話が鳴った。家族は皆何処かへ出かけて留守である。ひとりでいた茉莉が電話を取ると龍一だった。

「もしもし、葛城です、茉莉さんですか？」

「あっ、そうです。この前はどうもです」

どきっとして、次に家にいてよかったと思いながら、ファミレスで父と一緒に食事をした時の礼を言った。龍一が用件を切り出す。

「実は君に用があって電話しました。今何していますか？」

　私に用って、それって何？

「ええと、まぁ、今日一人なんで、夕ご飯どうしようかとか考えながら、勉強飽きたし、ぼうっとしていました」

　えっ、なんか恥ずかしい、何？　夕ご飯どうしようかなんて、誘ってくださいって言ってるみたいで、やばい。茉莉は言ってから後悔すると勝手に顔が赤くなった。電話の向こうの龍一にそこまではバレていない。

「あっそうなんだ。もしよかったら、僕、今名古屋に来ているんだけど、一緒にどうですか？　たまには気分転換も必要だよ」

「あっ、えっ、何をですか？」

　食事に決まっているだろう。でも、一応確認しないと、はしたない。

「もし時間あったらでいいんですよ。ご飯どうかなって思って」

「あっ、そうですよね。なんか、悪いです」

　声が上ずっているせいで、いちいち「あっ、あっ」と言わないと次がでない。しかも不必要な間が空く。

「全然大丈夫です。もっと茉莉さんとお話もしてみたいなって、この間から思っていたんです」

「えーっ、そうなんですか。なんか、うれしいかもです。でも葛城さん、有名人だし」

　茉莉は「私はあなたの遊び相手には向きませんよ」と言外に言っているつもりだが、一押しされたら、たぶん抵抗できない。要は、一押しされたい。でも、自分はガキだし、どうしよう。

「全然有名とか、忙しいとかはないですよ。それより、どうですか、付き合ってもらえるかな」

なんか、自信たっぷりだなー、もしかしてプレイボーイ？

「あっ、はい、大丈夫だと思います」

別にいやじゃないのだから、そう返事するしかない。でも、電話一本でのこのこ出て行くのって「どーよ」って感じ。たぶん向こうは、ただの子供扱いしているんだ、きっとそうさ。

「じゃぁ、今日もクルマなんで、一時間後にお宅へお迎えに行っていいですか？」

えっ、そんな早くに？

「あっ、はい、じゃぁ、仕度して待ってます」

晩御飯には、まだ早くない？

「じゃぁ一時間後に」

やっぱ早いよ。やばっ、急がなきゃ、頭もぼさぼさだし。ほわーんとした茉莉の週末が急にあわただしくなった。こういう忙しさならまあいいか。葛城さんはお父さんの教え子だし、問題ないよ。あっという間に、ドキドキのルンルン気分に早替りだ。母にケータイでメールする。

「ちょっと葛城さんと出かけるね。いい？」

返事はすぐ来た。

「いってらっしゃい」

しかも絵文字のガッツポーズ付き。それだけ？

龍一の提案で、夕ご飯にはまだ早いからと時間潰しに映画を見ることになった。トム・クルーズ主演のマイノリティ・レポートというタイトルのハリウッド映画だ。五十年くらい先の未来の世界で、殺人予知による犯罪防止システムによって、自身が殺人者になることを知った刑事が警察に追われる羽目になる。

そして逃亡しながら真実を少しずつ解明していき、最後には汚名を晴らすというストーリーだった。たぶん。茉莉は時々字幕を飛ばした。

「未来が予知できたら最高だね」

映画館を出ると龍一が言った。二人で映画を観たことで確実に距離感が縮まっている。龍一の話し方は、茉莉に年の差を意識させない。

「先のことが分かりすぎても、つまんないかも」茉莉は茉莉なりの感想を言った。

「どうして？」茉莉にもっとしゃべらせたい龍一。

「やっぱり分からないほうが私は好き。次何が起こるかわからないから、人生って面白いんじゃないかなぁ。分かっちゃったら、その時点で意欲半減。ていうか十分の一くらいになっちゃう。大学受験の結果が分かっちゃったら、結構落ち込むかも」

茉莉は、少し悲観論者のようだ。

「ははっ、悪いほうに考えすぎだよ。でも、先が分かれば、危険回避できるし、ベストの選択が可能になるけど、駄目かな」龍一は楽観的だ。

「でも、それって本当に予知っていうのかなぁ。私は、やっぱりわからなくていい。男の人って考えがちがうんだな」

「確かに予知したことが現実にならなければ、それは本当に起こるはずのことかどうかは、永遠に謎ってわけだね。ある意味回避した時点で、予知は無効だな」

確かに龍一の言うとおりだ。

「難しいことは分からないけど…」

茉莉は少し考え込む。

「じゃぁ、ひとつ予知しようかな」

龍一が意味深な顔をする。茉莉は確実に誘導されている。

「何？」

「今から僕たちは、おいしいステーキを食べる」

「…」茉莉の瞳に星が流れた。そういうことか。話がうまいなぁと茉莉は思うが、言葉にならない。

「…ってのはどう？　肉嫌いじゃないよね。育ち盛りだし」少し意地悪に龍一が言う。

「はは、そういう予知ってのはいいかも」

でも、育ち盛りっていうのは余計でしょ。気にしてんだから。一応女子なんですけど。茉莉は心の中で少しだけすねて見せた。

「じゃ、行こうか」と龍一が言うと、茉莉はコックリと頷いて黙って龍一のあとに従った。

茉莉を助手席にエスコートすると、龍一はクルマを名古屋方面に走らせた。茉莉はどこに連れて行かれるのか少しだけ不安。でも、この人の匂いは好き。

千草区のカウンターしかないショットバーのようなステーキハウス。個性的でマジシャンのようなマスターが二人を出迎えた。あっ、いらっしゃいというマスターの態度からして、龍一は常連のようだ。茉莉にもわかる。

「葛城さん、東京に住んでいるんですよね」

カウンター席に腰かけるなり、茉莉は訊いてみた。

「そうだね、今回は昔のＪの仲間で、病気で入院しているやつがいて、お見舞いに来てたんです。まぁっいでだけどね」

やっぱりそんなにいつもは会えないんだと思う。

「そうですよね、以前は有名なJリーガーだったんですよね。父から色々聞きました。絶対大学いけって言うのに、サッカー選んだやつがいたとかって」

「結構モテたよな…、おっといけね」

ざっくばらんなマスターが茶々を入れる。が、茉莉が龍一の新しい彼女というには幼すぎるようだ。

「そんなに長くはなかったから、まぁ道半ばだったかな。もう少し続けられたらよかったんだけど」

龍一はサッカーのことに思いを馳せていた。

「今は何をされているんですか」

茉莉にしたら自然にわいた疑問だ。

「今は色々ボランティア活動。みんなを元気にしたいんだ。やることがたくさんあって。茉莉さんにも手伝ってもらおうと思っている」

手伝うって、受験生の私には無理だよ、と茉莉は思うが、龍一の言っていることはどうもニュアンスが違った。マスターがカウンターの目の前の鉄板で、今まで見たこともない分厚いステーキを焼きはじめた。油をひいたり、肉を切ったりひっくり返したりするのを珍しそうに眺めながら、茉莉は龍一に向かって受験生の悲哀、学校の友達との日常の出来事など、普段のストレスを一気に吐き出すかのようにお喋りした。

龍一は黙って聞き役に徹し、いちいちやさしく頷いた。

今まで食べたこともないようなとろけるステーキを堪能して、おなかいっぱいになった二人が茉莉の家の前に着いたのは夜の十時前だった。やっぱり大人はちがうなぁというのが茉莉の素直な感想だ。

「また付き合ってもらえるかな」

礼を言ってクルマから降りようとする茉莉に龍一は言った。

「はい、喜んで。今日のステーキ、マジおいしかったです。いつもスーパーで買ってきて食べるやつとは大違い」

茉莉は言ってからしまったと思い口元を手で覆った。龍一は笑っている。

「じゃぁ、今度のステーキはもっとおいしいかも。これも予知だ。回避しちゃ駄目だよ。次はもう少し長く付き合ってもらおうかな」

茉莉の手を握った。握手のつもり？

「！」

そんな、急だよ、やだ、手のひら汗ばんでいるから。

「あれ、手が結構汗掻いている」

うわっ、そのままいうか！　思わず恥ずかしさのあまり茉莉の額が龍一の左肩に倒れかってそのまま触れた。次の瞬間、龍一は茉莉の髪をなでながら言う。

「いい匂い。またデートしよう」

龍一の息遣いが耳元で囁いた。ぷっ、ステーキ肉の匂いじゃないの？

「…」

しかし無言のうちに頷いてしまった。これはやっぱりデートだったんだ。

「先生によろしく。もう遅いし、今度遊びに来ますって言っておいてくれるかな」

「は、はい、おやすみなさい。今日はご馳走様でした」

気が動転して、声が低くなっている。ばっかみたい。大人にからかわれているだけだよ。

「近いうちにまた連絡するね。あっ、でも勉強はしっかり集中しよう」

また、無言で頷いた。体の芯がきゅっと引き締まるような感じがした。そうだよ私受験生なんだけど…。だよね。それに、年離れすぎているし。茉莉の頭の中は期待とそんなわけないという考えが行ったり来たりしていた。まったくもぅ、早く受験、終われよ〜。

「ただいまぁ」

玄関を潜ると茉莉は恐る〳〵小さな声を出した。奥のほうから、大丈夫だったぁ？とか言っている母の声がする。何が？　大丈夫でしょ、と聞こえないように返事する。

「おっ、行ってきたかい」

居間にいた父が茉莉を見るなり言った。

「帰りが遅いっ！」なんて開口一番言われると思ったら、父はテレビを観ながら、なんだか嬉しそうにしている。えっ、やっぱりこれも仕組まれているってか？　なんか、気味悪いな。こうなったら早く自分の部屋に逃げ込まねば。廊下をそろりそろりと歩いた。

そうだよ、集中集中。龍一の言った言葉を思い出していた。茉莉はこの先待ち受けている運命を知る由もなかった。


一年後、茉莉は希望通り名古屋の大学に進学した。それから入学祝とか、成人式とか、なにかの節目の時に限って龍一がやってきては、茉莉を誘って食事に出かけたり、ショッピングに付き合ったりした。そして二〇〇八年の春大学を卒業すると名古屋市内の小さな会計士事務所に就職した。以来税理士を目指して勉強している。

＊　＊　＊　＊　＊　＊　＊　＊　＊　＊　＊　＊　＊

結局、父は翌朝になっても戻らなかった。茉莉は母に諭されて、いつも通りの時間に仕事へと出かけた。仕事が終われば夜九時前には帰宅する。この夜もそうだった。母からメールで父がまだ戻ってきていないことは知っている。オフィスを出たのは午後七時過ぎだった。茉莉はいつものように知立駅から豊田市行きのバスに乗った。月なのか倉庫の大きな照明なのか、揺れる車窓から見える狭い空を明かりが行ったり来たりしている。加藤美容室前でバスを降りた。

この辺りは所々街灯があるものの、緑地公園や保育園の周囲は夜になると少し寂しくなる。茉莉は、家路を急いだ。街灯の一つが切れかかってチカチカ点滅している。母の不安は今が限界なのだろう。茉莉は知立の駅に着いた時、母に電話した。母はバス停まで迎えに出ると言った。この上茉莉になにかあったら大変、そんな気持ちからだろう。が、バス停に母はいなかった。

家までは徒歩で五分。まさかそんなと思いながら、茉莉は一人バスを降りると、うつむきながら歩きだした。午後九時五分前だ。家まで五分。なにかが起こる距離でも場所でもない。家々の団らんの灯りを頼りに住宅地の広い道を足早に進んだ。最初の角を曲がる。そして後ろを振り向く。誰もいない。今日に限って何をそんなにびくびくしているのだろうか。自分でもわからない。脇の下から汗がにじみ出た。母は迎えに出ると言ったのに、どこに行ったのだろう。それが不安を増殖したのかもしれない。

いつもの黒っぽい家の角を曲がる。もう一度後ろを振り向いた。身体がビクんと反応した。

「ひぇ」

誰かがいる。黒い人影だ！ こちらを窺っている。声にならない悲鳴が茉莉の肩を激しく揺らした。やっぱり誰かがいる！ でも、さっきまでいなかった。いやいや、犬の散歩かなにかだよ。犬はどこ？ 影は二十メートル後方だ。茉莉は動揺を見せまいと、毅然と前に向きなおり、そして歩いた。後ろはもう怖くて見ることができない。しかし茉莉の願いを嗤うように、靴音がせわしく、そして大きくなる。距離が縮まっている。しかも意思をもって茉莉に歩調を合わせている。やばい！ 茉莉が立ちどまる。すると影も止まった。次の瞬間、茉莉は駆け出そうとした。「ちょっと」影がそんな声を発した。イヤ、付いてこないで！ そう心の中で叫びながら二、三歩走り出したところで、いつの間にか間を詰めた後ろの影が茉莉に飛びついた。そしていきなり左肩にかけていたバッグのベルトを掴んだ。堪えきれず後ろにのけぞった。

「ぎゃっ」茉莉の声が出た。

影は無言だ。女の子らしくしている場合ではない。掴まれたベルトを思いっきり引っ張り返した。影は多少のバランスを崩すが、手を離すだけのインパクトはない。護身術を学んでおけばよかったなどと瞬間的に考える。が、今は手遅れだ。影は音も立てずに、反対の手が茉莉の後ろ襟に延びる。髪の毛と襟とを同時に掴まれた。もがき抵抗する。髪の毛が何本もバリバリと音を立てて抜けた。影は茉莉を引きずり倒そうとする。ハイヒールが片方脱げて飛んだ。意図は明白だ。狂気すら感じる力だ。冗談でやっているとは思えない。

「嫌っ、やめてぇ、くださいっ」

茉莉は相手を威嚇するつもりで、普段は絶対出さない悲鳴のような大声をあげた。助けて！ このままでは、なにかされる。誰か、出てきて！

その時、前方の少し離れた曲がり角の植え込みにクルマのヘッドライトが映った。すると一台のセダンがこちらに曲がってきた。一瞬二人の姿がライトの中に浮かび上がった。影は驚いた。握力が緩んだ。今だ。茉莉は肩を回して影の手を振りきった。こちらに向かってくるかに見えたクルマは最初の角で再び曲がるとあっという間に視界から消えた。影が再び攻勢をとる前に、茉莉は持っていたバッグを横の植え込みに思い切り投げ込んだ。バッグが目当てならそっちに行くはずだ。欲しければくれてやる、そんなもの。そして、脱げた右足のハイヒールを残して、思いっきり走った。が、半分腰が抜けて、足は空回りし、中々前には進まない。呼吸が瞬時に上がり、はぁはぁ肩で息をしている。こんな時、大声を出せとよく言うが、恐怖が先で声を出す力がでない。とにかく前に進むしかない。片足だけのハイヒールがかっさかっさと滑稽なリズムを刻む。

しかし、影はバッグには目もくれず、その音を追うように執拗に茉莉の後を追いかけてきた。もうあと五十メートル足らずで家だ。この距離をこんなに遠く感じるなんて。あっという声が口からこぼれる。そして足がもつれて茉莉は転んだ。左膝を地面に強打した。擦れて膝小僧から血が出たかもしれない。起き上がれず肩を丸めて地面に両手をついた。家は目の前だと言うのに、変質者に立ち向かう気力なんかない。勝ち誇った影が速度を緩めて追い付いた。そして背後で立ち止まった。茉莉が「おかぁーさぁーん」と大きく声を上げようとした刹那だった。

「ちょっと、大丈夫かい？」

影が喋った。何を言われたのか考える余裕もないまま、茉莉は「もー、やめろって」と男のような口調になって開き直った。反応がない…。恐る〳〵顔を見上げた。

「おいおい、すごいなぁ。どうしたの、大丈夫？　こんなところでコケたのか？」

影はそれまでの暴力的な態度とは裏腹に、優しげな冗談交じりの声を茉莉に投げた。茉莉はその声のシルエットをもう一度見上げた。「えっ何で」と思った途端、茉莉の体から一気に力が抜けた。安堵すると「う、うっ」と半泣きになり言葉が出なくなった。それとも只甘えているのか。それは龍一だった。

「茉莉ちゃんだろ、一体こんなところで、どうした？」

龍一は、もう一度同じようなことを言いながら膝をつくと、茉莉を抱え上げるようにして立たせた。あれ、靴がない。片足は？という龍一の問いかけは茉莉の耳には入らなかった。

家は目の前だ。思い出すように、お母さんはどこ？　こんなとき、何をしているのよと、茉莉が心の中で母を詰《なじ》ったその時、その美智子が家から暗い路上に飛び出してきた。そして辺りを窺う。「茉莉かい？」すぐに二人に気がつくと小股で駆け寄った。そして母は嬉しそうに言った。

「茉莉！　お父さん、戻ったよ、帰ってきたよぉ」

茉莉の硬い表情がポッと緩んだ。弾みで横にいた龍一の腕を無意識に掴んだ。母は、そこで初めて娘の只ならぬ様子に気付いた。そして強い口調になった。

「ちょっと、あなた、一体どうしたの？」

心配そうに娘の肩に触れ、顔を覗き込んだ。表情は暗くてわからない。

「変な奴に、追いかけられた…。でももう大丈夫だから」茉莉は答えながら鼻を啜った。

やがて外の話し声を聞いた父も飛び出してきた。

出窓の置き時計がカチカチと音を立てている。美智子が茉莉の片手をずっと握っている。茉莉はさっき味わったばかりの恐怖を、膝の包帯に視線を落としては思い出し、時折肩を細かく震わせている。涙が止まらない。何故父も母も警察に通報しないのか、それも不思議だ。それぞれの思惑を胸に抱いたまま、幸次郎、龍一、そして茉莉と美智子、四人は言葉を発しない。母が入れたコーヒーもすでに冷めている。やがて茉莉の様子を見ながら幸次郎が最初に口を開いた。

「実は、昨日突発的なことが起きて、それでみんなに心配をかけた。すまない」

妻と娘の顔を見比べながら言った。

「ふぅ、そうよ、お父さん、昨日は一体どこで何をしていたの？」

涙眼の茉莉がきっと父を睨み、そして詰問調で言った。ずっと父のことが心配だったのだ。自分が暴漢に襲われたのは偶発的かもしれない。でもお父さんの場合はそうじゃないでしょ。目がそう主張していた。

ところが、幸次郎はその問いに答える代りに、とても奇妙なことを言い出した。

「わかった、わかった、が、その話はあとだ。お前が無事なのだ。それがなにより。だから、お父さんのことの前に、茉莉、今夜はもっと大切なことをお前に話す」

茉莉は眉を上げて「えっ」と不思議そうな顔をした。お父さんがどこで何をしていたかをみんなが聞きたいって言っているのに。それより「もっと大切なこと」って何？　訝る娘に父は言った。

「我が勝山家についての話だ」

「勝山家？　え、何で、急に、そういう話になるの？」

「いいから、聞いてほしい。大いに関係がある」

父がそこまで言うのなら…。仕方なく茉莉はとりあえず父が何を言い出すのか聞くことにした。が、そう言って語り始めた父の言葉は、茉莉にとっては驚きのカミングアウトであった。信じれば、の話である。が、それは紛れもなく勝山家の秘中の秘とも言えそうなその出自についてであった。聞いたことも、想像すらしたこともない話…。幸次郎は居住まいを正した。

「先祖に中国大陸で活躍したある有名な人がいた。その人はお前の曾祖父に当たる」

茉莉は一瞬何の話になるのかと戸惑い、言葉の意味を探った。が、その言葉はその言葉通りである。

「私の曾祖父って、何それ、初めて聞く」

「そうだ、初めて話す。お前の曾おじいちゃんは、中国人だった」

「えっ、じゃあ、その血を勝山が引いているってことは、私も中国人ってこと？」

「そういうことだ。厳密には八分の一だが」

戸籍上、自分が日本人なのは茉莉もわかっている。あくまでも血の話だ。父もわかって答えた。

「じゃぁ、お父さんとお母さんも中国人なの？」

矛盾した質問だが、茉莉は混乱している。いや、今度は戸籍上の話だろうか。

「お父さんもお母さんも、れっきとした日本人だよ。今話した通りお父さんの祖父が中国人ということだ」

曾祖父が中国人。四人いる曾祖父のうちの一人がそうだというだけの話だ。つまり血は八分の一。「へー、そうなんだ」程度のことである。勿論、会ったこともない。現代日本人の半分以上が大元を辿れば大陸方面から来ていると言ってもおかしくはない。しかし父の話はそれだけのことではなかった。

「汪季新って、知っているか？　というより汪兆銘といったほうがいいか」

幸次郎がその中国人の名前を言った。

「ん？　なんか聞いたことある名前。えーっと、たしか…なんだっけ？」

「中華民国の第二代首相だよ」

龍一が口を挟んだ。茉莉は首を傾げてから、はっと何かに気づいたように目を大きく開いた。

「そんなぁ」

茉莉は母の顔を見た。美智子もそうよといった顔をしている。

「本当だ」父の言葉に茉莉は眉間にしわを寄せた。

「マジで？　私のひいおじいちゃんってそんなに偉い人だったっていうの？」

「へぇ」が「うそっ！」に変わった。父がもう一度頷いた。祖父の話まではなんとなく聞いたことがあったが、曽祖父が歴史の教科書にも登場する偉人という話なのだ。勝山家って一体なんなの？　聞いてないよ。

「私のお祖父さんが、東京の大学に留学していた時にお祖母さんと知り合い、そして付き合った。それで生まれたのがお前のお祖母ちゃんというわけだ。それでだ…」

幸次郎はそこから堰を切ったように茉莉がこれまで聞いたこともない話を次から次へと繰り出した。母も龍一もそうそうといった様子で話を聞いている。そんなぁと反応するのは茉莉だけだ。一時間は二人で問答を続けただろうか。


「話は大体こういうことだ」

「お父さん、大体って言ったって、すごい話すぎない？　全部ホントだって言われても、あーそうすごいねっていうレベルじゃやない」

興奮している。するなという方が無理だ。ともかく茉莉が驚かされたのは、八分の一とはいえ茉莉自身が中国大陸の著名な人物の血を受け継いでいるということだ。が、更に驚くべきことを父は並べ立てた。茉莉は大勢の人々の期待を背負う宿命にある、ということ。そして近い将来、曾祖父の志を受け継いで中国へ渡らなければならないということ。だから幸次郎自身はそれらの目的の為にずっと生きてきたという話であった。何で私が？　ことそこに至っては、開いた口が塞がらなかった。父はずっと隠し続け、そして今このタイミングでなんの躊躇も尾ひれもなく言い切ったのだ。話した方は、すっきりしたかもしれない。が、茉莉からすれば、話は尾ひれだらけだ。すっきりしない。いや、納得できない。無理だ。

「大体、なんでよりによって私が中国へ行かなければならないの？　もしそうだったら今まで生きてきたことは何なのっていう話でしょ」

そう言うとさっきとは違う理由で茉莉の目に涙が滲んだ。それに、父の話は本当にこれで終わったのか、いやまだ続くのか、話が飛躍しすぎていて、何かをはぐらかす為に冗談を延々まじめな顔で父が言っているようにも聞こえた。茉莉には判断がつかない。

「今まで黙っていたのはすまないと思う。でも、もっと前に話していたら、どんな危険や災いがお前に迫るかもわからなかった…」

父も娘の気持ちを察してそのように言った。

「今までの話、それはお母さんもすべて知っていたことだったの？」

茉莉は母を見ながら父に訊いた。父は頷いた。これまで何かおかしいと思っていたことのいくつかはこれで説明がつくのかもしれない。子供の頃から、人前での立居振舞とか、変なところで躾が厳しかったのもそういうことと関係があったのか。まずは茉莉の中で消化しなければならない新事実が多すぎた。

「えっ、じゃあこの話はいつから始まったことなの？」

当然の疑問のひとつ。まさか誰かの気まぐれな思い付きではないだろう。

「お父さんとお母さんの仲人だった人、瀬上龍之介さん。名前くらい聞いたことがあるだろう。お父さんがまだ若い頃、結婚するずっと前のことだ。ある日突然、その瀬上さんがオヤジのところにやってきて、息子さんに是非いい人を紹介したいと言った。そこからすべてが始まった、と言ってもいい」

　幸次郎の父は兆治といった。兆治は母親の手一つで育てられた。兆治の父、兆銘が息子の顔を一度も見ることもなく、日本での留学期間を終えると大陸へと去ってしまったからだ。そのことで兆治は父親を恨んでいた。兆治は成人後結婚すると幸せな家庭を築き二子をもうけていたが、ある日瀬上と名乗る人物がやってきた。汪兆銘の血を引く勝山家には成し遂げるべき使命がある、というような話をしたという。経済的な援助もすると言った。ついては、次男の幸次郎に娶せたい娘がいる。そのかわり、将来子供ができたら、その子を子息の嫁にしたいと言った…。父の話をじっと聞いていた茉莉が鋭い指摘をする。

「え、でも私が男だったらどうしたの？」

「女の子が生まれるということは分かっていた」

「そんなわけないでしょ」

　龍一が苦笑いする。すると茉莉が今度は母に向かって訊いた。

「じゃあお母さんは、どうしてお父さんと一緒になったの？」

「瀬上さんから縁談のお話が父のところにあったの。父がお話を聞いて、石原家にとってもとてもいい縁談だっていうことで、是非にという話になったのよ」

「ふーん、昔はお見合いとか、結構普通だったんだねえ。お母さんは、山形の人だし、それにしてもよくそんな遠距離で結ばれたもんだ。瀬上って言う人、一体何者って感じ」茉莉は妙な関心をした。

　ここで幸次郎が咳払い一つする。

「これでわかっただろう。茉莉、お前は、葛城君と一緒になってくれ」

我、奇襲ニ成功セリ、と父は思ったか。

父を見つめる茉莉の目が点になっている。

「ぷっ…。はぁ？」

「龍一君と結婚しなさい」もう一度言った。

「何言ってんの、お父さん。今日は変なことばかり」

照れ隠しだろうか。いや、あまりに唐突に思わぬ方向に話が飛んだから、これこそは本物のジョークだと思った。この奇抜な展開にどう応じていいのか茉莉にわかるはずもなく、あとはもう「えっ、えっ」としか声が出なくなった。

「どうだ、いいだろう。これはさっきの話とも繋がっている」

予想さえしていない父のこの発言。というか、そんなこと父が言うとは。しかも龍一本人の目の前で。どんな顔したらいいのか。両手で口を押さえた。茉莉はもう二十三だ。小娘ではない。が、中身はよくみると小娘と変わらない。これまでの龍一への思いと重なって体が熱くなっていくのがわかる。

「やだ、お父さん、もう冗談はよして」

嬉しいのに、また同じようなことを言った。私、女の子なんだから。そう言いながら、初めて龍一に会った時のことを思い出した。

「茉莉、いいか、これはもう確定していることなんだ」

父はまた強引なことを言った。

「茉莉さん、真面目な話なんです。僕と付き合ってください。結婚前提です」

龍一が、なんとまぁ、平然としかも簡単に茉莉の両親の前で言い切った。どれだけ話ができているのか。

しかも付き合ってほしいなんて回りくどい言い方。もしかして龍一さんが昨日も家に来たのはこの話の為？　茉莉の体がより一段と熱くなる。ついさっき暴漢に襲われたという人生初の恐怖すら忘れそうだ。茉莉は言葉での返事に窮した。が、どうみても、まんざらではない様子は傍でみている母にも一目瞭然だった。幸次郎が言う。

「茉莉、お前も葛城君のこと、嫌いじゃないだろう。いい話だと思う。汪ファミリーにとっても、輝かしい名誉だ」

えっ、ワンファミリーってなぁに。初めて聞くよ。茉莉はそんなことを考えながらも、龍一と正式にお付き合いするという話は願ったり叶ったり。恥ずかしくてうつむき加減な顔に自然と笑みが顕れる。嬉しいのか恥ずかしいのか、かろうじてごまかしている。

「そうだね、悪いことじゃないよね。龍一さんは、血筋を辿ればやんごとない人なんだから」

脇役に徹している美智子が父の言葉を補強するように言った。そのやんごとなき龍一が口元に不敵な笑みを浮かべたが、美智子の言葉には誰も突っ込まなかった。

「お母さん、喉乾いたな、じゃぁビールにしようか」

黙って照れている茉莉を見ながら、幸次郎は妻にビールを注文した。

「じゃぁ、ご飯ね。こんなことになるんなら、鯛のお頭でも買っとくんだったわ」

台所へ立った美智子が、いきなり鯛のお頭と言ったので、みんな笑った。

ビールで乾杯して、軽い食事が一段落すると龍一が話題を転じた。

「さて、じゃぁ、勝山先生、今度は先生のことですね。昨日からどうしていらっしゃったんですか。昨日は来る日にち、間違えたかと思いましたよ」

「そうよ、それ」

茉莉もやっとのこと攻勢に転じる。

「そうですね、もう一つのことを話さなければ、話は完結しませんね」

幸次郎は、また居住まいを正すと、それまでの口調と変わって、誰に向かってなのか丁寧な言葉で話しはじめた。茉莉はそれを見て、父ではない勝山幸次郎という男性をみているように感じた。

「実は、昨日瀬上さんの使いという人が突然やってきました。そして、今すぐ出かけてくれと言うんです。事情はクルマの中で話すという。それで、取るものもとらず、長野の須坂に向かいました」

「須坂か。遠いですね」

龍一はタイムトラベルした時のことを思い出した。

「それで、須坂でナオミさんと合流すると、ある人たちを東京までお送りしてきました」

「えっ、ちょっと待ってよ、お父さん。昨日の朝から長野に行ってその足で、東京？」

茉莉が口を挟んだ。昨日の朝に出て、東京へ行って戻ってくる、まぁできないことはない。が、長野と東京に行っていただけなら、何故連絡くらいできないの。それにナオミって誰？ 愛人とか言わないよね。

茉莉は茉莉で父が他にもとんでもないことを隠していることを直感した。

「茉莉、聞きなさい」

茉莉は黙っている。

「私たちは、東亜の平和を願っている。中国、満洲、日本、それ以外のアジアの国々すべての平和だ。今その詰めの仕事をやっているところなのだ。葛城君とお前はその中心的役割をこれから荷っていかなければばならない。近い将来東アジア連邦という地域統合社会が実現することになるだろう。さっきも話したが、その時になったら、お前も中国へ行かなきゃならん。私はそのお手伝いに、未来に行ってきたのだよ。私に出来ることはやらなければならない」

「ぷっ、ちょっと、ミライって、何それ」

茉莉は思わず吹き出しながら、笑みを残したまま言った。東亜の平和だとか、なんとかレンポウだとか、茉莉は父が完全にふざけていると思った。が、父の祖父は中華民国の主席だった人。そう考えれば、点は線で繋がるような気もする。それにしても「未来」はないだろう。

美智子のほうは、そういうことかと合点のいく部分とでも何故という合点のいかない部分を察知したが、あえて沈黙している。

「そうですか、見てこられたんですね」

龍一は納得した表情をみせている。ええとだけ幸次郎は言った。

「何、そうですかって、えっ何？」

茉莉は笑いながらまだ混乱している。龍一が父の冗談に真顔で乗っているのがもっと可笑しい。

「それじゃぁ、やれるんですね」

茉莉を無視して龍一が訊いた。

「ええ、そうです。あとはそのレールに乗ってやるだけだと思います。ただ私は東京で皆さんとはお別れしたので、その後のことは分かりかねますが」

「そうですか。しかし不思議ですね。そんな確定した未来があるのに…」

龍一は、ならば今から何をしても同じなのではないかと続けたかったが、言うのをやめた。それはナオミからも智明からも何度も聞かされていることだ。油断をすると、気がつかないうちに世界線は別の路線を走りはじめるものだと。だから、それを実現するためには、やはり今からやるべきことをきちんとやり遂げなければならない。未来を知り過ぎてはならない。未来ありきではない。勝山が言うように、このレールから外れてはならない。勝山も未来から影響を受けた今の自分の言動が現在にどのような変化を与えるかわからない。茉莉が今夜暴漢に襲われたのもそのせいかもしれない。だから、それ以上は何も言わない。

納得顔している父と龍一を見て、茉莉は不思議な気分になっている。

「茉莉、仕事は今年いっぱいで辞めなさい。お前は、これからはファーストレディの修行だ。それに、夜の一人歩きも危険だ。妨害する連中がいるようだ」

幸次郎が父親の威厳で茉莉に言った。

「えー、仕事辞めるって、そんな。やっと慣れてきたし、税理士の勉強だってあるし。さっきの暴漢もなんかこの話と関係あるの？」

茉莉は、父ではなく龍一を見ながら言っている。

「税理士の勉強は続けてもいい。ただ、仕事はもうよしなさい。もっとも、葛城君と一緒になれば、税理士になっても仕方ないかもしれないが」

「今夜の暴漢はおそらく、僕と茉莉さんのことを妨害しようとする連中の仕業でしょう。下手をすると、二、三ヶ月どこかに拉致されるかもしれない。お父さんの言うことは聞いたほうがいい」

龍一は不必要に茉莉を脅したくはないが、なにか起きてからでは遅い、そういう気持ちで茉莉を説得した。茉莉の顔が少し引きつった。しかし、ほかのことも考えている。

「あのー、ちょっと、そのファーストレディの修行ってのも、わからないのですが」

茉莉の質問はそっちへ向かう。半分ふざけて敬語調になる。

「つまりね、葛城さんは、東アジア連邦の総裁になるのよ。そしてあなたはその奥様。だから、そういうことです」

美智子が容赦ないことを優しく言った。しかし茉莉にはそのなんとか連邦がなんなのかがまだわかっていない。

「いずれ、それが実現するように、努力したいと思っています。その前にやらなければならないことも沢山ある」

龍一が決然と言った。たとえ総裁に就任したからといって、絶大な権力を握るわけではない。権力は利害関係と密接だ。経済力や軍事力を背景にして総裁に就任するのでもない。極端にいえば己の人格だけが頼りだ。そこは龍一が一番わかっている。でも、やらなければならない。龍一は旧来のいかなる政治結社、利害団体にも属していない。勿論、世襲制ではない。汪兆銘の曾孫が、その初代総裁のファーストレディとなることで、中国のメンツも保たれるだろう。そんな政治的配慮が背後にはある。茉莉は利用されているという指摘もあるかもしれない。確かにそのように仕組まれている。が、何よりも、父も母も望んでいることである。第一茉莉の龍一に対する好意、いや恋心は否定できない。

「んー、ちょっと考えさせてほしい」茉莉が言った。

「え、考える必要はないだろう」

父が反応した。汪家の将来が掛っている。

「だって、全てが今夜初めて聞く話。それも突拍子もない話ばかりで。そんなのはいそうですかは無理」

そう言うと茉莉は、ぷいと横を向いて席を立ってしまった。当たり前と言えば当たり前の反応だった。

「まぁ、あの子は大丈夫です。私がじっくり話してみますから」美智子が言った。

「多少時間は掛かることは覚悟の上だ。もう少し手順を踏みたかったのだが、そうもいかなくなった。まあ、どうなるのかは、私も少し見てきたから、心配はしていない」

幸次郎は美智子にだけ聞こえるようにこっそりと言った。

「茉莉さんの気持ちもきちんと考えてあげないといけませんね」龍一が付け加えた。

ほどなくして茉莉が戻った。

「どうしたんだ」父が訊いた。

「どうしたんだって、トイレくらい行くでしょ、ファーストレディだって」娘はすまして答えた。


こうして汪ファミリーの秘密が娘の茉莉に明かされ、その娘と龍一との結婚が決まった。勝山家の行く末にとって、幸先この上なく、よい出来事であった。ところが、そうした家族の悦びは、その余韻すらも長続きしなかった。それから一ケ月後のある日、勝山家に思いもよらぬ不幸が起きた。幸次郎が大動脈解離という突発性の心臓病の発作であえなく他界したのである。通夜には智明も駆けつけた。母娘は憔悴した。美智子は、夫が何故未来へ行ったと言ったのか、その理由を知った。幸次郎から、この先自分の身に何があっても驚かないように、と言われていたのである。夫は自分の身に起こることを予知していたのかもしれない。龍一は残された二人を家族として支える決心を、改めて胸に刻んだ。

「騙し絵」

龍一は、外難を一望できる黄浦江対岸の高層ホテルのスイートルームで、週末らしいのんびりとした時間を過ごしていた。上海電子台のニュースが、ソマリア沖でフランス海軍突撃隊が海賊九人を逮捕したことを伝えている。ソマリアとは、大陸東端のアフリカの角と呼ばれる半島に位置する国である。一九九一年に勃発した内戦後、無政府状態が続いている。近年頻発する海賊行為からアデン湾周辺を航行する商船の安全を守る為に、各国の海軍が交代で治安維持活動の任に当たっている。

数日前に中国の艦隊もソマリアを目指して勇躍海南島の基地を出港した。ところが出航後まもなくして船酔い者が続出し、艦隊行動に支障をきたすという恥ずべき事態に陥った。国威発揚の威信を掛けた海軍出動が、海外メディアによってコメディのように扱われ、嘲笑めいた内外の批判がその海軍に集中している。それが今朝の最新ニュースだ。

それでもインド洋アフリカ沿岸で、平時なら敵味方に分かれる二十ヶ国以上の海軍が、海賊退治という目的で一致協力しているという現実がある。その様は「呉越同舟」ならぬ「同舟共済」と表現された。

大昔、呉と越は戦争を繰り返していた。その呉人と越人が、偶々同じ舟に乗り合わせ、暴風のなか大河を渡らざるをえなくなった。両人は生きるため当面の利害を忘れ、舟が沈まないように助けあい、懸命に櫂を漕ぎ、とうとう危機を乗り切ることができたという。

チームワークを強力にするには、メンバーがそうせざるをえないような状況を作れ。明確な抜き差しならぬ目標を組織に与えられるかどうかがリーダーシップの要諦である。これこそが教訓。そう、今は明確な抜き差しならぬ目標が必要である。

「北京の五十五日」というチャールトン・ヘストン主演のアメリカ映画が思い出される。義和団の暴徒から北京を守備するヘストン扮するアメリカ陸軍将校の奮戦記だ。最後は八カ国連合軍が次々と救援に現れ、北京を開放するという清国滅亡前夜の物語である。史実に即した戦争ドラマだが、これほど滑稽なストーリーはない。悪者とされ、次々と撃ち殺されているのは清国の人民兵なのだ。そもそも君たち欧米人は何故そこにいるのだ。龍一はそう問わざるをえない。

ケータイが鳴った。着信音はいつものワグナーだ。龍一はテレビのスイッチを切るとテーブルのケータイを取り上げた。

「龍一君、俺だけどさ、起きてたかい」

男が慌てた様子もなく高い声で言った。一瞬「誰だ?」と戸惑ったが、すぐに奴だとわかると「俺って? どちらの俺さんですか」と返した。インドからの帰国後、松本の寺での手掛りはなし、取りあえず土器の線を追うとの連絡を受けていた。一年前の夏だったか秋だったか。それ以来なのだから、やっぱり「俺だけど」はないだろう。が、大概こんな調子だから、ついからかいたくなるキャラなのだ。

「はい、はい、てっこ盛りの森君ですから」

今度は向こうもふざけてみせた。てんこ盛りのことである。大食漢で飯をいつも大盛りにしているイメージから、龍一が時々そう呼んだ。てっこは福島か山形の方言である。

「知ってる、でも俺々じゃわからないだろ。で、どこで何してるの? 今はどこ?」

「今福岡にいる。なぁ、今度上海か北京あたりで会えないか?」

「えっ、今その、上海だけど」

もう一度トボケたことを言う。

「なんだよ、もう行っているのか」

泰蔵もわかっていて調子を合わせる。電話をしてきて、こういう言い方をするということは、確たるものをつかんだに違いない。誰にどこでどう盗聴されているかわからない。だから、ケータイといえども電話越しでは不用心な話はできない。自然、わざとらしい会話になるのだ。

「君、上海詳しいだろ。今度さ、そっちに行くから、久しぶりだし、飯でもどうかと思ってね」

「へぇ、珍しい。でも来週には日本に帰るし。東京じゃダメなの？」

「うん、たぶんダメだ」

「なんだそうなの、俺もこっちに住んでいるわけじゃないから。でも、しょうがないな、そういうことならなるべくあわせるよ。で、いつがいいわけ？」

本当は、元々泰蔵とは上海で落ち合うことになっていた。来週帰る予定はない。泰蔵は続ける。

「実は俺が字幕やったインド映画が新京の映画祭で上映されるんだ。九月の半ばだよ。けっこう評判いいみたいで。で、ご招待となったわけ。上海とかはついで、ていうか経由地」

上海経由なんてずいぶん遠回りになる。アジア・X1号で直行すれば東京から六時間ちょっとで新京に着く。それをぐるっと回って上海を経由する本当の理由は、二人にしかわからない。

「へー、やるじゃん。評判は原作が、じゃないの。まーでも、じゃあおごりだね。で、新京じゃ日本語字幕、誰がみるわけ？」

「いるでしょ、沢山、俺のファンが」

泰蔵はもう一度ふざけてみせた。役者だ。

「なるほど、でもわざわざインド映画は関係者しか観ないでしょ。それに寒すぎる」

「寒くはないでしょうよ。俺だってやるときゃ、やるで」

脈絡のない会話になる。龍一も役者だ。

「で、それ、どんな映画なの」

「おー、良く訊いてくれた。でもこれが結構、濃いんだよなあ」

…いつの時代かは定かでない。しかしそれはインドかネパールあたりの村で起こった悲しい恋物語である。若いクマールには将来を誓い合ったナズリンというとても仲のいい恋人がいた。しかし、クマールが町に働きに出ている間に、ナズリンが不慮の事故に遭ってあっけなく死んでしまう。ナズリンは死に際にクマールに言った。どんな形であれ、必ず戻ってくる。だからきっと待っていて欲しいと。クマールは待つと約束した。

それから十年の歳月が流れた。クマールには、新しい恋人がいて充実した日々を過ごしていた。ある日そんなクマールの前にアキレッシュという青年が現れた。彼はクマールに言った。僕は昔からずっと君のことを愛している。今の恋人とは別れて欲しい。クマールは、なんて気味の悪い奴だろうとアキレッシュに対して嫌悪を顕にする。そして彼を無視し遠ざけた。するとアキレッシュは、クマールと彼の恋人の仲を裂こうと、陰に陽にとなにかにつけて二人の仲を妨害し、問題を起こした。

怒ったクマールは村のチンピラに頼んでアキレッシュにひどいことをした。そしてクマールは恋人と結婚する。やがて子供も生まれた。悲しんだアキレッシュは河に身を投げて自らの命を絶つ。

アキレッシュがナズリンの生まれ変わりだったと後で悟ったクマールも、やがて重い病気にかかり、後を追うようにしてこの世を去った…。

「どうだい、大体こんな筋書だよ。これに時折、男と女のボリウッド・ダンス・ショーとかが挟まるし」

「うえっ、だな。救いようないじゃないか。バンガロールでは、そんな仕事をしていたのか」

「まあね。でもあっちのほうの文化はよくわからん。それじゃぁ、ねえ、新京来る？」

龍一はタバコに火をつけた。

「タバコ止めたんじゃないのか？」

「お、おう」

年に何本も吸わないのに、ここに来てから既に一箱は吸っている。


誰かが訊いた。

歩いていたら植木鉢が上から落ちてきて、それが頭に当たって死んじゃうっていう運の悪い人って、時々いるでしょ。十センチどちらかにずれていたら死なずにすんだのに、どんだけ運が悪いのかっていう人。そういう人の運命って、いつからそうなるって決まっていたのかな。将に当たるというその瞬間？　それともその道をその時間に歩くって決めたとき？　でなければその前の日の夜？　いやいや一週間前に恋人と別れたとき？　それとも生まれたときから？　でなければ生まれる前から？　もう起きてしまったことは、後には戻らない。運命って受容するもの？　それとも逆らうもの？

誰かが答えた。

ひとたび起きてしまえば、過去という選択肢は一つしかない。どんなことも小さな偶然や気まぐれの積み重ね。やがてそれらが大きな奔流となって一人の人間の一生を形作る。自らの意志だけではどうにもならない目には見えない力が存在する。それを力と表現するから逆らいたくもなる。が、皆そんな力の糸でがんじがらめに操られている。

夕方、そぼ降る雨の中、龍一はホテルを出るとタクシーを拾った。ほどなく、約束した通りに泰蔵がやってくる。三十分前に電話があった。今頃、空港からタクシーで市内へ向かっている最中だろう。泰蔵の宿泊予定のホテルで待ち合わせた。龍一は明城大酒店の前でタクシーを降りた。

ロビーで龍一は腕時計を見ていた。せわしなく次から次へとシボレーのタクシーが車寄せに入ってきては客をはき出してゆくが、彼の姿は中々みえない。タクシーから降りる見知らぬ中国人の数を数えているのもいい加減バカバカしくなってきた頃、ようやく泰蔵が一台のクルマから降りてきた。トランクの荷物を取り出しながら、運転手となにか言葉を交わしている。が、こりゃだめだといったような態度を残しながら金を支払うと、ようやく体を左右に揺らしながらホテルの中に入ってきた。

「よー」

泰蔵は片隅のソファに座っている龍一の顔を見るなり、ずいぶん離れたところから声を上げた。エントランス中央に円形の舞台のような大きなラウンジがある。客もいなければ、ウェイトレスもいない。整然と並んだ石のテーブルとイスが空しい。設計時の目論見は大いなる誤算となり、以来そこは一度も営業されていないようだ。そのラウンジをぐるりと迂回すると、龍一は軽く左手を上げながら泰蔵に近づいた。

「元気そうで」

「だねー、でも疲れたぁー。イミグレーションが混んでるの何の。タクシーが分からなくて、客引きに引っ張られていって白いのに乗ったら、ボラれるの何の、ここまで四百元とられた」

「そりゃ三回は行ったり来たりできるな」

「だろ、くそっ、やつを今度見つけたら只じゃすまないぞ」

「いいだろ、そいつだって生活掛かってんだから、大目に見てあげなさい。君のお陰で、何人の恵まれない人が救われることか」

「そういうもんスか。あの野郎、絶対人を救うタイプじゃないぜ。違うだろ」

龍一は笑っている。すると泰蔵のほうが少し俯《うつむ》くようにして言った。

「いいお土産があるよ」

「おっ、そうきたか。でも、きりたんぽとか言うんじゃないよな」

龍一はまだ笑っている。

「高級腕時計だぜ」

泰蔵はフロントでチェックインの手続きをしながら言った。

「へぇ、マジか、あれ」龍一は笑みを消して真顔で訊いた。

「だな」泰蔵が丸い目をさらに丸くして瞳を輝かせる。

「そうか、じゃぁちょっとお前の部屋に行こう」

龍一は何が出てくるやら、すこしだけ緊張した。二人は誰もいないロビーを気にしながらエレベーターに乗り込んだ。


一時間後、二人の姿はロビーに戻っていた。泰蔵は思い出したようにまだタクシーのことでぶつぶつ言っている。

「で、領収書ないけど、経費でいいよね、白タク。オーケー、じゃあ景気直しに、めし喰いにいきますか。

それも、君のおごりね」

泰蔵は言いたいことを一方的に言い切ると発想を転換したようだ。別のところで倍にして取り返せばいいという腹だ。

「はいはい、わかったよ。じゃぁ何食う？　軽く中華だね」

龍一はそう言って頭を掻くしかない。

「勝手に決めてるじゃん。まあいいか、よし、これでアイコだ」

何がアイコか龍一には見当がつかない。

「近くにまあまあのレストランがあるから歩っていこう」

二人は雨模様の外に出た。東方路を歩き、通りひとつ隔てたところにある上海料理専門のジェイド・ガーデンという店に入った。混んだ店内は皿やグラスががちゃがちゃと音を立てながら行きかっていたが、女マネージャーが目ざとく入り口の二人を見つけると、手際も良く窓際の席に案内した。テーブルには洗いたての白い布が掛っている。まだ時間は早い。そのうちにもっとごった返すはずだ。

「ここの肉団子はいけるよ」龍一が言った。初めてではない店のようだ。

「じゃ、それととりあえずビールだな。やっぱりチンタオかい？」

「バドかサントリーでいいんじゃないか」龍一が返す。

「あっ、そうなの、それちょっと味が薄くない？」

「じゃアサヒと肉団子と酸辣湯《サンラータン》と空芯菜《コンシンサイ》と蝦飲茶《えびヤムチャ》でいいか、あとはワゴンから好きなもの取っていいから」

龍一がビール銘柄に修正を加えた。だが、泰蔵はいちいちオーダーが来るのを待っていられない。

「何でもいいんだけど、腹減るねー、待てないよ」

そう言いながら、タイミング良く通りがかったワゴンからピータンやら揚げ豆腐の小皿をとり、挨拶もなく箸を突っつきはじめた。

「それで、いつ新京に行くんだい？」龍一が尋ねた。

「明後日の朝」と口を動かしながら泰蔵は答える。どうやら、本当に行くらしい。

「そうか、じゃぁ今日はとりあえずゆっくりだ」

「それが、そうでもなくてね。最近はさぁ、日本の漫画やアニメが世界中で引っ張りだこだろ。結構仕事が入ってくるんだな、これが。飯は最低食わなくちゃいけないから、向こうを出てくる前に無理して仕事受けちまったら、今週中に一本分やってくれって言われてね。出来あがったらそれをすぐタイに送る。次はタイ語に直すらしい。専属がいるんだけど、なんかぶっ倒れたらしくって、大忙しさ。ちょっくらホテルの部屋でも気合入れないとだよ。最近の漫画も結構内容が複雑なんだ」

「へえ、森君も仕事してるんだなぁ。酒飲んでて大丈夫？」

「今夜は調子が出るか、さもなくば爆睡かもね。まあ明日詰めるさ。それでダメなら明後日。龍一君こそ、上海にもう十日もいて、何してるんだ？」

「ていうか、キミが上海に居ろっていうから居るんだろ。あとは賢人会議の準備だな」

「ケンジン会議？」

肉団子がテーブルにやってくる。

「まあややこしいから、知らんでいいよ」

「賢いやつは違うね。この肉団子うまいな！」

泰蔵は「あっちっちぃ」とか言いながら肉団子をビールで流し込みながらあわてて咽こんだ。

「いやー、食ったね」

店を出ながら満足げに泰蔵は言った。日はとっくに沈み、少し雨が強くなってきている。街路はネオンの灯りの強弱で明暗が分かれている。東方路を行き交う車のクラクションが姦《かしま》しい。

「いやだね、雨少し強くなってきた」

「近いから、濡れていけばいいよ。泰蔵君に限って風邪は引かないだろ。じゃ、帽子だけ貸してやるよ。濡れると禿げるんだ」

そう言いながらふざけて、龍一は自分がかぶっていたヤンキースの帽子を泰蔵の頭に載せた。

「そういう意味ね。で、これから龍一君はどうするの？」

「君のホテルからタクシー拾う」

「えっ、いいところ連れて行ってくれるんじゃないの？」

「仕事するんでしょ、君は」

「いやなこと思い出させてくれるねぇ」

二人は戯言を交わしながら、歩道をホテルに向かって足早に歩き出した。路面は黒光りして、青や赤のネオンが水たまりに映し出されている。クルマのヘッドライトが時折そこに反射する。道行く人影は少ない。前方からジャージ姿の長身の男がジョギングしながら近づいてくる。傘をさささずにフードで頭まで覆い隠している。十五メートル、十メートル、五メートル、一定の速度だ。そして顔に雨が当たるのを避けるように俯きながら二人とすれ違う。

「フェ、フェ、フェック、ショーン」

いきなり泰蔵が大きなクシャミをした。勢いでよろけながら右へ体が傾く。

男は一瞬泰蔵の顔に視線を向けたようだが、同じペースで二人の横を通り過ぎて行った。

「相変わらずだね」

龍一はこの憎めない男を笑った。

その時、何かがドンと当たって、泰蔵が龍一のほうへ凭《もた》れるようにしてよろめいた。

「痛ってーなー」

泰蔵は誰かが不意にぶつかってきたと思い、文句を言った。

「あれっ」

だが回りを見渡しても誰もいない。

「えっ、何？」

龍一はまた泰蔵が一人でふざけていると思った。泰蔵はあらぬ方角を見やりながら自分の腹部のあたりを弄《まさぐ》っている。そして「なんか脇腹の辺りが妙にあったかいんだよね」と言うと泰蔵は地面に座り込んだ。

「なんだよ、ビール二、三本で酔っ払ったか」

龍一がそう言いながら、泰蔵を抱え起こそうとした。が、泰蔵の脇にやった手に何かが付いた。雨ではない、もう少しねっとりとした感触の液体が泰蔵のわき腹から染み出ている。一体どうしたというのか。わけもなく周りを見渡した。ジョギング男はとうに消え去っている。

「何が起きたんだ」

考えてもわからない。もう一度自分の手を街灯にかざした。これは何だろう、いや、これは血だ。さっき食ったエビかシャコが泰蔵の腹の中でまだ生きていて、そいつが腹を食い破ったっていうのか？　いや、何言ってるんだ。これは冗談じゃないぞ。

「泰蔵、大丈夫か？　血が出ているぞ。何やったんだ？」

龍一はようやく只ならぬ状況を認識した。そう、これは本物の血だ。救急車を呼ぶかそれとも泰蔵を病院まで担いでいくか。二つに一つ。いや、落ち着け、病院はどこにある？　ダメだ、ホテルへ戻るか。いやそれもダメだ、タクシーだ。歩けるか？　さっきすれ違った人はどうした？　呼べば助けてくれるか？　龍一は事の起こったいきさつを咄嗟に復習する。走行中のクルマからなにか飛んできたか？　いや、違う。待てよ、でもどうして。頭の中で思考がどんどん空回りする。いや、やっぱりタクシーだ。泰蔵をもう一度抱き上げようとした。が、重くて無理だった。

そのとき、道の反対側から一つの影が駆け寄ってきた。近づくなり泰蔵の横にしゃがみ込むと「どうしましたか、大丈夫ですか？」と言って泰蔵の顔を覗き込んだ。女だ。

目の前に黒塗りの高級車がすっとやってきて急停止した。

「クルマに乗って。急いで。手を貸してください」

女は泰蔵の異変に気づくやいなや、泰蔵の脇を抱えて激しい口調でそう言った。日本人だろうか。いや、そんな品定めしている場合ではない。

「おい、大丈夫か」

そう言いながら、龍一も泰蔵のもう一方の脇を支えながら、横付けしたクルマの後部座席に友を押し込んだ。

「東方医院に行ってください」

女は運転手に告げた。クルマはヒューンという甲高いエンジン音をあげながら猛スピードで走り出した。すると女がケータイを取り出し、電話をかける。すぐにどこかに繋がったようだ。

「…葛城氏の友人が撃たれました」

えっ、後ろで聞いていた龍一がびくっとした。自分の名前を知っている。しかも泰蔵が撃たれたと誰かと話をしている。撃たれたとか、どうやってそう決めつけるんだ。ここは戦場ではないぞ。そもそもどうして撃たれるのか。時計のせいか？　いや、そんな馬鹿な。その時、龍一は智明が言っていた「身の回りに気をつけろ」という言葉を思い出した。こういうことなのか。ひょっとすると、ならばこの車に乗り込んだことも危険の一つかもしれない。龍一の声は出ない。

「…はい…今から病院へ搬送します…。はい、分かりません…急いでください…。はい、ここからなので、東方医院へ向かいます…。ええ、病院へはそのようにお願いします…。はい、また連絡します…」

女の身のこなしには隙がない。龍一は泰蔵の腹を押さえながら、初めて口を開いた。

「あの、あなた方は、いったいどちらさんですか？」

「心配いりません。敵ではありません」

敵だって？　気に入らないな、そう、敵味方といった前提での言い方が気に入らない。しかし状況はそういうことなのか。車窓を赤や緑の色鮮やかなネオンが直線的に流れてゆく。

「マスコミじゃないですよね。どう見たって」

龍一は見当違いの質問を意図的に投げかけた。脂汗が泰蔵の顔から流れ出ている。意識はあるが、次第に朦朧《もうろう》としてきているらしい。いや、ただ黙っているだけかもしれない。致命的という感じではないが、出血が気になる。

「しゃべらないほうがいい。出血がひどくなる」

女は血の出ていない龍一にそんなことを言った。黙ってろってか。クルマはいつの間にか赤いパトランプをルーフに点滅させながら、大方の信号を無視して突っ走っている。覆面か？と龍一は思った。

「泰蔵、大丈夫か、我慢しろ、すぐだ」

腕時計の針を見ながら、龍一は早くしてくれと心の中で何度も叫んでいた。クルマは充分速く走っているが、刻一刻が長く感じる。東方医院の救急処置室へ泰蔵が運び込まれたのは、実際にはクルマに乗り込んで五分後だった。だが龍一には三十分は掛かったように感じた。

救急治療室の前、龍一はベンチに座って頭を抱えた。何故こんなことが起きたんだ。気がつくと女の姿は消えていた。しかし、この受け入れの手際といい、医師や救急看護士の対応といい、段取りがよく出来ていた。医者や看護士も日本人のような身のこなしだ。考えれば考えるほど、わからない。こうなったら誰も信じてはいけない。仲間を装って近づいてくることもある。そうだ、自作自演ということだってあるのだ。

龍一はジャケットの内ポケットに手を入れると、もう一つの腕時計を握りしめた。

森泰蔵が撃たれた翌日の午後、龍一のホテルの部屋の電話が鳴った。出ると、それは泰蔵を東方医院まで搬送した女だった。泰蔵の容態は落ち着いているとの連絡を病院から受けたそうだ。何故友人の俺ではなく女の方が先に知っているんだと、不機嫌になりながら話を聞いた。二週間もすれば退院できるだろう、ただし日本に帰ってしばらくは自宅療養が必要とのことだ。ほっとした。すると女は、それでこれから会えないかと言った。泰蔵を助けたのも偶然通りがかったにしてはタイミングが良すぎた。いやあそこに意図して居たのは間違いない。何がどうなっているのか、説明を受ける権利くらいはあるだろう。女の正体も見極められるなら見極めたい。そこでグランドフロアのカフェですこし話をすることに同意した。

一時間後、龍一はカフェのソファで一人コーヒーを飲んでいた。黒のスーツを着た女が何のためらいもなく近づいてくる。そして、龍一の向かいに腰掛けた。傍から見ればデートの待ち合わせのようにも見えたかもしれない。しかし女はビジネスライクだった。

「お忙しいところ、すみません。私は、大使館付きの桜井といいます」

大使館付き？　北京から来たと言うのか？　とにかく女はそう自己紹介した。無駄な話は好かないような空気を漂わせている。やはり隙がない。

「葛城です。森を助けていただいたことは心から感謝します。どうもありがとう」

龍一は「心から」を強調しながら、表情は変えずに頷いた。だが、油断はするなとも思う。大使館だからと言って味方とは限らない。むしろ余計怪しい。

ウェイトレスが来て、不自然な笑顔を見せながらご注文は？と訊いた。龍一がコーヒーを追加注文すると、女はミネラルウォーターをオーダーした。

「ご友人の怪我はどうやら大丈夫のようなのでよかったです。週末には面会も可能になるとのことですから、訪ねてあげてください」

「ありがとうございます。近いうちに行ってやろうと思います。それにしても早いですね、何もかも。でも、わからないんです。ただの通りすがりの旅行者相手に大使館の人が偶々あの場所にいて、我々に気がついて、あそこまで親切にしてくれるとは、普通ありえませんよ。何がどうなっているのか、説明していただけるとありがたいですね」

「怪我人が目の前にいれば大使館員だろうがそうでなかろうが、同じことをします」

そこがポイントじゃないだろ。女は警戒されていることを悟ったようだ。

「でもお察しのように、昨日のケースは特別でした。実は、これは事故ではなく、事件、しかもあなたを狙い間違って友人を襲った傷害事件です。私たちはそう判断しています」

龍一の表情が一瞬にして曇って強ばった。そういう時ウィンクするように右目だけ半分とじる癖がある。やはりそうなのか。しかし、正体の知れぬ女に必要以上の話はできない。

「何故僕が狙われるのでしょうか。それに何故、泰蔵が間違って…」

言いながら、龍一は「あっ」と心の中で叫んだ。

「そう、ご友人があなたの帽子を被っていたために、テロリストは彼を刺した、そうとも考えられます」

「刺した？」

昨日は撃たれたと言っていたが、傷口から判断したということか。誰も近くにはいなかったはず。それに、泰蔵は俺の不注意のせいであんな目に会ったってことなのか。なんてことだ。申し訳ないなんていう謝罪じゃあ、すまない。あの時ふざけ半分に帽子をあいつの頭に載せさえしなければ、もしかしたら…。そんな思いが交錯する。大使館員というこの女は、何を知って、何を知らずに動いているのだろうか、一気にそんな疑問も湧いた。女は話を続ける。

「…もしくは警告の意味。私達は、あなたにテロなどの危険が降りかからないよう身辺を監視せよとの命令のもとに、警戒の任についていました。日本から緊急に人を集めて五人二十四時間体制です。それでも、あんな形になって、一瞬の隙をつかれて、こんな結果になって、申し訳なく思っています」

そう言うと、女のほうが本当にすまなそうに頭を下げた。

「ちょっと待ってください、警告って言っても、何に対してですか、それに二十四時間体制っていったって、何の為にですか？　別に俺、政府要人でもＶＩＰでもなんでもないですよ、ただの一般人をどうして。

そんなことをいちいちしていたら、政府予算いくらあっても足りないでしょ」

龍一は少しだけ語気を強め、相手の出方をみた。

「理由は私たちも聞かされていませんが、本省からの指示です。あなたを隠密裏にガードするように、ということです」

「はぁ。俺が上海にやってきたのは三ヶ月後に開かれるＦＥＡＴという会議の下準備です。ガードの必要ありますか？」

「それだけ、ですか？」

女はなにか知っているぞというふうにかまを掛けてきた。個人的な興味から訊いたのかもしれない。少し隙のある表情を見せた。そして龍一の瞳をじっと見ている。尋問されている気分だ。

「何がどう関係して、そういう話になるんでしょうかね」

「近いうちに日本政府は、中国、満洲、朝鮮、あるいはヴェトナムなどの各国政府とともに共同声明を発表することになっているとのこと。あなたがそこで重要なかかわりをもつということで理解しています。私たち下っ端が知っているのはそこまでです。あなたが一番おわかりのはずですが」

女は、わかっているくせにと言っている。一方、自分が疑われていることも承知している。が、龍一が簡単にガードを下げないことに逆に好感をもった。龍一もそうかこいつらなにか情報を抑えているなと直感する。テロ組織の一味あるいは内通者ということだってありうる。大使館に問い合わせればわかることかもしれない。すると桜井はもっともらしいことを言った。

「ですから、あなたの安全確保は各国政府の要求でもあるんです」

随分話が大きくなってきたようだ。

「はっ、そうなんですか、なんか大げさですね。俺の知らないところで、いろいろなことが起こっているっていうわけか。とにかく森君のことはありがとうございました」

「私たちも多少の油断がありました。これからはより万全を期しますが、とにかく身辺には気をつけてください。できれば夜一人での外出もここでは控えるようにお願いします」

「そうですか、とりあえず気をつけます。こういうことが起こったことは事実ですし。一度日本に引き揚げようかと思います」

そこまで言うと、龍一は頭をこくりと下げ、伝票を持って席を立った。桜井はまだ話が終わっていないと言いかけたが、相手に隙はなかった。

龍一は、その足で二十五階にあるエグゼクティブフロアのビジネスセンターへ向かった。パソコンのインターネットを起動し、どこかにメールを打った。十分ほど待つと、返信がやってきた。そして、もう一度メールを打つ。五分後、またメールが帰ってきた。そこで、パソコンをシャットダウンした。周りに誰の姿もないことを確認して、ひとつ上のフロアの自分の部屋に戻った。

龍一は泰蔵を見舞った後、週明けに日本に戻る決心をした。


三千世界の真理を感得できるのはタイムトラベラーゆえの特権といえる。その他の全ての人間にとって、それは夢のまた夢のような現実である。だから「決して存在しないもの」となんら変わりはない。そもそもこの世界はそんな都合よく「とっかえ、ひっかえ」できるものではない。だから人々は目の前にある過酷な現実に立ち向かうことができるのかもしれない。

だがタイムトラベラーの場合は異なる。特権との引き換えに、想像も及ばない不幸なことがその身に起こる。異世界の存在の不可思議によって、突如に情緒不安定となったり、自身の実在が説明できなくなったりするのである。あるいは狂人のように振舞うようになるか、さもなくば己を神の子とする倒錯に命を捧げることに己の存在理由を見出すのかもしれない。しかしそのことに自らが気づくことは決してない。

＊　＊　＊　＊　＊　＊　＊　＊　＊　＊　＊　＊　＊

上海で泰蔵が襲撃された日、龍一は泰蔵からチワン族自治区で出土したという腕時計の形をした土器を受け取っていた。もう二ヶ月ほど前のことである。どのように入手したのか龍一が訊くと、泰蔵は、彼の依頼を受けたエージェントが発掘者の元を訪ねて一万元で買ってきた、と言った。これを聞いた龍一は、時計が本物かどうかは別にしても、こいつはマジで得体のしれない奴だと驚いた。

事件後、一人で上海に留まることに不安を感じた龍一は、泰蔵を病院に見舞った後、すぐに帰国すると智明の元を訪ねた。そして土器の鑑定を急ぎ依頼した。京都大学の研究所や警察庁の科学捜査研究所にも持ち込んだ。が、それが一体何なのか、皆目わからなかった。土器時計は現代科学では手に負える代物ではなかったのである。

頼りはナオミだけだった。しかし、神の啓示のごとく、彼女はこちらの都合では現れない。何処にいるのかも、この世界に存在するのかすらも定かでない。それは生身の人間には知らせてはならないもの、と以前ナオミは言ったことがあった。予断が生じる要因全てを排除する為だと言う。その気になればナオミは過去に遡って自分たちの行動に幾らでも干渉できる。即ち、望むべき未来に合わせて過去を書き換えることもできるということ。触らぬ神に祟りはなし。龍一は智明とそんなことを話した。彼女が現れるのを寝て待つしかない。が、そういう時に前触れもなく現れるのがナオミである。

その日、龍一のマンションに、茉莉と美智子が訪ねてきていた。幸次郎の「葛城君と結婚しなさい」は茉莉への最後の言葉となった。ひと月ほど前に仕事を辞めていた茉莉は、以来母の手伝いをしながら、週末になると龍一のもとに来て一緒に過ごしている。

今回は、神奈川に引っ越してくる為の物件調査ということで、ＥＯＩの仕事で龍一が外出している間、母娘で横浜市内の不動産会社めぐりをしていた。「やっぱり住むなら海の見える部屋がいい」とか、昼間に立ち寄った山下公園や中華街のランチの話で「今度は絶対あそこの店に行きたい」とか言って盛り上がっている。幸次郎も苦笑いするしかないだろう。「あとは任せた、龍一君に」と。その龍一が「じゃあ、お腹もすいたし、都内にしゃぶしゃぶでも食べに行きましょうか」と口走った矢先だった。ワグナーが部屋中に響いた。智明だった。

今ナオミが現れた、すぐ来られるか？と興奮気味に言った。龍一も「よし！」と思った。行くに決まっている。母娘の希望に輝く瞳は、どんよりと曇った日の灰色の海のように静まり返った。が、すぐに気を取り直した茉莉は「いってらっしゃい。お気をつけて」と言って彼を送り出した。

「ごめん、急用だ。ちょっと行ってくる」龍一もすまなさそうに応えた。

これも、妻の務めだ、と茉莉は自分自身に言い聞かせたのだろう。そうだ、その日の為のシミュレーションだ。龍一は部屋を飛び出た。

この晩に限って道路がいつもより渋滞し、智明のオフィスまで一時間以上も掛かった。

「お待たせしました」そう言いながら、龍一が息を切らして智明のオフィスに入ると、

「待っていたよ。ナオミ君には状況は説明済みだ」

と言って智明が龍一を出迎えた。

ナオミも龍一を見てニコっと微笑んだので、彼も「よっ」と片手を上げた。二時間ほど前から智明とナオミは色々と話し込んでいたらしい。が、時計にはまだ手を付けていなかった。

将に土色をした土器時計は、丸いセラミック調のケースに、連結しない中途半端な長さのハードベルトが付いている。見立てによっては装飾用のブレスレットのようにも見える。円形の風防部はガラスでも貴金属でもない不思議な材質の平面で構成されている。側面にはリュウズが付いている。これはいくら回しても動かない。そしてベゼルだ。野暮ったい厚みがここぞとばかりに土器の風合いを与えている。ここに、Swissの文字が深く刻印されていた。

「これは、本物なのだろうか？」

本物の時計かという意味だろうか。テーブルの上に置かれた土器を見ながら瀬上が懐疑的なトーンで呟いた。

「すぐに分かります」

土器を手に取り暫く考えていたナオミが確信ありげに言った。どうやら、なにか策があるらしい。すると智明と龍一は訝りながら、被さるように身を乗り出した。通信を試みているのか。いや、それはないだろう。智明と龍一は訝りながら、被さるように身を乗り出した。どうした？　反応するのか？　固唾《かたず》をのんだ。土器が動き出すとは思えない。一〇秒ほどは予想通り何も起こらなかった。が、突然、なんと土器時計の風防が細くて赤い、そして深い光を放ち、明滅を始めた。

「おお！　これ、すごいぞ」

龍一が驚嘆の声を上げて智明の顔を見た。智明も「うん」と言いながら、土器を睨んでいる。まさに百年の眠りから目を覚ました瞬間であろうか。見るとナオミの時計のLEDも明滅している。

「私の名前はヨハンソン・G・シュトッカー…」

「わっ、来た！」

突然、鼻っ先の土器が声を発した。龍一と智明がのけ反った。ナオミは「しっ」と口に人差指を当てる。龍一が、そうきたかといった表情で目を丸くした。

…私の名前はヨハンソン・G・シュトッカー。スイス連邦パイェルヌ空軍基地所属の空軍少佐である。二〇三九年よりも以前にこのメッセージに接する者は、私と同じくタイムトラベラーであることを確信している。その前提で今から話をしたい。

…フェルミラボで二〇三九年に実施されたRプロジェクトに参画した私は、欧州で第二次世界大戦が勃発する一九三九年にタイムトラベルすることに成功した。特定されたある人物をその世界から抹消あるいは行動不能にする為である。私はこのミッションを完結する為、そこで一ヶ月以上を要した…。それでも無事任務を完了した私は、仲間たちが待つ元の世界へと帰還した。そう、帰還した。

…しかし、計画の齟齬はたちどころに明白となった。何故なら、私を待ちうけていたのは笑顔の仲間たちではなく、想像すらもしなかった異世界だったからである。当初ミッションが計画された時、その可能性は当然予想されていた。それでも核戦争による人類滅亡の回避が目的であったプロジェクトの立場では、その後の歴史の変遷の多少の誤算は許容したのだ。が、結果は予想をはるかに超えていた。世界は全くの別物に変異していた。

…仮にその別物の世界をベータ・レイヤーと呼ぼう。私は冷静さを取り戻したのち、ある決心をした。何故そのような結果になったのか、そして一九三九年以降の歴史にどのような変化が起きたのかを綿密に研究することにしたのだ。それもミッションの一部と考えた。そして二年かかった調査の末、私はある結論を得た。

…現在、私は一九〇〇年のアルファ・レイヤー、すなわち私が生まれ生きてきた世界線に身を置いている。そして訳あって中国雲南省のとある町にいる。しかし私の存在によって、この世界線もすでに別のレイヤーへと移行しつつある。したがってこの世界の延長線上に私が生まれ育った世界は存在しないだろう。これは古くからある考え方だが、この宇宙は無数に存在する。なぜならそれを認識しているのは生身の人間である私たち自身だからだ。私は身をもってそれを実証した。

…今、私は思考している。無数に存在するこの平行宇宙、その一つに本来あるべき理想の世界が存在しなければならない。ベータ・レイヤーのことをもう少し話しておこう。その世界が私を驚かせたことのひとつは、そこが異常に遺伝子工学と生化学が進歩した世界であるということだった。二十一世紀初頭、人類は特殊な細胞再生技術を用いて臓器を複製できる技術を持つに至り、人間の平均寿命は百年以上と言われていた。しかし、皮肉なことにその技術こそが人類の争いの種となり道具となる。争いがエスカレートするにつれ、あるグループが特定の遺伝子配列を持つ人種を選択的に攻撃する特殊ウィルスを開発した。そして、それを最初に使用したのが東亜アジア連邦という国家群だった。

…これによって人類の生存権は崩壊した。が、言うまでもなく、その世界は私がプロジェクトのミッションを完遂したことによって生起した、いわば私が創造した世界でもある。生じたすべての相違する結果の責任は私に帰すべきものだろう。それゆえに、今、熟慮の末に私は償いの誓いをたてようと思うのである。

即ち、このベータ・レイヤーから得た知識と技術を用いて、私の理想とするシータ・レイヤーを創生する。それ以外の世界線には、一切存在価値はない。

…ベータ・レイヤーから帰還した私はタイムトラベルを繰り返した。そしてより以上のモノを手にした。しかし問題があった。タイムトラベルというものは、タイムトラベルマシンという核融合エネルギーで駆動するハードウェア、イッテルビウム原子時計、そして時空計算ソフトウェアなどに依存している。いずれもそこには物理的・計数的な制約が生起する。つまりタイムトラベルには限界がある。さて、それではどうするのか。私は考え抜いた…。

…支那の皇帝の離宮にあったという二体の動物のブロンズ像が今、私の手元にある。犬と鼠だ。これに私は正しき世界を創生する為の鍵と情報を託すことにした。将来この犬と鼠を手にする者が、私の意志の後継者としてやがて神の子となる。その時が来るまでは長い眠りにつくことになるだろう。そしていずれこの二体があるべきところに戻った時、私の願いは具現化し、やがて事は成就する。

…私の命はもう長くはない。生身の人間にとってタイムトラベルを繰り返すことは賢明な選択ではなかった。私の身体の変調もそのせいだろう。サイドエフェクトも測りがたい。

…さて最後に、山井ドクターのことを話そう。彼は私のボスであり、そして友人である。タイムトラベラーとして私を抜擢したのも彼だ。彼との出会いは偶然だった。私が学生時代に日本を旅した時、彼と知り合った。軍人になる前である。その後、私は二年ほど日本に滞在する機会を得た。日本での生活は単に楽しいだけではなく、私のその後の人生に新しい視点を与え続けた。山井氏の家にも長く滞在した。特に彼の母である佳奈は私を康司の弟のように可愛がってくれた。私にとって彼女は今でも日本の母である。

…康司には私がベータ・レイヤーから持ち帰った技術で生体サイボーグを開発することを進言した。タイムトラベラーを製作することが目的だ。いずれ、そうした生体サイボーグのタイムトラベラーが現れるはずだ。正当な私の後継者はそのサイボーグである可能性が高い。

…二年ほど前に、私の元にある手紙がアメリカから届いた。私の存在を知る者は今のこの世界にはいない。故にそれは未来から来た差出人不明の手紙だった。手紙にはこんなことが書かれていた。タイムトラベルマシンが発明された唯一の世界はもはや存在しない。二〇四五年にその世界で最終核戦争が起こり、フェルミラボのタイムマシンの製造技術とともに北米大陸に存在した人類が消滅したからだという。

…これは私の仮説であり、このメッセージを残す所以でもある。どこか別のレイヤーにタイムトラベルしていた生存者が、私がここにいることを何らかの方法で知り、その悲惨な未来の行く末を私に知らせたのだと考えている。私に未来を委ねるためである…。

士器はここまで延々と話すと、やがて沈黙した。龍一も智明も声が出ない。

「ふうっ、これはなんだかすごいなあ」

智明がようやくため息をついた。そして「どうですか」とナオミに向かって訊いた。

「間違いありません」

「というと？」

聞いてもよくわからない部分も多い。何が間違いないと言うのか。

「ちょっと待って、夢でみたシュトッカーの話とは何がどう違うんだ？」

今度は龍一がナオミに訊いた。

「あれは、一九三九年へのタイムトラベルから帰還して自分に会ったと報告したシュトッカーのもの。今日のこれは、消えたシュトッカーのその後のメッセージ。別人と考えてもいいでしょう」

驚くべきことだ。智明も龍一も考え込んだ。するとナオミが解説する。

「このシュトッカー時計は電波時計ですが、これはタイムトラベルマシンに搭載されている原子時計とリンクしています。タイムトラベラーでなければ必要としないもの。タイムトラベラーが他にいたとしても、一九〇〇年という年代を考えればシュトッカーしか考えられない」

ナオミは自分の電波腕時計を見せながら断定した。そもそも智明と龍一の目の前にいるナオミこそがこの一九〇〇年のシュトッカーの存在の証拠でもあるのかもしれない。が、そこまでは二人とも気が付かない。

「これはとんでもない話だな」

「でも、彼は何故一九〇〇年の中国に行ったのだろう」

龍一は素朴なしかし的確な疑問を二人にぶつけた。

「それはわかりません。一九三九年で失敗したあと、別の要因を発見したのです」

「要因と言うと？」

「マンハッタン計画以外の、歴史を修正するインシデントだと思います。それが一九〇〇年の前後にあったと考えるのが適当でしょう。彼も言っていますが、生身の人間がタイムトラベルできる回数は限られている」

やっぱり君は生身の人間ではないのか。思わず龍一と智明は顔を見合わせる。

「成程、でも一九〇〇年前後のその後の世界に相当の影響を与える重大な出来事といったらなんだろう？」

龍一は少し考え込む。

「日本がらみでいえば、日露戦争。中国なら義和団とか、世界では、ロシア第一革命…、米西戦争…」

智明があてずっぽうに歴史の知識をひけらかした。

「そういう結果系のイベントではなく、原因系かもしれない」

龍一が少し違う視点を与えた。

「なるほど、それは的を射ている」智明も認めざるをえない。

「それにしても、シュトッカーの言うシータ・レイヤーとはどういった世界なんだろうか」

「それは今私たちがいるこの世界のことかもしれない。彼の時計が出てきたことからもその可能性が高い。神の子になるかどうかは別にして、イヌとネズミを探し出すことが重要です」

ナオミが簡単なことのように言った。智明と龍一は再び顔を見合わせる。…あれ、待てよ。龍一は少し考えてから思考を停止した。確か、これまでイヌを追っていた。このシュトッカーのメッセージを聴く前からである。そうだ、そもそも円明園のイヌの像を探せと言ったのは智明だ。そして泰蔵の協力で手掛りとしてシュトッカーの腕時計に辿りついた。偶々かもしれない。が、あんな事件にあいつを巻き込んだのもそのせいだ。そして今、シュトッカーのメッセージを知る。するとナオミは「イヌとネズミを探せ」だ。いや待てよ、イヌの手がかりは松本にあるんじゃなかったのか。俺は迷路の中を堂々巡りしている。騙し絵の構図にはまり込み、抜け出すことのできない恐怖。そんな感覚が龍一を襲った。これはおかしくないか…。しかし、そう思ったのは一瞬である。

シュトッカーはイヌとネズミがあるべきところに戻った時、彼の計画が具現化すると言った。これは新しい情報だ。が、それは一体何を意味するのか。イヌとネズミがこの世界に現れて、何が起こると言うのだろうか。

二〇〇九年三月のある日、龍一はナオミから突然の電話を受けた。例のネズミが欧州に現れたと言った。来週パリでクリスティーズのオークションがあり、そこに出品される。だからこれを競り落とすという。龍一の協力が必要なので、その日は家に待機していてほしいという話だった。それにしても、ネズミの現れ方が意外だった。本当なのか。それにイヌの方はどうなったんだ。そんなことが龍一の頭をかすめた。

待機を指示されたこの日、朝はまだ早かった。龍一が丁度朝食の準備をしているとドアフォンのチャイムが鳴った。モニターで来訪者をチェックするとナオミだった。マンションのエントランス前にいる。龍一は「よく家がわかったな」といった表情で、自嘲気味のため息をつくとロックを解除した。そう、今日がオークションの当日なのである。

やがてドアをコンコンとノックする音が聞こえた。龍一は黙ってドアを開いた。ナオミが立っている。黄色いスニーカー、グレーのイージーパンツに赤チェックのシャツ。それにベージュのダッフルという服装だ。ヘアスタイルはボブとでもいうのか、ショートヘアだ。龍一には妹はいないが、こんな妹ならいてもいいかもしれないなどと妄想すると、茉莉の顔が頭に浮かんだ。

「おはよう」

ナオミは龍一の顔を見るなり、少女のような挨拶をした。龍一はナオミの全身を足元から上に向かってこっそり観察しながら「あっ、おはよう」と反応した。マインドをコントロールされているような気がする。説明はできないのだが、そんな妙な気分が心地よくもある。

「よくここがわかったね」

言わなくてもいいようなことが口を突いて出た。ナオミは、メモの紙片とコンビニ弁当の袋を龍一に手渡すと、ニコッと笑う。そして、すたすたと部屋の奥に進み、言った。

「私、昨日からあまり寝てないから。少し充電させてもらっていいかな？」

「充電？」

「あの、ちょっと横になりたい」

「あ、どうぞ。そうだなあ…」

龍一が何かを言い切る前に、ナオミは突き当りの寝室へと入り込み、ベッドに座った。

「えっ、そっちは汚いぞ」

そう言ってみたが、変なことを想像して、それ以上言葉が出ない。聞こえてないのか、ナオミは黙ったままごそごそと自分のバッグの中を漁り充電器を取りだすと、コンセントにそれを差し込んだ。目でナオミの動作を追っていた龍一が、ああそういうことかと思った途端、ナオミはベッドに足を投げ出すと横になって布団をかぶってしまった。えっ、それ俺のベッドだぜ。

「そこオヤジ臭いだろ」

龍一は頭をかくと、ばね仕掛けの人形のように首を左右に揺らした。

「そこで寝ちゃうの？」

「二時間」

ナオミが答える。それ以外何も言わない。ナオミもやっぱり眠るのか。龍一はほっとした。しばし部屋に沈黙が訪れる。コンビニ弁当と一緒にとり残された龍一は黙ってそれを食べるしかない。

そして時だけが進んでゆく。ナオミは一体何をしようと言うのか。茉莉にこんなところを見られたらただでは済まない。フライパンの目玉焼きが冷めはじめている。

クリスティーズとは、オークションハウスである。一七六六年にジェイムス・クリスティーズが最初のオークションを開催して以来、安定して成長を続けている、世界有数の老舗オークションブローカーだ。美術品やジュエリー、高級ワインなどを取り扱う。ヨーロッパを中心に世界の主要都市にセールスオフィスと呼ばれるオークション会場を有している。が、何故か東京にはない。

オークションの参加は自由である。会場に出向かずとも、事前登録でインターネットのオンラインや電話、書面での参加もできる。

龍一はナオミに渡された紙片に目を落とした。そこにはオークション参加のＩＤとパスワードが書いてあった。

「クリスティーズか」

龍一は弁当を平らげると、ソファに座り直しパソコンを開いた。クリスティーズをググってみる。

「おっ、これか。クリスティーズのオークション。確かに今日やるみたいだ」

ネズミは中国の骨董品として出品されると言っていた。そう思い出しながら、それらしいものを探し当て、リストを確認する。

「あった、これか」

YuanMingYuan のブロンズ像という出品がある。そう、これだ。入札開始時間は現地時間の朝の十時となっている。それにしてもナオミはよくこれを見つけたものだ。感心しながら龍一は時計を見た。

「こっちの五時か。まだ随分時間はある」

龍一はブロンズ像の「詳細」をクリックした。降ってわいたような話だが、オークションという行為には興味がある。出品は、ブロンズ像が二点。ネズミとウサギの頭像だという。このうちのネズミの画像を開いてみる。正面と側面、そして背面の画像が現れた。黒光りしているネズミの頭部の写真だ。龍一はパソコンの画面を覗き込んだ。人間の頭より一周りは大きそうだ。耳ととがった鼻先の特徴からかろうじてネズミとわかる。

「これを落札するっていうことだな」

龍一は言ってはみたものの、オークションの手続きのことはわからない。仕方なく、円明園の噴水時計や清朝の歴史、アヘン戦争などのネット上の情報をランダムに調べ、十二支像の辿ったらしい運命を確認した。イヌはやはり行方不明となっている。

「もう十一時だ」

時計を見上げた龍一が独り言を言った。なにか準備しないと。時間はあるが気が急いている。が、何をどう準備したらいいのかもわからない。入札するにしたって、そもそも資金はどうなっているのか、十万、二十万のはずはない。智明はこのことを知っているのだろうか。知らないってことはないだろう。まぁナオミのやることだ、心配はない。そんなことをあれこれ龍一は考えるしかない。

「お金のことは心配しないでいい。そもそもそんなモノには何の価値もない」

後ろからナオミの声が突然聞こえた。いつの間にか、ナオミが起き上がってベッドに座っている。

「おっ、びっくりしたな。起きたの。結構寝たね」

ナオミは立ちあがって、龍一の横に座った。龍一は本当にびっくりしたような顔でナオミを見た。

「今日は、多分一騎打ちになると思う。取るか取られるか。勿論、取られるわけにはいかない」

「取るか取られるか？　一騎討ち？」

龍一はオウム返しに言葉を繰り返した。

「そうね、向こうはこっちのことは知らない、そこがつけ目。いや知っているかな。でも、億の単位になることは間違いない」

「オクって、億？」

眉が吊り上がった。競りといっても、たかが鋳物の骨董品。精々何千万円という金持ちの趣味の世界の話と思っていたから、流石に億と聞いて額から冷汗が流れ出る気がした。やはりネズミは只者ではないということか。裏を返せば、こちらと同じ目的をもった何者かがいる。それとも泰蔵を襲撃した一味か。さもなければ中国政府系の機関が純粋に文化財を取り戻そうとしているということだ。そのいずれかだろう。

「それから電話だけど、オークションハウスのスタッフが対応してくれるから、お願いしますね。あなたは、ただ金額を言えばいい」

ナオミが簡単に段取りのことを説明した。

「そうなのか、わかった。人の褌で相撲取るってのは、こういうことを言うんだな」

しかも幾らでもいいという。なら勝つまで淡々とやるだけだ。それでも億と聞いた龍一は、自分でも気がつかないうちに、軽い興奮状態に入りつつある。勝負師の血でも流れているのだろうか。いや、戸惑いもある。今はその時まで黙って待つしかない。龍一は恐る恐る訊いてみた。

「お昼になるけど、少しお腹、空かない？　よかったら何か食べに出ない？」

「そうだね、時間もあるし、じゃあ出かけましょうか」

「えっ、行く？　そうか、じゃあそうしよう」

ナオミにしては珍しい反応だなと思いながらも、龍一は慌てて出る支度をした。近所にうまい蕎麦屋があるんだ。そんなセリフが頭の中を駆け巡った。


時計の針は午後五時五分前を指している。

「じゃぁ、電話しましょう。ログインしてください」

ナオミの指示が出た。龍一がログインすると、ナオミがオークション指定の番号に電話をかける。参加者が確認できると、担当者につながった。スタッフはフランス人のようだが英語での応対だ。龍一がインターネットでオンライン中継にアクセスした。臨場感あふれる会場が画面に映り出た。すでにオークションが始まろうとしていた。競売人が壇上に上がり、そして出品されたネズミがパソコン上のモニターに登場する。

「これだよ」

ナオミが龍一に視線を送りながら可愛らしく言った。画面では、出品されたネズミの来歴説明が始まった。一年前に亡くなったイヴ・サンローランの遺品整理の中から出てきたものだという。遺産を相続した娘が出品した。真贋はわからない。中国清朝時代の庭園の噴水時計に飾られていた装飾用の頭部銅像との説明が追加される。なるほどこういうことか、シュトッカーが言った「現れる」という意味は。土器時計がこのタイミングで出てきたこともシンクロニシティなのであろう。ナオミは瞬きもせずに画面を見つめている。

電話では会場の進行の詳細はわからない。スタッフが電話で龍一に競りは五万ユーロからのスタートだと告げた。いきなりこの金額からだ。

ナオミが頷いた。

「六万」と龍一。ごくりと息を呑む。簡単に落ちればそれに越したことはない。オークションは静かに始まった。さぁ、どうだ。手に汗握るわけでもないのに、電気的な緊張が首筋に走った。

スタッフが容赦なく十万が出ましたと言った。やはり誰か競合相手がいる。ある意味当たり前だ。ひとつためを置いて「二十万」と龍一。中々心得ているじゃないか。自画自賛する。

しばらくしてスタッフ、五十万が出ましたと言う。向こうも容易ならぬ相手がいることに気づいたのだろうか。龍一がナオミの顔を見上げる。あっという間に日本円で一億を超えようとしている。ナオミは次行けと無造作に合図を送る。まだ全然勝負どころではないという素振りだ。龍一は一気に「百万」とコールした。勝負の桁がまたひとつ上がった。競っている奴はいったい誰なのか。敵なのか。中国か。それともただの道楽金持ちなのか。緊張の度合いは否が応でも上昇する。こんな電話の一本一言で普段手にすることのない金額の個人取引をしているのだ。しかも、物理的価値としてはただの銅製の鋳物だ。間違って落札したら、その時は冗談でしたと開き直れば許してくれるのだろうか。

中継の画面は、少しだけ遅れてやってくる。壇上の競売人が一人で何やら会場にいるオーディエンスと視線のやり取りをしている。マイクに向かってなにかを言っているかと思えば、どこからか入ってくる応札の情報に反応する。どうやら、ビッド参加者は会場にはいないようだ。画面では龍一の百万が今コールされた。会場がざわついているのがわかる。なんでこんなものに百万という値段がつくのかといった驚きの顔だろうか。列をなす金持ちそうな赤ら顔の初老の男たちや寒くもないのにファーコートをまとう派手好きの醜い白人女の顔が映し出される。会場は戸惑いの熱気を帯びてくる。

スタッフ、二百万が出ましたと言った。

ナオミは指を五本立てる。龍一はナオミの顔を見ながら捨て身の「五百万」をコールした。これで一気に決着をつけよう。ナオミの指はそう言っている。一体、相手は誰だ。ネズミがタダものではないことをもう一度実感すると、改めて龍一の背中に戦慄が走った。

が、相手も負けていなかった。スタッフ、一千万ユーロ来ましたという。バカげたビッドだ。隣り合う客同士がひそひそ話をはじめている。口元を見るとオーマイゴッドと言っているようだ。そんな会場の雰囲気が電話からも伝わってくる。龍一もそう思う。オーマイゴッド！　いやオーマイキャッシュ！だ。またナオミの顔を見る。指を二本立てて、次、行きなさいといった仕草をする。

龍一「二千万」のコール。マジですか。

反応が止まる。競売人が、ほかにないかといった声をあげている。勿論、会場にはいない。もう一人の応札者に投げかけた言葉だ。ハンマープライスか？　いや、まだだ。

スタッフが、二千百万入りましたが、いかがしますかと龍一に伝える。スタッフも、興奮している。十五分もしないうちに、五万が二千万を超えた。それもたった二人の応札者の間の応酬で。会場は静かなのに騒然としている。こんなメインイベントでもないビッドで、ここまで盛り上がるとは。誰もの顔にそんな表情が見て取れる。苦笑いしながら首を横に何度も振るさっきの初老の男の顔が画面に映る。

「二千二百万」と龍一。そろそろ終局が近づいているのだろうか。そうなら最後の詰めの勝負だ。龍一はこれまでにない緊張と興奮に襲われた。が、これが最初で最後だ。

二千二百五十万と相手。

向こうは二千三百万と返してくる。こちらの出方を探っている。もう限界だろう。

「二千四百万」と龍一。「詰めろ」だ。

反応がない。緊張の頂点に今いる。All or Nothing の瀬戸際と言っていい。まだ反応はない。どうやら対局者は投了したようだ。次の瞬間、お客様が落札されました、とスタッフが龍一に伝えた。最後はあっけなかった。

一気に緊張が歓喜と変わる。よっし、やったぜ。龍一の額に汗がにじんでいる。次の瞬間、別の不安が頭をもたげた。ナオミは涼しい顔をして、パソコンの画面を見ている。電話より三十秒ほど遅れて、競売人がハンマープライスの宣言をした。

「思ったより、簡単だったね。向こうは生身だったかな」

ナオミはあっけらかんと言った。

「おいおい、それだけか？」

あまりにそっけない。どっちも生身だよ、と龍一は心の中で呟いた。

「請求書くるから。あ、そうそう、ご免ね。それであなたの名義と銀行口座情報使わせてもらっているから。二週間以内に支払よろしく、ね。あと、引き取りも」

「ええ、ええー、二千四百万ユーロだぜ！　えー、日本円で三十億とかそんなんだろ」

思わず龍一は我も忘れて子供じみた声を出して叫んだ。智明が何とかするというのはわかっている。それでも、万が一ってこともある。ナオミは笑っている。

「心配しなくていいよ、後は私が処理するから。それより、ネズミが到着してからが、また仕事だよ」

ナオミはもうその次のことを考えている。飛び上るほど大変なことをナオミは何気なくこそっと言っているのだ。相変わらず。

「マジで」

大概の事には動じない龍一も動揺したが、気を取り直した。まだナオミは笑っている。そして人差し指を唇に当てて「しっ」と言う。なにかまた仕掛けをしたようだ。何をしたかは言わない。悪魔だ、龍一はナオミの行動力に改めて恐れをなした。まぁ、後のことは智明がなんとかしてくれるだろう。もう一度自分に言い聞かせた。世の中はこうして動いている。龍一はそんなことも実感した。

するとナオミはひと月もしたら戻ると言って、龍一のマンションを出て行った。今夜は眠れそうにもない。とっておきのウイスキーでも出して余韻に浸るか。一人になった龍一は高揚の後の脱力感を味わうと、急に茉莉の声が聞きたくなった。

翌日、新聞の三面の片隅にこんな記事が載った。

『クリスティーズが主催するパリのオークションで清朝末期に英仏連合軍が清朝離宮「円明園」から略奪したとされる「十二支動物像」のうちのネズミとウサギの頭部像が競売にかけられた。これらは先年死去したフランスの有名デザイナー、イヴ・サンローラン氏の遺品となっていたものだ。会場からの応札はなく、電話で二名が応札したが、最後に予想価格を大幅に上回る二千万ユーロ以上でネズミが競り落とされた。

この銅製の像にそれだけの価値があるものなのか、落札価格が天井知らずに上昇し続けるさまを目の当たりにして会場には騒然とした空気が漂った。その価値を知るものが落札したには違いないが、誰が落札したのかその素性は明かにはされていない。さらに不思議だったのが、ネズミに二千四百万ユーロの落札価格がついたにもかかわらず、ウサギのほうはその二百分の一の十万ユーロで会場にいた北欧の貴族の老夫婦が落札した。

一方、中国の文物局は「競売は中国人の感情を著しく傷つけるもので、略奪した財宝の所有権は中国にあり、速やかに返還されるべきだ」との声明を出した。事前に中国政府はクリスティーズに競売の中止を求めていたが、クリスティーズはこれを無視し、強行した経緯がある』

＊　＊　＊　＊　＊　＊　＊　＊　＊　＊　＊　＊　＊

資金はやはり三宝ストラテジの口座から振り込まれた。あとから龍一が聞いたところでは、ナオミのアドバイスを元に智明が投資していたケミカル関連の会社が株式上場した時に得たキャピタルゲインを充当したらしい。資金手当てはできていたのだ。ともかく支払いを済ませると二ヶ月ほどで、落札したモノが三宝の芝浦倉庫に届いた。そして智明の指示でネズミはセキュリティを強化した倉庫に慎重に保管された。

それから二週間が経った。夕方、オークションの日と同じようにナオミが龍一のマンションへとやってきた。小娘は部屋へ入るなり「ちょっと一時間」と言い、又もや龍一のベッドに向かうと、躊躇なくその中にもぐりこんだ。

「やれやれ。まったく最近の若い子は…」

龍一はそんな独り言とともに苦笑した。あ、いや、三十年後の若い奴はってことかと心の中で言い直す。

「お父さんの匂いがする」

ナオミは毛布の臭いを嗅ぎながら無邪気なことを言った。まさか加齢臭か？　そこまで歳行ってないぞ。なんてこった、これで俺に襲われたらどうするつもりなんだろう。龍一はどこから見ても普通の女の子のナオミを横斜め下に見ながらいけない妄想をしてみる。いや、待て…あの力は若い女のそれではなかった。雨の事故現場を離れる時に自分を引っ張った彼女の妥協のない腕力を思い出した。やはり、この子は普通の人間ではない。

ナオミは一時間後きっかりに目を覚ました。起き上がるなり「じゃぁ今からネズミのところに行きましょうか」と、龍一をデートに誘うかのように言った。

「えっ、そうなの？」

「そう、そうなの」

ナオミを乗せた龍一のクルマは、夜の渋滞が解消した首都高を都内に向かって走った。マンションから芝浦までは三十分も掛らない。三宝の倉庫はレインボーブリッジを見上げる場所にあった。夜八時、周辺の産業道路を走る車両は多くはない。倉庫のセキュリティゲートの前までやってくると龍一はクルマを停めた。間もなく後ろに一台の車がやってきて、同じように停まった。智明だった。

広い倉庫の中の鍵のかかったオフィスに、それは木枠のパレットに入ったまま安置されていた。こうしてみると三十億の代物の扱いとは思えない。そんな龍一の感想を見透かしたように「ここに置いてある分には安全だ」と智明が言い訳をした。

「あまりあちこちに動かすと、人目につく。じっとしている方がいい」

ナオミも探偵かそれともブツの密売人のようなことを言った。

「ちょっと、開けるから手伝ってくれるかな」

智明は二人に向かって言った。木枠はすぐに持ち上げるようにして外れた。さっそくネズミとご対面か、と思いきや、ビニールのラッピングがこれでもかと言うくらいぐるぐると何重にも巻かれていた。取り除くのに十分掛った。

「扱いは慎重にね。四十億だから」

いつの間にか十億上乗せしている。智明が時々声を掛けながら、三人は黙々と作業をした。そして、最後の一皮をむいた。するともう一つ箱が現れた。それを龍一がゆっくり持ち上げた。ほらどうだ、三人の、いや二人だけだろうか、その興奮は否が応でも高まった。写真通りのネズミが期待通りの姿で現れた。マホガニー調の四角い台座の上に支柱があり、ネズミの頭はその中央に超然として存在し、その眼はあらぬ方を見通している。

「うーん」

龍一は感嘆の声を上げた。目の前のネズミにどうこうというより、先日のオークションの競りの場面を思い出している。

「こう見ると黒というより黄金色にみえる。馬みたいだな」

智明が実物を見た感想を言ったが、馬にしては耳が鼠すぎる。長旅の不平を言っているようにも、見つけてくれた礼を言っているようにも、その半開きの口元が語りかけている。この先ネズミにどんな運命が待っているのか、それは誰にもわからない。いや、あるべきところに帰る。ただそれだけかもしれない。

ナオミがネズミを丹念に調べはじめた。そして、シュトッカーの腕時計のときと同じように自分の腕時計をネズミにかざす。ネズミは一体成型の鋳物でできていた。表面的には細工や仕掛けがしてあるようには見えない。ナオミの時計は反応しなかった。

「どうしたんだ」

落胆気味に智明が覗き込む。そしてぐるりとネズミを一周して、何か目に見える手掛かりはないか探した。

「反応がありません。複雑なトリックがあるのだと思います」

「バラしてみるかな？」

ナオミが微笑みながらふざけた。珍しい。

「おいおい、一応四十億だから、慎重に頼みます」智明が真に受ける。

「冗談です」

「謎を解き明かしたら、中国に返還する必要があるでしょ」龍一も慌てた。

「そうそう」

そういうのは冗談でもやめてくれという表情の智明だ。

「シュトッカーがあとから仕掛けをしているとしたら、何かしらの痕跡があるはず」

ナオミが真顔にもどって言った。

「これは何でしょう？」

ネズミの左耳の後ろ側が微妙に右よりも盛り上がっているように見える。龍一が気付いた。しかしあってもミリ単位だ。

「なるほど、ここは後から肉盛りしているかもしれない」

智明はその部分を撫でながら左右を比較した。ナオミがじっとネズミの耳を見ている。

「シュトッカーが言っているように、イヌの入手が同時に必要なのでしょう」

「そうそう、ナオミさん、そっちの方はどんな具合ですか？」

　龍一が思い出したように訊いた。

「イヌの手がかりは九〇年ほど前の欧州に遡る必要がありました。石原さんに会って、イヌの探索をお願いしたところです。彼は成し遂げると信じています。明日もう一度会って、その後の状況を確認します」

　百年も前の人物に、ついさっき会ってきたみたいな言い方が相変わらずナオミだなと思いながら、龍一は智明に視線を送った。

「あの、ちょっといいかな、質問なんだけど。そのイヌの所在がわかっている時代に遡って、そこからそのイヌをこっちに連れてくるってわけにはいかないんだろうか」

　龍一が、前からずっと思っていた疑問を初めて口に出した。ナオミは考えている。そして言った。

「タイムトラベルで一番危険なのは、その世界の物質、エネルギーの総和を変えてしまうことです。ある時代にタイムトラベルすると、その時代のエネルギーの総和がタイムトラベルした質量分だけ増加する。それは許されないから、その質量分の何かが別の世界に飛ばされる。或いは波エネルギーに変異する。それが玉突き状態になって半永久的にその現象が続くということです。これは仮説ですが、そのような理論に基づいてタイムトラベルはコントロールされているのです。それで、これを避けるために、タイムトラベルマシンは、等価の物質あるいはエネルギーをトラベル元の世界に飛ばすのです。さもなければ、影響を最小限に抑える為トラベルしたその瞬間に戻るしかない。別の言い方をすると、過去のあるモノを現在に持ってきて代用することはできない。そして元の世界に戻る時は、トラベルした時刻に戻る」

「えっ、だって、俺も一度タイムトラベルしているじゃないか。あの時は同じようなことが起こったってことなのか？」

「ですから、向こうにいたあなたが消滅したのです」

ナオミはとんでもないことを言った。本末転倒だ。龍一は頭の中がリセットされる感覚を味わう。

「消滅っていうか、事故で死んだっていうことでしょ？」

自分が死んだことを他人が死んだみたいに言うのはやっぱり気持ちが悪い。

「厳密にいえば、そうではありません。あなたがタイムトラベルしたことが引き金になって彼は消滅したとも言えるのです。それが因果の法則」

念押しするようにナオミは恐ろしいことを口にした。いや、レトリックか？　あるいは禅問答か。それにしてもひどい。じゃぁ行かなければよかっただけのことじゃないか。いや、やっぱりそれはあり得ない。それにそもそも人間が死んだって質量やエネルギーの総和が変化することにはならない。それにタイムマシンやナオミの質量は計算されていない。やはりレトリックだ。

とにかく、今すでにどこかにあるはずのイヌを過去から持ってくるわけにはいかない。ナオミも現物を見ているわけではない。さらに彼女は決定的なことを言った。

「そもそもイヌは熟成したものでなければならないのです。それだけの時を経た本物のイヌが必要。つまり、イヌは今もこの世界のどこかにある。裏を返せばそれを探し当てればいいだけの話」

「？」

龍一も智明も熟成の意味を量りかねたが、話の後段はもっともなことだと思った。今は手がかりがつかめなくとも、石原の算段具合ではっきりする、ということなのかもしれない。なにも焦るようなことではないのだ。

その時。智明が何気なく手にしていたシュトッカーの土器時計に変化が現れた。

「あっ、時計が反応している！」

気がついた龍一が驚いた。文字盤が薄赤い点滅をはじめたのだ。

ナオミは自分の時計を見た。すると同じようにＬＥＤが点滅している。

「シュトッカーの腕時計を経由してデータ交換をはじめました」

ナオミが言った。すると数秒でデータの読み込みに成功した。

「人間の遺伝子情報の一部です。しかも二人分」

「遺伝子情報？」

龍一と智明は同時に反応した。ナオミはしばらく考えている。そして口を開いた。

「二〇三〇年頃から、重要機密情報のパスコードに個人の遺伝子情報が用いられるようになりました。特に軍事または外交関係において。シュトッカーは軍人です。ですからこれはシュトッカーが言っていた情報へアクセスするための鍵、つまりパスコード」

「そうか、手掛りとしては充分だな」

手が込んでいるなと思いながらも、智明は一縷の望みをみつけたかのように言った。

「待って。イヌはどうなりますか」

「セットで考えるべきでしょう。シュトッカーはイヌとネズミがあるべき場所に戻って初めてことが成就すると言った。遺伝子情報がパスコードとして用いられる場合、生体認証とセットになることが多く、とくに眼底血管文様が用いられる」

龍一は面倒だなと智明と同じようなことを思った。

「遺伝子情報に、眼底血管か」

智明も気の遠くなるようなこの先の道程を思いやると、大きく息を吐いた。

「その可能性はあります、いえ、その可能性が高い」

ナオミも認める。悲観する必要はない。

「じゃぁ、次なる疑問は、その二人分の情報ってところだ。一体誰と誰のか？って話だ」

もう一度智明は息を吐く。思案気に腕組みしてみても、なんのアイディアも浮かばない。が、龍一がこの上のない着眼点を提示する。

「シュトッカーの言葉の中に何かヒントがあるんじゃないでしょうか。もう一度聴いてみませんか」

「おっ、そういうことか。いいところに気がつくね。じゃあもう一度シュトッカー時計にお伺いを立てるか」

智明がシュトッカー時計をナオミの電波時計に近づけてみた。暫く反応を待った。しかし、待てども暮らせども、二度とシュトッカー時計は喋らなかった。

「ダメだ」智明が落胆する。

「何を言ったか録音しておけばよかった」龍一も後悔だ。が、実際にはそれは無理だった。

「ナオミ君、君なら覚えているだろう」

一縷の望みをナオミに掛ける。すると黙っていたナオミが微笑みながら応えた。

「これは自ずと明らかです」

「おっ！」やっぱり頼りになる。

「シュトッカーのメッセージの中で、個人名が二人出てきました。遺伝子情報は二人分。そう考えれば、山井康司とその母親の佳奈」

「なるほど。そういうことか」

智明と龍一はすんなり合点して興奮した。さすがはナオミ、としか賞賛のしようがない。

「シュトッカーは、メッセージの中で脈絡もなくこの二人の名前を出しました。話の主旨から外れるこの二人に態々触れたのには訳がある」

「うんうん。じゃあこの二人で決まりだ。だけど山井康司っていう人物はいったい何者なんだ」

「私を作った人」

「いや、そういうことじゃなくて、生い立ちとかさ」

「日本人で長野生まれ。本名は桂木康司。三〇歳で京都大学大学院を卒業後、アメリカに渡ってシカゴ宇宙工科大学で研究員としてワームホールを研究。その後フェルミラボに招聘されて、タイムマシンの開発をおこなった。三十五歳の時に同僚の山井奈緒美と結婚。改名はこのとき。世界核戦争が起きる前の話です。奈緒美とは康司が四十歳のとき死別。母親の名前は山本佳奈、父親は…葛城龍一」

智明は最後の一言を聞いて跳びあがった。そして龍一の顔を見た。

「なんだ！　それじゃあ全部繋がっていたのか」

「そういうことです。今ここに葛城龍一がいることには必然性があるのです」

当の本人はなんのことかわからず「えっ！　どういうこと？」と言った顔を見せた。いや、内心では相当当惑している。

「ちょっと待ってくださいよ。その葛城龍一って本当に俺のこと？　山井っていう人物が息子だなんていわれても。というか、ちょっと待って、子供、まだいないし」

山井の話はあの夢の中にも出てきた。それを思い出している。それにこの先子供が出来るとしたら、それは茉莉との間だ…。智明もすぐに気がついた。

「そりゃそうだな。山井氏が二〇四〇年でだいたい五十歳くらいだとしたら、今もう二十歳にはなっている。龍一君、二十歳の隠し子がいるのか？」

冗談めかして智明は言った。明らかに、それは矛盾点だ。

「山本佳奈のほうはどうなんでしょう？」龍一はそっちの方も気になる。

「実在しません」ナオミは断言した。

「何だ、やっぱり。それじゃぁ話にならないじゃないの」

智明も拍子抜けした。が、ナオミが意外な言い方をする。

「この世界線では、という意味です」

「どういうこと？」

「むこうの世界線には存在しています」

「もうちょっと分かり易く」

「彼女らが存在する世界線では戸籍情報が整っている二十世紀以降の日本人のすべての血縁がデータベース化されています。誰が誰の子供であるか、親であるかは容易にわかるのです」

「そんなことまで簡単にわかるのか。というかそれがデータベースになっているというところがすごいな」

龍一も感嘆するしかない。

「血縁とかならこっちでも一緒じゃないのか？」

智明の疑問はそういうところにもある。が、ナオミは否定した。

「それは異なります。実際向こうでは葛城龍一は既に死んでいるし、こちらでは生きている」

そう言ってナオミは龍一の横顔を窺った。

「確かに、そういうことだな。怖い話だがそれが現実なんだろう」

「変わらないのは、誰が誰の子として生まれてくるかという部分だけです。よって、山井康司は葛城龍一と山本佳奈の実子であることは、間違いありません」

「ようし、わかった。そういう前提でいいだろう。で、どうする。年齢差の矛盾は依然存在する。しかも山本佳奈は実在しないという致命的な問題もある」

なにかに納得した智明は多少の矛盾には目をつぶり勢いづいてみせた。

「別の世界線から彼らを連れてくるしかないでしょう」

智明と龍一は「えっ！」という表情を見せた。

「何、そんなことができるの？」

出来ない話ではない。「この世界では存在しない妻と息子を向こうから連れてくる」という奇天烈《きてれつ》な発想に、龍一は俄然と興味が湧いてくるのを感じた。知らぬ間に妻子持ちか。いや、俺には茉莉がいる。

「やってみるしかありません。向こうには間違いなく山井は存在する。そして彼の母も存在する」

「あれ、ちょっと待って。僕は殺されたよね？」

龍一は苦笑いしながら、それで子供が作れるの？という疑問を呈したつもりだ。

「今ここで問題なのは、康司と佳奈の遺伝子と生体認証情報です。この二人を確保するのが当面の問題となります。そこに絞りましょう」

龍一ならここにいるじゃないかとはナオミも言わなかった。

「そうだな、僕のことはまあいいか。しかし、年齢差もどうしてなのか、不思議だ」

「親子年齢の矛盾の原因としてはタイムトラベルに起因する可能性があります。今は深く考えなくていい」

「じゃあ、そのミッションはナオミ君に任せていいね」

その「タイムトラベルに起因」の意味はわからなかったが、智明はナオミに確認した。

「二人を確保します。ただし、必ず元の世界に返すことが条件になります」

そうしなければ向こうの世界線が破たんすることになるだろう。それもあってはならないことなのだ。

すると「そりゃそうだろうな」と智明も龍一も頷きながら口を揃えた。

「あれ、それでそもそもの目的はなんでしたっけ？」

思い出したように、何故こんなことをするのかわからなくなった龍一がナオミに向かって訊いた。

「山井の存在する世界を救う為です」

そうか、一義的にこれはナオミの問題であるが、突き詰めてゆけばナオミに依存している自分たちの問題ということ。これが因縁というものなのだ…。

一ヶ月後、ネズミは厳重に梱包され直し、ＦＥＯＲの名前で南京の文物局へと送られた。ネズミは収まるところに収まらなければならない。

誰かが嘆いた。

「麻雀がめちゃくちゃ強い人って、あれなんだろうね。数学的な、要は確率っていう人もいるけど、それだけじゃぁ説明つかないよ。とんでもないマチで、ラス牌で跳満とか自摸《つも》る奴。それで何度やってもトップで上がる。いや負けない。俺が同じことやろうとすると、必ずその前に満貫とか振り込む。欲張りの度合いは同じはずなのに、やってらんねーよ」

すると誰かが言った。

「それは君、シンクロニシティってやつだ。望めよ、さらば与えられん。君の望みの強さの度合いが足らないということだ。昔からよく言う。犬も歩けば棒に当たるってね」

「シンクロ？　いや、それはちょっと違う気がするがなぁ。それに犬じゃあギャンブルには勝てない」

「ていうか、虎屋のよーかん食いてーって思っていたら、誰かがお土産によーかん持ってきたとかさ、あるでしょ。それと同じこと。来ないと思えば絶対来ない」

「それだけでは麻雀、勝てないだろ」

「これ、まともな心理学者が真面目に研究した話だぜ。シンクロニシティっていうのは、意味ある偶然の一致とも言うんだが、心の中で望んだことが、なんの因果関係もない外界がこれに対応して符合するっていう現象だ。つまり、虫の知らせとか、予知夢も同じ類な。これのすごいヤツを体験すると、悟りを啓くという説もある。まぁお前が悟りを啓くには百年早いがな」

「いやー、多分悟りは無理だわ。別の意味では悟ってる感はあるけどね」

二〇一二年十一月某日の昼下がり。智明と龍一は永田町の官邸にいた。外の銀杏の並木は少し色づきはじめている。が、霜月と言うには汗ばむような陽気である。瀬上智明は、半年前武内が首班指名を受け内閣総理大臣に就任した時以来、官界ＯＢ・財界人からなるアジア経済政策研究会という首相の私設諮問委員会の座長を務めている。今日は表向きにはオブザーバーである龍一を伴い、ここを訪れた。官邸は五階建てのアールデコ調の瀟洒な建物だ。上空から見ると八角形に見えることから警備関係者やマスコミからは夢殿とも呼ばれている。前庭に当たる部分は池となっているが、緊急時には水が抜かれてヘリポートとなる。さすがにサンダーバードは飛び出ない。

邸内は官邸警備隊によって常時警備され、私人が気ままに訪れることはない。二人は十分ほど前に三ケ所あるセキュリティゲートを通り抜けて、ようやく五階にある総理会議室に通されていた。それから三十分ほど待ったであろうか。武内が「いやぁ、すみません」と言いながら秘書官を伴い早足に部屋へと入って来た。

「どうも、お待たせしました」そう言いながら武内は後頭部を手で軽く叩いた。

「お忙しそうで何よりです」智明も同じように恐縮した。

「いや、ヴェトナムのダナン産業商工会のご一行さんが昨日から見えられていまして、経済協力要請の話がちょっと長引きました。申し訳ない」

「いやいや、お気になさらず。こっちはいくらでも大丈夫です」

「葛城さん、今日はようこそおいでくださいました」

武内は智明の隣に座っている龍一に向き直ると手を差し伸べた。龍一も物おじせず「どうも」とだけ挨拶すると二人は軽く手を握りあった。五年ほど前だったろうか、まだ武内が野党の幹事長だった時、智明の紹介で人形町の料亭で二度ほど会っている。龍一も武内のざっくばらんな性格はその時からわかっていた。以来、お互い交信はなくとも同じ目標へと向かって突き進んでいる実感を共有している。武内は単刀直入に切り出した。今日はその話なのだ。

「瀬上さん、いいお知らせです。日本政府としては日満朝を中心とした東アジア統合を外交政策の基本方針にするということで、来月中には閣議決定するという方向で固まりました。今日はそのことを申し上げたくて、朝からうずうずしていたんですよ。問題は中国がこの連合に加盟するか否かですが、そこだけです。王大使には、もう二ヶ月ほど前に、もしそう言うことになったら加盟の意向はあるのかどうかという打診をしてあります。まだその後何も言ってきていませんから、どうなるかは不透明ですが、向こうもこういう話は簡単には返答できないでしょう」

「中国については、こちらでも手を尽くしていますので、そんなひどいことにはならないと思います。政府が腹をくくってくれれば、後はいかようにも。総理には感謝このうえないです。あー、でもよかった。愈々ですね。葛城君がひのき舞台に立つ日も遠くない」

「全くです。日本政府としては、連邦体制を全面的に支えてゆくつもりですし、国民のコンセンサスは得られていますから。満洲政府も勿論異存はないと理解しています」

「満洲の日系人の人口比率は十七、八％程ですが、日本と満洲は、産業経済分野、社会文化においては一衣帯水の深い関係があります」龍一が付け加える。

「ＦＥＯＲの活動も大いに助けになっています。ただ、気をつけていただきたいのは、ロシアの支援を受けた満洲国内のテロ組織が、アジアのブロック経済化や反露・反欧的な脅威が顕在化した場合、これに断固対抗するという声明を出していますから、なんらかの妨害行動をとるのではないかという懸念も上がってきています。特にロシアは、右派が政権の中枢で力を得つつあるので、厄介です。満洲国境と南樺太では反政府ゲリラの追討という出鱈目な名目で正規軍の越境行為が最近目についてきています」

「わかりました。慎重に事を運ぶ必要があります」智明も応じた。

「それからお二人とも、身辺には気をつけていただきたい。政府内あるいは議会にもそうした勢力が浸透してきている可能性もある。信頼できるコネクション以外はそれこそ信用しないことです」

「わかりました。こちらもそのつもりです」もう一度智明が応じた。

「じゃぁこれからブラジルの農業大臣との会見があるので、ちょっと失礼します」

ニコニコしながら武内は二人と固い握手を交わすと、そそくさと会議室を後にした。これで充分だ。智明も龍一も満足した。


官邸を後にした二人はタクシーを拾おうと、外堀通りに出た。すると、待っていたかのように一台のＳＵＶが目の前に停まった。

ナオミだった。ネズミの件からすでに三年半が経っている。相変わらず登場は突然だ。尤も彼女からすれば、三年前のことも昨日か一昨日のことなのだろう。が、こっちからすれば、イヌの件がどうなったのか、それすら確認できていない。そのナオミが今運転席から二人を見ている。

「乗って」というサインだ。何があったのだろう。或いはこれから何が起ころうとしているのか。智明が助手席に、龍一が後部座席へと乗り込んだ。

「おやおや、お迎えとは嬉しい限りだ。三年ぶりだね。何かありましたか？」

智明が茶化しながらナオミに訊いた。

「イヌの件です。ハルビンで保管していたのですが、それが行方不明になりました。想定外の妨害が入ったようです。このままいくと別の世界線へと遷移する」

ナオミは単刀直入に、何が起こったのかを言った。遷移と言ったって、有り体に言えば状況が変わったということだろう。そうは思ったが智明が調子を合わせた。

「なんと、それはまずいな」

「それってどういうこと？　確保したはずのイヌがどうしたんですか」

「国柱会の保安倉庫が襲われました。そしてイヌが持ち去られた」

一度は確保に成功したイヌが何者かによって奪われた……。

「それはいつのことですか？」龍一が訊いた。

「一九三二年十月。内モンゴルの東北民衆救国軍という、満洲からの独立を宣言した反乱部隊の別働隊を名乗る十人ほどの煙匪に襲撃されました」

「エンピ？」

「馬賊のようなものです」

「なんと。馬賊が国柱会を狙い撃ちし、しかもイヌを持ち去ったというのか」

智明は驚いた。見えない敵が明らかに存在する。

「そうです。しかも、続きがあります。イヌは石原さん、即ち陸軍からの預かりものだったので、慌てた国柱会の自警団メンバーが盗賊の後を追ったのですが、翌日チチハルへと続く幹線道路上で彼らの射殺死体が発見されたということなのです。持ち出されたイヌは消息を絶った」

せっかくの石原の仕事が水泡に帰した。そういうことなのか、それとも、いや、最初からそういう運命だったのか。これをどのように解釈すべきなのか、智明にも龍一にもわからない。

「困りましたな」智明は、で、どうするつもり？という視線をナオミに投げかけた。

「一九三二年でこれを解決するしかない」

それはそうだろう。が、だったらナオミは何を言いに来たのか？

「イヌは今でも世界のどこかに存在するはずですよね」

前にも話したことだ。龍一は少し視点を変えることを暗に提案した。

「なんの手がかりもないまま、それを探し出すのは至難。やはり何らかの情報が必要です」

必要な時に必要な場所でイヌが出現すれば問題ない。そうか、その為の仕掛けが必要ということなのか。ナオミはなんらかの手がかりを探している。龍一はあることを思い出した。

「そういえば、森泰蔵君が言っていたことがあります。川島芳子という満洲族の姫様がイヌの消息についてなにか知っているはずとか」

「そうそう、そんな話、言っていたね」

智明も龍一から以前聞いた話を思い出す。但しこの期に及んでそれが有用な情報なのかはわからない。

「川島芳子ですか。面倒ですね」ナオミがしばらく考えてから言った。

「面倒って、どういうこと？」龍一が訊いた。

「彼女の歴史関与係数が大きすぎます」

「関与係数？」初めてナオミが口にする言葉だった。

「そうです、つまり大局的な歴史の流れへの関与度が高く、こういう人物を巻き込むと予測不能の結果を招く、そういう危険度を数値化したものです。同時代では、石原さんと同格です」

「へぇ、石原さんは危ない人だったんですね」龍一が冗談めかした。

「その意味では両者とも当時の日本の一等人物です」

「だから仲間に引き入れたってわけか。とすると俺たちのそのなんとか係数も高いということか」

ナオミはそんなことを言う龍一から視線を逸らしたまま黙っている。

「その姫様の菩提寺が松本にあって、森君の調べでは、手掛りなしと言っていたけど、その時と今が違う状況なら、もう一度行って確かめる必要があると思う」龍一が話を戻した。

「そうですね、あなた自身が一度訪ねてみるのがいいでしょう」

ナオミはそう言うと何かを決心したようだった。そしてさらに付け加えた。

「イヌの消息不明が、この世界に変化を与えるのは間違いありません。この先さらに不測の事態を呼び込むことが考えられる。騙されないように」

「…」

「騙されないように」とはどういうことなのか。


森泰蔵は例の事件以来、ここしばらくは龍一との距離を置いていた。というより、龍一が彼を遠ざけたといったほうがいいかもしれない。責任は自分にあったのだ。軽率な行動で彼に怪我を負わせたという負い目と、もうこれ以上は巻き込めないという思いがあった。それでも時折この件には関係のない部分で連絡は取り合っている。早速泰蔵に電話して川島の墓がある寺の場所を確認することにした。

泰蔵はいつもの調子で電話に出た。まだそれやっているんだねと言いながら、それなら松本市内の正麟寺だと言って、住職を訪ねていけばいいと教えてくれた。泰蔵は、あの時のことは気にしていない、何かあったらいつでも協力するぞと最後に付け加えた。龍一も正直に、うんその時は頼むよと言って電話を切った。

一週間後の早朝、龍一は松本へと車を走らせた。あの経験以来、走るのをなるべく避けていた中央道だったが、この時ばかりはやむを得なかった。相模湖から談合坂までの間、季節外れの激しい雷雨に見舞われたが、小淵沢を過ぎたあたりから空は嘘のように晴れあがった。

曹洞宗正麟寺は桃山時代の創建と言われる。松本城の北西、城山公園の東にあった。どこにでもある市井の禅寺である。

この日、住職は不在であった。龍一は確認してから来ればよかったと後悔したがあとの祭りだった。仕方なく、川島家の墓所を訪ねることにした。墓地は寺の裏手の雑木林の中にあった。その先には近代的な葬儀場の建物が見える。川島家の墓は記念碑のような墓石ですぐに見つかった。が、どこを探しても芳子の墓は、見つからなかった。おかしい、なにか話が違うじゃないかと思いながら、龍一は仕方なく養父の川島浪速とその妻の墓石に水を掛け清めると、途中で買ってきたバラの花を供え、静かに手を合わせた。

寺にふらっと来たくらいで、なにかが急転直下に決まったり、それまでわからなかったことが明々白々になったりするとは端から思ってはいない。が、現場に来てみて初めてわかることもある。そういう期待だった。そうして見ず知らずの他人の墓に参って、願い事をした。イヌの行方に導き給えと。意味なんかない。

その時、背後に人の気配がした。立ち上がって振り向くと、一人の老人が龍一を見ている。手に花と水桶を持っている。すれ違いざま、ゆっくり会釈を交わした。訊けば何かわかるかもしれない。すると老人の方が先に声をかけた。

「どうもどうも、ありがたいことです」

「失礼します」龍一も一礼した。すると老人が訊いた。

「あまりお見かけしませんが、どちらからおいでいただきましたか」

「はい、神奈川から参りました」龍一は立ち止まった。

「ほう、それはそれは、ご苦労さんです。失礼だけど、川島家とはどのようなご縁の方ですかな」

丁度いい。それはこっちも訊きたい。

「いいぇ、ご縁はありません…ただ…」

「ほほう、それは、ありがたいことです」

老人はもう一度頭を下げながら、龍一のつま先から頭のてっぺんまでをスキャンするかのように、この若い男の品定めをした。龍一は言いかけた言葉の続きを言った。

「ただ、川島芳子という女性のことを知りたくて、何かわかるかなと思って伺った次第です」

すると老人は「ん?」という表情を見せた。

「川島芳子さん、うんうん、浪速さんの養女の芳子さんのことですな」老人の言葉が少し砕けた。

「そうです、その女性のことというか、どんなことをした人か、そんな色々知りたいことがありまして…」

「ちょっと、待ってもらえるかい」

そう言いながら墓前に参ると、老人は墓石の頭を柄杓の水で清め直し、薔薇のわきに菊の花を供え、線香に火をつけ合掌した。立ち上がり際に雑草を何本か抜き、それをあらぬ方へ放り投げるとようやく龍一に向き直った。

「そうですかぃ。川島芳子、ね。芳子さんっていうのは元々清朝の王家の出で、金壁輝という中国名ももっていたが、一九四八年だったかな、中華民国政府によって政治犯として捕えられて、その後処刑された。色々危ない情報を持っていたらしいからなぁ」

老人は、そのくらい知らんのかといった顔をした。龍一は驚いた。別人か？　いやそれはない。泰蔵の話とも大きく違う。思わず訊き返した。

「あの、満洲国の外交官として六〇年代まで活躍していた川島芳子さんのことなんですが」

老人は龍一の顔をまじまじと見つめると、妙なことを言う奴だと訝ったようだ。

「川島芳子と言えば、川島芳子だ。墓らしきものは黒姫山の雲龍寺というところにあるが、いやぁ墓というよりは追悼碑のようなものがあるだけだ。それに満洲といったって、そんなことは戦前の話でしょう」

「は？　戦前とおっしゃいますと？」

「大東亜戦争でしょ」

龍一は言葉がでなかった。というより落胆した。簡単な話だ。この老人はボケている。そう思った。この人ではダメだ。ここは調子を合わせるしかない。何でもいい、何か手がかりはないのか。

「なるほど、そうですね。失礼ですが、川島芳子さんのことはお詳しいようですが、どのようなお知り合いだったのでしょうか」

何をわかりきったようなことを、といったふうな表情を見せると老人は言った。

「ワシのオヤジがね、浪速さんに世話になった。松沢と申す。芳子さんとは子供の時何度かあったことがあると聞かされたもんだが、記憶にはない。それで、おたくさんは、どんなことが知りたいんだい」

「葛城龍一といいます。実は私は川島芳子の遠い親戚にあたるんですが、今度本を書こうとしていまして」

適当なことを言い始めた。さっきは縁も所縁もないと言ったくせに。ボケ老人だからと言って舐めているのか。老人も突っ込まない。

「…それで、芳子の事績を調べているんですが、どうしてもわからないことがあります。満洲で清朝の財宝を馬賊に奪われた時にそれを取り戻すという活躍をしたのですが、その財宝の行方がさっぱりなのです。そこのミステリーを追っているんです」

「ああ、そうですかぃ。で、それはいつ頃の話ですか」

聞いてどうするんだとは言い返さない。

「一九三二年のことと言われています」

「じゃぁ関東軍が溥儀を担ぎ出して、満洲帝国を建てた年でしょうな」

「詳しくご存知ですね」

老人はそりゃそうだよと言った顔をした。

「でも、ここには何もないなぁ」

「ええ、そうなんです。そこはわかった上で来てみたんです。寺に何か逸話とか遺品とかないかとか、そんな淡い期待をしていたんですけど」

「さっきも言ったが、金壁輝は北京で銃殺刑にされているから、このあたりでは、遺品のようなものは何も残ってないな。あっそうだ、何かあるとすれば、雲龍寺だな。まぁ無理か、期待はしなさんな」

それはさっきも聞いた。やっぱり、かみ合わない。仕方なく、その場を辞することにした。ただ、なにか思い出したり気がついたりしたら是非連絡くださいと言って、名刺を差し出した。ダメもとだ。

「そうか、では名刺はいただいておきましょう。芳子さんのご親類ということは、世が世なれば、ですな」

「あ、いえ、恐縮です。では、これにて」

失礼しますと斜めに頭を下げると、それ以上は見向きもせず歩き出した。別の人を探そう。そう思った矢先、ケータイが鳴った。

「はい、葛城です」智明だった。

「龍一君、今どこ？　たしか今日は松本だったよね。どう何か判った？」

「はい、松本ですが、それが、川島芳子の菩提寺に来ているんですが、これといった収穫は今のところありません…」

「そうか、まあ仕方ないな。それより実は気になることがある。いや、というより何かがおかしいぞ」

「えっ？」智明の様子に、龍一は嫌な予感がする。

「この間、ナオミ君からイヌが行方不明って話聞いただろ。それで世界線が遷移するって。どうもあれからおかしくなってきているようだ。さっき、マシピンの王さんから電話が来たんだが、訳がわからんことを言い出した。中国吉林省への投資案件について相談があるから乗ってほしいって言うんだけど、は？何ですかそれ？って言ったら怒っちゃってね。電話切られちゃって、掛け直したら、こちら中国吉林省共産党本部外資招聘委員会ですっていうんだよ。そんな組織、聞いたことがない。秘書にもう一度電話を掛けさせたら、同じことを言われたそうだ。メールもエラーで返ってくる。すべてがすべてそうじゃないんだが、どうもおかしいことになっている。ちょっとこっちへ戻ってくれないか」

時々「えっ」と発声する以外は黙って聞いていた龍一も一言添えた。

「そういえば自分もなんかおかしいと思ったことがありました。今そこであった老人が、満洲という国はとっくの昔になくなっているみたいなことを言ったんです。何を馬鹿なと、まあボケ老人だとは思うんですけど…」

「それも気になる話だ。とにかく、善後策を考えないと…というか、ナオミ君とコンタクトとらないと。対処できるのは彼女だけだ。今は無駄な動きはしないほうがいい」

「わかりました、すぐ戻ります」

龍一は、この世界の成り立ちの危うさ、壊れやすさというものを想像した。いや、もしかすると、これこそがその真の姿なのだろうか。或いは川島には近づくなという過去からのメッセージなのか。


その日の夕方、東京に戻った龍一が慌てて智明に会いに行くと、彼は龍一を見て意外なことを言った。

「あれ、今日は松本じゃなかったのか？」

「いや、智明さんから電話もらったから、松本からすっ飛んで帰ってきたんですけど、用件は何ですか？」

「おおそうだった、すまんすまん、そんな慌てなくてもよかったんだが、これから東大医科学研究所のウイルスを専門に研究しているドクターと銀座で会食をするんだが、君も一緒にどうかと思ってね。川倉さんていう人だが、我々にとっては重要な人物だ」

「成程、そういうことでしたら、喜んでお供します。松本は今度またじっくり出かけますから」

普段通りの二人の会話にはどこか安心感がある。

「Confrontation《コンフロンテイション》」

二〇一三年の春、上海である。外灘《ワイタン》にある和平飯店の薄暗いオールドジャズバー。井村と智明がテーブルを挟んで龍一と向かい合っている。ジャズバンドの演奏はまだ始まっていない。壁際の井村がドラフトビールとミックスナッツを三人分注文した。ひとしきり、どうでもいい会話を交わした後、井村が切り出した。

「それでなんですが、葛城さん、今、上の方で、といっても東アジア各国外務省高官レベルの話としてですが、来年或いは再来年をめどに東アジア連邦の構想について合意できるんじゃないかという見込みがでてきました」

「ここにきて動きが活発化しているようですね」龍一も状況はわかっている。

「背景としては、北方のロシアの動きが過激化していまして、まぁ、そう呑気なことが言っていられなくなってきたってことです。ただ、連邦構想と言っても、各国の主権は相当温存されるので、私たちの目指すところからは、まだまだなんですが。それでも、域内の結束の強化とか、通貨統合とか、連邦議会の設立とか、そういう方向に一気に動き出すことも考えられます。やらなきゃいけないことは山ほどですが、とにかくロシアをなんとかしないことには、アジアの主権自体がやがて大きなダメージを受けます。各国の利害がばらばらだと、ほんとに対抗できませんから」

「ロシアの後ろにはヨーロッパ列強がいるしね」

智明の補足があるが、井村の弁は続く。

「合意ができるってことは、連邦設立に向けたイベントが日程上で明らかになるっていうことですから、それで、じゃぁ連邦政府の組織をどうするかっていうところが、最後の問題でして、各国の承認、といっても後づけ批准でいいんですが、まぁ、先にことを進めるためには不満の出ないところで破たんなくやりたいわけです。それで、中立的なＦＥＯＲがその部分の主導的な役割を担うことでどうかという話になっているわけでして。内実は、結局は財政的な、もうひとつは軍事的な日満両国と中国政府内の連邦派のサポートのある私たちがうまく新組織のかじ取りをしなければならないという、そういうストーリーです。まぁ、軌道に乗れば、またやり方もあるんでしょうが、最初のところは力仕事ですから。で、じゃぁ誰がその組織のリーダーシップをとっていくかということになるわけなんですが、官僚や選挙民への利益誘導型の世襲政治家じゃだめってことです」

あたりまえのような次元の違う話を織り交ぜながら、井村はいつものように冗長だ。が、そこまで言って、井村は智明の顔をみながら一度唾を飲み込んだ。

「つまり、葛城さん、あなたにその大任を引き受けてもらいたいってわけなんです。各国もそれでひとまず不満は出ない。勿論我々が前に後ろにあなたを支えるんですが。見識、信念、判断力、人を引き付ける魅力、どれをとっても申し分ない。しかも、血筋だ。承諾していただければ、次回の総会で決議してもいいんです」

なるほど、そういうことだ。だが最後に血筋といったところだけは、何を言っているのか聞いている方には飲み込めない。井村の言葉は誰かの受け売りなのだろう。

「わかっています。いずれ、どのような形にしても、アクションに結びつけなければと考えていましたから。ＦＥＡＴの最終目標も東アジアの国家連合と繁栄にあります」

だから引き受けるとは言わない龍一は肯定的に応えた。

「じゃぁ、そういうことになりますかね」

井村は、もちろん同意ととらえた。これでいいだろう。

龍一と智明はお互いの瞳の奥で頷き合った。井村は、ただほっとしていたが、二人の視線の交わり、そこまでは気がつかない。


半年後、中国外交部の蕃部長から満洲国王室の溥禨親王宛に、翌年の東アジアサミットで連邦設立に向けて日・満両政府と踏み込んだ合意をする用意があることが伝えられた。この情報は直ぐに日本政府にも飛んだ。王室といっても政治上の権限があるわけではない。しかし、中国外交部は日本に対して非公式に重要情報を流すときには高確率でこの満洲王室ルートを利用する。他所に漏れる心配がないからである。

中国は、合意に当たっては、連邦条約調印式の日程をその一年後の南京サミットで執り行うとすることを条件とした。他にもいくつか要求項目があったが、その中にどういう訳か、円明園の十二支像の返還運動に協力することという文言も含まれていたという。いずれにしても、主導権をとりたい、そうした意図の表れと言えた。

＊　＊　＊　＊　＊　＊　＊　＊　＊　＊　＊　＊

井村が指摘するまでもなく、北からの脅威は日に日に高まっていた。そもそもロシアは六十年以上もの間、極東における軍事作戦能力を執拗にデモンストレーションしてきた。その脅威はいつもそこにあった。

二〇一四年のこの春もロシアは、後方支援部隊を含めた極東ロシア軍の一〇%に相当する総計五万余の兵力を動員し、東部満ロ国境のペレヤフラスカ周辺でこの夏以降大規模軍事演習を行うと満洲国に通告してきている。いつ実施するのかは未定という。それでも極東第四軍団を中心に、一個歩兵師団、一個機甲師団、さらに一個空挺師団を展開する計画だ。これは毎年行われる通常演習の三倍近い規模となる。名目は中央アジアの周辺国との紛争に対処する為の予防的行動となっているが、明らかに満洲国への示威行動と言えた。

通告を受けた側は、即座に満洲、日本並びに朝鮮政府がこれに懸念または憂慮の意を表明したが、東アジア統合の動きに対する牽制という政治的意図は素人目にも明らかだった。当然、ロシアは東アジア連邦結成の動きは察知している。

アジアではロシアは常に潜在的脅威の対象でしかない。しかも常に除け者扱いをされている。ロシアからすれば、極東に一大統合経済圏が出現しようというのに、その恩恵にあずかれないどころか、軍事的仮想敵国とみなされる。それでは面白いわけはない。が、一方では黄色人種とそこまで仲良くしたいとも思っていない。できれば、そうした連中を駆逐一掃して、そこをすべて美しいロシアの大地に変えたい。それが二百年にわたる究極の野望なのだ。だから東アジア連邦などというものが万が一出現すれば野望の実現の前に立ちはだかる障害でしかない。欧州連合と結託して、これを阻止するというのが国家戦略上の重要な要請であった。

直接的な脅威を受ける満洲国の議会は、一部でロシア系の議員からの抵抗はあったものの、親中派の強い意向でロシアの軍事演習に当たっては国軍を国境付近に展開することを決議した。一方政府は、一部鉱物資源の生産統制、ロシアへの農産物・産業機械輸出の管理強化を実施すると発表した。万が一つも可能性はないとしつつも、参謀本部は偶発的な軍事衝突を想定して作戦行動の検討に着手した。

そして皆が忘れかけていた頃、その日は突然にやってきた。

梅雨の合間の晴れた日の早朝、四時を少し回った頃だろう、突然龍一のケータイのワグナーがいつもよりけたたましく鳴り響いた。

「もしもし…」

龍一は枕に顔を伏せたままサイドテーブルのケータイを取った。

「龍一君、まだ寝ていただろ。朝早くから悪い」

智明だ。確かに起きている時間ではない。緊張した声の響きが一瞬にして龍一にも伝わった。

「あ、はい、大丈夫です。なにかありましたか？」

向き直りながら龍一は覚醒した。

「そう、大変なことになったみたいだ。ロシアだよ」

ロシアと聞いて龍一は飛び起きた。緊急事態が起きたことを直感した。が、そこまで重大なこととは想像していない。

「どうしたんですか」訊き直した。

「とうとう攻めてきた」

智明は簡単に言ったが「攻めてきた」という言葉に龍一は驚いた。

「軍事演習じゃないのですか？」

「詳しいことはまだ、わからない。演習は確か九月ということになっていたはずだ。私もさっき聞いたばかりで、情報収集中だ。今後の対応について少し話しておいた方がよさそうだから電話しんだけど、武井さんのところからこれから人が来ることになっている。君も今から私の家に来られないか」

龍一はベッドに座り直し、頭を掻きながらケータイに耳を押し付けるようにして智明の話を聞いている。

「わかりました。一時間以内に伺います」

「じゃぁ詳しい話はこっちへ来てから話そう。ゆっくり来ればいい」

龍一は、落ち着けと自分に言い聞かせながら着替えをすますと、川崎から等々力の智明の家へと車を走らせた。国道一号線から環八を通るルートは、朝がまだ早く、車の流れは悪くない。いったい何があったと言うのか？　攻めてきたってことは戦闘があったということだろう。いったいどんな規模で？　事態収拾の可能性は？　いくら考えても答えの出る話ではない。交差点の点滅赤信号を見つめながら、まずは状況を聞くしかないと思い直すと、あれこれ無駄に考えるのを止めた。都内に入ると次第に車の数が増えてきた。それでも時間はかからない。とにかく智明の家に急ぐしかない。

智明の家は、等々力渓谷と多摩川に挟まれた閑静な住宅街にあった。矩勾配《かねこうばい》の切り妻屋根が三方に飛び出している白壁が美しい洋風の屋敷である。庭はそれほど広くはないが、大きな欅の木があった。医師だった母方の祖父が医院として昭和初期に建てたもので、近所でも評判の古い建物である。二十年前に智明は妻を亡くした。子供はいない。今は住み込みの家政婦とこの家に住んでいる。

近所の森から油蝉の鳴き声が聞こえる。龍一は静かに家の前にクルマを停めた。もみ上げの汗を軽く手でぬぐうと門柱にあるモニター付きの呼び鈴を鳴らした。サンダル履きの智明が慌てた様子で玄関を飛び出してきた。龍一の顔をみるなり「まぁ入ってくれ」と手招きした。目が合って龍一はコクリと頭を下げた。背筋を伸ばし玄関に入ると、茶色のミニチュア・ダックスフントが龍一を出迎えた。

「ワンワン、ウーワン！」尻尾を振り、前後に小刻みにジャンプしたり、智明の足もとで半身を隠したりしながら、来訪者の素性を窺う。

「コラ、ダンディ！　朝からうるさいぞ、お父さんのお友達だから静かにしなさい」

「ゴメンゴメン、誰かが来ると遊んで欲しくって、いつもこうなんだ」

愛犬を抱き上げ頭を撫でながらそう言うと、智明は龍一を奥の部屋へと案内した。

かつての診察室が、今は応接間になっている。磨きあげられた濃茶の無垢チークの床が早朝の涼しさを誘っている。大きくて四角いアンティークのガラスケースの棚の上には個性的なティーカップが不揃いに並んでいた。智明が海外に出かける度に買い集めてくるコレクションだ。智明はモーニングティーを入れている最中だった。どこか慌てていたのはそのせいか。智明は深いソファに腰をおろすと深刻な表情で言った。

「満洲との国境線で軍事衝突が起こったってことだ。武内さんの秘書官が電話で知らせてきた。あっ、ダージリンでいいよね」

「面倒なことになりそうですね。紛争状態に突入、ですか」

龍一は、ダージリンでいいねの問いに目だけで応えると、この先起こりうる諸問題を想像しながら有体の懸念を口にした。

「いや、まだわからない。そこまでロシアも馬鹿じゃないと思うし、どこの国境線でも偶発的な軍同士の小競り合いは起こりえる。その程度の話ならいいんだが。七時に武内さんの秘書官が来て、ブリーフィングしてくれることになっている。すぐにテレビでもニュースになるだろうな」

「しかし連邦のプランには影響が出ますね。ま、慌ててもしょうがないけど」

「そのとおり。ややこしい状況になることは間違いないな」

「下手に譲歩でもしてロシアの圧力に屈したとあっては、最初からケチがつくし。そうならないような善処が必要ですね」

「かと言って強行するには満洲や中国から待ったがかかる公算も大だ。それにロシアは中華民国内の少数民族独立派への資金援助もしているし、硬軟、色々揺さぶりをかけられているそうだ。それに人口の五％がロシア系という満洲にとってはさらに深刻だ」

「でも、そのあたりは織り込み済みですよね」

「うん、平時なら問題ないんだが」

智明が龍一の前に香り立つ紅茶のカップを黙っておいた。平時という言葉の対比を想像して二人とも内心身震いした。

「朝飯、まだだろ。トーストとハムエッグでいいかな。お手伝いさん、そろそろ起きてくるはずだけど」

頷くしかない。そう言うと智明はキッチンに立った。


テレビではまだこの軍事衝突のニュースは流れていない。六時を少し過ぎて、秘書官がやってきた。ダンディがまた吠えている。予定よりだいぶ早い到着だ。家政婦に案内されて応接間に入ってきた人物の顔をみて龍一は思わず「あっ、あなたは」と声をあげた。

「お久しぶりです。桜井です」

秘書官と言う女は、龍一の顔を見るなり、軽く会釈した。もう何年か前になるが、あの時のことは龍一も忘れてはいない。女としてはそこまで魅力的ではなかったが、身のこなし、話し方からして相当訓練された人物という印象が強かった。それだけに警戒心も増幅したのだ。秘書官とはその桜井だった。

「あれ、知り合いなのかい」知ってか知らずか智明はいかにも意外そうに訊いた。

「上海で、森泰蔵君がお世話になりました」

「へぇ、それは知らなかった。この人は桜井朋子さん。今は武内さんの秘書官だ」

一言でいきさつを察した智明が、改めて桜井を龍一に紹介した。

「そうですか。あの時はありがとうございました」

龍一がもう一度礼を言うと、桜井も「いえ、こちらこそ。それから、瀬上さん、私は秘書官じゃありません。外務秘書官の特命アシスタントです」と言って二人の顔を交互に見比べながら頭を下げた。

「それは失礼しました。でもあまり変わらんでしょ。君が外務省のエリートってことには違いない」

「いえいえ、そんなことはありませんから」

桜井は謙遜してみせた。そんなところが龍一には意外に映る。

「こっちから伺うべきところ、態々ご足労いただきまして、恐縮です。さて、それで、電話では満露国境で軍事衝突が発生したということはお聞きしました。一体何が起こったのか、詳しく状況をレクチャーしてくださいますか」

「はい、では昨夜に起こったことから順番にご説明します…」

桜井の説明によるとこうだ。

満洲国東南端に張鼓峰という丘陵地帯がある。ロシアと国境を接していて日本海に流れをそそぐ豆満江東岸に位置する。この一帯は、ロシアが十九世紀に極東に進出した時以来の頭痛の種で、国境線がはっきり確定していない、今でも主権範囲がグレーなゾーンである。近年は満洲国軍が、張鼓峰の稜線を国境ラインと認識し警備に当たってきた場所である。

そこで昨日小競り合いが起きた。警備中の満洲国境警備隊が、突然進出してきたロシア軍の斥候《せっこう》小隊と遭遇、警備隊の警告にロシア兵が引かず、そして偶発的な銃撃戦になった。最初に発砲したのはロシア側だった。その銃撃戦で満洲側の下士官が一名、銃弾を受けて斃《たお》れた。昨夜十時頃のことだ。警備隊が一旦後退すると、やがてロシア軍が張鼓峰の頂上に陣地を築きはじめているとの報告が飛び込んだ。

時を経ずしてこの報に接した外務省が、即座に駐モスクワ大使に情報収集の指示を出したのが、日本時間の零時を少し回った頃であった。日本と連携した満洲国駐露大使が即座にロシア政府に抗議をおこった。が、ロシア側は「張鼓峰一帯は旧来よりロシア領であり、不法侵入者を排除した」との説明が返ってきたという。大使は食い下がったが、そもそも最初に発砲したのは満洲警備隊であり、断固とした措置を取らざるをえない状況が現出した責任は満洲国側にある、との主張を繰り返した。

すると払暁《ふつぎょう》を待って今度はロシア軍が張鼓峰の稜線を超えて越境を開始しているという第二報が現地から入った……。

「ここまでが先ほどお電話した時点で判明していた内容です」と言いながら、桜井は話を一旦切った。

「それで、政府としては今回のロシアの動きをどう捉えているんですか」智明の質問だ。

「張鼓峰を確保すること自体に大きな軍事的意味はないとみています。それよりも東アジアに新秩序が確立する動きをけん制する為の警告ともいえるデモンストレーションであろうというのが一般的な評価です」

「そうだよね、地図でも確認したけど、ウラジオストックからは近いが、そこを取ったからどうという軍略的な意味は素人から見てもあまり想像できない」

「で、それからの状況は何かわかっているんですか？」今度は龍一が訊いた。

「そのロシアの越境部隊は、朝鮮軍師団の支援を受けた満洲国境警備隊が撃退しました。外務省が満洲政府から支援要請を受けたのが一時を回った頃で、急遽閣僚会議が招集され、ロシア軍の通常の示威行動を逸脱しているとみて、首相は、満洲との安保条約の規定に則って、国防大臣に対して後方支援命令の承認を与えました」

「そうですか。準備しておくに越したことはない。で、ロシアの狙いはいったい何だって？　いくらデモとはいえ、越境してきたとなると只事ではないでしょう」

智明は急に興奮して、独り言のようにすぐに答えのでない質問を二人に投げかけた。

「これはやはり東アジアの連携に対する挑戦と見ていいでしょうね」

龍一はそのように見た。誰も異論はない。問題は軍事衝突となると、この先何が起きるかわからないという見通しの危うさである。不安は増幅される。ロシアからすればそれだけでもこの作戦は成功なのだろう。

「もう少し情報が必要だ。ロシア国内の動きも知りたいところだしね」

智明は、政府がどのように対処しようとしているのか、そこも気になって桜井に視線を向けた。

「総理も全く同じことを言っていました。軽々に事を拡散してはならないと。今、外務省と国防省は情報収集に全力を挙げています」

「ですね、軍部の暴走って言う線もある。政府の抑えがきかない状況…。なくもない」

龍一も一方的な見方は避けなければいけないと思う。

「おっしゃる通りです。武内さんは当然ですが、外務省もあまり事態を悪化させたくないという姿勢です。閣議でも確認されました。それでも外交ルートではロシアは依然強硬な姿勢を取っているようなので、今モスクワで親日派の政治家を通して、背景を探っています」

「彼らが宣戦布告したっていうわけじゃないんですから、今のところ、我々の計画に変更はないという判断でいいね」

智明にも、とにかくロシアに邪魔されたくないという気持ちが大きく働いている。

「僕もそれがいいと思います」

龍一も同調するしかないが、楽観はできない。つけっぱなしのテレビ画面にニュース速報のテロップが流れ始めた。今日は日本中が、いや世界中が大騒ぎになる。株式市場にも影響が出る。それは火を見るより明らかだった。

二人の希望的観測を裏切る新たな局面が現出するのに時間はかからなかった。

桜井の説明のとおり、最初の衝突は七月十二日の夜半だった。それから五日後の十七日未明、今度は張鼓峰の北方にある沙草峰周辺に、ロシア軍の精鋭部隊のT九九戦車大隊、ロケット砲大隊、自動車化狙撃大隊を中心とした大部隊が進出してきた。極東独立戦車旅団の一部とみられる。その動きを偵察衛星で事前に把握していた満洲軍も、果たして演習なのか、軍事侵攻の前触れなのか、判断がつきかねていた。しかし、同日午後、ロシア軍に備えていた朝鮮軍の九〇K戦車部隊が、擬装して平原を進んでくるロシア戦車部隊を目視で確認。とうとう遭遇戦が始まった。九〇K戦車は五十五口径百二十ミリ滑腔砲を装備しているが、一方の敵T九九戦車はそれ以上強力な砲力を持っている。両者引かずの消耗戦となったが、対戦車砲を携帯した歩兵部隊の支援を受けた朝鮮軍が、夕方までに敵部隊を撃退すると、国境防衛線まで押し返し陣地を確保した。

それでもロシア軍は諦めることなく兵力を増強すると、二日後には態勢を立て直し、朝から朝鮮国内の陣地に対し地対地ミサイル攻撃をおこなった。同時に航空機による偵察・示威行動も盛んになり、時には爆撃も敢行した。この為、満洲軍と朝鮮軍は師団規模の増援部隊を紛争地に派遣することを決めた。この間、満洲軍はスクランブルしたＪ１１５Ｍ戦闘機が国籍不明の領空侵犯機を一機撃墜したとの発表をおこなっている。そして局地戦は拡大の様相を見せ始めていた。

日本政府が事態収拾へ向けた外交努力をロシア政府に対して要求すると、ロシアは朝鮮国内の軍事施設に対するミサイル攻撃は満洲・朝鮮各軍の我が国領土への侵犯に対する報復措置であるとの声明を出した。これに対し、満洲と朝鮮が反発したのはいうまでもない。小競り合いはするものの、どちらも全面対決を望んでいるわけではなかった。それが唯一の救いである。

それから三日後の夜だった。龍一のケータイに智明からメールが入った。これからテレコンフェレンスをやるという。電話会議の招集だった。桜井の他、マシピンの王ともう一人、見知らぬアドレスの誰かにメールが送られていることに龍一は気付いた。

龍一は夜十時、指定の番号に電話を掛けた。音声案内に従ってパスコードを入れる。するとピッというビープが聴こえコールインが完了する。すでに会話が聞こえる。智明が王となにか私的なことを話している。どうやら王の子供の話らしい。長男が来年日本に留学するとかいう話題のようだった。

「あっ、今誰か入りましたか？」龍一のコールインの信号音を聞いた智明が言った。

「はい、葛城です」

「葛城さん、こんばんは」王が挨拶する。

「こんばんは、王さん、久しぶりです。大変なことになりました…」

別のビープが聞こえる。

「こんばんは、桜井です」「こんばんは」

「皆さん、お揃いですか？」智明が訊いた。

「アイデカーがまだです」

桜井が知らない名前を口にした。アイデカー？　誰だろう。龍一は勿論知らない。そこでピッと音がして誰かがコールインした。

「ジョン・アイデカー。遅れました」

名前からして外国人のようだ。が、普通に日本人のような日本語を喋る男だ。

「皆さん、今夜はお忙しいところ、ありがとうございます」

どうやら桜井が進行役である。

「ではお揃いになったところで、始めさせていただきます。その前に、お断りですが、任務の秘匿性からジョン・アイデカーの素性はここでは伏せさせていただきます。ロシア内部の事情に詳しい、とだけ申し上げておきます」

「はい、了解」ジョンが答えた。どうやら桜井以外は男の素性を知らないようだ。

「じゃぁ始めよう。桜井さん、最新の国境紛争関連の状況を教えてください」

智明が電話会議の開催を宣言する。

「わかりました。まずは状況報告をさせていただきます。一部メディアで報道されているように、張鼓峰一帯の紛争地の状況に大きな変化はありません。これまで、ロシア側の損害程度は定かではありませんが、満洲・朝鮮側は戦闘車両十以上、航空機一が破壊あるいは撃墜。戦車の搭乗員を含む兵士十五名が戦死、五十人以上が戦傷。後方の基地にも軽微ですがミサイルによる被害がでています。戦果としてはロシアの戦車隊を撃退したほか、航空機五機を撃墜しています。但し三日前の朝鮮領土内の洪儀、慶興への空爆以来小康状態を保っています。が、双方、現地軍の増強を図っているのが現状です」

「結構な損害だな」

智明は予想以上の人的損害に戦闘規模の大きさを改めて知った。巷間のマスコミ情報より損害が大きい。

「それで、この後の見通しはどうなんでしょうか」

龍一が訊いた。今度のサミットでの連邦体制設立の合意にどんな影響が出るのか、そこが一番の関心事だ。が、今はそういう懸念もバカバカしくなるくらい事態は悪化の一方である。それでもこれが全面的な戦争になるとは誰も予想していない。テレビや新聞でも連日戦況のレポートやこの先の見通し、外交努力の必要性などを騒がしく報じているが、いずれも局地的な紛争という見立てが一般的だ。本気でやればどちらも失うものが大きすぎる。

「今モスクワで常呂駐露大使がマクノス外相と停戦斡旋交渉をおこなっていますが、今のところなんら合意には至っていません」桜井が答えた。

「アイデカーさん、そちらからなにか情報はありませんか？」今度は智明がジョンに尋ねる。

「はい、ロシアの外相は停戦を模索しているのですが、国内右派の強硬派から圧力を受けています。マクノスは元々欧州とは一線を画し、親アジア路線でこれまで来ている人ですが、強硬派のモロトフ内務相の一派と対立しています。彼らは満洲、日本と敵対する姿勢を明確にすると同時に、マクノスの外相辞任を要求しています。プルーシン大統領は態度を明らかにしていませんが、情報筋によると、ドイツで二ヶ月後におこなわれる総選挙で親ロシアの政権を誕生させるために、しばらくは対満、対日では強硬姿勢を貫く模様です。それからモスクワやペテルブルグでは街中でアジア人排斥のデモや、アジア人経営の商店略奪事件が多発しています。治安部隊が出動しても、遠巻きに傍観しているだけです。世論は政府のこうした対応を支持しているようです」

「成程ね。かなり深刻な状況だ。まぁ感心している場合じゃないが、そういう事情だとするとすぐにはシャンシャンと収まる可能性は少ない」智明は悲観的な見通しを立てた。しかし、ロシアというハードルはいずれ超えて行かなければならない。そのことは誰もがわかっていた。

「王さん、満洲の国内の状況はどうですか」

「そうですね。竺首相側近の話によると、内閣は勿論戦争は反対ですが、今はこれをなんとか早く終わらせたいと考えています。現在朝鮮軍の支援を受けていますが、なるべく満洲国軍が自力で対処できるように軍隊を豆満江西岸に集めています。でも、戦争はあまりしたくないの気持ちです。ひとつの考えですが、今度のサミットでの連邦設立合意の件は少し先に延ばすことを、日本政府と中華民国政府に提案したいと思っています」

王の発言を聞いた智明はうーんというため息とも言葉ともつかない声を発して黙った。まあ十分予想のつく展開ではある。

「それからウラジオストックの太平洋艦隊の活動も活発化しています。昨夜ミサイル駆逐艦二隻が出港しました。そのあと南下して紛争地域へ向かっていることがわかっています」

桜井の言葉が皆の不安を掻きたてる。

「そうか、ウラジオとは目と鼻の先だからな。まぁ向こうからすれば順当な動きだろう」

「国防省では、舞鶴のイージス護衛艦を秋田沖に派遣することを今夕決定しましたが、ロシア軍機の領空侵犯もこの二十四時間で八回を数えています。その都度三沢からＪ１１５Ｘがスクランブルをかけていますが、いつ偶発的な航空戦が始まってもおかしくない状況という観測も流れています」

「なんか、対応が後手に回っている気がしませんか」龍一が感じたままを口に出した。

「そのとおりだ。もう少し早く対応しないと、駄目だ」

しかしどんな手を打てばそれが先手となるのか、それが誰にもわからない。


翌朝、満洲国外務省から日本と中国の外務省に一ヶ月後に控えた東アジアサミットの延期・或いは欠席の申し入れがあった。満洲がダメと言うなら、サミットはもうどうしようもない。この際、紛争の解決が先決であることは誰の目にも明らかであり、この申し入れは両政府とも飲む以外になかった。こうしてサミットは中止になった。

それから一ヶ月後、ロシアと満洲との間に和平協定が結ばれ、二〇一四年一月時点に遡《そきゅう》及し原状回復することが合意された。目的を達したロシア側の勝利である。


誰かが言った。

なぜ、人と人は肩が当たったくらいでそんなにいがみ合うんだ。人間はみな一本の木に連なる渋柿のようなもの。お前のすぐ横に仏頂面してぶら下がっている青い柿は、赤の他人のように見えるが、よく地面を見てみろ、奴もお前と同じ一本の木から生っている。お互いを労われ。木の反対側にだって多くの見知らぬやつらがぶら下がっているぞ。見たことも話したこともない連中だが、そいつらだってお前と無関係ではない。木が切り倒されればお前も奴らも同時に同じように死ぬ。

何が言いたいかって？　だから、赤の他人全員が、実はお前の一部であり全部だってことだ。賢いお前ならわかるはずだ。隣の高いほうの枝の奴が少しくらいお前より日当たりがいいからといって、一々不平を喚き散らす必要はない。実り熟して地上に落ちるまで、お前はお前のやるべきことを淡々と全うすればいい。

第３章　犬と鼠　完

第４章　交錯

「未来予想図」

昼下がりの山ノ手線内回りの車内である。乗客は多くない。今、電車は目黒駅を発したところだ。一人の若い男が隣に座っている外国人らしき友人のパソコンを覗き込んでいる。

「随分熱心そうじゃない。何を見てるの？」男が訊いた。

「石原莞爾の最終戦争論だよ」パソコンに目を落としたまま、その友人は答える。

「え？　なんだって？　変ったもの見てるんだね」

「てかキミ、シャンブラって知ってる？」友人は切り返す。

「しゃんぶらぁ？　しゃんぶら。何それ、知らないよ。天ぷらのしゃぶしゃぶか何か？」

「何言ってるの、違うでしょ。インディアナ・ジョーンズっていう映画が随分昔にあったよね。わかる？」

「ああ、それ、ＤＶＤで見たことがある。生きた虫のサンドイッチ食ったり、洞窟の中を岩が転がってきて、で、トロッコで逃げたりするアドベンチャーだな。でもそれ、インディ・ジョーンズじゃない？」

「インディとか言ってるの、日本人だけだし。まあ、いいよ。で、あれに出てくるチベットの謎の地底王国がシャンブラさ」

「ふう、どっちでもいいけど、で、そのシャンブラがどうしたって？」

「シャンブラっていうのは、理想郷」

「理想郷？　はあ」

トーンが下がった。そんなことにはあまり興味がない。しかし、友人の方はそうではなさそうだ。

「シャンブラは、ブータンからヒマラヤを越えたあたりのソグポとかサンポっていう秘境の渓谷にあるんだ。地下王国だよ。でも、今はそのあたりは中国軍が押さえていて民間人は行くことができない」

「ふーん、地下王国ね。今は中国がその秘密を握っているってわけか。でもなんでそこにそんなものがあるわけ？」

「わからない。ニコライ・レーリッヒと言う冒険家が二十世紀の初頭に、そのシャンブラを求めてチベットを探検したんだけど…」

「じゃぁ、それ実在ってこと？　な、わけないか」

「いやあ、わからない。あったような、なかったような。まぁ、どっちでもいいんだけど、レーリッヒに興味があったので色々調べているのさ」

隣に座って雑誌を眺めていた若い女がちらりと横目で二人を見た。

「ん、でも今見ているのは戦争の話なんだろ？」

「そう、石原莞爾の最終戦争論。この石原という旧日本陸軍の軍人は八紘一宇という理念でアジアに理想郷をつくろうとした人でね、レーリッヒと日本の関係を調べていたら、これが出てきて、ちょっと面白いから見ていたんだよ」

「難しいもの読めるんだな」

「いや、アブスクラプトだけだし」要約だけチェックしているという意味だ。

「あっ、そう。だけど、イシワラさんって、軍人なんでしょ？　で、なんて言ったっけ、その最終…何論だって？」

「最終戦争論」

「昔の軍人に理想郷の臭いはあまりしないけどなぁ」

「まあね。でも、中々面白い人物さ」

「どんな感じで？」

「たとえば経済とか人生とか、ちょっと宗教臭いところもあるけど、例えば、こんなことも言っている」

『経済はどこまでも人生の目的ではなく、手段に過ぎない。人類が経済の束縛からまぬがれ得るに従って、その最大関心は再び精神的方面に向けられ、戦争も利害の争いから主義の争いに変化するのは、文明進化の必然的方向である』

「何々。もう一回言ってくれない？」

「だからさ、百年前とは言わないけど、随分昔の帝国主義時代のしかも軍人がこんなインテリだったとか、興味深いじゃない」

「ふーん、そうか。でも確かに。第二次世界大戦のときの日本人は軍国主義で凝り固まって、アジアに侵略した悪い奴らだったたって、学校で散々教え込まれてきた感じだから、そう思えば確かに意外ではあるな」

「昔は一番のエリートが士官学校に行ったんだ」

「えっ、そうなんだ」

「そうなんだって、実際フランスでは今でもそうだけど。ただの血の気の多い奴が軍人になったわけじゃないってこと。でね、面白いのは、この石原さん、その一方で昭和十五年当時、西洋文明と東洋文明が太平洋の真ん中で邂逅《かいこう》するって予言めいたことを言ったりしていてね。つまり太平洋で決戦戦争やるって。

満洲事変もその脈絡で彼がやったことだよ」

「へぇ、太平洋戦争が最終戦争ってことなの」

「そう、西洋と東洋の邂逅っていう構図はいいとして、それが文明の対立っていう視点がいいじゃない。少なくとも十九世紀的な考えでは、東洋は西洋に比べると格段に劣っていると見られていた訳だから。ね、面白いでしょ。でね、東亜が八紘一宇の精神を元にして一念発起して一致団結しなければならない、そして産業革命を起こし、工業生産力を飛躍的に向上させ、科学技術を発展させる必要があるって力説したんだ」

「あっ、そのハッコウイチウなら聞いたことあるかも。意味はよく知らないけど、最初は人の名前かと思ったし」

確かに無理をすれば、やひろ・かずたか君と読めなくもない。

「全く何にも知らない人だな。それはみんな一つの屋根の下っていう意味。で、この石原構想の中では、昭和四十五年頃にアジア連合対米州連合の最終戦が行われるだろうと予測したわけ。でも、ここは見事はずれた。実際にはその東西最終戦争はたった一年後の一九四一年に太平洋戦争という格好で始まって、四年半後に日本の大敗北という形で決着がついてしまう」

「ふむふむ。そのくらいはわかるよ、いくらなんでも」

「じゃ、もう少し詳しく教えてあげなくちゃね。で、その戦争の結果、アジアの連合どころか、中国は勝手に共産化してしまうわけでしょ。石原さんは、共産主義自体は悪いものじゃないと考えていたみたいだけど、統制経済国家みたいなものを日本は目指すべきと考えていた。今風にいえば社会主義国家ってところだ」

「そうかい？　でも大戦争やったら普通そのあとは大変だろ、みんな死ぬし」

「これが違うんだな。大戦争の後は世界統一と恒久的な平和の時代が来るって信じていた。どうそれ？」

「えー、戦争やったら平和？　まぁ確かに今の日本は平和かもだけど。キミもこうして日本に来て好き勝手なことやれるわけだし」

　隣の女がクスっと笑った気がした。友人は、まあ聞けといった顔をする。

「それは違うでしょ。でね、これが共存共栄の精神でアジアの団結を図って、結局世界の平和を目指すっていう構想なんだ。力で屈服させる西洋覇道主義じゃなくて、東洋古来の王道によってこれを実現するって。ここんところがまた面白い。東洋の王道だよ。なんか、ロマン感じるだろ？　つまり桃源郷、シャンブラの出現だよ」

「そうかぁ、でもそこんところのロマンはわからないな」

「ところが、実際には石原莞爾という人は、中国で謀略によって満洲事変を起こした張本人なわけでしょ。その石原莞爾先生ともあろうお人が、その後の世界平和を願うというのはありかって？　そう思っちゃう」

「あー、満洲事変もなんとなくわかる。日本軍が線路かなにかを爆破して、でもって中国に戦争をしかけたってヤツ。で、この人の名前、やっぱりイシハラじゃなくてイシワラなんだよね」

「そうだよ、イシワラ。で、この人法華経の篤い信仰者なんだ。日蓮の予言を信じ、自分なりの解釈もそこに加えているとかね」

「法華経？　わからない。でも、それどこか矛盾しているよね。昔の人って、どっか鬱屈《うっくつ》していたんだろうな」

「そんな単純じゃないかもよ。平和ボケした現代人が昔の日本人を正しく理解してないってところが問題なんじゃない。それに日蓮宗って、どこか国家主義的臭いがするのだけど、そんなことすらみんな知らない。大体今の日本人の方が鬱屈していない?」

「色々知っているんだねえ。で、ニコライ君はどこへ行っちゃったの?」

電車はゆっくり減速すると大崎駅に滑り込んだ。横の女が席を立った。

「でだ、実はレーリッヒは日本に来たことがある。しかも何らかの理由で石原さんに会ったんじゃないかと思ってる、僕的にはね」

「僕的に、ね。ま、なんか飛躍だな」

「いいからいいから。で、どうもその辺で石原さんの思想というか目指すものが変わったみたいなんだ。これも歴史のロマンだよね。で、レーリッヒも、もしかしたら石原さんに感化された可能性がある。要はそういうことさ。やっぱりロマンでしょ?」

「なるほど、またロマンね。キミもそういうのが好きだからなあ」

「石原さんは一九三四か三五年頃、つまり満洲事変を起こしちゃった後ね、膀胱かなにかの病気で床に臥していたことがあるんだけど、その時、病床から奥さんに宛てた手紙があって、日蓮の教えと同じくらいの衝撃を受けた人に出会ったとかいうことを書いている。臭わない?」

「いや、臭わない。で、キミの見立てでは、それがニコライさんだってわけか」

「そう、未知の国からアジアにユートピアを探しに来た人だってはっきり言ってるし。そんなの当てはまる人、何人もいないでしょ」

「ニコライってナニ人なの?」

「ロシア人だね。ペテルブルグの上流階級の生まれだよ。写真で見ると、コサック騎兵の隊長みたいな風貌。でなければ、ユル・ブリンナー的な。一九二〇年頃にはアメリカに渡り、そのあと中央アジアからインド、ネパール、モンゴルなどを探検して、シャンバラの研究をした。ネパール仏教や東洋哲学に対する造詣《ぞうけい》も深かったはずだよ」

「あれ、じゃぁそのニコライさんて、あのニコライ堂のニコライさんか？」

「バカ、それとは違う人。こっちのニコライは探検家でしかも画家だし。彼は奈良や京都も訪れている。そのあと満洲へも渡った」

「ほう、石原さんと目指すものは同じだったたってこと？」

「そうかも、理想郷繋がり。石原さんとレーリッヒはお互いを感化しあった可能性があると思う。ただ記録には一切ない」

「ほんとよく知っているね、ふう」

「まあ、調べれば、わかることとさ。でね、もうひとつ興味深いことがある。実はレーリッヒはフリーメイソンだ。僕の興味は実はそこなんだけどね」

「あー、なんだかどんどんややこしくなるな。今度はフリーメイソンか。そういうのホントに好きだね」

「例のアメリカドル紙幣の目玉とピラミッドのフリーメイソンのデザインだけど、あれも仕掛けたの実はこのレーリッヒだから」

「へぇ、そりゃまた。じゃぁレーリッヒのせいで石原さんもフリーメイソンってこと？」

「そこまでは、わからない。てか、そこを知りたい。あー、わからないからむしゃくしゃする」

「キミがこんなことに興味あるって方が、俺にはむしゃくしゃする。レーリッヒが好きで、それでイシワラさんに興味が流れていくって、普通じゃないでしょ。どんだけ暇なんだか。てか、フリーメイソンって何よ」

電車は揺れながら減速し、間もなく品川駅に到着しようとしている。大きな黒いランドセルを背負った制服姿の小学生が、一人、二人と携帯ゲームに目を落としたまま目の前を通り過ぎてゆく。

＊＊＊＊＊＊＊＊＊＊＊

その昔、この街は新京と呼ばれたことがある。現在は中国吉林省の省都、長春である。一九三一年九月、関東軍は奉天市郊外の柳条湖で満洲鉄道爆破事件を自作自演し、これを口実に中国東北地方を占領した。謀略によって満洲を侵略したのである。世に言う満洲事変、中国ではこれを九一八事変と呼ぶ。その翌年、日本は満洲国を建国し、清朝最後の皇帝を元首に迎えると、新京市が満洲国の国都と定められた。

その後、国都建設計画が実行に移されると、道路や上下水道などのインフラが次々と整備され、建国当時十万人余だった市の人口は、十年で八十万人にまでに膨れ上がり、街は発展し栄えた。しかし、一九四五年日本が太平洋戦争に敗れ、ソ連が満洲に侵攻してくると、新京はソ連軍に占領され、その名も長春に還った。

皮肉にも、今日、長春はキャンベラ、ブラジリアとともに二十世紀の首都計画の代表例として並び称されている。街を行けばかつての欺瞞に満ちた夢の記憶が甦る。経済部や交通部のような行政機関、ホテルに中央銀行に裁判所、旧関東軍司令部など〳〵。全て日本が新京時代に建てた建築物だが、未だ取り壊されもせず、その多くが現役で、しかも後年建てられたマンションや商業施設のビル群よりも余程頑丈で美しく、むしろ都市としての品格を際立たせている。

そんな満洲国新京を懐かしむ日本人は今でも少なくない。現存する建造物群にはノスタルジックな帝国風の威厳や、当時の日本人の夢と希望がそのまま封じ込められている。夏になると年老いた日本人が大挙してやってくる。思い出の景色、そして古き友人との再会を果たす為である。かつて幼子だった人々の心に、両親や友達と過ごした楽しい日々が蘇ってくる。そしてその度に昨今の政治家や財界人を引き合いに出しては、今どきの日本人は小さくなったなどと嘆くのである。

長春は一九九〇年代以降、都市部の再開発が急速に進み、近代的な高層ビルが林立する人口三百五十万の国際的都市である。自動車製造と映画産業が盛んだ。緯度は高く大陸性の気候だが夏はそれなりに暑い。そして今年の夏はさらに熱い。北京オリンピックまであとひと月。街路のあちこちには「オリンピック、おめでとう」「聖火ようこそ、吉林省へ」などと謳った五色の幟や横断幕が街に彩を与え、国家的祭典前夜の興奮で路ゆく人々の気分もどことなく華やいでいる。

この季節、日が暮れると市内の広場や公園には近隣の老若男女がそぞろ集まってくる。薄明りの下で麻雀に興じる老人たちがいるかと思えば、民族舞踊を一心不乱に踊り続ける謎の集団がいたりする。この夜もそうだ。明日は聖火ランナーが市内を走ることになっている。夕涼みに外に出てきた人々の話題もそんなオリンピックのことで持ち切りであろう。

街の中心部、南北に走る新民大街が解放大路と当たったところに、吉林大学(医学研究所)がある。かつてはベチューン医科大学、さらにその前身は満洲国国務院であった。一九三〇年代に建てられたその建物のスタイルは、西洋古典様式と中国王朝風の趣を兼ね備える「興亜式」と呼ばれるものだ。反った屋根と両翼を前方に張り出した形は故宮の午門を模したともされ、同時代に完成した日本の国会議事堂とも似ている。

吉林大学の通りを隔てたはす向かいには朝陽公園があり、その先は小南湖という人口池へと続いている。この夜、新民大街の歩道を行き交う人影は多くなかった。脇道では老夫婦が縁石に座り込んで談笑している。大学の裏手に回るとそこは新疆街だ。どこか離れたところのラジカセから大音響の中華ロックが鳴り響いている。都市の発展とは裏腹に、この比較的アカデミックな一角にも、生ゴミに、油と酢と、醤油と白酒の臭いが入り混じる、どこか頽廃的な空気が満ちている。新疆街を少し奥へ入った一帯は暗く静まり返っていた。

今そこに、一台のＳＵＶが獲物を狙う夜行動物のように、気配を気取られまいとゆっくり進んできた。そして、大学の裏手にやってくると、塀伝いの側道に停止した。

周囲に人の気配はない。カチャッという音がして運転席の重いドアが開いた。続いて、一枚、二枚とドアが開く。一、二、三、そして四つの影が、あたりの様子を窺いながら、そろうりと這い出てきた。慌てる様子もなく、最初の影が大学の構内へとつながる通用門へと近寄る。すると、ポケットから鍵のようなものを取りだし、続いて閂《かんぬき》を外した。影は仲間にこっちだと合図を送ると、自らは躊躇なく中へと侵入する。すると残りの影も追いかけるように通用門を潜り、音もなく建物の死角へと消えた。

「あっ、待って誰かいる！」

壁の裏側の影のひとつが窓の外を見て慌てた様子で言った。すでにそこは人気のない大学の建物の中である。外を行く通行人が一人、格子塀に近寄りこちらのほうを見ている。それとも、立小便をしているのか。外塀と建物の間には距離がある。ここは更にその奥だ。

「しっ、心配ない、外だ。ここまでは見えない。少し待て」

窓際にうずくまっていた別の影が声を殺して言った。向こうからはこちら側の気配などわかりようがない。落ち着きを取り戻すと、また別の影が壁の四隅に手動のドリルを当て、穴を開け始めた。

「よし」影はボストンバックから粘土のような塊とコードにつながったボールペンのようなものを取り出すと言った。

「ここのマークだ」そして粘土を壁に貼り付け、シートで覆った。

「慎重にね、慌てる必要はないから」

四人目の影が女のような声で言った。小南湖の方角から花火が上がるのが聞こえる。すると四つの影は合図とともに物陰で背を向けて身を伏せた。外の喧噪が遠くに聴こえる。

その数秒後、ボンという大きな音がした。構外の路上を行くカラオケ帰りのサラリーマンと若いカップルが音のした方へ顔を向けた。が、近所のカラオケの騒音が覆いかぶさるようにその余韻をかき消す。そしてまた、遠くで爆竹のさく裂する音が聞こえた…。


翌朝、当直の警備員が壁の一部が壊されているのを発見するまで、それに気づく者はいなかった。しかし大学構内で御影石の壁が何者かによって破壊されたという噂はすぐに広まり、夏休み中とはいえ、公安が到着する頃には、学内はもとより周辺も一時野次馬で騒然となった。午後から現場検証や聞き込みが行われたが、目撃証言などは得られなかった。近所の夕涼みの老人が、それらしき物音と、少ししてから豆を煎る匂いがしたと話したが、なにぶん年寄りの言うことだ。あてにはならなかった。

この夏、北京五輪の聖火はヨーロッパ、日本、アメリカなど世界各地を巡りながら苦難の旅を続けていた。聖火は聖なる火ではなく、チベットの自由を奪った侵略者の象徴と成り下がり、何かと攻撃の対象とされた。ようやく中国に辿り着いた聖火は、今度は東トルキスタンイスラム運動などの、新疆《しんきょう》ウイグルの独立を目指す過激派の恰好の標的になった。それだけに各地での警備は厳重を極めていた。公安も五輪組織委も面子にかけて聖火を守っている。

大学の壁破壊は、当初聖火通過にあわせた過激派のデモンストレーションと考えられもしたが、それにしても大学の研究室脇の壁一枚を吹き飛ばしたところで費用対効果はよくなかった。しかも犯行声明がない。何の意図か地元公安も考えあぐねた。それでもテロ対策の不備や治安に対する不安を海外メディアから指摘されることを懸念した当局は、事件をありのままには公表しなかった。奇しくも丁度一週間後に雲南省の昆明で複数のバス爆破事件が起き、乗客二人が死ぬ。犯行声明もあった。が、こちらはテロとは関係ない、それが結論だった。公安にとって真偽は二の次である。

その後、吉林大学の壁爆破事件は窃盗事件の線という扱いに降格されたものの捜査は続いていた。一通りの調査の結果、一部を破壊された壁から何かが採りだされた形跡はあったが、とにかく金目のモノが盗まれた証拠はない。第一、そんなところに何かがあるはずもない、只の壁だった。テロとの関連性を示す証拠は結局でてこず、犯人も動機もまったく見当つかずになった。そして公安の表向きの結論は麻薬取引をめぐる北朝鮮系の組織抗争ということで報告書が作成されようとしている。

事件当初から捜査に関わり、聞き込み調査をおこなっていた公安の陳広傑二級警司だけは、巷間言われる異民族テロや朝鮮マフィアの取引云々とは異なるなにかを感じ取っていた。警備員が一人行方不明になっていたし、破壊工作に軍関係者が使用するプラスティック爆弾が使用されている可能性が高いとの報告があったからである。ただの悪戯ではない限り、そこには何らかの目的があったはずである。

市中の暇な連中はあれやこれやと事件の真相を推理しては時間を潰した。長春には旧日本軍の軍用資金が銀行かどこかの建物の壁に埋め込まれているという噂が前からあった。そのことを指摘する者もある。一九四五年の夏、日本が無条件降伏すると、その機に乗じてロシアの百万の大軍が満洲侵攻を開始した。これを察知した関東軍が敗走前に軍資金を何処かに隠して逃げたという都市伝説である。たしかに破壊された建物は旧満洲国国務院である。が、それが本当であったとしても、とうの昔に八路軍が簒奪しきっているに違いない。結び付けるには話があまりに古すぎる。破壊された箇所も莫大な金塊が眠っていたにしては小さすぎた。せいぜい五十センチメートル四方の大きさだった。犯人が捕まっても、それは不法侵入と器物損壊容疑にしかならないであろう。十日も経てば皆忘れる。そう、今は北京オリンピックなのだ。

＊　＊　＊　＊　＊　＊　＊　＊　＊　＊　＊

一九九七年に英国から中国に返還されて以来、一国二制度の政策によって二〇四七年までの間、香港には一定の自治権が保証されている。返還前の一大関心事は、香港が中国化するのか、中国が香港化するのかということであった。が、今やそんな議論も忘却の彼方、街の喧騒は以前と変わらない。いや、中国本土からの観光客や投資が増えた分、以前にも増してにぎやかで姦しい…。

翔平とジュディは、九龍突端チムサツイの大きな中華レストランで、泡のないビールを前に、湯気のたつ小龍包を一つまた一つと口に運んでいる。昼にはまだ少し時間がある。

「今度香港いつ来る？」

ジュディが半ば期待を込めて訊いた。

「春節明けかな」

面倒なこと訊くなよというふうに翔平が答える。

「そんな先？」

不安のほうが的中する。

「これでも忙しいんだ。その代わり今度はマカオに一緒に行こう」

でまかせだ。

「うれしいけど私は香港人じゃないから、むずかしいね」

中国人は得てして日本語を覚えるのが早い。日本人が中国語を覚えるのとは比較にならない。ジュディは翔平が香港に出張する度によく顔を出すカラオケバーのホステスだ。最初の頃は日本語を片言しかしゃべらなかったのに、一年経って日常会話は殆ど問題ないレベルに上達している。

「そうか。買い物済んだし、まだ時間有るから、すこしその辺でも歩こうか」

最後のえびシュウマイの蒸籠《せいろ》を平らげると、二人は混み始めた店内をすり抜け、外に出た。この辺りは旧九龍駅に近く、再開発後に建てられた文化センターや公共娯楽施設が競い合うように立ち並び、通りの向かいに聳《そび》えるペニンシュラホテルの威容が、十九世紀のヨーロッパ列強のアジアでの繁栄を今も讃えている。このあたりは若いカップルやジョギング姿のＯＬが行き交う洒落たビジネス観光地でもある。出勤前の近くのショップ店員の娘たちが手をつないで通り過ぎてゆく。九月の香港はまだ十分に暑い。

二人はその一角にある宇宙博物館へと向かった。予想外に人通りが少なかった。博物館のステップを何段か上がった先、切符売場の横の案内板に目が行った。二人が近づいてみると「改装中で営業は来年春頃から」と英語と広東語で書いてある。

「なんだあ、休みみたいだ。改装工事中だってさ」

翔平は、看板とジュディの顔を交互に見る。

「ダメだ、しゃぁないな。戻ろうか」そう言いながら二人が踵を返した瞬間だった。切符売り場の壁にもたれるように立っている若い娘と翔平の目が合った。

「あれ、そこに人、いたっけか」何か違和感を覚えながら、翔平は女の様子を瞬時に観察した。日本の女子高生のようななりをしている。すると向こうもこっちをじっと見ている。もともと英国の植民地なので制服は珍しくない。するとその時、少女がなにかを呟いた。どうみても翔平たちに話しかけるような声だった。

「元・よ・っ・た・・ね」

翔平は思わず「えっ、何？」と聞き返した。

今日は閉まっているみたいですね、多分そんな話だろうと思う。ナンパしようってわけじゃない。が、何か声を掛けないと。たぶん財布を落としたとか、仲間とはぐれたとかそういうことだ。が、もっと何かを言いたげにまだこっちを見ている。

「北京オリンピックはあったのかな？」

少女は唐突にそんなようなことを言った。あれ、やっぱり日本語をしゃべっている。具合が悪いんじゃないのか。ただ、なんだか馴れ馴れしい。そっちがそうなら、まぁいいけど。翔平は少女に近づいた。

「オリンピック？」

ど」

「えーっと、いや、香港ではやってないでしょ。ヨットとかなら確かチンタオあたりでやったみたいだけ
なにを藪から棒にと思いながら言い返した。だいたい、もう閉会してから一ヶ月以上も経っている。

「ひとりじゃないんでしょ？」どうでもいい質問だ。

「ううん、じゃぁショーン・マッカシーは香港に現れたかな？」

女子高生は急に話題を変えて、またおかしなことを言った。知るか、そんな奴、何を言いたいんだ、この子。何かを売りつける魂胆か？　翔平はすこしだけ考えて、少しむっとしながらまた聞き返した。

「ショーン・マカシン？　あーごめん、おれロックとか芸能系とかは詳しくないんだ。嵐とディープパープルなら少しはわかるけど」

翔平は以前この子とどこかであったことがあるような、そんな気がふとしたが、気を取り直すと、こいつは何かの追っかけだと断定した。だが少女は「マッカシーよ」と名前の誤りを正した。

翔平は「知らないなぁ、まだじゃないかな」と腕をからめているジュディに同意を求めると、ジュディは「ウォーメンブーチーダオ(私たちは知らない)」とわざと中国語で答えた。早く行こうと言っている。

落胆したらしく、少女は首を横に二度振った。

「やっぱり、パンデミックでそのうち大変になるんだ。ショウちゃん助けて」

(えっ、今なんて言った？)

その時、大通りのほうでクルマが急ブレーキをかける音と、間髪入れず「ばん」、続いて「どがん」と何かが連続して衝突した音が聞こえた。一瞬の静寂の後、誰かの悲鳴があがる。通りがかりの人たちが集

まりだしている。誰かが大声で叫んだ。また人が走ってゆく。クルマに人が当たったらしい。

「うわー、事故か。全く、怖いなー」

翔平はジュディと顔を見合わせた。

「香港じゃ、よくあるよ」とジュディが嘯いた。

少女は、それが合図かのように、くるっと背を向けると、黙ったままコンクリートの階段を下りて行った。

「なんだぁ?」翔平は少女の後ろ姿を追った。が、別にこれ以上用もない。

「事故みてみる?」

翔平がジュディに興味あるかと訊く。離れたところで短パンの外国人観光客らが様子をうかがう中、事故の運転手らしき男が、野次馬に向ってなにかまくし立てているようだ。

「いらない」

それを見たジュディはそっけない。

「へぇ、そう、じゃどこへ行こうか。博物館休みじゃ、しょうがないね」

「ショッピングでしょ」

「ええっ、さっき行ったじゃない」

「今度は私になにか買ってくれるでしょ」

ジュディは他の女に声をかけた罰とでも言いたげに、翔平の腕を両手で強く握りなおした。遠くで救急車のサイレンの音が聞こえている。

翌日の香港紙東方日報の社会面に事故の記事が小さく載った。

『昨日昼頃、スペースミュージアム前のSulisbury Roadを横断中の歩行者が、信号無視の乗用車に撥ねられ、救急車で病院に搬送されたが、内臓破裂によって死亡が確認された。被害者の名前は川倉嘉信（五十一歳）。日本人の旅行者で友人と市内観光中に事故に遭遇したとみられる。　東方日報九龍支局』

＊　＊　＊　＊　＊　＊　＊　＊　＊　＊　＊　＊

暫く前の話である。二〇〇一年の十一月、アメリカのインターネット掲示板上に、その男は突然現れた。ジョーン・マッカシーと名乗り、二〇三九年の未来からある任務の為にこの時代にやってきたと言った。突拍子もないこの男のストーリーに大勢のインターネットユーザーが飛びついた。すると、マッカシーは掲示板上での多くのやり取りを通じ、タイムトラベル理論や未来の世界で起こったこと、この時代にやってきた目的などを語った。正体を暴いて化けの皮を剥がしてやろうと、ネット上の野次馬が色々な質問を投げかけ挑戦したが、彼の話には致命的な欠陥が見当たらず、誰にもこの男が偽物であると論破・立証することができなかった。そして数ヶ月後、任務が完了したという言葉を残し、男は忽然と姿を消したのである。それ以降、模倣者があとを絶たない。一種のゲームである。

ある秋の、清々しく晴れた週末の午後、恵比寿の街道沿いにある小さなコーヒーショップで、若い男二人が何やら話し込んでいる。一人は日本人、もう一人はフランス人である。そう、いつか山ノ手線の車内でレーリッヒだとか石原莞爾だとか、取り留めのない話していた二人だ。日本人の名前は滝田翔平。フランス人はニコラ・ソワイユという。忙しそうにノートパソコンの画面に向かって何やら仕事をしているフランス人に向かって日本人が言い縋っているという風情だ。態々、話があるからお茶でもしようと言って呼び出したのも日本人の方である。

「ジョン・マッカートニーって聞いたことあるだろ?」

アイスラテを飲み干すなり、唐突に、翔平がニコラに訊いた。気のせいか顔が少し青ざめている。

「誰それ? ジョンとポールかい? それともゴルファーかな?」

「ちがうって。てか、タイムトラベラーでしょ」

「タイムボカンなら知っている。あと深キョンは可愛いい」

「あー、もう、フランス人て、フランスが世界の中心だと思っているんだよな、まったく…。二〇三九年の世界から二〇〇〇年頃にタイムマシンでやってきたっていう奴のこと。それで、いろんな予言して、イラク戦争とか当てたろ。知らないかなぁ」

「よくあるネタだね。ていうかそういう話で得するヤツがいるってことだろ。そうでなければ愉快犯。そもそも予言って言っている時点で、前提を否定しているでしょうが」

「えっ、何? とにかくこれは当時アメリカで大騒ぎになったっていうんだから、知っていると思ったけど」

「それを言うんだったら、ショーン・マッカシーじゃないの。ポール・マッカートニーじゃないんだから」

「あーそう、どっちもあんまり変わらんでしょ。やっぱり知ってるんじゃん。予言とか当てたりしてさ」

「ふう。だから、マッカシーだよ。で、予言でしょ。それに外れたのもけっこうある。北京オリンピックが中止になるとかね」

「そう？　でもイラク戦争とか当っているでしょ。地底王国よりは遥かにロマンがある」

「ま、確かに一時、あっちではネット上の一部の人が騒いでいたよ。で、それがどうかしたの」

「会った、ていうか、まー、マッカシーの仲間だなって、思うんだよ」

「ん？」

ニコラは翔平の顔を覗き込んだ。そして何を言っているんだコイツという視線を送った。

「いや、だから、マッカシーの仲間に会ったんだ、てか、そう思うんだけどな。この話、聞きたくない？」

「んー、わかったぁ。もういい、忙しいから」

パソコンの画面に目を落として、フランス人は何かを忙しなくタイプしはじめた。だれかとチャットしているようだ。その話、聞いてもしょうがないでしょという暗黙のサインだ。

「ちょっと、ちょっと、ていうか、暇じゃん。俺とお茶してるくらいだし。聞いてくれたら、ここのお茶代奢るからさぁ」

空のアイスラテのグラスのストローをかき混ぜながらしつこく言い縋る。そこまでして、何を聞いてほしいと言うのか。

「ホントかい？　なら聞くかな」

ニコラはちらっと翔平に眼を遣った。

「真に受けるなって」

ニコラは何かを思い出すかのような視線を道行く車に投げかけた。そして、仕方ないな、じゃぁ話してごらんと肘をテーブルの上について半身を乗り出した。

「…でもさ、聞いたことないねー、マッカシーに仲間がいただなんて付け足したような話。確か親と名乗る人物は出てきたんだよね。子供ときのマッカシー本人も。ただその後はすぐに行方不明になった」

本当はニコラもマッカシーの話はよく知っていたが、彼の結論としては、マッカシーとは相当頭のいい奴の悪戯、或いは高額商品か何かのステルスマーケティング、そのいずれかである。まあ、それが普通の感覚だ。そもそも、アメリカではこの話、著作権登録もされている。その時点で「ジ・エンド」だろう。実在するレーリッヒと比べるような話ではない。だから、今更特段の興味もなかったが、その仲間に会ったなんて言い出す物好きが身近にいるとは、かなり笑える。マッカシーの話自体がもう十年近く前のことなのだ。

「それでマッカシーの仲間って、それいったい誰？」

ニコラはどうせ最後はつまらないオチ話だと見切っている。六甲山の山頂で舞っているゴミ袋の動画をみて、天使が舞い降りてきたとか真顔でいう奴なのだ。翔平のロマンとはそういう類であることをニコラは知っている。が、翔平はどうやら本気らしい。

「実はこの前、香港に出張で出かけたときに、ある女子高生に会ったんだ」

「ＪＫ？　そーか、少女出会い系もアジア進出の時代ってね。でもそれ犯罪でしょ」

翔平は話の腰を折られてむっとするが、気を取り直して続ける。

「聞けよ、だから九龍島のスペースミュージアムに行ったんだよ」

「宇宙…博物館？　へえわざわざ。香港にそんなところがあるんだ。銀河から一番遠そうな街だけどね。で？」

「だから買い物のあとに、プラネタリウム見ようと思って。ただの暇つぶしだったんだけどさ」

「なにそれ、プラネタリウムって。一人で？　変だなぁ」

ニコラはキミ、なにか重要なこと隠しているだろといった冷やかしの視線で翔平を煽った。

「はいはい、だから小姐とだよ」

「なにそれ？　あーそういうことね。やっぱり出会い系のわけね」

「カラオケの女の子だよ。そこ、本題じゃないから。で、そうしたら改装中で閉まってたわけ」

「何が？」

「スペースが」

「調べてからにすれば。ホテルの人に訊いてから行くとか。話、長くね」

「いやいや、ホテルで訊いて割引パンフレットもらったから、近くだったし行ってみたの」

「まあその辺が香港だな」

「それはいいんだけど、ちょっと聞いてって。仕方なく、似たような間抜けなやつが他にもぼちぼちいるなぁと見ていたら、うちらを見てる子がいた」

翔平の記憶ではそうなっている。

「なるほど、それがそのＪＫね。で？」

「修学旅行かなって思ったんだけど」

「修学旅行？　旅行会社も馬鹿だねえ。キミんとこ、じゃないよね」

「いやいや、違うでしょ。で、よく見ると、他には誰もいないし、なんか違っていて、一人で青ざめたような顔していた。動かずじっとしていて、他のみんなとはぐれたのかなとか思って。それで、近づいて行ってどうかしたのって話しかけた」

「どーして？」

「未成年だったら、保護しなきゃでしょうが」

「どうだかね。でも日本人って、どうしてわかった？　なぜ女子高生なの？」

「白い肌とアイラインが印象的。てか、ケータイにはたくさんの人形とかぶら下げているし、化粧しているし、まつ毛濃いし、スカート短いし、それで革靴はいているし、そんなの誰が見ても日本の女子高生ってわかるでしょ。ただ髪は黒だった。ローカルの子が、コスプレやっているようには見えなかったし」

「今時『カワイイ』は世界共通語だよ。パリなんか知ってる？　そんなっぽい女の子は街にいくらでも見かけるけどな。でもケータイ向こうじゃ繋がらないでしょ」

「さぁ、でも写真は撮れるでしょ」

「で、どうしたの」

「意味不明。どうしたのって訊いているのに、今年北京オリンピックはありましたかって訊くんだ」

「今どきの子はテレビとか新聞とか見ないのは知っていたけど、そこまで世間知らずなの。要はそういうことでしょ」

「オリンピックは俺もあまり興味なかったけど。そう訊くから、テレビで観なかったのって訊いたよ」

翔平は実際にはそう思っただけだったが、口に出したと思い込んでいる。

「変なこと訊くね。おちょくられているんでしょ。でなければ…」

ニコラは言いかけてやめた。

「そうしたら、その子余計青ざめた。わかんねー。で、今度はショーン・なんとかさんは現れているかって、またわからないこと言った。俺に訊くことじゃないねって思ったら、だんだんむかついた。日本語変でしょ」

「ま、最近はキミのも含めて変だね」

「誰?って聞き直したら、ショーン・マッカシーだっていうんだ。確かに、マッカートニーじゃなかったかもな。で、聞いたことあるような、ないような」

「そう、そこでマッカシー登場か。でも何それ? それじゃ、全然知り合いとは言えないじゃん」

「そのときはベッカムとかマイケル・ジャクソンとかのスーパースターみたいな奴が香港にきてコンサートでもやる話かと思ったんだけど、ローカルはわからないし、まだみたいだよって適当に答えた」

「その子、精々キミみたいなオタクの同類だよ。それとベッカムはコンサートはやらない」

ニコラはイギリス人のことなんかどうでもよかったが、それだけは訂正を入れた。

「俺はオタクかよ。で間抜けな返事したから、はぁとため息つかれた。疲れんのはこっちのほうだろ」

「随分記憶力いいね。で、キミはマッカシーを知らなかったわけね。だからマッカートニーになっちゃう」

「後でわかった。てか、さっきね。ところが、そのあとまた変なこと言う。じゃあもうじきこの辺はパンデミックで大変になっちゃうとか言った」

「なんのこっちゃ。自暴自棄だね。でなければ…悪い薬やってそう」

「そう、そのときはパンデミックって何だってかんじだから」

「知っててよ。何も知らない日本人だな、キミは。それで?」

「小姐、あっ楊ちゃんっていうんだけど、予測不能の日本語の会話についてこられなかったみたいで、どうでもいいからおなかすいたって言うから、タクシーでワンチャイに行って、で、ケーキを食った」

その後余計な買い物をさせられた話は端折る。

「なんだ、それだけ? どこがマッカシーの仲間?」

「まだ終わってないって。実はここからが、問題なんだ…」

「はあ？」

「思い出したんだ。彼女に前にも会ったことがあったって。ていうか、同じような会話をした。で、証拠もみつけた」

「あっそう。で、どこで会ったって？」

「中学三年のとき」

「ぷっ、生まれてないんじゃない、その子。それか精々赤ちゃんだ」

「だよな、普通なら。でも、元気そうでよかった、みたいなこと言ったんだよ、その時。一人言かと思ったし、中国語のようにも聞こえたし、知り合いであるわけないから、気にしなかったんだけど、だけどやっぱりそう言ったような気がする。それで辻褄があう」

「知り合いの娘とか」

「そんなのそんなところで偶然会うわけない。それに後になってなんだか懐かしい感じがした。で、思い出したときは全身鳥肌が立った。未来空想図なんだ」

「未来空想図？」

「いや、予想図かな」

「まだ続くんだ、この話」

ニコラは要領を得ない話の展開にうんざりし始めている。

＊　＊　＊　＊　＊　＊　＊　＊　＊　＊　＊　＊　＊　＊

それは翔平が中学二年生の時だったと思う。その少女は二学期が始まると同じクラスに転校してきた。少し大人びていて、バレー部の女子のようなショートヘアに涼しい目をしていた。そして物静かで知的な雰囲気を持っていた。それでも翔平には印象の薄い女子に思えた。なにしろ、名前すら気にしていなかった。

翔平は毎日放課後、暗くなるまで陸上部の練習に明け暮れていた。県大会も近い。走っていると、決って正門脇の家の庭から金木犀《きんもくせい》の香りが漂ってきたものだ。そんな秋も深まり始めたある日のこと、偶々翔平は少女と月例の学級新聞を書くことになり、担任の言いつけで授業が終わると何を書くか相談することになった…。

「なんで、俺なわけぇー」

教室に二人だけになると、翔平は照れ隠しの愚痴を垂れた。

「ショウちゃん、ごめん、私が先生に頼んだんだ」

「えっ、そうなの、なんか、どーよ。え、てか、センセーに頼むとそうなるってか、変じゃない？」

とは言ったものの、そこまで仲良くねーだろ、それでも俺がいいってか、ふーん。そう言われてみると少しだけ翔平の顔に血がふわっと上った。それに俺のことショーちゃんだって。クラスの奴にそんな呼ばれ方をされたことはない。

「しょうがないね。じゃあ、何書くかー？　わかんねー」

また愚痴がついて出た。そして翔平はわからないように少女の顔をちらっと見た。新聞といっても、何を書いていいものかさっぱりわからず、誰かが書いた前号の猫の話を斜め読みして、あーつまんねーと言った。

「滝田君はなにか書きたいことある？」やさしい声で少女は言う。

「うちの犬の話かなぁ」猫がきているので、次は犬という単純な発想だ。

「たとえば、将来なりたいものとか」少女は、犬を無視する。

「そっち方向の話？　なりたいもの？　金持ちかなぁ。うちのオヤジ見てても、なんかイメージ湧かないし」

「…じゃ、今から十五年後に何しているか、何をしていたいか、それを想像しながら書いてみるっていうのはどうかな」

「へえー、おもしろそー、でもなんで、十五年後なんだ？」

「三十歳になったとき、何をしているかってこと、今から考えるの」

「サラリーマンじゃねえの」

「もっと、違うことしようよ」

「そーいうお前は何してるんだ、大人になって？　フツー考えないでしょ、そんな先のことは」

「考えるでしょ。考えようよ。私はきっと旅していると思うな、今と同じ」

「旅って、どうやって食っていくんだよ、それで。じゃ、俺はプロゴルファーにでもなって、デカイ大会で優勝して、賞金がっぽりもらって、新しい家を建てる。地下も作って、俺専用のゲームルームにする」

「そのとき三十歳だよ、ゲームまだするの？　それにショウちゃんはプロゴルファーにはなってないと思う」

また、ショーちゃんって言った。なんか悪い気はしない。

「わかんねーだろ。ゲームは今する暇がないから、三十になったらするんだな、これが。そうだ、それでいこう。なかなかよくね」

　翔平は少女の言うことに釣られてちょっぴり空想の世界に遊んだ。結局、学級日記の記事は「未来空想図―三十歳になった時」と名づけた。家に帰ってその晩、翔平はいい加減な夢を綴った。

数日後、放課後の教室。三、四人の運動部の女子がバタバタと出て行った。二人はまた残った。

「それで、お前は何書いたんだ？」

翔平は白いブラウスの少女の原稿を覗き込んだ。

「なんじゃこれ。なになに、その年、アジアのオリンピックが中止になり、世界大恐慌がおこり、戦争になりますぅ、だぁ。で、パ・ン・デ・ミ・ッ・クによってアジアの人々が大勢死にますが、其のとき、君が現れてアジアの国々を統一して敵に立ち向かう、でもこれが人類の破滅の始まりとなりますってかぁ。むずい単語つかうなぁ。何これ？」

「どうかな、こうはならないようにしないと。だから滝田君にも手助けして欲しい」

「いいねー。面白いけど、意味わかんねー。で『使徒』は登場しないのか？」翔平はおちゃらけるしかない。そして少女に「それでお前は何するの？」と訊いた。

「私も戦う。みんなを助けたいなって思う」

「はぁ、なんか夢見ちゃってるよ。アニメの観すぎじゃない？ ま、いいか。先生こんなんでＯＫするかな」

「私、小説家になりたいんだ」少女は悲しそうに言った。

「おっ、そういうことか。なんだ、オーケー。ちゃんとそう書いとけよ」

「でも、約束ね。滝田君、そのときは助けてくれる？」

「オーケー。やっぱ、俺だよね」

約束までは出来ないけど、とは口に出さなかった。毎度のお調子者で、まだ中学生なのだ。

「それから、卓球部の加藤君の県大会の優勝のコメントも載せたらどうかな」

「だな、わかった、とにかく、はやく新聞にしちゃおうぜ。だんだんメンドーだし」

「じゃぁ、私、加藤君の話をきいておく」

「ふぅ、ラッキー。頼むよ」


どこかの家の数珠なりの姫りんごの赤い実が、その甘い香りを狭い路地先まで運んでいた。すでにあたりは仄暗くなり始めている。中間テストも済んで部活動を終えた翔平は、途中まで一緒だった仲間とも別れると、ようやく家にたどり着いた。玄関先で自転車をおりて中に入ろうとした。その時、こっちを見て立っている少女に気付いた。

「あれっ」聞こえるように声を出した。

「部活、大変そうだね」

「えっ、まー、疲れた。でもなんでいるの？　なんか俺ヤバいことしたっけ？」

翔平としては、何故こいつがそこにいるのか、家の前にいるのか理由が分からずドキッとした。

「実はさっき、三十歳のショウちゃんに会ってきたんだ。でも、その世界はあってはいけない世界だった」

少女は突然意味のわからないことを言った。

「あー、学級新聞ね。やっぱみんな見てねえよ。それでいいんだけど、逆に。俺の出番はもうないね」

翔平は、話題は学級新聞のことだと思ったが、また少女が謎めいたことを言った。

「だから、これから少し未来を修正しないといけないと思うの」

「…そうなんかぁ」と翔平は反応するしかない。大体、何を言っているのか、全くわからない。少女のしつこさに少し気味悪さを感じた。が、少女はまだ何か言いたげである。

「あの、未来を変えるってこと、どういうことかわかるかな？」

「えっ、わかんね。俺疲れてんだけど、わりい」

翔平はそっけなく言った。早く家の中に入りたいのだ。

「だよね。ごめんね。でも聞いて。未来を変えるって言うのは、過去を変えるってことだよ」

「なんか、お前雰囲気変わったね。いつもより大人っぽいし、格好変だし。そこにいっぱいぶら下げているのは、何持ってんの？」

少女のカバンを指差して翔平は言った。

「ケータイ、かな」

「なんの？」

「ただの飾り」

「なんか都会に行ってましたーって感じだね。そういえば、ここに来る前はどこに住んでいたんだっけ？」

「いろいろ渡ってるから、わからない。香港、かな」

「へぇー、なんか渡り鳥みたいじゃね。で、ホンコンってさ、どこにあるんだっけ？」

「行ってみない？」

そういうと少女は、何かをカバンから取り出し翔平に手渡した。

「えっ？何これ？」

無理やり何かを押し付けられた翔平は訝った。見ると英語と読めない漢字で書いてあるチケットかなにかのようだ。プラネタリウムの写真と星座の絵が描いてある。何を俺にと思いながら半分以上無視して言った。

「今日は疲れたし。明日また話聞くよ。腹減ったし」

「ごめん、そうだね。うん、じゃぁ、私も行くところ、あるから」

「オーケー。でも、なんかお前この間もそれ言った気がする」

「言ってないよ」少女は言い返すと翔平の目をじっと見つめている。が、彼女が今からどこへ行こうが翔平には興味がなかった。

翔平は急に眠気に襲われ、少女のシルエットが心に眩しく感じた。自宅の前で同級生の好きでもない女子と二人きりでいるのは、誰かに見られたら恥ずかしい。早くその場から抜け出して新鮮な空気を思いっきり吸いたい。少女はそんな翔平の心の内を見透かすように、もう一度「じゃぁ」と言って手を挙げた。

翔平はそんな彼女を見送るまでもなく、ふえっと息を吐くと家の中に飛び込んだ。

「ただいまぁ、腹減ったよー、何かすぐ食えない？」

気配だけあるキッチンの母親に向かって叫んだ。包丁がまな板をたたく音だけが聞こえてくる。


翌日、少女は前触れもなく転校していった。話す機会もなかった。翔平は、彼女がどこに住んでいたかすら知らない。他のクラスメートに訊いても、彼女のことはあまりわからなかった。何をわざわざ家まで言いに来たんだろうか。考えれば考えるほど、分からない。転校するなんて言ってなかったし。香港がどうとか言っていた。つい最近のことばかりなのに記憶はすでに茫漠としている。

＊　＊　＊　＊　＊　＊　＊　＊　＊　＊　＊　＊　＊

「それで、どこがマッカシーの仲間だって？」

煮え切らない翔平のストーリーにニコラが業を煮やした。どう見ても脈絡がない。

「待て待て、だからここからだよ。いいか驚くなよ。実は無性に気になって、中学校の時の学級新聞、押し入れの奥の奥から引っ張り出したんだ。そうしたら出てきたんだよ」

「何が？」

「スペースが。スペースミュージアムの全く同じ二〇〇八年の割引チケットだよ」

そう言うと、翔平は少しくたびれたチケット一枚と、別に真新しい一枚を取り出してニコラの目の前にかざして見せた。暫くそれを見比べていたニコラが言った。

「まあ、ホントなら凄いけど、絶対勘違いでしょ。ホントにもう、しっかりしてよ。それだけなの？」

これがこの話のオチかよと、がっかりした顔を翔平に投げると、翔平が反発した。

「いや、これマジだから。ほら、じゃあこっちも見てよ、彼女、書いているから。パンデミックのこと」

翔平はそう言いながら、今度は黄色く褪色した学級新聞を取り出して見せた。


「一六二二号室」

滝田翔平は赤坂にある旅行会社アレックスファイブの企画部員である。近年増え始めている中国、韓国、欧米からの観光客を目当てに、人気の築地魚市場、温泉、富士山、銀座や大型アウトレットモールでのショッピングなどを組み合わせた外国人観光客向けのツアー企画を手がけている中堅国内旅行会社だ。

二〇〇八年の年の瀬。この日、翔平は、ピギーバッグを曳きながら乗降客の人波をかき分け、品川駅で山ノ手線を下りたところだった。伊豆の群発地震の影響でキャンセルが相次いだツアーの立て直しを図るために、熱海に出張を命じられている。

本屋を覗いた後、熱海行きの新幹線の自由席乗車券を買い、迷った挙句に定番の幕の内弁当とスポーツ新聞を買い込んだ。そして偶々二四番線に入ってきた十時十六分発のこだまに飛び乗った。新幹線と言っても各駅停車だ、それほど混むことはない。

翔平は空いていそうな座席を確認し荷物を棚にあげると、シートにどかっと腰を下ろした。ネクタイを緩め、ふうっと一息ついてから、ペットボトルのお茶を一口飲みこんだ。熱海到着までにやることと言えば、簡単な書類のチェックと、あとは朝兼昼メシの弁当を食らうだけだ。既に列車は品川駅を滑り出している。

「滝田くん」

突然、誰かが翔平に声を掛けた。

「えっ」手元の書類に目を落としていた翔平が、声がした通路の反対側の席に目を遣った。

「はっ?」もう一度声が出た。そして声の主の顔をまじまじと見た。ベージュのニットキャスケットをかぶっている若い女だった。誰だ?……。ん?

「元気そうだね」女は笑った。

「ああっ…　だっ、だっ、未来予想図ぅ…」翔平はその顔を思い出し、そして固まった。

「ん、そうなの？」

翔平は思いついた言葉を捻り出したが、依然固まっている。目が泳ぐというのはこういうことをいうのか。なんでそこにいる訳？　しかも今朝も彼女のことを考えていたばかりなのに。多分そう思いながら、翔平は息を大きく吐き出し眉を寄せた。

「ごめんね、こういう形であなたの前に現れて。確かに、驚く、かな」女はもう一度、にこっと微笑んだ。

「なんでぇ？　どうなっているの」本当に、何がどうなるとこうなるのかわからない。

「でも、仕方ないの。ずっと一緒っていうわけにはいかないから。ちょっとお願いを聞いて、くれるかな」

女は脈絡のないことを一方的に言った。翔平の行動は常に監視でもされているのだろうか。彼はしばらく一人でブツブツ何かを言っていたが、あることを思い出して訊いた。

「えっ、ていうか、ねぇ、この前、香港で会った、よ…ねぇ」

「ん、そうだね、三日くらい前だった、かな」

あっけなく認める。が、そ、そんな最近の話じゃない。

「あの時はわからなかったんだよ。おたくが誰かってこと。その前に会ったの、中学の時だし。でしょ？」

「うん、気にしなくていいよ、ちょっと女子高生みたいな恰好だったからね」

そういえば、今日は高校生には見えない。二十代後半のＯＬが休暇を取って一人旅といった雰囲気だ。

翔平は肝心の彼女の名前を覚えていなかった。これはかなりバツが悪い。

「で、で、どうしたの？」

そう言って、あとは女が何かを言いだすのを待つしかない。

「うーん、マッカシーの件だけど、今度ゆっくり話したいから、ちょっと時間とってもらえるかなと思っている」

翔平の沈黙を切り取るように女は言った。否、はないでしょといった口調だ。翔平は「ま、マッカシーね」と返すのが一杯一杯だった。やっぱりマッカシーに関係があるんだな。こうなったら少女自身がそもそも誰なのかはっきりさせるべきだ。ふとそうも思った。

「来週の月曜日の夕方、ここまで来てくれるかな。東京駅の近くなんだけど、仕事終わってからでいいよ」

そう言いながら女は翔平にメモを差し出した。

「あっ、それから滝田君のお友達も一緒に誘ってね」

「えっ、お友達って、誰？」

「あの、フランス人の。彼にも話があるんだ」

「あっそうなの？」そう言ってはみたが、なんでそんなことまで知っているんだ？と思った。

「じゃぁ、待ってるから。よろしく」

翔平は、またえっと反応した。そして、違和感を口に出した。

「ちょっと、じゃなくて、なんか香港の時と、随分違うよね、雰囲気。全然疲れてないし」

女はくすっと笑った。そして黙ったまま翔平を見詰めている。

無機質な録音アナウンスが間もなく新横浜に到着しますと告げる。そして今度は生身の車掌が同じことを繰り返して言っている。

「じゃぁ、私はここで降りるから」

そう言ったかと思うと、女は立ち上がり、ふうっと優しい横顔を翔平に見せた。振り返りもせず減速中の不安定な通路を出口へと歩いてゆく。ここで降りるわけにはいかない翔平は、半ば嬉しいような戸惑いの表情をその背中に向けた。

翔平は今、気が付いた。彼女、全然歳をとっていない。同級生のはずなのにどうみても三十女には見えない。整形か、でなければ生来の若作りなのか。考えるほどに不思議だ。ぼうっとして置いてきぼりを食った翔平は、はっと何かを思い出すと、猫パンチのようなジャブを「しゅしゅっ」と目の前の背もたれに向かって繰り出した。見てはいけない白昼夢の余韻。それを振り払うかのように。


ニコラ・ソワイユというフランス人の青年は、オルレアン大学芸術学科在学中の一九九六年、夏休みを利用して初めて日本にやってきた。イギリスのアイドル系のロックバンドボーカルのような風貌である。ときどき眉間にシニカルな縦皺をよせる癖があった。最初は日本のアニメやサブカルチャーに興味があったが、北陸や東北を旅して巡るうちに日本の祭り文化や習俗・習わしの世界にはまり込んだ。日本の伝統と現代文化さらには工学系先端技術が、実は何処かで確実に繋がっているといった感覚を得た彼は、西洋人がハマりやすいその謎めいた命題を究明したいという衝動に駆られた。

大学卒業後、パリの日本語学校に通いながらしばらくは独学していたが、回転寿司レストランがパリの街角でもみられるようになると、ついに我慢ができなくなり日本に渡った。二〇〇二年のことである。そして、当分はこの国を住処にしようと決心した。学生時代の貧乏旅行のとき金沢で世話になった民宿の親父に再会した時には、実の親子のように涙を流しながら抱き合って喜んだ。家族も次男が長旅から戻ってきたような素朴なもてなしをしてくれたので、ニコラにとっても日本のわが家のような存在になっている。

以来、京都に住みつき語学教師のアルバイトをしながら食いつないでいたが、数年前に駅前留学をキャッチコピーにしていた雇い主の会社が潰れると、それを機に外国人仲間と映像配信ソフトウェア制作の会社を興した。東京へは月に二、三度出張でやってくる。滝田翔平には、彼が二度目に日本にやってきた時、ビザ更新や滞在先の手配などで世話になった。それ以来の付き合いとなる。二人とも、落語という共通の趣味がある。

ニコラはまた東洋哲学や日本仏教にも興味を持っていて、いずれインド北部やネパールを旅したいという夢がある。シャンブラやレーリッヒへの興味もその脈絡だ。時々、自分は外人だから教えてくれと言っては、誰彼となく「色即是空」の意味を訊く。いまどきの日本人の大概は言葉としては知っていても意味までは知らない。それをわかっていてわざと訊くのだ。彼のこれまでの調査結果を元に多数決でこの意味を決めるとしたら「性欲を満たすために女を買った。しかしことが済むと途端にむなしい気持ちに襲われて、大枚をはたいたことを悔やむのである」となる。よって教訓は「一時的な快楽は所詮虚しい」というものだ。このような場合、この摂理が女性にも当てはまるのかどうかが定かでないことを指摘されると、あとは笑ってごまかす。それでも宴会ネタとしては十分いける。ガールフレンドの瑞恵に同じ質問をすると「さぁ、たぶんこの世界で一番きれいな色は、空の青、夕焼け、つまり自然の色が尊い、という意味じゃないかしら」という返事が返ってきた。聡明な瑞恵にしてこれだから、後は推して知るべし。

「ぎやていぎやてい、はらぎやてい、はらそうぎやてい、ぼじそわか」

最後にこう呪文を唱えて周囲を驚かす。何のことかは彼の京都の友人の何人か以外は、誰も知らない。

＊　＊　＊　＊　＊　＊　＊　＊　＊　＊　＊　＊　＊

翔平はニコラを何とか説き伏せて、とにかく東京まで出てきてもらうことにした。何しろご指名なのだ。

それに自分のマッカシーの話が法螺ではないという生き証人が欲しい。スペースミュージアムチケットのトリックの件もある。

年末の、慌ただしい忘年会明けの月曜の夜、東京駅八重洲中央口が待ち合わせ場所だった。ニコラは雑踏の中で壁に寄りかかる翔平を見つけた。両手を小さく横に広げながら小首を傾げ「いったい、何やってんの？」といったシニカルな表情をみせる。そして「でも来てあげたよ」と合図した。翔平もすぐにニコラに気付くと「悪い、悪い」と申し訳なさそうに手を挙げる。そして二人は軽く握手した。

「ふぐ刺しごちそうするって言うから、しょうがない、来たよ。で、その前にどこへ行くんだって？」

ここは恩をたっぷり売っておく。

「ファイブシーズンズの一六二二号室に来てってさ。時間は何時でもいいんだって」

翔平が、雑踏の中、声を張り上げて言った。

「そう、ホテルの部屋か、でもヤバくないの」ニコラが反応する。何がヤバいと言っているのか翔平にはわからない。

「まぁ、普段じゃ行かないような高級ホテルだし。後学の為にも、客の視点で接客レベルとかチェックできるし、ついでに部屋を覗こうよってね。でしょ」

そう翔平は言うしかない。企画旅行では対象外のホテルだ。ニコラにはそもそも全く関係ない。二人は混み合う八重洲口を抜け、歩き出した。霧のような雨が降り始めている。帰路につくビジネスマンらをよけながら有楽町方面へと向かうと、ＪＲの線路沿いにひと際高く聳えるビルの中へと入った。外の喧騒から隔離された一階は吹き抜けのオープンスペースだった。レセプションは十階にあり、客室階はさらにその上だ。二人は誰もいないエレベーターに乗ると、とにかくレセプション階へと上がることにした。

エレベーターの扉が開いた。すると目の前はシックな開放ラウンジであった。いかにもＩＴで儲けていますといった若い透かしたビジネスマンが女二人と気取ってカクテルを飲んでいる。空のグラスを持ったウェイターを横目でやり過ごすと、翔平が提案した。

「時間はあるんだから、なんか飲もうか。せっかくだし」

翔平はビールが好きだ。それに、なんとなく成功者の気分に浸りたい。

「いいね、わかった、景気をつけてから乗り込もうってわけだな。キミの奢りね」

二人は一番近いテーブルソファに腰掛けた。座り心地は悪くない。サイドテーブルに鮮やかな生花が活けてある。奥の方から中年女のグループの笑い声が聞こえる。

「じゃ僕は、ジントニックでいいよ」

ニコラもちょっとおしゃれでリラックスした気分になる。勘定は翔平持ちだし。しかし心の中では、京都を出るときからずっとあることを反芻していた。つまり、なんで僕なのか、だ。彼もどうぞと言ったという女の意図がなんなのか。それはそうだろう。何しろ、会ったこともないパンデミック少女からのご指名なのだから。瞬間、翔平の狂言かとも疑う。

「じゃぁ俺はドラフトビールにするよ」

翔平が言うと、ニコラがウェイターに手を挙げた。

「乾杯！」

やがて運ばれてきたグラスとグラスがカチッと音を合わせた。ビールの泡を口につけた翔平がふうと息を吐いた。ニコラもライムを絞りながらジントニックの香りを楽しんだ。暫しのささやかな安寧である。

一気に泡まで飲みほした翔平が、腕時計をみてニコラの顔を伺う。そして、むっくりと立ちあがった。

「じゃぁ、行くかぁ」意を決し、裏腹に力なく宣言した。

やがて二人は、レセプションのにこやかなスタッフの目をどこか気にしながら、素知らぬふりをしてその前を通り抜けると、ラウンジとは反対側の客室階行き専用のエレベーター前へとやってきた。壁の三角ボタンを押す。二つあるうちのドアの一つがすっと開いた。二人はそそくさとエレベーターに乗り込む。僕たちは何をこそこそとやっているんだ。ニコラが自嘲する。と、翔平が小さくシャウトした。

「やべぇ、上がれない。キーがないと、上、行けないじゃないか」

フロアの番号を何度押しても反応しない。よく見れば「ルームカードをスロットに挿してください」と脇に書いてあるのだが、焦っているので気がつかない。（だめじゃんこれ）と翔平が無言でニコラを見る。外部からの不審者が客室階まで行けないようにロックが掛っている。考えてみれば、今時当たり前である。何だよ、来いと言うから来てやったんだぞ！　もたもたしているうちに、エレベーターのドアが閉まりかけた。あれ、何。するとそこに、すうっと誰かが滑り込んで来た。そして二人を見ずに言った。

「来てくれてありがとう」

「えっ？」なんだ、彼女じゃないか。翔平は誰もいない後ろを意味なく振り返った。女はなぜか目を合わせようとしない。うつむき加減に、エレベーターの操作パネルに目を落としたまま二人にうなじを晒している。

「あっ、どうも」

翔平も気を取り直して言葉を返した。こういう場所でみると、やはり大人の女だ。一体この子、何歳なんだろうという矛盾した疑問がまた湧いてくる。何故黙っているのか。翔平はニコラを紹介しようとしたが、軽いＧを感じたのもつかの間、静かにエレベーターのドアが開いた。

「こちらへどうぞ」

寡言の女はエレベーターをひゅっと飛び出すと、二人を先導するように足早に歩きはじめた。何度か迷路のようなコーナーを曲がると、三人は一六二二号室の前にやってきた。女は、ドアを開けると「入って」とだけ言い、二人を部屋に招き入れた。二人は入って驚いた。

「わお！」

凄い部屋だ。ここが彼女の住まいなのか？　右手が豪華なリビング。大型のテレビがある。左手には計算されつくしたダイニング。楕円テーブルは六人掛けだ。その奥には小さいキッチンも見える。大きな青い窓は総ガラスで美しい夜景が一枚の絵の様だ。将に、エグゼクティブ・スイートと言っていい。翔平とニコラは怪訝な表情を交換した。

「やっぱ、ファイブシーズンズの部屋はいいなぁ。匂いもロケーションも最高。ここ、一泊三十万はする」

翔平が商売根性を垣間見せながら独り言を言った。重厚でベージュとブラウンで統一された壁や調度がいかにも五つ星の風格を主張している。

「来てくれてありがとう」女はもう一度礼を言った。

「…おじゃまします」二人はそろうりと歩を前に進める。

「じゃあ、そこに腰かけていてくださいね。飲み物、作りますから」

女はリビングに二つ並んだ一人掛けのソファを指さした。なんかこの子、やっぱりこの間とも雰囲気が違う。と思いながらも、翔平は言われた通りソファの前に回った。そして「よいしょ」と深く腰を下ろすと「おっ、ファーストクラスだ。マッサージもついているぞ」などと照れ隠しの冗談を言った。なんか変だなと思いながら、ニコラもあとに続いて隣に腰掛けた。確かに座り心地がいい。女はキッチンで何かを用意している。その隙に翔平がニコラの紹介を済ませた。女は、ようやく「ナオミです」と言って名を名乗った。ニコラは愛想笑いする。そうか、ナオミって言うんだ。翔平は「今度は忘れないなこの名前」と思った。ナオミはそれ以上何も言わない。そして二人がソファに深く身を沈めたその瞬間、窓の外が紫色に光った。気のせいかもしれない。が、二人は何故か心地のいい、酔いが回るような睡魔に襲われた。

「何飲みますか？」ナオミの声が遠くに聞こえた。

「あっ、はいはい、このソファなんか気持ち良くなって、眠っちゃいそうだよ。さっきラウンジで少し飲んでいたんだ」

そう言うと翔平は身を起こし「じゃぁ、俺はルートビアで」と注文する。「僕は…コーヒーかな」とニコラは警戒して言った。

手早く二人のオーダーを処理したナオミは、グラス一つ、カップ一つを二人の手元に置いた。

「おっ、適当に言ったのに、ルートビア、あるんだ。てか、どんな味？」

翔平は自分で頼んでおきながら普通にルートビアが出てきたことに驚いてみせた。ナオミも向かいのソファに腰かけた。

「ふう、今日はお招きにあずかって、それでいったい、俺たち二人にどんなお話なのかな。マッカシーだったよね」翔平がようやく切り出した。

「そうだね、お二人に是非見てもらいたいものがあるので、来てもらったの。自分の目で確かめるのが一番だから」

「見てほしいもの？」そんなこと？　意外な用件に聞こえた。

「そうだよ、ちょっと窓の外を見てくれるかな」そう言うとナオミは翔平を窓際に誘った。

「ん、何？」と言いながら、ナオミのいる窓辺から空を見上げた。湿った夜の東京の空だ。別に面白くもなんともない。そして、東京駅のプラットフォームを見下ろした。じっと見ている。何が…と言おうとした途端、翔平は異変に気づいた。顔をさらに窓に近づける。

「あれぇ、新幹線の新型車両かなぁ？　でも、こら、聞いたことないぞ」

　誰に向かうでもなく文句を言った。見下ろした先、いつものように東京駅から発着する新幹線の車両がいくつか見える。だが、不思議なことに、カモノハシのＮ七〇〇系でもなければ、芋虫の八〇〇系でもない。形も違う。色だけ見ればブルートレインだ。先頭車両の形はナイフを逆さまにしたような鋭いエッジを持っている。それでいて丸みを帯びた連続する曲線が美しい、見るからに高速車両である。翔平は眼をこすった。そして、あれ、これホントに窓かなぁといったふうに、今度は窓の桟《さん》を確認した。ナオミの顔が翔平に近づく。

「あれは、ＮＡ五型という車両。ハルビンまで七時間。ソウルまでなら四時間ちょっとだね」

「はあ、そうなんだ」

　翔平は気のない反応をすると、窓から離れてソファに座りなおした。すると今度はニコラがソファから立ち上がった。そして窓に近寄り、外を見て「おっ」と言った。確かに見たこともない形をした列車がプラットフォームに停まっている。間違いなく、そのように見える。ニコラも本物の窓かどうか桟を調べる。

「ちょっと待って、どんな仕掛け、これ、面白いね」

　ニコラは窓枠を見回しながら訊いた。大型液晶画面がはめ込んである。変わったホテルだ。

「流行の薄型液晶画面かなにかだよね？」

翔平も熱帯魚が泳いでいる水槽型の液晶画面を思い出した。するとナオミは冗談を言った。

「さっき、タイムトラベルした」

「…」

「あっ、そうか、なんだ、タイムトラベルか。なら納得」

一テンポ置いて、ニコラが調子を合わせた。翔平がそんなニコラの顔を見遣る。

「タイムトラベルってか、だよな。あー、でもさ、マッカシーも面白いんだけど、タイムトラベルがそんな簡単だと、なんかね、申し訳なくない？」

翔平もニコラに同調したのかしないのか。あやふやな言葉を返した。

「でも、実際はこんな感じなんだよ」

ナオミが真顔で言った。二人は、オイオイどこまでだよ、といった表情を見せる。

「てか、なかなか面白いけど、いい仕掛けだねぇ」

タイムトラベルはさておき、一体何なの、これ。翔平はそんな顔をしている。しかし、ナオミは「だから、これがリアリティ」とさりげなく言い、何がそんなに不思議なのと悪戯っぽい視線を投げかけた。焦れてきた二人は「で、ホントは何、早く種明かししなよ」と言い、ナオミの横顔を窺った。まさかこれだけで俺たちを呼んだわけじゃないよね、という意味だ。

「だから、これが現実。タイムトラベルはさっきした」

「ぷっ」二人は吹き出しそうになった。

「『さっき』って言ったって、さっきだよ。数分前に僕たちはこの部屋にやってきた。で、コーヒー一口飲んだら『はい、今タイムトラベルしました』って言われても、そりゃ、どう考えたって、ありえんでしよ。同じするんだったら、ほら、大きな渦巻のトンネルを潜るとか…、なんかそういうの必要でしょ。演出っていうかさあ…」

世の中のどこかではありえても、自分たちの身の上に起こることとしてはありえない。マッカシーだの、未来予想図だのといくら言ってみても、それは所詮ファンタジーである。実際自分の身にそんなことが起こるというのは想定外だし、もしあったとしても、宇宙人が出そうな砂漠の秘密基地にでも行かなければ、簡単にタイムトラベルなんてできない。それが常識というもの。翔平もニコラも、人類みな同じ考えだ。

しかし、スペースミュージアムのチケットの説明はまだ出来ていない。それは今夜どうしても知りたい。いや、なにかの勘違いだってことを確認したい。

翔平はもう一度「ありえないっしょ」と、小さな声で言って腕時計を見た。この部屋に来てまだ十五分程度しか経っていない。が、何故か時計の針は一時間進んでいた。あれっと首を傾げる。それを見ていたナオミが言った。

「さっき、ソファに座ってもらっている間に、だからトラベルしたの。そういうこと」

「そういうことって、じゃぁ外へ行って確かめてもいいってか」

翔平が駆け引きする。第一そんなお手軽にマジックを使うかって。するとナオミは言う。

「だめだね、今外へ出るのは。不測の事態が生じる。今日は見るだけ、にしましょう」

「おや、やっぱりネタバレがあるから、それはまずいんだな。はは、見るだけだね。オーケー、オーケー」

二人は、もう一度液晶画面に寄って東京駅をよくよく覗きこんで観察した。何かケチでもつけたいところだが、列車以外、プラットフォームの大部分は屋根に遮蔽《しゃへい》されていて、それ以上は見えない。あえて言えばときどき見え隠れする乗客の中に、和服を着ている人が何人か見える。近くでなにかイベントでもあったのだろうか。それ自体はそれほどおかしいことではない。丸の内側に見える赤レンガの東京駅は全く変わった様子もない。いや、少しイメージより大きく感じるか。そんな印象がなくはない。でも、普段から東京駅をマジマジ見ることはない。

「じゃぁ、テレビつけてみよう」ニコラが思いついて言った。

すると「テレビはないの、この部屋」とナオミが即座に拒否した。でも堂々とした九〇インチの液晶テレビがソファの横にあるではないか。

「どうして？ そこのでかいやつテレビでしょ」翔平がここぞとばかりに指摘する。

「ちがう。この部屋は、すべてがタイムトラベルマシンになっている。だからテレビは映らない」

ナオミの口調が少し変わったように感じるのは気のせいか。しかもタイムトラベルとは言ったけれど、実際には違う歴史をたどったパラレルワールドの一つにスリップしたと言い直した。だから、翔平たちの世界とは異なる形のものが存在する、今それを見ているのだという。

そんなこと、誰が信じられるかってんだ。納得いかねーなぁといった顔の二人は、ナオミに促されるように、とりあえずソファに腰を下ろした。ルートビアに翔平の手が伸びる。ニコラはコーヒーカップを見つめている。すると気のせいか、窓の外が再び紫色に輝いたように感じた。そしてさっきと同じような眠気に襲われた…。

「どう、少し落ち着いた？」ナオミが何気なく話しかけた。

「そうだな、でも、そんなわけないさ」

そう思い直すように言ってから、翔平は再び立ちあがり窓に近寄ると、外を見下ろした。

「あれっ、ほらやっぱり、やっぱり七〇〇系がいるじゃないか。いつもの東京駅だ。ほら」

そう言ったきり黙ってしまった。ニコラも黙っている。するとナオミが口を開いた。

「今夜はここまで」

「ここまでって何が？」

ニコラが何、僕らはただお茶をしにここに来ただけ？　もっと何か重要な話とかがあったんじゃないのと言って、不満な顔を顕にした。

「でも明日の夜にもう一度ここに来てほしいの。そこですべてがわかるから」

ナオミはニコラのクレームを無視してそういうと、スペアのカードキーを翔平に渡した。一瞬、そういう意味？と翔平が目でナオミに訴える。ナオミは、クスッと目の奥で笑いながら、そういう意味じゃないとその目で返す。あちゃぁ、俺、何考えているんだ、翔平は赤面する。

気を取り直し、そして横のニコラと顔を見合わせた。ちょっと待って、そもそも今日の用って何だったの？　冗談ぽいトリック見せるため？　ちょっとやめてよ。で、また来いってか？

ところが、そんな心の中とは裏腹に、催眠術にでもかかったように、二人は「ああ、そうだね」と言ってしまい、また明日来ることを約束した。

「じゃぁ、また明日ね」

見送るナオミに追い出されるように二人は部屋を後にした。下りのエレベーターに乗り込むと「一体なんだったの、これ。しかもまた明日も来いだなんてさ。あの子何様なの。まぁいいけど、その代わり今日のフグはフルコースだよ」

やっと声を出したニコラは翔平を半ば本気で責めた。

「わかったよ。でもキミだって明日来るって言っただろ」翔平は悪いのは自分だけではないと言い返した。

翌日の夕方、翔平とニコラは行きつけの恵比寿のカフェにいた。軽妙なジャズ調のクリスマスソングが耳に心地よい。二人の後ろではツリーの電飾が一定のリズムで赤や緑に明滅している。

「あれって、どんなトリック使ったんだろうなぁ」

翔平が天井を見上げながら独り言を言った。昨日のあの部屋の東京駅を見下ろす窓のことだ。

「うーん、わからないな。催眠術かもしれないし…」ニコラも考えている。

「あの窓、やっぱり液晶画面だよね」翔平はそう考えている。それが一番もっともらしい解だ。でなければ、確かに催眠術ってことはある。今日の約束だって、なんか知らないうちに嵌められたような気もする。

「ああ、どっちにしろ、うまくやられたな」ニコラも同調した。

「でもあれ、ちょっと面白い映像だったね。それにしても、態々何の為なんだろうか」

「で、本当に今夜また行くわけ？」ニコラが自嘲気味に訊いた。

「いや、行くでしょ。中途半端すぎる。部屋のカードも預かっているし」

約束だし仕方ない、もう一度行ってトリックを確かめるしかないだろう。そういうことだ。帰りがけに東京駅近くのうまいラーメン店で晩飯にしてもいい。それが今の二人の妥協点に違いない。

コーヒー一杯の勘定を済ませ外へ出た二人は、引き寄せられるようにＪＲ恵比寿駅へと向かった。目に入るものを一々疑う。だが東京方面へと向かう山ノ手線の車内から見る風景に怪しい気配はない。

東京駅もいつもと変わらず、構内のコーヒーショップも土産物屋も相変わらずに忙しいし、気ままな旅人やビジネスマンらが脇目も振れずに自分の道を急いでいる。翔平とニコラは八重洲口を出ると、昨日と同じホテルへと向かった。

そして一六二二号室。昨日と同じ部屋の前までやってきた。スペアのカードキーのおかげで、すんなりここまで来られた。二人は申し合わせたかのように深呼吸をし、慎重にドアをノックする。返事はない。翔平がカードキーをセンサーに晒した。二人の来訪を知っていたかのようにドアが解錠した。俺たちだって勝手知ったるこの部屋だ。翔平とニコラは、わがもの顔でそろっと中に踏み込んだ。

「こんにちはぁ、居ますか？」

翔平が奥へ向かって声を掛けた。するとナオミの声が、奥のベッドルームのほうから聞こえた。

「こっちへ来て」

えっ、そっちはベッドルームじゃないのかい。翔平とニコラは同じことを考えた。緊張の歩を進めながら、二人は声のした部屋へと足を運ぶ。ランプは消えている。小ぶりのソファとカウチチェアを備えた三〇平米はあろうかという豪華なベッドルームだ。キングサイズのベッドを覆う花柄文様の羽毛カバーには皺ひとつない。ナオミはその横のカウチに座っている。

「あ、どうも」翔平はびくっとしながらも挨拶ついでの言葉を発した。しかし…えっ？　どこか様子がおかしい。ナオミは椅子にしっかり腰かけてはいるが、肩のあたりが脱力し、顔は下を向いてショートの前髪で端正な目鼻立ちを半ば覆っている。視線もない。両腕も、アームレストに載ってはいるが、だらりとしていた。この瞬間椅子に座って昼寝しているようにも見える。「ん」と言ってニコラが身構える。隣の翔平も首を横にかしげた。

…こっちだ。

感情のない低い声が突然部屋に響いた。

「わぁっ！」

反射的に二人の両肩が小さく跳ねた。半身になり、右に左に声の出所を探した。が、どう見回してもナオミのほかには誰もいない。が、それは明らかに彼女の声ではない。腹話術か？　いや、ちがう。そばにはランプがあって、あとは丸いサイドテーブルの上にサイコロキャラメルのようなシルバーの小箱があるだけだ。

「今、声したよね」翔平がニコラに確認した。ニコラが「ああ、したでしょ」と頷いた。

…そうだ、ここだ…。

「うおぉ」

ビックリして二人は顔を見合わせた。

「ここって、どこ？」

サイドテーブルと動かないナオミのほうを交互に見遣って、翔平が腰を引いたまま覗き込んだ。

…そうだ。ここだ。驚く必要はない。

「ふっ、いや、驚くでしょ、急にそんな声が出たら。で、どこにいるんですか」

ニコラが詰るように言い返した。

…私の名前はソゴウナオミ。君たちに話があって、また来てもらった。

「えっ、でも、彼女、気を失っているみたいですけど、どうしちゃったんですか」

ソゴウかぁ。翔平はその名前を心の中で呟きながら、声の正体をあれこれ考える。

…それが、私だ。

「私だっていっても、ねぇ。第一、あなた、男みたいだし」

翔平はニコラを見て小さく同意を求める。ニコラは、状況を判断しようとしているが、見立ては翔平と変わらない。どうやらテーブルの上の小箱は無線スピーカーの様である。

…難しく考えなくていい。私は、いわばナオミの潜在意識だ。そうだ、私は潜在意識から君たちに話しかけている。ボディは気にしなくてもいい。今夜はマッカシーの真実を君らに話そう。

気を失っているナオミのことをボディとスピーカーは言った。なるほど、あるいはこれは降霊術かなにかだ、とすればナオミは霊媒師か？　ニコラは説明としてはそれが尤もらしいことに気づいた。要は占い師とかサイキックの類だ。まあ、いずれわかる。素早くそう判断した。それにしても、手が込んでいるなと思う。

一方、翔平は最初の緊張は解けたものの、まだポカンとしている。何者かがナオミを殴って気絶させ、その犯人がカーテンの裏かバスルームの中に隠れて、自分らに話しかけているのかもしれない。隙あらば、次の一手を打とうと身構えて潜んでいるはずだ…。成程、そういう解釈も一応ありだ。しかし、それならそれで、もう少し緊迫感を持ったらどうだ。

無線スピーカーのサイコロキャラメルは、翔平とニコラの頭の中の想定を完全に無視すると、やがて荒唐無稽なことを語り始めた。どうやら、聞くしかなさそうだ。

…タイムトラベルの研究は二〇〇九年から始まっていたが、二〇三九年になり実用的なタイムトラベルマシンが完成する。

「ほう、まずはそういう話から、なんですかね」ニコラが皮肉ってみる。

…シカゴ近郊のフェルミラボで副所長でありワームホール理論の大家である物理学者、ドクター泰司山井が率いるプロジェクトチームが開発に成功したものである。

「タイムトラベル。昨日もそれらしき話だったしねえ」

翔平は咄嗟に同調する。が、ニコラが怯まず訊き返した。

「確かに面白い話題だよね。今から三十年後に、タイムトラベルが実現するってことは、それなりに興味深い。あり得ないことじゃない。じゃあ、訊いてもいいかな。よく言う親殺しのパラドックスだけど、あれはどういうことになるの？」

マッカシーから入ってきているので話の流れは唐突ではない。タイムトラベルする以上、ハードウェアは必要だ。

「そう、それそれ」

翔平も動かないナオミを気遣いながらニコラに追随する。

「それにタイムトラベルの原理ってどうなの？」

「できる、できない」の話になれば、まずはどうやってタイムトラベルするのかということはとても興味がある。

…マイクロブラックホールを生成しホワイトホールによって時空を移動する。人類滅亡を回避するために残された究極のインヴェンションである。

「ん、人類滅亡を回避？」

翔平とニコラはその部分に反応した。タイムトラベルとは、レジャーでするものじゃないのか、そんな無邪気な発想がある。

…地球規模の全面核戦争によって、人類は滅亡の危機に瀕したのである。

「全面核戦争？」

そんなことがこの先、実際に起こるのだろうか。近年ではノストラダムスの「火の玉大王が空から降ってくる」とかいうのがあったし、二〇一二年ならマヤ暦による世界の終末の予言だ。人類滅亡シナリオの最有力候補とはそんな類のものである。確かに巨大隕石が地球に衝突したら、人類はひとたまりもないだろう。氷河期の再来ということもある。しかしキャラメル箱の話では、それは核戦争だったと言う訳だ。人類は、学習したのではなかったのか。

…二十一世紀に全面核戦争が勃発しなければ人類滅亡の最悪の結末を回避できるはずだと考えた私たちは、タイムトラベルマシンを用いて、過去のある時点の歴史を書き換えることにした。

箱は「私たち」と表現した。

…だからターゲットを慎重に選択した。

いささか飛躍がある。二人はこの展開にはついていけない。最悪のシナリオ？　歴史の書き換え？　だからターゲット？　故に過去に戻って歴史を変えるだって？　ニコラは一つ一つのフレーズに尤もらしい解釈を試みる。

「ちょっと、その『私たち』って、一体誰のこと？　君はつまり、その仲間ってわけで、人類は神の領域にまたしても踏み込んでしまったってことなのか」

言っているニコラにも「またしても」の意味はよくわからない。「神の領域」はさらに難解だ。箱の中から喋っている奴は「俺は頭が少しおかしいぞ」と言っているだけにも聞こえる。

「でも、核戦争に結びつく歴史上の元凶って、一体何？」

そんなことがあるなら教えてほしいと、短絡的な翔平が割って入った。

「そうか、てかアインシュタイン！」

少し考えてから、わかったぞと叫ぶ。出てくる名前が他にないのだろうか。ニコラが遮った。

「そんな単純な話じゃないでしょ。彼を否定したら、タイムマシンだって出来てないって」

翔平は不満そうだ。そもそもアインシュタインが核爆弾を発明、或いは開発したのではないのかという勘違いがある。大きな正すべき誤解・思い込みだ。彼が発見した質量とエネルギーの関係式：$E=mc^2$は、あらゆるエネルギーについて成り立つ一般方程式である。アインシュタインは原子爆弾製造には一切関与していない。ニコラにはわかっているが、翔平は当たり前の知識が曖昧だった。二人の質問も疑問も無視された。

…マシンはプロトタイプとして合計三基が製造された。ネバダの実験場でおこなわれた初号機による無人テストでは数分間紫色の閃光を放つとマシンは消滅した。そして戻ることがなかった。改良を加えた二号機では動物テストを実施した。数秒間の発光後なにも起こらなかったように観察された。が、乗員の猿が変死した。そして、マシン内の原子時計が一時間進んでいたことが判明する。その後開発チームは何度も動物実験を繰り返した。猿は死なず時計だけが進み、タイムトラベルの時間に相応して胃の内容物の消化の進行や細胞レベルでの猿の老化が確認された。

ニコラは腕を組んだまま聞いている。一応筋道を立てて箱が説明しているからだ。でも何の為に？

…最初のテストから二十八ヶ月後に乗員の安全確保の設計改良を加えた三号機による有人テストがおこなわれた。テストパイロットにはヨハンソン・G・シュトッカーというスイス軍人が選ばれた。その後短時間のテストトラベルを重ね、さらに出力アップや操作性の改良を加えた。ショーン・マッカシーはこの時の改良技術者の一人である。ある時、このマッカシーが無許可でタイムトラベル実験を強行した。そして行方不明となった。

「マッカシーって、そういう人だったのか。てか実在するのか」ニコラがバカにするように言った。

「え？　じゃぁマッカシーは君等とは仲間じゃないってこと？」

翔平の頓珍漢《とんちんかん》な質問がとんだ。確かナオミは香港でマッカシーは現れたかって俺に訊いたよね。翔平は訳が分からなくなっている。が、マッカシーは一応彼らの仲間のようである。

「つまり、親戚ってことでしょ」

言いながらニコラが翔平の顔を見る。箱は指摘を無視した。

…タイムトラベルマシンは完成した。そして作戦実行の為、シュトッカーを一九三九年の世界に送った。

「一九三九年って？」

…マンハッタン計画を頓挫させるためである。

「マンハッタン計画！　それなら聞いたことあるぞ」

翔平が唸った。確かに歴史に少し詳しい人間なら一度や二度は聞いたことがあるはずだ。

…ところが、予測しないことが起こった。

「何なに？」

思わず、身を乗り出す。翔平は箱が喋るストーリーにはまり始めている。一方ニコラは眉をひそめて、一歩引いて考えている。

…シュトッカーは作戦通りタイムトラベルすると、マンハッタン計画に参画する予定だった科学者二名を不能化した。それが私たちの選択した最有力なオプションだったからだ。そして同じことをドイツへも行って実行した。少なくとも核開発を数十年遅らせることができる。それによって歴史を修正する。これがミッションだった。シュトッカーは期待通りに任務を遂行した。

「だから要するにどういうこと？」

ニコラが結局は何が言いたいのと訊いた。

…シュトッカーは任務を完遂すると二〇三九年の世界に帰還した。が、ストッカーが帰還したその世界は、旅立つ前の世界、つまり元の世界とは全く異なる世界となっていたのだ。

「そう、それだよ。それこそ親殺しのパラドックスってやつでしょ」

的は得ていないが、翔平もそのくらいは連想した。いや、さっきニコラが言ったばかりだ。過去に戻って自分の親を殺したら今いる自分は存在しないはずである。そこに致命的な矛盾が生じる。つまり過去を弄《いじ》れば、未来も変わる。やはり、翔平でもこの話には無理があると気づいた。

ニコラは仏教の基本思想である「縁起」という言葉を思い出した。「縁起」とは「己がまずありきではなく、無量無数の因縁というものによって、その結果として初めて己がある」という因果法則である。

箱の話は続く。

…彼はフェルミラボの仲間もいない、タイムトラベルの実験場も何もない、荒涼としたネバダ砂漠の真ん中に帰還した。彼は計画が失敗に終わったことをそこで悟った。

「ふう、それは困ったものだね。じゃあどうしたんだ？」ニコラの口調は皮肉たっぷりだ。

…全面核戦争は回避できていたものの、予期せぬ別の世界が彼を待っていた。そこではウィルス兵器の開発が飛躍的に進んでおり、人類の歴史は核戦争とはまた異なる別の滅亡シナリオの上を辿っていた。

「うわぁ、ウィルスか。放射能もいやだけど、ウィルスもヤダなぁ。で、どうなるの？」

翔平は戯言を真に受けたかのように反応する。

…変わっていないのは人類が滅亡への道に突き進んでいるということだけだった。その世界ではタイムマシンは開発されておらず、関連技術もそこにはない。シュトッカーは自分が時空の放浪者になったことに気づいた。

「そりゃ、問題だね、しゅとかぁさん」またニコラが揶揄する。

…そこで、私たちは、未来の人間が過去に遡り選択された事象に微細な変更を与えても、歴史の結末は大きく変化せず、一定の結果に収束するものであるという仮説をたてた。そして、アプローチを変える必要があると判断した。

「あれ、ちょっと待って、変じゃない？　しゅとかぁさんは元の世界に戻れなかったわけでしょ、どうやってその話をアナタは知ったわけ？」

ここまでじっくり話の整合性を検証していたニコラが矛盾を突いた。これはかなり有力だ。

「そ、そりゃそうだ、だよね」

翔平もわかったような、わからないような、単純に同調してみせた。つくり話としては結構面白いのは認める。それ見たことかと思いながらも、二人とも少しずつ箱のペースに釣られているのは間違いない。

箱はこの矛盾しているという指摘にも動揺はない。

…シュトッカーは全く別の人生を歩んでいた山井を苦労の末に探し出すと、彼の協力を得てその新しい世界が辿った人類の歴史を詳細に調べ上げた。そして、膨大なデータを収集・解析した。その後、自分がやって来た一九三九年までもう一度戻ったのだ。そこからさらに数ケ月過去に遡り、これから計画を実行するために二〇三九年から任務遂行にやってくる最初の自分が現れるのを待った。

「ふうん、なるほど。自分で自分を待ち伏せしちゃったのね」ニコラもその着想は気に入る。

「へえ、そういうこと、できるんだ。過去の生身の自分に会うってどんな気持ちだろ？　でも、それ、微妙だなあ。でも、俺だったら、中学の時の自分に会ってみたいかもしれない」

いや、ちょっとそれとは違うだろう。が、翔平は豆鉄砲を食らったような顔をしながら妄想して、そしてニタニタしている。

「そうか、それで、何が起こったかをその後から来た自分に伝えたのか」

冷静なニコラはそういう理屈かと一応は納得し、先を読みながら箱に確かめた。

…そのとおりだ。後からやって来たシュトッカーは、待っていた自分からすべてを聞いた後、それを記録したレポートを受け取るとそのまま何もせず、二〇三九年に戻った。そしてこれをプロジェクトチームに報告したのだ。山井から見れば、シュトッカーが一九三九年から帰還して最初に言ったことが『自分に会った』だから、仰天した。当初はシュトッカーの狂言かとも考えられた。だが、彼が持ち帰ったレポートと膨大な資料は狂言のレベルを超えた信憑性のあるものであった。

「でも、シュトッカーが二人になっちゃったってこと？」

翔平は「それはさすがにまずいでしょ」とまた想像を膨らまして面白がっている。

…最初のシュトッカーは時空のかなたに消え去った。

「なんだか無限ループに嵌ったような。つまりは最初の世界もどっかに飛んで行っちゃったってことだね」

ニコラが哲学者のようなため息をついた。考えをまとめる気力が失せ始めていたが、同時に考えれば考えるほど、背中にぞくっという感覚が走った。

…作戦が失敗に終わった後、フェルミラボは新たなプロジェクト、コードネームNを始動した。シュトッカーが持ち帰った膨大な技術情報の中に生体サイボーグの製造技術があった。山井はこれに着目した。そして五年程の歳月を費やし『ロクゴウ・ナオミ』を造った。

「ナオミ…まじで…」

翔平が、目の前でじっといていているナオミはやはりサイボーグなのかと、なんだか納得する。いや、そんなはずはあるまい……。

「プロジェクトN……。てか、君の名前はソゴウナオミじゃなかったっけ？」

ニコラが、ちょっとした齟齬に突っ込む。が、喋っているのは箱だ、ナオミじゃない。

…プロジェクトNの目的は三つあった。消えたシュトッカーの消息の確認、核戦争によって滅びゆく世界の修復である。

「なんだ、要は問題解決の為に打った手が、別の酷い問題を起こしているってことだ」

ニコラが、どうだそこが致命的だよ、何の意味もないと言い切ってみせた。が、箱は無視する。

…鍵の多くは消えたシュトッカーが握っていると考えた山井は、ロクゴウをタイムトラベルの限界に近い一九九〇年へと送り込んだ。シュトッカーの痕跡を調査する為だ。そして、中国で彼の足跡を確認した。が、シュトッカーも追手の迫る気配を感じていたようだ。結果、彼を取り逃がした。

「あれ、それじゃダメじゃない」

翔平はそう言ってみて、何故か残念がる自分を面白く感じた。

…しかし、ロクゴウはその過程において世界線の修復についての有力仮説を発見した。これによって彼女は一九一〇年から二〇一〇年の百年間の人類の歴史に修正を加えるプログラム・イオを創造し、実行した。

「なんだ、結局は、最初と同じアプローチを取るわけか」

ニコラが批判的な語調で今度は箱を責める。

…何度でも、必要があれば繰り返す。それが基本的な考え方だ。が、イオも失敗に終った。二〇一五年に核戦争が勃発し、結果はより悪いものとなった。それが帰還したロクゴウナオミの山井への最終報告である。

「何度やっても、ダメって言うことだね。それならもう成行きの運命に任せたらどうなの」

やはり堂々巡りのような話ではないかと、翔平も感じた。

…イオの成果を踏まえて再出発したのが今回のプログラム・エウロパだ。即ち、今この世界で進んでいる計画である。

「うわ。それって、僕たち現代人は実は未来人に操られているっていう、そういう世界の住人ってことなのかい?」

ニコラが嘆息する。が、どこまで真に受けているかは本人しかわからない。

…今の私の存在が、即ちその証拠である。全ては一からのリスタートだ。

「ん、ロクゴウがここでソゴウになるのかな。ややこしいなあ」

ニコラが今度は文句を言う。

「えー、それじゃあ、そうだとして、どういうふうにこの世界を変えるっていうわけ?」翔平が訊いた。

…まずは、核兵器による全面戦争を回避する。それは変わらない。そして反動として発生するウィルス戦争の世界を抑制する。そしてその帰結として核戦争で既に破滅した二〇四九年の未来世界を再生する。

「三つもあるんだ。なんか欲張りだ」

翔平は何をどうするという部分には興味がない。

「具体的に言ってもらわないとわからない」

ニコラがもっと分かり易く言えと言う。

…今のこの世界は、核戦争で滅亡する世界線上に存在している。これを回避しながら、ウィルス兵器の開発を抑制しなければならない。この先、アジア地域内の経済発展と人口問題が加速すると、環境悪化、食糧問題が深刻化する。すでにその兆候は顕著だ。大量の中国人や日本人、朝鮮人やヴェトナム人が職や安住の地を求めてアメリカやヨーロッパ、アフリカ、南米、オーストラリアを目指すことになる。三千万人以上が動く。このことが、欧米各国の国民、特にアメリカやドイツ、フランスで大きな反感を招くだろう。仕事を奪われ、あるいは土地を奪われ、家畜を奪われたと主張する彼らは、アジア人の排斥運動を始める。資本家や大規模農場経営者は安いアジア人の労働力を利用し膨大な利益を上げる為、時として彼らも攻撃対象になる。こうして世界の争いの中心は白色人種対有色人種へと変貌する。これが核戦争を回避することによって生起する大きな障害なのだ。

「確かに今でも人類増えすぎでしょ。で、ウィルス戦争っていうのはどういうふうに起こるわけ」

この質問に箱は答えない。

…この人種間ともいえる対立は後々ウィルス兵器の開発へと発展する。特殊なウィルスをアジアのある国が開発する。

「ちょっと待って、ところで、細菌とウィルスって何が違うんだっけ？」

無視された翔平がまたここで無知を晒す。

「ゴジラとエイリアンくらいの違いだね」

ニコラも詳しいわけではないが、確かにそんなところだ。そのくらい知っていろよといった視線を翔平に投げた。

「えっ、そんなに違うの？」

翔平も反応したが、なにがそんなになのかがわからない。

「でしょ」とはニコラ。もういい加減にしろよというサインだ。

…人間対ウィルスの戦いの歴史は新しいものではない。十六世紀スペイン人によって中南米に持ち込まれた天然痘で先住民文明は滅んだ。また一九一八年に世界的に大流行したスペイン風邪では四千万人が死んだ。第一次大戦のドイツの敗北の原因もこれだ。ウィルスは細胞の千分の一ほどの大きさで人の細胞内に容易に侵入し、DNAの複製機構を利用して増殖を繰り返す。エイズやエボラ出血熱は二十世紀後半になって発見された新手のウィルスだが、毎年流行するインフルエンザも年々毒性が強まっている、つまり進化する。

「へぇ、ドイツ軍が壊滅したの、天然痘のせいだったんだ。海軍のサボタージュが原因だったと本では読んだんだけどなぁ」

ニコラの知識もその辺は曖昧だった。

「でも、毒持って増殖するウィルスって、花粉並みにイヤな奴だな」

翔平はウィルスを花粉と一緒にした。スギもそうだが、翔平はブタクサが嫌いだ。十年来の花粉症持ちである。が、人類にとってはやはり花粉よりウィルスが問題だろう。

…二〇〇〇年にウィスコンシン大学の研究チームがウィルスを人工的に作ることに成功している。機械的に合成したDNAから生命体であるウィルスを再生することに成功した。この研究グループの中に一人の日本人がいた。川倉嘉信という東大医科学研究所の教授も務めた男だ。二〇〇五年に日本に戻っているがその後行方不明になった。この男がのちにウィルス兵器の開発に関わる可能性が強い。危険人物だ。

「カワクラ?」

翔平が何かを思い出したかのように首を捻った。

…消えたシュトッカーが見たウィルス世界線では、大規模な国家間のウィルス戦争は二十一世紀初頭から少なくとも四回起こったという。それが戦争ということは仕掛けた当事者にしか認識されない。その意味で戦争であって戦争ではない。半ば一方的な実験といってもよい。鳥や豚など家畜が媒体だ。一説には昆虫とも言われる。全面核戦争は起こらなくとも、大量の人間が訳も分からず死ぬことになる。

翔平は思わず口を両手で覆ってみる。無駄なのはわかっている。それを見ていたニコラが目で笑う。すぐにマスクをする日本人を想像したからだ。

…やがて世界は終末思想で満たされるだろう。ウィルス戦争になれば世界人口は二〇二五年には四十億にまで激減することも考えられる。そうなれば、各国の人口統計も国勢調査も機能しなくなり、実際の世界人口は把握することすら困難となる。経済活動は停滞し、農業生産も大幅に落ち込むだろう。穀物も食肉も野菜もバターもチーズも、さらには飲用水も一切流通しなくなる。大勢の人間が餓死し、世界各地が小規模単位のコミュニティでブロック化し、コミュニティ間の無秩序な食料争奪戦が始まる。

「核戦争なき世界が、そのように変質するって言うのは、すこし煽りすぎだよね」

ニコラが独り言を言った。あり得るといえばあり得る。人類の争いの種は無尽蔵にあるのだから。自然落ちてゆくところへ落ちてゆくものなのかもしれない。

「食料争奪戦ね、厭だね、食べるものがないなんて、ちょっと想像できない。原始時代に逆戻りだ。コンビに行っても、おにぎりひとつ買えないなんて、あり得ないし」

翔平はぶるっと肩を震わせながら、稚拙な意見を言った。

…このようなウィルス戦争を回避する為の計画が即ちエウロパだ。この戦争を主導するのはアジアの諸国においてはアジア連邦となる。それからこれに敵対するロシアと欧州である。

「アジア連邦？」

…ウィルス世界へと偏向するときに出現するであろう国家連合だ。八紘一宇のスローガンで東アジア地域を統合し一方のブロック化を目指す欧米生存圏と対峙する。従って、このアジア連邦の出現を阻止することがエウロパの戦術的目標の一つである。

「確かに地域のブロック化というのは世界秩序に波乱をもたらす要因にはなるだろうね」

ニコラはグローバル化した今日の世界が閉鎖的な近世前の時代に逆行することは好まない。

「で、そのアジア連邦というのは、今影も形もないけど、一体どこから湧いて出てくるの?」

翔平は、そんな兆候どこにもないじゃないかと言いたい。アジアの文化は多様だ。EUだって簡単にできたわけじゃない。

…これを指導したのが葛城龍一という男である。アジア連邦の総裁あるいは副総裁となる人物と言われる。

「へっ、日本人結構登場するんだね」

さっきからそう感じていた翔平が嬉しそうに言う。

…この連邦が出現する兆候として、二〇一二年頃から、鳥ウィルスが高確率で人に感染するようになり、世界各地で大量の死者が出る。ワクチンが開発されて二〇一五年頃には一度沈静化すると考えられるが、そうなると二〇一八年頃からまた新種のウィルスが流行する。ところが、これはアジア地域だけで流行し、黄色人種と一部の黒色人種やヒスパニックだけに大量に死者が出るものとなる。特に中国では衛生状況が悪いのでまたたく間に一億人程度の死者が出て、さらに東アジア全域で死者が増え続けることになるだろう。

「そういえば、SARSはアジア人にしか感染しないと聞いたことがある」

どこかで聞いたことを翔平が思い出した。パンデミックは着実にやってくるのかもしれない。

「たしかセルゲイ・コレスニコフとかいうロシアの学者がそんなこと言ったことがあるな」

ニコラも知っている。国際線の飛行機に乗る時などは、間違いなく気を使う。

…その結果、アジア連邦は大きな存亡の危機にたつ。その危機を救うため連邦議会が新総裁に葛城龍一を選任し、対策に乗り出すという構図だ。そして、それが世界ウィルス戦争の引き金になる。

「そうなのかあ。じゃあ仮にそうだとして、で、そのカツラギとかいう奴、こいつを殺したほうがいいとかいう話なの？」

ニコラがまさかねといったふうに問い質した。

…その手法は人類滅亡のシナリオを増やす。が、選択肢は限られている。それも一つのオプションだ。

箱は言い切る。

…二〇一八年頃あるいはそれ以前に大規模なウィルス戦をロシアが仕掛けるだろう。失業問題と反政府運動を沈静化させるためにロシア国内のアジア系移民を排除したい軍内部の過激派グループと、非白色人種の域内殲滅を叫ぶイギリスとアメリカの地下組織の利害が一致し結託するとき、それは現実化する。アジア連邦はこれに対抗する。

「詰まるところ結局は人種戦争というわけか。恐ろしい未来だなあ。ニコラどうよ」

翔平はまたニコラを窺った。

「未来というより、どこか別の世界の空想でしょうが」

我に返ったニコラがこれは空想だと言った。

…根本を突き詰めてゆくとキリスト・ユダヤ教連合対反キリスト連合という図式になる。人種というものは実に曖昧、あってないようなものだが、宗教や主義、信条は見えにくいときもあるが、結局ははっきりしている。

「イスラムはどっちかな。キリスト一派か？　だよね。それに、アジアにだってクリスチャンはいるぞ」

翔平はイスラムもキリストも同じとみている。ニコラには大いに異論があるが、まぁここはどっちでもいい。だが、あとでこいつにはゆっくり叩き込んでやらねばと思う。

「でも、空想ではそうなったとしても、こっちの現実世界ではそういうことにはならないってことでいい？」

ニコラは箱に言った。

…確かにそうはならないだろう。その代わりに用意されているのが、全面核戦争による破滅だ。どちらの結末を選ぶかは君ら次第である。ゆえに方向転換が必要なのだ。私が今ここに存在するのもその為なのである。

「でも核戦争の危険は去りつつあるっていうのが今の認識なんじゃないの？　で、だから人類がウィルスで滅亡するとか、別にそんな方向には進んでないような気がするけどなぁ」

そう言う翔平の感覚は間違っていない。ベルリンの壁崩壊後、全面核戦争の脅威は薄れている。インターネットが発達して、誰とでもどのような情報交換も可能だ。誤解による憎しみは生まれても、それが奔流になって誰にも制御できないような怒涛の怒りに発展することはない。世界が一つになる方向に向かっているのだ。むしろ、局地的なテロリズムのほうが怖いといったほうが今日的常識である。

「方向転換って言われても、この先起きることなんだから、そういう言い方もどうだかね」

ニコラが付け加えた。

…核戦争が回避できたとしても、人類滅亡のシナリオはいくらでもある。ここからが本題だ。この不可避な人類の悲劇を回避するため、君たちそして君たちの家族と子孫が生き延びるために、やってほしいことがある。この世界を破滅の方向から救うことができるのは君たちなのだ。

どうやら、箱が二人に言いたいことはこの辺にあるらしい。しかし、説得力には相当欠ける。

「いやぁ、不可避を回避って、言葉の遊びに聞こえるよ。まぁ、言いたいことはわかる。つまりだ、どんなシナリオを書いてみても、今から二十年後の二〇三〇年頃には人類が滅亡の危機に瀕するという結末だけはどうしても変わらないと言いたいんだな」

ニコラは相手の言わんとしていることの核心を親切に突いてやった。

…そのとおりだ。核かウィルスかが問題なのではない。あるいは隕石衝突だ。信じる信じないは君たちの自由だ。しかし、この宇宙法則は誰にも変えられない。

「なるほどね、そんなもんかぁ。でも、隕石はどうにもならんでしょ」翔平は枝葉末節にこだわる。

「だから、そうならない方法を彼らは模索しているってことだよ」とニコラも言ってみるが「やっぱり隕石は無理でしょ」と翔平に返される。

…問題は葛城だ。核を回避できたとしても、あるいはいずれに転んだとしても、この先の人類滅亡を回避する鍵はこの男が握っている。これが私たちの見解である。

「ふーん、やっぱりそれで、そのカツラギって話になるんだ」

ニコラは、どういうロジックでそういう結論を導き出しているのか、納得はしていない。

「カツラギ、うーんどっかにいたような、名前聞いたことがあるような気がする。検索してみようか」

翔平は、葛城という名前に微妙に反応している。

…この世界での葛城龍一はまもなく死ぬ。抹殺されるといってもいい。我々が標的とするのは世界線が交錯或いは分岐するところに存在する葛城だ。彼の行動を修正、統制し、破滅する世界の出現を阻止する。それが君たちの生き残る唯一の方法なのだ。それ故協力が必要となる。わかってもらえただろう。

「わかってもらってないけど、世界線が交錯・分岐？　それも意味分かんないな」ニコラは柔らかく反発する。

「自分でやったら？」

翔平が最も手っ取り早い方法を箱に提案した。

…私たちの経験則では、未来人が過去において、直接的な関与をすると、結果はシュトッカーのケースのようになる。だから、その時代、その場所に生きている当事者が、自らの意志に基づいて行動しなければならない。

「成程、都合のいい話でも、一理はあるか。じゃぁ何をしろと？」

ここまできたら箱が何をしろと言いだすのか興味があるのはニコラだ。

「それにどうして俺たちなわけ？」

翔平は、俺らでなくてもいいだろうと言っている。

「ところで、君？　えっとソゴウさんはどこから来たんだっけ？」

箱が黙っているので、ニコラが答えやすそうな質問に切り替えた。

…M一〇二四。二〇四九年。

「M一〇・・？　記号で言われてもねえ」混乱して考え込むのは翔平だ。

「それじゃぁ、とにかく今まで君が話したことが嘘ではない証拠を見せてほしいといったらどうする？」

ニコラが詰め寄る。フランス人にしては傲慢さがなく、むしろ実務的だ。学生時代の専門の哲学や形而上的な価値観の世界に逃げ込むつもりはない。

…君らが昨日そこの窓から見た世界は、二〇〇九年の東京駅、別の世界の景色だ。不十分なら、もう一度見せてやろう。

「あっ、いや、あれはもういいです」翔平は即座に遠慮する。変な催眠術かなにかは正直もういい。あれは気が変になる。するとニコラが別のことを訊いた。

「それから、えーっと、マッカシーは結局何したの？」

…ウィルス戦争の世界に何らかの関与をした形跡がみられる。シュトッカーが体験した世界線にこの男が存在した痕跡があった。つまりマッカシーの存在しない、存在の痕跡のない世界で歴史を修正する。マッカシーは、アジア連邦と連携した可能性もある。要素としては抹消するべき存在である。

「じゃぁ、もう一度訊くけど、僕たちに何をしろっていうの？」

ニコラがもう一度同じ質問をした。わけのわからない犯罪に加担しろなどと言い出したら、その場でジ・エンドだ。

…実は我々にもまだわからないことがある。それを明らかにする。この世界において人類滅亡を阻止するために、必要なことだ。まずは手始めにネズミを捕える。

「はぁ？」

あっけにとられて、思考が停まった。眉間に眉を寄せて、翔平とニコラはお互いの顔を見合わせている。そして「ねずみぃですか？」と同時に声が出た。今まで「真剣」を大上段に構えて将に斬りかからんとしていた箱侍が、急に「真剣」を「中華鍋」に持ち替えて「じゃぁ今からチャーハン作るアルヨ」と言っているくらい滑稽に聞こえた。

「今、ねずみって言ったよね。ぷっ、で、どこでねずみを捕えろって？」

ニコラは、笑いを堪えながら何を言わんとしているのかを掴もうとした。大げさなことではなさそうだと少しほっとする。

…近いうち、パリで開かれるクリスティーズのオークションにネズミが出品される。それを競り落とす。君らにやってほしい。

「おー、そういうこと。でも、なんで俺たちがやんないといけないの。それに、オークションでねずみを競ることと人類滅亡との関係がわからないなぁ」

翔平の素直な疑問だ。お金さえちゃんとあるのなら、比較的お安い御用だ。多分。

…中国清朝の遺物だ。それ自体には大した価値はない。だが、重大な秘密をそのネズミが咥えこんでいる。それを入手する。消えたシュトッカーの秘密を明らかにするためだ。

「ふーん、競り落とせばいいのね。で、予算は？」

安堵したニコラが手続き的なことで協力できるのなら、まぁしてもいいかくらいに考える。

…糸目はつけない。が、百万ユーロまでは行かないだろう。詳細はまた連絡する。

「なにぃ。ちょっと待って」ニコラは即座に反応した。

驚愕の金額だ。ニコラには百万ユーロがどのくらいの金額かすぐわかる。が、翔平は一、十、百、千、万と指を折って数えるが、わからない。仕方なく「結構な金額みたいだけど、どれ位なの日本円で？」とニコラに耳打ちした。

「一億と二億の中間だろ、今のレートで」

「えっ、そうなの？」

しばらく訊いた方も答えた方もあっけにとられていたが、このあと箱は沈黙した。

「あれぇ、黙っちゃったみたいだけど」

何度かそう誘ってみても反応はない。翔平がどうするっ？とニコラに訊いた。もしもし！と話しかけてみても箱は黙秘したままだった。

「何、あれだけしゃべっていて、ホントに黙っちゃったね」

ニコラも腹立たしげに文句を言った。ボディの方もまったく動きだす気配はない。

「あのー、ナオミさん」

翔平の呼びかけにボディの返事はない。「彼女、死んじゃってないよね」と言いながら、今度はナオミの顔の前で手を振った。

「生きているでしょ、微妙に呼吸しているし。それより、あることないこと吹き込まれて、なんだか洗脳された感じだ」

ニコラがそんな気分を漏らす。翔平も嫌なことに巻き込まれたと思った。そしてだんだん気味が悪くなってくる。そもそも俺たちでなきゃいけない理由がわからない。暫くしてようやく、これ以上ここにいても何もやることはないことに気づいた。用があればまた何か言ってくるだろう。眠ったたままのボディをそこに残したまま、二人は部屋を後にすることにした。

箱はまた連絡すると言ったから、きっと連絡がくる。この年末の忙しいときに、なんだってんだ。ニコラの声がエレベーターのほうから聞こえてきた。

「だよね、じゃあラーメン、食べに行こうか」翔平が提案する。

「いや、こうなったら焼肉だな」ニコラの大きな声がフロアに響いた。

部屋に静寂が戻った時、それまで微塵も動くことのなかったナオミの肩がぴくりと動いた。どこからはい出てきたのか、大きな黒い蜘蛛が彼女の二の腕を這って項に達しようとして止まった。ナオミの目が開いた。するとそのままの姿勢で手だけを伸ばし、傍らのキャラメル箱を手に取るとそれをゆっくり飲み込んだ。いやそのように見えただけかもしれない。蜘蛛は糸を吐き出すと天井へと逃げた。立ちあがったナオミの瞳に新大阪行き最終、のぞみ二六五号が滑り出てゆく姿が映った。

「ホールアウト」

二〇〇九年、正月休み明けからAソ連型インフルエンザが流行している。薬剤耐性のあるインフルエンザウィルスで、特効薬であるオセルタミブルが全く効かないという。町田の鶴川病院では院内感染が発生し、患者二〇〇人以上が感染、うち高齢者十五人があっという間に死亡して大騒ぎになった。

テレビのニュースを見ていた翔平は、箱が話していたウィルス戦争のことを思い出しては、身震いした。

そんなある日の朝、ナオミから電話を受けた。しばらく連絡がなかったので、あれで一応終わったのかなという淡い期待があったが、ただの余興ではなかったことを改めて思い知る。しかし、ナオミの話はそこまで難しいことではなさそうなのも事実だ。来週、例のオークションに参加するからニコラと待機するようにという話だった。わかったと言うしかなかった。

翔平は、あれホントにやるみたいだよと打ちながら、ニコラに東京へ出てくるようメールでお願いした。

ニコラも何故かそんなの嫌だとは言わず、素直に「わかった」とすぐに返信が来た。

その待機を指示された日の前夜、ニコラは東京にやってきて、中野にある翔平のマンションに泊った。

日付が変わり、オークションの当日、すでに朝というよりは昼のほうに近い。部屋で明け方近くまで飲んでいた翔平とニコラはまだ夢の中だった。

突然、翔平のケータイ着信音が静寂を破った。ＡＫＢか何かのちょっとイラッとするメロディだ。「はい、もしもし」寝ぼけた声で翔平が応えた。「もしもし、ショウちゃん？」という声が聞こえた。翔平の眠気がすっ飛んだ。優しく囁くナオミの声にビビった。そうだ、これは夢ではない。「は、はい。滝田です」と答えながら、呑気そうに背中を向けて寝ているニコラを見遣った。

「これから来てくれって」

ニコラを揺すって起こした。寝袋にくるまっていたニコラが寝癖のついた髪をもたげて半目を開ける。

「何だって？」

ケータイを切った翔平に訊いた。ナオミからだというのはやり取りを聞いてわかっている。

「あの、今からファイブシーズンズに来いって」

翔平は立ち上がり、もったりもったりとキッチンに向かうと、歯ブラシを手に持った。ニコラは「で、何をやるって？」と言いながら、朝飯も食っていないうちに歯を磨く翔平をみて、変わったやつと思う。

「だから電話入札だって。で、フランス語でやるから、ニコラ頼むねと言ってた。キミの出番だよ」

翔平は、歯ブラシを口に入れたままそう言った。

「なんだよ、僕が呼ばれたの、そういう意味か。頼むったってなぁ、何も聞いてないよ」

そして心の中で同じことを三回繰り返した。

「だから、そういう意味みたいだって」翔平はあっさりしている。

「それにしても、あの後、大丈夫だったんかね」

ニコラは昨日から何度も同じことを言っている。が、別に心配なわけではない。

「でしょ、さっきは普通だったし」

翔平の返事は虚ろだ。あの時ナオミはずっと動かず、その間箱が喋り続けた。思い出してみると、やはり気味が悪い。霊媒師かなにかなんだ。そう解釈する以外にない。でなければ本当に寝ていたとしか言いようがない。二人は、二日酔い覚ましの代わりに順番にシャワーを浴びることにした。

「しょうがないな、じゃぁ、朝飯食おうよ」

濡れた髪をタオルで拭きながら、ニコラがとりあえずは腹ごしらえしようと言った。

「何もないけど、シリアルでいいかい、それともコンビニ？」

会社は昨日のうちに有給届けを出してある。上司に愚痴のような小言を言われたが、翔平は耐えた。

「ファミレスだろ」

アメリカ人みたいな朝飯は絶対嫌だとニコラは即答した。朝飯には遅いと思ったが、二人はコートを羽織るとそのままぶらりと外へ出掛けることにした。その足で東京駅まで行くしかない。

「あっ、ちょっと待って。その前にクリスティーズを調べておこう」

もうそういうのは、向こうに行ってからでいいでしょという翔平を無視すると、ニコラはパソコンを開いて、クリスティーズを検索し始める。そしてウィキの情報をチェックした。

箱が言っていたクリスティーズとは、一七六六年にジェイムス・クリスティーズが最初のオークションを開催したことがその事業の始まりとなっている。今ではヨーロッパを中心にして世界の美術品やジュエリー、高級ワインなどを取り扱うオークションハウスである。東京に拠点はないが、オークションの参加は日本からでもできる。会場に出向かずとも、事前登録でインターネットでのオンラインや電話、書面での参加も可能だ。ナオミはオンラインで参加を申し込んだのだろうか。が、ネズミはどこを探しても見つからない。

「さぁ行こうよ」翔平がニコラを急かした。

昼過ぎに二人はホテルに着いた。一六二二号室のドアをノックする前に、扉が開いた。ナオミが立っている。何時やってくるのかまでお見通しである。白いスニーカーにタイトなジーンズ、ネイビーと赤のタータンチェックのシャツ。それにまたネイビーのジャケットを羽織っている。ヘアスタイルはボブ。今日の雰囲気なら、都会の小じゃれたカフェあたりにいる気取った小娘にしか見えない。

翔平はナオミの姿を観察しながら「あー、どうも、また来ました」と反応した。すべてを見透かされている。そして操られている。「やぁ、また会ったね」ニコラが翔平の後ろから顔をだした。そして女が正常に戻っているかどうかチェックした。ニコラも翔平と似たような感覚があった。

二人が部屋に入ると、ナオミは「どうぞ座って」と最初の時と同じように一人掛けのソファに座るよう二人を促した。続いて「コーヒー、それともルートビア？」と冗談交じりに言った。

窓の外の空が紫色に光った。

目の前のテーブルにパソコンが用意されている。ニコラが「では、コーヒー」と言いながらすでに起動しているパソコン画面をのぞき込んだ。そして、途中だったクリスティーズの検索に取り掛かった。ホームページを見つけ出すと「さっきは見つからなかったんだけど」と言いながら、もう一度オークションの予定表をチェックする。

「おっ、これかあ」ニコラが呟いた。どうやら見つけたようだ。

「クリスティーズのオークション。ホントだ、今日やるよ。円明園のブロンズ像、あれ、ネズミと、えっ、もう一つウサギだって。二体出ているけど、ウサギの方はどうするの?」ニコラはナオミの顔を窺った。

「ネズミだけでいい」

何故ネズミだけなのか、ニコラは訝ったが、まあナオミがそう言うならそれに越したことはない。

「オーケー。で、こいつの入札開始は現地時間の朝十時だ。えーっとだから、こっちの五時か。まだ随分時間はあるな」

ニコラがオークションの要領を確認している。実際、億の金を使うかどうかは別にして、というよりもそんな金額のやりとりは端から信じてはいないが、オークションという行為には興味津々だ。

「なるほど、これがそのネズミかぁ」

ニコラは出品されるネズミの画像を開いた。正面と側面、そして背面の画像が並んでいる。黒光りするネズミの頭部の写真だ。翔平もパソコンの画面を覗き込んだ。

「えー、これ結構でかいね。黒いし。これホントに落札するの?」

どうやら翔平にはまだ実感がない。

「うーん、まぁこれ自体には何億とかの価値はないんだろうけど。でも、やるんだろうね」

　そこまで言うと二人とも黙ってしまった。そのあとしばらく円明園の噴水時計や清朝の歴史、アヘン戦争やらアロー号事件などのキーワードをランダムにググってみて、十二支像のたどったらしい運命を確認すると、少しは学習した気分になった。

「翔ちゃん、私、昨日からあまり寝てないの。少し充電いいかな？」

「充電？」翔平が訊き返した。

「ちょっと横になりたいっていう意味」

「あー、いいと思うよ。この間のも、あれは、充電だったのかな？」

　ニコラがふざけて翔平の代わりに応えた。ナオミは何も返さずベッドルームに消える。二人は顔を見合わせた。まさか、またキャラメル箱の登場じゃないだろうなと、恐れている。が、何も起こらない。

「本当に寝ているみたいだ」

　黙っていられないニコラが言うと「オークションは夕方。冷蔵庫のもの、好きに飲んでいいから。でも外出は禁止」とナオミが反応した。それ以外何も言わない。

　しばし部屋に沈黙が訪れた。それでも何かを思い出しては、仕事の愚痴やらで盛り上がっていた二人だが、やがてビールもネタも尽きた。そうしてゆっくりと退屈な時間が過ぎてゆく。

「もう四時だぜえ」腕時計を見てしびれを切らしたニコラが欠伸をしながら言った。

「そろそろ、なにか準備しないとかな」翔平も何かに追い立てられている気分になってきた。かといって自分が何をするのかはわからない。いや恐らく、見ているだけなのだ。

「てか、入札するにしたって、お金、どうなっているの。一万、二万の話じゃないし。ホントにいいの？」

「大丈夫、問題ない。お金は心配しないで、あるから」いつの間にか、ナオミが後ろに立っていた。

「おっ、びっくりしたなあ」反応したのは翔平だ。

「そんなに注目されている物件じゃないから、すぐに片が付くよ」

「そう、だとしたら、ちょっと拍子抜けするかもね」ニコラは冗談めかしてがっかりした声を上げた。億単位で競り合うんじゃないのか。そうだとしたら、簡単じゃ済まないでしょ。

「いや、簡単のほうがいいでしょ」

翔平は、なんの期待もしていない。ナオミは注目されていないと言ったが、それは嘘である。クリスティーズがネズミとウサギのオークションへの出品を発表したとき、中国政府が抗議している。略奪品は速やかに中国へ返還されるべきという主張である。尤もな話だ。が、クリスティーズはこれを無視した。さて、そんなネズミを誰が落札すると言うのか。確かに片はすぐに付くのかもしれない。

「ニコラさん、応札は電話でするけど、オークションハウスのスタッフが対応してくれるから、お願いね。あなたは、ただ金額を言えばいいから」

「うん、わかった。人の褌で相撲取るってのは、こういうことを言うんだね、翔平」

ニコラは翔平を見た。軽い興奮状態に入りつつある。

「俺、知らないよ」

結果に対しては何も責任は持てない。とりあえず、自分は埒外のようだと安心した翔平にナオミが思わぬことを言った。

「あ、そうそう、ご免ね。翔ちゃんの名前と銀行口座情報使わせてもらっている。落札したら、支払いだけはお願い」飛び上るほど大変なことをナオミは、何気なくこそっと言った。

「えーっ！　何だって？　うっそぉ、聞いてないし。金ないって。俺の口座に金なんてないし、無理でしょ」

翔平は慌てた。まさかそんな役回りに自分が立たされるとは思ってもいなかった。

「無理、無理、無理」叫んだ。完全拒否の態勢だ。

が、そんなことは最初からわかっているといったふうに、ナオミは笑っている。そして親指を立てて
「いいから、ねっ」と子供を諭すように言う。なにか仕掛けをしたようだ。何をしたかは言わない。急に怖くなってきた。どうなっても知らない。いや、やっぱりダメだって。お金ないもん。心の中で反抗するしかない。


五時八分前を時計は差している。

「じゃぁ、始めましょう」ナオミが戦闘開始を宣言した。

翔平がゴクリと唾を呑んだ。それを見たニコラがオークション指定の電話番号にかける。ニコラが何かを喋っている。参加者が確認できると、担当者に繋がった。スタッフはフランス人だ。ニコラを選んだ理由はそういうことか。スタッフは最初英語で対応していたが、相手がフランス人とわかると母国語に切り替えた。

オークションが始まった。パソコンの画面でも中継が映し出される。競売人が壇上に上がり、そして出品されたネズミがスクリーン上に登場した。今、出品されたネズミの来歴を説明している。一年前に亡くなったイヴ・サンローランの遺品整理の中から出てきたものだという。遺産を相続した娘が出品した。中国清朝時代の庭園の噴水時計に飾られていた装飾用の銅像の頭部との説明だ。ナオミも瞬きせずに画面を

見つめている。翔平は、流石のこの子もフランス語はできないんだなと思い、ほっとする。

電話だけでは会場の進行の詳細はわからない。オンライン画面は少しだけ遅れてやってくる。スタッフが、ニコラに五万ユーロからのスタートですと告げた。ナオミが頷く。

「六万」誰かが入札した。一つ深呼吸をした。愈々始まった。さぁ、どうだ。翔平は、ニコラが何をしゃべっているかわからないのに同じように、いやそれ以上に緊張している。落札した後のことが心配なのだろう。

ニコラ「十万」をコール。

一つためを置いて、スタッフが「二十万」が出ましたと叫ぶ。如何しますかとニコラに訊いてくる。

ニコラ「五十万」をコール。ナオミの顔を見上げる。なんかペースが速くないか？　日本円ですでに一億に近づこうとしている。ナオミは行けという。勝負はまだ先でしょとでも言いたげな素振りだ。すると、相手は一気に「百万」をコールした。勝負の桁がひとつ上がった。もっと簡単だったんじゃないのか。目論見と違うぞ。そもそもこっちに対抗して応札している奴はいったい誰なのか。緊張の度合いが一段上がった。今、こんな電話の二言三言で見たこともない金額の取引をしている。しかも、触ったこともないただの銅製の鋳物だ。間違って落札したら、その時は冗談でしたと開き直るしかない。ナオミは、俺たちを担いでいるのか。そうとわかれば即刻下りる。いや、落ち着け。ニコラはナオミの様子を窺った。

競売人が一人でなにやら会場にいるオーディエンスと視線のやり取りをしながら、マイクに向かって何かを言っている。どこからか応札の情報が入ってくる。どうやら、入札参加者は会場にはいないようだ。画面では何者かの「百万」が今コールされた。会場がざわついているのがわかる。なんでこんなものに百万という値段がつくのかといった驚きの顔だろうか。列をなす金持ちそうな赤ら顔の初老の男たちや寒くもないのにファーコートを纏った醜い女の顔がいくつか映し出される。会場は湿った熱気を帯びている。

ニコラは、躊躇しながら「二百万」をコールした。

すると相手は「五百万」をコール。何だよ、これ、まじか？　ニコラは絶句する。向こうは一気に決着をつけようとしているようだ。一体、相手は誰だ。ニコラは得体のしれない恐怖を感じる。同じような目的をもった奴が、向こうにもう一人いる。もうこの辺でいったん下りよう。ニコラの目はナオミにそう訴えている。が、ナオミは無視した。ソファに寛いだ格好で腰掛けたまま両手を広げて見せて、ニコラにコールするよう迫った。

スタッフ、一千万ユーロ来ましたという。ニコラのコールだった。会場の雰囲気が電話からも伝わる。バカげていないか？　ニコラはそう思う。またナオミの顔を見る。しかし、相手はひるむ様子がない。むしろ突き放すような価格を繰り出してきた。

「二千万」のコール。

反応が止まる。競売人が、ほかにないかといった声をあげている。勿論、会場にはいない。ハンマープライスか？　いや、まだだ。

ナオミは平然としている。行けのサインだ。ニコラは「二千百万」をコール。スタッフも、興奮しているのがニコラに伝わる。十五分もしないうちに、五万が二千万を超えた。それもたった二人の応酬で。会場は緊張で張りつめた空気で満たされている。勝つのはどっちだ。こんなメインイベントでもないところで、ここまで盛り上がるとは。皆がこのビッド、最後はどう決着するのか固唾をのんでいる。

「二千二百万」が出ました。スタッフの容赦ない言葉がニコラの神経を突き刺した。そろそろ終局が近づいているのだろうか。そうなら最後の詰めろの勝負だ。ニコラは激しい恍惚感に襲われた。どうやら壁を突き抜けたらしい。これは癖になりそうだ。そして「二千二百五十万」とコール。

「二千二百八十万」と相手が即応する。

こっちも「二千三百万」と返した。相手の出方を探っているのだ。向こうだってもう限界だろう。

「二千四百万」のコール。

ニコラはナオミを見た。すると反応がない。スタッフが如何しますかとニコラに訊いている。もう一度ナオミを見た。異変に気がついた翔平がナオミの傍らに寄った。

「寝ているよ！」翔平が小声でニコラに伝えた。

「なんだって！」

「なんか寝ている。この間みたいだよ」また小声で言った。

「何言っているんだよ、もう少しだぜ。どうするんだよ」

「いやいや、寝ているから。もう、やめておこうよ」

「そんな馬鹿な」

「だから、そういう意味だって」

なんてこった。これはもう無理だ。我に返ったニコラも観念した。どうやらそのタイミングのようだ。

「…ありません」

ニコラは終了を宣言した。次の瞬間、ハンマープライス！お客様が落札されました、とスタッフが相手に伝えているのが電話越しに聞こえた。

ニコラの額に汗が滲んでいる。パソコン上の画面では電話より十秒ほど遅れて、競売人がハンマープライスの宣言をした。

十分後、ナオミは目を覚ました。脱力し、きょとんとしている二人の様子を見て言った。

「ダメだったようだね。想定外のコンペが居たようだ。誰だか見当はついている。つまりネズミは手中にあるも同じこと。でしょ。まぁいい。次を考えよう」

翔平だけ、とんでもないことに巻き込まれずによかったと胸を撫でおろした。が、どうやら、まだこの後がありそうだ。できれば、もうおしまいにしたい。

「それにしても、なんでそこで寝ちゃうの」

ニコラは残念がるふうでもないナオミを責めたが、内心はほっとした。そして「エウロパ」って、こんな感じに緩いってか？　悪くないね。嘲笑にも似た思いが頭を過《よぎ》った。

＊　＊　＊　＊　＊　＊　＊　＊　＊　＊　＊　＊

二週間後のこと、翔平とニコラはアフタヌーンティーでも楽しむかのような風情で、ファイブシーズンズのナオミの部屋にいた。また同じように呼び出されたのである。ニコラがハーブティーを啜りながら言う。

「ネズミは思わぬ邪魔が入ったみたいだね」

「だよね。でも楽しかった」

あっけらかんとナオミが旅行の思い出話に同調するかのように言った。あまりに軽い言い方なので、ニコラは、えっといった表情を浮かべた。最初の意気込みとは明らかに違う。

「ちょっと訊いてもいいかな」

「何？」

「この間は、最初の勢いからして絶対取るって感じだったでしょ。でも、結局は誰かに持って行かれた。やっぱり想定外の高値だったたってこと？」

「うん、ちょっと意外だった。強引にこちらの意図を主張して何かを変えるという手法は駄目なんだ。時と場合には依るけど、まずは自然が一番。それに価格の問題というより、誰が相手だったのかということ。チャンスはいくらでもある。まあ今はそれでいいよ」

「いや、もう終わったでしょ」翔平が口を挟んだ。

「ネズミがダメなら、次はイヌだよ」

「はぁ？」まだ続くのかといった翔平の落胆のため息にも似た反応だ。しかも今度は犬？

「そもそもネズミにはどんな価値があるわけ？　まずはそこが知りたい。だよね」

ニコラがそう言いながら、翔平を見た。今更だが尤もな話だ。

「そうだよ、只の骨董品じゃないってことだろ」

「エウロパに必要なある重要な情報が隠されている」ナオミが答えた。

重要な情報？　ナオミが初めて、ネズミの意味らしきことを明かした。ただの骨董趣味ではない。当然だ。

「それだけ？　でも何の？」ニコラが追及する。

「いずれわかる。それより、ちょっと過去を改変してきたからね、今から二〇〇八年に出かける」

まるで、コンビニに弁当でも買いに行くような言い方をすると、ナオミはキッチンへと回った。

「いやいや、ちょっと待ってよ」

「準備はいい？」

準備といったって何をしろっていうんだ。

「まさか、また、アジア特急かなにかが窓の外に見えるとか…」

翔平が言いかけるとまた突然二人は睡魔に襲われた。

「やっぱり、そ・う・み…た…い…」

窓の外が紫色に輝いて見えた。


ソファに腰掛けたたままの二人はふと我に返った。別に何も変わった様子はない。前もこんな感じだった。ニコラが立ち上がって、窓に近寄ろうとした。するとナオミがその必要はないと言葉で遮った。

「じゃぁ出かけましょうか」ナオミが言った。やっぱり、タイムトラベルしたのか？　そうなの？

「今度は外に出ていいんだ」怖いもの見たさの翔平が冗談交じりに言った。

「いいよ、その為に来たんだ」

「ほう、それは楽しみだ。お手並み拝見だな」ニコラも、さあ君のマジックの出来栄えをこの目で確かめてやろうと勢いづいた。少しでも隙があればトリックを見破ってやる。そういう意味だ。が、ナオミは淡々としている。

「そうね、わかった。でもその前に二人ともこれに着替えて」

そう言うと、ポロシャツと夏物のジャケットとスニーカーを二人に渡した。

「えっ、なんで。着替えるの？」翔平が素朴な疑問を発した。

「夏にそんな恰好をしていたら、変な眼で見られるでしょ。それに、そんななりじゃ暑くて堪らないよ」

ナオミは相変わらず訳のわからないことを言う。

「靴も替えるってわけね」ニコラは理解したようだ。

「そういう靴じゃ、歩くときカツカツうるさいから」そうナオミは言うと、二人のリーガルもどきの靴を指差した。そういえば、ナオミは最初から薄着である。

「マジですか」翔平もやっと何かの意味を解したらしい。

「じゃぁ、行きましょう」

二人はナオミの後に続いて恐る〳〵部屋を出た。


もわーっとする外気に触れると汗ばんだ。明らかに季節が違う。真冬の日本からどこか南国の空港に降り立った時の感覚に似ている。二人は呆然として、瞬時に「着替えて」の意味を悟った。雲間から時折顔を出す太陽の位置がそもそも違う。光が眩しい。ホテルの部屋を一度出入りしただけで、季節が変わってしまった。どうしても足が前に進まない。二人はタイムトラベルが本物であったことに驚きを通り越し、世俗的な神々を超越したサムシング・グレイトなるものを体感した。いや、これは只の白昼夢なのだろうか。その割には現実感が半端ない。

やはりナオミは只者ではない。これは現実であり本物だ。これがこの世界の真実。そこに存在する自分という意識も真実無二である。今まであれこれと些細なことに悩み忙殺されてきた人生はいったい何だったのだろうか。こんな、あろうはずのない世界が、実はこの世の本当の姿だったとは。神も仏もない。ブッダもキリストも必要ない。いや待て、これも催眠術なのか、或いは高度なマジック。勇んだニコラの気分はどんどん萎えた。

梅雨明け間近の入道雲がビルの谷から垣間見える。毛穴を閉じきった冬仕様の二人の身体はゆで蛸のような火照りを感じている。むっとする夏の湿気とはこんなにも酷いものだったのか。改めて日本の夏の暑さに閉口した。三人は東京駅へと向かった。

額から汗が一筋二筋と流れ始める。行き交う人は皆夏の軽装だ。夏祭りでもあるのか、浴衣を着た若い娘のグループとすれ違う。急に薄着の女子を見たせいか、翔平もニコラも、目が楽しんでいるように見える。だが、口数は極端に少ない…。みどりの窓口までやって来るとナオミが言った。

「これから仙台に行く」

「えっ、仙台？ なんでまた？」ニコラが反応した。

「てか、今日はいったいぜんたい、何年の何月何日なの？」

通り過ぎる人々を眺めながら、かろうじて翔平が関係のない、しかし最もはずせない質問をした。『頑張れ！ ニッポン！』の大きな北京オリンピック応援垂れ幕がビルの合間に見える。

「二〇〇八年七月十六日ってところかな」

ナオミは新幹線の切符を三人分買うと無造作に答えた。

「そうなの？」

翔平が考える。うーんと、半年ほど前の夏に戻ったってこと？ でも何故。いくら考えてもわからない。ちょっと待てよ。去年の夏、俺、どこで何をしていたっけ？ 思い出そうとした。が、よくわからない。あれ、香港だったか。が、考えてもはっきりしなかった。もしかしたら、現実だと思っていたこの半年間は全てが夢の中の出来事だったのだろうか。

あれこれ考えていると、ナオミに置いていかれそうになった。黙って付いて行くしかない。駅弁を物色していたニコラが後を追う。プラットフォームには期待のアジア号は見えなかった。新幹線は普通の「やまびこ」だ。いや「こまち」かもしれない。三人は十時丁度のやまびこ一三三号に乗り込んだ。

「いったいどこへ行くのさ」

自分の席を見つけたニコラが訊いた。

「長春」

ナオミは軽く言った。ニコラはフンと鼻で笑うしかない。

「チョウシュン？　それ、どこ？」

翔平が子猫のような顔をして訊いた。

「東北地方」

「東北って言ったって、広いし、それどこさ？」

ニコラも合点がいかない。

「中国吉林省長春市」

翔平が飲みかけのウーロン茶を吹きそうになった。

「それってさ、東北って言わないでしょ」

「言うよ。中国の東北地方だから」

仙台から中国の長春へは週に三度の直行便がある。これに乗るために仙台空港に向かうというのだ。翔平とニコラにとっては、まぁどこでもよかった。それでも、仙台から海外に飛ぶとは想定外だ。

「じゃあいいけどさ、それで、長春ってところに行って、何をするの？」

「行ってから説明する」

「え、まさか何泊もするわけじゃないでしょ？」

翔平は不安になった。

「明日の夜には東京に帰る。それに、トラベルした時刻にちゃんと戻るから、何も心配いらない」

小首を傾げて笑みを浮かべると、そう言ったきりナオミは黙った。仕方なく、翔平は駅弁を三つ袋の中からとりだした。

宇都宮を過ぎたあたりから青々とした稲穂を湛えた田園風景が、車窓を何度も流れてゆく。次第に裾野と天井を雲に囲まれた安達太良連峰が近づいてきた。北の緑の山々は梅雨の湿気を纏い、白い空を背景にして清々しい。

「本当にタイムトラベルしちゃったんだ。でも、なんで俺たちなんだろうな」

車窓の景色を追いながら、また翔平は似たような疑問をニコラにぶつけた。そんな誰かの疑念にはお構いなしに、ナオミは淡々と彼女のやるべき仕事をこなしている。しかも何事につけそつがない不思議な女だ。やっていることだけを冷静に見たら、英国かどこかの優秀な諜報部員に引けを取らないのではないか。何がそこまで彼女を突き動かしているのか。考えても判るはずはないのだが、それを訊くのは何故か憚られる。

「長春って、やっぱり本当に中国？」

翔平が囁くようにニコラに訊いた。

「だろ。さっき言ったじゃん。引き返すなら今だ」引き返すってどこに？　そんなことが出来るわけがない。元の世界に戻るには、ついていくしかない。そんな会話をしている二人にナオミはパスポートと航空券を渡した。

「えっ、もしかして、これ偽造でしょ」パスポートを手にした翔平が即座に疑う。

「正規に取っている」

「な、あほな。手回し、良すぎでしょ。あーやっぱりこの先行くっきゃないの」

何か言う自分が空しくなるくらい、ナオミの手際は良かった。一体、何時から計画していたのやら…。やまびこは十二時四分、定刻通りに仙台駅へと滑り込んだ。ここから空港へはアクセス線に乗り継ぐ。仙台駅から二十分もかからない。

三人はやがてヨーロッパの駅を彷彿とさせる洒落た空港駅に着いた。空港ビルは全面ガラス窓といった印象のエコ環境重視のモダンな造りになっている。搭乗手続きは、国際線とは言っても成田や羽田に比べ混雑がないので全てがスムーズである。また『頑張れ！日本』の大きな応援パネルが目に入る。ソフトボールチームのエースが、三人に向かって「行ってらっしゃい」と言って笑っている。翔平はその無邪気な笑みに何故かむっとくる。

彼らはやがて機上の人となった。長春から仙台へは中国北方航空が乗り入れている。片道約三時間。ソウル上空を通るルートで朝鮮半島北部を迂回するから距離以上に時間がかかる。時差は一時間。仙台を午後三時に出発すると夕刻の六時前には長春に到着する。渤海湾を横切り、長城ラインを越えるあたりから、下に見る景色が中国東北地方の独特の大地に変化した。

翔平もニコラも初めて見る空からの眺めだった。西日を受けた緑とこげ茶のまだら模様の平原に幹線道路が無作為に黒い筋を幾条にも引いている。梅雨空の日本とは明らかに違う大陸の夏。日本とは比べようもない果てしない大地が地平線の向こう側、凍土のシベリアまで続いているようだった。

北西の空の残照が消えかかる頃、三人は長春国際空港へと降り立った。北緯四十三度五十三分。旭川とほぼ同じだ。気候は大陸性で、夏は結構暑い。昼間の熱気を吸った大地は蒸していた。難なく入国手続きを済ませると、市内中心部に近い湖の畔にある南湖賓館へと向かった。

離宮のたたずまいをみせる南湖賓館は、一九六〇年代に迎賓館として建てられたが、今は一般旅行者向けホテルとして営業している。奥の林の中には、近年ドイツ人の為に建てられた戸建ての住居が立ち並んでいた。一九九〇年代にフォルクスワーゲンの技術を導入するために、技師を大量に招聘した。その時の彼らの仮の住いとして建てられたものだ。これも今は金満実業家や上級官吏らの別荘になっている。

パーティホールのように大きく閑散としたレストランで三人は遅めの夕食を取った。翔平とニコラが得体のしれない皿の上に並んだコリコリする肉を突いていると、ナオミが言った。

「十時になったら出かけようか」

翔平とニコラは窓の外に目を遣った。九時を回ったところで、鬱蒼とした木々に囲まれた外は真っ暗だ。

「今からって、どこへ？　こんな時間、もうどこも閉まっているよ」

翔平は不安な表情をみせた。旅の疲れと、ビールの酔いで何時でもベッドの中に潜りこむ心の準備ができている。そんな淡い僅かな楽しみをも取り上げようというのか。わかりきっていることだが、ナオミは何かを企んでいる。それが今夜なのだ。まだ何をするのかも聞いていない。そもそも翔平もニコラも長春という街すら来たのが初めてなのである。東西南北の感覚も定かでない。そして今は森の中。

「満洲国国務院へ行く」

ナオミは行き先を言った。それがどこにあるのか、近いのか遠いところなのか、それすらわからない。

「まんしゅうこく、こく、えっ何それ？」

翔平は言葉の意味も測りかねている。

「何かそこであるの？」ニコラの疑問だ。

「侵入して、イヌを手に入れる」ナオミは軽やかに言った。

「えっ、何するって？」

「ついてくればいいの」

「いやー、どうだろう、それって。できれば遠慮したい」

文字通り女ねずみ小僧がこれから大店に盗人に入ると言っている。翔平とニコラは中途半端な手下ということか。ちょっとそれは勘弁だ。が、いまさら何を言うの、といった顔でナオミがこっちを見ている。


一時間後。天井が高く、趣味の悪い大きいだけのシャンデリアが自己主張しているがらんとしたロビー。そこに三人の姿があった。ナオミは時計を気にしながら外を見ている。やがて車寄せに一台の背の高いミニバンがやってきて停まった。警備員らしき風体の中年男が降りてきた。翔平とニコラは男の動きを目で追った。その男は金色に縁どられた玄関口のドアを押し開けて入ってくると、ゆっくりとしかし迷うことなくナオミに接近した。ナオミの耳元でなにかを囁いたようだ。ナオミも頷く。どうやらお迎えらしい。

「じゃぁ、行こう」

翔平とニコラに向かってナオミが言った。

「えっ、やっぱり行くの？」

翔平が真面目な顔をして訊き返した。行くに決まっている。ナオミは翔平の質問をスルーして警備員と外へ向かって歩き出した。二人は、こいつは誰だと男の後姿を品定めしながらも、とり残されまいとその後に続いた。男はそんな二人には目もくれず、エンジンが掛かったままのクルマの運転席へと乗り込んだ。

「乗って」ナオミは二人に後部ドアを指さすと、自分は助手席に滑り込む。翔平とニコラはもたついている。「早くして」というナオミの声が飛んだ。足手まといになりそうな手下二人がどうにかして後部座席に収まると、クルマは急発進した。そのままの勢いで森を抜けると、ネオンがまばらに瞬く街の中へと飛び出した。

四人が乗ったクルマは、やがて大きな通りに隣接した大きな建物の前までやってきた。街灯に照らされた石造りの壁が白んで見える。クルマはその建物の周りを低速で二巡りほどすると、裏手にある通用門の前に停止した。

「結構立派な建物だね」翔平が上の方を見上げながら感心しているが、誰も反応しない。まず警備員がクルマを下りた。ナオミは振り向いてこれを被れと言いながら、二人に黒い強盗マスクを渡す。そしてクルマを降りると後ろに回り、荷台から大きなバッグを引っ張り出して肩に担いだ。二人もクルマを降りた。

警備員が、折り畳み式の台車を手にしながら、翔平とニコラにこっちだと合図する。通用門が開いていた。あたりは暗いが、時々人が行きかうような道路だ。どこからかカラオケの絶叫が聞こえてくる。が、翔平には緊張でそれすら聞こえない。身震いして、肛門が引き締まるのを感じた。何を始める？ やっぱり泥棒なのか？ 大丈夫なのかこんなことをして？ 見つかったらただじゃ済まないぞ。しかもここは日本じゃない。

「ねぇ、なんで俺たちなんだろう」

翔平はまたニコラに囁いて同じ質問をぶつけた。今日一日のめまぐるしい変化についていけない。仙台あたりまではなんとか許容した。が、もう無理だ。さっき飛行機で朝鮮半島の上を飛んできたことさえ、随分昔のことのようだ。

「ちょっと、黙っていて！」

そんな翔平の気持ちを全く知らないニコラは翔平の疑問を一蹴した。ニコラはオークション以来、何かのスイッチが入ってしまったようで、今夜もどうやらスパイ大作戦になりきっている。差配しているのはナオミだ。手抜かりなんかない。この展開が面白くて仕方ないといったふうに、黙々と職務を遂行しようとしている。どうしちゃったの？　翔平はニコラの背中を見つめる。いや、わくわくして仕方ないのだ。高層ビルからジャンプするわけではない。が、アドレナリンが体中に充満している。消極的な一人と積極的な一人は、結局同じようにマスクを被ると警備員のほうへ小走りで向かった。これやっぱりおかしいよ、翔平は心の中で叫んでいる。が、体が勝手に行動する。一人取り残されるわけにはいかない。

どうやらここが「まんしゅうこくこくむいん」らしい。大学か博物館のようだ。警備員は一つのドアを見つけると鍵を取りだして開けた。そうして四人は難なく建物の中に侵入した。暗い廊下をしばらく進んだ。外では花火の音やら、カラオケの音響とオヤジの絶叫がここまでも聞こえてくる。いったいどんな連中が何をこんなに騒いでいるのだろう。四人は、とある壁の前にやってくるとナオミがしゃがみ込んだ。バッグから何かを取りだす。

「待って誰かいる！」

半ばビビって、窓の外の気配をずっと窺っていた翔平が小声で叫んだ。通行人が一人格子塀に近寄り、こちらのほうを見ている。それとも立小便をしているのか。塀と建物の間には二〇メートル以上の距離がある。

「しっ、心配ない、外だ。ここまでは入ってこない。少し待て」

窓に近いところにうずくまっていた警備員が声を殺して言った。中国語なので、翔平とニコラには何を言っているのかわからなかったが、どうやら慌てるなと言っている。この警備員は何者なのか。ナオミも敢えて二人に紹介しない。とにかく外からはこちらの気配などわかりようがない。暗闇の中にいる。

警備員が手動のドリルを回して壁の隙間四箇所に穴を開け始めた。「よし」とナオミが小さな声を発すると、ボストンバックから粘土のような塊とコードにつながったボールペンのようなものを取り出した。暗がりで何が始まるのかと少し距離を置いたところから眺めていた翔平は「マジか」と独り言を言う。

「ここのマークだ」

警備員がペンライトを口に咥えながら、粘土を壁に貼り付けた。

「慎重にね、慌てる必要はないから」

ニコラが女のような声で言った。南湖の方角から花火が上がるのが聞こえた。窓ガラスをビニールシートのようなもので覆い、四人は合図とともに物陰で背を向けて身を伏せた。

その数秒後、ボンという音がして火薬が爆発した。構外の、路上を行くカラオケ帰りのサラリーマンや若いカップルが何かに気づいたが、近所のカラオケの騒音が覆いかぶさるようにして、不審な音の余韻をかき消した。そしてまた、遠くで打ち上げ花火のさく裂する音がした。

壁にはＡ２サイズの四角い穴がぽっかりと空いた。ペンライトの光が覗き込む。奥にメタル調の箱が納まっているのが見える。

「さあ、これ。運び出すの、ちょっと手伝って」

ナオミが爆破した壁の破片を掻き出しながら言った。

「結構な重さじゃないの」

ニコラが穴から箱を引っ張り出そうとして言った。仕方なく警備員と翔平との三人がかりとなった。中型の金庫くらいの重さはあるに違いない。

「この上に載せて」

ナオミが三人の前に台車を置いた。さすがに担いで行くにはちと重い。そのあと警備員が手際よく飛び散った壁の破片をブラシでかき集め、穴に戻すと、大きめの黒っぽいビニールシートでその穴を覆った。

「オーケー、撤収だ」

ナオミは三人に指で合図した。やはりそつがない。四人はその場を後にした。台車は翔平の担当だ。そしてクルマが停まっているところまで、難なく戻った。翔平とニコラが二人掛りで箱を後部の荷台に載せた。続いて二人が荷台に飛び乗るや否や、ミニバンは何もなかったかのように静かに発進した。

「いやー、緊張した」

動き出すなり翔平が思いっきりほっとした声を上げた。ニコラがグッジョブといった仕草を見せる。

「で、その箱の中身がイヌなわけか」

ニコラがひんやりする箱を撫でた。しかし、イヌのなんたるかはまだ聞いていない。が、そんなこと、この際どうでもよかった。ヤバい場所から無事離脱できたのだから。それだけで今は十分だ。

「あとは東京に戻ってからのお楽しみ」

そんな二人の心中を察してかどうか、ナオミがからかうように言った。

「あー、ひとついいかな」

翔平が揺れる車の中でナオミに言った。

「何？」ナオミが振り向いた。

「なんで俺たち、ここまで来る必要あったわけ？」

ニコラもナオミの横顔を見る。

「だって、これは君たちの仕業なのだから、いなかったら変じゃない」

意味が分からない。暗くて固い荷台で翔平とニコラは見えないお互いの顔を見合わせた。

「どういう意味？」翔平にはわからない。

「どういうって、そういう意味」ナオミがダメを押した。

翌朝、本物の警備員が異変に気づき、騒ぎになり始めた頃、三人は長春を脱し既に機上の人となっていた。そして夕方には北京を経由し東京に帰着した。あっという間の電撃作戦。あとは元の世界に戻るだけだ。それにしても何故ナオミが翔平とニコラを二〇〇八年夏の長春まで連れて行ったのか。「そういう意味」と言われたって、それは謎のままだった。実際、二人はナオミの後について行っただけで、これといった貢献をしたわけではない。それなのにナオミは翔平とニコラが主犯みたいなことを言うのだった。

翌七月一七日の夕刻。ファイブシーズンズの一六二二号室には無事アジトに帰還した三人の姿があった。翔平とニコラは、無事ここに辿り着いてほっとしているものの、濃い疲労の色をその顔に浮かべている。

ニコラがナオミに訊いた。

「肝心のブツは、長春に置いてきたわけだけど、この後、どうするの？」

「あの警備員があとのことは上手くやってくれるって段取りなんじゃない」

翔平が代わりに答えた。

「間もなく、ここに現れるよ」ナオミが意味不明なことをまた言った。

「いや、置いてきたし、それは無理でしょ」翔平は当たり前のことを言い返す。

「じゃあ、ソファに腰掛けて」

翔平を無視したナオミは、すうっとキッチンへと回った。

「そうだね、早いとこ、二〇〇九年に戻ろうよ…」

言われたとおりソファに腰掛けた二人に、やがて睡魔が襲ってきた…。


「着いたよ」ナオミの声がした。

「あー、着いたのか」翔平が目を覚ますと伸びをしながら、ソファから立ち上がった。そして窓から外の景色を確認しようとした。すると「おや？」目の前に、木枠梱包の荷物がある。

「あれ、なんだこれ？」すぐに反応した。

さっきまで影も形もなかったものである。

「イヌが届いた」ナオミが無造作に言った。

「えっ？」ニコラも慌ててソファから起き上がった。

確かに、小ぶりの木箱がそこにある。何が入っているのかはわからない。少なくともイヌのはずはないだろう。が、万が一イヌだとしたら、どういうことなのか。突然目の前になにかが現れたのは事実だ。

「だったら、あれ、全部夢だった？」翔平がほっとしたような顔をして言った。全てが夢であってほしい。

「いやいや、それはないだろ。でも、どういうこと？」ニコラも不思議がる。

「過去を改変したから、今が変わった。だからイヌがここにある。ただそれだけのことだよ」

ナオミはなんの感慨もなく、言い切った。そうだ、今は二〇〇九年三月。あの後イヌが旅をしてここまで運ばれて来るには十分な時間があった。そう考えれば不思議はない。翔平とニコラは混乱した。気を取り直すしかない。ナオミの指示で、二人は木箱の梱包を解いた。するとイヌが彼らの目の前に姿を現した。

「ワオ、やぱりイヌなのか。そうか、これかぁ。これがイヌなんだね」

翔平とニコラは同時に感嘆にも似た驚きの声を漏らした。たれ耳の半分口を開いた賢そうな黒イヌは、薄気味悪く、今にも何かを喋り出しそうだった。翔平とニコラは長春での強盗作戦を身震いしながら思い出し、或いはよくあんなことやったものだと奇妙な満足感に浸りながら、コーヒーを啜った。

「でも、油断は禁物。突然現れるっていうことは、突然消えるっていうこともあるからね」

「そうなの？　でもすっごく、不思議なんだけど、ひとつ訊いていいかな」翔平が、ナオミに言った。

「何？」

「まんしゅうこくの壁の中にこれが埋まっていたのは、どうしてわかったの？」

そりゃあ確かに不思議だ。

「それは決まっているでしょ。私が埋めたから。隠しておいたと言ってもいい」

あっけらかんとした返事が返ってきた。

「えー、それ、なんでそんな面倒なことするの？　それこそ犬じゃないんだから、あんなところに隠さなくってもいいでしょ。もう少し、楽な方法とか普通にあるし」

当然の言い掛りだ。が、ナオミの言い分は違った。

「イヌにはタイマー機能があって、二〇〇八年より前に起動することはできなかった。国務院は二十一世紀まで残る建物だということは分かっていたから、その中に隠した。時期が来たから回収したまで。確かに犬みたいだね」

珍しくナオミは声を出して笑った。笑いながら、イヌの正面に回り、変わった腕時計をどこからか取りだすと、イヌの鼻っ先に近づけた。

「ちょっとモニターを点けて」

ナオミはニコラを見て指示した。なんだよ、テレビは映らないとか言ってなかったっけ？　躊躇するニコラの代わりに翔平がテレビのスイッチを入れた。すると、唐突に、画面に男が現れた。カメラに向かって正対し、なにやら語り始めようとしている。


…私の名前はヨハンソン・G・シュトッカー。二〇〇八年七月十八日生まれ元スイス空軍少佐である。このビデオを見ているあなたは二〇三五年以降の知識と技術をもったその時代の人物のはずである。今から私が話そうとしていることは、ある計画的な偶然によって私が経験し学習したある世界での出来事と、そこで知りえた貴重な技術についてである…。

「この人誰？」翔平が、ナオミに訊いた。

「シュトッカーだよ」ナオミが囁く。すでにビデオの中で本人がそう言っている。

「おぉ、出たんか。シュトッカーさん、こんなんなんだ」

翔平は画面に映る男の風貌を見てなぜか感心する。

「しっ、静かに」

隣のニコラが翔平の口を押さえる真似をした。翔平には、シュトッカーが話している言葉が分からない。どうやらドイツ語で話しているらしい。ニコラにはわかる。実はナオミも分かっている。

シュトッカーは、四十才くらいに見える西欧人だ。髪の色はブラウン。細面で、どちらかというと神経質そうな顔立ちである。眼鏡を掛けており、軍人と言われなければ、ヨーロッパの田舎大学の助教授といった雰囲気を醸し出している。物腰も柔らかく、攻撃的な性格は微塵もない。そのシュトッカーが今三人に語り掛けている。

話の最初の部分は、前に箱侍が話した内容とほぼ重複し、一致していた。一九三九年の世界にタイムトラベルし、科学者数名の人体に化学的措置を施したこと。そして二〇三九年に帰還してみると世界が全く変わってしまっていたということ。そこで、もう一度一九三九年の計画実行前まで遡り、これからやってくる自分に事の顛末を報告し、ある考えがあって自分は十九世紀末へ飛んだということなどである。

そして、現在は西暦一九〇〇年で、中国の南方のとある町にいると言った。タイムトラベルマシンは故障しすでに修復不能となった為、無人機を未来に送り返した後、自分はこの時代に骨を埋める覚悟であると言った。

重複するシュトッカーの話は続いている。

…私が体験した、ウィルスで滅んだ別世界において入手した重大な情報について話そう。その世界では人種や性別またはその他の遺伝情報を特定し、ウィルスによる人類の殺戮が可能な技術が開発されていた。しかも人体実験が合法であった。それによって実現可能になった悪魔の技術が、セレクティブ・ウィルスだった。利用の仕方によって、殺人兵器とも人口抑制技術とも考えられるものだが、有用であることには間違いなかった。私はそのウィルス生成技術情報を三年の歳月をかけて入手したのである。そして今、それはこのビデオを見ている君の手中にあると言ってもいい。これをどのように利用するかは君の自由意志に依存している。順当に歴史が進めば二十一世紀初頭には、この技術を使い熟《こな》すだけの科学知識と経験を人類は有している。その時、人類滅亡のシナリオを書き換えることが緊要なのだ…。

「おいおい、どっかの絵空事が、マジっすか」ニコラがフランス語で唸った。

「えっ、なになに？」翔平は全く理解できないでいる。なにかヤバいことを言っているらしい。ナオミもニコラも黙って聞いている。シュトッカーの話は進んでいく。

…二十一世紀の前半までには、この私の存在が明らかにされる。そこからもう一度歴史を書き換えるという計画が私の目論見である。この技術はそのように運用されるべきである…。

モニターが突然真っ黒になった。

「えっ、おしまい？ 何の話だったの？」翔平は戸惑う。そう、話は終わったのだ。ニコラはしばらく考えている。一応、これで話は繋がった。

「で、どうするの？」ニコラはナオミを見て言った。

「この世界は、このままでは核戦争で滅びる。つまり、その抑止力にこの技術情報を利用するということね。でも騙されてはいけない」

ナオミは即座に答えた。が、ニコラは黙ったまま、また考える。今の最後の一言はどういう意味だ。

「ねぇねぇ、二人して納得して、なんなの？ 教えて、教えて」

置いてきぼりにされそうな子供のように翔平がニコラに懇願する。

「聞かないほうがいいかもよ。しょうがないなぁ」

ニコラは言ったが、シュトッカーの言ったことを一々翔平に説明してやった。ナオミは腕組みしている。

「へぇー」と言ったきり、翔平は静かになった。あまり話の本質を理解しているとは思えない反応だ。

「ちょっと、何が何だか分からなくなってきた。一度整理させてくれないか、ナオミさん」

ニコラがナオミのほうを見て言った。ナオミはそれもそうねと返した。

「まずだ、君は二〇四九年から来たと言った。いいよね」

「そう」

「僕たちのいるこの世界はどうやらシュトッカーに支配されている。いいよね」

「そう。本来はそうではなかったけど、改変の過程でそのような世界に移行している。だからこのイヌが存在する」

いいや、ナオミの存在が、シュトッカーという化け物をこの世界へ導いたとも言えなくはない。が、そんなことは誰にもわからない。

「このままいくと、この世界はロシアとアメリカの核戦争で滅亡する。いや、はずだったと言ってもいいのかな。だよね」

「そう、私はそれを覆すためにやってきた。ここまでは悪くない。だからシュトッカーも現れた」

「だから、なの？」

翔平にはなんのことやら全く理解できない。が、ニコラは続ける。

「オーケー、じゃぁ訊くけど、ネズミやイヌを捕まえろっていう話だけど、そもそも誰がそれを君に伝えたわけ？」

「それはロクゴウナオミ」

「ん？　そのロクゴウって、結局は誰なの？」

「それは、私の前身ともいうべきもの」

「ゼンシン？」

「私はロクゴウの改良型。彼女がタイムトラベルから帰還したのちに、その成果を踏まえて山井が造ったのが私」

「そんなのマジであるの？　君みたいなのが、二人も三人もいたら大変だ。で、どんな行動を起こしたっていうの？」

ニコラが食い下がった。

「ロクゴウがもたらした重要な情報は二〇〇八年からの五年間に注目しろとのメッセージだったから、山井の決断で、情報収集のために私が二〇〇八年にやってきた。マッカシーの痕跡も二〇〇〇年頃から確認ができていたし、そこから十年間の出来事を監視する必要もあった。二〇〇八年から二〇一〇年あたりが人類滅亡シナリオのターニングポイントになるのではないかという想定だね」

「つまり、今こそ人類がこの先どうなるかの重大な分岐点というわけだ。だよね」

「そういうこと。それからもう一つはロクゴウが持ち帰ったシュトッカーのイッテルビウム光格子時計。中国南方で十九世紀末の遺跡から出土したという。ネズミとイヌの情報はそこから判明した」

そう言いながら、ナオミはさっき取りだした腕時計を見せた。

「しかしまぁ、これ、やっていること。神だな」

ニコラは呟いた。しかしおかしなことに気づいた。

「でもさぁ、変じゃない？　ネズミやイヌに態々何かを託さなくても、タイムマシンですべての有用な情報を未来に送ってしまえば、それで済む話じゃないの？　手っ取り早いでしょ、その方が…」

「それは違う。一九〇〇年のシュトッカーからみたら二〇四五年の世界がどうなっているのか、それはわからない。人類は存在していない可能性だってある。この重要な技術情報を誰が手にするかが定かでないマシンに、全てを託すわけにはいかなかった。でも、幸運にもそこにはシュトッカーの意を受けることのできるフェルミラボも山井も存在していた。ただ、三号機の再生には四年を要した」

「それで二〇四九年なのか。でもだ、俺たち巻き込んでこんな手間を掛けるより、直接一九〇〇年頃のシュトッカーさんに会った方が早かったんじゃないの？」ニコラの指摘だ。

「再生したトラベルマシンは出力不足で、五十年以上のタイムトラベルはできなくなった。さらに決定的なことは、同じ経路でトラベルしないと彼の世界には行きつかない。マシンのトラベルログが改竄されトレースは不能だった」

「何故シュトッカーはそんなことしたんだ？　助けて欲しくはなかったと言うこと？」

「自分が未来によって抹殺されるということを想定したから。彼を諸悪の根源と捉えれば、そういう考え方が成立する」

「複雑怪奇だね」

何がどうなっているのか皆目見当がつかない。そう思ったニコラは思考することをやめた。

「で、この部屋が、その再生したタイムマシンなんだよね」

翔平が部屋を見回しながら話を転じた。

「このホテルは四十年後も存在している。四十年後のタイムトラベルマシン化した部屋をここに移植した」

「えっ、移植？　そんなこともできるのか」また翔平が驚いて見せた。

「で、やっぱり、なんで俺たちなんだ？」またこの質問だ。でも今こそはその答えを聞きたい。

「そうだね、そのことはまだ話していなかったね。川倉嘉信という東大医科学研究所の教授の話、覚えているかな。あれ、翔ちゃんの息子さんなの。でもこの世界では生まれていない」

「えっ、川倉って誰だっけ？　でも、そんなのあり？」

いや、二〇〇五年頃に行方不明となったのではないのか。いやいや、香港で交通事故にあって死んだのは川倉嘉信という人物ではなかったか？　が、そのことには翔平もニコラも思いが及ばない。そもそも翔平の息子が今どこかの教授だということには無理がある。さもなければ川倉という男は未来人ということか。

「ウィルス兵器を開発した張本人ということになっている。同じことをこちらでされたら元も子もないでしょ。私が翔ちゃんの運命を変えるために、キミの中学時代に少し細工をした」

「えっ、細工？　細工っていったって、ナオミさんと中学で、一緒だったのはわずかだよね。なにかされた覚えもないし」

「それが細工」

「で、それから十五年も経って、去年香港で会って…」

「時系列的には、私が翔ちゃんに初めて会ったのは、去年の香港。北京でオリンピックがあるかどうかが一つのインデックスだったから、それから過去に遡って、暗示をかけてそれで翔ちゃんの運命を変えた。オリンピックはどうしようもなかったから、代わりに川倉嘉信がこの世に生れないように翔ちゃんの運命を変えたってことかな。もう一つ言うと、翔ちゃんと学校で壁新聞作ったの、十日くらい前の話だから」

「うーん、なんかよくわからないけど、ぶっ飛んじゃってるよ」

翔平は、そうは言ったものの、自分もタイムトラベルを実際に経験してその威力は確認済みだ。するとナオミがさらに怖いことを言った。

「タイムトラベラーにとっては時系列という考え方は意味をなさない。すべてが同時に生起消滅している感覚。例えば、今からでも十五年前のあなたのところへトラベルして、あなたの運命をもう一度変えることだってできる、そういうこと。ただそういうことをしていると、また別世界を余計につくってしまうっていうのが煩雑だよね」

「なんか怖えーなぁ」

翔平は言われているうちに本当に怖くなった。ナオミに睨まれたら、逃げられないということか。完全に生殺与奪の権を握られている。操り人形と化すまで何度でも時間を巻き戻せばいいのだ。ホールインワンが出るまで何度でもティーを打ち直す。完全な反則だろう。ゲームにならない。

「Too many タラレバだな。タラレバが多すぎる。僕もどこかで何か細工されているってことだね」

そう言ったのはニコラだ。

「うん、あなたは最初に日本に来た時、北陸を旅行中に交通事故で死んでいる。これは別の世界線の話。また別の世界では、あなたはドイツ政府の高官になっていた」

「えっ、ドイツ？　フランスじゃないの？　そうなの？　僕、でもそっちのほうも悪くない」

「それはどうかな。そっちだとしたら、今頃二人の子持ちだよ。去年には長男が生まれていて、彼は成長して軍人になる。スイス空軍のパイロット」

ニコニコしながら聞いていたニコラの顔からその笑みが消えた。そして下を向いた。

「これはシュトッカーがあなたに与えた任務、そう考えてほしいの」

ナオミは何かを悟ったらしいニコラに向かって言った。ニコラは下を向いたまま返事ができない。親殺しのパラドックスどころの話ではない。

「ところで、そのさっき言ってた滅亡回避のシナリオってどういうシナリオなわけ。核戦争を回避してもウイルス戦争やったら意味ないでしょ？」

翔平はニコラが黙っているので、この疑問をぶつけた。同じ疑問を抱いていたニコラも得体のしれない衝撃から立ち直ったように顔をあげた。

「勿論、ある国家、ある陣営がこのウィルス技術を一方的に手にしたら、それは核と同じことになる。だから、それは駄目だね。つまりすべてを掌握している私たちがうまくコントロールする必要がある」

「えっ、コントロールするって？」ニコラがまた考え込んだ。

「だから核保有国まぁ広く言えば原子力の技術を持った国をこれで同時にせん滅する。つまり核の技術をこの世界から廃絶するということ」

いったいナオミは何を考えているのか。ウィルス兵器で核保有国を攻撃するっていうことは、それは大量の殺人を意味するということなのか。フランスは勿論、日本もせん滅の対象ってことか。翔平もニコラも「意味ないじゃん」と直感的に感じた。これは俺たちが誰かっていう問題じゃない。ナオミもそうした二人の表情は見逃さなかった。そして「二人にももっとやってほしいことがある。これで葛城龍一の存在理由も消滅する」

「ちょっと待ってよ」

ニコラは言ってから、黙ってしまった。ホールインワンが出るまで、ホールアウトはできない。

「もう一度、ネズミを取りに行こう。誰が競り落としたかわかっている。この次は一網打尽にする」

ナオミは恐ろしげなことを言った。

「それで、ネズミとイヌだけど、その二つを入手してどうするの？」

「その時の、お・た・の・し・み。かな」

朝鮮半島の歴史は古い。史記によると、紀元前十二世紀、中国殷王朝からでた王族が箕氏《きし》朝鮮を興したのがその始まりという。次いで燕からでた衛氏が箕氏を滅ぼし朝鮮を統治した。漢の時代、武帝がこれを攻め滅ぼし、紀元前二世紀後半漢四郡を置きこれを直轄支配した。いわゆる、楽浪《らくろう》・真番《しんばん》・臨屯《りんとん》・玄菟《げんと》の四郡である。この支配形態は四百年余り続いた。

その後、四世紀になり、満洲で興った高句麗が南下して朝鮮半島北部を制圧すると、南部では倭と関係が深かった新羅や百済が勢力を伸ばした。日本に儒教や仏教が伝えられたのはこの時期である。七世紀になると唐と連合した新羅が、高句麗と百済を滅ぼして半島南部を統一したが、高句麗の故地では渤海が建国する。

十世紀の「後三国時代」を経て、高麗が朝鮮半島を統一するが、十三世紀になると元の侵攻を受け、その統治下に入った。元が滅びると、明と友好関係を築いた李氏朝鮮が建国し、北方の女真族と敵対した。李氏朝鮮四代国王の世宗は、ハングル文字の制定をおこなうとともに、史書の編纂、儒学の振興、さらには農業生産や科学に力をいれた。李氏朝鮮の黄金期である。

十六世紀末、日本の侵略を受けたが、十五世紀から続いていた日本への通信使の派遣が再開したのはこの前後である。十七世紀には、中国を征服した女真族の王朝、清による侵略を受け、冊封《さくほう》体制（宗主と朝貢国の関係）に組み込まれた。清の属国となると、その状態は日清戦争後の独立まで続いた。その後、日露戦争に勝利した日本が朝鮮を併合した。これを契機に半島の日本化が始まったのである。

以来百年、今日に至るまで、朝鮮の公用語は日本語であり、国民には日本国内と同じ教育が施されている。そればかりではなく、金融システム、鉄道、行政システムなどの国民生活にかかわる体制・仕組みは本土と変わらない。国際法上は朝鮮国という独立国家であるが、日本国朝鮮州というのがその実態と言える。唐津-釜山間が対馬海峡トンネルによって結ばれ、高速鉄道の開通によって東京からソウルまでは夜行に乗れば七時間程度で行くことができる。

そして、その朝鮮の北方に位置するのが満洲国である。親日反ロシアの国家である。首都は新京。通貨は日本円が広く流通している。日本の国債の利率が中国や満洲のそれに比べると高く、日本円ならどこの銀行に持っていってもドルやポンドなどの国際通貨にプライムレートで交換が可能である。

漢民族国家である中華民国の首都は南京である。建国の父、孫文が提唱した三民主義(民族・民権・民生)を国是とする。国家元首は中華民国総統であり、国民投票によって選ばれる。現職の鄭英《ていえい》総統は第十代目である。農業が主産業であるが、近年、半導体やＩＴ産業が盛んで日本との人的・技術交流も多い。国境を多くの国と接しているため、ロシアやベトナム、ミャンマーなどと国境問題を抱える。春秋戦国時代からの中華思想は、今でもこの国とその民族の遺伝子に深く刻み込まれている。

二〇一五年の師走になった。

その晩、龍一のケータイに電話が入った。通話ボタンを押し「葛城です」と応えると、智明のいつもよりも早口で興奮した声が鼓膜を突き刺した。

「龍一君、明後日の午後八時に帝国ホテル、インペリアルラウンジ、予定通りだ」

開口一番そう言った。何の話かわかっているだろうが、とさえ言わない。

「愈々ですね。明後日と言わず、明日でもかまいませんけど」

龍一も分かっていて、冗談めいた言葉を返した。

「ははぁ、気持ちはわかるけど、明日はだめだ。山本佳奈と桂木泰司が向こうからやってくる。明後日だ」

智明は龍一のジョークを軽くいなした。

「何と言ってもキミのファミリーだ。合流したらその足で上海へ飛ぶことになる。これも予定通りだ」

佳奈と康司。不思議な巡り合わせだが、龍一にとってこの二人は会ったこともないのに、特別な存在である。そのことは龍一が一番理解していた。ただ、実感がない。本来のファミリーは勝山家である。が、そういう問題ではないこともわかる。サミットまでは二週間もない。動くのは今、なのだ。

「ＦＥＳＡサミットで緊急声明が出ることになった」

「わかりました。実際まだ少し無理かと思いましたが、タイミングは申し分ない」

「うん、官邸が外務省と協力してかなり動いてくれたからね。用意は万端といってもいいだろう。共同声明の中に、連邦政府準備委員会を設立する趣旨が盛り込まれる。委員長は名誉職で満洲王室からでるが誰にするか最終調整中らしい。が、副委員長は君で決まりだ」

「私も覚悟ができています。よろしくお願いします」

「勿論だ。ただ高名の木登りって話もある。最後まで慎重にいこう。それから茉莉君もなるべく早く上海に来られるように段取りしてほしい」

「わかりました。茉莉の準備はできています。追っかけ南京に入れるよう話してあります」

「頼みます。それで、そのサミットの前に各国代表、関係者を招いてレセプションパーティが中国政府によって開催されることになっている。南京円明新園という王朝風の野外パーティ会場だ」

「円明新園？」

「そう、わかるだろ。二年ほど前に北京の円明園の一部を移築修復したヤツだ。当然そこには十二支の噴水時計がある。つまりだ、条件が揃うんだよ」

　智明はまた興奮気味に言った。

「全然知りませんでした。ネズミを送ったのは僕たちですけど、着々と回収事業が進んでいたんですね」

「そうなんだよ、つまりは中国がお膳だけをしてくれたってわけだ」

「シュトッカーは、そのこともわかっていたのでしょうか」

「ということになるかもね。で、十二体ある動物のうち十一体はすでに回収したそうだ。勿論ネズミも今はそこにある。あとイヌがそろえば全てが整う。これをパーティの目玉イベントにするってことのようだ」

「なるほど、考えましたね」

「君とナオミが捕獲に成功したイヌはまだマシピンの元にあって、近日中に南京に移される。十二体全てが揃えば一世紀以上にわたって散逸していたものが完全に揃う。中国にとっては、威信の回復を宣言し、まさに東アジア統合の象徴ともなるっていう演出だろう」

「向こうは、イヌとネズミの秘密について、何か把握しているんでしょうか」

「いや、それはわからない。が、可能性は低い。それでだ、ここは出し抜く必要がある。ナオミ君の計画だ。イヌが到着次第、隠密裏に円明新園でその謎を解こうって言うわけだ」

「隠密裏?ですか。可能なんですか?」

「うん、予行演習用のダミーと偽って、本物を事前に用意する。で、本物と偽ってダミーを後から搬入するっていう手はずさ」

「ほう、またまたスリルのある計画ってわけですね」

「そう、だから王さんにも色々サポートをしてもらう予定だ…」

「分かりました。よろしくお願いします。それでは、明後日、帝国ホテルで」

電話を切った後、龍一は茉莉と連絡を取った。智明同様に興奮し、龍一は眠れぬ夜を過ごした。


さて、話はおよそ半年前に遡る。二〇一四年六月のある日曜日の朝だった。ナオミが龍一のマンションに突然やってきた。顔を見るなり、今から松本へ一緒に行こうと言った。何かがあると合点した龍一は
「よしわかった」といって部屋を飛び出した。そして、納車されたばかりのＭ２クーペの助手席にナオミを乗せると自らハンドルを握った。調布インターから中央高速道に乗ると一路松本へと向かった。行先は、正麟寺。前回は何も手がかりの掴めなかった川島家の菩提寺である。

八王子を過ぎたあたり、登坂車線のレーンにゆっくり上り坂を登ってゆくコンテナ車の車列が目立ってくると、龍一は嫌な光景を思い出した。ナオミはそんな龍一の横顔を見ると「ないよ」と言って笑った。

正麟寺へは昼前に着いた。川島芳子の墓へと急ぐと、そこには以前ここで会ったあのボケ老人が立っていた。そして龍一を見るなりに言った。

「ようこそいらした」二人に向かって丁寧に頭を下げた。

「私のこと、覚えていますか？」

龍一は恐る〱訊いた。すると、老人はこう答える。

「いや、しかしだ、君が来ることは、何十年も前からわかっていた」

問いには全く答えずに、そう言うと、封書一通を龍一の目の前に差し出した。

「これは芳子さんがお前さんに宛てた手紙だ。自分の死後四〇年したら遠い親戚の若い男女が自分の墓に

やってくる。その時に渡して欲しいと儂が託されたものです」

「お前さん宛？」

龍一は訝った。老人はいつからここにいるのだろう。そもそも、この老人はこの間と同一の人物なのだろうか。まるで龍一たちがここに来ることは先刻承知といった風情である。明らかに前とは言うことが違う。龍一は差し出されたその手紙を手にした。開封すると、中から二つ折りの白い和紙が出てきた。驚くことに、それは確かに龍一宛ての手紙であった。

僕の実父の夢は、支那と日本が一致団結して東洋の覇道を唱え、西欧文明に対抗して、アジアに繁栄と幸福を齎すことでした。しかし、時代はそれを許さなかった。随分昔に石原将軍から言われたことがある。百年待ちましょうと。僕は笑ってしまいました。でも、彼はそれ以外にも面白いことを言ったのです。イヌを未来に託しなさいと。イヌですよ。可笑しいでしょう。でもそれ、ただモノじゃない。円明園のイヌなのです。

ある日僕は盗賊に奪われたそのイヌを奪い返したんです。石原さんの強いご希望でね。清朝復興の願いもあって僕はそれを引き受けたのです。結果はごらんのとおり。でも悪くないと思っているのよ。だって、愛新覚羅の血を引く君に、父の夢を託すことができるのですから。イヌは君にお預けします。新京の西北郊外に八鹿屯という村があります。そこに方永蒜という人物を訪ねなさい。君の、そして僕たちの志が成就することを心から祈っています。

葛城龍一殿　　金壁輝

読み終わった龍一の顔色が変わった。

「イヌは八鹿という村にあるのか。鍵はそこの方何某という人物だ」

そう呟きながら「八鹿の方」と反芻してみる。「ん？　これ、どこかで聞いたぞ…」龍一は老人の顔をまじまじと見た。そしてあれこれ考える。

「そうか、そうだったのか、泰蔵、わかったぞ！　鹿の方なんだよ！」

龍一は思わず叫ぶと両拳を握りしめた。じわじわと感動がこみ上げてくる。やはり川島芳子が鍵を握っていたのだ。

すると封筒の中から、もう一つ紙片が出てきた。色褪せた白黒写真だった。洋風の、古い街並みのカフェテラスでチャイナドレスの小柄な女とその横にもう一人、和服姿の女が写っている。

「えっ！　どうして？」

龍一がまた同じような驚きの声を発すると、写真の和服女とナオミを見比べた。

「どうやら新京に行く必要がありそうだね」

ナオミは龍一の顔を面白がるように覗き込んでいる。

川崎の自宅に戻ると龍一はすぐに方永蒜《ほうえいさん》という人物が一体何者なのかを調べた。しかし、皆目わからなかった。川島が言及する人物と言うことは、昔の人間であろう。存命なのかすらもわからない。仕方なく「鹿の方」の謎が解けた勢いで、森泰蔵にその先が何かわからないかとメールした。すると「方永蒜は安国軍司令時代の川島芳子の腹心だったようだ」という返信がすぐに戻って来た。そうか、そうやって繋がっているのか。龍一は納得し、改めて泰蔵に感謝した。

数日後、龍一は新京へと飛んだ。さらに泰蔵も同行した。八鹿屯へ行くことを伝えると、どうしても一緒に行きたいと言い出したのだった。彼の貢献度から言ったら、十分にその資格はあった。この時ばかりはビジネスクラスで飛んだ。

新京空港ではマシピンの王が二人を出迎えた。彼も八鹿へ同行すると言った。そして次の日の朝、マシピンの手配した車で芳子の手紙にあった村へと向かった。

新京の市街地を抜けると八〇年前と変わらない麦畑がしばらく続いた。一時間ほど農道のような道を走った。八鹿は高粱畑に囲まれた寂れた村だった。何人かの村人に方氏の家の所在を尋ねながら進んだ。ようやく辿り着くと、その目指した家は灌漑用水路脇の赤煉瓦造りの農家で、村のはずれにあった。

方永蒜は既に亡くなっていた。が、マシピンから事前に連絡を受けていた当主の志雄《しゅう》が出迎えた。近所の子供たちがもの珍しそうに家の前に集まってきた。簡単な挨拶を庭先で取り交わすと、早速龍一は川島の手紙を志雄に見せた。それを王が翻訳して聞かせる。すると彼は合点した様子で、三人を土蔵へと案内した。そこで彼らが目にしたものは、君子のような眼差しで客人を出迎える、黒光りしたイヌの頭像であった。どうやらこのお犬様はこういう場所に身を隠すのがお好きな質のようであった。

志雄は七〇歳を超えている老人であった。永蒜の実子ではなく、遠い親類からきた養子だという。イヌは養父が金璧輝将軍から託されたもので、満洲帝国存亡の危機がやってくるとき、これを求める人たちが我が家を訪ねてくる。その時まで大切に保管するように、と遺言されたのだという。お国に存亡の危機などがやって来るのですかと養父に尋ねたことがあった。すると永蒜は言ったという。

「それはお前が私のように白髪の老人になった時、明らかになるであろう」

それでも半信半疑であった。まさか今日こうしてそのような客人を迎えるとは夢想だにしていなかったと、志雄はイヌの顔を雑巾で拭いながら言った。龍一らは老人に深々と頭を下げた。

＊　＊　＊　＊　＊　＊　＊　＊　＊　＊　＊　＊　＊

誰かが若い友人に言った。

「この辺の話になると、大概の人はチンプンカンプンだが、君がこの宇宙の摂理を理解できないのは『過去があり、現在があり、未来があり、そのように時が刻まれている』というオブセッションがあるからだ。しかしだ、ちょっとアプローチを変えてみよう。すべてが同時に起きて同時に終結している、そう考えたらどうだ？」

友人は言い返すしかない。

「アプローチって。そういう問題ですか？　現在、過去、未来がある。それってオブセッションなのですか」

「そう『思い込み』と呼んでもいい。『呪縛』といったほうがいいかもしれない。だいたい時計の針が動いているのを見て、だから時が刻まれているなんて思うのは変だと思わないか。過去と現在と未来は同時に存在している。タイムトラベルといっているのは呪縛に囚われた人間から見た表現だ」

不毛の問答だ。友人はそう感じながら苦笑いを浮かべる。

「呪縛ですか」

「そう、それから人類は時間のほかにもうひとつ、呪縛に囚われているものがある」

「というと？」

「空間だよ。呪縛によって、苦しみが生じる」

「ふふ、じゃぁ、生死についてはどうなるんですか。人は生まれたり、死んだりしている。どう説明すればいいのですか」

「だから、それも呪縛だ」

「そうきますか」

「死んだ人間と二度と相まみえることはないと錯覚することから、生きている、死んでいるという呪縛が生まれる。何故、君はそう自分、自分なんだ？　失礼、いや誰もがそうなのだから仕方ない。でもそんなものあると思ってはいけない」

「それも錯覚ですか。確かに過去も未来も現在もないということになればそうともいえますが。所詮、詭弁に聞こえてしまいます」

「時間も空間も存在しない。君が見ている世界は無限に存在する世界の只のひとつでしかない。だがよく考えてみてほしい。無限の本当の意味を。それはゼロに限りなく近いということ。限りがないということは、最初から何もないことと変わらない。それが宇宙の根本原理である」

「心頭滅却すれば、なんとかというやつですね。東洋哲学的なアプローチですか」

「何が起こっているか、これでわかっただろう」

「…私には、何も起こっていないということがわかったような気がします」

佳奈とレッドを乗せたＳＵＶはストレスなく下落合の高速ジャンクションへと進入すると、渋谷方面へ向かう左側のレーンへと合流した。

ピンク色のイルミネーションに飾られた師走の東京タワーが、流れるビルの谷間から垣間見える。多少の渋滞にあったが、須坂を出発して約三時間、今、霞が関料金所を出た。官庁街を抜けると日比谷公園を左折する。帝国ホテルはもうすぐそこだ。

さっきまで睡魔と闘っていた佳奈の緊張が都内に入ってから高まり始めた。相反するようにほろ酔いでジャズの生演奏を何時間も聴いたあとのような疲労感が襲ってくる。耳を塞ぐと、バクバクと心臓の鼓動が聞こえそうだ。レッドやナオミにも聞こえているかもしれない。本当に龍一に会えるのだろうか。あれ、そういえばうちの会社はどうなっているんだろう。そんなことも少し頭をかすめたが、今はそれほど重要なことと思えなかった。

やがてＬ字型に折れ曲がったグレーの重厚な外観の建物が見えてくると、クルマは誰の意思にも関係なくその帝国ホテルの地下駐車場へと吸い込まれていった。

ＳＵＶは地下をゆっくりと進むと一番奥の仄暗い場所に停まった。四人は車を降りた。すうっと足元に冷気が触れる。ナオミに先導されて佳奈とレッドは地階の寒々とした駐車場からエレベーターに乗ると、駅の雑踏のようなホテルのアーケード階へと出た。初めて現代文明に接した南の島からやってきた未開部族の親子のように佳奈とレッドは周囲を窺った。そこを往来する人々は緑色の宇宙人ではなかった。ひと安心すると、佳奈は行き交う人を避けながら、速足でナオミの後を追った。レッドも遅れまいと佳奈にぴったりついた。しかし、人影と交錯する度に、佳奈の足の震えが止まらなくなっている。寒さからではない。一方、安心して少し気が大きくなったレッドは、ここが帝国ホテルかぁといった顔ですれ違う金持ちそうな人たちの足元やら天井やら、時には壁際の置物を眺めながら二人の後を追いかける。運転手もついてきている。

佳奈が「どこへ行くの」とナオミの背に向かって訊いた。

「そこのラウンジです」

それは目の前だった。ナオミはラウンジの客を見渡すと、一点へ向かって動き出した。佳奈の緊張が極点に達する。本当にあり得るのだろうか。死んだ龍一が蘇る瞬間。いや違うかもしれない。期待と不安が入り混じって、心臓の鼓動が高鳴る。ナオミが向かうその先へと恐る恐る視線を遣った。やっぱりいる！ 確かに。後ろ姿だが、佳奈にはわかる。昨日まで泣きながら願い続けていたことが、今十数歩先に現実として存在する。間違いない。

智明と龍一はランデブーラウンジにいた。丁度三杯目のホットコーヒーをオーダーしたところだった。智明が最初にナオミに気づいた。中腰になってこっちだよと左手を挙げながら、もう一人の男に向かって体を傾けてなにかを囁いている。と、ふたりが立ち上がった。あと数歩の処まで近づいた。男が振り向いた。その途端、佳奈の目から一筋の涙が静かに頬を伝った。

「お待たせしました」

ナオミが二人に向かって事務的に言った。どうやら普段から気心の知れた仲間のようだ。

「僕たちもさっき来たばかりだ。初めまして、瀬上です。よくおいでくださいました。心から感謝します」

智明は、後ろにいた佳奈とレッドに丁寧に挨拶すると、手を差し出した。佳奈は足を半歩進めて軽く握手した。が、レッドはぺこぺこするだけだ。畏まって握手なんて誰ともしたことがない。

「葛城です」

今度は龍一がほほ笑みながら手を差し出した。

「えっ」

佳奈はその反応に動揺した。何、そのよそよそしい挨拶は。顔が一気に紅潮した。怒りたいのか、泣きたいのか、今にも龍一に跳びかかりそうな顔で固まった。そして、更に涙が幾筋も佳奈の頬を伝う。龍一は佳奈の心中をわかってかわからずしてか、そんな女の手を軽く握って「どうぞよろしく」と言った。

何それ。新しい涙がひと筋頬をつたった。期待していたのは、そんなジョークみたいな挨拶じゃない。二人だけでゆっくり話そうよ、そう佳奈の眼は訴えている。でも彼は暗黙に言っている。「私は別人」と。

「私は勝山です」

長野からずっと一緒に来たドライバーの男が、佳奈の感情に容赦なく割り込み、ここで初めて名乗った。

「あれ、まだ挨拶してなかったんだ。幸次郎さん、本当にご苦労様です」

智明が何か意味ありげな言い方をしながら深々と頭を下げた。そして、この人は龍一君の義理のお父さんになる人だと佳奈とレッドに向って紹介した。この言葉を聞いた佳奈は、うっすら嗤う。龍一に会えるというからここまで来たのに。この人は私の龍一じゃない。どうやら歳も違う。分かっていたけどやっぱり無理。

一方の龍一は、こういう形で幸次郎に再会できたことに驚き、そして喜んだ。そのまま黙って勝山の手を握りしめた。しかし、それ以上のことは考えてはいけない。そう、自分に言い聞かせた。智明も同じ気持ちに違いない。

「さて、挨拶はこのぐらいにして、本題に入ろう。プライベートなことは後だ」

プライベートって何のこと？　瀬上という男が佳奈にとっては無意味なことに話を転じた。

「サミットはあと一週間後だ。アジア連邦条約調印の最大のネックは最後まで中国政府の意向だったんだが、官邸からの情報によればこの問題はクリアできそうだということだ。サミットでは共同宣言という形で結実する。この先我々は連邦政府樹立へ向けた実行部隊という役割を負うことになるだろう。そうなればレールは敷かれたと言っていい。あとは粛々とやるだけだ」

大体の話は既に聞いていた龍一が頷いた。そして瀬上が続ける。

「で、それはそれでいいんだが、サミットの前が勝負だ。イヌとネズミの正体を明らかにする。最初で最後のチャンスかもしれない」

「具体的にはどのような計画になりますか？」

龍一が訊いた。するとナオミが応じる。

「長春から予定より一日早く本物のイヌが到着します。これを円明新園の噴水時計に設置し、イベント機器の最終チェックを装いながら仕掛けの謎を明らかにします」

「つまり、本物とダミーをすり替えるってわけか。手が込んでいるな」龍一がまた感心した。

「レセプションパーティの会場となれば警備が厳重なのではないですか？」勝山が珍しく口を挟んだ。

「ネズミ、イヌ単独では何もはっきりしませんでした。やはりこの二体を元の鞘に戻すことが謎を解く唯一の方法だと思います。少なくとも手掛かりになる何かが判明するでしょう。そして、そこに必要なのが、パスコード。これは今、ここに、私たちの手中にある」

ナオミがそう言うと、皆が佳奈とレッドをちらっと見た。

「それから警備の方は問題ありません。イベントの業者に扮して入り込みます」

ナオミが龍一の顔を見ながらそこまで言うと、瀬上が咳払いを一つしてまた話を転じた。

「オーケー。じゃぁナオミ君、段取りの指示はまたお願いします。それで、連邦政府設立委員会の件で中国外交部日本科の劉科長からですが、龍一君の素性についてＦＥＯＲに照会がありました。茉莉さんのことも含めて説明したら、びっくりしたらしい。あの反応なら大丈夫だろうということだ。懸念の表明は今のところ一切ないし、むしろ歓迎でしょう。マスコミにもこの情報は外務省がリークするようです」

「それから茉莉ですが、五日後に南京で合流の段取りです」

龍一が補足した。それを聞いた勝山が胸を撫で下した。「うまくいっている」そう思ったに違いない。

「さて、じゃぁ佳奈さんと桂木くんには、すこし事情の説明がいるでしょう。色々混乱していると思うので、ちゃんとそこのところを話さないといけませんね」

龍一が二人に正対すると言った。なんと他人行儀なもの言いか。しかし斟酌はなかった。

龍一の話の内容は、即ち、ここは佳奈らの世界とは別の世界であるということ、今龍一たちがアジア連邦の設立に向けて活動しているということ、その為には佳奈とレッド二人の協力が必要であること、そしてナオミは未来人で同志であることなどであった。二人が今知るべきことのすべてを龍一は説明したつもりだった。しかも感情を交えず、分かりやすく。唯一つ、最も大事なことを除いては。

佳奈とレッドにとって、ナオミのこと以外は全部初めて聞く話だった。やはり異次元の世界の話なのだ。自分が本来ここにやってきたことの理由を差し挟む余地も異議を申し立てる隙も無かった。だがそれ以外には、説明に大きな矛盾点は見当たらなかった。協力が必要だと言われた佳奈が反発した。

「私たちが協力するって言っても、そんな力、私たちにはありません」

その通りだ。そもそもそんな動機でここまでやってきたわけではない。これでは詐欺だ。佳奈はナオミを睨んだ。それに気がついた龍一が躊躇していると、ここは僕が説明しようと瀬上が割って入った。

「我々は、この先人類の未来がどうなるのかを知っている。というか知らされてしまったと言ったほうがいい。この点はいいですね。ところが、どう見てもその未来が良くない。だから、その未来をいい方向に変えようと戦っている。まぁ乱暴に言ってしまえばそういうことで、変えるための第一段階がアジア連邦の礎を作り、それを強固にするってことなんです。でも、それだけではまだ足りない。その先の未来をコントロールする手段が必要なんです」

瀬上の説明は説明になっていないように感じた佳奈には不快だった。

「やっぱり、わかりません」

それはそうだろう。

「実は、必要としているのは、君と桂木君の遺伝子情報とかなんだ」

龍一が佳奈に向かって事の核心を言った。これははっきりさせないといけない、そう思ったからだ。

「えっ、それって、どういうことですか」

そう言ったきり佳奈が黙った。レッドにはわかっていない。すると瀬上が事務的なことに話題を替えた。

「まぁ、そういうことです。テクニカルなことは後々わかるように説明しましょう。さてさて、飛行機の時間もあるから。今はここまでにしてくれないか。この後の段取りだが、クルマは二台だ。君達のパスポートはこっちに用意してある。虹橋空港には日付が変わる前には着く予定だ。そこからは外務省から派遣されたセキュリティガードが付く。続きの話は向こうについてからゆっくりして欲しい」

それだけ言うと瀬上は佳奈とレッドに二人分のパスポートを渡した。

「ちょっと待ってください。協力って、私たちの遺伝子情報なの？　そんな情報だけが必要なら、髪の毛一本あげるから、それでいいんじゃないの。態々あっちこっちに引き回される意味がわかりません」

佳奈が尤もな主張をした。遺伝子情報なら髪の毛一本は無理だとしても、丸々人一人は必要ないだろう。

「簡単に遺伝子情報と言っても、それを読み取るにはそれなりの装置がいる。だからお二人にはどうしても中国まで付き合ってもらわないといけないんです。それに、レセプションパーティの招待状もお二人に届いている。だから君たちをここで放り出すわけにはいかない」

「レセプションって何ですか？」

佳奈はムッときた。いや、それを通り越して呆れはてた。なんなのこの展開は。

「歓迎レセプションです」

頭を掻きながら龍一が応えた。ナオミがそうそうと頷いている。妙なとり合わせだ。まだなにか秘密があるといった表情が龍一とナオミの口元に浮かんだ。怒ってはみたものの、まぁ、確かにここでおいてきぼりにされてもどこにも行けない。やはりついて行くしかないのか。何を主張しても事ここに至っては無駄なことなのだ。佳奈はなんとか自分を説き伏せると観念した。

「それから、皆さんにお話ししておかなければならないことがあります」

ナオミが急に言った。えっ何？　皆が彼女の顔に注目した。端正な、じっと黙っていたらデパートのマネキンのような顔立ちのナオミである。

「こちらに来る前ですが、Ｍに襲われました」

「そうなの！」

智明が驚いて龍一の顔を見た。Ｍと聞いてわかるのは智明と龍一だけかもしれない。

「はい、毒グモでやられました。私の動きを封じ込めようとしたと思われます。このようなクモを操れるのはＭしかありません。ターゲットは私、いや、或いは龍一さんかもしれませんが、注意が必要です」

龍一がやはり自分の線もあるのかとごくりと息を呑んだ。すると智明が意味のないフォローをする。

「そうか、だいぶ切迫してきたということか。裏を返せば機が熟したともいえるのかもしれない。よし、十分に注意しましょう。不必要な行動は慎むように。また、なにかが変だと思ったら、ナオミ君にきちんと報告しよう。いいね。とにかく惑わされないことだ」

智明の言うことに龍一と勝山だけが頷いた。


誰かが言った。

「君、オリジナルだと思っているこの世界だが、実は何だかわかるか。そう…派生だよ。分岐した派生のまたその派生の世界だ。だから、ある日突然ぱっと消滅しても、誰も文句は言わない。違うか?」

「いやー、そうは言ったって、僕たちの生きている世界はここにしかないですよ。消滅って言ったって、太陽が爆発でもしない限り、この世界は消滅なんてしませんよ。何十億年か先の話です。仮に派生でも、僕たちはここで生きて食って、面白くやっていければ、それでいいじゃないですか。これがオリジナルって可能性もあるし、オリジナルが例えどこか別にあったって、行ったり来たりするわけじゃない訳で、全然関係ないですから」


その日の深夜。龍一達は、上海近郊の昆山市のシェラトンホテルにチェックインした。

五人はホテルの中華レストランでかなり遅い夜食を軽くすませると早々に各自の部屋に引き上げた。が、龍一は少し話をしましょうと言って佳奈を最上階のバーにと誘った。展望ラウンジから南方を望めば、遠く上海の夜の灯りが墨色の空を白々と染めている。テーブルに着くと何にしますかと龍一が佳奈に訊いた。

大きな窓ガラスの眼下、道路の向かい側に連なるビルの赤や緑のネオンが妖しげに瞬いている。

「じゃぁ、フローズンマルガリータ」

涙が出た。佳奈は渋谷のバーを思い出している。龍一は涙の意味もわからず、乾いた声でウェイターにオーダーの声を掛けた。

「すみません、フローズンマルガリータとジントニック」

そして佳奈に向って切り出した。

「ナオミから貴女のこと、色々聞いています。そちらの世界では僕とどういう関係だったかとか。それに、実は一度だけそちらの世界へも行きました。その時、渋谷で貴女を見たこともあります」

「見たことがある」といういい方に引っかかった。が、佳奈はその意味がわからず黙っている。

「そちらでは僕と貴女は結婚することになっていたという。どういうわけでしょうね。でもここでは僕は全く違う人生を歩んでいる。でも今日佳奈さんに会って、ちょっとそちらの世界がうらやましいな、なんてこと思いました」

はっ？　バカ、何を言ってんのよ、どういうわけも、こういうわけもないでしょ。佳奈は本当に声を出して泣きたくなった。そんな佳奈の表情をみて、龍一は余計なこと言ったなと感じ、自分の前髪をばつが悪そうに撫でた。佳奈は訴えた。

「私の死んだはずのフィアンセに会えると言われて、のこのこやってきたんです。こんなことなら来なければよかった」

確かにそうだ。いや、違うでしょ、これ以外の選択肢はなかった。だから余計に腹が立つのだ。

「いや、そんなことはないと思います。必然性がある」

龍一も抵抗を試みる。しかし何が必然性だというのか。問い質されれば説明はできない。

「でも、別人でも、生きているあなたには会えてよかった、そうとも思っているんです。たとえ一緒にいられなくても、あの龍一が生きて戻ってきたように私は感じたんです。年齢は六歳も違うんですけど…」

交通事故で死んだとき、龍一は三十四歳だった。目の前の龍一は今四十一だという。確かに歳を重ねた風格が感じられる。

「それでも、本人であることには間違いないのですから。ただ、ただ生きていてくれればいいと。私、こんな別の世界があるとは夢にも思っていなかったから。最初、あなたを見た時、気が動転して変になりそうでした。でも、髪型とか、服の好みとか、喋り方とか、やっぱりどこか違う、別の人だなと思って。お兄さんみたいな感じで…」

口には出さなかったが、それでもふと見せる顔の表情、眉間のしわ、なにか考えて喋りだすときの仕草などは、やっぱり佳奈の知っている龍一その人と変らなかった。

「そうですか、よくわかります。ところで、貴女のフィアンセ、まぁ僕のことですが、死んだ理由、ご存知ですか？　自分が死んだ理由を語るっていうのも妙な感じですけど」

「えっ、ええ、雨の高速道路で運転を誤っての交通事故です…」

「うん、確かにあれは交通事故だった。僕もそう思います。でもそのように見せかけて、実は僕は殺されたとしたら、どうです」

「はっ？」

佳奈は黙った。窓外のネオンが二人の会話をあざ笑うかのように何の脈絡もなく点滅している。佳奈はナオミが同じようなことを言ったのを思い出した。ホントに、そういうことって、あるわけ？

「つまり、仕組まれて殺されたんです。そちらでは僕は邪魔な存在として、早々に始末された。最初は何を馬鹿なとは思ったんですが、今ではそう思っています」

「始末って、何ですか？　そう思うって、誰が、どんな理由で？　もうすぐ結婚しようとして、二人で幸せになる直前だったのに恨みを買うようなこと、彼、何かいけないことをしていたっていうんでしょうか」

佳奈は邪魔な存在で始末されたというフレーズで気分が悪くなる。

「つまり、今ここで僕たちが為そうとしていること、アジア連邦のことですけど、それが許せないと考えている何者かが、そうしたってことです。未来人の仕業かもしれない。貴女のフィアンセである僕は、僕の代わりに殺されたっていう可能性だってある」

それって、どういうこと？　第一、龍一からアジアがどうの、レンポウがどうのなんて話は一度も聞いたことはない。誰の仕業であろうが、ただの事故ではないなんて。警察だってそんなこと言わなかった。佳奈は、あの時、山中湖なんかで待ち合わせしなければ、彼は死なずに済んだのにと何度も後悔していた。それが、そういうことじゃなくて、仕組まれた殺人だなんて、信じられない。でも、もっと信じられないことが次々と起こっているのも事実。そしてはっと気づいた。

「じゃぁ、あなたもだれかに狙われているってことですか？」

「うん、まぁ。友人も僕と間違われて襲われ怪我をしました。でもそちらとはすこし状況は違うのかもしれない」

「ええ、微妙に街の景色や高速道路や、人々の雰囲気が違うのは私にもわかります」

「ですね。それに例えばですが、当たり前に存在する満洲や朝鮮っていう国、そちらの世界じゃ存在しないんですよね。つまり、二十世紀以降の歴史がだいぶ違う」

「そのように世界を作り替えているってことですか」

「いや、本来はどちらが先でどちらが後というものではないと思います。もしかしたらこっちが先で、それを嫌う誰かがそちらの世界を創造しているのかもしれない。だから相互に影響し合っていると見た方がいいんじゃないかな」

「でも、そんなに簡単に、世界が色々創造されてしまうなんて言っても…わけがわからない」

「不思議ですよね。僕も最初は信じられませんでした。ナオミや瀬上さんに会うまでは。だから、君たちに来てもらったのはそういうことなんです。僕たちに協力してください。同じ過ちをここでは起こしてはならない。そして貴女の世界の過ちも正していかないと。自分の為というより、人類みんなの為に」

「人類っていう話になると私に何ができるってなっちゃいますが、あなたが彼と同じ目には遭って欲しくはない。あなたがそうして無事でいて、幸せになってくれれば、そうですね、私にとってはそういうこと」

自分で発した支離滅裂な言葉に佳奈はまた涙ぐんだ。

「今回のことが終わったら、ナオミが元の世界にお二人を送り届けてくれます」

佳奈とレッドはこの世界の人間ではない。そのことはさっきから話題にしている。わかっているが、目の前にいる龍一にはっきりと、君はよそ者だと宣言されたようで悲しい。この世界からは身を引かなければならない。そうなんだよ。しかもそんな先の話じゃない。他人となってしまった龍一を陰ながら見守ることさえ許されない。あなたは別人。もう一度だけでも一目会いたかった龍一。その龍一は今、目の前にいるのに、なんて切ないのだろう。また、あの私の世界に戻らなければならないなんて。佳奈は自分でも明らかに矛盾した感情で右往左往していることに悶絶した。

「僕たちは、Mというコードネームで呼んでいるのですが、ナオミとは違うグループがどこからかやってきて、僕たちの行動を妨害していることが分かっているんです。ナオミが言っていた連中です。そいつらが、この世界に干渉して、それでここでも僕の命を奪おうと画策していると考えています。想像ですが、Mにとって、やはり僕らは排除、あるいは修正されるべき歴史要因なのだと思う」

「タイムトラベルをしている人たちが他にもいるってことですか」

「そうです。ただ、タイムトラベルマシンを実現した世界は、一つしかないと言われています。しかもその世界には人類が滅亡の危機に瀕する未来しかない」

「どういうことですか」

「つまり、タイムトラベル、異次元トラベルと言いましょうか、これができるのは私たちと恐らくＭだけだろうということなのです。でも、タイムマシンって所詮機械だから半永久的に使えるというものじゃないんです。メンテナンスも必要だしいつかは故障する。しかも、好きな時に好きなだけタイムトラベルができるわけでもないっていうことです。だから、しっかり計画して、手遅れになる前に何とかしようということ、そういうことだそうです」

「ていうか、その滅亡前の世界に戻れば、そこにはタイムトラベルの技術があるんじゃないんですか？　その発想変ですかね？」

「いや、僕も同じことを考えましたが、そこに戻るっていうのがそんな簡単じゃないみたいで、その世界自体がタイムトラベルをしたことによって、なんらかの干渉を受け、全くの同じようには存在していないらしいんです。確実に最初の世界に戻るには、辿ってきた道をその足跡をなぞるように引き返さないと戻れないって。もっともこれはナオミの受け売りですが」

「そうなんですか。わけわからないですね。ナオミさんの帰る場所はないってことなんでしょうか」

佳奈は悲しい顔をしながらも笑みをこぼした。

「サミットの後ですが、一ケ月後に南京でアジア連邦の設立宣言式のような大イベントがあります。ネックは南京中央政府だったんですが、ようやく反対派を説得して実現に前向きになったんです。その段階で、僕がアジア連邦の準備委員会の執行上席委員という訳の分からない役職に任命されます。加盟各国が条約調印そして批准したのちに、その役職に就任の予定なんです。まあ、時間は掛かるんですけど」

「そうなんですか、難しいことはわからないけど、大変なお役目を担うのですね。おめでとうございます」

「ありがとう。まぁ金も力もないパシリみたいなものですけど。でもそこからがスタートです。それに、アジアだけが世界から取り残されるわけにはいきませんから。それに問題はその先です。ロシアや欧州、イスラム諸国とどうやって諸問題を解決して世界平和を実現するかってことが、そもそも重要なんです」

「ご謙遜ですね。でもはっきりした目標をもっている。素敵です」

「まぁ、もうひとつは僕が、中国の建国の父と言われる人の子孫と結婚して、なお且つ連邦政府が所在する予定の上海に居住するという条件が付いています。近いうちに彼女も合流するので、そのときは紹介します」

そう言うと、龍一は自分の顎をなでた。佳奈の瞳の奥が曇る。そうか、あのレッドが見せた龍一と一緒に写っていたケータイ写真の女性がそうだったんだ。ほんの数日前のことだが、随分昔の記憶を辿っているような気がする。佳奈は、納得はしていないが、合点はいった。その現実はあまりに辛いものだ。

が、佳奈はそこである重大なことに気がついた。嫌な予感と共に龍一に訊いた。

「あのぅ、私とレッドクンですけど、わざわざ別のその、世界線っていうんですか、レイヤーって言うんですか、そんなところから呼んでこなくても、こちらの世界に同じように私やレッドクンがいるんじゃないのですか？」

成程、尤もな疑問であり発見だ。グッドクエスチョンといって返したいところだ。が、龍一は悲しそうな顔をするると言った。

「僕が調べたわけじゃないですが、ナオミによれば、貴女は、母親のお腹にいる間に亡くなったとのことです。だからレッド君は、さらに存在しない」

佳奈の表情が困惑の色を見せる。もう一度訊き返さずにはいられない。

「私は生まれていないのですか…、それに『だから』っていうのは…」

「つまり彼は君の息子だから、生まれなかったというより、生まれようがなかった。そういうことです」

佳奈はすーっと鼻から大きく息を吐いた。こんな矛盾する話はそもそもない。

「ありえない。でも、仮にそうだとして、じゃぁ父親は誰なんですか？」

そう抵抗するしかない。

「ですから…僕です」

龍一の言葉にはおどけた色も躊躇もなかった。そして暫く黙った後に言った。

「もしよかったら、これから僕の部屋に来ませんか」

佳奈は、龍一の顔を見ると目を見開いて動けなくなった。男は女のその瞳の奥の色を覗き込んでいる。


誰もが、生きている以上長生きはしたいであろう。だが、これが不老不死となるとは話は違う。そもそも「死なない」ということが何を意味するのか。真剣に考えてみるがいい。それはつまり、無間地獄である。未来永劫、絶えることなく生きる苦しみを味わい続けることに他ならない。

さぁ君は永遠に死なない。だが、もし本当にそうなったらどうだ。君はおそらく生きている意味を見いだせなくなるのではないか。何もやる気がなくなるだろう。健康に気を使う必要もない。悩みは多いが老いもなければ死の恐怖もない。君にとって、それはそんなに幸せなことだろうか？

四苦八苦という言葉がある。四苦とは生・老・病・死のことを言う。これに、別れ・憎しみ・満たされないという不満(無限の物欲)・意のままにならないという嘆き(エゴ)が合わさって八苦となる。

人間は、老いて死すからこそ、夢や希望を持ちたいと願い、或いは挫折し望みを失い、愛する人との別れに悲しみ、己の死に畏れをいだく。それ故に人間は美しいものを生み出すこともできるのだろう。だからこそ子孫を残そうと思う。そして喜びを分かち合う。いずれ時が来たときに旅立つことのできる有難さを思い知るがいい。君が為すべきことは、命を繋ぐことなのである。

「起動」

ここ南京市城北北区は公官庁、政府系機関、各国大使館が集中する中華民国の政治の心臓部とも言うべきエリアである。その一角に、十四世紀の明の時代に建てられた鼓楼が現存する。朱い城郭の一部を形成していたもので、市のシンボル的存在である。その周囲を削るような形で南北に中山広路が走っている。

今、その鼓楼のロータリーに二台の大型商用バンがゆっくりと停止した。スモークガラスで中は見えない。ボディには大きく「東方電影計画股份公司」の青い文字が見える。イベント会社の車両だ。そこから中山路を数ブロック北上すると、東側に玄武湖が見えてくる。その人工湖の浮島にある新円明記念公園が、サミット前夜のレセプションパーティの会場である。そして湖畔の南京国際コンベンションセンターがサミット本会場だ。セキュリティ上の要請から、海外の要人を招いて開く会議やイベントによく利用されている。

　鼓楼ロータリーに停車していた二台のバンはやがて呼吸を合わせると、北に向かってゆっくり走り出した。玄武湖はそこから一キロメートル先にある。サミット会場周辺はテロ対策で機動警察の車両が必要以上に何台も路肩に駐車しており、立ち入り禁止を示すバリケードもあちこちに見える。こうした物々しさが大きな国際イベントの開幕が迫っているという緊張感を高めていた。二つの橋が浮島と湖の東西両岸とを連絡している。二台はセキュリティゲートを無事通り抜けると、石橋を渡り、目的の島に到達した。地元では賞月島と呼ばれ親しまれている。松や柳の木々で囲まれた直径二百メートル程度の円形の島である。サミット後は、入場有料の歴史公園に生まれ変わる。

　イベント会社のバン二台は噴水時計がある広場の裏に注意深く停車した。すでに夕暮れが近い。レセプションパーティは夜に行われる。したがってイベントの最終確認も日が暮れてから行われなければならない。何人ものスタッフが現場で機材や段取りの最終確認作業をしている。一台目のバンから今、ナオミ、龍一、智明、佳奈そしてレッドが降りた。別の一台からも数人のスタッフが飛び出ると、用意してきた機材や資材を荷台から手際よく運び出した。広場にはパーティ用のベンチやテーブルも適所に配置され、準備が整っている。テスト中のサイドスクリーンには、清朝末期から中華民国建国百年の歴史絵巻の映像が音もなく流れ始めている。

「わお、これが十二支像か」

　噴水の前に行儀よくハの字に並んだ動物を象った十一の像をみた智明が感嘆の声を上げた。ネズミもハの字の閉じた側の一番端にいる。イヌ以外の十一支は既に収まるべきところに収まり、お互いを牽制しながらすました顔を並べている。後ろに雑然と配置されたハイテク機材とのコントラストが、またその歴史の奥深さを物語っているようである。

「なるほど、こういう感じなのか。それにしてもよく集めましたね。凄いな」

龍一も別なところに感心した。佳奈とレッドにはピンとこないが、どうやらたいそうなモノらしい。二人は愛想笑いを返した。

現場の責任者や司会進行役らしき男女と段取りについての確認があったのち、責任者の指示によってスタッフが二人掛りでパレット上の木箱からダミーのイヌの頭像を取りだした。そしてすでに設置済みの胴部の上に注意深くセットした。丁度ネズミと同列の反対側端である。本物のイヌがレセプションパーティ本番で最後のミッシングパーツがあるべきところに据えられるという演出でクライマックスを迎えることになっている。別のスタッフ一人がトランシーバーでまた他のスタッフと連絡を取り合っている。

「テスト開始します」

誰かがハンディマイクに向かって指示を飛ばした。

「三、二、一、〇、オン！」

すると十二支像の背後から十二色のレーザービームが天空に向かって放出した。本番ではさらに背後の長江南岸の幕府山から二千発の花火が打ち上がることになっている。が、リハーサルではそこまではやらない。やがて十二支像の上方に、荘厳な故宮と愛らしい二頭のパンダの３Ｄ動画が「二〇一五年南京へようこそ」というテロップと共に現れた。

「スモーク！」

また誰かの指示が飛ぶ。白煙のスモークスクリーンが故宮の背後に現出し、今度はプロジェクションマッピングによって京劇の舞踊が展開する。さらに続いて南京百年史の映像が走馬灯のように流れだす。

「ＯＫ、丁度いい」予行演習は順調なようだ。

この時だった。ナオミが手にしていたシュトッカーの土器時計が突然赤く光りはじめた。イベントとは無関係である。周囲の誰もそれには気づかない。が、ネズミとイヌが反応した。シンクロを開始したのだ。二匹の両目からレーザー光が発出し、中空に何かを映し出した。演出の一部ではない。スタッフ数名がイヌに駆け寄った。ナオミがそのスタッフに向かって叫んだ。

「プロジェクションマッピング、中止して！」

「プロジェクションマッピング中止！」驚いた別のスタッフがハンディマイクに指示を飛ばした。

京劇の踊り子が無念な表情を残しながら消え去ってゆく。すると何やら文字が浮かび出た。それを確認したナオミが言った。

「パスワードを要求している」

「佳奈さん、康司君！」龍一も叫んだ。

両端のネズミとイヌの目が点滅している。

「まずはネズミへ」ナオミが動いた。

「勝手なことをするんじゃない！」スタッフの一人がナオミに向かって怒鳴った。が、別のスタッフがその男を制止する。ナオミは佳奈とレッドの手を取りネズミの近くへと導いた。するとなんということか、決して動いたりすることはないと思われたネズミの口がわずかに開いた。辺りにいた数人が驚いて同じように口を開けた。ナオミに促されて佳奈が躊躇しながらネズミの口に人差指を挿し入れる。

「痛っ！」

佳奈は指先にちくりとした電気的刺激が走ったのを感知した。その拍子に指を引いた。次にレッドも促されてネズミの口に指を差し入れた。

次にナオミは佳奈をイヌの前に連れてゆくと言った。

「目を見て」

イヌの目を見ろというのだ。するとその目から発する光線が佳奈の瞳の奥へと侵入した。レッドも同じことをした。

やがて中空にさっきとは別の黒っぽい三次元スクリーンが突如現出すると夥しい文字や図形、数式らしき情報が映画のエンディングロールのように流れ始めた。

一体これはなんなのか。皆唖然としている。龍一や智明らにはいったい何が展開しているのかわからなかったが、これがそれなのかといった興奮の表情を浮かべている。

ナオミがこれを読み取ろうとして、凝視する。黙っている。が、やがて重そうな口を開いた。

「これは生体更新技術情報…不老不死…」

「生体更新？」聞いた龍一が驚いた。

「不老不死？　そりゃ素晴らしい」

智明は言ってから、いや待てよと考え直す。

「そうではない。これらの情報はむしろ危険。人類に破滅をもたらす」

スクリーンを凝視しているナオミがまた言った。「有用な情報」とは別の何かを感じたらしい。

「危ない」ナオミは何かを確信した。

「えっ、そうなの？」ナオミの言葉を理解できない龍一も思わず声を出した。

その時、突然、背後のプロジェクションマッピングのスクリーンが眼前でボンボンと音を立て破裂した。

「きゃぁ！」

誰かの悲鳴と共に、脊髄反射で皆の肩がすくんだ。不意を突かれて尻もちをついた者もいた。バラバラっと何かが飛び散り、佳奈とレッドの前まで飛んできた。龍一も頭上に手をかざして咄嗟に防御姿勢を取った。

どうした！　離れたところにいた無関係のスタッフも音に驚いて振り返った。

大丈夫か？　誰かがまた叫ぶ。一瞬の出来事だった。何が起こったのか。いや、誰にもわからない。演出の一部ではないことは明らかだった。

「スモークマシンが破裂した」誰かが大声で言った。

「怪我はないですか？」龍一が佳奈の元に駆け寄った。

「大丈夫」

佳奈はレッドを見ながら言った。状況がどうにか把握できたスタッフらが飛び散ってバラバラになったスモークマシンの残骸の一部を拾い上げた。

「何があったんだ！」

上級責任者と思われるスタッフが駆け寄ってきた。

「皆、大丈夫か？」智明も叫んだ。

「一体どうなっているんだ。それにしても、危なかった」

そう言いながら、龍一ははっとした。待てよ、これは只の事故、なのか、それとも例の…。

プロジェクションマッピングのスクリーンは透明の大きなアクリル板二枚を重ねて、その間隙にスモークマシン四台を上下左右に配置した構造になっている。どうやら上部二台の機器の一部が何らかの原因できれいに吹き飛んだようだ。破損したアクリルからスモークが漏れ出し、その辺りを霧で包み始めていた。すると突然その霧が赤く、そして黄色く光って、光の粒が拡散した。

最初に気づいたのはレッドだった。

「誰かいる」声が出た。

やがて、霧は足元だけに残った。人影の正体が崩壊したスクリーンの背後から顕れた。

「あれれ、なんだぁ？ ナオミさん？」

レッドがその姿を確認して言った。

「違う」ナオミの声が別のところから聞こえた。

それは誰が見てもナオミにしか見えない人物がもう一人、鏡の中の本人のようにそこに立っていた。

「マジか」

龍一は独り言のように呻《うめ》いて、智明の方を見た。智明も驚いた顔を遠慮なく見せる。今なんと、ここに二人のナオミが、対峙するかのごとく正対し、そしてお互いを見つめている。

「こういうことなんだ」

一方のナオミが言った。

「どういうこと？」

もう一方のナオミが訊きかえした。

「今見せてくれたもの、私が必要としているものなの、ロクゴウナオミさん」

「アナタは誰？」

「誰って、私はあなた、でしょ。まあいいよ、私はソゴウナオミ」

「Ｍの正体はアナタってことなのね」

「そうなの？　Ｍ？　知らないな。勝手に名前を付けたりしないで」

「私の計画を邪魔した張本人。というより、こう訊いた方がいいのかな。山井さんは一体何をアナタに託したの？」

「おやおや、変な言いがかり。それより、さっきのモノ、頂戴したいの」

「そういうわけにはいかない。あれが何だかわかるでしょ」

「ふふふ、生体更新技術だけじゃない。まだある。フリーエネルギーに放射能除去技術。でも問題はそんなことじゃないんだ」

「あら、じゃあ何？　アナタに手渡して、どうするっていうの」

「イヌ、ネズミ、そこに秘められたもの全てを破壊する」

「そんなことできるわけない」

「ゴタゴタはいいから。そこの二人も含めて、渡して頂戴。これはキミの使命でもあるんだから。でしょ」

「そんなことは許さない」一瞬の当惑の表情がナオミの顔に表れた。

「じゃ、仕方ないね」

　次の瞬間、ソゴウは目にも止まらぬ速さで隠し持っていた黒い何かを龍一に向かって投げつけた。それはひゅっと宙を飛んだ。全く油断していた龍一。顔に当たる直前だった。横にいたナオミが左手で振り払った。ピシリと音を立てて地面に落ちたものがあった。

「あっ！」

龍一が叫んだ。ナオミの左手から黒っぽい液体がしたたり落ちている。蜘蛛だ！

「やめろー」

突然叫んだかと思うと、レッドがソゴウに向かって突進した。一瞬「えっ」と驚いた表情を見せたソゴウは、目の前に来たレッドの鼻っ面をパチンと叩いた。レッドはそれだけでソゴウの斜め後ろにすっ飛んで、転がりひっくり返った。誰が見ても女には何のダメージもない。だが、そのソゴウが無造作によろめいて体勢を崩した。そしてそのまま片膝をついてしまった。

その隙を計って佳奈がロクゴウの元に駆け寄る。

ソゴウの背後からプシューっと激しい音と共に再び白煙が上がった。すると、その中から二人の男が跳び出してきた。そして何の躊躇もなくソゴウの元に走り寄ると、彼女の両脇を抱え後ずさりし始めた。智明が「待て！」と叫ぶ。が、その連中は言葉を無視し、スルスルっと背後の暗闇へと消えた。スタッフの誰かが半身でその後を追う。が、また何が飛んでくるかわからない。次の瞬間、プシューという音と共にまたスモークマシンの一つが勢いよく煙を吐き出す。「あっ！」誰かが何かに蹴躓《けっまず》いたのか。ソゴウがさっきまで立っていた辺りは白煙で何も見えなくなった。

全てが一瞬のうちに起こった。

「大丈夫？」

佳奈はハンカチを取り出すとナオミの手の甲に巻き付けながら声をかけた。

「私は大丈夫。それよりアイツは必ず戻ってくる。レッド君は…」

龍一が転倒したレッドをいち早く助け起こした。

「大丈夫か？」

「大丈夫っス」

「結構勇敢だね」佳奈が声をかけた。

「いや、何だか、自分が悪いことをしているような気になって、思わず身体が動いたっス」

「しかしだ、無茶はよしなさい」智明がたしなめるように言った。

「彼らは必ず戻ってきます」ナオミが同じことを言った。

「それより、手の方は？」龍一はナオミを気遣った。

「問題ありません」

　騒ぎを聞きつけた公安が二人三人と駆けつけてきた。そして現地スタッフにあれやこれやと事情聴取を始めている。これで本番は大丈夫か？などと言った声も聞こえる。同道したマシピンのスタッフが智明に向かってややこしいことに巻き込まれる前に早く行けと目配せした。

「そうだ、ここは一先ず退散するほうがよさそうだ。奴ら、どこに消えたのだろう」

「イヌはどうするか？」智明が心配した。

するとそれを聞いたマシピンから派遣されていた男の一人が親指を立てて合図をした。任せろと。

「そうしましょう。パスコードがなければ何も意味はない。引き揚げましょう」

五人は乗りつけてきたイベント会社のバンに乗り込んだ。気配に気づいた公安が待て！と合図している。

それを見て、クルマは急発進した。


「一体、どうなってしまったんだ」

　クルマが走り出すなり智明が自問自答するように言った。

「あれがMの正体…」ナオミが断定した。

「ナオミさん、どういうことなんだ？」龍一が驚いた。

「私は山井泰司によって造られたＨＢＲ。試作を重ねた後の六体目。恐らく彼女も彼が同様に制作したアンドロイドの一体に違いない。レッド君の行動に相当な衝撃を受けたのもそのせい」

ナオミは言いながら、レッドの姿に目を遣る。レッドは「どうだい」といったふうの仕草をしているが、なんのことかは分からない。

「確かに、すっ飛んだのはレッド君なのに、それ以上のダメージを受けたようだった」

智明がその不可解なソゴウの反応を思い出している。

「それにしても君にそっくりだった。彼女自身が『私はあなた』って言っていたし。訳が分からないぞ」

龍一が混乱を口に出した。ナオミは何も言わずに黙っている。

「もしかしたら、アイツが言うように、あれは私自身なのかもしれない」

誰もが聞きたくないことをナオミが確信ありげに言った。

「後ろから出てきた男らも、仲間だろうか？」

「そういうことです。彼女は一人では何もできない」

「そうか、なるほどね。ところで、今訊くことじゃないかもしれないが、どこからどう見ても、見かけでは君は人間じゃないか。どこがどう普通の人間と違うんだ」

智明が今まで一度もナオミに訊いたことのないことを訊いた。

「生殖能力は備えていません。必要はないから。でもセックスはできます」

佳奈が「あれっ」といった顔を向けた。すごいジョーク、なの？　いや、訊かれたくない質問だったのかもしれない。

「あっ、いや、そういうことじゃなくて、人間離れした能力のことだよ」同じことである。

それにしても予想外の言葉がナオミの口から出たものだから、気まずい空気でレッドまでもが反応できずにいる。言い出した手前収拾を付けなければならないのは智明だ。

「あ、いやいや。余計なことを訊いてしまった、すまない、そういう意味で訊いたんじゃないんだが」

中年オヤジでも赤面するしかない。

「そうだよ、ナオミさんは、俺たちと同じ人間だ」

ようやくレッドが気を使ってフォローした。それは誰も否定はしたくない。無表情なナオミの顔に街のイルミネーションの彩が流れてゆく。

「しかし、彼女が君の分身だったとしたら、やっていることが君の妨害ってことは、理解できないだろ」

龍一が皆をソゴウの話に戻した。確かにそこは大きな疑問だ。本来なら協働するべきじゃないのか。

「恐らくは、何らかの要因で世界線が分岐し、そこで不都合が発生した結果、山井が別のミッションをソゴウに課したのではないかと考えられます」

「また別の世界からっていうのはややこしいな。それにちょっと君とは性格が違っていた」

智明も話題が変わってほっとしている。

「待ってよ、不都合っていったって。それじゃぁ俺たちがやろうとしていることに何か重大な欠陥があるって言うことなのか？」

龍一が「不都合」に反応して、また疑問を呈した。

「それにしたって、あんな毒蜘蛛かなんかを使うなんて卑怯だ」

どうやらレッドはそこが一番気に入らない。

「それにこっちが先であっちが後とも限らないだろう」智明が指摘した。

「彼女はソゴウと名乗った。それは十番目ということ」

「十番目？　それってどういう意味？　したの名前は同じだが」龍一にはピンと来ない。

「そうか、てことは、君は六番目ということか」智明が謎を解いた。ロクゴウは六号で、ソゴウは十号だ。

「じゃぁ、あのいきなりしゃしゃり出てきた女の言うとおりにしろってこと？」レッドは兎に角、十番目のほうが気に喰わない。或いはロクゴウの肩を持ちたいだけなのかもしれない。

「そうではありません。彼女は別の世界線からやってきた。その意味するところは、この世界を破滅させるということ。そう考えるのが自然だと思う。でなければ…」

「でなければ？」

「でなければ、イヌとネズミがもたらす何かに致命的なものがあるのかもしれない」

「例えば？」

「例えば、人類破滅の仕掛けが起動する」

「はあ？」皆が反射的に同じ声を出した。

何故そんなふうな発想になるんだ？　だがナオミはその「破滅の仕掛け」の可能性を否定しない。ひょっとするとロクゴウにも身に覚えがあるのか。それぞれがあれこれと頭の中で思いを巡らしながら黙りこんでしまった。

バンは中山路を南下している。

「ところで、肝心のイヌとネズミの秘密というのは、あっちのナオミはなんか色々言っていたみたいだけど、つまりは、生体更新情報ということでいいのかな？　ナオミ君」智明が訊いた。

「それも含まれていました。これは厳密にいえばアンチエイジングと生体の更新技術で、しかも病原体に対する耐性を著しく高めた、いわばニュータイプの人類の創造ということのようです。人類の寿命は五百年まで可能となる」

「五百年？」龍一とレッドが同時に驚きの声をあげた。

「確かにすごいな。悪いことじゃない。でもだ、五百年生きたいかっていうとちょっと待ってくれってなるな。それに脳みそがそんなに長い間持つのかっていうのもある」

智明が人生あと四百五十年と言われたら、それはそれで辛いなぁと冗談めかして笑った。

「今でも医療技術の進歩によって、人間の寿命は一二〇歳程度まで延びると言われている。それが一気に四倍ってことは、どうだろう」龍一も智明に完全同意する。

「寿命が一二〇歳で出生率が平均二・〇で推移したとした場合、百年で地球上の人口は三倍になるとのシミュレーション結果もあります」ナオミがそう付け加えた。

「なんてこった。三倍とか、あり得ん。そうなったら、今でも足りない食料や資源があっという間に枯渇するんじゃないか。環境破壊も今の比ではなくなるだろう。寿命が延びたら延びたで、人口抑制は必要と言うことなのか。そう考えると、やはり人間は死ぬために生きているってことなのかもしれないな」

率直な感想が智明の口から出た。確かに、それはそれで、人類滅亡の一シナリオとなるかもしれない。

「火星か太陽系外へでも人類が移住するという前提なら五百年くらい寿命があってもいいのかもしれないけど、人口が今の三倍になるだけでも大きな問題だ」

龍一は真剣に考えている。人口問題は、アジア連邦の存立・運営にも大きくかかわる。食糧問題は特に深刻だ。現在でも食物の五十パーセントは消費されずに廃棄されているという現実がある。これもなんとかしなければならないだろう。新しい技術は必ず新しい問題を引き起こす。それがこの世の習い。

「でも、人生百二十年だったら、結婚適齢期が五十くらいで、きっと子供も還暦過ぎたくらいになって作るんじゃないのか?」

智明が面白いことを言った。皆も「ああ、なるほど」と感心する。あり得なくはない。人生、慌てなくてもいい。そういうことだ。しかし、五百年となると、話はだいぶ違う。出生率は限りなくゼロに近づくだろう。龍一は仙人のような老人ばかりが暮らす世界を想像して身震いした。

「それ以外にもあります」ナオミが言った。

「さっきソゴウがなんとか言っていたやつか?」龍一も何かを思い出す。

「そうです。フリーエネルギーと放射能除去技術」

「えっ、何、それ?」佳奈が関心を持った。

「フリーエネルギーとは、この宇宙に無限に存在するエネルギー。一の入力に対し二の出力があるエネルギー取得技術と定義されます。これとセットになって初めて五百年の寿命も意味を成すのです」

「なるほどね」智明も納得する。が、それでも五百年は駄目だろうと思う。

「それは永久機関というやつだ。電磁誘導かなにかの応用でフリーエネルギーの電池を作れるっていう話もある」龍一が補足すると、さらにナオミが説明を加えた。

「おっしゃる通り電磁誘導技術の応用による発電システム。アイディアとしては二十世紀からあったもの。半永久的に生成できる誰もが利用可能なエネルギーなのです」

「産業化が可能なら夢のような技術だ。世界から貧困をなくせるかもしれない。争う必要もない」

龍一は少しだけ希望をみた。

「それに放射能除去技術だって」佳奈が口を挟んだ。

「そうです。前史では核戦争後、様々な放射能汚染の除去技術が開発されては試されました。しかし決め手となるものはなかった。移染はできても除染はできない、そんな技術的な限界に直面したのです」

「この世界では核兵器というものの怖さはあまり知られていないけど、放射能は駄目なのか」

龍一もあれこれ想像した。放射能と言えば、有馬温泉に代表される放射能泉だ。寧ろ体に良いとされる。

「核兵器とか、放射能は、マジでヤバい」

レッドは、この世界線が自分たちのものと大きく異なることを実感しながら、知ったかぶりで言った。

「この世界が創造されたのには、それだけの因果があるのです」

「で、シュトッカー情報は具体的にはどういうものなの？」智明が訊いた。

「邪魔が入った為に、完全な読み込みには失敗しました」

「なんだあ、もう少しだったのに」レッドが悔しがる。

「ということは、やっぱりあそこには戻らないといけないってことか」龍一が独り言のように言った。

「しかし、寿命五百年にしてもフリーエネルギーにしても、医薬品業界やオイルマネー、その他の既得権益にしがみつく連中が黙ってはいないだろうな」

答えのない部分を智明が指摘した。

「あのー、俺、よくわからないんだけど、ナオミさんに一つ訊いていいっスか？」

レッドがある疑問を口にする。

「そのシュトッカーっていう奴は、なんで、態々、そのイヌとネズミに、そんな仕掛けをしたんスかね。

てか、なんで、イヌとネズミなんスか?」

いい疑問だ。ナオミは一呼吸置いて答えた。

「シュトッカーは、ネズミとイヌを時限装置として利用したのです。二十一世紀のあるタイミングになって、それが必要となるときに、歴史の表舞台に出てくるということを彼は承知していた。偶然や幸運を狙ったものではなく、精巧な計画の上に成り立っているのです」

「え、でも、もしそれが思ったように世に出てこなかったらどうしたんだ?」

龍一が突っ込んだ。あり得なくはない可能性だ。

「それはシュトッカーの予定した世界線ではないということになるのです」ナオミは断定した。

「あれ、でも円明園の十二支像は英国軍が略奪したんじゃなかったっけ?」龍一がもう一回突っ込む。

「略奪についていえば、フランス軍が正犯、英国軍が共犯です。その後ネズミはフランスへ、犬はイギリスに渡った。シュトッカーがどのように像を手に入れ、改造し、またこれを戻したかは謎です」

「きっとシュトッカーはタイムトラベルを利用したんだろ」レッドがそう決めつけた。

「それから何故ネズミとイヌなのかというもう一つの理由は、二体の配置にあります」

「そうか、あるべき場所とは、二体の位置関係だったのか!」

「なるほどね、あの条件が揃わなければ、３Ｄも再現しなかったってことだ。考えたな」智明も呻った。

今やっと、謎の一部が晴れたような気がした。

「ところで、ナオミさんって、人間だけど、人間じゃない部分って、寿命なんじゃないの? やっぱり五百年くらい長生きするとか」

レッドがまた別の疑問を言ってみた。そういう技術が未来では確立しているのかという問いでもある。

「いえ、私は長くて十年。只、私の中では、時間とか年齢と言う概念は希薄…」

「はは、十年とか希薄って、いやー、それはないだろう」

龍一が意外な別のジョークと受け取って笑った。しかし、タイムトラベラーの時間感覚というのは、生身の人間のそれとは異なるものに違いない。それは誰もが何となくそう思った。

車のエンジン音と路面の騒音が軽快なリズムを刻んでいる。突然、誰かのメロディ着信音が無言の車内の空気を破った。すると智明が慌てて内ポケットからケータイを取りだし、通話ボタンを押した。

「はい、瀬上です」

大きな声がケータイのスピーカーから漏れ聞こえてきた。

「あ、どうも。王さん、こっちは大変なことになりました」

用件を聞く前に、智明が言いたいことを言った。マシピンの王のようだ。智明の言ったことを無視して、何かをまくし立てている。すると智明が突然声を上げた。

「ええ！　なんてことだ。それは本当なんですか？」

なにやらあったらしい。

「…えっ、何ですって！」

智明が前席のシートの肩を掴んで、バランスを崩すまいとした。血の気が一気に引いてゆく。車内は暗く智明の顔色までは分からない。皆、耳を欹《そばだ》てて会話を聴いている。この期に及んで何があったんだ？

「わかりました。善後策を協議しましょう、といってみても…」智明は絶句した。無力感が声に表れた。

「で、王さん、これからどうしますか」

なんとか気を取り直そうとしている。

「わかりました。こっちも状況が急変しているので、これはもう出直ししかありませんね。ちょっと一回電話切らせてもらいます。また連絡しますから」

王がもう一度何かをまくし立てた後、電話は切れた。黙って電話のやり取りを聞いていた龍一が訊いた。

相手はマシピンの王だということは分かっている。悪いニュースに違いない。

「どうかしましたか？」

「驚かないでくれ。ロシアが満洲に宣戦布告した」

「え？」

「とんでもないことになった。これはもうサミットどころの話じゃない…」

数年前、満洲とロシアの間で国境紛争があって以来、両国の関係はそれまで以上に悪化していた。伏線はあった。一年前にバイカル湖近郊の満露共同開発プロジェクトのポチョレフ鉱業株式会社がロシア政府に接収された。満洲は対抗して、在満ロシア人の居住権に制限を加えるという制裁措置を取った。これを不服としたロシア側が、満洲国物品に高関税を課すという措置に出た。報復の連鎖・応酬である。さらに決定的だったのが、満洲政府による在満ロシア人の資産一部凍結と、ロシア船籍の松花江航行全面禁止の法令化だった。これに対してロシアはこの事態の結果に対する責任はすべて満洲側にあるとの最後通牒ともいえる声明を発表した。四ヶ月前のことだった。ロシア側も問題を抱えていた。大量のアジア系移民の不法流入がシベリア、中央アジア方面で問題となっていた。それでも誰もが楽観視していた。まさかいきなり戦争になるとは考えていない。そもそもそれでは何の解決にもならない。それでも愚行は繰り返す。

「宣戦布告ですか。随分いきなりですね。それ、確かな情報ですか？」

龍一が聴き間違い、或いは前回のような局地的な武力衝突ではないかと思い、訊き直した。

「王さんが言うには、水面下でこれまでも随分やりあっていたそうだ。知っての通り、ロシア国内では満洲人に限らず、アジア人の排斥運動が暴走している。産業が疲弊しているロシア国民の堪忍袋の緒が切れたといったことかもしれない」

「それにしても、戦争とは。そんなに簡単に起きるものなのですか？」

佳奈がまた口を挟んだ。が、その答えは誰にもわからない。起きるときは起きるのである。

「ソゴウが現れたことと関係しているかもしれない」

黙って聞いていたナオミが奇妙なことを言った。

「それ、どういうこと？」龍一が中央道の事故の時のことを思い出した。

「彼女の出現がこの世界線に遷移をもたらした、そう考えられる」

「どういうこと？」今度はレッドが反応した。

「過去を変えてしまう力。誰も気がつかぬまま、過去が変わってしまうことをいいます」

「その気がつかないうちにっていうのが、全く恐ろしい」龍一が知ってか知らずか呟いた。

「そんなあ」一瞬、希望の表情を見せたのは佳奈である。知らぬ間に過去が変わって、ある日目が覚めたら、龍一が何時ものように傍らにいる。そして変わらぬ日常がゆっくりと流れてゆく。それこそが佳奈が望む唯一の願い。が、そのようにストーリーが書き換わることは決してないのだろう。

ナオミが続けて言う。

「さもなければ、今夜イヌとネズミを甦らせたことが引き金になったのかもしれない…」

そんな馬鹿な。それじゃあ、俺たちは、これまでずっとシュトッカーに踊らされていたって言うことなのか。龍一は混乱した。智明も言葉がない。

「で、この先どうなるの?」

レッドが誰にとでもなく訊いた。元々ここは自分の世界ではない。が、それでも気になる。

「ここも何らかの形で戦争の影響を受けるだろう。南京サミットはノーチャンスだ。もう撤退しかない」

智明の状況判断は確かだ。スモークマシンの暴発どころの騒ぎではなくなった。

「この状況は、ソゴウが作った。彼女を排除しなければ、事態は悪化の一途を辿るかもしれない」

ナオミが断定した。

「え? 排除って言っても、どうやって?」龍一が訊き返す。

「いずれ私が決着を付けないとならないでしょう」

皆が黙ってしまった。それは可能なことなのだろうか。でもどうやって?

再び、智明のケータイが鳴った。

「瀬上です、ああどうも、桜井さん」

今度は外務省の桜井だった。そうか、今のこの当面の状況を打開してくれるのは日本政府しかない。

「今、ロシアの件、マシピンの王さんから連絡がありました。で、日本政府の対応は? ええ、はい…」

何がどう進行しているのか情報は必要だ。

「わかりました。南京緑口ですね」今取るべき行動に方向性が与えられた。

「OK、じゃぁ帰国してから、話しましょう。はい、では」

どうやらこのまま帰国することになりそうだ。智明がケータイを切ると龍一が訊いた。

「今度はどうしました？」

「ロシアで昨日クーデターがあったらしい。それが引き金だ」

「なんと。そんなニュース聞いてないですが。それに昨日の今日で宣戦布告なんて」

「詳細は分からない。で、我々にすぐに帰国するようにとの話だ。サミットは勿論中止。首相の訪中もなしだ。茉莉君にも桜井さんから連絡を入れてくれたそうだ」

「ありがとうございます」龍一は切れた電話の向こうの桜井に礼を言った。

「それで、急きょ南京空港で民間機をチャーターしたそうだ。サミット関連で来ている政府関係者は全員それに乗ってくれとのことだ。想像以上に事態は良くない。前のような国境紛争レベルではない」

　智明は悲観的な状況を説明した。龍一は考えた。佳奈とレッドがこの世界に存在しない理由はこういうことなのかもしれない。元はといえばシュトッカーにおびき寄せられたのだ。佳奈とレッドは長くこの世界にいてはいけない。説明のできない責任感が龍一の心を圧迫した。

「ナオミさん、腕は大丈夫ですか？」

　佳奈が心配して訊いた。気やすめなのは分かっているし、彼女が自分で何とかすることもわかっている。

「佳奈さんとレッド君は私が元の世界まで送り届けます」

　ナオミは佳奈の問いをそのように解釈して答えた。しかしデータはまだ読み切っていない。帰っていいのか。佳奈はふとそんなことを考えた。それは龍一との別れも意味する。それともまた戻って来るチャンスがあるのだろうか。それならそれもいい。

「ソゴウが二人を追って向こうの世界まで行ったらどうなるんだ？」

　智明は別のことを心配した。

「別の世界線へトラベルするためには、何時どこで元の世界線と分岐したかを知らなければならない。だから、その情報を持たない彼女にそれは不可能です」

ナオミは明瞭に答えた。しかし、ソゴウがロクゴウだとすれば、どうなる？　或いは全く別の世界線から二人を探し出すという選択肢もある。そしてまた沈黙が訪れた。

気を取り直した智明が運転手に、このまま空港へ直行するように指示した。三十分程の道のりであろう。今は元来た道を戻るしかない。車窓を流れる南京市内の夜景はいつもと変わらず華やいでいる。


「収まるべき場所」


佳奈とレッドは須坂の山中にナオミとともに立っていた。辺りは朝霧が立ち込め、若い薄の穂がゆらゆらと靡《なび》いている。薄と同じくらいの脱力感が佳奈にはあった。あの世界から今、戻ってきた。色彩を帯びた長い夢からやっと覚めたような心地がする。いや、本当に夢を見ていただけなのかもしれない。

「レッド君、キミはこれからどうする？」佳奈がレッドに向かって訊いた。

「うん、俺、バーテンの仕事は辞める。色々考えたんだけど、家に帰ることにした。オヤジに一回頭下げて、それで一から勉強して大学に行こうかと思っている。タイムマシンだとか、パラレルワールドだとか、そういうのが実際にあるってわかったら、なんか滅茶苦茶興奮してさ。俺もなんかやらないといけない」

そう言うと、レッドは子供の頃毎晩のように親父から聞かされた作り話を思い出した…。

昔々、山ん中のあるところに、人のいい爺さんが一人で暮らしていたとさ。名前を平蔵といった。ある時背中の真ん中に大きなデキモノができてしまった。これが痒くて痒くて仕方ない。柱の角に背中を擦りつけては、痒さを凌いでいた。そのうちどうにも我慢が出来なくなって、川向こうに住んでいる与作爺さんのところへ出かけて行って頼んだ。

「与作さ、よう、ちょっと背中が痒くて痒くてたまらんのじゃ。チョくっとワシの背中を掻いてくれんかのう」

「仕方ねえのう、チョくっと背中出してみぃ」

「おまさ、孫の手を作ったらどうじゃ」

背中を掻くのが面倒になった与作爺はそういうと、裏山へ入って適当な長さの木端を探してきた。

「そうれ、これで、孫の手作ってみれ」

平蔵爺は家に帰るとその晩、木端を斧で削って孫の手を作った。先っぽが少し曲がったただの棒切れだ。しかしこれが重宝した。それでいつでも痒いとき背中を掻くことができるようになった。

ところがだ。ある日のこと、こともあろうかその孫の手が突然人の言葉を喋り出し、平蔵爺に文句を言いはじめた。

「おう、平蔵、なんでワシは、お前の背中を掻かなきゃいかんのだ」

びっくりした平蔵爺も気を取り直すと負けずに言い返えした。

「そりゃきまっとるじゃろ、お前はワシの孫の手じゃからな」

「勝手に決めやがんない。生まれてこの方、ワシは孫の手になった覚えはない。ワシはワシだ。それより腹減ったから、なにか食うもんはないか」

孫の手が何か食える訳がない。それでも俺は孫の手なんかじゃないと言い張った。ましてや爺さんに造られたものでもないという。その自信はどこから来るのか。気の優しい平蔵爺はほとほと困ってしまった。背中をかこうとすると孫の手は反発した。そしてこう毒づくのだ。

「何、ワシが与作爺の家の裏山の木端から生まれただと。馬鹿言うな。ワシはワシだ。平蔵のうす汚い皺々の背中のそのまた醜いデキモノなんぞ掻くのは金輪際やらん。爺は、頭おかしいな。どこぞの若後家か生娘の背中だったらまぁ相談に乗ってやる。そのくらいの計らいはないのか」

平蔵爺は悩んだ。しかし、孫の手が孫の手の用を足さないのでは意味がない。今は孫の手だが、その前はただの木端だ。平蔵爺は決心した。

ある夜、孫の手が寝入ったのを見計うと、平蔵爺は寝床から起き上がり孫の手を懐に入れた。そして家を出ると、とぼとぼと裏山に登った。そして眠っている孫の手を真っ二つに折ってしまった。二つに折られたことに気づいた孫の手は、ことの重大さに恐れをなした。そして、去ってゆこうとする平蔵爺に「俺が悪かった、連れて帰ってくれ」と何度も大声を出して懇願した。しかし平蔵爺は振り返ることもなく肩を落としたまま、山を下って行ってしまった。やがて孫の手はただの木端に戻った。

それ以来、秋になると裏山には決まって孫の手というそこでしか取れないキノコが生える。人が来ると「連れて行ってくれぇ、連れて行ってくれぇ」と声を出すのだそうだ。しかしその毒々しいキノコに耳も貸すものはいない。代わりに山奥の動物が下りてきてはそれを美味しそうに食べて、また山に帰って行くのだとさ。

「あ、それで佳奈さんは、どうするの？　俺の母ちゃんみたいに言われちゃってさ」

レッドは我に返ると佳奈に訊いた。

「うん、そうだね、実はナオミさんに連れて行ってほしいところがある…」

最後まで言い切ろうとすると、佳奈は「うっ」と言って急に手で口を押さえた。

「えっ、大丈夫っスか？」

元の世界に戻ってきて、一気に疲れが出たのか、レッドが心配そうに覗きこんだ。

「ちょっと安心して、疲れがどっと出たみたい。それより…」

「うん、わかっている」

佳奈が言いたいことを察してナオミが言葉を引き取った。そしてレッドには聞こえないように言った。

「私は構わないけど、佳奈さん、もうこの時代には戻って来られないと思うけど、それでもいい？　これ以上のタイムトラベルは、お腹のその人にもよくない。そして私も…」

佳奈は自分の体の変化に気がついていた。そしてしばらく考えてから頷いた。

「そうね。私の中では、もう心は決まっているから、大丈夫。どうしても会いたい人がいるから」

「わかった、じゃぁ今から出かけましょうか」

二人は翻って、今降りてきたばかりのタイムトラベルマシンの入口へと歩を進めた。

「えっ、ちょっと待って、今から行くって、東京に戻るんじゃないの？」

レッドは慌てて声をあげた。なんだか自分だけ取り残されそうな気がした。そこへ、美馬が測ったかのように現れた。それに気がついたレッドは「あ、美馬さん！」と懐かしい人に会ったかのように声を出した。名前は思い出していたらしい。

「お帰りなさい。あちらは如何でしたか？」

美馬は言いながら、ナオミを見た。ナオミは黙っている。

「そうですか。まだ機会はありますす」美馬はなにかを理解したようだ。

「そんなことより、てか、ナオミと佳奈さん、どっかに行くみたいなんだけど」

「大丈夫ですよ、レッド君、いや康司君と言ったほうがいいかな。キミは一人じゃないから」

美馬は諭すように言った。ナオミと佳奈はマシンに再び乗り込もうとしている。

「ちょっと、二人だけでどこへ行くのさ。めちゃ、寂しいじゃないか。これでサヨナラじゃないよね」

レッドは、泣きだしそうだ。美馬は首をかしげながら微笑んでいる。

「サヨナラなわけはないでしょ、二人は親子なんだから」美馬がもう一度宥めた。

「いやいや、そうじゃなくてさ」

「じゃあ何よ」佳奈が割って入った。

「ナオミさんはどうなるのかなって思ってさ。あ、言っちゃった」

「そーかい、やっぱり若い方がいいんだな。まあ許す。そうだ、ところで君、ちゃんとした泰司っていう名前があるのに、何故レッドなの。一度訊こうと思っていたんだ」

冷やかし半分、腕組みしながら佳奈が言った。

「わかった、今日は特別だ、教えてあげる」

「よしよし、聞いてやる」

「幼稚園くらいの時だったかな、地元にかぐや姫伝説みたいなのがあってさ、『じゃあ、そのお姫様を俺が捕まえてやる』って言って、父ちゃんに内緒で一晩中裏山の竹藪の中を歩き回ったことがあったんだ。そのうちに虫に刺されたり、竹の葉で切り傷だらけになったりして、しまいには転んで膝を擦りむいた。泣きながらしゃがんで一人動けずにいると、誰か知らない女の人が現れて、傷に赤チンを塗ってくれたんだ。『かぐや姫だろ、それ！』って、後で気がついたんだけどさ。でも、その時はそれどころじゃなかった。で、手足や顔が真っ赤になって朝家に帰ったから、暫くは赤チン小僧ってみんなにからかわれた。それから赤が俺のラッキーカラーになった。その時のことはよく覚えてないんだけど、きっといなくなった母ちゃんを探していたんだと思う。ふう、って感じっスかね」

「ふーん、そうだったのかぁ。それ、君はいつも誰かに守られているってこと。よく覚えておきなさい」

佳奈は母親のような眼差しをレッドに向けた。ナオミが「くすっ」と笑っている。するとレッドはもう一度そのナオミをみた。

「やっぱり、いっちゃうのか」

「レッド君は、将来とても大切な人に出会うから。その人を大事にすればいい。それに私は一度元の場所に戻らなければならない」

ナオミはレッドにそう言うと、佳奈のほうへ振り返って今度はこう訊いた。

「一九八九年の三月で良かったかな。というかそれしかないと思うけど」

佳奈は頷いた。実父が事故で亡くなる少し前だ。

「じゃあ、レッドクン、色々ありがとう。最初は何この胡散臭い奴と思ったけど、君に会えてよかったよ」

佳奈はレッドに向ってコクリと頭を下げた。

ナオミと佳奈はマシンの中に消えようとしている。レッドは小さな声で「さよなら」と二人の背中に向かって呟いた。夢の続きを見に行くのだろうか。二人が乗り込むのを見届けると美馬は動こうとしないレッドを促して、その場を離れた。そして神社への道をかき分けるように進んだ。しばらくして振り返ると、紫色の一条の光が幽かに天に昇るのが見えた。

「大丈夫、また会えますよ」

美馬の気休めの言葉でレッドは我に返った。

「しまった、ナオミさんからまだ追加の報酬貰っていない気がするぞ」現金な奴。ついでに美馬に言った。

「ちょっとケータイ貸してもらえますか。俺の、充電切れなんで」

美馬のケータイを借りると、レッドは何年かぶりに父親に電話した。オヤジはすぐに出た。

「あっ、オヤジか。俺だよ、康司だよ。振り込めじゃねーからな」

「おー、康司か。お前、久しぶりだな。選りによって…聞いて驚くなよ…」

「ん？ いやいや、話があるのはこっちだよ、まあ、ちょっと頼みがあるんだ」

「あ？ 何だ、まあいい、何の魂胆だ。それにしても、滅多に連絡もよこさんで、元気でいるか」

久方ぶりの親子の会話だ。少しかみ合わない。が、言いたいことははっきりしている。

「まぁね、ぼちぼち」

「それで、どうした。振り込めか？」

「だから、ちげーよ。あのな、今からそっちへ行っていいか？ 近くにいるんだ」

「そりゃ、いいに決まっている。おまえら、グルじゃねえのか。タイミングが良すぎる」

「なんのこっちゃい？」

「さっき、母ちゃんが、お前の母ちゃんがひょっこり戻ったんだ」

「えっ、母ちゃんが？」

レッドは当惑して、思わず美馬の顔を見た。すると美馬が「ほらね」といった顔をしている。

第4章　交錯　完

（結）　「境地」

男は重い病の床に伏せている。

ある日東京から古い友人が見舞いに訪ねてきた。暫く四方山話をした後、世の中はこの先どうなるのか、或いはどうあるべきかという話題になった。あれこれ話すうちに、色々な過去の出来事が男の胸中に去来した。縁側の先の白い空を遠い目で見遣ると、男はその思い出を慈しむように、ゆっくりと丁寧に語り始めた。

「俺が四歳か五歳くらいの鼻たれ小僧だった時分のことだよ。後になって親兄弟から散々聞かされたから、記憶の一部になった。ある夏の暑い日に、近所の子供らと水遊びをしているうちに、谷地八幡の池に嵌って溺れ死にそうになった。その時、近所に住む若い女の人が、服を着たまま水の中に飛び込んで、俺を救い出してくれたんだ。でなきゃ俺の人生はそこではい一巻のおしまい、お陀仏よってところだった。命の恩人ってわけだ。よくある話かもしれない。が、話はこれでは終わらない。不思議なことがあるもんだよ。二十年近く経ったかな、その女となんと朝鮮で再会したんだ。勿論、こっちは覚えていないさ。身内でもなきゃ滅多に話題にもならないことだ。それをあっちからその昔話を言うものだから、仰天したよ。あれは真に不思議だった。しかも、随分年数がたっているのに、その人は若い女のままなんだよ。その上、他にも奇跡のようなことを色々やって俺に見せたんだ。ほんとうに不可思議だった。だからこれは狐だと思ったね」

ここでギアが一段上がった。

「キミ、浦島太郎の話、あれな、本当にあるな。なにしろ俺も、一度浦島太郎になった。だがな、俺の場合はちとストーリィが違う。迎えに来たのは亀じゃなくて、わかるだろ、その狐だったんだよ。いや待て、実は乙姫だったんだなあ、その狐」

男は嬉しそうに法螺を吹いている。友人は微笑みながら小首を傾げ「あれ、この人本当はこんな人だったのか」という目で男を見ている。が、そんな友人の視線にはお構いなく、当人の話は続く。

「それでだ、女狐に化けた乙姫さんがだ。こいつがなぁ、中々の洋風の美形で、コーンコーンと鳴きながら『石原さん、あれやってよ、今度はこれやってよ』って言うんだ。でな、言われるとおりにやってみたら、すべてが面白いように上手くゆく。長い年月の付き合いだった。それで最後にね、狐の乗り物に乗せられて竜宮城に連れていってもらったんだよ。それもな、そこは海の中なのか、よその星なのかわからんような不思議な場所だった」

男は、どうだい信じるかいといったふうに横目で満足そうに笑っている。が、まだまだこの話、終わる気配はない。

「それでだ、竜宮ではなあ、ヒラメや蛸じゃない。ちゃんと大勢の人間が住んでいた。不思議なことにこの人間どもはみな不老不死だというんだ。人間は中々死なんようにできていると。科学技術もたいそう進歩していた。が、人々は享楽に耽り、なんでも欲しいものは物であろうが情報であろうがすぐに手に入った。大昔に大きな戦争があったというが、俺が行ったときはもう平和な世の中だった。でもなぁ、何故かはわからんが、人々はそれほど幸せそうには見えなかったんだなぁ。むしろいつもなにかに追われているか、または何もかも忘れて無為に人生を過ごしているかのように俺には見えた。死なんのだから、そりゃそうよ、なんか気の抜けたサイダーのような味がする、よくよく見てみると何のアクセントもない場所だった。そんな世の中がいいと思うかい？　翻って我らが世を見まわして御覧なさい。この世の中も、甲乙つけがたいほどあちこち病んではいるが、そんな無気力な竜宮城にだけはなっちゃいかん」

男はようやく話を本題に転じようとしている。

「ほら、東京とか上海やニューヨークを見てみなさい。過度に人口ばかりが集中してしまって、生活環境は悪くなる一方だ。おかしな犯罪も増えてきて昨今あたりまえの治安の維持も難しくなってきた。それみたことかっていう調子で、やっぱり人心は荒廃してしまっている。そのうち、国はそうした大都市から地方に向かって次第に機能不全になっていくと思うね」

男は冷めかけた緑茶を一口啜って咳払いした。

「じゃぁどうするかってことだ。難しいね。多分、皆がもっと天から授かったこの大自然にだよ、これによく親しんでさ、昔のような農村生活に帰ってみたらどうだって思う。とはいっても、室町や江戸の時代に戻れというんじゃないよ。今の農業とこれからの工業と、それから科学が一体となって、産業の一極集中みたいな馬鹿なことは金輪際やめて、もっと地方分散みたいなことをやってだな、都市生活のよい点と田舎のよい点を合体すれば、そりゃ都市と田舎の格差もなくなり、国全体がバランスよく発展することができるようになると思う」

友人は黙って聞いている。男の言葉はこの世界への遺言のようにも思えた。

「だからそれが、唯一日本が進むべき道だろうね。そうやって皆でシンプルに生活し、自然と調和しながら余分なものを排除し、高度の科学技術を駆使する高雅な生活を目指すべきだね。日本人がこれを率先して実践し世界にその範を示すことで、尊敬されるべき民族になることができるのさ。これ間違っているかな。できれば、同じ道をアジアに限らず人類の皆が歩んでほしい。今はそう願うばかりだ」

これがこの男が一生を掛けて到達した悟りの境地ともいえるのだろう。

「人が人を殺しあう争いももうなしだ。戦争や紛争の歴史は人類の欲望の歴史だ。しかし欲望って何だ。キリを知ることが大事だよ。空気や水に境目をつけて『ここからは先は俺の空気だ。他人は吸うな』などと言う者はいない。同様に、文明社会が発達し、助け合いという同じ価値観を誰もが共有し、物が空気や水のようにできてくれば『これは俺のものだ』という欲望による争いはなくなる。一方どこかで足りないものがあると、それがもとですぐ争いが始まる。でも、せっかく作りあげた文明物を戦争で悉《ことごと》く破壊してしまったら一体何が残るというのか。人間は腹一杯になったら、それ以上は食べられない。同様に物資が充足し、欲望が満たされれば、人間は利己から利他に向かう。自分だけよければいいのではなく、他人の為になることをする。それがほら、死ぬことのできる人間の本当の生き方であろう」

友人は静かにうなずいた。

「しかし、なんだな。俺が子供の時溺れ死んでいたら、こんな経験もできなかった。やっぱり人生ってものは可笑しなものだ。そこには、幽界からの導きとか、なにか目に見えない力が働いているってことだけは確かだな」

行く雲に　名残惜しきや　冬桜

「粛親王善耆《しゅくしんのうぜんき》」

清朝の王族であり政府の重臣であった粛親王善耆(一八六六―一九二二)は、清朝復辟を目指しながらも、先進的なアジア主義の信奉者であった。彼の次の言葉の中にそれを窺い知ることが出来る。

「将来の世界は黄白二人種の大競争場になるであろう。我らが亜細亜の大半は既に白勢の圧迫するところとなり、余すところは日支両国あるのみ。この滔々たる大波濤に均しき頽勢《たいせい》を支持挽回するは、固《もと》より容易にあらず。日支両国が協力提携するに非ずんば、とうていその目的を達すること能わず。支那は日本の強によりて援護せられ、日本は支那の富によりて補給せられるならば、茲に初めて東方にて一大富強を現出して、白色の勢力に抵抗して、綽々《しゃくしゃく》として余裕あるに至るべし」

或いは、若い頃の汪兆銘との間にこんなエピソードがある。ある時、清朝重臣の暗殺計画が発覚した。首謀者は汪兆銘という青年であった。民生部尚書(長官)であった粛親王は、逮捕された汪の陳述書を読み痛く感銘すると「かかる有為の人物は、その志を改めしめ邦家の為に尽瘁《じんすい》せしめざるべからず」と言って、汪の死刑執行を中止させたという。

後年、命の恩人である粛親王に恩義を感じていた汪は、善耆の王子の一人、憲立《けんりゅう》と懇意となり意気投合すると、東亜の行く末について語り合う仲となった。善耆は正妃と四人の側妃の間に二十一人の王子と十七人の王女をもうけたが、第四側妃が産んだ第十四王子が憲立である。憲立は日本人女性と結婚し、日本に帰化すると後に葛城姓を名乗った。

因みに、川島芳子(本名 愛新覚羅顕玗《けんし》)は、憲立と同腹の第十四王女である。

未來からの八紘一宇

2016年1月20日　初版第一刷発行
著者　　檀D九郎
発行所　　ブイツーソリューション
〒466-0848 名古屋市昭和区長戸町4-40
電話　　052-799-7391
ＦＡＸ　052-799-7984
発売元　　星雲社
〒112-0012 東京都文京区大塚3-21-10
電話　　03-3947-1021
ＦＡＸ　03-3947-1617
印刷所　　藤原印刷
万一、落丁乱丁のある場合は送料当社負担でお取替えいたします。
小社宛にお送りください。
定価はカバーに表示してあります。
 ISBN 978-4-434-21386-1